Aus Freude am Lesen

btb

Das vierte Opfer

Eigentlich wollte Kommissar Van Veeteren einfach nur Urlaub am Meer machen – doch dann taucht ein brutaler Axtmörder in dem idyllischen Ferienort auf. Drei Menschen hat er schon auf dem Gewissen! Und die Zeit drängt für Van Veeteren, denn bald ist auch das vierte Opfer in der Gewalt des skrupellosen Verbrechers ...

Das falsche Urteil

An einem sonnigen Augustmorgen wird ein Doppelmörder aus dem Gefängnis entlassen. An einem regnerischen Apriltag wird seine verstümmelte Leiche gefunden. Ist das Motiv Rache? Kommissar Van Veeteren sieht sich mit einer bizarren menschlichen Tragödie konfrontiert – und mit einem Fall, der weit in die Vergangenheit reicht.

Autor

Håkan Nesser, geboren 1950, ist einer der interessantesten und aufregendsten Krimiautoren Schwedens. In seiner Heimat gilt er als der unbestrittene Star in seinem Genre. Für seine Kriminalromane um Kommissar Van Veeteren erhielt er zahlreiche Auszeichnungen, sie sind in mehrere Sprachen übersetzt und wurden erfolgreich verfilmt.

Håkan Nesser

Das vierte Opfer
Das falsche Urteil

Zwei Romane in einem Band

btb

Die schwedische Originalausgabe von »Das vierte Opfer«
erschien 1994 unter dem Titel »Borkmanns punkt«, die
Originalausgabe von »Das falsche Urteil« 1995 unter dem Titel
»Återkomsten«, beide bei Albert Bonniers Förlag, Stockholm.

FSC
Mixed Sources
Product group from well-managed
forests and other controlled sources

Cert no. GFA-COC-1223
www.fsc.org
© 1996 Forest Stewardship Council

Verlagsgruppe Random House FSC-DEU-0100
Das FSC-zertifizierte Papier *Munken Print* für Taschenbücher aus
dem btb Verlag liefert Arctic Paper Munkedals AB, Schweden.

Einmalige Sonderausgabe Mai 2006
Das vierte Opfer
Copyright © der Originalausgabe 1994 by Håkan Nesser
Copyright © der deutschsprachigen Ausgabe 1999
by btb Verlag in der Verlagsgruppe Random House GmbH,
München
Das falsche Urteil
Copyright © der Originalausgabe 1995 by Håkan Nesser
Copyright © der deutschsprachigen Ausgabe 2000
by btb Verlag in der Verlagsgruppe Random House GmbH,
München
Umschlaggestaltung: Design Team München
Umschlagfoto: Wolf Huber, München
Satz: IBV Satz- und Datentechnik GmbH, Berlin
Druck und Einband: Clausen & Bosse, Leck
EM · Herstellung: AW
Printed in Germany
ISBN-10: 3-442-73528-9
ISBN-13: 978-3-442-73528-0

www.btb-verlag.de

Das vierte Opfer

*Aus dem Schwedischen von
Christel Hildebrandt*

FÜR SANNA UND JOHANNES

Aber die Notwendigkeit an sich
kann natürlich nie ein Grund
oder eine Ausrede sein.
Nur eine Ursache.

C. W. Wundermaas,
ehem. Kriminalkommissar

I

31. August – 10. September

1

Wenn Ernst Simmel gewußt hätte, daß er kurz davor war, das zweite Opfer des Henkers zu werden, hätte er sich vermutlich noch ein paar kräftige Drinks in der Blauen Barke gegönnt.

Doch so begnügte er sich mit einem Cognac zum Kaffee und einem verdünnten Whisky in der Bar, wobei er ziemlich fruchtlos und ohne wirkliches Engagement versuchte, mit einer blondierten Frau Blickkontakt aufzunehmen, die schräg gegenüber am Treseneck saß. Offensichtlich war es eine der Neueingestellten unten in der Konservenfabrik. Er hatte sie noch nie gesehen, und er hatte einen gewissen Überblick.

Rechts von ihm saß Herman Schalke von de Journaal und versuchte ihn für eine billige Wochenendreise nach Kaliningrad zu interessieren, oder irgendwas ähnliches, und wenn man später versuchen würde, den Abend zu rekonstruieren, dann würde man zu dem Ergebnis kommen, daß Schalke der letzte gewesen sein mußte, der in diesem Leben mit Simmel geredet hatte.

Das heißt, wenn man nicht davon ausging, daß der Henker ihm noch etwas mitzuteilen gehabt hatte, bevor er ihn umbrachte. Was allerdings nicht sehr wahrscheinlich war, denn der Stich kam, genau wie beim ersten Fall, schräg von hinten und ein wenig von unten. Was gab es da noch viel zu sagen?

»Ach«, hatte Simmel geseufzt und die letzten Tropfen in sich hineingekippt. Zeit, sich nach Hause aufzumachen, zur Frau.

Wenn Schalke sich richtig erinnerte. Jedenfalls hatte er versucht, ihn noch zu überreden. Erklärt, daß es doch erst elf Uhr wäre und die Nacht noch jung, aber Simmel war standhaft geblieben.

Ja, genau das, standhaft. War einfach von seinem Stuhl gerutscht. Hatte seine Brille zurechtgerückt und das dünne, etwas lächerliche Haar quer über die Glatze gestrichen, wie er es immer tat, als ließe sich damit noch etwas kaschieren... hatte irgendwas gemurmelt und war gegangen. Das letzte, was Schalke von ihm sah, war sein lichtbeschienener Rücken, als er in der Tür stand und zu zögern schien, welche Richtung er einschlagen sollte.

Was natürlich, im nachhinein betrachtet, etwas merkwürdig war. Simmel mußte doch wohl wissen, wo er wohnte?

Aber er konnte natürlich auch nur einfach einen Moment stehengeblieben sein, um sich die milde Abendluft zu Gemüte zu führen. Es war ein heißer Tag gewesen, der Sommer war noch nicht vorbei, und die Abende bekamen langsam diese satte Schwere, als lagerten immer noch die Sonnenstunden mehrerer Monate in ihnen. Lagerten dort und wurden immer edler.

Wie geschaffen, um einen tiefen Atemzug davon zu nehmen, hatte jemand gesagt. Diese Nächte.

Im Nachhinein gesehen ein idealer Abend, um auf die andere Seite zu wechseln, wenn man es unter diesem Gesichtspunkt sah. Schalkes Gebiet bei de Journaal war zwar eher der sportliche und folkloristische Bereich, aber in seiner Eigenschaft als letzter Zeuge hatte er doch wohl die Berechtigung dazu, einen Nachruf auf den so plötzlich dahingerafften Immobilienmakler zu schreiben... eine Stütze der Gesellschaft, so durfte man wohl sagen, gerade erst in seine Heimatstadt zurückgekehrt nach einigen Jahren im Ausland (an der spanischen Sonnenküste unter gleichgesinnten Steuerspekulanten, doch das mußte man in diesem Zusammenhang ja nicht erwähnen), Frau und zwei erwachsene Kinder hinterlassend, achtundfünfzig Jahre alt, aber immer noch in der Blüte seiner Jahre, ganz zweifellos.

Die schwere Abendluft schlug ihm wie ein Angebot entgegen, und er blieb zögernd in der Tür stehen.

Wäre doch keine schlechte Idee, noch eine Runde über den Fischmarkt und durchs Hafengebiet zu machen!

Was hatte er um diese Zeit schon zu Hause zu erwarten? Das Bild von Gretes schwerem Körper stieg in seinem Kopf auf, und der süßliche Schlafzimmergeruch kam ihm in den Sinn, und er entschied sich für einen kleinen Spaziergang. Nur einen kleinen. Schon allein die laue Nachtluft war die Mühe wert, auch wenn er nichts finden würde.

Er überquerte die Lange Straße und bog zur Bungeskirche ab. Im gleichen Moment löste sich der Schatten seines Mörders aus dem Dunkel unter den Linden im Leisnerpark und nahm die Verfolgung auf. Still und vorsichtig... in sicherem Abstand und auf Gummisohlen. Das war der dritte Versuch heute abend, noch hatte er sich im Griff. Er wußte, welche Aufgabe er sich gestellt hatte, und das letzte, was ihm in den Sinn gekommen wäre, war, übereifrig zu reagieren.

Simmel ging weiter die Hoistraat entlang und die Treppen hinunter zum Hafen. Am Fischmarkt wurde er langsamer. Bummelte gemächlich schräg über den menschenleeren Kopfsteinpflasterplatz zur Markthalle. Zwei Frauen unterhielten sich an der Ecke zur Doomsgasse, aber sie schienen ihn nicht weiters zu interessieren. Vielleicht wußte er nicht so recht, woran er bei ihnen war, vielleicht hielt ihn etwas anderes zurück.

Vielleicht hatte er auch einfach keine Lust. Unten am Kai blieb er ein paar Minuten stehen, rauchte eine Zigarette und betrachtete die Touristenboote, die im Hafen vor sich hindümpelten. Auch der Mörder gönnte sich in diesem Moment eine Zigarette, im Schatten der Lagergebäude auf der anderen Seite der Esplanade. Er hielt sie tief in seiner hohlen Hand verborgen, damit die Glut ihn nicht verriet, und er ließ sein Opfer keine Sekunde aus den Augen.

Als Simmel seine Kippe ins Wasser warf und seine Schritte

zum Stadtwald hin ausrichtete, war dem Mörder klar, daß es an diesem Abend soweit war.

Zwar waren es von der Esplanade nach Rikken, dem halbmondänen Stadtteil, in dem Simmel wohnte, kaum mehr als dreihundert Meter durch den Wald, und es gab auch genügend Lampen entlang dem Spazierweg, aber diverse Feste im Sommer und Veranstaltungen im Freien hatten die eine oder andere zum Bruch gebracht – und dreihundert Meter können ein langer Weg sein... Als Simmel einen leichten Schritt hinter sich hörte, war er jedenfalls noch nicht weiter als fünfzig Meter in den Wald gekommen, und die Dunkelheit hielt ihn dicht umfangen.

Warm und verheißungsvoll, wie gesagt, aber auch dicht. Vermutlich hatte er gar keine Zeit, um Angst zu haben. Und wenn, dann höchstens in den allerletzten Bruchteilen der letzten Sekunde. Die scharf geschliffene Klinge drang von hinten zwischen dem zweiten und vierten Nackenwirbel ein. Sie spaltete den dritten diagonal in zwei Teile, durchschnitt die Wirbelsäule, die Speiseröhre und die Halsschlagader. Wenn die Klinge nur ein paar Zentimeter tiefer geführt worden wäre, hätte sie den Kopf wahrscheinlich ganz und gar vom Körper abgetrennt.

Was an und für sich natürlich sehr spektakulär gewesen wäre, aber für das Ergebnis an sich nur von untergeordneter Bedeutung.

Allen denkbaren Kriterien zufolge mußte Ernst Simmel bereits tot gewesen sein, als er zu Boden fiel. Sein Gesicht traf mit voller Wucht auf den hartgetretenen Kiesweg, die Brille zersplitterte, und es kam zu einigen sekundären Verletzungen. Das Blut spritzte aus der Kehle, von oben und von unten, und während der Mörder ihn vorsichtig in die Büsche zog, konnte er immer noch ein schwaches Blubbern hören. Er wartete leise in der Hocke, bis die vier oder fünf Jugendlichen vorbei waren, wischte seine Waffe dann im Gras ab und begab sich zurück zum Hafen.

Zwanzig Minuten später saß er an seinem Küchentisch mit einer dampfenden Tasse Tee und hörte, wie sich die Badewanne langsam füllte. Wenn seine Frau noch bei ihm gewesen wäre, hätte sie ihn sicher gefragt, ob er einen anstrengenden Tag gehabt hätte und ob er sehr müde sei.

»Nicht besonders«, hätte er wahrscheinlich geantwortet. »Es dauert nur seine Zeit, aber es geht alles nach Plan.«

»Das ist gut, mein Liebling«, hätte sie darauf antworten können. Wäre vielleicht zu ihm gekommen und hätte ihm eine Hand auf die Schulter gelegt. »Das ist gut...«

Er nickte und führte die Tasse zum Mund.

2

Der Strand war unendlich.

Unendlich und unveränderlich. Ein graues, stilles Meer unter einem blassen Himmel. Ein Streifen feuchter, fester Sand am Wasser, auf dem er gemächlich entlangschlendern konnte. Ein trockenes, grauweißes Band reichte bis zu dem kleinen Hügel mit Strandgräsern und windgepeitschten Büschen. Über den Salzwiesen im Landesinneren zogen Vögel weite Kreise und erfüllten die Luft mit ihren düsteren Schreien.

Van Veeteren schaute auf die Uhr und blieb stehen. Er zögerte einen Augenblick. In der diesigen Ferne konnte er zwar den Kirchturm von s'Greijvin erkennen, aber die Entfernung war groß. Wenn er weiterginge, würde es sicher eine Stunde dauern, bis er sich im dortigen Café am Markt mit einem Bier niederlassen könnte.

Vielleicht wäre es ja die Mühe wert, aber jetzt, wo er erst einmal angehalten hatte, war es nicht so einfach, sich wieder auf Trab zu bringen. Es war drei Uhr. Er war nach dem Mittagessen aufgebrochen, oder wenn man es genau nahm, war es eher das Frühstück gewesen. Jedenfalls so gegen ein Uhr, nach einer weiteren Nacht, in der er früh zu Bett gegangen war, aber der Schlaf sich erst in den frühen Morgenstunden eingefunden hatte. Schwer zu sagen, was der wahre Grund seiner Unruhe und Rastlosigkeit war, wenn er in dem wackligen Doppelbett lag und sich hin- und herwälzte, während das Morgengrauen immer stärker hereindrang... schwer zu sagen.

Die Ferien dauerten jetzt bereits drei Wochen, ziemlich lange für seine Verhältnisse, aber trotzdem nicht ungewöhnlich lange. Und zumindest während der letzten Woche hatte sich sein Tagesrhythmus kontinuierlich verändert. In vier Tagen würde es an der Zeit sein, wieder ins Büro zu kommen, und er hatte nicht das Gefühl, daß er es auf rüstigen Beinen tun würde.

Und das, obwohl er eigentlich kaum etwas anderes getan hatte, als sich auszuruhen. Am Strand gelegen und gelesen. Im Café in s'Greijvin gesessen oder näher dran in Hellensraut. Den unendlichen Strand rauf und runter spaziert.

Die erste Woche mit Erich war ein Fehler gewesen, das hatten beide bereits nach dem ersten Tag eingesehen, aber das Arrangement ließ sich nicht so leicht über den Haufen werfen. Der Urlaub war nur unter diesen Voraussetzungen bewilligt worden: daß der Vater die Verantwortung für den Sohn übernahm und daß dieser hier an der Küste blieb. Der Sohn hatte immer noch zehn Monate seiner Strafe abzusitzen, und sein letzter Aufenthalt in der Freiheit hatte so einiges zu wünschen übrig gelassen.

Van Veeteren blickte aufs Meer hinaus. Das lag so still und unbegreiflich da, wie es das die ganze letzte Woche getan hatte. Als könnte nichts es wirklich erschüttern, nicht einmal der Wind. Die Wellen, die am Strand eines natürlichen Todes starben, schienen schon lange Leben und Hoffnung hinter sich gelassen zu haben.

Das hier ist nicht mein Meer, dachte Van Veeteren.

In den letzten Arbeitswochen im Juli hatte er auf die Tage mit Erich förmlich gewartet. Als sie da waren, wartete er, daß sie vorbeigehen würden, damit er wieder seine Ruhe hatte. Und nachdem er jetzt zwölf Tage und Nächte in absoluter Einsamkeit verbracht hatte, sehnte er sich danach, wieder mit seiner Arbeit anfangen zu können.

Oder war es vielleicht doch nicht so einfach? War es einfach nur eine beschönigende Umschreibung für das eigentliche Problem – die Frage nämlich, ob es einen Punkt gibt, ab dem man sich nicht länger nach etwas sehnt, sondern ab dem man nur noch von etwas fort will. Weg. Sich danach sehnt, etwas abzuschließen und aufzubrechen, aber nicht danach, etwas neu anzufangen? Wie eine Reise, deren Verlockung im gleichen Takt abnimmt, je weiter man sich vom Ausgangspunkt entfernt, die immer bitterer wird, je näher man dem Ziel kommt...

Weg, dachte er. Beenden. Begraben.

Das ist es, was man den Weg nach unten nennt. Und es gibt immer ein anderes Meer.

Er seufzte und zog sich den Pullover aus. Band ihn sich um die Schultern und machte sich auf den Heimweg. Der Wind blies ihm ins Gesicht, und ihm war klar, daß der Rückweg länger dauern würde... Es war eigentlich gar nicht schlecht, am Abend ein paar Stunden für sich allein zu haben. Das Haus mußte saubergemacht werden, der Kühlschrank geleert, das Telefon abgestellt. Er wollte am nächsten Morgen früh los. Es gab keinen Grund, den Aufbruch unnötig zu verzögern.

Er trat gegen eine liegengelassene Plastikflasche im Sand.

Morgen beginnt der Herbst, dachte er.

Er hörte das Telefon schon am Gartentor. Automatisch verlangsamte er seine Bewegungen, zögerte mit dem nächsten Schritt und suchte nach den Schlüsseln in der Hoffnung, daß es aufhören würde zu klingeln, bevor er ins Haus kam. Vergeblich. Die Töne durchschnitten hartnäckig die Dämmerung und die Stille. Er nahm den Hörer auf.

»Ja?«

»Van Veeteren?«

»Kommt darauf an.«

»Haha... Hier ist Hiller. Wie geht's so?«
Van Veeteren unterdrückte den Impuls, sofort wieder aufzulegen.
»Ausgezeichnet, danke. Aber ich bin davon ausgegangen, daß mein Urlaub erst am Montag zu Ende ist...«
»Ganz genau! Ich hab mir gedacht, du könntest noch ein paar Tage zusätzlich gebrauchen.«
Van Veeteren antwortete nicht.
»Würdest du gern noch ein bißchen an der Küste bleiben, wenn du die Möglichkeit hättest?«
»...«
»Noch eine Woche oder so? Hallo!?«
»Wenn der Herr Polizeipräsident zur Sache kommen könnte«, sagte Van Veeteren.
Hiller bekam einen simulierten Hustenanfall, und Van Veeteren seufzte.
»Ja, hrrm, da ist so eine kleine Sache oben in Kaalbringen... das dürfte nicht mehr als vierzig, fünfzig Kilometer von deinem Haus entfernt liegen, ich weiß nicht, ob du davon weißt. Jedenfalls sind wir um Unterstützung gebeten worden.«
»Worum handelt es sich denn?«
»Mord. Zweifachen. Irgend so ein Wahnsinniger rennt da herum und haut den Leuten mit der Axt oder so den Kopf ab. Heute steht auch was in der Zeitung drüber, aber vielleicht hast du...«
»Ich habe seit drei Wochen keine Zeitung mehr gelesen«, erklärte Van Veeteren.
»Der letzte... ich meine, der zweite Mord geschah gestern, oder eher vorgestern. Tja, auf jeden Fall müssen wir Verstärkung schicken, und da du sowieso in der Gegend bist...«
»Vielen Dank.«
»Du kannst dich erst mal drum kümmern. Ich schicke Münster oder Reinhart nächste Woche nach. Natürlich nur, wenn du den Fall bis dahin nicht gelöst hast.«
»Wie heißt der Polizeichef? Ich meine, in Kaalbringen.«

Hiller hustete wieder.

»Er heißt Bausen. Ich glaube nicht, daß du ihn kennst... Er hat jedenfalls nur noch einen Monat bis zu seiner Pensionierung, und es scheint ihm nicht besonders viel Spaß zu machen, ausgerechnet jetzt diesen Fall am Hals zu haben.«

»Wie verwunderlich«, sagte Van Veeteren.

»Dann fährst du also morgen hin?« beendete Hiller das Gespräch. »Damit du nicht hin und her fahren mußt. Kann man eigentlich noch baden?«

»Ich mache den ganzen Tag nichts anderes.«

»Soso... ja, schön. Also, dann rufe ich an und sage ihnen, daß du morgen nachmittag auftauchen wirst. Okay?«

»Ich will Münster haben«, sagte Van Veeteren.

»Wenn es sich einrichten läßt«, erwiderte Hiller.

Van Veeteren legte den Hörer auf. Blieb noch einen Moment lang stehen und starrte das Telefon an, bevor er den Stecker herauszog. Ich habe vergessen, einzukaufen, fiel ihm plötzlich ein. Verflucht noch mal!

Warum fiel ihm das gerade jetzt ein? Er war gar nicht hungrig, also mußte das irgendwie mit Hiller zusammenhängen. Er holte sich ein Bier aus dem Kühlschrank. Ging auf die Terrasse und setzte sich in den Liegestuhl.

Ein Axtmörder?

Er öffnete die Dose und schenkte sich das hohe Glas voll. Versuchte sich daran zu erinnern, ob er jemals mit diesem ungewöhnlichen Tätertyp zu tun gehabt hatte. In den dreißig Jahren oder mehr, die er bei der Polizei war. Aber wie er es auch drehte und wendete, er konnte aus den dunklen Tiefen seiner Erinnerung keinen einzigen Axtmörder hervorlocken.

Dann wird es wohl Zeit, dachte er und hob sein Glas.

3

»Frau Simmel?«
Die korpulente Frau öffnete die Tür sperrangelweit.
»Bitte schön.«
Beate Moerk trat über die Schwelle und versuchte teilnahmsvoll auszusehen. Sie gab Frau Simmel ihren dünnen Mantel, den diese umständlich auf einen Bügel an der Garderobe hängte. Dann zeigte sie ihr den Weg, ging voran und zupfte nervös an dem engen schwarzen Kleid, das sicher schon einige Jährchen auf dem Buckel hatte. Auf einem rauchfarbenen Glastisch im Wohnzimmer war zwischen den massiven Ledersofas Kaffeegeschirr aufgedeckt. Frau Simmel ließ sich auf ein Sofa sinken.
»Sie kommen doch von der Polizei?«
Beate Moerk setzte sich und legte ihre Aktentasche neben sich. Sie kannte diese Frage. Hatte sich fast schon an sie gewöhnt. Offensichtlich konnte man es gerade noch akzeptieren, wenn weibliche Polizisten die Uniform trugen. Daß der Beruf nicht notwendigerweise von den Kleidern abhing, ging nicht so leicht in die Köpfe. Daß es tatsächlich möglich war, hübsche Zivilkleidung zu tragen und trotzdem seine Aufgaben zu erfüllen.
Vielleicht war es überhaupt schwieriger, Frauen zu vernehmen. Männern war es eher peinlich, aber sie gingen aus sich heraus. Frauen kamen direkt zur Sache, behielten aber gleichzeitig eine gewisse Reserviertheit.
Aber Frau Simmel dürfte wohl kein Problem werden, redete sie sich ein. Dort saß sie auf ihrem Sofa und atmete schwer. Groß und plump mit etwas verweinten, ahnungslosen Augen.
»Ja, ich bin Polizeiinspektorin. Ich heiße Beate Moerk. Tut mir leid, daß ich Sie so kurz danach behelligen muß ... Ist niemand bei Ihnen?«
»Meine Schwester«, sagte Frau Simmel. »Sie ist nur eben einkaufen gegangen.«

Beate Moerk nickte und zog einen Notizblock aus der Tasche. Frau Simmel schenkte Kaffee ein.

»Zucker?«

»Nein, danke. Können Sie mir schildern, was am Dienstag abend passiert ist?«

»Ich habe schon... ich habe gestern schon mit einem anderen Polizisten darüber geredet.«

»Mit Kommissar Bausen, ja. Könnten Sie es noch einmal wiederholen?«

»Ich verstehe nicht, warum... da war doch nichts Besonderes.«

»Ihr Mann ist gegen acht Uhr weggegangen?«

Frau Simmel schluchzte leise auf, fing sich dann aber wieder.

»Ja.«

»Warum?«

»Er wollte einen Geschäftsfreund treffen... in der Blauen Barke, nehme ich an.«

»Wickelte er dort öfters seine Geschäfte ab?«

»Ab und zu. Er ist... war... in der Immobilienbranche.«

»Aber Ihr Mann scheint allein in der Blauen Barke gesessen zu haben.«

»Dann ist er wohl nicht gekommen.«

»Wer?«

»Der Geschäftsfreund.«

»Nein, offensichtlich nicht. Aber Ihr Mann ist trotzdem nicht wieder nach Hause gegangen?«

»Nein... er hat dann wohl noch etwas gegessen, wenn er schon einmal da war.«

»Sie hatten vorher nicht gegessen?«

»Nein, kein Mittagessen.«

»Wissen Sie, wer es war?«

»Entschuldigung?«

»Den er dort treffen wollte.«

»Nein... nein, ich mische mich nie in die Angelegenheiten meines Mannes ein.«

»Ich verstehe.«

Frau Simmel zeigte mit der Hand zum Kuchenteller und nahm selbst einen Schokoladenbiskuit.

»Um wieviel Uhr haben Sie ihn zurückerwartet?«

»So um... ja, so um zwölf Uhr ungefähr.«

»Und um wieviel Uhr sind Sie selbst ins Bett gegangen?«

»Warum wollen Sie das wissen?«

»Entschuldigen Sie, Frau Simmel, aber Ihr Mann ist ermordet worden. Da ist es ganz einfach notwendig, daß wir alle möglichen Fragen stellen. Anders werden wir den Täter nie zu fassen kriegen...«

»Das war doch bestimmt der gleiche.«

»Der gleiche wie wer?«

»Der diesen Eggers im Juni erschlagen hat.«

Beate Moerk nickte.

»Da spricht einiges dafür, ja. Aber es kann auch einer gewesen sein, der... der von der Tat inspiriert wurde.«

»Inspiriert?«

»Ja, der einfach die gleiche Methode benutzt hat. Man weiß es nie, Frau Simmel.«

Frau Simmel schluckte und nahm noch einen Biskuit.

»Hatte Ihr Mann irgendwelche Feinde?«

Frau Simmel schüttelte den Kopf.

»Viele Bekannte?«

»Ja...«

»Viele Geschäftsfreunde, von denen Sie nichts Näheres wissen?«

»Ja, viele.«

Beate Moerk machte eine Pause und nippte an ihrem Kaffee. Er war dünn und wäßrig. Wenn man, wie ihre Gastgeberin, zwei Zuckerstückchen hineintat, konnte man vermutlich überhaupt nicht mehr schmecken, um welche Art von Getränk es sich handelte.

»Erlauben Sie mir bitte«, fuhr sie fort, »daß ich Ihnen ein paar Fragen stelle, die vielleicht etwas indiskret sind. Ich hoffe,

Sie verstehen, wie ernst der Fall ist, und ich möchte Sie bitten, so ehrlich wie möglich zu antworten.«

Frau Simmel klapperte nervös mit ihrer Tasse auf der Untertasse.

»Wie würden Sie Ihre Ehe beschreiben?«

»Wie bitte?«

»Ja, welches Verhältnis hatten Sie zueinander? Sie waren seit dreißig Jahren verheiratet, wenn ich mich nicht irre.«

»Zweiunddreißig.«

»Zweiunddreißig, ja. Ihre Kinder sind ausgeflogen... Hatten Sie weiterhin viel Kontakt zueinander?«

»Zu den Kindern?«

»Nein, Sie zu Ihrem Mann.«

»Ja... ja, natürlich hatten wir das.«

»Wie heißen Ihre engsten Freunde?«

»Freunde? Bodelsens und Lejnes... und Klingforts natürlich. Ja, und dann die Familie. Meine Schwester und ihr Mann. Ernsts Bruder und seine Schwester... und unsere Kinder natürlich. Warum fragen Sie?«

»Wissen Sie, ob Ihr Mann ein Verhältnis mit einer anderen Frau hatte?«

Frau Simmel hörte auf zu kauen. Sie schien die Frage nicht zu verstehen.

»Mit einer anderen Frau?«

»Oder mit mehreren. Ob er untreu war, beispielsweise?«

»Nein...« Sie schüttelte langsam den Kopf. »Wer hätte das denn sein sollen? Wer hätte ihn denn haben wollen?«

Das war ein Gesichtspunkt, natürlich. Beate Moerk trank schnell einen großen Schluck Kaffee, um ein Lachen zu unterdrücken.

»Ist Ihnen in letzter Zeit irgend etwas aufgefallen? Etwas Ungewöhnliches in seinem Verhalten, meine ich.«

»Nein.«

»Oder gibt es etwas anderes, was Ihnen einfällt?«

»Nein, was sollte das denn sein?«

»Ich weiß es nicht, Frau Simmel, aber es wäre gut, wenn Sie ein wenig über die letzte Zeit nachdenken würden. Vielleicht fällt Ihnen dabei etwas ein... Ach, waren Sie eigentlich im Sommer verreist?«

»Nur zwei Wochen im Juli. Eine Charterreise, aber... aber an verschiedene Orte. Ich war mit einer Freundin auf Kos. Ernst ist mit einem Bekannten gefahren.«

»Auch nach Kos?«

»Nein, nicht nach Kos.«

»Wohin dann?«

»Ich weiß nicht mehr genau.«

»Aha... und ansonsten sind Sie zu Hause gewesen?«

»Ja, außer ein paar Tage mal hier und da, wenn wir mit der Vanessa unterwegs waren... das ist unser Boot. Wir segeln ein bißchen und bleiben dann gern über Nacht draußen.«

Beate Moerk nickte.

»Ich verstehe. Und es gibt nichts, worüber Sie oder er sich in letzter Zeit Gedanken gemacht haben?«

»Nein... nein, ich denke nicht.«

»Keine neuen Bekannten?«

»Nein.«

»Er hat nichts Ungewöhnliches erzählt oder angedeutet?«

»Nein.«

Beate Moerk seufzte und legte ihren Stift hin. Lehnte sich im Sofa zurück. »Und wie liefen die Geschäfte?«

»Gut«, antwortete Frau Simmel überrascht. »Gut, glaube ich...«

Als gäbe es gar keine Alternative, dachte Beate Moerk und fegte sich ein paar Krümel vom Kleid.

»Arbeiten Sie selbst auch, Frau Simmel?«

Sie schien zu zögern.

»Ich helfe meinem Mann ab und zu im Büro.«

»Wobei?«

»Na, so dies und das... die Einrichtung. Mit den Blumen, Saubermachen und so...«

»Ich verstehe. Das Büro ist in der Grote Plein, nicht wahr?«
Frau Simmel nickte.
»Wann waren Sie zuletzt dort?«
»Zuletzt? Ja, das war wohl im Mai, glaube ich.«
So ein fleißiges Lieschen! dachte Beate Moerk.

Es folgte noch eine kleine Führung durchs Haus, in erster Linie, weil Bausen das angeordnet hatte. Frau Simmel ging schwerfällig voran, und Beate Moerk ertappte sich dabei, daß sie ihr fast leid tat, weil sie ja schließlich die vielen Zimmer und großen Flächen sauberhalten mußte. Aber es gab sicher eine Putzfrau, die ihr zur Hand ging, bestimmt.

Schwer zu sagen, wozu das hier gut sein sollte, aber so war es ja immer bei Mordermittlungen. Es ging darum, Informationen und Auskünfte jeder Art zu sammeln, je mehr, desto besser – sie zu ordnen und in Erwartung irgendeines Durchbruchs aufzubewahren, wobei dann das bedeutungslose Detail sich plötzlich als Schlüssel für das ganze Rätsel erweisen konnte... für den Fall... für das Mysterium, wie immer man es nun nennen wollte.

Beate Moerk war seit mehr als acht Jahren nicht mehr mit einem Mordfall beschäftigt gewesen, nicht mehr seit ihrer Zeit als Polizeidienstanwärterin in Goerlich, und da war sie kaum etwas anderes als der Laufbursche gewesen, hatte an Türen geklopft, Mitteilungen überbracht, in kalten Autos gesessen und auf etwas gewartet, das nie eintraf.

Und jetzt standen sie also hier mit einem Axtmörder. Sie selbst, Kropke und Kommissar Bausen. Kein Wunder, daß sie ein merkwürdiges Gefühl hatte. Sicher würden bald höhere Tiere kommen, aber trotzdem war es ihr Fall. Bestimmt erwarteten die Leute von ihnen, daß sie den Fall lösen würden.

Diesen Wahnsinnigen zu fassen kriegten.

Und wenn sie an Kropke und Bausen dachte, war ihr klar, daß der Großteil der Verantwortung auf ihren Schultern lag.

»Wollen Sie den Keller auch noch sehen?«

Sie nickte, und Frau Simmel machte sich schwer atmend auf den Weg, die Treppe hinunter.

Im Juni, als es das erste Mal geschah, war sie in Urlaub gewesen. In einer Hütte in der Hohen Tatra, zusammen mit Janos, mit dem sie inzwischen Schluß gemacht hatte oder den sie zumindest für eine Weile aufs Eis gelegt hatte. Die ersten Tage hatte sie nicht mitbekommen, und auch wenn sie es nie zugeben würde, so ärgerte sie das ziemlich.

Heinz Eggers. Sie hatte alles gelesen und den Informationsvorsprung aufgeholt, das schon. War dabeigewesen, hatte Verhöre geführt, Umrisse gezeichnet und den ganzen restlichen Sommer mit das Puzzle gelegt. Aber man war nicht sehr weit gekommen. Sie war die erste, die das zugab. Nach all diesen Stunden, in denen man Verhöre gemacht und sich beratschlagt hatte, war auch nicht der Hauch eines Verdachts aufgetaucht. Sie und auch Kropke hatten inzwischen so viele Überstunden gemacht, daß es sicher für einen Monat Sonderurlaub reichen würde. Vielleicht sollte sie den wirklich nehmen, wenn sie diesen Henker erst einmal zu fassen gekriegt hatten...

Ja, so nannten sie ihn in den Zeitungen. Den Henker.

Und jetzt hatte er wieder zugeschlagen.

Zerstreut ließ sie sich weiter von Frau Simmel durch die Villa führen. Sechs Zimmer und Küche, wenn sie richtig mitgezählt hatte... für zwei Personen. Eine jetzt nur noch. Plus Billardzimmer und Sauna im Keller. Balkon und großer Garten, der bis zum Wald reichte... Immobiliengeschäfte? Bausen hatte Kropke angewiesen, sich Simmels Firma etwas näher anzuschauen. Das war auf jeden Fall keine dumme Idee. Da würde man sicher auf irgendwas stoßen.

Aber was verflucht noch mal hatten Heinz Eggers und Ernst Simmel gemeinsam?

Das war natürlich die Frage, die sie quälte, seit man Simmel gefunden hatte. Bis jetzt hatte sie allerdings nicht die geringste Ahnung, obwohl...

Oder gab es gar kein Verbindungsglied?

War es nur jemand, der herumlief und den Erstbesten umbrachte?

Vollkommen sinnlos und mit ein paar Monaten Abstand? Wenn er gerade Lust hatte? War das einfach ein Wahnsinniger, mit dem sie es hier zu tun hatten, wie einige glaubten? Ein Verrückter?

Sie spürte, wie ein Schauer sie überlief und die Haare auf den Unterarmen sich sträubten.

Reiß dich zusammen, Beate! dachte sie.

Sie verabschiedete sich von Grete Simmel auf der steingefliesten Garageneinfahrt. Ging quer über den gepflegten Rasen und stieg über den niedrigen Zaun aus imitiertem Palisander. Sie kletterte ins Auto und überlegte, ob sie sich eine Zigarette anzünden sollte, verkniff es sich dann aber. Sie hatte jetzt vier Wochen durchgehalten, und es sollte mehr als ein Henker notwendig sein, um sie schwach werden zu lassen.

Frau Simmel stand immer noch da und schaute ihr nach, als sie wegfuhr... ein schwarzer, trauriger Koloß, der plötzlich eine Villa der Millionenklasse, ein Segelboot und ein Immobilienunternehmen am Hals hatte.

Und Gott weiß, was sonst noch.

Der Besuch hatte jedenfalls einiges klargemacht.

Es war nicht Grete Simmel gewesen, die mit der Axt dort hinten im Wald auf der Lauer gelegen hatte, davon war Beate Moerk hundertprozentig überzeugt.

Fast genauso sicher war sie sich, daß die Hausfrau keinen Außenstehenden gedungen hatte, um die Tat auszuführen oder daß sie überhaupt in irgendeiner Weise in die Tat verwickelt war. Sie hatte zwar keine schwerwiegenden Argumente, um diese Schlußfolgerungen zu untermauern, aber warum die sichere Urteilskraft und eigene Intuition verleugnen, wenn man davon nun einmal reichlich besaß?

Sie schaute auf die Uhr. Noch war genügend Zeit, nach Hause zu fahren und sich eine Dusche zu genehmigen, bevor es daran ging, die hohen Tiere kennenzulernen.

4

Van Veeteren hielt vor dem zugewachsenen Garten. Er überprüfte, ob die Hausnummer auf dem abgeblätterten Briefkasten wirklich mit der auf dem Zettel in seiner Brusttasche übereinstimmte.

Doch, ja. Kein Zweifel.

»Sie werden es schon finden«, hatte Polizeichef Bausen ihm zugesichert. »Es gibt nichts Vergleichbares im Ort!«

Das war sicher nicht übertrieben.

Van Veeteren stieg aus seinem Wagen und versuchte über die verfilzte Spierstrauchhecke hinweg in den Garten zu gucken. Dort drinnen sah es dunkel aus. Schwere, unter ihrer Last zusammenbrechende Äste unbeschnittener Obstbäume vereinigten sich in Brusthöhe mit der niedrigen Vegetation – meterhohem Gras, ungepflegten Rosenbüschen und allen möglichen Ranken unklaren Ursprungs – zu einem mehr oder weniger undurchdringlichen Dschungel. Vom Flußweg aus war nicht der Schatten eines Hauses zu sehen, aber ein heruntergetretener Pfad deutete darauf hin, daß es tief drinnen doch etwas gab. Man bräuchte eine Machete, dachte Van Veeteren. Der Kerl muß ja verrückt sein.

Er öffnete das Tor, bückte sich und ging hinein.

Bereits nach ungefähr zehn Metern tauchte eine Hausecke auf, und ein untersetzter Mann kam ihm entgegen. Sein Gesicht war grobgeschnitten, zerfurcht und braungebrannt ... es war ein schöner Sommer gewesen. Sein Haar war spärlich und schütter, fast weiß. Sieht beinahe so aus, als würde er sich bereits jenseits der Pensionsgrenze befinden, dachte Van Veeteren. Den siebzig näher als den sechzig, wenn er denn hätte raten sollen. Aber ganz offensichtlich steckte noch ziemlich viel Kraft in seinen Knochen. Seine Kleidung unterstrich, daß er sich in heimischen Gefilden befand: Pantoffel, abgetragene Cordjeans und ein kariertes Flanellhemd, bis zu den Ellbogen hochgekrempelt.

»Kommissar Van Veeteren, wie ich annehme?«
Er streckte eine kräftige Hand vor. Van Veeteren nickte und ergriff sie.
»Gehen Sie nicht so streng mit dem Garten ins Gericht. Vor ein paar Jahren habe ich angefangen, Rosen zu züchten und so, aber ich bin es leid geworden... Es ist aber auch unglaublich, wie das alles wächst! Und jetzt habe ich keine Ahnung, wie ich das jemals wieder in den Griff kriegen soll.«
Er breitete die Arme aus und lachte entschuldigend.
»Was soll's«, meinte Van Veeteren.
»Auf jeden Fall erst einmal herzlich willkommen! Bitte mir nach, ich habe auf der Rückseite ein paar Stühle hingestellt. Sie trinken doch ein Bier?«
»Viele«, sagte Van Veeteren.

Polizeichef Bausen musterte ihn über den Rand seiner Brille hinweg und zog eine Augenbraue hoch.
»Tut mir leid«, erklärte er. »Aber ich wollte erst einmal abchecken, wen zum Teufel sie uns hergeschickt haben. Bevor wir uns mit den anderen treffen, meine ich. Prost!«
»Prost«, sagte Van Veeteren.
Er lehnte sich auf dem Korbstuhl zurück und leerte die halbe Flasche in einem Zug. Die Sonne hatte während der ganzen Fahrt geschienen; sie hatte zwar nicht länger als eine Stunde gedauert, aber er fühlte, wie ihm das Hemd am Rücken klebte.
»Die Hitze dauert an, fürchte ich.«
Der Polizeichef beugte sich vor und versuchte einen Zipfel Himmel zwischen den Ästen der Bäume zu erspähen.
»Ja«, nickte Van Veeteren. »Ein schönes Plätzchen ist das hier.«
»Ja, nicht schlecht«, bestätigte Bausen. »Wenn man erst einmal im Dschungel sitzt, wird man meistens in Ruhe gelassen.«
Das schien zu stimmen. Ein gut getarntes Nest, ohne Zweifel. Die schmutziggelbe Markise, struppiges Gebüsch und Rosen, die ein Spalier hinaufkletterten, das dichte, hohe Gras,

ein schwerer Spätsommerduft, Bienen, die summten... Und dann der Platz selbst: acht, zehn Quadratmeter groß; Steinplatten und eine ausgefranste Schilfmatte, zwei abgewetzte Rohrstühle, ein Tisch mit Zeitungen und Büchern, Pfeife und Tabak. An der Hauswand stand ein schiefes Regal, voll mit Malutensilien, Pinseln, Blumentöpfen, noch mehr Zeitungen und anderem Krempel... ein Schachbrett lugte hinter ein paar Kästen mit leeren Gläsern hervor. Doch, der Platz hatte was. Van Veeteren zog einen Zahnstocher hervor und schob ihn sich zwischen die Vorderzähne.

»Etwas zu essen?« fragte Bausen.

»Nur wenn ich noch etwas bekomme, um es runterzuspülen. Ich glaube, die hier ist schon leer.«

Er stellte die leere Flasche auf den Tisch. Bausen klopfte seine Pfeife sauber und stand auf.

»Wollen mal sehen, was sich da machen läßt.«

Er verschwand im Haus, und Van Veeteren konnte ihn in der Küche rumoren hören, wobei er etwas sang, das an die Caprifischer erinnerte.

Ja, ja, dachte er und faltete die Hände hinter dem Nacken. Es hätte schlimmer kommen können. Er hat jedenfalls noch einiges, was ihm bleibt.

Und plötzlich ging ihm auf, daß ihn von Bausen kaum mehr als acht, zehn Jahre trennen konnten.

Er lehnte Bausens Angebot, bei ihm zu wohnen, ab, wenn auch zögerlich. Vielleicht gab es ja später noch eine Möglichkeit, darauf zurückzukommen. Auf jeden Fall hoffte er, daß der Polizeichef eine Tür für ihn offen hielt... wenn es eine langwierigere Sache werden würde.

Statt dessen nahm er sich ein Zimmer im See Wharf. Im vierten Stock mit Balkon und Abendsonne. Blick über den Hafen, die Anleger und die Bucht und weiter aufs offene Meer. Auch das kein schlechter Ort, das mußte er zugeben. Bausen deutete aufs Meer hinaus.

»Dort kannst du Lange Piirs sehen, den Leuchtturm... aber nur an einem klaren Morgen. Im letzten Jahr war das viermal der Fall. Dort oben auf den Klippen liegt Fisherman's Friend, das Gourmetrestaurant. Vielleicht können wir uns dort mal einen Abend gönnen, wenn wir feststecken in den Ermittlungen.«
Van Veeteren nickte.
»Nun, jetzt wäre es wohl an der Zeit, mit der Arbeit anzufangen?«
Bausen zuckte mit den Achseln.
»Nun ja, wenn der Hauptkommissar darauf besteht.« Er schaute auf die Uhr. »O Scheiße, ich fürchte, die warten schon seit einer halben Stunde auf uns!«

Die Polizeiwache in Kaalbringen bestand aus einem zweistöckigen Eckhaus am Hauptmarkt. Die Rezeption, Kantine, Umkleideraum und einige Arrestzellen befanden sich im Erdgeschoß. Ein Konferenzraum und vier Arbeitszimmer im ersten Stock. Kraft seines Amtes gehörte Bausen natürlich das größte, mit Schreibtisch und Bücherregalen in dunkler Eiche, einem abgesessenen Ledersofa und dem Blick über den Markt. Die Inspektoren Moerk und Kropke hatten beide jeweils ein kleineres Zimmer zum Hof hin, während die Polizeianwärter Bang und Mooser sich das vierte teilten.
»Darf ich Hauptkommissar Van Veeteren vorstellen, er soll den Fall hier für uns lösen«, erklärte Bausen.
Moerk und Kropke erhoben sich.
»Es ist Bausen, der die Fäden in der Hand hat«, wehrte Van Veeteren ab. »Ich bin nur als Unterstützung herbeigerufen worden... wenn die denn nötig sein sollte.«
»Das ist sie ganz bestimmt«, sagte Bausen. »Das hier ist nämlich das ganze Team. Plus die Anwärter natürlich, aber auf die würde ich nicht allzu große Hoffnungen setzen, wenn ich dir einen Tip geben darf.«
»Inspektor Kropke«, sagte Kropke und nahm Haltung an.

Idiot, dachte Beate Moerk und begrüßte Van Veeteren.
»Inspektor Moerk hat die Bereiche Charme und Intuition unter sich«, fuhr Bausen fort. »Ich möchte dem Hauptkommissar raten, sie nicht zu unterschätzen.«
»Das würde mir nie im Traum einfallen«, sagte Van Veeteren.
»Na, dann mal los!« Bausen krempelte seine Hemdsärmel hoch. »Gibt's Kaffee?«
Beate Moerk nickte zu einem Tablett hin, das auf einem Tisch in der Ecke stand. Kropke fuhr sich mit der Hand durch sein blondes, kurzgeschnittenes Haar, während die andere am Knopf unter dem Krawattenknoten fummelte. Offensichtlich war er es, der das Gespräch leiten sollte.
Er ist wahrscheinlich an der Reihe, dachte Van Veeteren. Vielleicht geht er bei Bausen ja gerade in die Lehre...
Was auch nötig zu sein schien, wenn er ehrlich war.

5

»Ich denke, wir sollten uns den Eggers-Fall zuerst vornehmen«, begann Kropke und schaltete den Overhead-Projektor ein. »Um den Kommissar ins Bild zu setzen und die Situation für uns selbst noch einmal zu rekapitulieren. Um das zu vereinfachen, habe ich ein paar Dias vorbereitet...«
Er warf Bausen und Van Veeteren schnell einen beifallheischenden Blick zu.
»Schön«, sagte Beate Moerk.
Kropke hustete.
»Am 28. Juni, frühmorgens, wurde also ein gewisser Heinz Eggers tot auf dem Platz hinter dem Bahnhof aufgefunden. Er war durch einen Hieb mit irgendeiner Art von Axt getötet worden... die Klinge war direkt durch die Wirbel, Pulsadern und so weiter gegangen. Ein Zeitungsausträger hatte ihn kurz nach sechs Uhr gefunden, und da war er bereits seit mehr als vier oder fünf Stunden tot gewesen.«

»Was für ein Typ war Eggers?« unterbrach ihn Van Veeteren. Kropke legte eine Folie unter den Projektor, so daß Van Veeteren selbst lesen konnte, daß das Opfer vierunddreißig Jahre alt war, als sein Leben ein so jähes Ende nahm. Daß er geboren und polizeilich gemeldet war in Selstadt, keine hundert Kilometer landeinwärts, aber sich seit April diesen Jahres in Kaalbringen aufhielt. Daß er keine feste Arbeit hatte, weder in Kaalbringen noch in Selstadt noch sonstwo, und daß er ein schillerndes kriminelles Vorleben vorzuweisen hatte: Drogenmißbrauch, Körperverletzung, Einbruch, Sittlichkeitsverbrechen, Betrug... Insgesamt hatte er ungefähr zehn Jahre in verschiedenen Gefängnissen und Institutionen verbracht, das erste Mal bereits als Sechzehnjähriger. Den hiesigen Behörden war nicht bekannt gewesen, daß er sich in Kaalbringen aufhielt; Eggers hatte in einer Zweizimmerwohnung in der Andrejstraat gewohnt, die einem guten Freund von ihm gehörte, der im Augenblick eine kürzere Strafe wegen Körperverletzung und Gewaltandrohung verbüßte. Er hatte Pläne gehabt, hier in Kaalbringen ein wenig zur Ruhe zu kommen, mit dem Arbeiten anzufangen und so weiter, aber wie sich zeigte, war ihm das nicht gerade gelungen...

»Woher habt ihr diese Informationen?« fragte Van Veeteren.

»Aus verschiedenen Quellen«, antwortete Beate Moerk. »Die meisten von einer Freundin.«

»Einer Freundin?«

»Ja, so nannte sie sich selbst«, erklärte Bausen. »Hat auch in der Wohnung gewohnt. Aber sie war es nicht, die ihn umgebracht hat, auch wenn sie nicht gerade Krokodilstränen um ihn zu vergießen schien.«

»Das tat ja wohl niemand«, warf Moerk ein.

»Jedenfalls hat sie ein Alibi«, erklärte Bausen. »Und zwar ein wasserdichtes.«

»Wie seid ihr vorgegangen?« fragte Van Veeteren und spielte mit dem Zahnstocher herum.

Kropke schaute Bausen fragend an, bekam aber nur ein aufmunterndes Nicken zur Antwort.

»Wir haben mehr als fünfzig Personen verhört«, fuhr er also fort, »die meisten ungefähr von gleichem Schrot und Korn wie Eggers. Seine Freunde und Bekannten... meistens Eierdiebe, Junkies und so. Er hatte nicht soviel Kontakt hier in der Stadt, war ja erst seit ein paar Monaten hier. Mehr als ein Dutzend Leute waren es nicht – und die altbekannten Kandidaten. Der übliche Haufen, kann man wohl sagen – solche, die im Park sitzen und sich vollaufen lassen. Die sich gegenseitig das Leben zur Hölle machen und ihre Frauen unten an der Hafenesplanade und auf dem Fischmarkt verkaufen. Ja, und dann haben wir noch eine Unmenge vollkommen belangloser Menschen verhört aufgrund irgendwelcher anonymer Hinweise...«

Van Veeteren nickte.

»Wie viele Leute leben hier in der Stadt?«

»Ungefähr fünfundvierzigtausend«, sagte Beate Moerk. »In den Sommermonaten ein paar tausend mehr.«

»Und wie steht's mit der Kriminalität?«

»Schlecht«, meinte Bausen. »Ein paar Gelegenheitsverbrechen hier und da, vier, fünf Bootsdiebstähle im Sommer. Die eine oder andere Prügelei und ein paar Drogengeschäfte... tja, ich gehe davon aus, daß du nicht die Finanzverbrechen meinst?«

»Nein«, bestätigte Van Veeteren. »Jedenfalls jetzt noch nicht. Also, was habt ihr für Theorien, diesen Eggers betreffend?«

Beate Moerk beschloß, das Wort zu ergreifen.

»Gar keine«, sagte sie. »Wir wissen überhaupt nichts. Haben uns schon überlegt – bis das mit Simmel passierte –, ob es sich vielleicht um eine Art interne Abrechnung handeln könnte. Ein Junkie, der einen anderen aus irgendeinem Grund umbringt. Aus Haß oder aufgrund von Geldschulden oder so was in der Art...«

»Man bringt niemanden um, der einem Geld schuldet«, erklärte Kropke. »Dann sieht man es ja nie wieder.«

»Ganz im Gegenteil, Inspektor«, seufzte Moerk. Kropke runzelte für einen Augenblick die Stirn.

Sieh mal einer an, dachte Van Veeteren.

»Kaffee?« fragte Bausen rhetorisch und gab die Becher in die Runde.

»Wenn es stimmt«, sagte Van Veeteren, »was Inspektor Moerk sagt, dann habt ihr den Täter wahrscheinlich bereits verhört. Wenn ihr eure Pappenheimer alle angesehen habt, nicht wahr?«

»Vermutlich«, nickte Bausen. »Aber jetzt ist die Sache mit Simmel dazugekommen. Ich denke, das verändert die Situation ziemlich.«

»Mit Sicherheit«, sagte Moerk.

Kropke legte ein neues Bild auf. Offenbar stellte es den Ort dar, wo Eggers gefunden worden war... Allem Anschein nach war er auf den Hinterhof eines Abbruchhauses hinter ein paar Mülltonnen geworfen worden.

»Wurde er an diesem Ort ermordet?« fragte Van Veeteren.

»Im großen und ganzen«, sagte Kropke. »Er ist höchstens ein paar Meter weggeschleppt worden.«

»Was hatte er da zu suchen?«

»Keine Ahnung«, sagte Bausen. »Wahrscheinlich Drogengeschäfte.«

»Wie spät war es?«

»So gegen eins oder zwei... nachts, meine ich.«

»War er angeturnt?«

»Nicht besonders.«

»Warum stehen auf dem Abbruchgelände eigentlich Mülltonnen herum?«

Bausen überlegte eine Weile.

»Das weiß ich nicht... da habe ich, ehrlich gesagt, keine Ahnung.«

Van Veeteren nickte. Kropke goß Kaffee ein, und Beate Moerk öffnete ein Kuchenpaket, das bis zum Rand gefüllt war mit Kopenhagenern.

»Ausgezeichnet«, sagte Van Veeteren.
»Aus Sylvies Luxusbäckerei«, erklärte Bausen. »Ein Besuch empfiehlt sich. Du kriegst zwanzig Prozent Rabatt, wenn du sagst, daß du Bulle bist... liegt hier gleich um die Ecke.«
Van Veeteren brach seinen Zahnstocher ab und langte zu.
»Nein«, sagte Kropke. »Was Eggers betrifft, da stecken wir irgendwie fest. Anders kann man es nicht sagen.«
»Was ist mit der Waffe?« fragte Van Veeteren mit vollem Mund. »Was sagt der Arzt?«
»Einen Moment.«
Kropke suchte ein neues Dia hervor – eine Skizze, wie die Axtklinge, oder was es auch immer gewesen sein mochte, sich durch Eggers Nacken gearbeitet, Halswirbel, Pulsader, Speiseröhre und alles mögliche andere quer durchtrennt hatte.
»Kräftiger Hieb?« fragte Van Veeteren.
»Nicht unbedingt«, antwortete Beate Moerk. »Das hängt von der Qualität des Blattes ab, und das scheint mir sehr scharf geschliffen gewesen zu sein... und sehr dünn.«
»Dann ist keine außergewöhnliche Kraft notwendig«, fügte Kropke hinzu.
»Man sieht auch«, fuhr Moerk fort, »daß der Hieb sehr schräg geführt wurde, aber das bedeutet eigentlich gar nichts. Es kann sich um eine sehr kleine oder um eine sehr große Person gehandelt haben. Wobei es davon abhängt, wie sie die Waffe gehalten hat... und wie diese aussieht natürlich.«
»Man braucht sich ja nur vorzustellen, wie viele Möglichkeiten es gibt, einen Tennisball zu schlagen«, verdeutlichte Kropke.
Van Veeteren griff nach einem weiteren Kopenhagener.
»Und es ist anzunehmen, daß es sich um eine Axt handelt?« fragte er.
»Irgend etwas in der Art«, sagte Bausen. »Ich denke, wir sollten jetzt zu Simmel übergehen. Kann Inspektor Moerk da übernehmen?«
»Ja, da sind wir noch nicht sehr weit gekommen... es war ja erst vorgestern morgen, so gegen acht Uhr, da hat ein Jogger

ihn im Stadtwald gefunden. Zuerst hat er Blut auf dem Weg gesehen, und als er stehen geblieben ist, hat er kurz darauf den Körper entdeckt. Es sah nicht so aus, als hätte der Mörder sich viel Mühe gegeben, ihn zu verstecken. Er... der Jogger also, hat uns direkt benachrichtigt, der Kommissar und ich sind gleichzeitig am Tatort eingetroffen, und wir konnten feststellen, daß... nun, daß es wohl der gleiche Täter gewesen ist, der schon einmal zugeschlagen hat.«

»Von hinten erschlagen«, sagte Bausen. »Ein bißchen kräftiger, und der Kopf wäre ab gewesen. Es sah schrecklich aus.«

»Die gleiche Waffe?« fragte Van Veeteren.

»Mit neunzigprozentiger Sicherheit«, sagte Kropke.

»Hundert Prozent wären mir lieber«, erwiderte Van Veeteren.

»Höchstwahrscheinlich«, erklärte Bausen, »haben wir es hier nicht mit einer normalen Axt zu tun. Das Blatt ist vermutlich breiter, als es lang ist. Vielleicht fünfzehn, zwanzig Zentimeter. Weder bei Eggers noch bei Simmel hat sich eine Ecke reingeschoben. Sagt jedenfalls der Gerichtsmediziner... und zumindest Simmel hatte einen richtigen Stiernacken.«

»Vielleicht eine Machete?« schlug Van Veeteren vor.

»Die Idee ist mir auch schon gekommen«, sagte Bausen. »Daß es ein Messer oder eine Art Schwert sein könnte mit sehr kräftiger Klinge, aber die Schneide ist gerade, nicht gebogen wie bei einer Machete.«

»Nun ja«, überlegte Van Veeteren, »das ist im Augenblick vielleicht auch nicht das wichtigste. Welche Verbindungen gibt es zwischen Eggers und Simmel?«

Es blieb still am Tisch.

»Das ist eine gute Frage«, sagte Bausen.

»Bis jetzt haben wir noch keine gefunden«, erklärte Kropke. »Aber wir suchen...«

»Beide waren sie Schurken«, sagte Bausen. »Aber sie spielten in verschiedenen Ligen, wenn man so will. Simmels Geschäfte waren offensichtlich nicht unbedingt fürs Tageslicht bestimmt, sie waren eher eine Sache für die Steuerfahndung als für uns Normalsterbliche. Er ist aber nie direkt in irgendwelche kriminellen Machenschaften verwickelt gewesen.«

»Zumindest ist er nicht aktenkundig geworden«, fügte Moerk hinzu.

»Drogen?« fragte Van Veeteren. »Da treffen sich doch die unterschiedlichsten Schichten.«

»Wir haben in der Richtung keine Hinweise«, sagte Kropke.

Wäre nicht schlecht, wenn wir den Fall lösen könnten, bevor Bausen ausgewechselt wird, dachte Van Veeteren.

»Was hatte er da draußen im Wald zu suchen?«

»Er war auf dem Heimweg«, erklärte Beate Moerk.

»Von wo?«

»Vom Restaurant Blaue Barke. Er hat da ungefähr von neun bis elf gesessen... dafür gibt es Zeugen. Hat anschließend wohl noch einen Spaziergang durch die Stadt gemacht. Die letzten, die ihn gesehen haben, waren zwei Frauen unten am Fischmarkt... so um zwanzig nach elf, plus minus ein paar Minuten.«

»Und was sagt der Obduktionsbericht über den Todeszeitpunkt?«

»Den endgültigen kriegen wir morgen«, sagte Bausen. »Aber wie es bisher aussieht, so zwischen elf und eins... nun ja, also wohl eher halb zwölf bis eins.«

Van Veeteren lehnte sich zurück und blickte zur Decke.

»Dann gibt es zwei Möglichkeiten«, sagte er und wartete.

»Genau«, nickte Beate Moerk. »Entweder der Mörder lauerte am Fußweg, um den Erstbesten, der vorbeikam, umzubringen, oder er hat Simmel vom Restaurant aus verfolgt.«

»Er kann doch auch unterwegs auf ihn gestoßen sein«, sagte Kropke. »So ganz zufällig, meine ich...«

»Und hatte die Axt dabei... so ganz zufällig?« fragte Moerk.

Gut, dachte Van Veeteren. Möchte nur wissen, ob Bausen schon mit dem Gedanken eines weiblichen Nachfolgers gespielt hat. Aber das war wohl nicht seine Sache.

6

Vier Journalisten standen unten im Foyer und warteten, doch Bausen speiste sie routiniert ab.

»Die Pressekonferenz ist morgen um elf. Vorher kein einziges Wort!«

Van Veeteren lehnte dankend das Angebot einer kleinen Mahlzeit und einer Mitfahrgelegenheit zurück zum Hotel ab.

»Ich muß mich etwas bewegen. Außerdem will ich ein paar Zeitungen kaufen.«

Bausen nickte.

»Hier ist meine Nummer, solltest du es dir anders überlegen. Ich werde sicher den ganzen Abend zu Hause sein.«

Er gab Van Veeteren eine Karte, die dieser in seiner Brusttasche verstaute.

Der Polizeichef stieg in seinen etwas verbeulten Toyota und fuhr los. Van Veeteren schaute ihm nach.

Netter Kerl, dachte er. Möchte nur wissen, ob er auch Schach spielt?

Er schaute auf die Uhr. Halb sechs. Noch ein paar Stunden Akten wühlen im Hotelzimmer und dann etwas essen... genau das richtige Programm, um die Zeit totzuschlagen. Das war wohl die einzige Eigenschaft, die er im Laufe der Jahre hatte entwickeln können: die Fähigkeit, die Zeit totzuschlagen. Ja, und natürlich eine gewisse Veranlagung, Gewaltverbrecher dingfest zu machen.

Er nahm seine Aktentasche in die Hand und ging zum Hafen hinunter.

Vierzehn Tonbandkassetten und drei Ordner.

Das war das Material des Eggers-Falls. Er kippte alles auf dem Bett aus und zögerte eine Weile.

Dann rief er in der Rezeption an und bestellte sich ein Bier. Nahm die Ordner unter den Arm und setzte sich mit ihnen auf den Balkon.

Es dauerte ein paar Minuten, bevor er sich den Sonnenschirm so hingedreht hatte, daß ihn die Abendsonne nicht blendete, aber nachdem er diese Nebensächlichkeit bewältigt hatte und nachdem das Mädchen mit dem Bier gekommen war, blieb er dort draußen sitzen, bis er jedes Wort gelesen hatte.

Das Ergebnis war einfach und ließ sich wohl am besten mit Inspektor Moerks Worten ausdrücken: Man wußte rein gar nichts.

Er freute sich nicht gerade darauf, die Tonbänder abzuhören. Unter normalen Umständen – wenn er in heimischen Gefilden gewesen wäre – hätte er natürlich zugesehen, daß sie abgetippt wurden, aber so, wie die Dinge lagen, war es wohl am besten, sich die Kopfhörer überzustülpen und keinen Aufstand zu machen... Trotzdem beschloß er, die Sache auf die Nacht oder den nächsten Morgen zu verschieben. Statt dessen nahm er sich den nächsten Mord vor und studierte die entsprechenden Zeitungsausschnitte. Er hatte vier Stück gefunden, zwei Artikel aus zwei verschiedenen Blättern und zwei Artikel aus der hiesigen Regionalzeitung.

Die Landeszeitung protzte mit reichlich großen Überschriften, aber der Text war mager. Offensichtlich hatte man noch keinen Reporter hergeschickt... aber es war anzunehmen, daß er zur Pressekonferenz auftauchen würde. Der Leiter der Untersuchung, Kommissar Bausen, hatte sich zwar geäußert, wollte aber nicht mehr sagen, als daß die Polizei verschiedenen Spuren nachging.

Ja, ja, dachte Van Veeteren.

Das heimische Blatt hieß de Journaal und war um so ergiebiger.

Bilder von Bausen, dem Fundort und dem Opfer... noch lebend. Und von Eggers. Die Überschrift auf der Titelseite lautete: »Der Henker schlägt wieder zu. Stadt in Angst und Schrecken.« Und weiter hinten in der Zeitung wurden unter anderem die Fragen gestellt: »Wer wird das nächste Opfer?« und »Ist die Polizeiführung kompetent?«

Er überflog die Artikel und las den Nachruf auf Ernst Simmel; nach allem zu urteilen, ein guter Sohn der Stadt und ein Ehrenmann – Mitglied beim Rotary Club, Vorstandsmitglied im Fußballverein und stellvertretender Vorsitzender im Zentralbankrat. Er hatte früher noch weitere Ämter innegehabt, vor seinem Spanienaufenthalt... gerade erst zurückgekommen, und nun brutal ermordet.

De mortuis... dachte Van Veeteren und warf die Zeitung auf den Boden. Was zum Teufel habe ich hier eigentlich zu suchen?

Er zog sein Hemd aus und ging ins Bad. Wie hieß dieses Restaurant noch?

Blaue Barke?

Die Vermutung, daß die überregionale Presse auftauchen würde, erwies sich als wohlbegründet. Als Van Veeteren das Hotelfoyer durchquerte, stürzten zwei Herren mittleren Alters aus der Bar, die dicke Patina ihrer Zunft stand ihnen deutlich ins Gesicht geschrieben, und Van Veeteren blieb mit einem Seufzer stehen.

»Hauptkommissar Van Veeteren! Cruickshank vom Telegraaf!«

»Müller von der Allgemejne!« fügte der andere hinzu. »Ich glaube, wir haben uns schon mal gesehen...«

»Mein Name ist Rölling«, sagte Van Veeteren. »Ich bin Reisender in Standuhren. Es muß sich um ein Mißverständnis handeln.«

»Haha«, sagte Müller.

»Wann können wir in Ruhe miteinander reden?« fragte Cruickshank.

»Die Pressekonferenz im Polizeirevier ist morgen um elf«, sagte Van Veeteren und öffnete die Tür.

»Leiten Sie oder Bausen die Untersuchungen?« fragte Müller.

»Welche Untersuchung?« meinte Van Veeteren.

Die Einrichtung in der Blauen Barke tendierte ins Rot. Die Bar war nicht einmal halbvoll, und auch im Restaurantbereich gab es noch genügend freie Plätze. Van Veeteren bekam einen Tisch ganz hinten im Raum, ziemlich abgeschirmt, aber er hatte noch nicht einmal mit dem warmen Gang begonnen, als ein dünner Herr mit feuchten Augen und einem nervösen Lächeln vor ihm stand.

»Entschuldigen Sie. Schalke von de Journaal. Sie sind doch der Hauptkommissar, nicht wahr?«

Van Veeteren antwortete nicht.

»Ich war der letzte, der mit ihm geredet hat... Bausen und Kropke haben mich natürlich vernommen, aber wenn Sie trotzdem mit mir reden wollen, stehe ich Ihnen jederzeit zur Verfügung.«

Er warf einen fragenden Blick auf den leeren Stuhl gegenüber vom Kommissar.

»Dann sagen wir, gleich in der Bar?« schlug Van Veeteren vor.

Schalke nickte und zog sich zurück. Van Veeteren begann lustlos etwas in sich hineinzuschaufeln, was unter der kryptischen Bezeichnung »Chef's Pride mit Funghi und Mozzarella« lief. Nachdem er die Mahlzeit beendet und bezahlt hatte, wußte er immer noch nicht, was er eigentlich gegessen hatte.

»Er saß genau da, wo der Herr Hauptkommissar jetzt sitzt«, berichtete Schalke. »Quicklebendig. Eine Sache ist auf jeden Fall klar. Er hatte keine Ahnung, daß er erstochen werden sollte. Er war genau wie immer.«

»Wie denn?« fragte Van Veeteren und schlürfte den Schaum vom Bier.

»Wie? Nun ja... ja, ein bißchen abwesend und etwas überheblich, wenn ich ehrlich sein soll. Schwer, mit ihm ins Gespräch zu kommen, so war er immer. Seine Gedanken waren irgendwie ganz woanders...«

Das wundert mich nicht, dachte Van Veeteren.

»Möglicherweise hat er versucht, mit einer der Bräute zu flirten, die da hinten saßen...«
Er deutete in die Richtung.
»Er hat geflirtet?«
»Na ja, das ist vielleicht zuviel gesagt... jedenfalls hat er sie eine Weile betrachtet.«
Van Veeteren nickte.
»Sie meinen, Ernst Simmel war häufiger hinter Frauen her?«
Schalke zögerte. Aber nur eine Sekunde lang.
»Nun, nicht direkt hinter ihnen her, das glaube ich nicht. Ich kannte ihn ja nicht besonders, außerdem war er ja auch einige Jahre weg gewesen... ist bestimmt ein paarmal über die Stränge geschlagen, aber da war nie was Ernstes.«
»Seine Ehe war wohl auch nicht besonders glücklich, oder?« sagte Van Veeteren.
»Nein... ja, so kann man es wohl sehen.«
»Und er ist von hier um elf weggegangen?«
»Ein paar Minuten danach.«
»Und in welche Richtung ist er gegangen?«
»Dahin...« Schalke zeigte wieder. »Zum Markt und Hafen runter.«
»Hat er nicht in der anderen Richtung gewohnt?«
»Eigentlich kann man beide Wege nehmen, übern Hafen dauert es nur etwas länger.«
»Sie haben niemanden gesehen, der ihm gefolgt sein könnte?«
»Nein.«
»Was glauben Sie, warum hat er den längeren Weg genommen?«
»Keine Ahnung. Frauengeschichten, vielleicht.«
»Huren?«
»Ja... wir haben da ein paar. Die stehen immer da unten.«
»Ist Ihnen aufgefallen, ob jemand direkt nach Simmel die Bar verlassen hat?«
»Nein... darüber habe ich auch schon nachgedacht, aber ich glaube, da gab's niemanden.«

Van Veeteren seufzte.

»Was würden Sie fragen, wenn Sie an meiner Stelle wären?«

Schalke dachte nach.

»O Scheiße, keine Ahnung. Weiß ich nicht, ehrlich.«

»Haben Sie keine eigene Theorie?«

Schalke dachte erneut nach. Es war ihm anzusehen, daß er gern irgendeine tiefschürfende Hypothese präsentiert hätte, aber nach einer Weile gab er auf.

»Nein, gar keine, wirklich«, sagte er. »Es muß einfach ein Verrückter gewesen sein... einer, der vielleicht irgendwo aus einer Psychoanstalt ausgebrochen ist, oder?«

Psychoanstalt? dachte Van Veeteren. Sehr gewählter Ausdruck für jemanden, der dem schreibenden Gewerbe angehörte, das mußte man zugeben.

»Bausen ist dem schon nachgegangen«, sagte er. »Als einzige ist eine verwirrte Frau in den Neunzigern weggelaufen. Im Rollstuhl und mit Alzheimer...«

»Die war es bestimmt nicht«, bekräftigte Schalke.

Van Veeteren trank sein Bier aus und beschloß, nach Hause zu gehen. Er rutschte vom Barhocker und bedankte sich für die Hilfe.

»Ach, übrigens: Sind hier immer so wenige Gäste?« fragte er.

»Nein, ganz und gar nicht!« erklärte Schalke. »Hier ist es sonst immer proppevoll. Schließlich ist ja Freitag und so... die Leute haben ganz einfach Angst. Sie trauen sich nicht mehr, rauszugehen!«

Angst? dachte Van Veeteren, als er draußen auf dem Fußsteig stand. Ja, natürlich haben sie Angst.

Eine Stadt in Angst und Schrecken?

Von der Blauen Barke bis zum Hafen und zum See Wharf dauerte es nicht länger als zehn Minuten. Einige Autos waren unterwegs, aber tatsächlich sah er nicht mehr als ein gutes Dutzend Fußgänger, und alle in Gruppen. In den wenigen Bars und

Cafés, die geöffnet hatten, sah es auch ziemlich spärlich aus. Im Kino Palladium lief die Spätvorstellung, und er hatte den Verdacht, daß es dort drinnen genauso leer sein würde wie überall.

Der Mörder... der Henker... der Wahnsinnige mit der Axt ließ niemanden unberührt.

Kein Wunder. Vor dem Hotel blieb er stehen und überlegte, ob er noch in den Stadtwald gehen und sich die Stelle anschauen sollte, beschloß dann aber, es bleiben zu lassen. Das würde bei Tageslicht sicher mehr bringen.

Es gab noch eine ganze Menge anderer Dinge, die am nächsten Morgen auf ihn warteten, aber als er ins Bett kroch und den Kassettenrecorder anstellte, waren es nur noch Inspektor Moerks Worte, die ihm in den Ohren dröhnten.

Nichts. Wir wissen rein gar nichts. Keinen Furz.

Hübsche Frau, dachte er. Nur schade, daß man selbst nicht ein Vierteljahrhundert jünger ist.

Und noch bevor das zweite Verhör seinen Anfang nahm, schlief er bereits wie ein Stein.

7

Im Traum überfielen ihn die alten Bilder. Immer die gleichen Bilder. Die gleiche verzweifelte Ohnmacht, die gleiche sterile, weißglühende Wut – Gitte in der Sofaecke mit zerstochenen Armen und Augen wie schwarze, leere Brunnen. Dieser spindeldürre Zuhälter mit blauschwarzem, strähnigem Haar, der ihn grinsend ansah und auslachte. Der die Handflächen zur Decke hob und mit dem Kopf schüttelte... und der andere – ihr Gesicht über der Schulter des nackten Mannes. Ein verschwitzter, behaarter Rücken, dicke Arschbacken, die hart zustießen und sie an die Wand drückten, ihre gespreizten Beine und ihr Blick, in dem sich sein eigener widerspiegelte, der sieht, was er sieht... nur eine Sekunde lang, bevor er auf dem Absatz kehrt machte und sie verließ.

Die gleichen Bilder... und direkt über ihnen, sie durchdringend, das Bild einer fröhlich lachenden Zehnjährigen mit weizenblonden Haaren, die ihm am Strand entgegenläuft. Mit ausgebreiteten Armen und funkelnden Augen. Gitte...

Er erwachte schweißgebadet, wie immer. Es dauerte ein paar Sekunden, bis er sich erinnerte, bis er sich wieder in der Gewalt hatte... die Waffe... das ziehende Glücksgefühl, als er sie durch die Luft schwang, und der dumpfe Laut, als sie ins Fleisch eindrang. Die leblosen Körper und das blubbernde Blut.

All das Blut.

Wenn doch dieses Blut nur die Bilder seiner Träume überspülen könnte. Sie zudecken, sie unkenntlich machen, sie zerstören könnte. Nicht wiederzuerkennen. Bilanz ziehen und wieder bei Null anfangen... aber eigentlich ging es ja nicht um seine Qualen. Es waren nicht die Bilder, um die es ging, es war das Motiv der Bilder... die Wirklichkeit hinter ihnen. Die Realität.

Ihre Rache, nicht seine. Die Rache dieser Zehnjährigen, die angelaufen kam und plötzlich mitten im Leben gebremst wurde. Die mitten im Lauf angehalten und am nächsten Schritt gehindert wurde, genauso jäh und unerbittlich wie auf der Fotografie. Sie war es, um die es hier ging, und niemand sonst.

Er tastete nach den Zigaretten. Wollte kein Licht machen, die Dunkelheit war genau richtig, er wollte jetzt nichts sehen... Es gelang ihm, ein Streichholz anzuzünden. Er zündete die Zigarette an und tat ein paar tiefe, entschlossene Züge. Spürte plötzlich, wie er wieder eine gewisse Wärme wahrnehmen konnte, ein im Körper aufsteigendes Gefühl, eine Welle, die anschwoll, sich bis in seinen Kopf ausbreitete und ihn zum Lachen brachte. Er dachte wieder an seine Waffe. Sah sie im Dunkel vor sich, ein gutgelaunter Macbeth mit einemmal, und er überlegte, wie lange er wohl warten mußte, bis es an der Zeit war, sie wieder sprechen zu lassen...

8

Im klaren Morgenlicht und mit der frischen Brise vom Meer her schien Kaalbringen vergessen zu haben, daß sie eine Stadt in Angst und Schrecken war. Van Veeteren nahm ein spätes Frühstück auf dem Balkon zu sich, während er das Gewimmel von Menschen auf dem Fischmarkt betrachtete. Offensichtlich waren es nicht nur die Leckereien aus der Tiefe des Meeres, die an den Ständen unter den bunten Markisen gehandelt wurden, sondern eher wohl alles, was es zwischen Himmel und Erde gab. Samstagvormittag war Markttag, die Sonne schien, und das Leben ging weiter.

Die Uhr in der niedrigen Kalksteinkirche schlug zehnmal, und er mußte sich eingestehen, daß er fast elf Stunden geschlafen hatte.

Elf Stunden? Hieß das, daß er sich auf Mörderjagd befinden mußte, damit sich der richtige Nachtschlaf einstellte? Er köpfte sein Ei und dachte nach ... es erschien ihm absurd. Und was waren das für hinterhältige Gefühle gewesen, die ihn an diesem friedlichen Morgen überfallen hatten? Er hatte sie bereits unter der Dusche gespürt und versucht, sie abzuschütteln, aber hier draußen in der salzgeschwängerten Luft stiegen sie mit neuer Kraft wieder nach oben. Sponnen esoterische Bänder der Faulheit um seine Seele und flüsterten ihm verführerische Worte ins Ohr.

Daß er sich überhaupt nicht anzustrengen brauchte.

Daß die Lösung dieses Falles ihm in den Schoß fallen würde.

Daß ihm der Zufall das Resultat in die Hand spielen würde. Ein Geschenk des Himmels ... ein deus ex machina!

Eine Gnade, die zu erflehen wäre, dachte Van Veeteren. Verdammte Scheiße!

Aber der Gedanke war da.

Cruickshank und Müller saßen unten im Foyer und warteten auf ihn. Sie hatten Gesellschaft von einem Fotografen bekommen, einem bärtigen jungen Mann, der ihm einen Blitz mitten ins Gesicht feuerte, sobald er aus dem Fahrstuhl stieg.

»Guten Morgen, Herr Hauptkommissar«, sagte Müller.

»Scheint einer zu werden«, erwiderte Van Veeteren.

»Könnten wir nach der Pressekonferenz miteinander reden?« fragte Cruickshank.

»Nur wenn ihr schreibt, was ich sage. Ein Wort zuviel, und ihr seid zwei Jahre raus aus dem Spiel!«

»Natürlich«, lachte Müller. »Die gleichen Regeln wie immer.«

»Ich werde zwischen zwölf und halb eins bei Sylvie sein«, sagte Van Veeteren und legte seinen Schlüssel in die ausgestreckte Portiershand.

»Wer ist das?« fragte der Fotograf und machte noch ein Foto.

»Das müßt ihr schon selbst rauskriegen«, sagte Van Veeteren.

Kommissar Bausen lenkte die versammelte Journaille mit eindeutiger Autorität. Es begann damit, daß er mehrere Minuten wartete, bis man in dem vollgestopften Versammlungsraum einen Schweißtropfen hätte zu Boden fallen hören können. Dann ergriff er das Wort, aber sobald jemand flüsterte oder hustete, verstummte er sofort und bohrte seinen Blick in den Betreffenden. Wenn sich jemand erdreistete, ihn zu unterbrechen, erteilte er diesem eine Verwarnung und verkündete, daß der Sünder bei nochmaligem Vergehen den Raum zu verlassen hätte.

Die Fragen, die dennoch gestellt wurden, beantwortete er ruhig und methodisch und mit einem genau berechneten Grad von Überlegenheit, die die höchst zweifelhaften logischen Fähigkeiten des Fragestellers überaus präzise bloßstellten. Falls es sie überhaupt gab.

Der Kerl muß mal Schauspieler gewesen sein, dachte Van Veeteren.

»Was denken Sie, wann werden Sie den Täter hinter Schloß

und Riegel haben?« fragte ein rotnasiger Reporter von einem der lokalen Rundfunksender.

»Ungefähr zehn Minuten nachdem wir ihn geschnappt haben«, antwortete Bausen.

»Haben Sie irgendwelche Theorien, nach denen Sie arbeiten?« wollte der Redakteur Maleciv von de Journaal wissen.

»Wie sollten wir sonst unsere Arbeit tun?« entgegnete Bausen. »Das ist doch keine Redaktion hier.«

»Wer leitet eigentlich die Untersuchungen?« fragte der Abgesandte von Neuwe Blatt. »Sind Sie das oder ist das Hauptkommissar Van Veeteren?«

»Was denken Sie?« entgegnete Van Veeteren und musterte interessiert einen ziemlich zerkauten Zahnstocher. Auf andere Fragen antwortete er nicht. Verwies alle direkten Fragen mit einem Kopfnicken an Bausen. War die Ruhe selbst.

Nach zwanzig Minuten schien das meiste gesagt zu sein, und Bausen ging dazu über, seine Direktiven zu verkünden.

»Ich möchte, daß die Lokalzeitungen und der hiesige Radiosender einen Aufruf ausarbeiten. Alle Personen, die am Dienstag abend – so von dreiundzwanzig Uhr bis ungefähr Mitternacht – im Bereich Blaue Barke, Hoistraat, die Treppen runter zum Fischmarkt, die Esplanade bis zum Stadtwald hin unterwegs waren, mögen sich bitte bis morgen bei der Polizei melden. Wir werden zwei Mann bereitstellen, um alle Informationen entgegenzunehmen, und wir werden es nicht akzeptieren, wenn jemand seiner Hinweispflicht nicht nachkommt. Schließlich haben wir es hier mit einem Gewaltverbrecher ungewöhnlich groben Kalibers zu tun.«

»Aber werden da nicht schrecklich viele Leute kommen?« wunderte sich jemand.

»Wenn man einen Mörder jagt, gute Frau Meuhlich«, erklärte Bausen, »muß man mit kleinen Unannehmlichkeiten rechnen.«

»Was meinen Sie, Herr Kommissar?« fragte Cruickshank. »So unter vier Augen.«

»Acht, wenn ich nicht irre«, entgegnete Van Veeteren. »Ich glaube gar nichts.«

»Dieser Bausen scheint ja ein Mordskerl zu sein«, sagte Müller. »Glauben Sie, daß die Zusammenarbeit mit ihm funktionieren wird?«

»Da könnt ihr einen drauf lassen«, sagte Van Veeteren.

»Haben Sie schon konkrete Vermutungen?«

»Ja, schreibt nur, daß wir die haben.«

»Aber Sie persönlich haben keine?«

»Das habe ich nicht gesagt.«

»Wie lange ist es her, daß Sie einen Fall mal nicht aufgeklärt haben?« fragte Cruickshank.

»Sechs Jahre«, antwortete Van Veeteren.

»Und was war das für eine Geschichte?« fragte der Fotograf neugierig.

»Der Fall G.« Van Veeteren hörte auf zu kauen und schaute aus dem Fenster.

»Ja, stimmt«, sagte Cruickshank. »Ich habe damals darüber geschrieben...«

Zwei junge Damen kamen herein und wollten sich zu ihnen an den Tisch setzen, aber Müller verjagte sie.

»Also«, nahm Cruickshank den Faden wieder auf, »ist es ein Verrückter, mit dem wir es hier zu tun haben, oder ist das Ganze geplant?«

»Wer hat eigentlich behauptet, daß Verrückte nicht planen?« fragte Van Veeteren.

»Gibt es eine Verbindung zwischen den Opfern?«

»Ja.«

»Und welche?«

»...«

»Woher wißt ihr das?«

»Kommen noch weitere hohe Tiere her?«

»Wenn es notwendig sein wird.«

»Habt ihr von früher her Erfahrungen mit Axtmördern?« versuchte es der Fotograf von neuem.

»Ich kenne so einige Mörder«, sagte Van Veeteren. »Und alle wissen, wie man eine Axt handhabt. Wie lange kann euch euer Käseblatt eigentlich in Kaalbringen lassen? Ein halbes Jahr?«
»Haha«, sagte Müller. »Ein paar Tage, nehme ich an. Wenn es nicht noch mal passiert, denn sonst...«
»Das wird sicher noch dauern.«
»Woher wollen Sie das wissen?«
»Vielen Dank für den Kaffee«, sagte Van Veeteren und stand auf. »Lungert nicht so lange hier herum und schreibt keine Dummheiten.«
»Haben wir jemals Dummheiten geschrieben?« konterte Cruickshank.
»Verdammt, was machen wir hier eigentlich?« wollte der Fotograf wissen, nachdem der Hauptkommissar sie verlassen hatte.
Verdammt, was mache ich hier eigentlich? überlegte Van Veeteren, als er sich auf den Beifahrersitz neben Polizeichef Bausen setzte.

»Das ist kein schöner Anblick«, sagte Bausen. »Ich glaube, ich bleibe draußen und überlege mir inzwischen unser weiteres Vorgehen.«
Van Veeteren folgte dem hinkenden Gerichtsmediziner.
»Meuritz«, sagte dieser, als sie den Raum erreicht hatten. »Mein Name ist Meuritz. Eigentlich habe ich meinen Arbeitsplatz in Oostwerdingen, aber einen Tag in der Woche bin ich immer hier... nun ja, jetzt sind es ein paar mehr geworden.«
Er zog die Liege aus der Kühlung und riß mit einer hochtrabenden Geste das Tuch herunter. Van Veeteren fiel etwas ein, was Reinhart einmal gesagt hatte: Es gibt nur einen wahren Beruf. Den des Matadors. Alles andere ist Surrogat und Schein.
Bausen hatte recht, zweifellos. Auch wenn Ernst Simmel bereits zu Lebzeiten keine Schönheit gewesen war, so hatten der Henker und Meuritz die Sache nicht gerade verbessert. Jetzt lag er auf dem Bauch, und aus irgendeinem Grund, den Van Vee-

teren nicht ganz verstand, der aber wahrscheinlich ein pädagogischer war, hatte Meuritz den Kopf in einem Neunzig-Grad-Winkel verdreht vom Hals abstehen lassen, so daß die Innereien zu sehen waren.

»Ein ordentlicher Hieb, das ist nicht zu leugnen«, sagte er und stocherte mit der Kugelschreiberspitze in der Wunde herum.

»Ordentlich?« wiederholte Van Veeteren.

»Schauen Sie mal!«

Meuritz hielt ein Röntgenbild hoch.

»Das hier ist Eggers... beachten Sie den Einfallswinkel! Er unterscheidet sich nur durch wenige Grad. Außerdem waren sie genau gleich lang, und außerdem...«

Van Veeteren studierte das Bild der malträtierten weißen Wirbel auf schwarzem Grund.

»...traf der Hieb schräg von oben rechts...«

»Also ein Rechtshänder?« fragte Van Veeteren.

»Vermutlich. Oder ein linkshändiger Tennisspieler. Der es gewohnt ist, die Vorhand weit außen mit seiner Rückhandseite zu schlagen, wenn Sie verstehen...«

»Ich spiele dreimal die Woche«, sagte Van Veeteren.

Wer war das, der erst kürzlich von Tennisbällen geredet hatte?

Meuritz nickte und schob seine Brille auf die Stirn.

»War es die gleiche Waffe?« fragte Van Veeteren. »Und nehmen Sie doch bitte den Kugelschreiber aus dem Kehlkopf!«

Meuritz wischte den Schreiber an seinem weißen Kittel ab und schob ihn wieder in die Brusttasche.

»Auf jeden Fall!« sagte er. »Ich möchte sogar behaupten, daß ich sie beschreiben kann – eine Axt mit einer äußerst scharfen Schneide, zweifellos spezialgeschliffen. Sechs Zentimeter tief und ziemlich breit. Vielleicht fünfzehn Zentimeter oder mehr.«

»Woher wissen Sie das?«

»Sie ist beide Male ganz genau gleich tief eingedrungen, dann hat der Schaft gebremst. Wenn das Messerblatt länger gewesen wäre, wäre der Kopf sicher abgetrennt worden. Haben Sie schon mal so ein Werkzeug gesehen, mit dem die Schlachter die Knochen zerhacken?«

Van Veeteren nickte. Langsam bereute er es, daß er in Sylvies Luxusbäckerei drei Kopenhagener gegessen hatte.

»Und der Todeszeitpunkt?«

»Ungefähr zwischen halb zwölf und halb eins.«

»Können Sie es genauer schätzen?«

»Eher gegen halb zwölf... elf Uhr vierzig, wenn der Kommissar mich drauf festnageln will.«

»Hatten Sie so was schon mal unter den Fingern?« Van Veeteren zeigte auf die blaßblaue Leiche.

»Nein, aber man lernt, solange man lebt.«

Obwohl es bereits dreieinhalb Tage her war, seit man die Leiche von Ernst Simmel gefunden hatte, fast vier, seit er ermordet worden war, hatte der Tatort immer noch nichts von seiner Anziehungskraft verloren. Die Polizei hatte ihn mit rotweißem Band und Warnschildern abgesperrt, aber außerhalb dieser Absperrung zog sich immer noch ein dünner Strom von Menschen vorbei, ein dünnes Rinnsal von Kaalbringer Einwohnern, die die Gelegenheit nicht versäumen wollten, die weißen Absperrpfosten im Gebüsch und die dunklen Flecken von Menschenblut auf dem Weg in Augenschein zu nehmen.

Polizeianwärter Erwin Bang war derjenige, den das Los getroffen hatte, für Ordnung und genügend Abstand am Tatort zu sorgen, und er hatte diesen Auftrag mit aller Akkuratesse und Sorgfalt erfüllt, die sein hundertzwanzig Kilo schwerer Körper zuließ. Sobald es mehr als zwei Besucher wurden, ermahnte er sie.

»So, so! Nun aber bitte weitergehen! Immer weitergehen!«

Van Veeteren erschien es eher wie eine Verkehrslenkungsmaßnahme als sonst etwas. Aber das war natürlich von untergeordneter Bedeutung.

»Schickst du bitte die Leute weg, damit der Hauptkommissar und ich uns in Ruhe umgucken können«, sagte Bausen.

»Weg da!« donnerte Bang los, so daß eine Wolke von Krähen und Wildtauben aufstob. »Und zwar sofort! Dies hier ist eine Tatortuntersuchung!«

»Und du kannst auch eine Tasse Kaffee trinken gehen«, sagte Bausen zu ihm, als sie unter sich waren. »Wir bleiben ungefähr eine halbe Stunde hier... und ich denke, danach sollten wir die Absperrung abbauen. Du kannst dann das Zeug ins Revier bringen.«

»Wird gemacht!« erklärte Bang und grüßte vorschriftsmäßig. Er enterte sein Dienstfahrrad und begab sich die Esplanade hinunter zum Hafencafé.

»Ja, ja«, sagte Bausen und schob die Hände in die Taschen. »Das war der Polizeianwärter Bang.«

Van Veeteren sah sich um.

Bausen zog ein Päckchen Zigaretten aus der Tasche.

»Willst du eine?«

»Nein«, sagte Van Veeteren, »aber ich nehme trotzdem eine. Können wir ein kleines Experiment machen?«

»Euer Wille ist mir Befehl«, sagte Bausen und zündete zwei Zigaretten an. Reichte Van Veeteren eine. »Um was geht's?«

»Wir gehen diesen Weg zwanzig, dreißig Meter weiter. Dann gehe ich zurück, und du folgst mir auf den Fersen, mal sehen, ob ich dich hören kann.«

»Okay«, sagte Bausen. »Aber ich habe das schon ausprobiert. Es ist ein Trampelpfad. Da hört man keinen Mucks.«

Der Versuch wurde ausgeführt und Bausens Voraussage zu hundert Prozent bestätigt. Das entfernte Rauschen des Meeres und der Wind in den Bäumen genügten, um alle anderen Geräusche zu übertönen. Es war Bausen sogar gelungen, Van Veeteren eine Hand auf die Schulter zu legen, ohne daß dieser es merkte...

»Und dann war er dran«, sagte Bausen.

Van Veeteren nickte.

»Habt ihr alles gründlich untersucht?« fragte er.

»Den Tatort? O ja, das kann man wohl sagen. Wir haben

jeden einzelnen Grashalm durchkämmt. Nicht eine Spur! Nur Blut und noch mal Blut. Es ist verdammt trocken, weißt du. Hat seit drei Wochen nicht geregnet... nirgends weicher Boden, kein einziger Abdruck. Nein, ich glaube, wir sollten uns lieber anderen Dingen zuwenden. An einer Stelle sieht es so aus, als hätte er die Waffe dort abgewischt, das ist alles.«

»Wie im Eggers-Fall?«

»Die gleiche Geschichte. Wir haben uns lange Zeit mit einem Zigarettenstummel beschäftigt, aber schließlich stellte sich heraus, daß er zwei Tage zu alt war... dabei hat er einige Leute für eine Woche in Atem gehalten.«

»Hat dieser Meuritz eigentlich Unterstützung von irgendwelchen Technikern gehabt?« überlegte Van Veeteren.

»Von vier Stück. Nicht, daß ich glaube, das wäre notwendig gewesen. Ein verflucht guter Mann, auch wenn die Zusammenarbeit mit ihm manchmal etwas nervig sein kann.«

Van Veeteren beugte sich hinunter und begutachtete das fleckige Gras.

»Kennst du Heliogabalus?« fragte er.

»Der mit dem Blut im Gras?«

»Ja, Römischer Kaiser von 218 bis 222. Hat Leute umbringen lassen, weil ihm das Rot auf dem Grün so gut gefiel. Ein Ästhet, zweifellos, und unbestechlich... obwohl das nicht besonders gut die Farbe hält, das Blut...«

»Nein«, bestätigte Bausen. »Kaum das richtige Motiv für unseren Fall hier. Am Mittwoch abend muß es hier stockfinster gewesen sein. Zwei Lampen sind kaputt.«

»Mm«, sagte Van Veeteren. »Dann schreiben wir Heliogabalus ab. Immer schön, einen Namen von der Liste streichen zu können...«

Offensichtlich mußte Bang unten am Hafen eine Art Absperrung errichtet haben, da sie bereits seit fast zehn Minuten ungestört waren. Bausen sah auf die Uhr.

»Halb fünf«, sagte er. »Ich habe einen Lammbraten im Kühlschrank. Muß nur noch in den Ofen... was meinst du?«

Van Veeteren zögerte.

»Wenn du mir vorher noch ein paar Stunden im Hotel einräumst.«

»Selbstverständlich«, sagte Bausen. »Dann so gegen sieben. Ich hoffe, wir können draußen sitzen.«

9

Beate Moerk kletterte in die Badewanne und machte das Licht aus. Sie ließ sich von dem heißen Wasser umspülen und stellte sich vor, sie läge in einer Gebärmutter. Das war ein immer wiederkehrender Gedanke. Es bedeutete sicher irgend etwas.

Sie strich sich über Taille und Hüften. Offensichtlich hielt sie ihr Gewicht. Siebenundfünfzigeinhalb. Sie war acht Kilometer gelaufen, und die letzten beiden waren schnell bewältigt gewesen. Zwar gab es Leute, die behaupteten, daß die Fettverbrennung dann am effektivsten ist, wenn man in einem gleichmäßigen Takt lief, aber verdammt noch mal, man mußte doch wohl ein paar Gramm extra verlieren, wenn man sich ordentlich anstrengte?

Genug der Eitelkeit. Sie lehnte den Kopf an den Wannenrand und erlaubte der Müdigkeit, sich in ihrem Körper auszubreiten. Ich bin einunddreißig, dachte sie. Ich bin ein einunddreißigjähriger, weiblicher Bulle. Ohne Mann. Ohne Kinder. Ohne Familie, Haus und Boot...

Das war auch so ein immer wiederkehrender Gedanke. Haus und Boot, darauf konnte sie gern verzichten. Ohne Mann zu leben, konnte sie sich auch vorstellen, zumindest im Augenblick. Das mit dem Kind war schlimmer. Viel, viel schlimmer.

Es war ganz einfach eine Frage von anderem Gewicht. Vielleicht wollte sie auch nur ihren früheren Liebhaber aus dem Kopf kriegen, wenn sie sich das von der Gebärmutter dachte. Wer weiß? Von ihren sieben, acht besten Freundinnen aus der Jugendzeit hatten mindestens fünf, sechs sich inzwischen Kinder angeschafft, das wußte sie. Männer und Boote übrigens auch. Nur ein Glück, daß sie nicht mehr in Friesen wohnte. Natürlich hing das miteinander zusammen. Es wäre unvermeidbar gewesen, wenn sie immer noch dort leben würde. Ihre Selbständigkeit und ihr freies Leben wären dahin gewesen... verbraucht wie ein benutztes Kondom. Die Eltern, die Kindheitssünden und die Fehlentscheidungen ihrer Jugend stünden ihr wie ein Kastenzeichen auf der Stirn. Wie eine unveränderliche und umfassende Warendeklaration! Nie im Leben, dachte sie.

Und dennoch. Früher oder später wollte sie ein Kind haben, früher oder später wollte sie eine Beziehung eingehen, das wußte sie. Sie wußte das jetzt bereits seit einigen Jahren, aber an jedem Geburtstag, der auch noch passenderweise Anfang Januar lag, pflegte sie sich noch ein Jahr Aufschub zu gewähren. Zwölf Monate Moratorium, dachte sie dann immer. Noch eine Runde. Das war kein schlechtes Geburtstagsgeschenk, und beim nächsten Mal stand es immer noch auf der Wunschliste...

Sie tastete nach der Seife und wechselte das Thema. Das hier war absolut der falsche Zeitpunkt, um über Mann oder Kind nachzudenken... Außerdem war es ja wohl so, daß sich weibliche Polizeibeamte eigentlich nur mit männlichen Polizeibeamten verheiraten konnten, und da war die Auswahl logischerweise erheblich eingeschränkt! Sie begann sich die Brust einzuseifen – immer noch fest und straff; noch so ein immer wiederkehrender Gedanke: daß sie ihren Busen eines Tages nicht mehr würde leiden können, ihren ganzen Körper, aber das war natürlich so ein Trauma, das sie mit allen Frauen teilte. Eine der Bedingungen des Lebens, in die man sich wohl fügen mußte... Kropke und Mooser waren übrigens beide verheiratet. Gott sei Dank. Aber sie wollte eigentlich keinem der beiden heute abend ihre Gedanken widmen. Warum auch? Es war überhaupt kein Polizeiangehöriger, über den sie in den nächsten Stunden nachdenken wollte. Ganz im Gegenteil. Da war dieser andere... der Henker. Er und sonst niemand.

Er ist es, den ich haben will.
Sie lachte bei dem Gedanken. Lachte und knipste das Licht mit einer Eile an, die ihr selbst verdächtig vorkam.

Sie hatte sich gerade erst an ihren Schreibtisch gesetzt, als das Telefon klingelte. Da saß sie mit einer Tasse russischem Tee und einem kleinen Lichtkegel, der nur das benötigte Oval über den Notizblocks erleuchtete.

Ihre Mutter, natürlich... nun ja, das Gespräch konnte sie ebensogut gleich hinter sich bringen. Dann wurde sie wenigstens später nicht mehr gestört.

Ob sie am Sonntag nach Hause kommen wollte? Papa würde sich so freuen. Er war schon die ganze Woche so niedergeschlagen, und die Ärzte haben gesagt... na ja, das könnten sie ja vielleicht dann besprechen. Was sie gerade mache? Arbeiten! Aber sie hatte doch wohl ihre Finger nicht in dieser schrecklichen Mordgeschichte, das war doch wohl eine Sache für die Männer? Oder gab es etwa keine Männer bei ihnen? Was war das nur für eine Stadt?

Nach zehn Minuten hatte sie das Gespräch beendet, und ihr schlechtes Gewissen rumorte in ihr wie ein eitriger Zahn. Sie schaute zum Fenster hinaus, starrte auf den letzten Rest des Sonnenuntergangs, der sein symbolisches Licht über den ganzen Himmel verteilte, und beschloß, jedenfalls am Sonntag abend für ein paar Stunden hinüberzufahren. Vielleicht konnte sie auch übernachten und dann den ersten Morgenzug zurück nehmen... ja, anders ließ es sich wohl nicht machen.

Sie zog den Stecker raus. Für alle Fälle. Es konnte ja auch sein, daß Janos plötzlich auf die Idee kam, bei ihr anzurufen, und mit *dem* schlechten Gewissen wollte sie sich nicht auch noch herumplagen, nicht an diesem Abend jedenfalls.

Der Henker.

Sie schlug die beiden Collegehefte auf und legte sie nebeneinander. Begann in dem linken zu lesen.

Heinz Eggers,

stand in der ersten Zeile, doppelt unterstrichen.
Geb. 23.4.1966 in Selstadt
Gest. 28.6.1998 in Kaalbringen
Das war unbestreitbar, klar. Danach folgte eine ganze Reihe von Informationen, Eltern und Geschwister. Schullaufbahn. Verschiedene Adressen. Diverse Frauennamen. Verschiedene Daten, an denen Eggers in diversen Institutionen eingeliefert und wieder entlassen worden war, zumeist Gefängnisse, die Daten der Verhandlungen und die Gerichtsurteile.

Zwei Kinder von verschiedenen Frauen. Das erste ein Mädchen, geboren am 2.8.1990 in Wodz. Die Mutter eine gewisse Kristine Lauger. Das andere, ein Junge, geboren am 23.12.1996, am Tag vor Weihnachten, hatte sie sich notiert – also noch nicht einmal zwei Jahre alt. Der Name der Mutter war Matilde Fuchs, Adresse und Aufenthaltsort unbekannt...
Sie widmete der Frau ein paar Sekunden und dachte daran, daß diese Frau ja eigentlich genau das erreicht hatte, was sie selbst gern gehabt hätte. Ein Kind ohne einen Vater – aber war das wirklich das, was sie anstrebte? Außerdem konnte es sich ja auch um eine drogensüchtige Prostituierte handeln, die ihren unerwünschten Balg schon vor langer Zeit anderen überlassen hatte, besser geeigneten Pflegeeltern. Ja, das war wohl die wahrscheinlichere Hypothese.

Und? Wo hatte sie ihre Überlegungen gestern beendet? Da war doch noch eine wichtige Frage gewesen, ganz zweifellos...
Sie blätterte ein paar Seiten weiter. Da!

Was hatte Heinz Eggers auf diesem Hof zu suchen gehabt? Das war der Punkt! Warum befand sich diese windige Figur, dieser Unglücksrabe der Gesellschaft, in der Nacht zum 28. Juni 1998 um ein Uhr (oder noch später) in der Burgislaan 24?

Daß das eine gute Frage war, wußte sie, und auch wenn sie bisher noch keine Antwort auf sie gefunden hatte, drängten sich ihr doch einige Schlüsse auf, ohne daß sie die Logik allzusehr strapazieren mußte oder im üblichen Spekulationssumpf unterging. Und jeder andere hätte ebensogut darauf kommen können.

Erstens: Auch wenn Eggers bekanntermaßen ein Junkie war, konnte man doch wohl eine gewisse Rationalität in seinen Handlungen voraussetzen... er hatte an dem Abend keine größeren Mengen Gift in seinen Adern gehabt, er starb fast nüchtern und sauber (was, wie man als guter Christ hoffen konnte, ihm im Jenseits zugute geschrieben werden würde). Wie dem auch sei: Es war nicht davon auszugehen, daß Eggers sich nur zufällig in der Burgislaan befand. Er mußte dort etwas zu tun gehabt haben. Mitten in der Nacht. Am 28. Juni. Allein.

Sie nippte an ihrem Tee.

Zweitens: Keiner von Eggers' zwielichtigen Bekannten, und sie hatte so einige verhört, hatte die geringste Ahnung, worum sich das Ganze gehandelt haben könnte. Nicht einmal diese sogenannte Freundin, die in der betreffenden Nacht wie ein Stein geschlafen haben dürfte, nach dem Fusel, den sie am vorangegangenen Tag oder, besser gesagt, während der vorangegangenen vierundzwanzig Stunden zu sich genommen hatte. Das einzige, was ihnen allen einfiel, nachdem sie ihnen kräftig zugesetzt hatten, war, daß Heinz irgendeinen Tip bekommen haben mußte. Einen Hinweis. Informationen, daß jemand was zu verkaufen hatte... Stoff natürlich. Drogen irgendwelcher Art... Heroin oder Amphetamine oder ganz gewöhnliches Haschisch. Egal, was. Heinz nahm alles. Und was er nicht selbst einnahm, das verkaufte er an Rotzgören.

Drittens: Ergo. Schlußfolgerung: Der Henker hat den Treffpunkt ausgewählt. Eggers war das auserwählte Opfer und niemand sonst. Die Tat war genau geplant und vorbereitet. Nichts da mit einem Wahnsinnigen, Geisteskranken und ähnlichen Bezeichnungen, mit denen einige um sich warfen... Worum es einzig und allein ging, war Mord ersten Grades! Da war nichts mit aufbrausender Wut, gab es keine mildernden Umstände, ging es nicht um irgendwelche Junkies, die einem der ihren den Schädel einschlugen... Nein, ein Mord ersten Grades war das. Da konnte es keinen Zweifel geben, und auch nicht darüber, was der Henker für ein Typ war – ein präziser, genau kalkulierender Verbrecher, der sich vollkommen klar darüber war, was er da tat. Der nichts dem Zufall zu überlassen schien und der...

Der, viertens, ein Motiv hatte!

Sie lehnte sich auf ihrem Stuhl zurück und trank einen großen Schluck.

Ein äußerst zielbewußter Mörder.

Sie wandte sich dem zweiten Block zu.

Ernst Leopold Simmel.

Hier waren die Aufzeichnungen spärlicher. Nur ein paar Seiten. Sie hatte einfach keine Lust gehabt, diese Schwemme von Informationen aufzuschreiben, die Kropke aus Einwohnermelderegister und anderen Amtsquellen herausgefischt hatte. Firmenregister, Konkurse, Scheinfirmenaffären, Aufträge, Steuersachen, Reisen und Gott weiß was... Schnell überflog sie ihre Notizen und ging dann zu der Fragestellung am Ende über, die sie gestern aufgekritzelt hatte, bevor sie ins Bett ging...

Die Kunst war es, die richtigen Fragen zu stellen, wie der alte Wundermaas, ihr Lieblingslehrer in Genschen, ihnen gar nicht oft genug hatte einschärfen können. »Umformulieren!« knurrte er immer ungeduldig und bohrte dabei seinen dunklen Blick in seine Schüler. »Die Antwort kann kleiner als eine Nadel in einem Heuhaufen sein. Also sorgt zumindest dafür, daß ihr im richtigen Heuhaufen sucht.«

Wie lauteten die Fragen zu Ernst Simmel? Die richtigen? Sie trank noch einen Schluck und fing an.

Warum war er am Dienstag abend unterwegs? Das wußte sie.

Warum ging er über den Fischmarkt? Das konnte man sich denken...

Wann nahm der Henker die Verfolgung auf? Vielleicht ein guter Ausgangspunkt? Wie sah die Antwort hierauf aus?

Schon oben bei der Blauen Barke? Mit größter Wahrscheinlichkeit, ja. Dann muß er ja durch die ganze Stadt hinter ihm hergeschlichen sein, ja, wie hätte er es sonst machen sollen?

Was bedeutete das?

Sie hob den Blick und schaute aus dem Fenster. Da unten lag die Stadt. Sie knipste die Schreibtischlampe aus, und plötzlich lag Kaalbringen im Licht da... die verstreute punktuelle Beleuchtung der Nacht, die erleuchteten Bereiche – Bungeskirche, Hoistraat, der Hauptmarkt und die Fassade des Rathauses, das Hochhaus hinten bei Dünningen... Fisherman's Friend, ja, das mußte das Restaurant sein, das da in der Ferne hoch oben an den Klippen hing, es war ihr bisher nur nie aufgefallen. Hier war er entlanggegangen, der Mörder, den ganzen Weg von der Blauen Barke hinter seinem Opfer her in sicherem Abstand, und es mußte...

Es mußte Zeugen geben.

Das war ja wohl sonnenklar. Irgendwelche Leute mußten den Henker doch gesehen haben, wie er sich an den Häuserwänden die Lange Straße und die Hoistraat entlanggeschlichen hatte, wie er die Treppen hinuntergehuscht war, wie er den Fischmarkt überquert hatte... alles andere wäre äußerst unwahrscheinlich; wer immer er auch sein mochte, unsichtbar war er nicht. Und was bedeutete das?

Das war genauso sonnenklar: Morgen würde man die Tore öffnen, und Kommissar Jedermann würde ins Polizeirevier einfallen, und früher oder später würde jemand auftauchen... ein Mann oder eine Frau, der oder die ihn gesehen hatte. Der natürlich nicht wußte, daß es der Mörder gewesen war, aber der ihn nichtsdestotrotz gesehen hatte und jetzt darüber etwas sagen konnte. Der ihm direkt ins Gesicht gesehen hatte, der ihn vielleicht – gegrüßt hatte?

So war es. Sie machte das Licht wieder an. In ein paar Tagen würde sich der Name des Henkers in der Menge der vielen unbedeutenden Aussagen eingeschlichen haben, und keiner würde wissen, welcher es war, und es gab keine Methode, den richtigen herauszufischen... Oder würde es sich lohnen, sie alle einzeln durchzukauen? Würde das jemand als der Mühe wert ansehen? Kropke?

Scheiße! dachte sie. Ein typischer Fall für Kropke. Dann konnte sie sich eigentlich gleich geschlagen geben...

Aber es mußte doch irgendwelche Abkürzungen geben?

Schummelzettel. Eselsbrücken. Ein Schritt quer durch das Meer uninteressanter Informationen? Irgend so etwas mußte es geben.

Wie lautete also die Frage, die sie auf die nächste Seite schreiben und vierfach unterstreichen konnte?

Sie stand schon da.

Verbindung??? stand da. Sie starrte sie eine Weile an. Dann zeichnete sie ein Dreieck. Schrieb die Namen Eggers und Simmel in zwei Ecken. Zögerte eine Weile, bis sie den Henker in die dritte kritzelte. Betrachtete das Bild.

Was mache ich hier eigentlich? kam ihr in den Sinn. Was ist das für ein Quatsch? Was für ein Kinderkram!

Aber die Zeichnung sah zweifellos beeindruckend aus. Wenn ich einen Computer hätte, dachte sie, bräuchte ich nur Simmel in die eine Spalte und Eggers in die andere einzutippen... und in dem Muster, das dann den Schirm herunterrollen würde, würde früher oder später ein Punkt auftauchen, ein Linienbündel, das irgend etwas Lesbares ergeben würde. Aus dem Wirrwarr, dem Gitter oder wie man das nun nannte, würde ein Name hervortreten, und das wäre der Name des Henkers. So einfach würde das sein!

Verdammt, dachte Beate Moerk. Jetzt fange ich schon an zu spinnen! Wenn es etwas gibt, wovon ich auf dieser Welt absolut keine Ahnung habe, dann sind es Computer.

Sie klappte die Hefte zu. Sah auf der Uhr, daß es zu spät geworden war für den italienischen Film im Fernsehen, den sie ja sowieso nicht hatte sehen wollen... nein, das Quantitative war nicht ihre Methode. Nicht dieses mühselige Durchdreschen eines Heuhaufens nach dem anderen, dazu eignete Kropke sich besser, zusammen mit Mooser und Bang. Hier waren andere Dinge gefragt.

Sie hob wieder ihren Blick, gerade rechtzeitig, um zu sehen,

wie die Mondscheibe in ihr Fensterrechteck glitt. Ganz rund...
Juno! Das war ein Zeichen, ganz klar. Hier galten andere Voraussetzungen. Andere Bedingungen. Intuition! Die Frau! Nicht diese verfluchte linke Gehirnhälfte! Yin, nicht Yang! Sie merkte, daß sie den Mond anlachte... Ich bin doch wirklich zu komisch, dachte sie plötzlich. Eine verfluchte Närrin! Es wird Zeit, daß ich ins Bett gehe. Zweifellos. Nur gut, daß keiner weiß, wozu ich mein Gehirn benutze. Der reine Mißbrauch!

Sie stand auf und ging auf den Flur. Ließ den Bademantel heruntergleiten und blieb eine Weile vor dem Spiegel stehen. Eigentlich gar nicht so schlecht, dachte sie. Könnte glatt für fünfundzwanzig, sechsundzwanzig durchgehen. Schade, daß kein Kerl im Bett liegt.

Aber als sie eine Viertelstunde später einschlief, kamen ihr aus dem Dunkel nur imaginäre Bilder des Mörders entgegen. Soweit imaginäre Bilder überhaupt existieren.

Der Henker?

Konnte man überhaupt sicher sein, daß es sich wirklich um einen Mann handelte?

Die Frage stellte sich ihr gerade in dem Moment, als sie die letzten Barrikaden aufgab und sich der grenzenlosen Fürsorge des Schlafs überließ, und inwieweit Wundermaas diese Frage zu den ergiebigen Heuhaufen zählen würde oder nicht, das zu bedenken, blieb ihr keine Zeit mehr.

10

»Manchmal kommt mir doch der Gedanke, daß es eine lenkende Hand hinter allem gibt, trotz allem«, sagte Bausen, während er Van Veeteren ein Glas reichte.

»Gottes Finger?«

»Oder der eines anderen. Prost! Der hier ist leicht, ich will deine Geschmacksknospen nicht ruinieren. Ich denke, die edlen Tropfen heben wir uns für später auf...«

Sie tranken, und die Rohrstühle knackten auf sympathische Weise. Van Veeteren zündete sich eine Zigarette an. Er hatte klein beigegeben und sich am Kiosk vor dem Hotel eine Packung gekauft. Das war die erste, seit Erich ihn verlassen hatte, also würde es doch wohl erlaubt sein.

»Also«, fuhr Bausen fort und zog einen abgegriffenen Tabaksbeutel hervor, sich vage daran erinnernd, was Van Veeteren in Ernst Simmels Kehle gesehen hatte. »Da schiebt man friedlich seinen Dienst. Sperrt betrunkene Autofahrer ein, klärt die eine oder andere Schlägerei, beschlagnahmt den Schnaps von Booten aus dem Osten... und dann hat man plötzlich das hier am Hals. Gerade wenn man im Begriff ist, die Bilanz zu ziehen. Nun komm mir bloß nicht damit, daß das nichts zu bedeuten hätte!«

»Es gibt bestimmte Muster«, sagte Van Veeteren.

Bausen sog an seiner Pfeife.

»Sogar den Rassisten habe ich eins auf die Nuß gegeben!«

»Ihr habt hinten in Taublitz eine Asylantensiedlung?« erinnerte sich Van Veeteren.

»Ja, genau. Diese Pappnasen haben vor ein paar Jahren angefangen, herumzukrakeelen, und im November letzten Jahres gab es eine Bande, die Feuer legte... zwei Baracken haben sie abgefackelt. Acht Stück habe ich zu fassen gekriegt.«

»Gut«, sagte Van Veeteren.

»Vier von denen sind jetzt dabei, die Hütten wieder aufzubauen, kannst du dir das vorstellen? Mit den Flüchtlingen zusammen. Sie konnten es sich aussuchen – entweder zwei Jahre Knast oder gemeinnützige Arbeit... ein verflucht guter Richter. Heinrich Heine heißt er, genau wie der Dichter. Und jetzt haben sie ihre Lektion gelernt.«

»Beeindruckend«, sagte Van Veeteren.

»Finde ich auch. Vielleicht ist es doch möglich, aus allen vernünftige Leute zu machen, wenn man sich nur Mühe gibt, obwohl – vier von ihnen sind tatsächlich lieber in den Knast gegangen.«

»Hast du vor, unter allen Umständen zum ersten Oktober aufzuhören?« fragte Van Veeteren. »Die haben noch nicht wegen einer Verlängerung angefragt, oder?«

Bausen schnaubte.

»Keine Ahnung. Ich habe jedenfalls in der Richtung nichts mitbekommen... wahrscheinlich hoffen die, daß du das hier im Handumdrehen erledigst, so daß sie mich in der üblichen Art und Weise verabschieden können, wenn es soweit ist. Was ich übrigens auch hoffe.«

Ich auch, dachte Van Veeteren. Er hob sein Glas und schaute sich um. Bausen hatte den Tisch abgeräumt und eine Decke aufgelegt, aber sonst sah es aus wie beim letzten Mal – Bücher, Zeitungen und Gerümpel, die rankenden Kletterrosen und der zugewachsene Garten, der alle Geräusche und Eindrücke schluckte, bis auf die eigenen. Man konnte fast glauben, man wäre auf irgendeinem Greeneschen oder Conradschen Außenposten gelandet. Im Mangrovensumpf einer Flußmündung auf einem bisher noch unerforschten Kontinent. Vielleicht im Herzen der Finsternis. Ein paar Tropenhelme, ein Glas mit Chinintabletten und ein paar Moskitonetze hätten das Bild nicht gestört... dabei saß er hier mitten in Europa. Ein kleiner Spielzeugdschungel an einem europäischen Meer. Van Veeteren schnupperte an dem leicht nach Zimt duftenden Getränk, und ihn überlief ein kurzer Schauer der Zufriedenheit.

»Deine Frau...?« fragte er. Irgendwann mußte er diese Frage ja stellen.

»Ist vor zwei Jahren gestorben. Krebs.«

»Kinder?«

Bausen schüttelte den Kopf.

»Und du?« fragte er.

»Geschieden. Auch seit ungefähr zwei Jahren.«

»Aha«, sagte Bausen. »Bist du bereit?«

»Wozu?«

Bausen lachte.

»Zu einer kleinen Wanderung in die Unterwelt. Ich wollte dir gern meine Schatzkiste zeigen.«

Sie leerten ihre Gläser, und dann stieg Bausen mit Van Veeteren im Schlepptau hinunter. Eine Treppe hinab, durch den Heizkeller und ein paar Vorratsräume voller Gerümpel – Fahrräder, Möbel, ausgediente Haushaltsgeräte, verrostetes Gartenwerkzeug, gebündelte und nicht gebündelte Zeitungen, Flaschen, abgetragene Schuhe und Stiefel...

»Ich kann mich so schlecht von etwas trennen«, erklärte Bausen. »Paß auf deinen Kopf auf! Hier ist die Decke niedrig.«

Über ein paar Treppenstufen und durch einen engen Gang, der nach Erde roch, kamen sie zu einer massiven Holztür mit doppelter Verriegelung und Hängeschloß.

»Hier!« sagte Bausen. Er schloß auf und machte Licht. »Hier kriegst du was zu sehen.«

Er zog die Tür auf und ließ Van Veeteren als erster über die Schwelle treten.

Wein. Ein ganzer Keller voll.

In der Dunkelheit konnte er die matten Lichtreflexe der Flaschen erkennen, die die Wände hoch gestapelt lagen. Ordentlich nebeneinandergelegt, vom Boden bis zur Decke. Tausende von Flaschen zweifellos. Er sog den schweren Duft tief in die Nasenflügel ein.

»Aah!« sagte er. »Sie steigen in meiner Achtung, Herr Dienststellenleiter. Das ist doch wohl das beeindruckendste Zeichen von Zivilisation.«

Bausen gluckste.

»Ganz genau! Vor dir siehst du, womit ich mich in erster Linie nach meiner Pensionierung zu beschäftigen gedenke. Ich habe ausgerechnet, daß es zehn Jahre reichen müßte, wenn ich mich mit drei Flaschen in der Woche begnüge. Und ich glaube nicht, daß ich Lust habe, noch länger dabeizubleiben.«

Van Veeteren nickte. Wie konnte ich das nur versäumen? dachte er. Sobald ich wieder zu Hause bin, muß ich mit dem Graben anfangen! Was natürlich etwas problematisch werden könnte, da er in einem Mietshaus wohnte, aber vielleicht wäre mit dem Einkaufen schon einmal ein Anfang gemacht. Vielleicht konnte man einen Schrebergarten mieten oder etwas in der Art? Er beschloß, die Sache mit Reinhart oder Dorigues zu besprechen, sobald er wieder zu Hause war.

»Du kannst zwei für uns aussuchen«, sagte Bausen. »Ich denke, wir sollten einen roten und einen weißen nehmen...«

»Mersault«, sagte Van Veeteren. »Weißen Mersault, hast du den?«

»Einige Dutzend, denke ich. Und welchen roten?«

»Das überlasse ich dem Chef der Untersuchung«, erklärte Van Veeteren.

»Meinetwegen, dann schnappe ich mir einen Saint Emilion von 71. Wenn der Herr Hauptkommissar nichts dagegen haben?«

»Werd ich schon runterkriegen«, sagte Van Veeteren.

»Insgesamt ein gelungener Abend«, stellte er zwei Stunden später fest. »Ich wollte, das Leben hätte mehr von dieser Sorte zu bieten – gutes Essen, intelligente Gespräche, erlesene Weine, um nur einiges zu erwähnen, und dann noch dieser Käse.« Er leckte sich die Finger ab und biß in eine Birnenscheibe. »Was bin ich eigentlich schuldig?«

Bausen gluckste zufrieden.

»Hast du immer noch nicht kapiert? Schnapp den Henker, verflucht noch mal, damit ich in Würde altern kann!«

»Ich wußte doch, daß die Sache einen Haken hat«, sagte Van Veeteren.

Bausen verteilte die letzten Tropfen des Bordeaux.

»Immer mit der Ruhe«, sagte er. »Wir genehmigen uns doch noch einen Whiskysoda, um das Ganze abzurunden, oder?«

»Hrrm«, knurrte Van Veeteren. »Vielleicht sollten wir deine Überlegungen lieber vorher durchgehen. Schließlich bist du ja von Anfang an dabeigewesen...«

Sein Gastgeber nickte und lehnte sich im Stuhl zurück, zog

sich die Schuhe aus und legte die Füße auf eine Kiste mit alten Einmachgläsern. Wippte eine Weile mit den Zehen und schien in Gedanken zu versinken.

»Hol's der Teufel«, sagte er nach einer Minute. »Ich habe so viele Ideen und lose Fäden im Kopf, daß ich nicht einmal weiß, mit welchem ich anfangen soll. Heute habe ich vor allem darüber nachgedacht, ob es wirklich einen Zusammenhang gibt, wenn man alle Fakten betrachtet.«

»Erklär mir das!« forderte Van Veeteren ihn auf.

»Natürlich haben wir es wieder mit dem gleichen Täter zu tun, davon gehe ich schon aus... und sei es auch erst einmal nur der Einfachheit halber. Der gleiche Mörder, die gleiche Methode, die gleiche Waffe. Aber die Verbindung zwischen den Opfern, das ist es, was mir Sorgen macht... ich fürchte, daß wir auf etwas stoßen werden, an dem wir uns dann festbeißen, nur weil wir überhaupt etwas gefunden haben. Daß sie 1988 dieselbe Reise nach Sizilien gemacht haben oder im Oktober 1970 im gleichen Krankenhaus gelegen haben, oder weiß der Teufel was.«

»Die Wege zweier Menschen kreuzen sich immer irgendwann einmal«, sagte Van Veeteren.

»Ja, ungefähr so... und diese Tatsache allein muß noch überhaupt nichts zu bedeuten haben. Das kann etwas bedeuten, muß es aber nicht zwingendermaßen.«

»Vergißt du dabei nicht, daß es drei Spuren sind«, hakte Van Veeteren nach, »die des Mörders auch noch.«

»Doch, doch, natürlich müssen wir nach dieser dritten suchen, wenn wir den Schnittpunkt gefunden haben. Ich habe nur einfach das Gefühl, daß es in diesem Fall hier um etwas anderes geht...«

»Daß Eggers und Simmel nach Gutdünken ausgesucht wurden?«

»Kann sein«, sagte Bausen und starrte in die Dunkelheit. »Natürlich hat er sich Eggers und Simmel herausgesucht, aber woher wollen wir wissen, ob es wirklich etwas mit den beiden zu tun gehabt hat? Es kann sich ja um vieles gehandelt haben, sozusagen..."

»Eine Zufallsliste aus dem Telefonbuch?« schlug Van Veeteren vor. »Da gibt es Beispiele, weißt du... Harridge, wenn du dich noch an ihn erinnerst. Er hat einfach die Augen zugemacht und auf zehn Namen im Coventrybezirk getippt. Ist dann losgegangen und hat einen nach dem anderen erwürgt...«

»Ich weiß«, sagte Bausen. »Immer am Samstag... fünf Stück hat er geschafft, bevor man ihn geschnappt hat. Und weißt du, worüber er gestolpert ist?«

Van Veeteren schüttelte den Kopf.

»Eine der Personen, die er angekreuzt hat, Emerson Clarke, wenn ich mich nicht irre, war ein alter Boxchampion. Harridge ist einfach nicht mit ihm fertig geworden.«

»Pech«, sagte Van Veeteren. »Er hätte den Boxer aussortieren sollen, bevor er in Aktion trat.«

»Ist ihm recht geschehen«, sagte Bausen.

Sie zündeten sich beide eine Zigarette an und saßen eine Weile schweigend da. Lauschten dem leisen Rascheln in dem Rosengestrüpp. Ein paar Igel waren herangekommen, schnupperten und tranken von dem Milchteller, der an der Wand stand, und immer wieder flogen Schwalben unter den losen Dachziegelpfannen ein und aus... vielleicht nicht gerade die Geräusche des Dschungels und seiner Bewohner, aber das Gefühl einer gewissen Erotik überfiel Van Veeteren dennoch.

»Natürlich werden wir in eine andere Lage kommen, wenn er wieder zuschlägt«, sagte Bausen.

»Zweifellos«, bestätigte Van Veeteren.

Plötzlich fuhr ein kalter Wind durch den Garten.

»Willst du reingehen?« fragte Bausen.

»Nein.«

»Und du hast keinen Verdacht?«

Bausen schüttelte den Kopf. Probierte den Whisky.

»Zuviel Wasser?«
»Nein, nein. Keine... Ahnungen, gar nichts?«
Der Polizeichef seufzte.
»Ich sitze jetzt seit mehr als fünfundzwanzig Jahren auf diesem Posten. Die Hälfte aller Leute, die hier wohnen, kenne ich mit Namen und Geschichte... den Rest zumindest vom Ansehen her. Es gibt vielleicht ein paar tausend Neuzugezogene und so, die mir nichts sagen, aber sonst... ich glaube, ich habe über jede einzelne Seele nachgedacht, und mir drängt sich nicht das Geringste auf. Nichts!«
»Es ist immer schwer, sich Leute als Mörder vorzustellen«, sagte Van Veeteren. »Bevor man es nicht sicher weiß, meine ich. Und er muß ja nicht einmal von hier sein.«
Bausen überlegte eine Weile.
»Kann schon sein, aber das glaube ich nicht. Ich wette, er ist von hier. Nun ja, wie dem auch sei, es wäre wunderbar, endlich weiterzukommen. Mit diesem verfluchten Eggers haben wir ja schon Tausende von Stunden verbracht!«
Bausen kratzte seine Pfeife aus. Es sah aus, als würde er mit sich selbst zu Rate gehen.
»Spielst du eigentlich Schach?« fragte er.
Van Veeteren schloß glücklich die Augen. Das Tüpfelchen auf dem i, dachte er.

11

Nicht nur der Rundfunksender und die lokale Presse hatten die Worte des Polizeichefs Bausen ernst genommen. Auch mehrere Landeszeitungen brachten am Sonntag einen ernsthaften Aufruf an die verantwortungsbewußten Kaalbringener Bürger, sich mit jedem kleinsten Hinweis, der zum schnellen Ergreifen des Henkers führen könnte, unverzüglich an die Polizei zu wenden.

Als Inspektor Kropke und Anwärter Mooser später am

Abend die Ergebnisse von Kommissar Jedermanns erstem Tag zusammenstellten, wurde einiges bereits deutlich. Zwar hatte Kropke es nicht mehr geschafft, vor der Zusammenkunft im Konferenzraum irgendwelche Overheadfolien zu bemalen, aber alles war fein säuberlich in seinem Notizbuch mit herausnehmbaren Seiten und einem Umschlag aus dunkelblauem Leder notiert:

1) Während des Tages haben sich 48 Personen im Polizeirevier eingefunden und eine Zeugenaussage über den Mordabend gemacht. Von diesen waren 11 bereits vorher verhört worden. Von den übrigen 37 wurden 6 als uninteressant eingestuft, da sie sich offensichtlich im falschen Bereich der Stadt befanden (3), zum falschen Zeitpunkt dort waren (2) oder sich im Datum getäuscht hatten (1 – die alte Witwe Frau Loewe, die am Montagmorgen Katzenfutter kaufte und bereits zu der Zeit eine ganze Menge verdächtiger Personen mit Äxten unter dem Mantel entdeckt hatte).

2) Die 42 Zeugen, alte wie neue, haben sich alle im Gebiet Lange Straße – Hoistraat – Michel-Treppen – Fischmarkt – Hafen-Esplanade – Stadtwald aufgehalten, und zwar irgendwann zwischen 23.00 und 24.00 Uhr. Die Namen, Adressen und Telefonnummern aller Zeugen wurden genau notiert, und außerdem wurde ihnen auf Kropkes Veranlassung hin verboten, in der nächsten Woche zu verreisen, da man sie möglicherweise für ein intensiveres Verhör vorladen müßte. (Eine Maßnahme, die natürlich reichlich nach Amtsmißbrauch stank, aber Van Veeteren schluckte seine Einwände hinunter. Schließlich war er nicht der Ermittlungsleiter...)

3) Alle Zeugen hatten sich an verschiedenen Orten und zu verschiedenen Zeitpunkten gegenseitig gesehen, das ergab sich aus einem ungemein komplizierten und immer weiter angewachsenen Muster, das Kropke, trotz mehrfachen Versuchs,

nicht in seinen PCB 4000 einprogrammieren konnte. (Daß sich daraus eine gewisse Frustration ergab, hatte vor allem Mooser während der späten Nachmittagsstunden erfahren müssen, da die Dienstrang- und somit auch die Hackordnung bei der Polizei nun einmal so war, wie sie war.)

4) Die erste Zeugenaussage, abgegeben von Frau deWeutz und Frau Alger, die in der Dooms Gasse gestanden und sich dort unterhalten und gesehen hatten, wie Ernst Simmel quer über den Platz gegangen war... diese Zeugenaussage wurde jetzt von vier weiteren Beobachtern unterstrichen. Zwei Paare, die beide gegen 23.20 Uhr den Platz überquert hatten, wenn auch in unterschiedliche Richtungen, hatten den einsamen Spaziergänger ebenfalls bemerkt, der nach näheren Überlegungen als der verstorbene Immobilienhändler identifiziert werden konnte.

5) Zwei mopedfahrende Jugendliche (was gewiß etwas außerhalb der Grenzen des Gesetzes vor sich gegangen war) waren ein paar Minuten später über den Marktplatz in Richtung Esplanade gefahren und hatten eine Person überholt, die allem Anschein nach Simmel gewesen sein mußte.

6) Ein Liebespaar, bei dem die Frau lieber anonym bleiben wollte, so daß sie es vorzog, die Aussage des Mannes per Telefon zu bestätigen, statt sich selbst auf der Wache einzufinden, hatte sich zwischen ca. 23.00 Uhr und 01.00 Uhr in einem Auto sitzend – oder eher halbliegend – in der Nähe des Bootshafens befunden, und gegen 23.30 Uhr hatten die beiden einen Mann beobachtet, der direkt am Kai stand und eine Zigarette rauchte, nicht mehr als zehn Meter von ihrem Auto entfernt. Beide waren ziemlich überzeugt davon, daß es sich dabei um Ernst Simmel gehandelt haben mußte.

7) Oben in der Hoistraat hatten drei neue Zeugen (zu den bisherigen zwei) den Ermordeten auf seinem Weg von der Blauen Barke kommen sehen. Alle drei hatten außerdem noch ein oder zwei andere Männer gesehen, die allein unterwegs waren, höchstwahrscheinlich handelte es sich hierbei um die Zeugen, die sich gegenseitig gesehen hatten.

8) Ein einzelner Zeuge hatte einen allein gehenden Mann gesehen, der zwischen 23.10 und 23.15 Uhr von der Hoistraat zu den Michel-Treppen abbog, einen Mann, der ganz offensichtlich nicht mit Simmel identisch war. Der Abstand zwischen dem Zeugen und dem besagten Objekt machte wahrscheinlich fast zwanzig Meter aus, aber da letzterer genau in dem Augenblick unter einer Straßenlaterne hindurchging, hatte der Zeuge ihn ziemlich deutlich sehen können. Das interessanteste Detail hierbei dürfte wohl sein, daß der Betreffende eine Kopfbedeckung trug, einen Hut mit breiter Krempe, die sein Gesicht beschattete. Unter anderem diese Tatsache konnte wohl darauf hinweisen, daß es sich hier wirklich um den Mörder gehandelt hatte – was dann die bis jetzt einzige direkte Beobachtung wäre. In den Schilderungen aller anderen Abendspaziergänger tauchte nirgendwo ein Mann mit Hut auf.

Der Zeuge hieß Vincent Peerhoovens und schien im Moment seiner Beobachtung leider nicht ganz nüchtern gewesen zu sein und damit nicht ganz zuverlässig – eine Tatsache, die er selbst bereitwillig einräumte und die von anderen Zeugen bestätigt wurde. Dennoch mußte seine Aussage natürlich als äußerst interessant für die weiteren Ermittlungsarbeiten angesehen werden.

9) Die vielleicht wichtigste Zeugenaussage an diesem Sonntag – zumindest nach Meinung von Kommissar Bausen – kam von vier Jugendlichen, die unten vom Hafen durch den Stadtwald nach Rikken hin zu Fuß gegangen waren ... also genau den betreffenden Fußweg, und die den Tatort selbst kurz nach

23.40 Uhr passiert haben mußten. Nachdem Ernst Simmel laut Zeugenaussage Nr. 6 ungefähr zehn Minuten zuvor unten am Hafenbecken gestanden und eine Zigarette geraucht hatte, und da keiner der Jugendlichen ihn gesehen hatte, konnte man ziemlich sicher den Schluß daraus ziehen, daß der Mörder gerade zugeschlagen hatte, als sie den Tatort passierten und vermutlich mit seinem Opfer in den Büschen wartete, bis sie vorbei waren. (Als das klar wurde, brach eines der Mädchen in hysterisches Weinen aus... das gleiche Mädchen übrigens, deretwegen die Jugendlichen sich nicht früher gemeldet hatten. Ihr Vater war Pastor in der Freien Synode, und sie hätte zu dem betreffenden Zeitpunkt im sicheren Mädchenzimmer ihrer Freundin schlafen sollen [eine der anderen Jugendlichen], statt sich draußen mit Jungs im Wald herumzutreiben.)

Wie dem auch sei, aufgrund dieser Zeugenaussage konnte der Zeitpunkt des Mordes mit großer Sicherheit auf 23.40 Uhr festgelegt werden – plus minus ein paar Minuten.

»Das war wohl so ungefähr alles«, erklärte Kropke und klappte sein Notizbuch zu.

»Meuritz hat sich eine Zigarre verdient«, sagte Van Veeteren. »Es scheint, als hätte er auf die Sekunde genau richtig gelegen. Aber wie ist der Mörder über den Marktplatz gekommen, das wüßte ich gern. Während der kritischen Minuten befanden sich dort... laß mal sehen... sechs oder sieben Personen.«

»Acht«, korrigierte Kropke, »mindestens acht. Wahrscheinlich ist er unter den Arkaden lang gegangen, ganz einfach... an der linken Seite, am Walska Haus, gibt es eine Säulenreihe, ich weiß nicht, ob der Herr Kommissar die schon bemerkt hat. Die ist außerdem noch schlecht beleuchtet. Und keiner von unseren Zeugen ist dort entlanggegangen.«

»Wie geschaffen für einen Mörder«, seufzte Bausen. »Tja, was meinen Sie, meine Herren? War der Tag erfolgreich?«

Mooser kratzte sich mit einem Bleistift hinterm Ohr und gähnte.

Kropke studierte seine Aufzeichnungen. Van Veeteren trank die letzten Tropfen aus dem Pappbecher und stellte fest, daß ein himmelweiter Unterschied zwischen altem, lauwarmem Kaffee und weißem Mersault bestand.

»Schwer zu sagen«, erklärte er dann. »Jedenfalls sind wir weitergekommen... und morgen ist ja auch noch ein Tag.«

»Montag, ja«, erdreistete Mooser sich, einzuwerfen.

»Falls er nicht schon im Wald auf der Lauer gelegen hat«, sagte Kropke, der offensichtlich einen Gedanken für sich weiterverfolgt hatte. »Vielleicht sollten wir diese Möglichkeit nicht ganz ausschließen.«

»Auf jeden Fall gedenke ich, ein paar kleine Befragungen durchzuführen«, fuhr Van Veeteren fort. »Wenn der Ermittlungsleiter keine anderen Aufgaben für mich hat, natürlich.«

»Ganz und gar nicht«, sagte Bausen. »Nur gut, wenn die Polizei sich ihre eigenen Aufgaben stellt.«

Mooser gähnte wieder.

12

»Sie waren sein juristischer Berater?« fragte Van Veeteren und zog einen Zahnstocher aus der Brusttasche.

»Eher ein guter Freund der Familie«, lachte der Rechtsanwalt. »Aber das eine schließt doch das andere nicht aus?«

»Ganz und gar nicht.«

Eugen Klingforts Büro hatte den Touch einer Luxuskajüte. Helle Teakholzverkleidung mit groben Messingbeschlägen hier und da. Eingelassene Bücherregale mit Reihen von Halblederbänden, jeder einzelne so ungelesen, wie er die Druckerei verlassen hatte. Ein lederbezogener Aktenschrank, ein Bartisch, der in den Schreibtisch eingefügt werden konnte, ein Tresor der Marke Wassermann & Frisch.

Die Inkarnation schlechten Geschmacks, dachte Van Veeteren. Je mehr Geld sie haben, um so schlimmer wird es.

»Und wie lange schon?« fragte er.

»Wie lange? Ach so, Sie meinen... nun ja, so ungefähr seit fünfundzwanzig, dreißig Jahren. Ich glaube, man kann sagen, seit ich mich hier in der Stadt niedergelassen habe. Möchte der Herr Kommissar eine Zigarre?«

»Nein danke«, sagte Van Veeteren. »Welche Geschäfte hat er gemacht?«

»Welche Geschäfte? Wie meinen Sie das?«

»Ich möchte wissen, von welcher Art Ernst Simmels Geschäfte waren. Sie waren doch sein finanzieller Berater, ich dachte, darin wären wir uns einig?«

Anwalt Klingfort lehnte sich in seinem Stuhl zurück und ließ sein Kinn auf die Brust fallen. Ein Hauch von Fettleibigkeit, dachte Van Veeteren.

»Seine Geschäfte waren vollkommen in Ordnung.«

»Und sein Testament?«

»Es gibt kein Testament. Das war nicht notwendig. Grete und die Kinder bekommen ihren Erbteil, da ist nichts Außergewöhnliches.«

»Um wieviel handelt es sich denn?«

»Nun hören Sie mal, Kommissar Veeteren...«

»Van Veeteren.«

»...Van Veeteren. Ich habe schon reichlich viel Zeit mit diesem Inspektor Kropke vergeudet. Wenn Sie sich einbilden, ich würde jetzt alles noch einmal herunterbeten, nur weil Sie eine Stufe höher stehen, dann...«

»Dann?« unterbrach Van Veeteren.

»Dann täuschen Sie sich.«

»Danke, Herr Rechtsanwalt. Da liegt also der Hund begraben, aber wir werden ihn auch ohne Ihre Hilfe ausbuddeln.«

Eugen Klingfort schnaubte und zündete sich eine Zigarre an.

»Lassen Sie mich eine Sache klarstellen«, sagte er, nachdem er ein paar dicke Rauchwolken ausgestoßen hatte. »Es gibt nicht die geringste Ungenauigkeit, weder was Ernsts Geschäfte, noch was seine Hinterlassenschaft betrifft.«

»Sie schließen also aus, daß der Mörder ein finanzielles Motiv gehabt haben könnte?« fragte Van Veeteren.

»Ja.«

»Aber gab es denn nicht Leute, die ihm Geld schuldeten?«

»Natürlich hatte er gewisse Forderungen. Aber nicht von der Art, wie Sie sie andeuten.«

»Was deute ich denn an?« fragte Van Veeteren und legte den Zahnstocher auf die Armlehne. »Erzählen Sie mal!«

Der Rechtsanwalt antwortete nicht, aber seine Gesichtsfarbe wurde intensiver.

»Was denken Sie über den Mord?« fragte Van Veeteren.

»Ein Wahnsinniger«, antwortete Klingfort sofort. »Das habe ich die ganze Zeit gesagt. Kümmern Sie sich lieber darum, ihn zu schnappen, damit gesetzestreue Mitbürger abends wieder gefahrlos spazierengehen können.«

»Sind Sie öfters gemeinsam zu Huren gegangen?« fragte Van Veeteren.

Die Frage traf den Anwalt mitten in einem Lungenzug, und er bekam einen ziemlich unangenehmen Hustenanfall. Er wankte ans Fenster. Kam zurück und nahm einen großen Schluck Selter in der Barecke.

»Was, zum Teufel, wollen Sie damit sagen?« versuchte er zu brüllen, als er sich wieder gefangen hatte. »Das riecht verdammt nach Amtsmißbrauch und nach sonst gar nichts!«

»Es ist allgemein bekannt, daß Simmel zu Prostituierten gegangen ist«, erklärte Van Veeteren ungerührt. »Ich wollte nur wissen, ob Sie mir vielleicht ein paar Namen nennen könnten?«

»Ich möchte Sie bitten, mich jetzt in Ruhe zu lassen...«

»Das fällt mir gar nicht ein. Setzen Sie sich und beantworten Sie meine Fragen! Das hier ist eine Morduntersuchung, und ich habe die Befugnis, Sie mit ins Revier zu schleppen, wenn ich will. Nun blasen Sie sich bloß nicht so auf, Herr Rechtsanwalt! Ich habe schon größere Bomben platzen lassen als diese...«

Eugen Klingfort blieb mitten im Zimmer stehen, mit dem Kinn auf der Brust.

Er sieht aus wie ein krankes Walroß, dachte Van Veeteren.

»Sie streuen Ihre Asche auf den Teppich«, sagte er. »Nun? Die Namen der Frauen wollte ich.«

»Ich habe... ich habe mit dieser Seite von Ernsts Leben nichts zu tun«, fing der Anwalt an und ging zurück zu seinem Schreibtischstuhl. »Nichts! Sicher, er hat manchmal welche besucht... die üblichen... ab und zu. Ich bin mir sicher, daß die Polizei die Namen hat.«

»Ich will die haben, die nicht polizeibekannt sind«, erklärte Van Veeteren. »Sie sind doch glücklich verheiratet, Herr Klingfort. Frau, Kinder, Villa... ist Ihnen nicht klar, daß ich Ihnen das Leben ziemlich sauer machen kann, wenn Sie so störrisch sind?«

Der Anwalt fummelte an einer Schreibtischschublade. Zog einen Zettel heraus und kritzelte etwas darauf... schob ihn dann zu Van Veeteren hinüber.

»Aber ich garantiere Ihnen, daß das hier nicht das geringste mit dem Mord zu tun hat.« Er wischte sich einen Schweißtropfen von der Stirn. »Nicht das geringste.«

Das habe ich auch nie geglaubt, dachte Van Veeteren, als er wieder auf die Straße trat. Aber einen Schweinehund muß man ab und zu daran erinnern, daß er ein Schweinehund ist.

»Bist du nüchtern heute?« fragte Bausen und setzte sich mit seinem Kaffeetablett hin.

»Montags bin ich immer nüchtern«, sagte Peerhovens. »Da muß ich ja meinen Job machen.«

»Einkaufswagen zusammenschieben bei Maercks?«

»Genau. Man muß ja heutzutage nehmen, was man kriegt...«

Bausen hielt ein Päckchen Zigaretten hin, und Peerhovens nahm, was er kriegte.

»Kaffee und Zigaretten... man sollte sich immer gut stellen mit der Ordnungsmacht, das habe ich immer gesagt.«

»Es könnte nicht sein, daß du dir das nur ausgedacht hast... um irgendwelche Vorteile herauszuschlagen?« fragte Bausen und beugte sich dabei über den Tisch. Peerhovens zuckte zusammen und machte einen nervösen Eindruck.

»Nein, nein, garantiert nicht, Herr Kommissar! Es würde mir nie einfallen, der Polizei etwas vorzulügen! Ich habe ihn genauso deutlich gesehen, wie ich jetzt den Kommissar vor mir sehe... kam hinten von Klaarmann's... ich selbst, meine ich. Da hatte ich gesessen und ein bißchen mit Wauters und Egon Schmidt geplaudert, wenn der Kommissar weiß, wer...«

Bausen nickte.

»Erzähl, was du gesehen hast!« sagte er.

»Also, ich war gerade an dem Buchladen vorbei, auf dem Heimweg nämlich. Ich wohne hinten in Pampas, wenn der Kommissar weiß...«

»Ich weiß«, sagte Bausen.

»...na ja, und als ich da um die Ecke komme, auf die Hoistraat, meine ich, na ja, ich wollte ja nach links, wissen Sie, da sehe ich, wie eine Gestalt die Treppen runterrennt. Er kam von da hinten, ja dahinten aus der Richtung der Blauen Barke, so könnte man sagen, und er schien es verdammt eilig zu haben...«

»Eilig?«

»Ja, er ist die Treppen fast runtergesprungen, sozusagen...«

»Beschreib ihn!« sagte Bausen.

»Nun ja, das ging ja ziemlich schnell, aber er hatte so einen dünnen Mantel an, der etwas schlackerte... und dann einen Hut, irgendwie ein Schlapphut, und den hatte er so runtergezogen, daß ich keinen Fetzen vom Gesicht sehen konnte.«

»Welche Farbe hatte der Mantel?«

»Farbe? Nun ja, braun oder blau, so irgendwie... jedenfalls ziemlich dunkel.«

»Und der Hut?«

»Noch dunkler... aber nicht schwarz. Das alles ging so verdammt schnell, müssen Sie wissen, und ich habe es damals ja nicht so wichtig genommen... erst als Kovan mir erzählt hat, daß jemand Simmel totgeschlagen hat, ja, dann erst.«

»Kovan?«

»Kowalski... Radon Kowalski, er wohnt unter mir. Ein prima Kumpel.«

»Wann hast du es erfahren?«

»Wann? Ja, am nächsten Tag wohl – ja, dann muß es wohl gewesen sein, spät am Abend. Wir sind uns zufällig im Treppenhaus begegnet, und da hat er das gesagt. ›Hast du gehört, daß der Henker Ernst Simmel umgebracht hat?‹ hat er gesagt.«

»Und trotzdem hast du so lange gewartet und bist erst gestern zur Polizei gegangen?« fragte Bausen streng. »Warum?«

Peerhovens schwieg und schaute in die Kaffeetasse.

»Ja... ich...«, stammelte er, »ich weiß nicht, wirklich nicht. Ich dachte wohl, es wäre nicht so wichtig. ... ein bißchen beschwipst war ich ja auch gewesen, aber dann habe ich es im Radio gehört...«

»Wieviel hattest du am Dienstagabend getrunken?«

»Schwer zu sagen, schwer zu sagen«, überlegte Peerhovens. »Ich war ja 'n paar Stunden bei Klaarmann's, da ist wohl schon einiges zusammengekommen. Und Wauters hatte auch noch eine Flasche von zu Hause mitgebracht.«

»Ich verstehe«, sagte Bausen. »Und du würdest die Person nicht wiedererkennen, wenn du ihr irgendwo begegnen würdest?«

Peerhovens schüttelte den Kopf.

»Wie sah er übrigens aus? Groß oder klein... kräftig oder dünn?«

»Nein, nein... das konnte ich so auf die Schnelle gar nicht feststellen. Irgendwas dazwischen, glaube ich. Nein, ich würde ihn nicht wiedererkennen.«

Bausen nickte.

»Dann den Mantel und den Hut? Oder die auch nicht?«

Peerhovens zögerte eine Weile und bekam noch eine Zigarette.

»Man dankt. Nein«, beschloß er schließlich, »ich kann mit Sicherheit sagen, daß ich die nicht wiedererkennen würde.«

Bausen seufzte tief auf. Stand auf und überließ Vincent Peerhovens seinem Schicksal. Jedenfalls ist er schlau genug einzusehen, daß es ein gewisses Risiko bedeutet, dachte er. Den Henker gesehen zu haben.

»Marie Zelnik?« fragte Beate Moerk.

Ihr war klar, daß die Frau auf dem roten Sofa einige Jahre jünger sein mußte als sie selbst, und das erfüllte sie mit einem sonderbaren Gefühl der Unsicherheit. Auf der einen Seite wurde dadurch eine Art schlummernder Beschützerinstinkt in ihr geweckt, auf der anderen Seite war sie gezwungen, ihren Widerwillen und ihre Verachtung zurückzuhalten. Den Ekel hinunterzuschlucken.

Die Animosität war übrigens gegenseitig, wie es schien. Marie Zelnik saß zurückgelehnt da, das eine Bein über das andere geschlagen, so daß ihr Lederrock demonstrativ hochrutschte. Sie rauchte und betrachtete ihre Fingernägel.

»Ich möchte nur ein paar Fragen stellen.«
»Bitte schön.«
»Sie leben davon, daß Sie sich prostituieren?«
»Unter anderem, ja...«
»Was machen Sie sonst noch?«
Keine Antwort.
»Ich möchte, daß Sie mir etwas über Ernst Simmel erzählen. Er war doch einer Ihrer Kunden, nicht wahr?«
»Was wollen Sie wissen?«
»Alles kann für die Ermittlungen von Interesse sein. Wie lange hatten Sie bereits... Kontakt mit ihm, zum Beispiel?«
»Ungefähr seit einem halben Jahr – seit er wieder zurück ist.«
»Wie oft?«
Sie zuckte mit den Schultern.
»Nicht so oft. Einmal im Monat oder noch seltener... er war häufiger bei Katja.«
»Katja Simone?«
»Ja.«

»Das ist uns schon bekannt... Inspektor Kropke hat mit ihr gesprochen.«

»Ich weiß.«

Sie drückte ihre Zigarette aus und zündete sich sofort eine neue an. Widerlich, dachte Beate Moerk.

»Wie war er?«

»Simmel? Ein normaler Freier.«

»Wie pflegte er den Kontakt herzustellen?«

Marie Zelnik überlegte eine Weile.

»Meistens rief er am gleichen Tag an«, sagte sie. »Er hat nie eine Uhrzeit abgemacht, rief einfach aus der Kneipe an und fragte, ob er hochkommen könnte.«

»Und das konnte er.«

»Manchmal.«

Beate Moerk suchte nach weiteren Fragen. Ihr wurde bewußt, daß sie sich diesmal besser hätte vorbereiten sollen. Hätte überlegen sollen, worauf sie eigentlich hinaus wollte.

»Wann haben Sie ihn das letzte Mal gesehen?«

»Ungefähr eine Woche, bevor er gestorben ist.«

»Wie wirkte er da?«

»Wie immer... geil und nicht besonders geduldig.«

Beate Moerk spürte zu ihrer Verzweiflung, daß sie rot wurde.

»Hat er Ihnen ab und zu mal was erzählt?«

»Was denn?«

»Von seinem Leben, seiner Familie, zum Beispiel? Von seiner Frau?«

»Nie.«

»Sie haben auch nicht gefragt?«

»Warum sollte ich?«

»Und er... hat er bezahlt, was er sollte?«

Was für eine idiotische Frage! Beate Moerk spürte, wie sie die Kontrolle verlor. Sie sollte lieber zusehen, wie sie von hier wegkam, bevor sie etwas Unüberlegtes tat.

»Natürlich hat er bezahlt.«

Marie Zelnik betrachtete sie mit einem spöttischen Lächeln.

Die Inspektorin nahm noch einmal Anlauf.

»Und Ihnen ist nichts Besonderes an ihm aufgefallen. Etwas, das... Ihrer Meinung nach mit dem Mord zu tun haben könnte? Was wir wissen sollten?«

»Was sollte das denn sein?«

»Ich weiß es nicht«, gab Beate Moerk zu. »Wieviel nehmen Sie denn so?« rutschte es ihr heraus, bevor sie sich selbst bremsen konnte.

»Das kommt drauf an«, sagte Marie Zelnik.

»Kommt worauf an?«

»Na, wie man bumst natürlich. Da gibt es verschiedene Variationen, aber davon weiß die Frau Inspektor vielleicht nichts – und außerdem mache ich's nur mit Männern.«

Du widerliches Schwein! dachte Beate Moerk. Sei bloß froh, daß ich dir nicht Bausen auf den Hals gehetzt habe. Sie saß eine Weile schweigend da und versuchte weitere Fragen zu finden, die sie dieser arroganten Hure stellen konnte, aber ihr fielen keine ein.

»Vielen Dank«, sagte sie und stand auf. »Das war ein interessantes Gespräch. Sehr interessant. Wenn ich nicht im Dienst wäre, würde ich wahrscheinlich auf diesen billigen Teppichfetzen hier kotzen...«

Und damit, sagte sie sich, hatte sie zumindest in gewisser Weise die Ordnung wiederhergestellt.

13

Am Dienstag schlief er aus.

Das hatte er sich wirklich verdient. Eine Woche war jetzt vergangen, seit er Ernst Simmel dort im Stadtwald ein Ende bereitet hatte, und es gab keinerlei Anzeichen dafür, daß die Polizei irgendeine Spur hatte. Überhaupt keine.

Das hatte er auch nicht erwartet. Daß ihm die ersten beiden Morde relativ wenig Probleme bereiten würden, das hatte er bereits von Anfang an gewußt. Aber mit Nummer drei bekam die Sache notwendigerweise eine andere Qualität. Den Leuten war eins klargeworden. Hier handelte es sich nicht um eine einmalige Tat, wie sie sich eingebildet hatten, als man Eggers fand. Kein Zufallsmörder, der sich ein weiteres armes Opfer suchte... sondern einer mit mehreren auf seiner Liste.

Mehrere, denen der Kopf abgeschlagen werden mußte, bevor die Gerechtigkeit wiederhergestellt worden war.

Im Traum überfielen ihn die Bilder immer noch, und genau wie er es erwartet hatte, trat jetzt der dritte in den Vordergrund. Er, der noch lebte und der jetzt an der Reihe war... doch es war kein deutliches Bild; es gab keine derartige Erinnerung an ihn, keine Momentaufnahme. Vielleicht diese Sofaecke, und wie er dort in dieser kühlen, leicht überlegenen Haltung gesessen hatte... dieser junge, gut gekleidete Oberklassenschnösel, der aufgrund seiner Geburt und seiner gesellschaftlichen Stellung immer eine Hintertür fand. Der oben schwamm, wenn andere hinuntergezogen wurden. Trockenen Fußes und glatt gekämmt.

Der immer wieder auf die Beine kam, während andere zu Boden fielen und starben. Dieser Teufel, oh, wie er diese Aristokratie haßte, die für alles eine Entschuldigung wußte. Wenn er ihn mit den anderen verglich, war er der schlimmste von allen. In Feuerschrift stand es an der Wand. Er war der Anstifter. Er trug die größte Schuld, er sollte die schwerste Strafe erleiden... Auch aus diesem Grund war dieses Mal ein besonders sorgfältiges Vorgehen erforderlich. Daß er ein Fanal setzen wollte, etwas Besonderes, das war von Anfang an Teil seiner Pläne gewesen. Nicht, damit die Leute es verstanden, das würden sie sowieso nicht... erschrecken vielleicht, aber nicht verstehen... sondern um seiner selbst willen.

Und um ihretwillen.

Am Vormittag erledigte er praktische Dinge. Überprüfte seine Waffe. Putzte die Schneide, bis ihre Schärfe fast unvergleichlich war... wickelte sie danach in ein Stück Musselinstoff und versteckte sie an der gewohnten Stelle. Verbrannte den Mantel und den Hut im Kamin, jetzt waren andere Verkleidungen nötig. Er saß eine ganze Weile rauchend am Küchentisch und dachte über die Vorgehensweise nach, schließlich entschied er sich für den künstlerischen Moment, der zwar ein gewisses Risiko beinhaltete, aber eigentlich nur ein äußerst kleines, wie er sich selbst beruhigte. Er zweifelte keine Sekunde daran, daß er diesmal die Schlagzeilen im Fernsehen wie auch in den Zeitungen beherrschen würde, einen Tag lang auf jeden Fall, vielleicht sogar ein paar Tage lang.

Überraschend eigentlich. Denn das war ja in keiner Weise seine Zielsetzung gewesen, aber vielleicht stimmte es ja doch, was man sagte: Wieviel öfter sterben doch die Menschen auf dem Kampfplatz als zu Hause im Bett! Und wieviel bedeutet dabei doch der Kampf selbst! Die Geschehnisse und das Spiel.

Oder hatte er da etwas mißverstanden? Wie dem auch sei, man konnte nicht leugnen, daß alles eine Dimension bekommen hatte, die er anfangs nicht vorausgesehen hatte, mit der er nicht gerechnet hatte. Eine unerwünschte Richtung und die Süße der Verlockung, die natürlich mit dem Grundproblem selbst nichts zu tun hatte.

Mit dem Leben. Mit dem Tod.

Mit der Notwendigkeit.

Am Abend ging er spazieren. Teilweise, um die betreffende Gegend ein wenig zu erkunden, teilweise, um einen dumpfen Drang, sich in der Stadt zu bewegen, zu befriedigen. In seiner Stadt.

Kaalbringen. Ein Ort, der langsam von der flachen Ebene bis zur Steilküste im Osten hochkletterte. Der die Bucht umrundete, die Landzunge, die wie ein mahnender Finger ins offene Meer hinauszeigte, das städtische Hafenbecken mit den Landestegen und der Mole, den Bootshafen mit den unbeweglichen Luxusbooten, die sich an Poldern und Stegen scheuerten...

Eine ganze Weile verbrachte er oben zwischen den Klosterruinen von St. Hans bei Wind, mit tanzenden und kreischenden Möwen um sich herum; er schaute auf die Gassen hinunter, auf den Marktplatz und das Gedränge der Häuser. Auf die Kirchen: Bunge, Sancta Anna und Pieter, Kupfer, Kupfer und rote Ziegel – die beiden Hotels, die mit dem Rücken zum Land dem Meer die Stirn boten – See Wharf und das alte Bendix, den Stadtwald wie eine grüne, spaltende Klinge, die Einfamilienhäuser in Rikken und Werdingen. Auf der anderen Seite, kaum zu sehen im Nachmittagsdunst: die Mietskasernen in Pampas, Vrejsbakk und das Industriegebiet wie eine Miniaturanlage hinten am Fluß.

Sein Kaalbringen. Plötzlich durchfuhr ihn, daß er schon lange keine so intensive Beziehung mehr gespürt hatte wie jetzt. Vielleicht lag darin eine Bedeutung und ein Trost... er war der Henker. Da unten lag die Stadt in seinem Eisengriff. Da unten gingen die Menschen jetzt abends nur noch in Gruppen hinaus, oder sie schlossen sich ein. Sein Schatten ruhte schwer und finster auf der Stadt. Wenn man den Namen des Ortes draußen im Land in den Mund nahm, dann war er der Grund dafür...

Und gerade darin lag die unerwartete Dimension. Die so fern von der Triebkraft lag. Vom Motiv.

Ob sie etwas dagegen einzuwenden gehabt hätte? Er glaubte es nicht. Vielleicht würde es sie auch auf eine unergründliche Art freuen.

Brigitte. Gitte.

Erst als unten die Lichter angezündet wurden, merkte er, daß die Dunkelheit über ihn gekommen war. Er schob seine Hände in die Taschen und machte sich langsam auf den Rückweg in die Stadt. Dachte noch einmal über den Zeitplan nach... zwei Tage gab er sich, mehr nicht. Morgen abend oder am Abend danach, der Rhythmus war nicht unwichtig.

Es hatte einen Sinn, der inneren Stimme zu folgen.

14

»Es gibt einen ganz kleinen Zusammenhang«, sagte Beate Moerk, »aber darauf darf man natürlich nicht allzuviel geben.«

»Und welchen?« fragte Kropke, ohne den Blick vom Bildschirm zu wenden.

»Beide, Eggers und Simmel, waren neu in der Stadt... na ja, Simmel ist ja zurückgekommen. Aber auf jeden Fall waren beide beispielsweise vor einem Jahr noch nicht hier.«

Van Veeteren faltete die Zeitung zusammen und verließ seinen Platz in der Fensternische.

»Wann ist Eggers aufgetaucht?« fragte er. »Im Mai, oder...?«

»Eher Anfang April, aber zuerst ist er noch diverse Male hin und zurück gefahren. Simmel ist im Februar in sein Haus gezogen.«

»Und welche Schlußfolgerungen ziehst du daraus?« fragte Kropke.

»Überhaupt keine«, erwiderte Beate Moerk. »Ich dachte nur, es wäre sinnvoll, sich das zu notieren.«

Van Veeteren suchte vergeblich in seiner Jackentasche nach Zahnstochern.

»Vielleicht gar keine dumme Idee«, murmelte er. »Ich glaube, ich mache jetzt mal einen Hausbesuch.«

Hausbesuch? dachte Kropke, als die Tür hinter dem Hauptkommissar ins Schloß fiel. Was für einen verdammten Hausbesuch?

Van Veeteren räusperte sich und drückte auf die Türklingel.

Wenn ich weiterhin herumrenne und auf gut Glück die Leute verhöre, dachte er, dann muß ich doch früher oder später auf ihn stoßen.

Natürlich nur, wenn es einer der Einheimischen war, und Bausen bestand mit einer gewissen Hartnäckigkeit darauf, daß dem so war – und wenn er es recht betrachtete, dann müßte es schon mit dem Teufel zugehen, wenn dem nicht so wäre. So lief es ja meistens; das war schließlich seine Stärke und sein Vorteil – die Fähigkeit, zu spüren, wenn er dem Täter gegenübersaß. Seine fast weibliche Intuition, die selten fehlschlug.

Selten...

Er drückte noch einmal auf den Klingelknopf. In dem neugebauten Haus waren Schritte zu hören, und eine Gestalt wurde hinter der halbtransparenten Glastür sichtbar.

»Einen Moment!«

Die Tür ging auf. Doktor Mandrijn hatte sich allem Anschein nach einen Mittagsschlaf gegönnt. Oder er war mitten am Nachmittag in irgendwelche Liebesspiele verwickelt gewesen. Das schwarze Haar stand ihm zu Berge, der Bademantel war zur Seite gerutscht, die Füße trampelten nackt auf dem weinroten Marmorfußboden herum.

Fünfunddreißig Jahre, rief Van Veeteren sich ins Gedächtnis.

Erfolgreicher praktischer Arzt und Familienvater. Intelligente Augen. Nicht besonders sportlich, ein wenig krumme Haltung. Vielleicht kurzsichtig? Er schob dem Mann seinen Ausweis unter die Nase.

»Hauptkommissar Van Veeteren. Haben Sie zehn Minuten Zeit?«

»Worum geht's?«

Er fuhr sich mit der Hand durchs Haar und knotete seinen Gürtel fest.

»Mord«, sagte Van Veeteren.

»Was... ach so«, hustete Mandrijn. »Es geht wieder um den Henker, nicht wahr? Eine widerliche Geschichte. Kommen Sie rein.«

Van Veeteren sah sich in dem hohen, mit hellem Holz verkleideten Zimmer um. Ein großes Panoramafenster führte den Blick auf einen jungfräulichen Rasen hinaus. Staubflusen tanzten in schräg hereinfallenden Sonnenstrahlen. Ihm war klar, daß das einmal sehr schön werden würde.

»Sie bauen selbst?«

Mandrijn nickte.

»Habe es jedenfalls entworfen und richte es ein. Wie man sehen kann, ist es noch nicht fertig, aber jedenfalls bewohnbar. Ich habe die ganze Nacht das Dach gestrichen. Deshalb habe ich mich jetzt kurz hingelegt. Heute nacht habe ich Dienst im Krankenhaus. Worum geht es? Ich habe bereits letzte Woche mit einem anderen Polizisten gesprochen...«

»Mit dem Leiter der Untersuchung, Bausen, ja. Ich wollte nur noch ein paar zusätzliche Auskünfte.«

Mandrijn bedeutete ihm, Platz zu nehmen, und Van Veeteren ließ sich auf dem einen der zwei im Zimmer vorhandenen Möbelstücke nieder.

»Sie haben also Simmels Haus in der Zeit gemietet, als er sich in Spanien befand?« begann er. »Warten Sie... ab 1993, stimmt das?«

»August 93, ja. Wir haben damals gleichzeitig eine Stelle im Krankenhaus bekommen, Catrine und ich – das ist meine Frau. Waren beide gerade mit der Ausbildung fertig, und wir wußten ja damals noch nicht, ob wir hier bleiben wollten oder nicht. Da paßte es uns ausgezeichnet, ein Haus zu mieten, statt eins zu kaufen oder zu bauen.«

»Haben Sie Kinder?«

»Zwei... die sind jetzt im Kindergarten«, fügte er fast entschuldigend hinzu. »Catrine arbeitet heute tagsüber. Möchten Sie etwas trinken?«

Van Veeteren schüttelte den Kopf.

»Und jetzt haben Sie beschlossen, hier wohnen zu bleiben?«

»Ja. Es gefällt uns hier ausgezeichnet. Nur daß wir damit gerechnet hatten, noch ein halbes Jahr in Simmels Haus bleiben zu können.«

»Die sind also früher zurückgekommen als geplant?«

»Ja, eigentlich war gar nicht geplant, daß sie überhaupt zurückkommen, aber auf jeden Fall hieß es, wir könnten fünf Jahre lang über das Haus verfügen. Ich nehme an, daß er ge-

plant hat, es zu verkaufen, wenn er sich da unten richtig eingelebt hatte.«
»Wo da unten?«
»Wo? Na, in Spanien natürlich.«
»Hatten Sie Simmels Adresse in Spanien?«
»Nein, nein, der Kontakt lief immer über den Anwalt, über Klingfort. Warum wollen Sie das wissen?«
Van Veeteren antwortete nicht. Statt dessen stellte er eine neue Frage.
»Was hatten Sie für einen Eindruck von Herrn und Frau Simmel?«
Mandrijn schaute aus dem Fenster.
»Das bleibt aber unter uns?« fragte er nach einer Weile.
»Ja.«
»Keinen besonders guten, muß ich gestehen. Sicher waren sie nicht wirklich unangenehm, aber unsympathisch, ja irgendwie ordinär. Reich und billig... keine Klasse, wenn man so etwas überhaupt sagen darf. Vor allem er natürlich.«
»Warum sind sie zurückgekommen?«
Mandrijn zuckte mit den Schultern.
»Keine Ahnung. Anfang Dezember ließen sie uns mitteilen, daß sie nach Hause zurückkommen wollten und das Haus am ersten Februar zurückhaben wollten. Ziemlich kurze Frist natürlich, eine reichlich fiese Art das Ganze, aber wir wollten keinen Ärger. Wir hatten ja schon das Grundstück gekauft, und so mußten wir eben schneller loslegen...«
Van Veeteren überlegte.
»Sie haben nicht vielleicht eine Theorie, warum Ernst Simmel umgebracht wurde?«
Wenn er jetzt »Wahnsinniger« oder »Keine Ahnung« antwortet, ist er der fünfzigste, dachte Van Veeteren. Mandrijn zögerte eine Weile, während er sich das Ohrläppchen rieb.
»Doch«, erklärte er dann überraschenderweise. »Ich habe darüber nachgedacht. Ich glaube, es war einfach jemand, der es nicht ertragen konnte, ihn wieder hier in der Stadt zu se-

hen. Er war ein Arschloch, Herr Hauptkommissar. Ein richtiges Arschloch.«

Wirklich? dachte Van Veeteren.

Auf dem Rückweg machte er einen Umweg. Er brauchte Bewegung und einen gewissen Abstand, das lag auf der Hand, vielleicht wäre er am liebsten geflohen... das war keine besonders überraschende Feststellung. Nichts, über das man sich wundern mußte. Er schlug ein paar unbekannte Wege ein, was natürlich nicht schwer war, ging durch neue Gegenden und Außenbezirke, und schließlich befand er sich oben auf dem Hügel, mit der Stadt in Vogelperspektive unter sich.

Hier herrschte die Natur, es gab keine Bebauung. Er folgte dem schmalen Waldstreifen nach Osten hin bis zu dem Restaurant, von dem Bausen gesprochen hatte. Ging hier oben in der Abgeschiedenheit langsam spazieren, die Hände auf dem Rücken, den Wind im Gesicht. Einige Bäume ließen nach dem trockenen Sommer bereits ihre Blätter fallen, und er dachte... plötzlich dachte er, daß eine Art Ankündigung in der Luft lag, ein Vorzeichen. Natürlich alles reine Einbildung, aber Vorahnungen sind nun einmal so. Bei der Klosterruine setzte er sich mit einer Zigarette und nicht ausformulierten Fragen hin, und erst als er in der Ferne Hundegebell hörte, stand er auf und begann die in den Fels gehauenen Treppenstufen hinunterzuklettern. Sie waren direkt in den Kalkstein geschlagen, glatt und rutschig.

Das wäre der ideale Platz, um jemanden verunglücken zu lassen, dachte Van Veeteren.

Unten kam er direkt beim Friedhof an, dem der Pieterskirche, wenn er sich recht erinnerte... direkt am Meer lagen die Gräber, man hatte den Bereich, bevor er als Friedhof benutzt werden konnte, sicher einst eingeebnet und stufenweise angelegt. Er dachte eine Weile darüber nach, wie es da unten in dieser losen, herangekarrten Erde zwischen all den Särgen und Unterhöhlungen wohl aussah. Schräg über den Gräbern sah er plötzlich die Umrisse von See Wharf, und da beschloß er, eine Abkürzung zu nehmen.

Er ging quer über den Friedhof, im Zickzack, den kiesbelegten Wegen folgend. Las zerstreut eine Jahreszahl hier, einen Namen dort, aber erst als er am Ende angekommen war und eine Hand auf die Torklinke aus Eisen gelegt hatte, entdeckte er ihn – den kräftigen Rücken von Kommissar Bausen, der mit gesenktem Kopf an einem Grabstein stand.

Was hatte er gesagt? Vor zwei Jahren?

Er konnte nicht genau sehen, ob der Polizeichef tatsächlich betete, er nahm es kaum an, aber auf jeden Fall lag etwas Feierliches und Vergeistigtes über seiner Person, etwas fast Friedvolles, und für einen kurzen Moment spürte er einen Stich von Neid. Hastig beschloß er, sich nicht zu erkennen zu geben. Den Kommissar an dem Grab in Ruhe zu lassen.

Wie kann man auf einen Mann neidisch sein, der um seine Ehefrau trauert? dachte er und trat durch das Tor hinaus. Manchmal verstehe ich mich selbst nicht mehr.

Im Hotelzimmer legte er sich aufs Bett, die Füße auf das Fußende. Dort lag er und starrte die Decke an, ohne etwas anderes zu tun, als zu rauchen und die Gedanken frei wandern zu lassen.

Wieder war es zur Gewohnheit geworden, das Rauchen, wie immer, wenn die Arbeit ihm widerstrebte. Wenn eine Ermittlung nicht in die Bahnen floß, die er gegraben oder sich gewünscht hatte. Wenn sich alles nur verhakte – wenn der Durchbruch nie zu kommen schien.

Aber noch war nicht alles verloren.

Er dachte an Bausens Zwei-Wochen-Regel. Wenn sie stimmte, hatten sie noch fünf Tage Zeit. Er selbst hatte bis jetzt eine Woche in Kaalbringen verbracht, und wenn er seinen Einsatz bis zum heutigen Tag addierte, so kam er nicht weiter als bis zu der unangenehmen glatten, runden Zahl Null.

Null und nichts.

Ich will nicht noch fünf Tage warten, dachte er. Am Sonntag fahre ich nach Hause! Soll Hiller doch jemand anders schicken... Rooth oder deBries oder weiß der Kuckuck, wen. Auf jeden Fall hat niemand Freude daran, wenn ich hier noch länger herumfaulenze!

Wohne im Hotel, trinke dem Polizeichef den Wein weg und bekomme beim Schach eins auf die Nase! Der berühmte Hauptkommissar Van Veeteren!

Das einzige, sagte er sich, was die Situation verändern könnte, wäre wohl das, worüber Bausen schon vor ein paar Tagen spekuliert hatte.

Daß er es nämlich wieder tat. Der Henker.

Nicht gerade ein frommer Wunsch, aus der Sicht des angeforderten Gutachtens her gesehen. Laß ihn noch einem den Kopf abschlagen, dann kriegen wir ihn!

Und gleichzeitig... gleichzeitig spürte er, wie sich ein merkwürdiges Gefühl in ihm breit machte. Daß die Zeit für sie arbeitete. Sie brauchten nur zu warten. Daß sich dieser Fall in einer Form lösen oder auflösen würde, die allen Regeln widersprach, und die weder er noch jemand sonst verhindern konnte oder auf die sie einwirken konnten.

Nach diesen sich im Kreis bewegenden Gedanken und nach der vierten oder sogar fünften Zigarette legte Van Veeteren sich in die Badewanne. Während der folgenden Stunde durchdachte er dort alle denkbaren Folgen einer russischen beziehungsweise einer Nimzowitschen Spieleröffnung. Sehr viel handfestere Dinge also, aber auch hier kam er zu keinem abschließenden Ergebnis.

15

Als Beatrice Linckx ihr Auto unten in der Leisner Allee abstellte und abschloß, schlugen die Glocken der Bungeskirche dreiundzwanzigmal. Sie war seit vier Uhr gefahren, hatte die letzte Runde der Konferenz geschwänzt, und jetzt sehnte sie sich nur nach drei Dingen.

Einem Glas Rotwein, einem heißen Bad und Maurice.

Sie warf einen Blick zur Wohnung im dritten Stock hinauf, sah, daß Licht in der Küche war, und zog daraus den Schluß, daß er dort oben saß und auf sie wartete. Zwar hatte sie ihn nicht erreicht, als sie versucht hatte, ihn von unterwegs anzurufen, aber er hatte ja gewußt, daß sie heute abend zurückkommen würde... sicher hatte er schon eine Flasche geöffnet, vielleicht hatte er auch ein paar warme Toasts vorbereitet. Zwiebelringe, Champignons, frisches Basilikum und Käse... Sie hob ihre Taschen aus dem Kofferraum, überquerte die Straße, noch steif von der Autofahrt, aber eifrig in den Bewegungen, eifrig, nach oben zu kommen. Nach Hause zu kommen.

Was Beatrice Linckx nicht wußte, war, daß die Küchenlampe nun schon seit mehr als einem Tag brannte und daß sich Maurice zwar dort oben befand, aber ganz und gar nicht in der Verfassung, wie sie sich das dachte. Es gab auch keine warmen Toasts, und niemand hatte eine Flasche entkorkt... und in die Badewanne würde sie in den folgenden Stunden auch nicht kommen – und als sie es endlich durfte, war es die Badewanne einer Nachbarin und sie selbst in einem Zustand, den sie sich nie hätte vorstellen können.

Die Tür war unverschlossen. Sie drückte die Klinke herunter und trat ein.

Später gab es viele, die sich über ihr Verhalten wunderten. Sie selbst gehörte auch dazu. Aber was war schon normal in einer solchen Situation...

Sie machte das Licht im Flur an. Ein paar Sekunden lang

betrachtete sie Maurice, packte dann wieder die Tasche, die sie abgestellt hatte, und ging rückwärts zur Tür hinaus. Zog sie hinter sich zu und ging die Treppen hinunter. Draußen auf dem Fußweg zögerte sie einen kurzen Moment, überquerte dann die Straße und setzte sich wieder ins Auto.

Dort blieb sie sitzen, umklammerte das Steuer und versuchte den schweren Felsblock des Vergessens über die immer wieder aufblitzende Erinnerung zu wälzen. Sie versuchte, das Rad der Zeit zurückzudrehen, nur um ein paar Stunden, zurück zu der glücklichen Unwissenheit, zu den Stunden davor, der vollkommenen Normalität, der Straße, den Autos, den Scheinwerfern, die ihr entgegenkamen, der Waldsteinsonate aus den Lautsprechern, dem Regen, der gegen die Windschutzscheibe prasselte, den Pfefferminzpastillen in einer Tüte auf dem leeren Sitz neben ihr... zur Vorfreude auf Zuhause.

Sie hatte nichts gesehen. War noch nicht oben in der Wohnung gewesen. Hatte hier nur eine Zeitlang gesessen und sich ausgeruht, bevor sie zu Maurice hochgehen wollte... zu den Toasts und dem Wein, zu dem warmen roten Bademantel, dem Sofa mit den Decken, Heymans Streichquintett, Kerzen in den hohen Leuchtern von Patmos... Sie saß nur da und wartete...

Fast zwei Stunden später kurbelte sie das Seitenfenster hinunter. Die Abendluft und ein dünner Regenschleier drangen herein, und mit ihnen die Wirklichkeit. Zum zweiten Mal nahm sie ihre Tasche und überquerte die Straße. Diesmal warf sie keinen Blick auf die Wohnung. Sie wußte, daß nichts außer Maurice dort oben auf sie wartete, und zehn Minuten nach eins konnte sie die Polizei anrufen und ihnen mitteilen, daß der Henker ein weiteres Opfer gefunden hatte.

II

10. – 24. September

16

»Der Läufer steht falsch«, sagte Bausen.
»Das sehe ich«, sagte Van Veeteren.
»F6 wäre besser gewesen. Da, wo er jetzt steht, kriegst du ihn nie frei. Warum hast du dich nicht an Nimzowitsch gehalten, wie ich dir geraten habe?«
»Davon habe ich noch nie was verstanden«, murmelte Van Veeteren. »In der russischen Eröffnung ist mehr Schwung...«
»Schwung, ja«, sagte Bausen. »Und jetzt schwingt es überall... reißt große Löcher in deine eigenen Reihen. Gibst du auf?«
»Nein«, sagte Van Veeteren. »Ich bin noch nicht tot.« Er sah auf die Uhr. »Mein Gott, es ist ja schon Viertel nach eins!«
»Kein Problem. Die Nacht ist die Mutter des Tages.«
»Schließlich hast du nicht gerade ein Übergewicht an Figuren, wenn man es genau betrachtet...«
»Das ist in dieser Situation auch gar nicht nötig. Der H-Bauer schlägt die Dame in spätestens drei, vier Zügen.«
Das Telefon klingelte, und Bausen verschwand durch die Tür.
»Was, zum Teufel?« murmelte er. »Dann ist es also soweit...«
Van Veeteren beugte sich vor und studierte das Spielbrett. Es gab keinen Zweifel. Bausen hatte recht. Die Lage war hoffnungslos. Schwarz konnte den Turm und die Zentrumsbauern schlagen, und dann war die H-Reihe frei. Sein verbleibender

Läufer stand auf dem Königsflügel, von den eigenen Bauern eingemauert. Schlechtes Spiel, verflucht schlechtes Spiel... er hätte eine Niederlage mit Schwarz akzeptieren können, aber da er mit den weißen Steinen russisch hatte eröffnen können, gab es keine Entschuldigung. Überhaupt keine.

Bausen kam hereingestürzt.

»Remi, zum Teufel!« rief er. »Er hat es wieder getan!«

Van Veeteren sprang auf die Beine.

»Wann?«

»Weiß ich nicht. Vor fünf Minuten kam der Anruf. Los doch, es ist eilig!«

Er kämpfte sich durch den Garten, blieb dann aber am Tor plötzlich stehen.

»Verdammt! Die Autoschlüssel...«

»Willst du jetzt etwa Auto fahren?« fragte Van Veeteren. »Du hast doch mindestens einen Liter getrunken!«

Bausen zögerte.

»Wir gehen«, entschied er. »Sind ja auch nur ein paar hundert Meter von hier.«

»Dann aber los«, sagte Van Veeteren.

Polizeianwärter Bang war als erster in der Leisner Allee gewesen, und innerhalb nur weniger Minuten war es ihm gelungen, das ganze Haus zu wecken. Als Bausen und Van Veeteren um die Ecke bogen, leuchteten ihnen alle Fenster entgegen, und auf den Treppen und den Wohnungsabsätzen wimmelte es nur so von Menschen.

In der entscheidenden Wohnungstür hatte Bang sich selbst postiert, so daß zumindest kein Risiko bestand, daß Unbefugte am Tatort herumtrampelten. Freundlich, aber entschieden, begann Bausen die Nachbarn in ihre jeweiligen Wohnungen zurückzuschieben, während sich Van Veeteren der jungen Frau annahm, die zitternd auf dem Boden neben dem Polizeianwärter saß und die allem Anschein nach das Opfer gefunden und die Polizei angerufen hatte.

»Mein Name ist Van Veeteren«, sagte er. »Möchten Sie etwas zu trinken?«

Sie schüttelte den Kopf. Er ergriff ihre Hände und stellte fest, daß sie eiskalt waren und zitterten.

»Wie heißen Sie?«

»Beatrice Linckx. Wir wohnen zusammen. Er heißt Maurice Rühme.«

»Ich weiß«, sagte Bausen, der mit der Befragung der Nachbarn fertig war. »Sie können solange zu Frau Clausewitz reingehen, die gibt Ihnen auch etwas Heißes zu trinken.«

Eine rundliche Frau lugte hinter ihm hervor.

»Komm her, kleine Beatrice«, sagte sie und hielt eine gelbe Decke hoch. »Komm her, dann wird Tante Anna sich um dich kümmern.«

Frau Linckx erhob sich auf unsicheren Beinen und ging folgsam hinterher.

»Es gibt auch noch Güte auf der Welt«, sagte Bausen. »Das sollten wir nicht vergessen. Wollen wir mal nachsehen? Ich habe Bang gesagt, er soll hier draußen aufpassen.«

Van Veeteren schluckte und schaute durch die Türöffnung hinein.

»O Scheiße«, sagte Kommissar Bausen.

Maurice Rühmes Leiche lag direkt hinter der Tür, und auf den ersten Blick sah es so aus, als hätte auch der letzte Blutstropfen seinen Körper verlassen. Der Auslegteppich im Flur, vier, fünf Quadratmeter groß, war so durchtränkt, daß sich seine ursprüngliche Farbe kaum erraten ließ. Van Veeteren und Bausen blieben auf der Türschwelle stehen.

»Wir müssen auf die Spurensicherung warten«, sagte Van Veeteren.

»Da sind ein paar Abdrücke.« Bausen deutete auf sie.

»Ich sehe sie.«

»Ungefähr der gleiche Hieb...«

Das schien zu stimmen. Rühme lag auf dem Bauch, die Arme

unter dem Körper, als wäre er nach vorn gefallen, hätte sich aber nicht richtig abstützen können. Der Kopf hing zwar noch am Hals, aber es fehlte auch diesmal vermutlich nicht viel, daß er abgefallen wäre. Das Gesicht war zur Seite gedreht, schaute ein wenig nach oben, und die weitaufgerissenen Augen schienen auf einen Punkt in Höhe von Kommissar Bausens Knie zu starren. Aus der Halsöffnung war nicht nur Blut geströmt, sondern auch Essensreste, wie es schien... und da war ein fleischiges Teil, das irgendwo dranhing, und von dem Van Veeteren annahm, daß es die Zunge sein mußte.

»Er muß schon eine Weile hier gelegen haben«, sagte Bausen. »Riechst du es?«

»Mindestens vierundzwanzig Stunden«, stimmte Van Veeteren zu. »Kommt die Spurensicherung nicht bald?«

»In fünf Minuten, nehme ich an«, sagte Bausen und schaute auf die Uhr. »Jedenfalls hatte ich hinsichtlich der Waffe recht...«

Denn das war das Neue diesmal. Bei Maurice Rühme hatte der Mörder sich nicht mit einem Hieb begnügt... der erste Hieb war zwar tödlich gewesen, aber er hatte noch einen weiteren ausgeteilt. Diesmal ins Steißbein, wo er seine Waffe zurückgelassen hatte.

Sie schien immer noch festzustecken. Der Griff zeigte schräg nach oben. Er erinnerte an eine Art grotesken, auf dem Kopf stehenden Phallus, und an dem wenigen, was von der Klinge zu sehen war, konnte man erkennen, daß sie ungefähr so geschaffen war, wie Bausen und Meuritz es sich vorgestellt hatten.

Ein kurzer Schaft. Breite, solide Klinge. Ein Schlachterwerkzeug offenbar, eines von höchster Qualität.

»Verdammte Scheiße!« wiederholte Polizeichef Bausen. »Erträgst du es wirklich, dir das hier anzugucken?«

»Nein«, sagte Van Veeteren.

17

Die Autobahn war endlos.
Endlos und unveränderlich grau. Zwar waren es nur noch sechzig Kilometer bis zur Abfahrt Bokkenheim und Kaalbringen, aber er wünschte sich immer noch, er könnte die letzte halbe Stunde aus seinem Leben streichen. Hätte nicht hinterm Steuer sitzen und einen Kilometer nach dem anderen herunterreißen müssen, eine Minute nach der anderen verstreichen lassen müssen... während die Traurigkeit und die Müdigkeit wie eine dunkle Wolkenbank hinter seinen Augen lauerte. Dunkel und hinterhältig.

Er war früh aufgestanden. Synn und die Kinder hatten noch geschlafen, als er losfuhr. Der Streit vom Vorabend hatte ihn davon abgehalten, Synn zu wecken. Doch schon als er rückwärts aus der Garageneinfahrt fuhr, wußte er, daß das ein Fehler gewesen war.

Aber vielleicht war es ihr ja genauso gegangen... vielleicht hatte sie nur so getan, als schliefe sie, als er im Schlafzimmer herumschlich und seine Tasche packte. Woher sollte er das wissen?

Auf jeden Fall war ihm klar, daß er anrufen mußte, sobald er angekommen war. Er wollte das nicht so stehen lassen. Konnte es einfach nicht ertragen, daß sie sich überworfen hatten, dieses schlechte Gewissen und all die unausgesprochenen Widersprüche... nicht zwischen Synn und ihm. Bei anderen konnte so etwas geschehen, aber doch nicht bei ihnen! Darin waren sie sich immer einig gewesen. Er und seine schöne Synn...

Wenn man es recht bedachte, hatte sie vielleicht sogar recht. Vielleicht hätte er wirklich die Möglichkeit gehabt, nein zu sagen.

»Sie haben noch einen in Kaalbringen gefunden«, hatte Hiller gesagt. »V. V. braucht jemanden, den er beschimpfen kann, sonst löst er den Fall nie. Du mußt hinfahren, Münster!«

Dagegen hatte er keine direkten Einwände gehabt, und genau da drückte der Schuh. Die hätte er haben sollen. Es gab schließlich drei gleichwertige Kriminalbeamte, allesamt Junggesellen – Reinhart, Rooth und Stauff –, die Hiller an seiner statt hätte hinschicken können.

Aber er hatte Münster ausgesucht.

Der ohne mit der Wimper zu zucken akzeptiert hatte. Ohne daran zu denken, daß er sich von Synn und den Kindern trennen mußte für... ja, für wie lange eigentlich? Das wußte niemand – ein paar Tage? Eine Woche? Noch länger? Bis dieser Henker endlich hinter Schloß und Riegel saß?

Und nachdem er akzeptiert hatte, war es natürlich nicht mehr so einfach, sich zurückzuziehen, das hatte Synn auch verstanden, aber schließlich hätte er gleich von Anfang an dran denken sollen. An dem Punkt hatten sie am gestrigen Abend aufgehört, dort waren sie ins Stocken geraten. Synn war ins Bett gegangen, er war noch aufgeblieben... und jetzt wußte er, daß sie recht hatte. Zumindest jetzt wußte er das, während er hier saß, es ihm schlechtging und er viel zu schnell in diese unerträgliche graue Sinnlosigkeit hineinfuhr.

Ich will nicht von ihr wegfahren, dachte er. Ich will zu ihr hinfahren. Will mich ihr nähern, nicht entfernen.

Wenn es nun tatsächlich Van Veeteren gewesen sein sollte, der ausdrücklich nach ihm verlangt hatte, so würde er sich natürlich unter anderen Bedingungen leicht geschmeichelt fühlen, aber im Augenblick war das nur ein geringer Trost.

Ich weiß, daß ich ein guter Polizist bin, dachte er. Ich wünschte nur, ich wäre ein ebenso guter Ehemann und Vater... Das klang zugegebenermaßen etwas pathetisch, und er zog sein Taschentuch aus der Hosentasche und putzte sich die Nase.

Bokkenheim, Kaalbringen 49, las er auf dem Schild. Wieder hatte er zehn Kilometer hinter sich gebracht.

Er fand zum See Wharf, ohne anhalten und nach dem Weg fragen zu müssen. Hauptkommissar Van Veeteren war im Augenblick nicht da, wie ihm gesagt wurde, aber es war ein Zimmer für ihn reserviert.

Sobald er oben war, stürzte er ans Telefon. Mußte unendlich lange warten, bis die Zentrale ihn freischaltete, aber als die Signale endlich durchkamen, spürte er zu seiner Überraschung, daß sein Herz heftig pochte... fast wie als Jugendlicher, als er die rothaarige Marie vom Apotheker angerufen hatte, um sie nach den Französischhausaufgaben zu fragen. Wie merkwürdig – oder war es eigentlich nur allzu verständlich?

Bart nahm den Hörer ab. Mama war unterwegs, erfuhr er. Nein, er wußte nicht, wo sie war, und auch nicht, wann sie zurückkommen würde. Tante Alice war bei ihnen... Wann würde denn Papa nach Hause kommen?

»Sobald ich kann«, antwortete er. »Grüße Marieke und Mama. Und sag Mama, daß ich später noch mal anrufe und daß ich sie liebe.«

»Wie albern«, stellte sein sechsjähriger Sohn fest und legte den Hörer auf.

Münster seufzte, fühlte sich aber etwas besser. Zeit, sich in die Höhle des Löwen zu begeben, dachte er.

Aber ich wäre viel besser zu gebrauchen, wenn ich erst ein paar Stunden Mittagsschlaf halten könnte, die Arme um meine Frau gelegt, dachte er.

18

»Wenn Mooser die Tür zumacht, können wir anfangen«, stellte Bausen fest.

Kropke knipste den Overheadprojektor an.

»Ich denke, es wird das einfachste sein, wenn wir versuchen, den Handlungsablauf so weit wie möglich nachzuvollziehen... um die Situation zusammenzufassen und Kommissar Münster ein wenig ins Bild zu setzen.«

»Danke«, sagte Münster.

»Der Ermordete«, fuhr Bausen fort, »ist also ein gewisser Maurice Rühme, einunddreißig Jahre alt, Arzt hier am Krankenhaus, Spezialist für Orthopädie und Rückenprobleme. Er arbeitet seit März hier. Für unsere Gäste«, er nickte Van Veeteren und Münster zu, »möchte ich unterstreichen, daß der Name Rühme hier in der Stadt nicht gerade unbekannt ist. Oder, Kropke?«

»Jean-Claude Rühme ist Oberarzt am Krankenhaus«, berichtete Kropke. »Außerdem hat er eine Privatklinik in seinem Haus oben auf dem Hügel. Soweit ich weiß, arbeitet er auch für das Gesundheitsamt...«

»Maurice ist einer von zwei Söhnen«, übernahm Bausen wieder. »Der andere ist im Seldonheim in Kirkenau untergebracht, nach einem Unfall in der Kindheit geistig retardiert.«

»Was für ein Unfall?« fragte Münster, und Van Veeteren schrieb etwas auf seinen Block.

»Er ist kopfüber von der Kanzel in der Pieterskirche gefallen«, erklärte Beate Moerk. »Vier Meter tief direkt auf den Steinboden. Das weiß sogar ich. Das gehört zu den regionalen Sensationen, wenn man so will.«

»Hrrm«, sagte Bausen. »Maurice Rühme wurde also in seiner Wohnung in der Leisner Allee 6 tot aufgefunden von seiner Lebensgefährtin Beatrice Linckx, dreißig Jahre alt, Psychologin, beschäftigt dort draußen in Kirkenau.«

»Aha«, sagte Van Veeteren.

»Sie fand ihn am Donnerstag abend irgendwann kurz nach elf Uhr, also vorgestern, als sie von einem dreitägigen Seminar in Kiel zurückkam. Sie scheint einen ziemlichen Schock abbekommen zu haben, jedenfalls ging sie wieder raus, setzte sich in ihr Auto und wartete zwei Stunden, bevor sie uns benachrichtigte. Bang, der Dienst hatte, nahm das Gespräch um 01.11 Uhr entgegen.«

»Das stimmt«, sagte Bang.

»Van Veeteren und ich, wir kamen gut zwanzig Minuten später dort an«, fuhr Bausen fort, »und konnten feststellen, daß unser Freund, der Henker, wieder einmal zugeschlagen hatte. Möchte der Herr Hauptkommissar weitermachen?«

»Allright«, sagte Van Veeteren und nahm den Zahnstocher aus dem Mund. »Das Interessanteste ist sicher die Waffe, wie ich annehme. Die Techniker sind immer noch mit ihr beschäftigt, aber daß er sie diesmal zurückgelassen hat, könnte darauf hindeuten, daß er jetzt fertig ist, daß er nicht gedenkt, noch weitere Köpfe abzuschlagen. Aber das ist natürlich nur eine Hypothese. Wie dem auch sei, es handelt sich hier um eine verflucht effektive Waffe... leicht und handlich und mit einer phantastischen Schärfe.«

»Ein Kind könnte damit töten«, sagte Bausen.

»Rühme hatte schon ziemlich lange im Flur gelegen, als wir kamen«, fuhr Van Veeteren fort. »Ist das da ein Tablett mit Kopenhagenern, was ich hinter Polizeianwärter Bang sehe?«

»Mooser, gehst du und kümmerst dich um Kaffee«, bat Bausen, und der Angesprochene verschwand durch die Tür. Bang öffnete das Paket und schnupperte gehorsam.

»Treffer«, entschied er.

»Also«, fuhr Van Veeteren fort, »auch wenn Meuritz noch nicht das letzte Wort gesprochen hat, so können wir doch davon ausgehen, daß Rühme seit mindestens vierundzwanzig Stunden dort gelegen hat, bevor wir kamen.«

»Seit dem späten Mittwochabend«, sagte Bausen. »Ich glaube, wir können davon ausgehen, daß das der Zeitpunkt war, an dem er zugeschlagen hat. Außerdem haben wir ja noch diesen Zeugen...«

»Herrn Moen«, sagte Beate Moerk, »der in Anbetracht der Umstände recht klar zu sein schien...«

»Können wir erst das Technische hinter uns bringen«, sagte Bausen. »Kropke, du hast mit dem Labor geredet?«

Mooser kam mit einem Kaffeetablett zurück und reichte die Becher in die Runde.

»Ja«, sagte Kropke. »Die sind auch noch nicht fertig... mit der Waffe, meine ich. Alle blutigen Abdrücke auf dem Boden stammen mit größter Wahrscheinlichkeit von Frau Linckx. Die Fußabdrücke, der Abdruck der Tasche... sie haben nichts gefunden, das nicht von ihr oder ihm stammt. Was die Waffe betrifft, so haben wir es hier mit einer Art Spezialwerkzeug zum Fleischzerteilen zu tun, das schon ein paar Jahre auf dem Buckel hat. Es war nirgends ein Firmenzeichen oder ähnliches zu finden, offensichtlich hat er das weggeschliffen, aber wenn wir Glück haben, können wir doch noch herauskriegen, woher sie stammt... in ein paar Tagen, glauben sie.«

»Warum, zum Teufel, hat er sie dagelassen?« fragte Bausen. »Kann mir das jemand sagen?«

»Hybris«, sagte Beate Moerk. »Er will uns zeigen, daß er schlauer ist als wir... daß wir ihn nie zu fassen kriegen.«

»Das ist vermutlich richtig«, sagte Van Veeteren, und Münster fragte sich, auf welchen Teil von Inspektor Moerks Behauptung sich diese Äußerung bezog.

»Ein paar mehr Fakten bitte, bevor wir anfangen zu spekulieren«, sagte Bausen. »Wie ging die Tat vonstatten, Herr Hauptkommissar?«

»Der Hieb hat ihn von oben getroffen, jedenfalls mit höchster Wahrscheinlichkeit«, sagte Van Veeteren. »Ist ungefähr wie bei den früheren Fällen abgelaufen... mit dem gleichen Resultat. Er war sofort tot.«

»Von oben?« fragte Kropke. »Klingt das nicht ziemlich unwahrscheinlich? Es gab doch keinerlei Zeichen von Streit... oder Widerstand, soweit ich verstanden habe?«

Bausen wechselte einen Blick mit Van Veeteren. Er räusperte sich und beugte sich über den Tisch.

»Wir, der Hauptkommissar und ich, glauben, daß es ungefähr folgendermaßen vor sich gegangen ist – urteilt selbst. Eins: der Mörder klingelt an der Tür. Zwei: Rühme geht und öffnet. Drei: Er kennt den Mörder und bittet ihn herein. Vier: Der Mörder tritt über die Schwelle und verliert etwas auf dem Boden...«

»Einen Zettel, eine Münze oder was auch immer«, ergänzte Van Veeteren.

»Fünf: Rühme bückt sich, um das aufzuheben, und sechs: Der Mörder schlägt zu!«

Es war still am Tisch. Nur Polizeianwärter Bangs verdrossenes Kauen an einem Kopenhagener war zu hören. Inspektor Kropke rückte seinen Schlipsknoten gerade und schaute zweifelnd in die Runde.

»Gut«, sagte Beate Moerk schließlich. »Ich glaube, ihr habt recht... aber es war keine Münze. Die hätte in die falsche Richtung kullern können.«

»Stimmt«, gab Van Veeteren zu. »Keine Münze. Und was es auch immer war, er hatte Zeit, es aufzuheben, bevor er ging.«

»Außerdem hat er die Axt noch festgekeilt«, sagte Bausen. »Er scheint es nicht gerade eilig gehabt zu haben.«

»Hat er kein Blut abgekriegt?« fragte Mooser.

»Möglicherweise schon, aber er hat es jedenfalls nicht weiter verteilt«, antwortete Bausen. »Es gibt keine Spuren auf den Treppen oder sonstwo...«

»Hm«, sagte Van Veeteren. »Insgesamt ein ziemlich professioneller Typ, aber ich glaube nicht, daß wir uns zu sehr darauf verlassen sollten, daß Rühme ihn wirklich kannte. Es gibt diverse andere denkbare Möglichkeiten...«

»Er kann ihn mit einer Pistole auf die Knie gezwungen haben, zum Beispiel«, sagte Beate Moerk.

»Zum Beispiel«, nickte Van Veeteren.

»Kommen wir zum Zeugen«, sagte Bausen. »Laßt uns Herrn Moens Aussagen einmal näher betrachten. Ich glaube, es ist verdammt wichtig, daß wir jetzt keinen Fehler machen...«

»Zweifellos«, sagte Van Veeteren.

»Wir haben ja beide mit ihm geredet, Inspektor Moerk und ich«, erklärte Bausen, »sind aber zu unterschiedlichen Ergebnissen gekommen, wenn man so will... Also, er heißt Alexander Moen, und er wohnt in der Wohnung über der von Rühme und Linckx. Er behauptet, er hätte eine Person beobachtet, die kurz vor elf Uhr am Mittwoch abend ins Haus ging und die zirka fünfzehn Minuten später das Gebäude im Laufschritt wieder verließ. Während des gesamten Zeitraums saß Moen an seinem Küchentisch und schaute durchs Fenster auf den Leisnerpark und die Allee, während er auf die Elf-Uhr-Nachrichten im Radio wartete und sie dann auch hörte.«

»Es gibt keinen Grund, das anzuzweifeln«, sagte Beate Moerk.

»Es gehört zu seiner abendlichen Routine. Offensichtlich macht er das seit dreißig Jahren so...«

»Vor 1972 gab es noch keine Elf-Uhr-Nachrichten«, warf Kropke ein.

»Wirklich?« sagte Van Veeteren. »Nun ja, das spielt wohl kaum eine größere Rolle. Können wir uns jetzt seine Beschreibung des Mannes vornehmen. Denn das ist es doch, was interessant ist, nicht wahr? Bausen zuerst!«

»Ich habe mit ihm noch in der gleichen Nacht gesprochen«, erklärte der Polizeichef. »Er ist aus dem gleichen Grund wie alle anderen Mieter im Haus aufgewacht... Hrrm.« Er warf einen Blick auf Bang, der immer noch mit seinem Kopenhagener beschäftigt war.

»...und konnte nicht wieder einschlafen. Deshalb stand er also um halb vier in Bademantel und Pantoffeln auf der Treppe und wollte eine Zeugenaussage machen.«

»Er ist vierundneunzig Jahre alt«, warf Beate Moerk ein, als Information für Münster.

»Jedenfalls«, fuhr Bausen fort, »behauptete er, daß er einen Mann dabei beobachtet hätte, wie er aus dem Park kam und durch die Tür das Haus betrat.«

»War die Tür abgeschlossen?« fragte Münster.

»Seit ein paar Tagen kaputt«, sagte Kropke.

»Er ging also durch die Haustür hinein. Er trug eine Art Trainingsoverall, dunkel mit hellerem Muster, er war groß und dünn und trug ein Paket, ein Bündel... ja, er entschied sich für den Begriff Bündel. Er sagte nichts von dem Gesicht, da es die ganze Zeit im Schatten gelegen hatte, aber er glaubt, daß der Mann einen Bart hatte... und ziemlich lange Haare. Ja, dann verging also ungefähr eine Viertelstunde, und dann kam er wieder heraus und lief in den Park. Das war wohl im großen und ganzen alles, aber es dauerte mehr als eine halbe Stunde, bis ich es aus ihm heraus hatte.«

»Das Bündel?« fragte Kropke. »Hatte er auf dem Rückweg das Bündel nicht mehr dabei?«

»Daran kann Moen sich nicht mehr erinnern. Überhaupt war er bei fast jedem Detail unsicher, anfangs sogar, an welchem Tag das Ganze war, aber als wir es mit den Nachrichten verknüpften, fiel es ihm wieder ein, daß es sich auf jeden Fall um den Mittwoch abend handeln mußte. Ja, die Frage ist also, ob das der Mörder war, den er gesehen hat. Ich muß sagen, daß ich da starke Zweifel habe.«

»Und selbst wenn es der Henker war«, wandte Van Veeteren ein, »wird uns das wahrscheinlich auch nicht viel weiterhelfen. Inspektor Moerk?«

»Ja«, sagte Beate Moerk, während sie an ihrem Bleistift sog, »ich weiß nicht. Ich habe ja mit ihm heute morgen noch einmal geredet. Zwar erschien er mir auch etwas verwirrt in seinen Gedanken zu sein, aber als wir aufs richtige Gleis gekommen waren, wurde er klarer... ist das nicht immer so? Die alten Leute sind sich doch meistens sicherer, was die Details betrifft, als was das Gesamte angeht, sozusagen. Mein Vater hat inzwischen so eine Art frühzeitiger Demenz bekommen, deshalb kann ich da mitreden.«

»Ja, ja«, sagte Kropke. »Was hatte er denn nun zu berichten?«

»Anfangs das gleiche, was er dem Kommissar schon erzählt hatte«, sagte Beate Moerk. »Die Zeitpunkte stimmen überein, das Bündel ebenso... nur die Beschreibung weicht ab.«

»Was hat er denn diesmal gesagt?« wollte Mooser wissen.

»Daß es sich um eine ziemlich kleine, gedrungene oder kräftige Person gehandelt hat. An dem Trainingsanzug hält er fest, aber von dem Haar sagt er nichts, weil die betreffende Person eine Mütze tief über die Ohren gezogen hatte.«

»Hast du ihn an seine frühere Aussage erinnert?« fragte Kropke.

»Ja, aber er erinnerte sich nicht mehr so recht daran, was er damals gesagt hatte. Es war mitten in der Nacht, und er war müde. Ja, ich denke, der Hauptkommissar hat recht... besonders viel Nutzen können wir aus seiner Aussage wohl nicht ziehen.«

»Was uns nicht daran hindern sollte, die Augen nach Joggern mit oder ohne Bündel offen zu halten«, sagte Van Veeteren.

»Kleine und große. Übrigens hat Meuritz ja den Todeszeitpunkt noch nicht genau festgelegt, wir werden dann sehen, ob er während der Nachrichten starb oder nicht. Was Simmel betraf, hat er ja bis auf die Minute ins Schwarze getroffen, vergeßt das nicht!«

Er brach einen Zahnstocher in der Mitte durch und warf einen sehnsüchtigen Blick auf Bausens Zigarettenschachtel.

»Nun gut«, sagte Bausen. »Wer hat eine Idee? Immer raus damit. Wir werden die Strategie nach der Mittagspause besprechen, jetzt laßt uns erst einmal frei spekulieren. Nun, was denkt ihr?«

Bang rülpste. Kropke warf ihm einen Blick zu, der eine sehr deutliche Vorstellung davon gab, wie es dem Polizeianwärter ergehen würde, wenn Bausens Regime beendet war – falls dann wirklich Kropke an der Reihe war, heißt das. Van Veeteren lehnte sich auf dem Stuhl zurück, daß dieser knackte. Münster seufzte.

»Eine Sache ist jedenfalls klar«, sagte Inspektor Moerk schließlich. »Was das Motiv betrifft, meine ich. Maurice Rühme ist das dritte Opfer des Henkers, und er ist der dritte, der dieses Jahr nach Kaalbringen gezogen ist. Da soll mir keiner kommen und behaupten, das hätte nichts zu sagen.«

19

Es hatte eigentlich vielversprechend angefangen, aber nach zehn Minuten war es wieder die alte Leier. Die 5:1-Führung des Hauptkommissars verwandelte sich in 6:6 und 7:10 bis zu normalen, beruhigenden 9:15. In den folgenden Sätzen kamen Münsters größere Beweglichkeit und seine präzisere Plazierung zu ihrem Recht. Seine kurzen, schrägen Bälle im Wechsel mit seinen langen, hohen feierten ihre Triumphe. Es war wie immer... Vielleicht stand es ja auch mit der Kondition des Hauptkommissars nach den Wein- und Zigaretten-Exzessen der letzten Tage nicht gerade zum besten. Nach weiteren 6:15, 8:15, 5:15 hatte er jedenfalls genug, und man überließ den Platz zwei Jugendlichen, die die beiden während der letzten Minuten bereits mit einem gewissen Lächeln betrachtet hatten.

»Schlechtes Licht hier in der Halle«, murmelte Van Veeteren, als sie zum Umkleideraum trotteten.

»Stimmt«, sagte Münster.

»Und nicht der richtige Boden. Man stolpert.«

»Genau«, sagte Münster.

»Außerdem ist es schwer, mit geliehenen Schlägern zu spielen.«

»Bringt gar nichts«, sagte Münster.

»Aber übermorgen probieren wir es trotzdem noch mal«, beschloß Van Veeteren. »Wir müssen in Bewegung bleiben, wenn wir den Fall hier lösen wollen.«

»Kann sein, ja«, sagte Münster.

Der Speisesaal des See Wharf war fast leer, als sie sich an einem der Fenster niederließen. Nur Cruickshank und Müller lümmelten an einem Tisch weiter hinten herum, jetzt in Gesellschaft eines Mannes und einer Frau von TV6. Van Veeteren hatte schon mit allen vieren im Zusammenhang mit der Pressekonferenz vor ein paar Stunden gesprochen, und keiner von ihnen machte irgendwelche Anstalten, die Mittagsruhe der beiden Kriminalbeamten zu stören.

»Außerhäuslichen Vergnügungen scheint man in dieser Stadt nicht mehr nachzugehen«, stellte Van Veeteren fest, als er sich umschaute. »Die Leute denken nicht logisch. Das letzte Mal hat er doch in der Wohnung zugeschlagen... in Rühmes nämlich.«

Münster nickte.

»So langsam fange ich an zu glauben, daß es sich hier um eine ganz sonderbare Geschichte handelt«, fuhr Van Veeteren fort und nahm sich von dem Salat. »Die haben ausgezeichneten Fisch hier, vor allem Steinbutt, falls du Vorlieben in dieser Richtung hast.«

»Sonderbar in welcher Beziehung?« fragte Münster wohlerzogen.

»Weiß der Teufel«, sagte Van Veeteren kauend. »Es ist nur so ein Gefühl, aber ich habe ja immer so meine Ahnungen.«

Münster lehnte sich dicht an die Glasscheibe, um hindurchschauen zu können. Das Meer sah dunkel und unruhig aus. Bereits am Vormittag war das Wetter umgeschlagen. Wolkenbänder waren von Nordosten im reinsten Pendelverkehr hereingekommen, und ein Regenschauer hatte den ganzen Tag über den nächsten abgelöst. Die Boote im Jachthafen schaukelten in den hohen Wellen, und Münster kam es plötzlich so vor, als gerieten die Elemente in Wut, als protestiere die Natur höchstpersönlich gegen das Tun und Treiben der Menschen... gegen Mörder, die frei herumliefen, und noch gegen das eine und andere sonst.

Oder ging es eher um Synns und sein Verhalten? Er hatte sie immer noch nicht sprechen können und verspürte langsam eine Aversion gegenüber den selbstgefälligen Äußerungen des Hauptkommissars. Obwohl er ja eine gewisse Erfahrung damit hatte, so lief es doch immer ab... und er hoffte, daß es auch wieder wie immer sein würde, wenn er nur endlich Synn an die Strippe kriegen würde. Es erschien ihm etwas unsolidarisch, um es einmal höflich auszudrücken, hier herumzusitzen und sich über sein Privatleben Sorgen zu machen, während die Leute von ihm erwarteten, daß er sein Bestes tat, um dem Henker Fallen zu stellen – oder dem Wahnsinnigen mit der Axt, wie er im Augenblick meistens genannt wurde.

»Ich steige durch das Motiv nicht durch«, sagte Van Veeteren. »Schließlich muß er doch einen guten Grund dafür gehabt haben, drei Menschen den Kopf abzuschlagen.«

»Du glaubst nicht an einen Wahnsinnigen?«

»Das habe ich keine Sekunde lang«, sagte Van Veeteren. »Im Gegenteil, ich glaube, es handelt sich um äußerst sorgfältig geplante Taten. Er hatte die Absicht, genau diese drei umzubringen: Eggers, Simmel und Rühme, und das hat er auch gemacht. Wir kriegen ihn nicht zu fassen, wenn wir nicht das Motiv finden, Münster. Das Motiv!«

»Und es stehen keine weiteren mehr auf der Liste?«

Der Hauptkommissar trank von seinem Bier und schaute aufs Meer.

»Weiß der Teufel«, meinte er. »Wir müssen uns einfach hinsetzen und alles noch einmal genau betrachten. Es gibt einige unterschiedliche Varianten, und ich möchte, daß wir überlegen, welche Prioritäten wir setzen sollen.«

»Welche Varianten?« fragte Münster pflichtschuldigst.

»Tja«, überlegte Van Veeteren, »so aus dem Ärmel geschüttelt, komme ich auf zwei. Die erste ist natürlich, daß es einen klaren, offensichtlichen Zusammenhang zwischen den Opfern gibt, daß er einen triftigen Grund dafür hatte, gerade diese drei umzubringen. Bisher wissen wir ja noch nicht, um welches Glied es sich hierbei handelt, aber gut möglich, daß es uns ganz selbstverständlich erscheint, sobald wir es finden. Und dann haben wir ihn.«

Münster nickte.

»Moerks Idee?« fragte er.

»Ja, genau«, sagte Van Veeteren. »Das ist doch das einzige, was wir bisher haben. Alle drei sind in diesem Jahr nach Kaal-

bringen gezogen, das ist unbestreitbar. Das kann natürlich ein Zufall sein, aber das glaube ich nicht. Es ist ein Hinweis, aber was, verdammt noch mal, können wir damit anfangen?«
»Nicht besonders viel«, sagte Münster.
»Nein«, seufzte Van Veeteren. »Wir brauchen mehr. Aber vielleicht verbindet sie auch nichts außer ihrer Beziehung zu dem Mörder. Man sollte ja meinen, daß die hiesige Polizei den Knoten eher lösen kann als wir, aber wenn es nichts als diese Verbindung gibt, tja, dann bedeutet das...«
»...daß wir alles glasklar vor Augen haben, sobald wir ihn geschnappt haben«, ergänzte Münster. »Aber nicht vorher.«
»Keinen Furz früher«, verdeutlichte Van Veeteren. »Willst du eine Nachspeise oder nur Kaffee?«
»Nur Kaffee«, sagte Münster.

»Wenn man die Mühlen nur mahlen läßt«, sagte Münster und versuchte, nicht zu ungeduldig zu klingen, »werden wir früher oder später über irgend etwas stolpern. Oder er schlägt doch noch einmal zu. Wie viele Neuzugezogene gibt es eigentlich? Vielleicht ist er hinter allen her...«
»Um die fünfzig pro Jahr laut Bausen. Aber laß uns hoffen, daß das Motiv etwas spezifischer ist. Ich glaube, wir können froh sein, daß die Zeitungen Moerks These bisher noch nicht an die große Glocke gehängt haben. Es könnte etwas schwierig werden, allen Neubürgern Polizeischutz zu gewähren. Die Panik, die wir jetzt haben, reicht mir schon. Nein. Laß uns das hier so schnell wie möglich hinter uns bringen, Münster, ich glaube, das ist das beste für alle Beteiligten! Und außerdem will ich bald wieder nach Hause.«
Ganz meine Meinung, dachte Münster. Für einen Moment spielte er mit dem Gedanken, einen Austausch vorzuschlagen, darum zu bitten, daß Reinhart und Rooth herkämen und ihn ablösten, aber das war natürlich keine besonders realistische Idee. Es war wohl besser, davon auszugehen, daß er in der nächsten Zeit zum Einwohnerkreis von Kaalbringen zäh-

len würde, und es gäbe Schlimmeres, wenn er nur endlich Synn ans Telefon bekäme.

»Und wie lautet die andere Variante?« erinnerte er sich.

»Tja«, sagte Van Veeteren und kratzte sich im Nacken. »Daß das Ganze ein Bluff ist, ganz einfach. Der ABC-Mord – sagt dir das was?«

Münster schüttelte den Kopf.

»Der Mörder begeht eine Reihe von Morden, um zu vertuschen, daß er nur hinter einem einzigen Opfer her war. Er mordet in alphabetischer Reihenfolge, aber nur das C-Opfer ist wichtig – von seinem Blickwinkel aus, natürlich.«

»Ach so«, sagte Münster. »Dann wären Eggers und Simmel nur eine Art Ablenkungsmanöver gewesen? Und es geht eigentlich um Rühme... ziemlich starker Tobak, finde ich.«

»Die Hauptperson kann auch Eggers oder Simmel gewesen sein, vergiß das nicht! Dann wird es noch stärkerer Tobak.«

»Du meinst, er hätte hinterher noch weitergemacht? Nein, das ist, glaube ich, psychologisch unmöglich.«

»Keinesfalls«, sagte Van Veeteren. »Nicht so schnell denkbar, vielleicht. Es kann sich ja auch um Nummer sechs oder Nummer dreizehn handeln... aber ich neige dazu, davon auszugehen, daß es sich hier um keine ABC-Geschichte handelt.«

»Um was dann?« traute Münster sich nach mehreren Minuten des Schweigens zu fragen.

Van Veeteren rührte langsam mit einem Zahnstocher in seinem Kaffee herum.

»Um einen Mörder«, sagte er zögernd, »der ein ganz normaler Bewohner dieser Stadt ist und der einen verdammt guten Grund dafür hat, Heinz Eggers, Ernst Simmel und Maurice Rühme umzubringen. Alles Männer, alle neu hinzugezogen.«

Gut, dachte Münster. Dann wissen wir also das.

»Wie viele Kandidaten haben wir?« fragte er.

»Ich habe das mal überschlagen«, sagte Van Veeteren. »Wenn wir die Frauen beiseite lassen...«

»Können wir das?«

»Nein«, sagte Van Veeteren, »aber wir tun es trotzdem. Wie auch die Alten und die Kinder, wozu wir auch kaum berechtigt sind. Ja, dann müßte es sich um ungefähr fünfzehntausend Personen handeln.«

»Ausgezeichnet«, sagte Münster. »Können wir nicht alle männlichen Einwohner zwischen fünfzehn und fünfundsiebzig bitten, sich bei der Polizei einzufinden und ihr Alibi anzugeben?«

»Na klar«, nickte Van Veeteren. »Kropke würde bestimmt nichts dagegen haben, sie in den Computer einzugeben. Dann könnten wir so zu Weihnachten damit fertig sein, nehme ich an.«

»Wäre nicht schlecht, eine Abkürzung zu nehmen«, sagte Münster.

»Genau die müssen wir finden«, sagte Van Veeteren und leerte seine Kaffeetasse. »Darum sind wir hier.«

»Ach so«, sagte Münster. »Und ich habe mich schon gewundert...«

»Was meinst du, auf wen wir uns stürzen sollten?« fragte der Hauptkommissar, als Münster bereits die Hand auf die Türklinke gelegt hatte.

»Wie meinst du das?«

»Nun ja, auch wenn es keine ABC-Geschichte ist, so wäre es sicher nicht schlecht, sich zunächst nur auf den einen zu konzentrieren, so zu tun, als hätten die anderen nie stattgefunden... Klären wir einen auf, dann klären wir sicher auch die anderen auf. Drei Fliegen mit einem Streich...«

Münster nickte.

»Dann Maurice Rühme«, sagte er. »Dumme Idee, in alten Leichen herumzuwühlen, wenn es eine neue gibt.«

»Ganz meine Meinung«, sagte Van Veeteren. »Der Herr Kommissar wird es noch einmal weit bringen.«

»Im Augenblick reicht es mir, wenn ich es bis zum Bett schaffe«, erwiderte Münster. »Gute Nacht, Herr Hauptkommissar!«

20

Sobald sie aufgewacht war, ging sie zum Kiosk hinunter und kaufte die Zeitungen.

Das gehörte zu ihren sonntäglichen Ritualen, und normalerweise schaffte sie es, hinunterzulaufen und wieder zurückzukommen, bevor das Teewasser kochte. Aber heute brauchte sie viermal so lange. Frau Sorensen hielt sie vor der Tür auf und wollte beruhigt werden, Herr Markovic hatte so seine Ansichten, die er von seinem Balkon aus mitteilen wollte, und Frau deMaar aus dem Kiosk weigerte sich, ihr irgendwelche Zeitungen zu geben, bevor sie nicht offen und klar darüber informiert worden war, wie die Mörderjagd so lief. Eine neu eingezogene Familie, Mann und Frau mit zwei kleinen heulenden Kindern, begannen eine Diskussion über die Kompetenz der Polizei und deren Pflicht, normale, anständige Mitbürger zu schützen, und als es ihr endlich gelang, davonzukommen, kam es nur durch ihren Hinweis auf gewisse wichtige Vernehmungen zustande, die sie nach dem Essen in Angriff nehmen mußte.

»Vernehmungen! Ach, wirklich?« brummte der Hausmeister Geurtze, der aus dem Nichts aufgetaucht war. »Immer das gleiche. Und wann rechnet ihr damit, das nächste Opfer zu finden?«

Die scharfe Ironie war nicht zu überhören.

Aber der alte Geurtze war andererseits noch nie besonders freundlich gewesen. Nicht mehr, seit jemand vor ein paar Jahren seinen Kaninchenstall im Schrebergarten angezündet hatte. An und für sich konnte sie ihn ja verstehen, in seiner Welt war das Gute ganz unter den Teppich gekehrt worden. Es gab keinen Grund, etwas anderes als Probleme und Schereien zu erwarten... dann wurde man jedenfalls nicht enttäuscht.

Vielleicht gar keine so schlechte Haltung, wenn man es genau besah – zumindest nicht, wenn man ein einsamer alter

Herr geworden war, mit Harndrang, grauem Star und Nervenzittern.

Obwohl man, solange man noch eine Frau in ihren besten Jahren war, vielleicht nach etwas anderem streben sollte, zumindest nach einem ausgewogeneren Blick auf die Dinge.

Scheißkerl, entschied Beate Moerk und schloß die Tür hinter sich.

Der Tenor der Zeitungen war insgesamt so ziemlich der gleiche bei allen. Zweieinhalb Monate waren seit dem ersten Mord vergangen, zwölf Tage seit dem zweiten, drei seit dem letzten... Jetzt wurde es aber langsam Zeit für die Polizei, mit der Sprache herauszurücken. Welche Spuren gab es? Welchen Thesen ging man nach? Gab es konkrete Verdachtsmomente? Die Allgemeinheit hatte ein Recht, informiert zu werden!

Immerhin war die Kritik noch nicht so scharf wie die unten am Kiosk gewesen war. Das Vertrauen in Bausen und die beiden herbeigeholten Experten schien irgendwie unerschütterlich. Offensichtlich waren dem hiesigen Polizeichef seine Dompteurtricks während der gestrigen Pressekonferenz wieder einmal gelungen.

Um so mehr stürzte man sich auf Spekulationen und Thesen.

Wer war der furchterregende Gewalttäter eigentlich?

Ein Wahnsinniger? Ein psychopathischer Schlächter? Ein ganz normaler Bürger von Kaalbringen mit Frau, Kindern und geordneten Verhältnissen?

Letzteres war natürlich aus dem Blickwinkel der Journalisten die anziehendste Theorie – daß es Herr Jedermann hätte sein können! Jemand, mit dem man in einem Bus saß. Jemand, mit dem man sich in der Schlange vor dem Postschalter unterhielt. Einer der Referendare am Gymnasium... Eine Reihe von Psychologen unterschiedlicher Schattierung gaben ihre Kommentare ab; eine Zeitung hatte in ihrer Sonntagsbeilage eine Reihe ähnlicher Fälle ausgegraben, die meisten waren aus dem Ausland und hatten schon diverse Jährchen auf dem Buckel. Rolliers – der Nizzamörder; Günther Katz – der Sensenmann aus Vermsten; Ernie Fischer, der in den Dreißigern in Chicago Frauen abgestochen hatte – wie auch der Würger von Boston und andere Größen aus der Unterwelt.

Mangels klarer Informationen seitens der Ermittlungsleitung blühte auch eine reichhaltige Flora von Tips. Entsprechend plaziert, präsentierte das Neuwe Blatt die sogenannte Leisner-Park-Theorie, die auf der Tatsache beruhte, daß der Täter zumindest bei zwei der Taten (Simmel und Rühme) höchstwahrscheinlich gerade aus diesem Park herausgekommen war und daß sein Unterschlupf deshalb in der Gegend um den Park herum zu suchen sei. C. G. Gautienne von den Poost schrieb, daß »das sich steigernde Tempo des Mörders ohne Zweifel darauf hindeutet, daß Anfang der kommenden Woche ein neues Opfer zu erwarten ist. Am Dienstag oder allerspätestens am Mittwoch...« Und im Telegraaf konnte man sich über die effektivsten Möglichkeiten, sich vor dem Mörder mit der Axt zu schützen, informieren, sowie über die Weissagung der Hellseherin Ywonne, daß das nächste Opfer sicherlich ein 42jähriger Mann aus der Baubranche sein würde.

Beate Moerk seufzte.

Und schließlich de Journaal, Kaalbringens eigene Stimme in die Welt hinaus, das war natürlich die Zeitung, die den Morden den größten Platz einräumte – insgesamt achtzehn von zweiunddreißig Seiten – und die möglicherweise die allgemeine Unruhe und Stimmung in der Stadt am besten in ihren Schlagzeilen interpretierte und zusammenfaßte, achtspaltig und in Übergröße:

WER WIRD DAS NÄCHSTE OPFER?

Beate Moerk warf die Zeitungen auf den Boden. Sie lehnte sich zurück in die Kissen und schloß die Augen.

Wenn sie nur nach den Signalen ihres Körpers gegangen

wäre, hätte sie sich jetzt am liebsten die Decke über den Kopf gezogen und wäre wieder eingeschlafen.

Aber es war schon elf. Höchste Zeit, eine Runde zu drehen. Drei Kilometer Richtung Westen am Meer entlang, und dann vier, fünf durch den Wald zurück. Das Wetter war immer noch etwas böig, aber der Regen schien nachgelassen zu haben. Auf der freien Fläche würde sie Rückenwind haben, das war das wichtigste. Im Wald war es gleich, da war es meistenteils windgeschützt.

»Geh nicht allein raus, was immer du auch tust!« hatte ihre Mutter ihr beim gestrigen Telefongespräch befohlen. »Glaub nur nicht, daß er sich nicht an Frauen ranmacht, und bilde dir bloß nicht ein, daß es dir etwas nützt, daß du bei der Polizei bist!«

Wenn es irgend jemand anders gewesen wäre, der ihr diesen Rat gegeben hätte, hätte sie vielleicht zugehört und etwas von den Ratschlägen angenommen, aber so... Es war Jahre her, seit sie gelernt hatte, die guten Ratschläge ihrer Mutter durchs eine Ohr rein- und durchs andere wieder rauszulassen.

Eine Viertelstunde später war sie angezogen und bereit. Sie zog den Reißverschluß ihrer Trainingsanzugsjacke bis oben hin zu und band sich das breite, rote Band ums Haar.

Sah sich im Spiegel an. So.

Fürchtete weder Tod noch Teufel.

Wind, Wetter oder Gewaltverbrecher...

Die Dämmerung setzte schnell ein. Sie fiel fast wie ein Vorhang, und als sie in die Wohnung zurückkam, war es fast schon ganz dunkel, obwohl es noch nicht später als sieben war. Die Müdigkeit konnte sie jetzt in den Knochen spüren. Zwei Stunden Jogging und Stretching, danach vier Stunden Krisensitzung in der Dienststelle... Natürlich hinterließ das seine Spuren. Wer konnte etwas anderes verlangen, auch von einer Frau, die im besten Alter war, wie es hieß?

Dennoch weigerte sie sich, sofort ins Bett zu gehen. Sie überwand sich, ein Abendessen mit Omelett, Gemüse und Käse zu bereiten. Deckte den Tisch und setzte Kaffee auf. Zwei Stunden am Schreibtisch in aller Ruhe, das war es, was sie sich jetzt wünschte. Zwei Stunden in einsamer Würde, mit der Dunkelheit und der Stille wie eine schützende Kuppel um die Gedanken und Überlegungen... um das Collegeheft, die Aufzeichnungen und Spekulationen, denn sie hatte geplant, während dieser Abendsitzungen den Fall zu lösen. Hier, beim konzentrierten Nachdenken an ihrem Schreibtisch, würde die Polizeiinspektorin Beate Moerk den Henker aus dem Ärmel ziehen, identifizieren und überlisten.

Wenn nicht heute abend, dann auf jeden Fall schon bald...

Ob es wohl irgendeinen anderen Bullen in diesem Land gab, überlegte sie, der eine romantischere Einstellung zu seiner Arbeit hatte als sie? Wohl kaum. Wie dem auch sei, es gab noch eine andere Regel, von der sie ungern abwich, auch wenn sie gar nicht so genau wußte, woher sie sie eigentlich hatte:

Der Tag, an dem man sich nicht einmal für kurze Zeit mit dem beschäftigen kann, was einem wirklich am Herzen liegt, der Tag ist ein verlorener Tag.

Wie wahr.

Das Dreieck sah spektakulärer aus als je. Drei Namen, einer in jeder Ecke. Eggers – Simmel – Rühme. Und dann ein Fragezeichen in der Mitte.

Ein Fragezeichen, das ausgelöscht und durch den Namen des Mörders ersetzt werden sollte... ein Name, der dann für alle Zeit in aller Leute Munde sein würde. Zumindest in dem der Einwohner von Kaalbringen. Denn einen Verbrecher vergißt man nicht. Staatsmänner, Künstler, gefeierte Artisten verlieren sich im Dunkel der Zeit, aber der Name eines Mörders bleibt in der Erinnerung haften.

Drei Opfer. Drei neu hinzugezogene Männer. So unterschiedlich, wie man es sich nur denken konnte. War es überhaupt möglich, sich größere Extreme vorzustellen?

Ein ausgestoßener Junkie und Knastbruder.

Ein etablierter, gutsituierter, aber nicht besonders sympathischer freier Unternehmer.

Ein junger Arzt, Sohn eines der prominentesten Bürger der Stadt.

Und je länger sie auf diese Namen starrte und auf ihre Notizen, ihre Vermutungen und ihre Kritzeleien, um so klarer wurde ihr, daß sich durch das Auftauchen des dritten Opfers in keiner Weise irgendein Weg geöffnet hatte.

Im Gegenteil. Je mehr, um so schlimmer, so hatte es den Anschein.

Um Viertel vor elf spürte sie, daß sie kaum noch die Augen offenhalten konnte. Sie löschte das Licht, putzte die Zähne und ging ins Bett.

Morgen würde sie arbeiten. Ein neuer Tag. Die übliche Leier von Fragen und Antworten, Fragen und Antworten... und vielleicht war es gerade dieses Einerlei, das letztendlich ein Ergebnis bringen würde. Aus der Unmenge der Fakten, Protokolle und Tonbandaufzeichnungen würde sich langsam ein Punkt herauskristallisieren, ein Muster ergeben, aus dem heraus es möglich war, die wichtigste aller wichtigen Fragen zu stellen.

Wer ist er?

Und von dem aus auch eine Antwort möglich war.

Aber um wieviel lieber wäre es ihr gewesen, das Gesicht des Mörders wäre ihr im Traum erschienen... mit immer deutlicheren Konturen, ein Gesichtszug nach dem anderen. Daß die dunklen Stunden der Nacht ein Portrait herausgemeißelt hätten, fix und fertig, um es morgens dem Polizeichef auf den Tisch zu legen.

Eine Abkürzung. Eine Eselsbrücke, die über all diese trostlosen Ermittlungen reichte.

Wieviel schöner das doch wäre!

21

Jean-Claude Rühme entsprach seinem Prototyp. Ein breitschultriger Mann in den Sechzigern mit weißer Löwenmähne und scharfen, aber erstarrten Gesichtszügen. Ein Zwischending zwischen Mensch und Monument, dachte Van Veeteren. Oder war es nur die Trauer, die ihn versteinern ließ?

Er empfing sie in seinem Arbeitszimmer. Saß hinter seinem dunklen Schreibtisch mit den Intarsienarbeiten in Rot und Ocker. Er erhob sich zu voller Größe und begrüßte Van Veeteren.

»Der Herr Hauptkommissar muß entschuldigen. Aber mein Nachtschlaf ist seit dem Unglück nicht der beste. Bitte, setzen Sie sich doch. Möchten Sie etwas trinken?«

Tiefe, entgegenkommende Stimme.

»Ein Glas Selters«, sagte Van Veeteren. »Wenn es keine Umstände macht. Mein aufrichtiges Beileid, Doktor Rühme.«

Der Doktor sprach in die Gegensprechanlage, und nach dreißig Sekunden tauchte ein farbiges Mädchen mit zwei Flaschen auf einem Tablett auf.

»Ich bin Ihnen dankbar, daß Sie mir bis heute Zeit gelassen haben«, erklärte Rühme. »Jetzt bin ich bereit, Ihre Fragen zu beantworten.«

Van Veeteren nickte.

»Ich will mich kurz fassen, Herr Doktor«, sagte er. »Ich habe eigentlich nur ein paar Fragen, die Details betreffend, aber darüber hinaus möchte ich Sie bitten... und zwar auf das eindringlichste... daß Sie Ihre Intelligenz und Ihre Intuition benutzen, um uns zu helfen. Also, ich ziehe es vor, den Mord an Ihrem Sohn als einen isolierten Fall zu betrachten, getrennt von den anderen.«

»Warum?«

»Aus mehreren Gründen, vielleicht in erster Linie aus ermittlungstechnischen. Es ist einfacher, sich auf eine Sache zu konzentrieren.«

»Ich verstehe.«

»Wenn Sie also irgendeine Vorstellung davon haben, welches Motiv dahinterstecken könnte, wer einen Anlaß gehabt haben könnte, Ihren Sohn aus dem Weg zu räumen, dann zögern Sie bitte nicht. Sie können mich Tag und Nacht erreichen. Vielleicht haben Sie schon jetzt irgendwelche Vermutungen?«

»Nein, nein – gar nichts.«

»Ich weiß, daß Trauer lähmend wirken kann, aber falls Ihnen irgend etwas einfällt, dann...«

»Natürlich, Herr Hauptkommissar, aber ich versichere Ihnen... Sie haben ein paar Fragen zu Details, sagten Sie?«

Van Veeteren trank einen Schluck Selters. Tastete nach einem Zahnstocher, beschloß dann aber, nicht weiter zu suchen.

»Wie würden Sie das Verhältnis zwischen sich und Ihrem Sohn bezeichnen?«

Doktor Rühme reagierte, indem er die Augenbrauen einen Millimeter hochzog. Das war alles.

»Danke«, sagte Van Veeteren. »Ich verstehe.«

Er kritzelte etwas Unleserliches auf seinen Block und ließ einige Sekunden verstreichen.

»Nein«, sagte der Arzt schließlich, »ich glaube nicht, daß Sie das verstehen. Maurice und ich hatten ein Verhältnis zueinander, das auf großem gegenseitigen Respekt beruhte.«

»Genau das habe ich gerade notiert«, sagte Van Veeteren. »Sind Sie verheiratet, Doktor Rühme?«

»Seit zwölf Jahren geschieden.«

»Damals muß Ihr Sohn... neunzehn Jahre alt gewesen sein?«

»Ja. Wir haben damit gewartet, bis er von zu Hause ausgezogen ist. Haben uns im gleichen Monat getrennt, in dem er seine Medizinstudien in Aarlach begann.«

»Und seitdem hat er in Aarlach gewohnt, ist das richtig?«

»Ja, bis er in diesem März seine Stelle hier antrat.«

»Ich verstehe«, sagte Van Veeteren. Er stand auf und begann langsam im Zimmer herumzulaufen, die Hände auf dem Rücken. Blieb vor dem Bücherregal stehen und las einige Titel, ging dann weiter zum Fenster und schaute auf den gepflegten Rasen und die Büsche hinaus. Doktor Rühme schaute auf seine Armbanduhr und hüstelte.

»Ich habe in zwanzig Minuten einen Patienten«, sagte er. »Wenn Sie jetzt Ihre restlichen Fragen stellen könnten... falls Sie noch welche haben?«

»Wann waren Sie zum letzten Mal zu Besuch in der Leisner Allee?«

»Ich bin niemals dort gewesen«, sagte Rühme.

»Ihre Meinung über Beatrice Linckx?«

»Gut. Sie hat mich ein paarmal besucht... ohne Maurice.«

»Als Vermittlerin?«

Doktor Rühme antwortete nicht.

»Ihr Sohn hat sein Medizinstudium 1987 begonnen... vor elf Jahren. Wann hat er Examen gemacht?«

»Vor zwei Jahren.«

»Neun Jahre Studium? Das ist eine ziemlich lange Zeit, oder, Doktor Rühme?«

»Es gibt Beispiele noch längerer Ausbildungszeiten.«

»Wie lange haben Sie selbst gebraucht?«

»Fünf Jahre.«

»Gibt es einen besonderen Grund, warum Maurice so lange gebraucht hat?«

Doktor Rühme zögerte, aber nur kurz.

»Ja«, sagte er.

»Wären Sie so freundlich, mir zu sagen, welchen?« fragte Van Veeteren.

»Kokainmißbrauch«, sagte Doktor Rühme und faltete die Hände vor sich auf dem Schreibtisch. Van Veeteren nickte und machte sich wieder Notizen.

»Wann hat er damit aufgehört?«

»Es kam 1989 zu meiner Kenntnis. Und hörte zwei Jahre später endgültig auf.«

»Irgendwelche rechtlichen Folgen?«

Der Doktor schüttelte den Kopf.

»Nein, nichts dergleichen.«

»Ich verstehe«, sagte Van Veeteren. »Das ließ sich so regeln, nicht wahr?«

Rühme antwortete nicht.

»Und diese Stelle hier am Krankenhaus, die doch ziemlich begehrt war, soweit ich gehört habe, die ließ sich wohl auch... regeln?«

Rühme stand auf.

»Das haben Sie gesagt, nicht ich. Vergessen Sie das nicht.«

»Ich vergesse nichts so schnell«, sagte Van Veeteren.

»Danke, Herr Hauptkommissar. Ich fürchte, meine Zeit reicht nicht mehr für weitere Fragen...«

»Das macht nichts«, sagte Van Veeteren. »Die sind auch nicht mehr nötig.«

»Ich bin gekommen, um mit Ihnen ein wenig über Ihren Sohn zu sprechen«, sagte Bausen. »Maurice...«

»Er ist tot«, sagte Elisabeth Rühme.

Bausen nickte und hakte sie unter.

»Würde es Ihnen gefallen, wenn wir ein wenig im Park spazierengehen?«

»Mir gefällt das Laub«, sagte Frau Rühme. »Vor allem, wenn es nicht mehr an den Bäumen sitzt, aber bis jetzt ist ja noch nicht viel heruntergefallen. Wir haben immer noch September, das stimmt doch?«

»Ja«, sagte Bausen. »Haben Sie Maurice oft gesehen?«

»Maurice? Nein, nicht sehr oft. Doch, manchmal schon, aber sie, diese Beatrice, sie kommt oft mit Blumen und Obst. Was meinen Sie, sie wird mich doch auch weiter besuchen kommen, oder?«

»Aber bestimmt«, versicherte Bausen.

»Manchmal fühle ich mich einsam. Ich bin ja eigentlich gern allein, aber es ist doch schön, wenn ab und zu jemand vorbeikommt... merkwürdigerweise ist es hinterher am schönsten. Wenn jemand zu Besuch war und wieder gegangen ist, meine ich. Dann fühle ich mich irgendwie richtig gut... erfüllt, es ist schwer zu beschreiben.«

»Wann haben Sie Maurice das letzte Mal gesehen?« fragte Bausen.

Elisabeth Rühme blieb stehen und nahm ihre Brille ab.

»Ich muß sie saubermachen«, sagte sie. »Ich kann so schlecht sehen. Haben Sie ein Taschentuch?«

»Leider nicht«, sagte Bausen.

Sie setzte sie wieder auf.

»Wann haben Sie Maurice das letzte Mal gesehen?« wiederholte Bausen.

»Schwer zu sagen. Sie sind von der Polizei, nicht wahr?«

»Mein Name ist Bausen. Ich bin Polizeichef hier in Kaalbringen. Erkennen Sie mich nicht wieder?«

»Doch, doch«, versicherte Elisabeth Rühme. »Sie heißen Bausen.«

Er drehte sie vorsichtig um, und die beiden gingen zurück zu dem nikotingelben Pavillon.

»Es ist schön hier«, sagte er.

»Ja«, sagte sie. »Besonders, wenn die Blätter fallen.«

»Ihr zweiter Sohn... Pierre?«

»Er ist krank. Wird nie gesund werden. Es ist damals was in der Kirche passiert, wissen Sie das nicht?«

»Doch, doch«, versicherte Bausen.

»Ich habe ihn lange nicht gesehen«, sagte sie nachdenklich.

»Vielleicht kann er ja jetzt Arzt werden, anstelle von Maurice. Das wäre schön. Glauben Sie, daß man das irgendwie organisieren kann?«

»Vielleicht«, sagte Bausen. Eine Schwester mit weißer Haube kam ihnen entgegen.

»Vielen Dank für den Spaziergang und die Unterhaltung«, sagte er. »Ich werde Beatrice bitten, Sie nächste Woche zu besuchen.«

»Danke schön«, sagte Elisabeth Rühme. »Es war schön, mit

Ihnen zu laufen. ich hoffe, ich bin Ihnen nicht zur Last gefallen.«

»Ganz und gar nicht«, versicherte Kommissar Bausen. »Ganz und gar nicht.«

Der Oberarzt Rühme und seine feine Familie, dachte er, während er zum Parkplatz schlenderte und seine Pfeife auskratzte.

22

»Wir gehen«, hatte Beate Moerk entschieden. »Es gibt keinen Grund, die achthundert Meter mit dem Auto zu fahren.«

Und so spazierte er neben dem weiblichen Polizeiinspektor durch Kaalbringens Straßen, und plötzlich mußte er wieder an Apothekers Marie denken. Das Bild tauchte nur kurz vor ihm auf, und er fragte lieber nicht, warum. Die beiden Gespräche mit Synn hatten zwar nicht alle Mißverständnisse aus dem Weg geräumt, aber sie schienen auf dem richtigen Weg zu sein ... ja, natürlich würde alles wieder seinen gewohnten Gang gehen, wenn er nur endlich wieder nach Hause kam. Wenn er sie nur bald wiedersah.

Selbstverständlich.

Das Haar der Inspektorin war nicht rot. Ganz und gar nicht. Eher dunkelbraun, an der Grenze zum Schwarz. Er achtete darauf, daß sich ihre Schultern nicht berührten, während sie nebeneinander hergingen, aber es kostete ihn einige Konzentration, den entsprechenden Abstand einzuhalten, und als sie angekommen waren, erinnerte er sich nur noch vage daran, worüber sie auf dem Weg gesprochen hatten.

Sicher kein großer Verlust, dachte er. Die meiste Zeit war es wahrscheinlich um die Namen der Straßen und Plätze gegangen, an denen sie vorbeigeschlendert waren, aber dennoch verwunderte ihn das. Mit seinem seelischen Gleichgewicht war es offensichtlich nicht zum besten gestellt. Eine Unruhe war in ihm, die sich nicht so einfach ignorieren ließ. Nicht gerade die beste Voraussetzung für detektivische Arbeit. Ein Jucken in der Seele. Was war nur los mit ihm, verflucht noch mal?

»Da sind wir«, sagte sie. »Die Haustür ist da. Der Leisnerpark gegenüber, wie du siehst.«

Münster nickte.

»Wollen wir raufgehen?« fragte er.

»Natürlich«, erwiderte sie. Betrachtete ihn dabei etwas verwirrt.

Beatrice Linckx hieß sie willkommen und zeigte dabei ein schwaches Lächeln. Der Flur war mit einem neuen Teppich ausgelegt worden, wie Münster feststellte. Vom Blut war keine Spur mehr zu sehen, aber ihm war klar, daß man im Holz darunter immer noch etwas finden würde...

Blut läßt sich nicht so schnell ausmerzen, pflegte Reinhart immer zu sagen. Das übertüncht man.

Blasses Sonnenlicht fiel durch die hohen Fenster in das große Zimmer und ließ Beatrices Zerbrechlichkeit noch deutlicher hervortreten. Sie sah zwar gefaßt und erholt aus, aber die äußere Hülle war nur dünn... nicht dicker als das Eis einer Nacht, dachte er, und er hoffte, daß Inspektorin Moerk sensibel genug war, die Zeichen richtig zu deuten und nicht einfach darüber hinwegzugehen.

Hinterher war ihm klar, daß er sich keine Sorgen hätte machen müssen. Das hier war Beate Moerks Verhör. Sie war es, die die Zügel in der Hand hatte und darauf achtete, daß nichts aus dem Ruder lief. Sie hatten sich vorher nicht abgesprochen, sich nicht über die Arbeitsteilung verständigt, aber je weiter sie gekommen waren – nachdem die Teetassen geleert und von neuem gefüllt worden und die blassen Kekse (die Frau Linckx offensichtlich in aller Eile in einem Kiosk gekauft hatte) zusammengeschrumpft waren –, desto mehr war sein Respekt gestiegen. Er hätte es nicht besser machen können, ganz gewiß nicht, und ihm war genau die richtige, ziemlich geruhsame Rolle zugeteilt worden: Er saß in seiner Sofaecke und flocht ab und zu mal eine Frage ein.

Genau richtig. Es war nicht nur ihr Haar und ihr Aussehen. Sie schien auch eine verdammt gute Polizistin zu sein.

»Wie lange waren Sie eigentlich schon mit Maurice zusammen?«

»Nicht so lange.«

Beatrice Linckx strich sich eine Haarsträhne aus dem Gesicht. Von rechts nach links, eine wiederkehrende Geste.

»Ein paar Jahre?«

»Ja. Wir haben uns im September 1993 kennengelernt. Sind dann ungefähr ein Jahr später zusammengezogen.«

»Also seit vier Jahren?«

»Ja.«

Und das ist nicht so lange? dachte Münster.

»Sind Sie in Aarlach geboren?«

»Nein, in Geintz, aber ich habe in Aarlach gewohnt, seit ich zwölf war.«

»Aber Sie haben Maurice Rühme erst 1993 kennengelernt. Da hatte er schon... sechs Jahre dort gewohnt, nicht wahr?«

»Aarlach ist keine kleine Stadt, Frau Inspektor«, sagte Beatrice Linckx mit diesem blassen Lächeln, das neu an ihr war. »Nicht wie Kaalbringen... aber wir haben uns sicher schon vorher mal irgendwo gesehen. Wir haben uns darüber auch mal unterhalten.«

»Wissen Sie, wie es ihm in den Jahren erging, bevor Sie sich kennenlernten?«

Sie zögerte.

»Ja«, sagte sie. »Ich weiß einiges. Aber wir haben nicht darüber geredet. Er wollte das nicht, und außerdem war das Kapitel abgeschlossen.«

»Ich verstehe. Keine alten Freunde mehr aus der Zeit? Die es heute noch gibt, meine ich.«

»Nicht viele.«

»Aber es gibt noch welche?«
Beatrice Linckx dachte nach.
»Zwei.«
»Wären Sie so nett, uns die Namen zu geben?«
»Jetzt?«
»Ja bitte.«
Beate Moerk reichte ihren Block hinüber, und Frau Linckx schrieb hastig ein paar Zeilen.
»Die Telefonnummern auch?«
Beate Moerk nickte.
Beatrice Linckx verschwand aus dem Zimmer und kam mit einem Adreßbuch zurück.
»Danke«, sagte Beate Moerk, als sie ihren Block zurückbekommen hatte. »Finden Sie es unangenehm, wenn wir in diesen alten Geschichten herumwühlen?«
»Sie tun ja nur Ihre Arbeit, nehme ich an.«
»Warum sind Sie nach Kaalbringen gezogen?«
»Nun ja...« Wieder zögerte sie einen Augenblick. »Maurice war anfangs ziemlich dagegen. Ich weiß nicht, ob Sie wissen, wie es um seine Beziehung zu Jean-Claude, seinem Vater, stand?«
Beate Moerk nickte.
»Ich fürchte, ich war es, die ihn dazu überredet hat. Ja, natürlich hing es von der Arbeitsstelle ab. Ich nehme an, daß Sie das verstehen. Die beiden Stellen wurden gleichzeitig ausgeschrieben, sogar am gleichen Tag, und ich dachte wohl... daß es so was wie ein Zeichen war. Maurice meinte, es wäre was anderes.«
»Was haben Sie in Aarlach getan?«
»Maurice hatte eine Vertretungsstelle im Pflegeheim. Nicht gerade seine Spezialität. Ich habe an drei, vier verschiedenen Schulen gearbeitet...«
»Und dann haben Sie plötzlich Ihren Traumjob hier in Kaalbringen bekommen?«
»Vielleicht nicht ganz den Traumjob, aber es war auf jeden

Fall eine deutliche Verbesserung. Von unseren Ausbildungen her gesehen, meine ich.«

Beate Moerk blätterte ihren Notizblock um und überlegte eine Weile. Frau Linckx goß Tee nach. Münster betrachtete verstohlen die beiden Frauen. Er versuchte, sich Synn in dem dritten, leeren Sessel vorzustellen, aber das wollte ihm nicht so recht gelingen... alle drei waren in etwa im gleichen Alter, fiel ihm plötzlich auf. Es überraschte ihn, und er wunderte sich darüber, daß ihn das überraschte. Vielleicht wurde es langsam Zeit, daß er auch einmal eine Frage stellte? Wartete Inspektorin Moerk nicht genau darauf?

»Wollen wir zum Wesentlichen kommen«, schlug er vor. »Damit wir Sie nicht zu lange plagen müssen, Frau Linckx...«

»Ja, bitte.«

»Haben Sie irgendeine Vorstellung, wer es gewesen sein könnte, der Ihren Lebensgefährten umgebracht hat?«

Die Frage war etwas brutal, ohne Zweifel. Er sah, daß Beate Moerk ihm einen Blick zuwarf, aber die Antwort kam wie aus der Pistole geschossen.

»Nein. Ich habe keine Ahnung.«

»Hatte Maurice irgendwelche Feinde?« fuhr Beate Moerk fort, wo er nun schon einmal angefangen hatte. »Jemanden, von dem Sie wissen, daß er ihm aus irgendeinem Grund übel gesinnt war?«

»Nein, ich glaube, er war bei den meisten ziemlich beliebt.«

»Vielleicht am Arbeitsplatz?« versuchte es Münster, aber Beatrice Linckx schüttelte nur den Kopf.

»Bevor wir gehen«, erklärte Beate Moerk, »möchten wir Sie um eine Liste bitten mit den engsten Freunden und den Kollegen, mit denen Maurice am meisten zu tun hatte. Vielleicht können Sie uns aber jetzt schon die wichtigsten nennen?«

»Die ihn ermordet haben könnten, meinen Sie?«

Zum ersten Mal war ein Hauch von Feindseligkeit in ihrer Stimme zu hören.

»Die meisten werden tatsächlich von einer ihnen nahestehenden Person ermordet«, sagte Münster. »Das ist zwar schwer zu akzeptieren, aber so ist es leider.«

»Aber worauf wollen Sie eigentlich hinaus?« fragte Beatrice Linckx, und auf ihren Wangen zeigte sich eine gewisse Röte. »Mir fällt nicht ein einziger Name ein... ich habe nicht den geringsten Verdacht. Ich bin davon ausgegangen, daß wir es hier mit diesem Wahnsinnigen zu tun haben... stimmt das denn nicht? Der hat doch schon zwei umgebracht, die nicht das geringste mit Maurice zu tun hatten.«

»Entschuldigen Sie, Frau Linckx«, sagte Beate Moerk. »Wir müssen leider alle möglichen Arten von Fragen stellen, die manchmal bizarr und unverschämt erscheinen mögen. Versprechen Sie uns wenigstens, daß Sie von sich hören lassen, sobald Ihnen irgend etwas einfällt, was mit dem Mord zu tun haben könnte, und sei es auch nur eine Kleinigkeit?«

»Ein Telefongespräch. Jemand, der etwas Merkwürdiges gesagt hat. Ob Maurice sich in irgendeiner Weise merkwürdig verhalten hat«, ergänzte Münster.

»Ja, natürlich«, sagte Beatrice Linckx. »Ich will ja gar keine Kritik an der Polizei üben. Natürlich möchte ich nichts lieber, als daß Sie ihn fassen.«

»Gut«, sagte Münster. »Apropos Kollegen, übrigens... Doktor Mandrijn, ist das jemand, mit dem Maurice viel zu tun gehabt hat? Er arbeitet auch im Krankenhaus.«

Sie überlegte.

»Ab und zu, glaube ich«, sagte sie. »Aber nicht so viel... ich bin mir nicht sicher, ob ich ihn schon einmal gesehen habe, aber Maurice hat seinen Namen ein paarmal erwähnt.«

Inspektorin Moerk machte sich Notizen und biß auf ihren Stift.

»Sie selbst arbeiten also im Seldonheim?« fragte sie.

»Ja.«

»Als Fürsorgerin?«

»Psychologin eher...«

»Haben Sie dort Kontakt mit Pierre, Maurices Bruder?«

Beatrice trat ans Fenster und schaute auf den Park hinaus, bevor sie antwortete.

»Niemand hat Kontakt mit Pierre«, sagte sie dann. »Kein Mensch.«

»Ich verstehe«, sagte Beate Moerk.

Als sie nach draußen kamen, hatte es wieder angefangen zu regnen, und als sie vorschlug, ein Glas Bier in der Blauen Barke zu trinken, stimmte er ohne größere Umschweife zu. Zwar hatte es genug Tee gegeben, damit sein Flüssigkeitshaushalt in den nächsten Stunden ausgeglichen war, aber es war natürlich keine dumme Idee, auch mit diesem Ort Bekanntschaft zu schließen. Wenn er sich recht erinnerte, dann hatte das zweite Opfer, Ernst Simmel, von hier aus seinen Spaziergang ins andere Leben angetreten. Er hielt die Tür auf und verbeugte sich leicht kavaliermäßig. O Scheiße, was mache ich bloß? dachte er.

»Ist der Herr Kommissar verheiratet?« fragte sie, als sie sich gesetzt hatten.

Münster zog seine Brieftasche heraus und zeigte ihr das Foto von Synn.

»Sie ist schön«, sagte Beate Moerk. »Nun gut, dann brauche ich mir ja keine Sorgen zu machen.«

»Außerdem noch zwei Kinder«, sagte Münster. »Und du?«

»Nichts dergleichen«, lachte Beate Moerk. »Aber das ist nur zufällig so.«

»Na, dann prost«, sagte Münster, und er lachte auch.

23

»Kokain?« fragte Bausen.

»Das ist jedenfalls ein Verbindungsglied«, sagte Kropke. »Zu Eggers, meine ich.«

»Wohl kaum«, sagte Münster.

»Jedenfalls ein schwaches Verbindungsglied«, sagte Van Veeteren. »Kokain ist eine High-Society-Droge, vergiß das nicht. Ich habe so meine Zweifel, daß Heinz Eggers und seine Kumpel sich so was Vornehmes reingezogen haben... das ist ganz einfach nicht ihre Kragenweite.«

Bausen nickte.

»Wir müssen das natürlich trotzdem weiterverfolgen. Aber bei den vielen Leuten, die heutzutage kiffen, ist es wohl kaum mehr als ein Zufall.«

»Zwei von drei?« fragte Inspektor Moerk.

»Vielleicht ein bißchen viel, zugegeben. Wir müssen da weiterbohren. Außerdem haben wir sowieso nicht viel, was wir sonst noch weiterverfolgen könnten.«

»Wie weit ist es von Selstadt bis Aarlach?« fragte Münster.

»Hundertfünfzig, zweihundert Kilometer, nehme ich an«, antwortete Bausen.

»Hundertfünfundachtzig«, sagte Kropke.

»Wollte nur mal sehen, ob du auch aufpaßt«, sagte Bausen. »Herr Hauptkommissar?«

Van Veeteren hörte auf, eine Münze über die Fingerknöchel rollen zu lassen.

»Gut«, sagte er. »Ich denke, es ist verdammt wichtig, daß wir Rühmes Zeit in Aarlach so genau wie möglich dokumentieren können. Ich habe mit Melnik, dem dortigen Polizeichef, geredet, und er hat mir versprochen, zwei Mann drauf anzusetzen... das hat er inzwischen schon getan. Er wird uns einen Bericht schicken, sobald er fertig ist... In ein paar Tagen, hoffe ich. Vielleicht in einer Woche.«

»Und dann?« fragte Kropke.

»Werden wir sehen«, erwiderte Van Veeteren. »Wenn uns nichts anderes übrigbleibt, werden wir alle Namen herausziehen und sie mit den Eggers- und Simmelunterlagen vergleichen. Das wäre doch vielleicht etwas für den Herrn Inspektor und seinen Computer?«

Kropke runzelte einen Moment lang die Stirn, zeigte dann aber ein Lächeln.

»Okay«, sagte er. »Vielleicht gar nicht so dumm.«
»Jaha«, sagte Bausen. »Die Nachbarn, Mooser? Wie ist es da gelaufen?«
Mooser blätterte etwas nervös in seinen Papieren.
»Wir haben alle außer zwei erwischt – sechsundzwanzig Stück. Keiner hat auch nur das geringste gesehen, ich meine, zwischen zehn und zwei Uhr am Mittwoch abend. Um diese Zeit ist es doch gegangen, oder?«
»Das stimmt«, bestätigte Bausen. »Meuritz rätselt noch etwas an dem Zeitpunkt herum. Er will es in diesem Fall nicht genauer terminieren. Ich nehme an, es ist unmöglich. Ich habe das Gefühl, daß unser lieber Henker mehr Glück als Verstand gehabt hat. In Simmels Fall folgt er ihm quer durch die ganze Stadt, bei Rühme überquert er nur die Straße, klingelt und schlägt zu. Und niemand sieht ihn. Kein Zeuge...«
»Außer Herrn Moen«, sagte Beate Moerk.
»Ja«, seufzte Bausen. »Moen und Peerhovens... ein Vierundneunzigjähriger und ein, gelinde gesagt, leicht angeheiterter Nachtschwärmer.«
»Nun ja«, sagte Van Veeteren. »Wir werden ihn trotzdem kriegen. Ich glaube, so langsam nehme ich Witterung auf...«
»Was machen wir als nächstes?« fragte Beate Moerk.
Bausen blätterte in seinem Block.
»Du und... Kommissar Münster, vielleicht?«
Münster nickte.
»Ihr geht ins Krankenhaus. Befragt Kollegen und so weiter. Seht zu, was ihr rauskriegen könnt. Ihr habt freie Hand.«
»Gut«, nickte Beate Moerk.
»Kropke und Mooser... Ich denke, wir sollten die Nachbarschaft ein wenig ausdehnen. Klopft mal an die Türen um den Leisnerpark herum... Der Inspektor kann ein Raster aufstellen. Ach ja, nehmt ruhig Bang mit, der braucht auch etwas Bewegung. Aber schreibt ihm die Fragen vorher auf, verdammt noch mal. Und Kropke macht natürlich mit Simmel und Spanien weiter. Da ist ja bis jetzt noch nichts bei rausgekommen?«

Kropke schüttelte den Kopf.

»Viel Scheiße, aber nichts wesentliches.«

»Der Hauptkommissar und ich«, fuhr Bausen fort, »werden uns näher mit der Axtfrage befassen. Die Leute von der Spurensicherung bleiben da reichlich vage, aber sie nehmen an, daß es sich um ein Spezialwerkzeug aus der Schlachterbranche handelt, so vor zehn, zwölf Jahren hergestellt. Wir haben die Namen von vier verschiedenen denkbaren Fabrikanten bekommen – und mehr als zwanzig Verkaufsstellen. Das Ganze klingt nicht gerade sehr vielversprechend, aber es hilft nichts. Wir müssen wohl auf jeden Fall einen Tag dafür opfern. Ja, und dann sind da noch Simmels Sohn und Tochter, die kommen morgen hierher. Auch wenn ich keinen roten Heller auf sie setzen würde... nun ja, man weiß ja nie. Habt ihr noch Fragen?«

»Wer übernimmt die Freunde und Bekannten?« fragte Münster. »Rühmes, meine ich?«

»Ihr«, sagte Bausen. »Zuerst das Krankenhaus, und dann... Habt ihr die Liste?«

»Sollten wir nicht jemanden nach Aarlach schicken?« meinte Beate Moerk. »Dort müßte doch noch am ehesten etwas zu finden sein.«

»Kommissar Melnik würde nicht gerade begeistert sein, wenn wir uns einmischen, das kann ich euch versichern«, sagte Van Veeteren. »Aber er kann das Alter eines Haufens Hundescheiße bestimmen, wenn er dazu aufgelegt ist!«

»Ach so«, sagte Beate Moerk. »So einer ist das.«

»Außerdem habe ich noch eine Verabredung mit einer Damenbekanntschaft von Simmel«, berichtete Van Veeteren. »Davon erwarte ich mir so einiges.«

Oje! dachte Beate Moerk, als sie aus der Polizeiwache trat. Was für ein trostloser Haufen.

»Wie weit ist es bis zum Krankenhaus?« fragte Münster.

»Weit«, erklärte Moerk. »Wir nehmen deinen Wagen.«

24

Er sah sich um.

Nahm dann Platz an einem der freien Tische draußen auf der verglasten Terrasse, bestellte ein Glas Dunkelbier und faltete de Journaal auseinander.

Seufzte leise vor Zufriedenheit. Er ging nicht so oft ins Fisherman's Friend.

Er trank ein paar tiefe Schlucke und begann dann zu lesen, was über den Fall in der Zeitung stand. Nicht ohne eine gewisse Zufriedenheit. An diesem fünften Tag nach dem letzten Mord reichte die Textmenge immer noch für gut zwei Seiten. Es gab nur wenige Neuigkeiten, die Theorien wurden immer absurder, und die Verschwiegenheit der Polizei begann langsam eine gewisse Verärgerung bei den Schreibern hervorzurufen. Inzwischen schwand offensichtlich das Vertrauen, daß sie dafür ihre Gründe hatte.

Möchte bloß wissen, ob das stimmt, dachte er und schaute auf den Hafen. Das möchte ich bloß wissen.

Ein einsamer Fischkutter stampfte dem offenen Wasser zu. Meer und Himmel hatten den gleichen Grauton, das Licht wollte sich an diesem Tag anscheinend gar nicht einstellen. Es sah trostlos aus.

Trostlos? Eine knappe Sekunde lang überlegte er, warum er gerade dieses Wort benutzte.

Er hatte drei Menschen getötet, und die Polizei hatte nicht die geringste Spur, soweit er das beurteilen konnte. Es wäre natürlich auch interessant gewesen, zu erfahren, was sie in den anderen Zeitungen schrieben, aber die waren ausverkauft gewesen. Aus leicht verständlichen Gründen, natürlich. Er trank wieder von seinem Bier und ließ die Würze die Tränen in die Augenwinkel pressen... nein, wenn er die Anzeichen richtig deutete, war er so sicher wie eh und je.

Nicht zu fassen und nicht zu strafen.

Zweifellos ein etwas merkwürdiges Gefühl, aber andererseits: damit hatte er doch gerechnet – oder etwa nicht? Hatte er überhaupt mit irgend etwas gerechnet? Gab es ein Danach? Hatte er sich diese Zeit vorgestellt? Diesen sich in die Länge ziehenden Epilog, oder wie immer man das bezeichnen wollte?

Er beobachtete die Möwen, wie sie ihre Kreise zogen. Manchmal kamen sie so nahe, daß die Flügelspitzen fast das Fensterglas berührten... und plötzlich erinnerte er sich daran, wie er einmal genau hier gesessen hatte und eine direkt gegen die Scheibe geflogen war. In voller Fahrt, ohne abzubremsen. Die Sicht durchs Fenster war offensichtlich ganz frei gewesen, und der Tod an dem kalten Glas mußte eine vollkommene Überraschung für den armen Vogel gewesen sein. Ohne Vorwarnung und Vorahnung... genau wie der Axthieb, kam ihm in den Sinn, und er blieb eine Weile sitzen und dachte über diesen Vogel nach und über das Muster von Blut und Innereien, das er auf der Scheibe hinterlassen hatte und das er sich aus irgendwelchen Gründen noch genau ins Gedächtnis rufen konnte. Und dann dachte er an sie, deretwegen das hier alles vor sich ging... an sie, deren Tod in keiner Weise überraschend gekommen war, sondern eher wie eine überreife Frucht... und er dachte darüber nach, ob jetzt wirklich alles zu Ende war. Ob alles wiederhergestellt war, das Recht gesprochen, und ob es ihr in irgendeiner Weise möglich sein würde, ihm ein Zeichen zu geben. Und wie es wohl aussehen könnte...

Sicher gab es nur einen Ort, der dafür in Frage kam.

Und was er mit dieser neuen Leere machen sollte, die ihn jetzt statt dessen erfüllte und die sich teilweise wie ein riesiges Vakuum in ihm anfühlte. Aufdringlich und fast unendlich. Obwohl sie in ihm begraben lag.

Ich habe eine Grube gegraben, um eine andere zuzuschütten, dachte er. Und die neue ist noch viel größer. Gib mir ein Zeichen, Gitte!

»Beeindruckender Ort«, sagte Van Veeteren und schaute sich um.

»Die Terrasse ist am besten«, sagte Kommissar Bausen. »Da meint man, über der Welt zu schweben.«

Van Veeteren setzte sich. Dachte einen Augenblick lang an die Blaue Barke. Hier oben war es ebenfalls recht menschenleer, aber vielleicht war das am Abend ja anders. Im Augenblick gab es nur einen einzelnen Herrn mit einer Zeitung am Panoramafenster und ein paar Damen mit Hut nahe beim Flügel. Ein schwarzgekleideter Kellner überreichte ihnen mit einer Verbeugung zwei in Leder gebundene Speisekarten.

»Ein Menü«, sagte Van Veeteren. »Heute bin ich dran. Bedien dich, damit es eine Weile reicht. Man arbeitet am besten mit vollem Bauch... zumindest denkt man damit am besten.«

»Ich bin auch nicht von gestern«, pflichtete Bausen ihm bei.

»Jetzt kann ich nicht mehr«, stöhnte Beate Moerk. »Wenn ich nur noch mit einem einzigen weiteren Arzt reden muß, erwürge ich ihn.«

»Geh lieber raus und warte so lange im Auto«, sagte Münster. »Ich werde mir diesen Mandrijn noch vornehmen, er soll in fünf Minuten hier sein.«

»Ist das der, der bei Simmel gewohnt hat?«

Münster nickte.

»Okay«, sagte Beate Moerk. »Gib ihm, was ihm zusteht. Ich leg mich solange unter die Wolldecke auf den Rücksitz.«

»In Ordnung«, sagte Münster.

»Mein Name ist Polizeiinspektor Kropke«, sagte Kropke.

»Sonderbarer Vorname«, sagte die Frau gähnend. »Aber kommen Sie nur rein.«

»Sie haben also neben dem Ehepaar Simmel in Las Brochas gewohnt?«

»Ja, sicher.«

»Hatten Sie auch Kontakt?«

»Das würde ich nicht behaupten.«
»Warum nicht?«
Sie hob die Augenbrauen ein Stück.
»Warum nicht? Weil wir keinerlei Interesse daran hatten, mit denen Kontakt zu haben, natürlich. Wir haben uns zwar auf der ein oder anderen Party gesehen, aber sie hatten einfach keinen Stil. Mein Mann hatte zwar einiges mit Ernst zu tun, aber mit ihr hatte ich nichts zu schaffen.«
»Mit ihr?«
»Ja, mit der Frau ... Grete oder wie sie hieß.«
»Gab es irgendwelche ... Unregelmäßigkeiten bei Familie Simmel?«
»Unregelmäßigkeiten? Was meinen Sie denn damit?«
»Ja, ob Sie vielleicht gehört haben, daß über etwas geredet wurde, ob es Feinde der Familie gab, etwas Ungesetzliches oder so ... Wir suchen immer noch nach einem Motiv, verstehen Sie ...«
»Mein lieber Inspektor, wir kümmern uns in Las Brochas nicht um so was. Dort lassen wir einander in Ruhe. Viele sind ja gerade deshalb dorthingezogen, um solch neunmalklugen Beamten zu entgehen, die ihre Nase überall reinstecken.«
Die redet von Stil? dachte Kropke.
»Ach so«, sagte er. »Sie sind also der Meinung, wir sollten uns einfach nicht mehr drum kümmern, den Mörder zu suchen, oder?«
»Nein, nein. Tun Sie nur Ihren Job. Dafür werden Sie ja bezahlt. Aber lassen Sie unbescholtene Leute in Ruhe. Sonst noch was?«
»Nein danke«, sagte Kropke. »Ich glaube, mir reicht's.«

»Namen und Adresse?« fragte Bang.
»Warum das denn?« fragte der Zwölfjährige zurück.
»Das hier ist eine Ermittlung«, sagte Bang.
»Uwe Klejmert«, sagte der Junge. »Adresse ist hier.«
Bang notierte.

»Wo warst du am Mittwoch abend, dem 8. September?«
»War das letzte Woche?«
»Ja.«
»Als der Henker Maurice Rühme umgebracht hat?«
»Ja.«
»Da war ich zu Hause.«
»Hier?«
»Ja. Ich habe bis zehn Clint Eastwood gesehen. Und dann bin ich schlafen gegangen.«
»Ist dir irgend etwas Außergewöhnliches aufgefallen?«
»Ja, meine Schwester hatte mein Bett gemacht.«
»Sonst nichts?«
»Nein. Hat er geschrien?«
»Wer?«
»Rühme.«
»Das glaube ich nicht«, sagte Bang. »Jedenfalls habe ich nichts gehört, und ich war der erste am Tatort. Sind deine Eltern nicht zu Hause?«
»Nein«, sagte der Junge. »Die arbeiten.«
»Aha«, sagte Bang. »Dann sag ihnen bitte, sie sollen sich an die Polizei wenden, wenn sie glauben, sie hätten irgend etwas Signifikantes zu sagen.«
»Signi...?«
»Signifikantes. Wenn sie irgendwas Merkwürdiges gesehen oder gehört haben, meine ich.«
»Damit ihr den Henker fassen könnt?«
»Genau.«
»Das verspreche ich«, sagte Uwe Klejmert.
Bang schob seinen Notizblock in die Innentasche und verabschiedete sich.
»Willst du gar nicht fragen, warum meine Schwester mein Bett gemacht hat?«
»Okay«, sagte Bang. »Warum hat sie das gemacht? Ich habe noch nie gehört, daß eine Schwester ihrem Bruder das Bett gemacht hat.«

»Sie hatte sich meinen Walkman ausgeliehen und hat die Kopfhörer kaputtgemacht.«

»Typisch Mädchen«, sagte Polizeianwärter Bang.

»Habt ihr es abends gemütlich im Hotel, du und der Hauptkommissar?« fragte Beate Moerk.

»Wahnsinnig gemütlich«, sagte Münster.

»Sonst könnte ich dich ja mal zu einer Kleinigkeit zu essen und einem Glas Wein einladen.«

»Heute abend?«

»Zum Beispiel«, sagte Beate Moerk. »Aber ich fürchte, ich kann dir nicht versprechen, daß ich nicht über die Arbeit reden werde.«

»Das macht nichts«, sagte Münster. »Ich habe so das dumpfe Gefühl, daß wir zusehen sollten, diesen Fall so schnell wie möglich zu lösen.«

»Ganz meine Meinung«, sagte Beate Moerk.

25

Sie stieß direkt vor dem Eingang auf ihn, und ihm war sofort klar, daß sie auf ihn gewartet haben mußte. Im Schutz der Ligusterhecke, die die gesamte Hotelfront entlanglief, wahrscheinlich. Oder hinter einer der Pappeln.

Eine große, etwas sehnige Frau in den Fünfzigern. Das dunkle, geblümte Tuch war lose über den Kopf geworfen und fiel bis auf die hochgezogenen Schultern herab. Für einen Moment glaubte er, sie wäre eine seiner Lehrerinnen aus dem Gymnasium, aber das war nur ein flüchtiger Gedanke und natürlich absurd.

»Hauptkommissar Van Veeteren?«

»Ja.«

Sie legte ihre Hand auf seinen Arm und sah ihm aus nächster Nähe direkt in die Augen. Sie fixierte ihn, als wäre sie sehr kurzsichtig oder als versuchte sie eine Art außergewöhnlichen Kontakt zu ihm herzustellen.

»Ob ich wohl ein paar Minuten mit Ihnen reden könnte?«

»Ja, natürlich«, sagte Van Veeteren. »Worum geht es? Wollen wir reingehen?«

Ist sie verrückt? dachte er.

»Wenn Sie mit mir die Straße entlanggehen könnten... ich bin lieber draußen. Es dauert auch nur fünf Minuten.«

Ihre Stimme klang tief und betrübt. Van Veeteren nickte, und die beiden gingen langsam zum Hafen hinunter. An der Doomsgasse bogen sie nach rechts ab, zwischen die abgelaugten Häusergiebel, und erst als sie in deren dunklen Schatten gekommen waren, berichtete sie ihm von ihrem Problem.

»Es geht um meinen Mann«, erklärte sie. »Er heißt Laurids, und er hat es schon immer etwas mit den Nerven gehabt... es ist nichts Schlimmes, er ist auch nie eingewiesen worden oder so. Ist nur etwas unruhig, wissen Sie. Aber jetzt traut er sich nicht mehr raus...«

Sie machte eine Pause, aber Van Veeteren sagte nichts.

»Er sitzt jetzt schon seit Freitag, seit fast einer Woche, aus Angst vor dem Henker drinnen. Geht nicht zur Arbeit, und jetzt haben sie ihm mitgeteilt, daß er gefeuert wird, wenn das so weitergeht.«

Van Veeteren blieb stehen.

»Was sagen Sie da?«

Sie ließ seinen Arm los. Blieb ebenfalls stehen und schaute zu Boden, als schämte sie sich.

»Ja, und da habe ich mir gedacht, ich gehe zu Ihnen und frage mal, wie die Untersuchungen so laufen... Ich hab ihm das vorgeschlagen, und wahrscheinlich traut er sich wieder raus, wenn ich mit einer Art Versicherung oder einem beruhigenden Bescheid von Ihnen zurückkomme.«

Van Veeteren nickte. Mein Gott! dachte er.

»Sagen Sie Ihrem Mann... wie heißen Sie eigentlich?«

»Christine Reisin. Mein Mann heißt Laurids Reisin.«

»Sagen Sie ihm, daß er ganz beruhigt sein kann«, sagte Van Veeteren. »Er kann ganz beruhigt zur Arbeit gehen. Wir haben alle Hoffnung, daß wir den Mörder in sechs bis acht Tagen gefaßt haben werden.«

Sie hob ihren Blick und sah ihn wieder aus nächster Nähe an.

»Danke, Herr Hauptkommissar«, sagte sie nach einer Weile. »Vielen, vielen Dank. Ich weiß, daß ich Ihnen vertrauen kann.«

Dann drehte sie sich auf dem Absatz um und verschwand in einer der engen Gassen. Van Veeteren blieb stehen und schaute ihr nach.

So einfach ist es, eine Frau zu betrügen, dachte er. Eine Frau, die man nur fünf Minuten gesehen hat.

Die Episode blieb an ihm haften, und als er unter der Dusche stand und versuchte, die Erinnerung daran abzuschrubben, war ihm klar, daß Laurids Reisin wie ein schlechtes Gewissen über ihm hängen würde, solange die Ermittlungen andauerten.

Der Mann, der sich nicht traute, nach draußen zu gehen.

Ein Mensch war dabei, seinen Job zu verlieren... und zweifellos seine Würde gleich mit... nur weil es ihm und den anderen – Münster, Bausen, Kropke und Moerk – nicht gelang, diesen verfluchten Mörder aufzuspüren.

Oder gab es möglicherweise mehrere von dieser Sorte? Warum nicht?

Wieviel angehäufte Angst... Schrecken und Furcht existierten in diesem Augenblick in Kaalbringen? Wenn sich so etwas überhaupt messen ließe...

Er streckte sich auf seinem Bett aus und starrte an die Decke.

Rechnete.

Sechs Tage seit dem Mord an Maurice Rühme.

Fünfzehn seit Simmel.

Eggers? Zweieinhalb Monate.

Und was hatten sie?

Ja, was? Ein Wirrwarr von Informationen. Einen absoluten Overkill an Informationen über dieses und jenes... und keinerlei Muster.

Nicht den Schatten eines Verdachts und keinerlei Verbindungslinien.

Drei neu hinzugezogene Männer.

Aus Selstadt, aus Aarlach, aus Spanien.

Zwei hatten mit Drogen zu tun gehabt, einer davon hatte damit bereits vor vielen Jahren aufgehört. Die Waffe war klar. Der Mörder hatte sie ihnen selbst überlassen.

Melniks Bericht? War noch nicht gekommen, aber war das etwas, worauf man seine Hoffnungen setzen konnte? Das Material über Eggers und Simmel und das wenige, was sie über Rühme wußten, hatten bisher nicht die geringste Übereinstimmung aufgewiesen, außer der Methode an sich, der Vorgehensweise. Nicht ein einziger gemeinsamer Name im Hintergrund... nichts. Und dann sollte aus Aarlach etwas in der Richtung kommen? Er zweifelte dran.

Verdammte Scheiße, was tun?

Nicht einmal ein Gefühl hatte er, und das hatte er sonst immer. Nicht die geringste Idee oder ein kleiner Stachel, der im Gehirn saß, kratzte und Aufmerksamkeit forderte, keine Merkwürdigkeiten, keine ungewöhnlichen Zusammentreffen, nichts.

Nicht den geringsten Furz, wie gesagt.

Es war, als würde dieser ganze Fall hier eigentlich gar nicht existieren. Oder als würde er auf der anderen Seite einer Wand vor sich gehen, einer undurchdringlichen Panzerglasscheibe, durch die er nur unscharf eine Menge unbegreifbarer Menschen und Handlungen erkennen konnte, die langsam nach einer Choreographie abliefen, die er nicht verstand. Alle einzeln, grundlos und ohne tieferen Zusammenhang.

Ein Geschehen mit einem einzigen, absolut blinden Zuschauer: Hauptkommissar Van Veeteren.

Als würde ihn das alles gar nichts angehen.

Und dann Laurids Reisin.

Aber vielleicht war es ja immer so, sagte er sich und grub in seinen Taschen nach der Zigarettenschachtel. War das nicht einfach nur das alte wohlvertraute Fremdheitsgefühl, das sich immer wieder bei ihm einschlich? Oder war es mehr...

Verflucht noch mal! unterbrach er sich selbst beim Sinnieren. Zog eine Zigarette heraus. Zündete sie an und stellte sich mit ihr ans Fenster. Blickte auf den Markt hinaus.

Die Dunkelheit begann sich über die Stadt zu senken... die Geschäfte hatten für heute geschlossen, und es gab nur noch wenige Menschen zu sehen, diejenigen, die vor der Markthalle ihren Stand gehabt hatten, packten gerade ihre Sachen ein. Hinten in den Arkaden spielten ein paar Musiker vor tauben Ohren oder vor gar keinen. Er senkte den Blick – bekam den Friedhof und die Treppen den Uferhang hinauf ins Blickfeld, schaute weiter nach links, das Hochhaus bei Dünningen. Nach rechts: der Stadtwald, Rikken, oder wie das noch hieß, dieses andere Viertel da. Irgendwo...

...irgendwo da draußen saß ein Mörder und fühlte sich verdammt sicher.

Ich muß einen Anfang finden, dachte Van Veeteren. Es ist höchste Zeit.

Und sei es nur, damit die Leute sich wieder trauen, nach draußen zu gehen.

Bausen hatte die Figuren bereits aufgestellt.

»Du bist mit Weiß dran«, sagte Van Veeteren.

»Der Sieger nimmt Schwarz«, sagte Bausen. »Altes Klimkegesetz.«

»Von mir aus gern«, sagte Van Veeteren und schob den Königsbauern vor.

»Ich habe eine Flasche hochgeholt«, sagte Bausen. »Meint der Herr Hauptkommissar nicht auch, daß uns eine Flasche 81er Pergault aus der Klemme helfen könnte?«

»Kann mir keine bessere Hilfe denken«, sagte Van Veeteren.

»Endlich!« rief er eineinhalb Stunden später aus. »Und ich dachte schon, du würdest mir doch noch entwischen.«

»Starkes Spiel«, sagte Bausen. »Interessante Eröffnung... Ich glaube nicht, daß ich die schon mal erlebt habe.«

»Habe ich mir selbst ausgedacht«, sagte Van Veeteren. »Sie erfordert eine gewisse Konzentration und klappt nur ein einziges Mal pro Spieler.«

Bausen hob sein Glas. Er blieb eine Weile still sitzen und schaute in sein leeres Glas.

»Scheiße«, sagte er. »So langsam geht mir das hier auf die Nerven, wenn ich ehrlich sein soll. Meinst du, wir werden den Fall lösen?«

Van Veeteren zuckte mit den Schultern.

»Tja...«

»Keysenholt hat eine halbe Stunde, bevor du gekommen bist, angerufen«, fuhr Bausen fort. »Das ist der Länderchef, weißt du. Er wollte wissen, ob ich noch bleiben will. Bis wir das hier gelöst haben...«

Van Veeteren nickte.

»Das Blöde ist, daß er mich nicht ausdrücklich darum gebeten hat, zu bleiben. Er hat nur gefragt, was ich davon hielte... wollte, daß ich das selbst entscheide. Verflucht nette Verabschiedung, nicht wahr? Wenn man sich selbst für inkompetent erklärt und in Pension geht.«

»Nun ja«, versuchte Van Veeteren abzuwiegeln.

»Und daß ich selbst nicht weiß, was ich tun soll, macht die Sache nicht besser. Ist schließlich nicht besonders ruhmreich, sich noch ein paar Extramonate zu geben und dann den Fall doch nicht zu lösen. Oder was meinst du?«

»Hm«, sagte Van Veeteren. »Das ist zweifellos etwas prekär. Wäre vielleicht das beste, wir würden ihn bis zum Ersten haben, oder?«

»Ganz meine Ansicht«, sagte Bausen. »Aber ich muß diesem blöden Keysenholt trotzdem etwas antworten. Er ruft morgen wieder an...«

»Ist danach Kropke dran?«
»Jedenfalls bis Jahresende. Man wird das erst im Januar entscheiden.«
Van Veeteren nickte. Zündete sich eine Zigarette an und überlegte eine Weile.
»Dann sag doch Keysenholt, du würdest gar nicht verstehen, wovon er da redet«, sagte er schließlich. »Der Henker wird doch in ungefähr sechs bis acht Tagen gefaßt sein.«
»Wie, zum Teufel, kannst du so etwas behaupten?« fragte Bausen und schaute ihn zweifelnd an.
»Ich habe versprochen, es bis dahin zu schaffen.«
»Wahnsinn! Na, dann bin ich natürlich ziemlich beruhigt. Und hast du auch schon eine Ahnung, wie du es schaffen willst?«
»Das weiß ich noch nicht«, sagte Van Veeteren. »Aber wenn du einen ... warte mal ... einen anständigen Merlot holst, dann stelle ich in der Zwischenzeit die Figuren wieder auf. Wir werden schon eine Eröffnung finden.«
Bausen lachte.
»Eine hausgemachte?« fragte er, während er aufstand.
»Das wäre wohl am besten.«
Bausen verschwand im Keller.
So einfach ist es also, einen ehrenwerten, alten Polizeikommissar zu betrügen, dachte Van Veeteren. Was mache ich bloß?

26

»Wenn nun aber ...«, sagte Beate Moerk und kratzte einen Wachsfleck von der Decke. »Wenn nun aber Rühme die Tür aufgemacht hat, weil er den Mörder wiedererkannte, dann bedeutet das doch, daß sein Name irgendwo auf unseren Listen steht.«
»Ein guter Freund oder ein Kollege, ja«, sagte Münster. »Hast du da etwas Bestimmtes im Auge?«

»Ich muß nur mal eben meine Unterlagen holen... bist du fertig mit Essen?«

»Pappsatt«, sagte Münster. »Das war wirklich delikat... eine Schande, daß du allein lebst.«

»Weil ich in der Lage bin, ein paar Brote zu überbacken, meinst du?«

Münster wurde rot.

»Nein... nein, ganz allgemein gesehen. Eine Schande für die Männer, meine ich, daß dich noch keiner geschnappt hat...«

»Papperlapapp«, sagte Beate Moerk und verschwand im Arbeitszimmer.

Meine Güte, was bin ich doch für ein begnadeter Entertainer, dachte Münster.

»Wenn wir also sagen, es war ein Mann, dann bleiben genau zehn Stück übrig.«

»Mehr nicht?« fragte Münster. »Und wie viele sind es noch, wenn wir davon ausgehen, daß er hier im Ort wohnt?«

Beate Moerk rechnete.

»Sechs«, sagte sie. »Sechs männliche Bekannte... bißchen wenig eigentlich.«

»Sie sind ja erst neu hergezogen«, sagte Münster. »Haben wohl noch nicht so viele Kontakte. Wer sind die sechs?«

»Drei Kollegen, mit denen sie sich ab und zu trafen... und dann noch drei Paare.«

»Namen«, sagte Münster.

»Genner, Sopinski und Kreutz, das sind die Ärzte. Die Freunde heißen Erich Meisse, auch ein Arzt übrigens, und... warte mal. Kesserling und Teuvers. Ja, das sind alle. Was meinst du? Ich glaube, Meisse ist ein Kollege von Frau Linckx...«

Münster schaute sich die Notizen an und dachte nach.

»Ich habe mit allen gesprochen, außer mit Teuvers und Meisse. Und ich glaube nicht, daß es einer von denen gewesen ist, die ich schon befragt habe, aber das heißt ja nichts. Dann würden wir also sagen, es war... Teuvers.«

»Okay«, sagte Beate Moerk. »Dann haben wir den Fall gelöst. Da gibt es nur einen kleinen Haken...«
»Und welchen?«
»Er war drei Wochen verreist. Irgendwo in Südamerika, wenn ich mich nicht irre.«
»Ach so«, sagte Münster.
»Und wenn wir davon ausgehen, daß es jemand war, den er nicht kannte?«
»Ist vielleicht genauso gut. Jedenfalls keiner von denen hier. Es kann ja auch irgendeine Berühmtheit gewesen sein. Jemand, den alle kennen, meine ich. Der Finanzminister oder Meryl Streep oder so...«
»Würdest du Meryl Streep die Tür öffnen?« fragte Beate Moerk.
»Ich denke schon«, sagte Münster.
Beate Moerk seufzte.
»So kommen wir nicht weiter. Willst du einen Kaffee?«
»Gern«, sagte Münster. »Währenddessen kann ich ja abwaschen.«
»Ausgezeichnet«, lächelte Beate Moerk. »Du hast doch wohl nicht gehofft, ich würde dankend ablehnen, oder?«
»Nicht eine Sekunde lang«, sagte Münster.

»Bist du so was gewohnt?«
»Was heißt schon gewohnt«, erwiderte Münster.
»Wie viele Mörder fangt ihr so im Laufe eines Jahres?«
Münster dachte nach.
»So um die zehn, fünfzehn... aber nach den meisten braucht man nicht zu suchen. Die tauchen mehr oder weniger von ganz allein auf. Stellen sich, oder man muß sie sich einfach nur schnappen, das ist ungefähr wie Äpfelpflücken. Die meisten Fälle lösen sich innerhalb von ein paar Wochen, kann man wohl sagen.«
»Und solche Fälle wie hier? Wie oft kommen die vor?«
Münster zögerte.

»Nicht so oft. Ein oder zweimal im Jahr vielleicht...«
»Aber ihr löst alle...«
»Im großen und ganzen ja. Der Hauptkommissar mag keine ungelösten Fälle. Er wird ungenießbar, wenn es zu lange dauert. Und es gibt nur einen einzigen Fall, bei dem er aufgegeben hat, soweit ich weiß, der Fall G. Das muß jetzt fünf, sechs Jahre her sein... ich glaube, darüber ärgert er sich noch heute.«
Beate Moerk nickte.
»Dann glaubst du also, er wird auch den hier lösen?«
Münster zuckte mit den Schultern.
»Höchstwahrscheinlich. Aber die Hauptsache ist doch, daß wir ihn überhaupt zu fassen kriegen... die Ehre ist dann groß genug für alle. Oder?«
Beate wurde rot. Sie drehte den Kopf weg und fuhr sich mit der Hand durchs Haar, aber Münster hatte ihre Reaktion gesehen.
Aha, dachte er. Eine ehrgeizige junge Inspektorin. Vielleicht die reinste Privatdetektivin?
»Hast du eigene Theorien?« fragte er.
»Eigene? Nein, natürlich nicht. Ich denke zwar darüber nach, aber bis jetzt bin ich noch zu keinem Resultat gekommen.«
»So ist das meistens«, sagte Münster.
»Wie?«
»Daß man das Gefühl hat, man tritt die ganze Zeit auf der Stelle, und dann plötzlich setzt sich etwas in Bewegung... irgendein kleines Detail, das wächst und an Bedeutung gewinnt, und dann geht es ganz schnell.«
»Hm«, sagte Beate Moerk. Rührte in ihrem Kaffee und kratzte mit dem Fingernagel einen weiteren Wachsfleck ab.
»Darf ich etwas gestehen?« fragte sie nach einer Weile.
»Aber gern«, ermunterte Münster sie.
»Ich finde... ich finde das irgendwie auch spannend. Ich meine...«
»Ich weiß«, versicherte Münster ihr.

»... mir ist klar, daß ich es in erster Linie schrecklich und eklig finden sollte, daß ich nichts anderes im Kopf haben sollte, als den Henker zu jagen, weil er ein fürchterlicher Verbrecher ist und damit die ehrlichen Leute wieder nachts ruhig schlafen können. So ist es natürlich auch, aber... aber ich muß zugeben, daß ich es auch ein ganz kleines bißchen genieße. Das ist doch irgendwie pervers, oder findest du nicht?«

Münster lachte.

»Nein, das finde ich nicht«, sagte er.

»Dir geht es genauso!« platzte Beate Moerk heraus, und plötzlich, für eine schwindelerregende winzige Sekunde, geschah etwas in Kommissar Münsters Kopf... ihr unverstellter Blick, als sie das sagte, dieser frische, etwas kindliche Gesichtsausdruck... diese Reine, Maskenlose, er wußte nicht genau, was es eigentlich war, jedenfalls versetzte es ihm einen Schlag und weckte eine Erinnerung in ihm... die zu einem anderen Kapitel seines Lebens gehörte. Etwas, das er kannte. Das er genossen und davor kapituliert hatte. Natürlich hätte er gewarnt sein müssen, und natürlich war er das auch... es war etwas mit diesem Spaziergang durch die Stadt gewesen, mit diesem Bier in der Blauen Barke, mit ihrem Gespräch zwischen den Verhören, spielerisch und fast leichtsinnig... etwas, das so banal und flüchtig war, daß er sich kaum traute, es in Worte zu fassen.

»Nun ja«, sagte er. »Es ging mir so, besser gesagt – anfangs, meine ich. Man wird ja etwas abgebrüht.«

Nicht, daß sie versuchte, ihn dahin zu kriegen. Eher im Gegenteil. Anscheinend gab ihr das Wissen, daß er verheiratet war, daß es Synn gab, eher den Mut, ihm näherzukommen, die Zügel schleifen zu lassen – da sie doch wußte, daß sie auf sicherem Boden war.

Sicherer Boden? Und er selbst?

»Woran denkst du?«

Ihm wurde bewußt, daß sie ihn wieder ansah. Anscheinend war er für ein paar Sekunden abwesend gewesen.

»Ich... weiß nicht«, brachte er hervor. »An den Henker, nehme ich an.«

»Was hält deine Frau von deinem Job?«
»Warum fragst du das?«
»Antworte erst.«
»Wie Synn meinen Beruf findet?«
»Ja. Daß du von zu Hause fort mußt. Wie jetzt zum Beispiel.«
»Davon hält sie nicht besonders viel.«
»Habt ihr euch gestritten, bevor du weggefahren bist?«
Er zögerte.
»Ja«, sagte er. »Wir haben uns gestritten.«
Beate Moerk seufzte.
»Das wußte ich«, sagte sie. »Ich habe nur gefragt, weil ich wissen will, ob es wirklich möglich ist, gleichzeitig Polizist und verheiratet zu sein.
»Ob es möglich ist?«
»Ja.«
»Das ist eine alte Frage«, sagte Münster.
»Ich weiß«, erwiderte Beate Moerk. »Und – kannst du mir eine gute Antwort darauf geben, du bist doch schon eine ganze Weile in der Branche?«
Münster überlegte.
»Ja«, sagte er. »Es muß möglich sein.«
»So einfach ist das?«
»So einfach ist das.«
»Schön«, nickte Beate Moerk. »Da fällt mir ein Stein vom Herzen.«
Münster hustete und wünschte sich, ihm würde ein witziger Spruch einfallen. Beate Moerk betrachtete ihn.
»Vielleicht sollten wir das Thema wechseln?« fragte sie nach einer Weile.
»Ist vielleicht das sicherste«, stimmte Münster zu.
»Wollen wir uns meine privaten Überlegungen mal näher anschauen. Ich meine, die über den Henker.«

»Warum nicht?«
»Das heißt, wenn du nicht meinst, daß es schon zu spät ist.«
»Zu spät?« wiederholte Münster.

Das einzige, was sie daran hindert, mich zu verführen, das ist sie selbst, dachte er. Ich hoffe nur, sie ist stark genug, sonst möchte ich mir morgen früh nicht in die Augen gucken.

»Willst du noch Wein?«
»O nein«, sagte Münster. »Schwarzen Kaffee.«

27

»Melnik hat einen Gallenstein«, erklärte Kropke.
»Was hat er?« fragte Van Veeteren. »Übrigens, wundert mich gar nicht.«
»Deshalb verzögert der Bericht sich etwas«, erklärte Bausen. »Er hat aus dem Krankenhaus angerufen.«
»Hat er selbst angerufen?« wollte Van Veeteren wissen. »Nicht schlecht... nun ja, was machen wir also heute?«
Der Polizeichef seufzte.
»Das ist die Frage«, sagte er. »Ich nehme an, wir werden weitere Informationen sammeln. Bald hat sich jeder Kaalbringer Bürger zu diesem Fall geäußert. Keine schlechte Dokumentation. Vielleicht sollten wir versuchen, das Material an das Volkskundemuseum zu verkaufen, wenn wir fertig sind...«
»Wenn wir jemals fertig werden«, knurrte Kropke. »Wie läuft es mit der Axt?«
Van Veeteren legte eine Zigarette und einen Zahnstocher auf den Tisch.
»Schlecht«, sagte er. »Aber das ist wahrscheinlich auch egal. Ich glaube nicht, daß wir das Geschäft finden werden, in dem sie gekauft wurde, wenn sie solches Zeug überhaupt in Geschäften verkaufen. Und darauf zu bauen, daß sich irgendein Verkäufer nach zwölf, fünfzehn Jahren noch daran erinnert, wer damals eine Axt bei ihm gekauft hat – wenn es überhaupt

noch derselbe ist... nein, ich denke, wir sollten die Axtspur ruhen lassen.«

»Und Simmels Kinder?« wollte Inspektor Moerk wissen und schaute dabei von ihren Papieren auf.

»Haben nichts gebracht«, sagte Bausen. »Sie haben seit zehn Jahren keinen engeren Kontakt mehr zu ihren Eltern, weder sie noch er... Weihnachten und runde Geburtstage, das ist so ziemlich alles. Was wohl für sie spricht. Sie haben sie auch in Spanien nur ein einziges Mal besucht.«

Van Veeteren nickte und steckte den Zahnstocher ein. Kropke stand auf.

»Das wär's dann wohl«, sagte er, »ich gehe in mein Büro und mach weiter. Oder hat der Chef etwas anderes für mich?«

Bausen zuckte mit den Schultern.

»Wir müssen einfach weiter dranbleiben«, sagte er und warf Van Veeteren einen Blick zu.

»Ja«, sagte Van Veeteren und zündete die Zigarette an. »Aber Trübsinn blasen, müssen wir deshalb noch lange nicht. Es geht schleppend voran, wir haben keine vernünftige Spur, keinen richtigen Verdacht, nur einen Sack voller Aussagen... aber früher oder später werden wir auf etwas stoßen. Wir müssen uns nur in Geduld fassen.«

Oder wir stoßen auf überhaupt nichts, dachte er.

»Hat Melnik gesagt, wann er mit dem Bericht fertig sein wird?« fragte Moerk.

»Nicht genau«, sagte Kropke. »In ein paar Tagen, glaubt er. Scheint ein ziemlich pingeliger Kerl zu sein...«

»Das kann man wohl sagen«, nickte Van Veeteren.

»Okay«, sagte Bausen. »Jetzt machen wir weiter mit... mit dem, was ihr gerade in den Fingern habt!«

Ja, was habe ich denn in den Fingern? dachte Münster.

Der Ort Kirkenau war nicht sehr groß. Ein Bahnhof und einige zusammengewürfelte Häuser in einer Talsenke unten am Fluß Geusse, der sich in der hügeligen und fruchtbaren Landschaft zufällig zu einem langgestreckten See ausdehnte. Van Veeteren konnte weder Geschäfte noch ein Postamt oder eine Schule entdecken, und die düstere Steinkirche, die an der Straße lag, schien ebenso gottverlassen zu sein wie der Rest des Ortes.

Der Weg zum Seldoninstitut führte in die andere Richtung, aus dem Tal durch einen Gürtel schütteren Nadelwalds hinauf, ungefähr zehn Minuten Autofahrt, und dann parkte er vor den Mauern, überlegte, ob es sich hier vielleicht um ein altes Sanatorium handelte... die Luft war frisch und voller Sauerstoff, und es fiel ihm überhaupt nicht schwer, die Zigarette stecken zu lassen, als er durch das Tor trat.

Erich Meisse war lang und dünn und hatte eine bereits früh auftretende Halbglatze, was es schwer machte, sein Alter zu schätzen. Vermutlich ist er nicht älter als fünfunddreißig, dachte Van Veeteren, der natürlich die korrekten Angaben irgendwo hatte, falls es wichtig sein sollte. Meisse gab ihm die Hand, lachte breit und bat den Kommissar, in einem der Kramersessel Platz zu nehmen, die vor den Verandatüren standen.

»Tee oder Kaffee?« fragte er.

»Kaffee«, sagte Van Veeteren.

Der Arzt verschwand. Der Hauptkommissar setzte sich und schaute auf den Park hinaus, ein großer, gepflegter und etwas buckliger Rasen mit alten, verkrüppelten Obstbäumen hier und da. Geharkte Kieswege und weiß getünchte, solide Bänke. An der Mauer ein paar kleine Treibhäuser. Ein Gärtner oder so etwas ähnliches kam mit einer Schubkarre voll Kompost oder so etwas ähnlichem angefahren. Und weiter links, von einem niedrigen, gelben Holzpavillon her, näherten sich zwei schwarzgekleidete Schwestern mit einer Art Equipage... fast einer Art Leiterwagen.

Er schluckte.

In dem Leiterwagen saßen zwei Gestalten, und er brauchte einige Sekunden, um sich darüber klarzuwerden, daß es sich hierbei wirklich um zwei Menschen handelte.

»Nicht jeder kommt hier herein«, erklärte Doktor Meisse. »Wir nehmen nur die schwersten Fälle auf. Wir haben keine Ambitionen, jemanden zu heilen, wir wollen ihnen nur ein menschenwürdiges Leben bieten. So weit das möglich ist.«
Van Veeteren nickte.
»Ich verstehe«, sagte er. »Wie viele Patienten haben Sie?«
»Das variiert«, antwortete Meisse. »Zwischen fünfundzwanzig und dreißig ungefähr. Die meisten bleiben ihr Leben lang hier, und das ist auch so geplant.«
»Sie sind dann also die letzte Zuflucht?«
»So kann man es wohl sagen, ja. Wir haben eine Philosophie... ich weiß nicht, ob Sie die Ideen von Professor Seldon kennen?«
Van Veeteren schüttelte den Kopf.
»Nun ja«, lachte Meisse, »dann lassen wir das lieber für heute. Sie sind ja sicher nicht hergekommen, um die Behandlungsformen für psychisch Schwerstbehinderte zu diskutieren.«
»Nein.« Der Kommissar räusperte sich und zog den Notizblock aus seiner Aktentasche. »Sie waren ein guter Freund von Maurice Rühme... schon seit seiner Zeit in Aarlach, wenn ich das richtig verstanden habe?«
Meisse nickte.
»Ja, ich habe ihn vor... vor ungefähr fünf Jahren kennengelernt, durch meine Frau. Sie und Beatrice, Beatrice Linckx, sind Sandkastenfreundinnen, na, jedenfalls seit der Schulzeit.«
»Frau Linckx arbeitet auch hier draußen, oder?«
»Ja, seit einem halben Jahr ungefähr...«
Der Hauptkommissar machte eine kleine Pause.
»Haben Sie ihr diesen Posten besorgt?«
Aber Doktor Meisse lachte nur laut auf.
»Nein, nein«, sagte er. »So großen Einfluß habe ich leider nicht. Ich habe natürlich ein gutes Wort für sie eingelegt, aber... warum fragen Sie danach?«

Van Veeteren zuckte mit den Schultern, antwortete aber nicht.

»Was wissen Sie über Rühmes Kokainmißbrauch in Aarlach?«

Meisse war wieder ernst geworden und strich sich mit der Hand über den kahlen Schädel.

»Nicht besonders viel«, sagte er. »Jedenfalls keine Einzelheiten, Maurice wollte nicht darüber reden. Er hat mir nur einmal eines Nachts, als wir ziemlich viel getrunken hatten, einiges anvertraut. Ich glaube, das war das einzige Mal, daß wir darüber geredet haben. Außerdem hatte er ja damals schon damit aufgehört... und dann war es ja auch sein Recht, einen Strich darunter zu ziehen, nicht wahr?«

»Kannten Sie Ernst Simmel und Heinz Eggers?«

Der Arzt zuckte zusammen.

»Was? Die anderen beiden? Nein, natürlich nicht. Ich verstehe nicht...«

»Und wie war das mit Rühme?« unterbrach ihn der Hauptkommissar. »Können Sie sich irgendeinen Zusammenhang zwischen ihm und den beiden anderen vorstellen?«

Doktor Meisse zog ein Taschentuch heraus und wischte sich die Stirn ab, während er nachdachte.

»Nein«, sagte er nach einer Weile. »Ich habe darüber natürlich auch schon nachgedacht, aber ich habe nicht die geringste Verbindung gefunden.«

Van Veeteren seufzte und schaute wieder aus dem Fenster. Überlegte, ob es noch etwas gab, was er den jungen Arzt sinnvollerweise fragen konnte, als sein Blick auf ein Trio fiel, das sich langsam vom Treibhaus her näherte... ein Mann und eine Frau, die zwischen sich eine zusammengekrümmte Gestalt hatten, sie stützten – denn es war eine Sie, das konnte er jetzt sehen – die Arme um ihren krummen Rücken gelegt. Sie schien die Füße durch den Kies zu ziehen, und manchmal sah es fast so aus, als würden ihre Helfer sie ein Stück über den Boden heben und vorantragen. Plötzlich wurde ihm klar, daß er den

Mann kannte. Diese lange, spindeldürre Gestalt, das dunkle, dichte Haar... Doktor Mandrijn, da gab es keinen Zweifel. Er studierte die Troika noch eine Weile, bevor er sich wieder Doktor Meisse zuwandte.

»Was macht Doktor Mandrijn hier?«

»Doktor Mandrijn?«

Van Veeteren zeigte nach draußen.

»Ach so, ja, Mandrijn. Das ist eine Verwandte von ihm, seine Nichte, wenn ich mich recht erinnere. Brigitte Kerr. Eine unserer Neuankömmlinge. Ist erst vor einem Monat hergekommen, das arme Mädchen...«

»Was fehlt ihr denn?«

Der Arzt breitete die Arme in einer bedauernden Geste aus.

»Tut mir leid. Ich fürchte, über bestimmte Dinge darf ich nicht reden. Wir haben Schweigepflicht, nicht nur gegenüber...«

»Gewäsch«, unterbrach Van Veeteren ihn. »Ich habe zwar keine Papiere bei mir, aber es ist nur eine Frage der Zeit, wann ich Sie von der Schweigepflicht entbinden kann. Darf ich Sie daran erinnern, daß es hier um eine Mordermittlung geht.«

Meisse zögerte.

»Dann geben Sie mir nur eine Andeutung«, sagte Van Veeteren. »Das genügt. Sind zum Beispiel hier auch Drogen mit im Spiel?«

Der Arzt schaute zur Decke.

»Ja«, sagte er. »Eine ganze Menge. Aber sie ist nicht in meiner Gruppe, deshalb weiß ich nicht besonders viel...«

Der Hauptkommissar saß eine Weile still da. Dann schaute er auf die Uhr und stand auf.

»Dann möchte ich mich vielmals bei Ihnen bedanken«, sagte er. »Ich würde auch noch gern ein paar Worte mit Frau Linckx wechseln. Darf ich Ihnen vorher noch eine letzte Frage stellen?«

»Natürlich«, sagte Meisse. Lehnte sich in seinem Sessel zurück und lachte wieder.

Van Veeteren machte eine Kunstpause.
»Was glauben Sie, wer Maurice Rühme ermordet hat?«
Das Lachen verschwand.
»Was...?« begann der Arzt. »Wer ihn...? Aber das weiß ich doch nicht. Wenn ich auch nur die kleinste Idee hätte, wer der Henker ist, dann hätte ich doch selbstverständlich schon lange die Polizei informiert!«
»Selbstverständlich«, sagte Van Veeteren. »Entschuldigen Sie, daß ich Ihre Zeit so lange in Anspruch genommen habe.«

Dieser Ort scheint ja eine sonderbare Anziehungskraft auf gewisse Leute auszuüben, dachte er, als er Doktor Meisse allein zurückließ, um Beatrice Linckx' Zimmer aufzusuchen. Wie viele waren es insgesamt, die er hier getroffen hatte und die in irgendeiner Form in Verbindung zu dieser düsteren Weltfremde standen?

Er begann zu zählen, aber bevor er fertig war, stieß er auf dem Flur auf Frau Linckx und beschloß, diese Frage auf später zu verschieben.

Und als er eine Stunde später vom Parkplatz fuhr, dachte er in erster Linie darüber nach, was für einen Eindruck sie eigentlich auf ihn gemacht hatte. Die schöne Beatrice Linckx. Und ob es wirklich so gewesen war, wie sie behauptete, daß ihre Beziehung zu Maurice Rühme auf der stärksten und solidesten Dreieinigkeit basiert hatte – auf Respekt, Ehrlichkeit und Liebe?

Jedenfalls klang es gar nicht so dumm, dachte er und erinnerte sich gleichzeitig an seine eigene Ehe, die Schiffbruch erlitten hatte.

Aber kaum war er bei Renates Namen angekommen, da brach ein Sturzregen über ihn herein, und er konzentrierte sich lieber darauf, durch die Windschutzscheibe zu spähen und zuzusehen, daß er auf der Straße blieb.

28

Das Geständnis kam früh am Morgen. Späteren Angaben zufolge hatte Herr Wollner seit sechs Uhr draußen im Nieselregen vor der Polizeiwache gestanden, aber erst Frau deWitt, die Sekretärin, die um kurz vor sieben kam, schloß auf und ließ ihn herein.

»Worum geht es?« fragte sie, nachdem sie ihn auf dem Besuchersofa mit dem braunen Segeltuchbezug plaziert hatte, selbst Hut und Mantel abgelegt und das Kaffeewasser in der Kantine aufgesetzt hatte.

»Ich will ein Geständnis ablegen«, sagte Herr Wollner und blickte zu Boden.

Frau deWitt musterte ihn über den Rand ihrer Halbbrille.

»Ein Geständnis worüber?«

»Über den Mord«, sagte Herr Wollner.

Frau deWitt überlegte eine Weile.

»Welchen Mord?« fragte sie dann.

»Die Axtmorde.«

»Ach so«, sagte Frau deWitt. Sie wurde von einem momentanen Schwindel ergriffen, von dem sie annahm, er hätte nichts mit den klimakteriellen Störungen zu tun, denen sie von Zeit zu Zeit ausgesetzt war. Sie hielt sich an der Tischkante fest und schloß die Augen.

Dann dachte sie nach. Keiner der Polizeibeamten würde vor halb acht hier sein, dessen war sie sich sicher. Sie betrachtete die eingefallene Person auf dem Sofa und stellte fest, daß er jedenfalls keine Axt in seinen Kleidern versteckt zu haben schien. Dann ging sie zu ihm, legte ihm eine Hand auf die Schulter und bat ihn, ihr zu folgen.

Er gehorchte, ohne zu protestieren. Ließ sich den schmalen Korridor entlangführen und in die hinterste der beiden Arrestzellen sperren, in die, die abzuschließen war.

»Warten Sie hier«, sagte Frau deWitt. »Sie werden bald verhört werden. Alles, was Sie sagen, kann gegen Sie verwendet werden.«

Sie wunderte sich selbst, warum sie den letzten Satz gesagt hatte. Herr Wollner setzte sich auf die Pritsche und wrang seine Hände, und sie beschloß, ihn seinem Schicksal zu überlassen. Kurz überlegte sie, ob sie Polizeianwärter Mooser anrufen sollte, er hatte Notdienst, aber dann verwarf sie den Gedanken wieder. Statt dessen kochte sie Kaffee und wartete auf Inspektor Kropke, der sich wie erwartet um Punkt halb acht einfand.

»Der Henker hat gestanden«, sagte sie.

»Was zum Teu...?« fragte Kropke.

»Ich habe ihn in die Zelle gesperrt«, sagte Frau deWitt.

»Was zum Teufel...?« vervollständigte der Inspektor. »Wer... wer ist es denn?«

»Das weiß ich nicht«, sagte Frau deWitt. »Aber ich glaube, er heißt Wollner.«

Nach einiger Überlegung fand Kropke es am sinnvollsten, auf einen der Kommissare zu warten, und so dauerte es noch bis zwanzig vor neun, ehe das erste Verhör mit dem mutmaßlichen Mörder beginnen konnte. Dabei anwesend waren außer Kropke und dem Polizeichef noch Inspektor Moerk und Polizeianwärter Mooser.

Sicherheitshalber ließ man während der gesamten Befragung zwei Tonbänder mitlaufen, teils mit Blick auf einen möglicherweise stattfindenden Gerichtsprozeß, teils damit die zugezogenen Experten, Hauptkommissar Van Veeteren und Kommissar Münster, sich später ein konkretes Bild von der Lage machen konnten.

Bausen: Bitte Ihren vollständigen Namen.
Wollner: Peter Mathias Wollner
Bausen: Geboren?
Wollner: Am 15. Februar 1941.
Bausen: Ihre Adresse?
Wollner: Morgenstraat 16.

Bausen: In Kaalbringen?
Wollner: Ja...
Bausen: Sind Sie verheiratet?
Wollner: Nein.
Bausen: Alles, was Sie hier sagen, kann gegen Sie verwendet werden. Sie haben das Recht, die Aussage zu verweigern. Möchten Sie einen Anwalt haben?
Wollner: Nein.
Bausen: Warum sind Sie hergekommen?
Wollner: Um die Morde zu gestehen.
Bausen: Die Morde an Heinz Eggers, Ernst Simmel und Maurice Rühme?
Wollner: Ja.
Bausen: Erzählen Sie, wie Sie es getan haben!
Wollner: Ich habe sie mit meiner Axt getötet.
Bausen: Was für eine Axt?
Wollner: Ich habe sie schon seit ein paar Jahren. Ich glaube, es ist ein Schlachterwerkzeug.
Bausen: Können Sie sie beschreiben?
Wollner: Scharf. Ziemlich leicht. Die Klinge drang ganz einfach ein.
Bausen: Woher haben Sie sie?
Wollner: Ich habe sie vor vier, fünf Jahren auf einer Reise gekauft.
Bausen: Und wo?
Wollner: In Italien... ich weiß nicht mehr, wie die Stadt hieß.
Bausen: Warum haben Sie Eggers, Simmel und Rühme ermordet?
(Keine Antwort.)
Kropke: Warum antworten Sie nicht auf die Frage?
(Keine Antwort.)
Bausen: Können Sie etwas genauer schildern, wie Sie es getan haben?
Wollner: Bei welchem?
Bausen: Bei Maurice Rühme zum Beispiel.

Wollner: Ich habe geklingelt, und er hat aufgemacht... ich habe ihn erschlagen.
Moerk: Warum?
Wollner: Darum bin ich ja hingegangen.
Bausen: Beschreiben Sie genau, wie es sich abgespielt hat!
Wollner: Ich habe gesagt, ich hätte einen kaputten Rücken. Dann habe ich meine Uhr auf dem Boden verloren. Da ich mich ja nicht bücken konnte, um sie aufzuheben, hat der Doktor das gemacht... ich habe ihn im Nacken getroffen.
Kropke: Kannten Sie Doktor Rühme von früher?
Wollner: Ich war sein Patient.
Moerk: Wußte er, daß Sie kommen würden?
Wollner: Ja.
Moerk: Sie wollen also damit sagen, daß er zu dieser Tageszeit Patienten in seiner Wohnung empfing?
Wollner: Ich mußte schon eine Weile drum betteln.
Bausen: Wie war Rühme gekleidet?
Wollner: Polohemd... graugrün. Schwarze Hose, dunkle Strümpfe...
Bausen: Wie spät war es?
Wollner: Ungefähr elf Uhr.
Kropke: Was trug Ernst Simmel, als Sie ihn töteten?
Wollner: Weißes Hemd und Krawatte. Jackett und Hose. Braune Schuhe, glaube ich. Es war ja dunkel...
Bausen: Scheiße, das stimmt. Was meinen Sie dazu, Frau Moerk?
Moerk: Es fällt mir schwer, Ihnen zu glauben, Herr Wollner. Warum haben Sie das gemacht?
Wollner: Ich bin bereit, meine Strafe auf mich zu nehmen.
(Pause. Kurze Unterbrechung der Bandaufnahme.)
Bausen: Sie behaupten, drei Menschen getötet zu haben, Herr Wollner. Jetzt müssen Sie mir verdammt noch mal erklären, warum! Wir haben anderes zu tun, als hier herumzusitzen und einem Menschen zuzuhören, der

	sich selbst erniedrigt und sich damit wichtig machen will.
Moerk:	Aber...
Wollner:	Ich habe sie getötet, weil es schlechte Menschen waren.
Bausen:	Schlechte?
Wollner:	Schlechte Menschen.
Bausen:	Und das war Ihr einziger Grund?
Wollner:	Das genügt.
Kropke:	Warum gerade diese drei?
	(Keine Antwort.)
Bausen:	Was trugen Sie an dem Abend, als Sie Ernst Simmel töteten?
Wollner:	Was ich trug?
Bausen:	Ja. Wie waren Sie angezogen?
Wollner:	Ich erinnere mich nicht mehr genau... Hut und Mantel, glaube ich.
Moerk:	Und als Sie Rühme töteten?
Wollner:	Trainingsanzug.
Bausen:	Warum haben Sie die Axt in Doktor Rühme stecken lassen?
Wollner:	Er war der letzte.
Bausen:	Der letzte? Gibt es denn keine anderen schlechten Menschen?
Wollner:	Nicht für mich. Ich bin bereit, meine Strafe auf mich zu nehmen.
Bausen:	Sie haben also keine Pläne, noch weitere Menschen zu töten?
Wollner:	Nein.
Kropke:	Und warum sind Sie heute hergekommen?
Wollner:	Ich war gezwungen.
Bausen:	Gezwungen? Was arbeiten Sie, Herr Wollner?
Wollner:	Ich bin Hausmeister.
Moerk:	Wo?
Wollner:	Beim Licht des Lebens.

Kropke: Bei dieser Kirche?
Wollner: Ja.
(Pause. Flüstern und Stühlescharren.)
Bausen: Gibt es jemanden, der Ihnen gesagt hat, Sie sollten diese Morde ausführen, Herr Wollner?
Wollner: Ich hatte einen Auftrag.
Bausen: Und von wem?
(Keine Antwort.)
Moerk: Vielleicht von Gott?
Wollner: Ja.
(Schweigen.)
Bausen: Wir unterbrechen hier für eine Weile. Mooser, bring diesen Idioten raus und sperr ihn wieder ein... ja, die letzte Bemerkung löschen wir dann später.

»Nun«, fragte Bausen, »was meint ihr?«

»Ausreichend verrückt ist er jedenfalls«, sagte Kropke.

»Er lügt«, sagte Moerk.

»Und seine Angaben?« fragte Kropke. »Wieso weiß er alle Details?«

Beate Moerk zuckte mit den Schultern.

»Aus den Zeitungen höchstwahrscheinlich...«

»Stand da was über die Kleidung?« wunderte sich Mooser.

»Keine Ahnung. Das müssen wir überprüfen... aber die haben doch alles mögliche geschrieben.«

»Würde mich überhaupt nicht wundern, wenn er es war«, erklärte Kropke. »Das Licht des Lebens besteht aus lauter verdrehten Idioten...«

»Zweifellos«, stimmte Bausen zu, »aber normalerweise laufen die doch nicht rum und bringen Leute um, oder?«

»Wo sind denn unsere Gäste heute?« fragte Kropke und versuchte vielsagend auszusehen.

»Der Hauptkommissar verhört irgendwelche Verwandten von Rühme, glaube ich«, erklärte Bausen. »Und Münster wird bestimmt gleich auftauchen.«

Beate Moerk hustete.

»Ich wette fünfzig Gulden, daß nie ein Wort über die Kleidung in den Zeitungen stand«, sagte Kropke.

»Was glaubst du denn, warum ich danach gefragt habe?« schnaubte Bausen.

»Ein religiöser Fanatiker«, murmelte Beate Moerk. »Nein, ich habe da meine Zweifel... tauchen nicht immer solche Verrückten auf? Die alles mögliche gestehen wollen?«

»Ich denke schon«, sagte Bausen. »Wir werden uns die Meinung unserer Experten anhören, wenn sie kommen...«

»Guten Morgen«, sagte Münster und kam zur Tür herein. »Ist was passiert?«

»Nichts Besonderes«, antwortete Beate Moerk. »Wir haben nur den Henker in der Zelle.«

»Der ist es nicht«, stellte Van Veeteren zwei Stunden später fest. »Laßt ihn frei oder bringt ihn ins Krankenhaus. Aber gebt ihm eine Rechnung mit, weil er unsere Zeit in Anspruch genommen hat.«

»Wie können Sie da so sicher sein?« fragte Kropke.

»Ich habe schon so einiges erlebt«, erklärte Van Veeteren. »Das spürt man... aber ihr könnt ihn gern noch weiter in die Mangel nehmen, wenn ihr etwas Training braucht. Oder was meint der Herr Polizeichef dazu?«

»Ich bin auch der Meinung«, sagte Bausen. »Wenn ich auch nicht hundertprozentig überzeugt bin...«

»Er kennt einfach zu viele Details«, sagte Moerk. »Woher kann er wissen, welche Kleidung Rühme trug?«

Van Veeteren zuckte mit den Schultern.

»Das weiß ich nicht. Aber dafür gibt es sicher eine Erklärung.«

»Und welche beispielsweise?« setzte Kropke nach.

»Nun ja, die gewöhnliche Schwatzhaftigkeit reicht meistens ziemlich weit... Frau Linckx kann es ihm beispielsweise erzählt haben.«

»Das ist zu bezweifeln«, knurrte Kropke. »Ich bin der Meinung, wir sollten das erst noch mal überprüfen. Wir suchen jetzt schon seit mehreren Monaten, und nun, wo endlich mal ein Verdächtiger auftaucht, können wir ihn doch nicht einfach so laufen lassen.«

»Macht, was ihr wollt«, sagte Van Veeteren. »Ich jedenfalls habe anderes zu tun...«

»Ja, ja«, beendete Bausen den Disput. »Dann also Ring frei für die nächste Runde.«

»Entschuldigt«, sagte Bang. »Ich wußte nicht, daß hier ein Verhör läuft. Hallo PM!«

»Hallo«, sagte Wollner.

»Was, zum Teufel, hat das zu bedeuten?« stöhnte Kropke.

»Kennt ihr euch?« fragte Bausen.

»Nun ja«, sagte Bang. »Wir sind Nachbarn... warum sitzt er hier?«

Wollner blickte zu Boden.

»Bang«, sagte Bausen und versuchte, seine Stimme zu beherrschen. »Es ist nicht zufällig möglich, daß du in letzter Zeit deine Arbeit mit dieser Figur hier besprochen hast?«

Polizeianwärter Bang trat von einem Fuß auf den anderen und sah beunruhigt aus.

»Meint der Chef die Sache mit dem Henker?«

»Ja, genau die meine ich«, bestätigte Bausen.

»Kann schon sein«, sagte Bang. »Ist das denn so wichtig?«

»In gewisser Weise schon«, sagte Bausen.

»Verdammter Idiot«, sagte Kropke.

»So«, sagte Bausen. »Fast einen ganzen Tag hat uns das gekostet. Ich möchte mich entschuldigen, daß ich nicht auf dich gehört habe.«

»Am besten, man hört nie auf jemanden«, wehrte Van Veeteren ab.

»Ein Tag mehr oder weniger, was spielt das schon für eine

Rolle«, sagte Kropke. »Das tun wir bei diesem Fall ja schon die ganze Zeit... unsere Zeit vergeuden.«

»Hat der Inspektor irgendwelche konstruktiven Vorschläge?« wollte Bausen wissen.

Kropke gab keine Antwort.

»Wie spät ist es?« fragte Mooser.

»Bald vier«, antwortete Bausen. »Vielleicht an der Zeit, für heute Schluß zu machen... hat jemand noch irgendwas mitzuteilen?«

Van Veeteren brach einen Zahnstocher durch. Mooser kratzte sich im Nacken. Münster schaute zur Decke. Was für eine beschissene Ermittlung! dachte er. Ich werde noch den Rest meines Lebens hier festsitzen. Und nie wieder Synn und die Kinder sehen. Dann kann ich ebenso gut gleich die Fliege machen... heute abend nehme ich den Wagen und fahre nach Hause!

Inspektor Moerk kam mit einem Stapel Papier in den Raum.

»Sitzt ihr hier beim Leichenschmaus?« fragte sie. »Er ist gekommen.«

»Wer?« fragte Kropke.

»Der Bericht aus Aarlach. Von... wie heißt er noch? Melnik? Sorgfältige Arbeit, wie es scheint... fünfunddreißig Seiten.«

»Mehr nicht?« fragte Van Veeteren.

»Darf ich mal sehen«, sagte Bausen und nahm die Papiere an sich. Blätterte eine Weile darin herum.

»Na, zumindest ist das ein Ansatz«, murmelte er. »Ich glaube, ich werde sie als Gute-Nacht-Lektüre mit nach Hause nehmen. Ich kopiere sie, dann kriegt jeder ein Exemplar und kann es bis morgen lesen.«

»Gut«, sagte Van Veeteren.

»Sollen wir denn am Samstag auch arbeiten?« wunderte Mooser sich.

»Sitzung morgen vormittag«, legte Bausen fest. »Jeder, der bis dahin den Henker gefaßt hat, kriegt eine Medaille. Ihr habt alle euer Exemplar in einer halben Stunde.«

»Betrifft mich das auch?« fragte Mooser.
»Natürlich«, nickte Bausen. »Schließlich sind wir doch hier alle im gleichen Club.«
»In was für einem Club denn?« fragte Mooser.
»Na, im Club der blinden Hühner«, sagte Bausen.

29

»Ich glaube, ich brauche jetzt einen Spaziergang«, sagte Van Veeteren, als sie aus der Sporthalle kamen. »Kannst du meine Tasche mit ins Hotel nehmen?«
»Natürlich«, sagte Münster. »Was hältst du von dem Melnik-Bericht?«
»Nichts, bevor ich ihn gelesen habe«, sagte Van Veeteren. »Wenn der Herr Kommissar mich heute abend zu einem Bier in der Bar einlädt, können wir vielleicht gemeinsam darüber diskutieren... ein Schlaftrunk so gegen elf, wie wär's damit?«
»Das wäre möglich«, sagte Münster.
»Eine warme Brise«, sagte Van Veeteren und hob seine Nase in den Wind. »Obwohl sie aus dem Norden kommt. Ungewöhnlich... irgendwo in der Natur ist etwas nicht im Gleichgewicht. Ich glaube, ich gehe am Strand entlang.«
»Bis später«, sagte Münster und stieg ins Auto.

Im Foyer traf er auf Cruickshank, der mit einigen Abendzeitungen unterm Arm auf dem Weg zur Bar war. Die anderen Zeitungsleute waren bereits vor ein paar Tagen abgereist, nur Cruickshank zögerte noch aus irgendwelchen Gründen seine Abreise hinaus.
»Guten Abend, Herr Kommissar. Was Neues?«
Münster schüttelte den Kopf.
»Warum hängen Sie hier eigentlich immer noch herum?« fragte er statt dessen. »Sie haben doch schon seit mehr als einer Woche nichts geschrieben, oder?«

»Auf eigenen Wunsch«, erklärte Cruickshank. »Bei mir zu Hause ist es im Augenblick etwas schwierig.«
»Ach?« bemerkte Münster.
»Meine Frau will mich nicht daheim haben.«
»Ach so«, sagte Münster.
»Und ihr?« fragte Cruickshank. »Bei euch ist es auch nicht besonders witzig, wie ich mir vorstellen kann?«
Münster dachte nach.
»Nein. Witzig ist wohl nicht das richtige Wort.«
Cruickshank seufzte und zuckte mit den Schultern.
»Jedenfalls habe ich vor, mich für eine Weile an die Bar zu setzen. Sie sind jederzeit herzlich willkommen.«
»Danke«, sagte Münster. »Ich muß vorher noch einiges lesen, aber vielleicht später.«
Cruickshank schlug ihm auf den Rücken und bog zur Bar ab. Er verströmte einen deutlichen Cognacgeruch, wie Münster feststellte, als er an ihm vorbeiging. Wahrscheinlich seine Art, die Sache hier zu überleben. Er ging zur Anmeldung und holte sich seinen Schlüssel.
»Einen Moment«, sagte das Mädchen und bückte sich hinter dem Tresen. »Da ist eine Mitteilung für Sie.«
Er nahm einen weißen Briefumschlag entgegen und steckte ihn in die Tasche. Oben auf seinem Zimmer riß er ihn mit einem Stift auf und las:

Hallo!
Ich habe mir gerade den Aarlachbericht angeguckt.
Dabei ist mir was aufgefallen.
Ziemlich bizarr, aber ich muß das erst noch mal
überprüfen.
Bin nach dem Jogging so gegen acht wieder zu Hause.
Ruf mich bitte an.
Gruß B.

Er sah auf die Uhr. Zwanzig nach sieben. War da wirklich was zu finden? Er fingerte an dem Papierstapel auf seinem Nachttisch herum... das wäre eine Gnade...

Er würde gleich einen Blick hineinwerfen. Aber zuerst mußte er noch mit Synn telefonieren.

Van Veeteren ging an der westlichen Mole vorbei, dann zum Strand hinunter. Die Dämmerung hatte eingesetzt, aber noch war mit einer Stunde Tageslicht zu rechnen. Es würde zwar dunkler werden, aber zur Orientierung würde es reichen. Die warme Brise war hier unten noch deutlicher zu spüren, und er überlegte eine Weile, ob er sich nicht die Schuhe ausziehen und barfuß im Sand laufen sollte... im warmen Sand ganz oben vor der Mauer. Aber er verwarf den Gedanken wieder. Das Meer wirkte träge, wie in den Wochen, als er im Ferienhaus gewesen war, die Wellen waren unruhig und ziellos, ohne jedes Leben.

Wir haben genug voneinander, das Meer und ich, dachte er, und wurde sich bewußt, daß er dieses Gefühl aus den Sommern seiner Kindheit kannte. Wenn er sich nach Hause sehnte... sich nach drinnen sehnte, wie er es damals immer ausdrückte. Wenn er davon träumte, daß die Ewigkeit schrumpfen und überschaubar werden würde. Er wollte einen Rahmen um all das Zeitlose und Gewaltige bilden, das draußen am Uferband unter dem Himmel immer nur wuchs und wuchs.

War es jetzt auch wieder so?

War es ganz einfach schwieriger, Dinge hier draußen am Meer in den Griff zu kriegen? Besagte dieser unendliche graue Spiegel, daß alles unbegreiflich war und nicht mehr zu meistern... daß dieser Fall deshalb so erschreckend hoffnungslos war? Reinhart würde ganz sicher behaupten, daß genau hier – wo Land, Meer und Himmel aufeinandertrafen – jedes Ding erst sein wahres Gewicht und seine echte Bedeutung bekäme.

Seinen Namen und seine Bestimmung.

Schwer zu sagen. Vielleicht war es ja auch genau umgekehrt.

Jedenfalls war deutlich zu spüren, wie die Gedanken und Überlegungen ineinander verflossen und verschwammen. Wenn er der leicht gewellten Uferlinie, die sich weit hinten bei der westlichen Mole im zunehmenden Dunst verlor, mit dem Blick geradewegs folgte, erschien es ihm schwerer denn je, sich zu konzentrieren und seinen Verstand in eine bestimmte Richtung zu lenken. Es war, als würde alles einfach aufgesogen und verschwände in der Ewigkeit und in der zeitlosen Finsternis... ja, Reinhart irrte sich, zweifellos. Es war ein Hemmschuh, dieses verfluchte Meer.

Andererseits wuchs natürlich die Empfänglichkeit, das mußte er zugeben. Der Prozeß war in beide Richtungen offen, keine Begrenzungen, weder was die Impulse, noch was die Schlußfolgerungen betraf. Input und Output. Es galt nur, die Empfindungen und Eindrücke so lange zu erhalten, bis er sie genau geprüft hatte, und wenn auch nur einen Augenblick lang. Und der Fall? Der Henker? Was waren das für Empfindungen, die mit den warmen Winden heranwehten?

Der Wind kam aus der falschen Richtung. Etwas stimmte da nicht. Er hatte schon seit geraumer Zeit dieses Gefühl, und jetzt wurde es mit jedem Schritt, den er hier draußen in dem stummen, festen Sand machte, deutlicher. Wenn er zurückdachte, begriff er auch, daß in dem Gespräch mit Beatrice Linckx etwas aufgetaucht war... Er erinnerte sich nicht mehr genau, was, hatte es auch damals nicht gemerkt. Es war nur eine Formulierung, etwas, das sie so nebenbei gesagt hatte, Worte, die in einer bestimmten Beziehung zueinander gestanden hatten, vielleicht. Eine ungewöhnliche Konstellation. Das genügte, damit er Witterung aufnahm.

Und dann war da noch etwas, das Bausen bei der letzten Schachpartie gesagt hatte... der Polizeichef hatte einen Bauern vorgezogen und dadurch die Oberhand gewonnen, obwohl das genau der Zug gewesen war, den Van Veeteren vorausgesehen und sich erhofft hatte.

Dann hatte er die Pfeife angezündet und etwas gesagt.

Auch das lag wie im Nebel. Äußerst unklar, eine plötzliche Witterung, die sich ebenso schnell wieder verlor, wie sie gekommen war, die aber dennoch eine Kerbe ins Gedächtnis geritzt hatte.

Mein Gott! dachte er und spuckte einen vollkommen zerkauten Zahnstocher aus. Was ist das nur für ein Gedankengewäsch? Welche Genauigkeit! So mußte sich das anfühlen, wenn der Alzheimer in voller Blüte stand.

Obwohl – jetzt schlug er blitzschnell Brücken zwischen den Phantasien –, vielleicht war es andererseits gar kein deutliches Kennzeichen für Altersdemenz, daß das Gedächtnis nachließ. Im Gegenteil! Die Tore des Gedächtnisses standen weit offen und ließen alles herein. Ohne jede Unterscheidung. Alles.

Wie das Meer. Wie die Wellen. Man mußte sich also nur entscheiden. Alles oder nichts.

Wer war es also? Wer war der Henker? Wie lange mußte er sich hier draußen noch täuschen lassen, bis er den verfluchten Spötter endlich dingfest machen und die Handschellen bei ihm klicken lassen konnte. Welche Wortkonstellation hatte Beatrice Linckx unbedacht ausgesprochen? Was hatte Bausen gesagt?

Und Laurids Reisin? Der saß irgendwo eingesperrt in seinem Haus und wog das Versprechen, das seine Frau ihm von der Polizei überbracht hatte, sorgfältig nach allen Seiten hin ab. Konnte man sich darauf verlassen? Was hatte er versprochen? Sechs, acht Tage? Wann war das gewesen? Hatte er nicht bereits die gestellte Grenze überschritten, wenn man es genau nahm?

Bestimmt. Van Veeteren seufzte.

Eine Joggerin, eine Frau in rotem Anzug, sprang plötzlich gut zwanzig Meter von ihm entfernt von der Esplanade hinunter auf den Strand. Das dunkle Haar war mit einem Band in der gleichen Farbe wie die Jacke hochgebunden... Sie lief weiter bis zum Wasser, zum festen Sand hin, bog dann nach Westen ab, und innerhalb weniger Sekunden hatte sich der Abstand zwischen den beiden bereits verdoppelt. Sie kam ihm irgendwie bekannt vor, und er brauchte mehrere Minuten, bis er dahinterkam.

Inspektorin Moerk, natürlich!

Was hatte Bausen an jenem ersten Tag auf der Polizeiwache gesagt? Schönheit und Intuition? Irgendwas in dieser Richtung... jedenfalls war es etwas, was er unterschreiben konnte.

Er seufzte und schob die Hände in die Taschen. Dabei stieß er auf das Zigarettenpäckchen und wog eine Weile das Für und Wider ab. Ach, was soll's, beschloß er schließlich, und als er die Zigarette angezündet hatte, war Beate Moerk bereits in der Dunkelheit vor ihm verschwunden.

Verschluckt.

Die Dunkelheit, dachte er und nahm einen tiefen Lungenzug. Das einzige, was groß genug ist, ein Meer zu umschlingen.

Kein dummer Gedanke. Er mußte daran denken, es bei Gelegenheit mit Reinhart zu diskutieren.

Aber vielleicht ist das Meer ja noch größer, korrigierte er sich fast sofort. Bestimmt gibt es an einem anderen Strand einen Morgen. Es gibt immer einen anderen Strand.

30

Sie stellte ihr Auto am üblichen Platz hinter der Räucherei ab. Schloß ab und zog den Reißverschluß ihrer Jacke ein wenig weiter nach unten. Es war wärmer, als sie gedacht hatte, wahrscheinlich würde sie ziemlich ins Schwitzen kommen.

Dann lief sie los, und genau wie sie es gewohnt war, ging die innere Erregung unmittelbar in den Körper über. Bis in die zuckenden Beine und Füße... das Tempo war für den Anfang der reinste Wahnsinn. Das würde sich rächen. Aber es mußte sein. Sie mußte einfach rennen. Rennen und sich richtig verausgaben, damit irgendeine Ordnung in ihre Gedanken kam... um die Nervosität und Überspanntheit abzureagieren, die in ihr vibrierten, das fast hysterische Gefühl eines bevorstehenden Triumphs. Daß sie bald die Lösung in der Hand halten würde.

Der Durchbruch war geschafft. Nun ja, das war vielleicht zuviel gesagt, aber sie mußte nur noch die Gedankengänge beenden, die durch den Melnikbericht aus ihrem Schlummer geweckt worden waren und die sich nach einer ersten Überprüfung... nun ja, als was erwiesen hatten?

Jedenfalls gab es nichts, was dagegen sprach... nicht den geringsten Punkt. Was das jedoch im Endeffekt bedeutete, war natürlich eine andere Frage.

Sie sprang auf den Strand und bog zum Wasser ab. Der Wind war hier unten noch wärmer, und sie bereute, daß sie keine dünnere Kleidung angezogen hatte.

Es gab also nichts, was dagegen sprach. Ganz im Gegenteil. Vieles sprach dafür, vielleicht sogar alles. Wenn sie es Münster heute abend nur in Ruhe darlegen konnte, war die Sache sicher klar... Die Dämmerung hatte eingesetzt, und sie überlegte, ob sie heute wirklich die ganze Runde drehen sollte. Vermutlich würde es auf dem Rückweg im Wald schon ziemlich schummrig sein, andererseits kannte sie dort ja jeden Stein... vielleicht sogar jede Wurzel und alle herabhängenden Zweige, gewiß wäre es eine Schlamperei, die Runde abzukürzen, und Beate Moerk haßte Schlamperei.

Und Münster würde nicht vor acht Uhr anrufen. Bis dahin hatte sie noch viel Zeit.

Die Milchsäure stellte sich bald ein. Kein Wunder, dachte sie und verlangsamte endlich ihr Tempo... Es hatte keinen Sinn, so ein Tempo vorzulegen, wenn sie anschließend nur noch durch den Wald stolpern konnte.

Eine Schlagzeile erschien vor ihrem inneren Auge:

WEIBLICHER POLIZEIINSPEKTOR FÄNGT DEN HENKER!

Und dann der Einleitungssatz in dem Stil: »Trotz hinzugeholter Experten war es schließlich Beate Moerk aus Kaalbringen, die den landesweit bekannten Fall des Mörders mit der Axt löste. Unsere Stadt ist ihr zu tiefem Dank verpflichtet, jetzt, wo die Einwohner endlich wieder unbeschwert auf den Straßen spazierengehen und des Nachts ruhig schlafen können...«

Die Flammen der Selbstzufriedenheit loderten in ihr, deshalb steigerte sie lieber wieder das Tempo. Sehr lange war sie jedoch nicht in der Lage, sich an den Formulierungen zu weiden, da brachte sich eine neue, vollkommen unerwartete Schlagzeile in Erinnerung. Diesmal war es der Titel eines Buches, das sie nie gelesen hatte, von dem sie aber wußte, daß sie es vor vielen Jahren im Ramsch gesehen und in der Hand gehalten hatte. Es war ein englisches Buch.

»The Loneliness of a Long Distance Runner«

Die Einsamkeit des Langstreckenläufers?

Sie machte einen Schritt zur Seite und wäre fast in den Sand gefallen.

Wie um alles in der Welt war es möglich, daß dieses Buch gerade jetzt aus dem Brunnen des Vergessens auftauchte?

Sie schob die Frage beiseite und warf einen Blick über die Schulter. Der Strand lag leer da. Hinter ihr genauso leer wie vor ihr. Sie kontrollierte die Zeit. Sieben Uhr fünfundzwanzig... in ein paar Minuten würde sie bei dem weißen Steinblock und dem Tunnel unter der Straße angekommen sein. Dann die leichte Steigung in den Wald hinauf, und ab ging es nach Hause...

Beate Moerk löst das Rätsel des Axtmörders!

The Loneliness of a Long Distance Runner.

Als sie sich auf dem letzten Anstieg vor der Kuppe befand, war sie schon ziemlich müde. Die Unterschenkelmuskeln taten ihr weh, und ihr Herz pumpte wie verrückt... jetzt galt es nur noch, hoch zu kommen. Reine Willenssache, die Fäuste ballen, Zähne zusammenbeißen und sich die letzten Meter zwingen. Danach, auf der anderen Seite des Hügels, ging es bergab... dann konnte sie sich beim Laufen ausruhen, wieder Kraft schöpfen, sich sammeln vor dem letzten Stück, der herrlichen Abschlußgeraden durch den Baumbestand bis unten zur Räucherei und zum Parkplatz...

Die Gedanken an das leicht bezwingbare letzte Stück, an das wartende Auto und eine heiße Dusche trugen sie hinauf und gaben ihr auf angenehme Weise Antrieb. Aber auch wenn sie nicht so müde gewesen wäre und auch wenn die Lichtverhältnisse an diesem lauwarmen Septemberabend etwas vorteilhafter gewesen wären, ist es mehr als fraglich, ob sie das dunkle Stahlseil rechtzeitig hätte sehen können.

Es war knapp unter Kniehöhe gespannt, ganz am Ende des Hügels... genau dort, wo das dichte Laub einer Linde die Dämmerung noch einmal durch seinen Schatten verstärkte. Sie fiel der Länge nach zu Boden, und bevor sie überhaupt begriff, was passiert war, war er bereits über ihr.

31

»Ich glaube, wir müssen die Presse bitten, uns für eine Weile in Ruhe zu lassen«, sagte Van Veeteren, während er eine Hand auf Cruickshanks Schulter legte. »Aber Ihren Stuhl nehme ich gern.«

Münster schaute auf. Der Hauptkommissar hatte den Melnikbericht unterm Arm und machte einen verkniffenen Eindruck. Das Netzwerk geplatzter Äderchen war von Rot in Blau übergegangen. Die Tränensäcke unter den Augen trugen deutliche Trauerränder. Ein gutes Zeichen, ohne Zweifel.

»O Scheiße«, sagte Cruickshank. »Dann ist der Durchbruch nach sieben mageren Jahren endlich gelungen? Darf man als erster gratulieren? – Wie heißt er denn?«

»Wer?« fragte Münster.

»Der Henker natürlich«, erklärte Cruickshank.

»Sie kriegen morgen ein Exklusivinterview«, versprach Van Veeteren. »Wenn Sie jetzt ein braver Junge sind und schlafen gehen.«

Cruickshank kippte die Reste seines Whiskys hinunter und stand auf. Er wankte etwas, und für einen Moment sah es so aus, als müßte er auf dem Stuhl wieder notlanden, aber dann faßte er sich. Er schüttelte den Kopf und räusperte sich.

»All right«, sagte er. »Gentlemen's agreement. Gute Nacht, meine Herren. Ihr kennt meine Zimmernummer.«

Er bedankte sich bei Münster für die nette Gesellschaft und stolperte hinaus.

»Armer Teufel«, meinte Münster.

»Warum das?« fragte Van Veeteren. »Bestell mir mal ein großes Bier!«

»Nun?« fragte Van Veeteren und schlürfte den Schaum von seinem Seidel. »Die Jugend voran. Was hast du gefunden?«

Münster holte den Papierstapel hervor und blätterte darin.

»Ja«, sagte er. »Da ist einmal dieser Podworsky...«

Der Hauptkommissar nickte.

»Eugen Podworsky, ja. Was hältst du von dem?«

»Ich weiß nicht viel über ihn«, erklärte Münster. »Aber zumindest gibt es eine Verbindung. Ich nehme an, die anderen, die Inspektoren und Bausen, können das besser beurteilen. Wenn er hier im Ort bekannt ist, meine ich...«

Van Veeteren zündete sich eine Zigarette an.

»Ich habe eben mit Bausen gesprochen«, sagte er. »Er meint, es sei zumindest vorstellbar. Der richtige Typ, wie es scheint... ein Einzelgänger, der draußen auf der Heide bei Linden wohnt. Ungefähr fünfzig Kilometer ins Landesinnere hinein. Er hat auch schon mal wegen Diebstahl gesessen, aber das ist schon eine Ewigkeit her... ja, das könnte eine Spur sein. Der könnte es sein.«

»Bösartig?« fragte Münster.

»Jedenfalls nachtragend laut Bausen. Und offensichtlich auch nicht ganz richtig in der Birne. Er hat nicht viel Kontakt zu anderen Menschen. Ist vorzeitig in Rente, ich glaube seit 1980. Nun ja, wir werden uns das morgen mal angucken... es wäre sicher nicht dumm, wenn wir unsere Hausaufgaben gemacht haben, bevor wir uns auf ihn werfen. Er kann uns eine ganze Menge Unannehmlichkeiten bereiten, auch wenn er es nicht ist, meint Bausen.«

Münster nickte. Der Hauptkommissar trank in großen Zügen von seinem Bier und schmatzte zufrieden.

»Verflucht noch mal, Münster«, sagte er. »Wenn ich diesem Typen endlich direkt in die Augen sehen kann, werde ich schon merken, ob er es ist oder nicht. Es ist langsam an der Zeit, nach Hause zu fahren, oder was meinst du?«

Münster rutschte unruhig hin und her.

»Was ist denn?« fragte Van Veeteren. »Hast du was auf dem Herzen?«

»Nur eine Kleinigkeit«, zögerte Münster. »Hat bestimmt nichts zu bedeuten. Ich habe eine Mitteilung von Inspektorin Moerk gekriegt. Ihr ist was aufgefallen, und sie hat mich gebeten, sie anzurufen...«

»Ja, und?«

»Nun ja, sie antwortet nicht. Sie wollte gegen acht Uhr zu Hause sein, und ich habe es schon mehrmals versucht.«

Van Veeteren schaute auf die Uhr.

»Fünf nach elf«, stellte er fest. »Versuch es noch mal, bevor du ins Bett gehst. Da ist sicher nur ein Mann im Spiel.«

Ja, dachte Münster. Mit Sicherheit ist da nur ein Mann im Spiel.

III

24. – 27. September

32

Bausen sah unrasiert energischer aus. Er hatte seine schmutzbraune Jacke über die Stuhllehne gehängt und das Hemd bis weit über die Ellbogen aufgekrempelt.
»Eugen Podworsky«, begann er und zeigte mit dem gelben Bleistift auf Kropke. »Was wissen wir?«
»Eine ganze Menge«, antwortete Kropke enthusiastisch. »Sollen wir von vorn anfangen, oder...?«
»Ja«, sagte Bausen. »Es hat wohl niemandem entgehen können, daß er in zwei der Fälle verwickelt ist, aber es kann trotzdem nichts schaden, noch einmal alles ordentlich durchzugehen, bevor wir loslegen.«
»Einen Augenblick«, sagte Van Veeteren. »Ich denke, wir sollten uns vorher erst mal um Inspektorin Moerk kümmern.«
Bausen sah sich in der Runde um, als würde ihm erst jetzt bewußt, daß sein Team nicht vollständig war.
»Was ist mit Beate Moerk? Warum ist sie nicht hier?«
»Hrrm«, räusperte Van Veeteren sich. »Ich denke, der Kommissar sollte berichten.«
Münster holte tief Luft.
»Ja«, sagte er, »ich bekam gestern im Hotel eine Nachricht... von Inspektorin Moerk. Sie bat mich, sie anzurufen. Ihr war etwas im Zusammenhang mit dem Melnikbericht aufgefallen, und sie ist anscheinend seit gestern abend nicht mehr zu Hause gewesen. Ich habe sie nicht erreichen können.«

»Was, zum Teufel, soll das heißen?« fragte Bausen. »Es ist ihr was aufgefallen... Podworsky wohl, oder?«

Münster breitete die Arme aus.

»Weiß ich nicht. Wahrscheinlich, aber es ist nicht sicher... sie wollte etwas überprüfen, stand da.«

»Überprüfen?«

»Ja.«

»Und was?« fragte Kropke.

»Keine Ahnung«, sagte Münster.

»Hast du ihre Nachricht noch?« fragte Bausen.

Münster nickte und zog den Umschlag aus der Innentasche hervor. Aus den Augenwinkeln sah er, wie Van Veeteren ihn beobachtete, und er wußte, daß er rot wurde. Dagegen konnte er natürlich nichts machen, und unter den gegebenen Umständen bedeutete es auch nichts. Er hatte letzte Nacht sicher nicht mehr als zwei Stunden geschlafen, und als er aufstand, hatte er das Bild dieses Konferenzzimmers vor Augen gehabt. Wahrscheinlich würde sie hier auf ihrem gewohnten Platz vor den Regalen sitzen... oder sie würde es nicht tun. Wahrscheinlich war es nur um einen Mann gegangen, oder aber es war... eine andere Art von Mann gewesen. Nicht einmal sich selbst gegenüber wagte er zuzugeben, daß er einen leichten Stich von Zufriedenheit verspürte, als sich herausstellte, daß die erste Alternative sich als nicht richtig erwies. Nur ein Mann! Natürlich war diese Wahrnehmung sofort von dem Gedanken verdrängt worden, was die andere Alternative alles beinhalten konnte, aber seine Reaktion gab ihm unweigerlich zu denken.

Der Polizeichef las die Nachricht durch. Er reichte den Zettel weiter.

»Ich habe ihn schon gesehen«, sagte Van Veeteren, als er an der Reihe war. Münster nahm den Umschlag wieder an sich.

»Zu Hause gegen acht Uhr«, sagte Bausen. »Verflucht noch mal! Ihr glaubt doch wohl nicht...«

»Von was war da die Rede?« fragte Kropke. »Von etwas ganz Bizarrem?«

»Ziemlich bizarr, stand da, aber laßt mich noch mal nachsehen«, korrigierte Münster.

Bausen holte seine Pfeife hervor und blieb mit ihr in der Hand sitzen. Plötzlich war das Schweigen im Zimmer fast zu greifen. Bang kaute Kaugummi. Van Veeteren widmete seine ganze Aufmerksamkeit zwei Zahnstochern, begutachtete sie sorgfältig, bevor er den einen in seine Brusttasche steckte und den anderen zwischen seine Vorderzähne. Kropke trommelte leise mit den Fingern gegeneinander, und Mooser schaute aus dem Fenster.

Mein Gott! dachte Münster. Die sehen sie alle vor sich! Er schluckte und spürte, wie ihm etwas Kaltes, Feuchtes die Kehle hochkroch. Sein Zwerchfell verkrampfte sich.

»Entschuldigt mich eben«, brachte er noch heraus. Stand auf und ging zur Toilette.

»Kropke«, sagte Bausen. »Geh in dein Büro und versuch anzurufen!«

Kropke verschwand in seinem Zimmer. Van Veeteren nahm den Zahnstocher aus dem Mund.

»Keine besonders gute Idee«, sagte er. »Wir haben es schon zweimal vom Hotel aus versucht.«

Bausen trat ans Fenster. Er fuhr sich mit der Hand über die Bartstoppeln, während er auf den Hinterhof schaute. Er atmete schwer. Münster und Kropke kamen wieder herein.

Kropke schüttelte den Kopf.

»Keine Antwort«, sagte er. »Was denkt ihr?«

»Podworsky?« fragte Bausen und drehte sich um. »Glaubt ihr wirklich, daß... daß sie auf die Idee gekommen ist, zu Podworsky rauszufahren?«

Kropke räusperte sich.

»Nein«, sagte er. »Das würde ihr nicht ähnlich sehen.«

»Der reine Wahnsinn«, sagte Mooser. »Kein Idiot fährt freiwillig da raus. Nicht einmal unter normalen Umständen. Und wenn man dann noch den Verdacht hat, es könnte der Henker sein, dann kapiere ich nicht, wie...«

Aber jetzt reichte es Münster.

»Stop!« rief er und schlug mit der Faust auf den Tisch. »Es ist jetzt verdammt noch mal endlich an der Zeit, daß wir was tun, statt hier nur herumzusitzen und wiederzukäuen. Dann ist es doch wohl besser, wir setzen uns in ein Auto und fahren zu dem Kerl raus, oder? Worauf warten wir noch?«

Bausen betrachtete ihn mit hochgezogenen Augenbrauen.

»Ich bin mir ziemlich sicher...«, begann er.

»Bravo, Kommissar!« unterbrach Van Veeteren. »Ich bin ganz deiner Meinung. Wir sollten wirklich langsam in Aktion treten.«

Münster lehnte sich seufzend zurück.

»Entschuldigung«, sagte er.

»Ja, ja«, sagte Bausen. »Es ist ja auch zu schrecklich. Wenn wir also jetzt...«

»Nur noch einen Augenblick«, unterbrach Van Veeteren ihn wieder und beugte sich über den Tisch. »Ich denke, wir sollten ein paar Dinge klarstellen, bevor wir uns dem weiteren Vorgehen widmen. Zum ersten halte ich es für ziemlich unwahrscheinlich, daß Inspektorin Moerk sich allein auf den Weg zu Podworsky gemacht hat. Ich betrachte das eigentlich als vollkommen ausgeschlossen.«

»Und warum?« fragte Kropke.

»Die Zeit«, sagte Van Veeteren. »Die hat gar nicht gereicht. Sie ist gestern gemeinsam mit uns von hier weggegangen, nicht wahr? So ungefähr gegen halb fünf...«

Kropke und Mooser nickten.

»Mit dem Melnikbericht in der Tasche wie wir auch... Um zwanzig nach sechs gab sie laut Hotelportier die Nachricht im See Wharf ab. Darauf steht, daß sie etwas überprüfen will. Sie hatte es also noch nicht getan. Sie wird kaum mehr geschafft haben, als den Bericht zu lesen und dann noch in den Jogginganzug zu schlüpfen, alles zusammen zwischen halb fünf und zwanzig nach sechs.«

»Stimmt«, sagte Bausen.

»Was immer sie also untersuchen wollte, sie hat es getan, nachdem sie das Hotel verlassen hat, also ungefähr zwischen halb sieben und Viertel nach sieben. Mit anderen Worten, innerhalb von fünfundvierzig Minuten.«

»Viertel nach sieben? Woher kann der Hauptkommissar das wissen?« fragte Kropke.

»Weil ich sie gesehen habe«, antwortete Van Veeteren.

»Sie gesehen!« rief Bausen aus. »Wo denn?«

Van Veeteren biß den Zahnstocher ab.

»Ich habe sie unten am Strand gesehen... so Viertel nach sieben.«

»Was hat sie da gemacht?« wunderte Mooser sich.

»Sie ist gelaufen«, sagte Van Veeteren. »Richtung Westen.«

Es wurde wieder still.

»Sie wollte um acht zu Hause sein«, sagte Münster.

»War sie allein?« fragte Kropke.

Van Veeteren zuckte mit den Schultern und schaute Münster an.

»Ja«, sagte er. »Ganz allein... es ist wohl das beste, wenn der Kommissar und ich mal hinfahren und uns umschauen. Vielleicht können wir den Polizeianwärter Mooser mitnehmen?«

Bausen nickte.

»In zwei Stunden wieder hier?« schlug er vor. »Ich denke, Kropke und ich werden in der Zwischenzeit einmal zu Podworsky rausfahren... um zumindest das Terrain zu sondieren.«

»Ist er das?« fragte Van Veeteren.

Mooser nickte.

»Ganz sicher?«

»Natürlich bin ich ganz sicher«, sagte Mooser. »Das ist ihrer. Ein Mazda 323... ich habe ihr sogar mal geholfen, den Keilriemen zu wechseln.«

»Das ist er«, murmelte Münster.

»Hm«, sagte Van Veeteren. »Tja, ich habe sie ungefähr da unten gesehen... zwei-, dreihundert Meter von hier, denke ich.«

Er deutete zum Strand. Das war ganz was anderes als die leere Öde vom gestrigen Abend. Menschen, die am Samstag frei hatten, gingen dort unten spazieren... Männer, Frauen und Kinder. Eine Gruppe langhaariger Jünglinge spielte Fußball, und Hunde tummelten sich im Sand, einige Zwillingsdrachen flatterten im Wind, gelbe, vibrierende Butterflecken vor dem fast klaren Himmel. Die Wolkenfront, der Dunst und die Regenschauer der letzten Tage schienen über Nacht wie weggeblasen, die Möwen kreisten wieder in höheren Zonen, und die Luft machte einen sauberen Eindruck. Salzig und frisch.

Münster biß sich auf die Lippen. Der Hauptkommissar wippte von den Zehen auf die Ballen und zurück und schien ausnahmsweise unentschlossen zu sein. Oder ist das auch nur so eine Pose? dachte Münster. Würde mich nicht wundern.

Mooser brach das Schweigen.

»Glaubt ihr...?« fragte er.

»Wir glauben gar nichts«, unterbrach Van Veeteren ihn. »Was, zum Teufel, meinst du damit?«

»Aber...?« sagte Mooser.

»Sei still!« sagte Van Veeteren. »Das ist nicht gerade die Zeit für Rätselspiele. Weißt du, welche Strecke sie normalerweise lief?«

»Nun ja«, sagte Mooser. »Was heißt da Strecke... vielleicht am Strand hin und her. Oder auf dem Rückweg durch den Wald.«

»Hm«, sagte Van Veeteren wieder. »Ist sie immer allein gelaufen?«

»Nein«, sagte Mooser. »Ich glaube, sie hat manchmal zusammen mit Gertrude Dunckel trainiert.«

»Wer ist das?« fragte Münster.

»Eine Freundin. Sie arbeitet in der Bibliothek.«

»Hatte sie keinen Freund?« wollte Van Veeteren wissen.

Mooser überlegte.

»Doch... nur im Augenblick nicht. Ein paar Jahre lang war sie mit einem Mann zusammengewesen, aber ich glaube, er ist dann weg. Und dann war da natürlich noch Janos Havel, aber das ist wohl auch vorbei.«

»Ja, das ist vorbei«, bestätigte Münster. »Wollen wir jetzt ihre ganze Lebensgeschichte aufrollen, bevor wir uns auf den Weg machen?«

Mooser räusperte sich.

»Den Strand entlang und durch den Wald zurück?« fragte er.

»Nur durch den Wald«, sagte der Hauptkommissar. »Unten am Strand hätten sie sie schon gefunden... normalerweise kümmert er sich ja nicht sehr darum, seine Opfer zu verstecken.«

»O Scheiße«, sagte Münster.

»Ich gehe davon aus, daß sie ihr Auto als Start- und Zielpunkt angesehen hat«, fuhr Van Veeteren ungerührt fort. »Weiß der Herr Polizeianwärter, ob es mehrere Wege gibt? Ich meine, durch den Wald?«

»Ich glaube nicht«, sagte Mooser. »Es ist eigentlich nur so ein dünner Streifen. Da gibt es einen Weg, den die meisten benutzen, der ist übrigens ziemlich hügelig. Sollen wir den nehmen?«

»Nun aber los!« sagte Van Veeteren. »Wir haben schließlich nicht den ganzen Tag Zeit.«

33

»Fahr nicht so verdammt schnell«, sagte Bausen. »Wir müssen wissen, wie wir uns verhalten wollen, bevor wir da sind.«

Kropke ging leicht vom Gas.

»Hat der Kommissar seine Dienstwaffe mit?« fragte er.

»Ja, natürlich«, sagte Bausen. »Ist mir schon klar, daß da was faul ist. Aber ich gehe doch davon aus, daß du deine auch dabei hast?«

Kropke klopfte sich auf die Achselhöhle.

»Na, nur gut, daß du sie nicht am Bein hängen hast«, brummte Bausen. »Halt! Hier geht's ab.«

Kropke bremste und bog auf das schmale Asphaltband über die Heide ab. Eine Schar großer, schwarzer Saatkrähen, die auf einem kleineren Kadaver gesessen hatten, flogen auf und ließen sich wieder nieder, sobald sie vorbeigefahren waren.

Bausen wandte den Kopf und schaute über die öde Landschaft. Weit in der Ferne konnte er die Skelette einiger niedriger Gebäude erahnen, mehr oder weniger zusammengefallen, mit lückenhaften Wänden und durchlässigem Dach, früher einmal, vor einem halben Jahrhundert oder mehr, hatten sie noch einem Zweck gedient. Als man noch aus diesem sumpfigen Boden Torf stach, wie er sich erinnerte. Nur merkwürdig, daß die Trockenschuppen sich immer noch aufrecht hielten. Er erinnerte sich auch noch daran, daß sie in seiner Jugend eine ganz andere Funktion gehabt hatten – als Liebesnest für die heimatlosen Jugendlichen der Umgebung. Es war natürlich ein ziemlicher Aufwand gewesen, hierherzukommen, aber wenn man es erst einmal geschafft hatte, boten die abgelegenen Gebäude außerordentliche Möglichkeiten für die allerschönsten intimen Vorhaben. Fast wie die Urgaplätze der Mongolen, durchfuhr es ihn. Die heiligen Mauern der Liebe. Zwei, nein, drei Episoden, die sich hier zugetragen hatten, schossen ihm durch den Kopf...

»Es ist da vorn, oder?« fragte Kropke.

Bausen richtete seine Aufmerksamkeit nach vorn und nickte. Da war es. Notdürftig von einem Rechteck angepflanzter Fichten verborgen lag Eugen Podworskys Haus. Er kannte dessen Geschichte. Bis zum Ende des letzten Jahrhunderts hatte es einige Jahrzehnte lang als Wohnort für mehrere Familien der Vorarbeiter beim Torfstechen gedient, bis die Arbeit Anfang des 20. Jahrhunderts unrentabel wurde... um dann langsam, wie so vieles andere in Kaalbringen und Umgebung, in Ernst Simmels Hände zu fallen. Und damit also in Eugen Podworskys nicht besonders sorgfältige Obhut.

»Das sieht ja schlimm aus«, sagte Kropke und hielt im Schutz einer ziemlich buschig gewachsenen Doppelfichte.

»Ich weiß«, sagte Bausen. »Kannst du irgendwo einen Lastwagen entdecken?«

Kropke schüttelte den Kopf.

»Es bringt nichts, sich anschleichen zu wollen«, sagte Bausen. »Wenn er zu Hause ist, entdeckt er uns fünf Minuten, bevor wir bei ihm sind – Zeit genug, um ein Schrotgewehr zu laden und sich im Küchenfenster in Positur zu setzen.«

»Äh«, sagte Kropke. »Ich verstehe nicht, wieso Simmel ihn nicht hat rausschmeißen können.«

»Hm«, sagte Bausen. »Ich begreife gar nicht, warum er es überhaupt versucht hat. Wer sollte denn das hier kaufen wollen?«

Kropke überlegte.

»Keine Ahnung. Vielleicht irgend so ein Grüner. Was sollen wir tun?«

»Wir müssen wohl oder übel die Lage peilen«, sagte Bausen. »Wenn wir schon mal hier sind. Ich gehe zuerst. Du bleibst ein Stück hinter mir und hältst die Pistole griffbereit, falls was passiert. Man weiß ja nie...«

»Okay«, sagte Kropke.

»Aber wahrscheinlich ist er gar nicht zu Hause.«

Bausen stieg aus. Er ging die Reihe gespreizter Kiefern entlang und trat durch das Zaunloch, neben dem ein rostiger, klappriger Briefkasten verriet, daß die Post sich sogar die Mühe machte, diese Extrakilometer durch die Heide zu fahren... Vermutlich hat Podworsky dem Postdirektor gedroht, ihn umzubringen, wenn er diesen Service einstellt, dachte Bausen. Er zog eine Zeitung aus dem Kasten.

»Von heute«, stellte er fest. »Der Inspektor kann den Revolver wieder in die Achselhülse stecken. Er ist nicht zu Hause.«

Sie folgten dem niedergetrampelten Weg bis zur Veranda. Ein kaputter Ledersessel und eine Hollywoodschaukel standen zu beiden Seiten der Eingangstür. Offensichtlich hatte Eugen

Podworsky die Gewohnheit, die lauen Sommer- und Herbstabende draußen zu genießen. An die zehn Kisten mit leeren Flaschen stapelten sich an der Wand... Zeitschriften lagen überall herum, auf einem wackligen Metalltisch stand ein Transistorradio, eine große Konservendose mit Sand, aus der Zigarettenkippen herausragten, sowie ein schlecht gespültes Bierglas. Eine gelbgraue Katze kam heran und strich um ihre Beine... eine zweite, etwas dunklere, lag ausgestreckt vor der Tür.

»Jaha«, sagte Kropke. »Und was machen wir jetzt?«

»Weiß der Teufel«, sagte Bausen. »Wer hat Podworsky nach dem Simmelmord verhört? Er ist doch wohl verhört worden, oder?«

Kropke kratzte sich in seiner freien Achselhöhle.

»Scheiße«, sagte er. »Moerk... ja, es war Moerk, da bin ich mir sicher.«

Bausen zündete sich eine Zigarette an. Er trat auf die Veranda und faßte die Türklinke an. Die Katze fauchte und rutschte um ein paar Dezimeter zur Seite.

»Es ist offen«, sagte Bausen. »Sollen wir reingehen?«

Kropke nickte.

»Glaubt der Kommissar, drinnen könnte es besser aussehen als draußen?«

»Ich war vor zwölf, fünfzehn Jahren schon mal hier«, sagte Bausen und trat ins Halbdunkel hinein. Er schaute sich um. »Ich glaube, es hat sich nicht so schrecklich viel verändert seitdem...«

Zwanzig Minuten später saßen sie wieder draußen im Wagen.

»Total sinnloser Besuch«, sagte Kropke.

»Mag sein«, sagte Bausen. »Aber unglaublich viele Bücher hat er.«

»Was glaubt der Kommissar?«

»Was glaubt der neue Polizeichef?«

»Ich weiß nicht«, sagte Kropke und versuchte, nicht allzu verlegen zu klingen. »Schwer zu sagen. Das hat jedenfalls

nichts gebracht. Wir müssen ihn erwischen. Ein richtiges Verhör... ich denke, es könnte was nützen, wenn wir ihn diesmal etwas härter anfassen.«
»So, so«, sagte Bausen.
Kropke ließ den Wagen an.
»Und was meint der Kommissar, wo er ist?«
»Ich nehme an, auf dem Fischmarkt«, sagte Bausen. »Ich kann mich erinnern, daß er da ab und zu samstags steht... dir ist doch sicher das Treibhaus auf der Rückseite aufgefallen?«
»Ja... ja, natürlich«, sagte Kropke. »Wollen wir hinfahren und ihn uns da schnappen? Oder müssen wir ihn laufen lassen, nur weil wir keine blutige Kleidung unterm Bett gefunden haben?«
Bausen saß eine Weile schweigend da.
»Ich denke, wir sollten uns zunächst einmal mit unseren Gästen beraten«, sagte er. »Wir haben da ja noch das kleine Problem mit Inspektorin Moerk, oder hat der Inspektor das vergessen?«
Kropke schlug aufs Lenkrad.
»Denkst... denkst du, daß sie sie gefunden haben?«
»Das hoffe ich wirklich nicht«, sagte Bausen, »zumindest nicht in dem Zustand, den du da andeutest...«
Kropke schluckte und gab mehr Gas. Plötzlich tauchten Bilder der halb abgeschlagenen Köpfe der früheren Opfer vor seinem inneren Auge auf. Er senkte den Blick und spürte, wie seine Knöchel weiß wurden.
Mein Gott, dachte er, mach, daß es nicht wahr ist...

34

»Nichts?« fragte Bausen.
»Nein«, sagte Van Veeteren. »Zum Glück, darf man wohl sagen. Aber ich fürchte, das ist nichts, womit wir uns brüsten können. Sie ist von ihrer Joggingrunde nicht zurückgekommen.«

»Woher wißt ihr das?«

»Das Auto. Es steht immer noch unten bei der Räucherei«, sagte Mooser.

Bausen nickte.

»Und ihr?« fragte Münster.

»Ausgeflogen«, sagte Bausen und zuckte mit den Schultern.

»Der Markt?« versuchte es Mooser. »Er verkauft da doch immer Gemüse.«

Kropke schüttelte den Kopf.

»Nein. Wir kommen gerade von dort. Er hat sich dort heute noch nicht blicken lassen.«

»Nun ja«, seufzte Van Veeteren und hängte seine Jacke über die Stuhllehne. »Dann ist es wohl an der Zeit, daß wir uns am Riemen reißen.«

»Bang«, sagte Bausen. »Geh mal zu Sylvie und sag, wir bräuchten heute was ganz Besonderes.«

Bang salutierte und ging. Die übrigen ließen sich am Tisch nieder, außer Van Veeteren, der das Fenster öffnete, dort stehenblieb und über die Hausdächer schaute. Der Polizeichef beugte sich vor und ließ den Kopf in die Hände sinken. Er seufzte tief und starrte auf die Portraits seiner drei Vorgänger, die an der Wand gegenüber hingen.

»Also«, sagte er nach einer Weile. »Was, zum Teufel, machen wir jetzt? Seid doch so gut und sagt das einem schon fast pensionierten alten Bullen mal! Was, zum Teufel, sollen wir tun?«

»Mm«, sagte Münster. »Das ist eine gute Frage.«

»Mir bleiben noch sieben Tage in diesem Job«, fuhr Bausen fort und putzte sich die Nase. »Und es scheint so, als müßte ich diese Tage damit zubringen, einen meiner Inspektoren zu suchen. Um sie vielleicht mit abgeschlagenem Kopf in irgendeinem Scheißgraben zu finden... das nenne ich einen gelungenen Abschluß eines Berufslebens.«

»O Scheiße«, stimmte Münster zu.

Es blieb still. Bausen hatte die Hände gefaltet und die Augen geschlossen... eine Sekunde lang kam Münster der Gedanke, er könnte beten, aber dann öffnete der Polizeichef wieder Augen und Mund.

»Es ist einfach zu schrecklich«, sagte er.

»Jaha«, sagte Van Veeteren und setzte sich. »Das kann sein. Wir sollten dennoch ein bißchen weniger Zeit fürs Fluchen und ein bißchen mehr Zeit für Ideen verwenden... das ist nur so ein Vorschlag natürlich...«

»Entschuldigt«, sagte Bausen und holte tief Luft. »Der Hauptkommissar hat natürlich recht...«

»Wollen wir es öffentlich machen?« fragte Mooser. »Daß sie... sie verschwunden ist, meine ich.«

»Das besprechen wir später«, beschloß Van Veeteren. »Ich glaube, darüber müssen wir erst mal nachdenken.«

»Podworsky«, sagte Kropke. »Eugen Pavel. Geboren 1940. Kam Ende der fünfziger Jahre als Einwanderer nach Kaalbringen. Bekam wie viele andere einen Job in der Konservenfabrik. Wohnte anfangs da unten in den Arbeiterbaracken, als die abgerissen wurden, zog er ins Haus draußen in der Heide. Das hatte ein paar Jahre leergestanden, und daß er dort einziehen konnte, hängt damit zusammen, daß er mit Maria Massau, der Schwester von Grete Simmel, verlobt war und mit ihr zusammenlebte...

»Aha«, sagte Münster. »Ein Schwager von Ernst Simmel.«

»Mehr oder weniger, ja«, sagte Bausen. »Mach weiter!«

»Podworsky war schon immer ein ziemlich eigenwilliger Typ. Schwer mit umzugehen, das bezeugen viele. Sprach hin und wieder reichlich dem Alkohol zu – allein der Gedanke, diese arme Frau mit hinaus in die Heide zu schleppen... ja, sie kann es nicht sehr lustig dort gehabt haben.«

»Weiter«, sagte Bausen.

»1973 ereignete sich also dieser Todesfall. Podworsky hatte ausnahmsweise, aus irgendeinem ungeklärten Grund, einige seiner Arbeitskollegen zu sich nach Hause eingeladen... nur Männer, wenn ich es recht verstehe?«

Bausen nickte.

»Sie haben reichlich gesoffen, wie man vermuten darf, und einer von ihnen hat sich dann irgendwann an Maria rangemacht... hat ein bißchen mit ihr geflirtet, mehr war es vermutlich nicht, aber Podworsky ist rasend geworden. Er hat einen richtigen Streit angefangen, der damit endete, daß er alle rausgeschmissen hat, außer denjenigen, der sich danebenbenommen hatte. Den hielt er zurück und hat ihn später in der Nacht mit einem Feuerhaken erschlagen... Klaus Molder hieß er.«

»Wurde wegen Totschlag verurteilt«, fuhr Bausen fort. »Hat sechs Jahre in Klejmershuus gesessen. In der Zeit erkrankte Maria Massau an Leukämie... eine Geschichte, die sie offensichtlich seit ihrer Kindheit hatte, die bis dahin aber immer nur latent gewesen war. Ihr Zustand verschlechterte sich immer mehr, und sie starb in dem Monat, in dem Podworsky freigelassen wurde.«

»Hatte er Freigänge, um sie zu besuchen?« fragte Van Veeteren.

»Ja, aber sie wollte ihn nicht sehen«, nahm Kropke den Faden wieder auf. »Das brauchte sie auch gar nicht. Denn sie wohnte die meiste Zeit bei Simmels... am Ende war sie natürlich immer häufiger im Krankenhaus. Als Podworsky rauskam, zog er sofort wieder zurück in das Haus, obwohl es ja Simmel gehörte, der es ihm nur aus verwandtschaftlichen Gründen überlassen hatte, sozusagen... ja, danach versuchte Simmel ein paarmal, ihn da rauszukriegen, aber irgendwann hat er es aufgegeben.«

»Warum?« fragte Van Veeteren.

»Weiß nicht«, sagte Kropke.

»Nun«, sagte Bausen. »Es ist wohl nicht so ganz klar, ob er es einfach leid wurde oder ob da noch was anderes dahintersteckte... jedenfalls hielten sich die Gerüchte die ganzen Jahre über.«

»Welche Gerüchte?« wollte Münster wissen.

»Ach, alle möglichen eigentlich«, sagte Bausen. »Daß Podworsky Simmel gedroht hat, auszupacken... oder daß er irgendwas gegen ihn in der Hand hatte.«

Van Veeteren nickte.

»Ach so«, sagte er. »Die waren beide nicht besonders gut angesehen hier in der Stadt. Sehe ich das recht?«

»Stimmt«, sagte Kropke.

»Warum wurde Podworsky frühzeitig pensioniert?« fragte Van Veeteren. »Das war doch direkt, nachdem er rauskam?«

»Kann man so sagen«, sagte Bausen. »Es war ihm gelungen, sich im Gefängnis einen Rückenschaden oder so zuzulegen... er hatte wohl sowieso nicht besonders große Chancen, 'nen Job zu kriegen.«

»Dann hat er also seitdem da draußen allein gelebt«, sagte Kropke. »Seit 1979... ein richtiger Steppenwolf, kann man wohl sagen.«

»Irgendwelche Straftaten seitdem?« fragte Münster.

»Na ja«, sagte Bausen. »Es wird gemunkelt, daß er Schnaps gebrannt und verkauft hat – oder ihn zollfrei im Osten gekauft hat. Ich war mal Ende der siebziger Jahre da draußen, habe aber nichts finden können. Vielleicht ist er auch gewarnt worden.«

Van Veeteren kratzte sich mit einem Bleistift am Kopf.

»Nun gut«, sagte er. »Und dann haben wir da also noch die Aarlach-Geschichte...«

»Ich muß schon sagen, daß dies ein verdammt merkwürdiger Zufall ist«, sagte der Polizeichef. »Oder meint ihr nicht? Wie, zum Teufel, ist das möglich? Das liegt schließlich zweihundert Kilometer von hier, und Eugen Podworsky ist nie ein großer Freund des Reisens gewesen, eher im Gegenteil. Wie war das Datum noch?«

»Der 15. März 1988«, sagte Kropke. »Da geriet er aus irgendeinem Grund in einer Bar in ein wüstes Handgemenge mit zwei jungen Medizinstudenten, einer davon war Maurice Rühme. Sie haben die ganze Einrichtung im Wert von Tausenden von Gulden zertrümmert, beide, Podworsky und Rühmes

Kumpel, mußten für ein paar Wochen ins Krankenhaus. Es war auch von einer Anzeige die Rede, aber schließlich haben sie sich doch noch gütlich geeinigt.«

»Jean-Claude Rühme?« fragte Van Veeteren.

»Ganz offensichtlich«, sagte Bausen. »Da müssen wir wohl nachhaken, denke ich. Von Melnik ein bißchen Fleisch auf die Knochen kriegen... und diesen zweiten Studenten finden, Christian Bleuwe, hieß er nicht so?«

»Ja, leider«, sagte Van Veeteren.

»Wieso leider?«

»Er ist tot. Das steht nicht im Bericht, aber ich habe Melnik heute morgen angerufen, und er hat es mir bestätigt. Er ist im Zusammenhang mit einem Sprengstoffunglück vor zwei Jahren ums Leben gekommen. Ich habe Melnik gebeten, herauszufinden, um was es da eigentlich bei der Prügelei in der Bar ging. Er wird sich drum kümmern.«

Kropke machte sich Notizen. Bausen runzelte die Stirn.

»Ein Sprengstoffunglück?« wiederholte er.

Van Veeteren nickte und wühlte in seiner Brusttasche.

»Schluß mit den Zahnstochern«, erklärte er. »Hat der Herr Polizeichef vielleicht eine Zigarette für mich?«

Bausen reichte ihm ein Päckchen.

»Was für ein Sprengstoffunglück?« fragte er.

»Offensichtlich eine Terroristengeschichte«, sagte Van Veeteren und klickte mit dem Feuerzeug. »Baskische Terroristen, behauptet Melnik, aber er ist sich da nicht sicher.«

»Wo?« fragte Münster.

»Wo?« wiederholte Van Veeteren und zündete sich die Zigarette an. »Natürlich in Spanien. Irgendwo an der Costa del Sol. Eine Autobombe. Bleuwe und zwei Spanier gingen mit drauf...«

Kropke stand auf und überlegte.

»War das... war das in... wie, zum Teufel, hieß das noch?«

»Meinst du vielleicht Las Brochas?« fragte Van Veeteren und versuchte, einen Rauchkringel zustande zu bringen.

Manchmal übertrifft er sich selbst, dachte Münster.
»Las Brochas, ja, genau!« rief Kropke.
»Nicht ganz«, sagte Van Veeteren. »In Fuengirola... aber das ist nur zwanzig Kilometer entfernt.«

»Aber was bedeutet das eigentlich?« fragte Kropke. »Kann mir das jemand erklären?«
Bausen stopfte seine Pfeife und sah Van Veeteren an.
»Tja«, sagte dieser, »schwer zu sagen. Wir müssen auf jeden Fall erst mal abwarten, ob wir mehr über diese Schlägerei in der Bar herauskriegen. Vielleicht ist es ja nur ein sonderbarer Zufall... davon gibt es mehr, als man sich meistens denkt. Aber es ist natürlich auch möglich, daß wir hier den entscheidenden Hinweis haben.«
Einige Sekunden lang herrschte Schweigen, und plötzlich konnte Münster ein Zittern im Raum spüren. Die Konzentration und die intensive Gedankenarbeit jedes einzelnen schienen fast greifbar zu sein, und ein wohlvertrauter Schauder kroch ihm das Rückgrat hinauf. Begann es sich jetzt endlich zu lichten? Würden sie die Sache jetzt aufrollen können?
»Ich nehme Kontakt mit Melnik auf«, sagte Bausen.
»Was machen wir mit Moerk?« fragte Kropke.
Bausen zögerte.
»Ja«, sagte er. »Was meint ihr?«
»Münster und ich nehmen uns ihre Wohnung vor«, sagte Van Veeteren nach einer weiteren Weile des Schweigens. »Ich denke, wir werden da ein bißchen herumschnüffeln, ohne was durchsickern zu lassen...«
»Dann sollen wir es noch geheimhalten?« fragte Kropke und schaute von einem zum anderen.
»Jedenfalls noch eine Weile«, beschloß Bausen. »Wenn die Zeitungen davon Wind kriegen, ist die Hölle los.«
»Zweifellos«, sagte Van Veeteren.
»Kropke und Mooser«, sagte Bausen. »Ihr spürt Podworsky auf!«

Kropke nickte.
»Und Bang?« fragte Bang.
Bausen überlegte eine Weile.
»Fahr mit dem Rad rüber zu Frau Simmel und prüf nach, ob sie etwas über diese Autobombe weiß. Und über Podworsky natürlich.«
»Jaha...?« Bang zögerte und sah etwas beunruhigt aus.
»Kropke bereitet die Fragen vor.«
»Okay«, seufzte Kropke.
»Lagebesprechung um sechs Uhr«, sagte Bausen.
Van Veeteren erhob sich.
»Habt ihr einen Dietrich oder so?« fragte er.
Bausen schüttelte den Kopf.
»Nun ja, dann müssen wir dem Hausmeister was vorlügen.«
Münster knüllte ein Blatt Papier zusammen und warf es in den Papierkorb.
»Entschuldige, noch eine Frage«, sagte er. »Aber ist es wirklich richtig, nicht alle Kräfte daranzusetzen, Inspektor Moerk zu finden?«
»Du meinst die Massenmedien, Suchaktion und das Ganze?« fragte Bausen.
»Ja.«
Bausen kratzte sich im Nacken und sah besorgt aus.
»Der Kommissar macht da einen Fehler«, entschied Van Veeteren. »Wir dürfen nicht anfangen, mit dem Herzen zu denken. Wenn sie lebt, dann lebt sie. Wenn sie tot ist, dann ist sie tot. Das mag zynisch klingen, aber es ist nun mal so. Unter keinen Umständen liegt sie irgendwo und verblutet gerade jetzt. Wir geben uns noch achtundvierzig Stunden – bis Montag mittag. Wenn wir die Höllenmaschinerie doch noch in Gang setzen müssen, ist das früh genug...«
»All right«, seufzte Münster.

35

Fast eine halbe Stunde dauerte es, von der Polizeiwache den Vrejhügel hinauf zu Beate Moerks Wohnung, was vor allem daran lag, daß Van Veeteren es nicht besonders eilig zu haben schien. Den ganzen Weg über hatte er die Hände in den Hosentaschen und die Schultern hochgezogen, als fröre er in der bleichen Herbstsonne. Münster versuchte, die eine oder andere Frage zur Diskussion zu stellen, gab aber bald auf. Es war nicht zu übersehen, daß der Kommissar tief in Überlegungen versunken war und nicht gestört werden wollte. Offensichtlich ging er auch davon aus, daß Münster den Weg kannte, denn er hielt sich die ganze Zeit ein paar Schritte hinter ihm, den Blick unverwandt auf die Hacken des Kommissars geheftet.

Mit einiger Mühe gelang es Münster, den Hausmeister aufzuspüren, einen mürrischen Kerl mit einer kräftigen Schweißausdünstung. Durch etwas nebulöse Hinweise auf laufende Ermittlungen, aufgrund deren Frau Moerk sich an einem anderen Ort in wichtigen dienstlichen Angelegenheiten befand, gelang es ihm auch, den Hausmeister zu überreden, sie in die Wohnung zu lassen.

»Ich hoffe, ihr kriegt bald was raus«, meinte dieser mit einem Blitzen in den Augen. »Es haben nicht alle die Möglichkeit, Woche um Woche im See Wharf zu wohnen.«

Van Veeteren wachte auf und bohrte seinen Blick in ihn.

»Wenn ich Sie wäre, würde ich verdammt vorsichtig sein mit meinen Äußerungen«, knurrte er. »Und außerdem würde ich nach Hause gehen und mich waschen. Machen Sie jetzt die Tür auf!«

Der Hausmeister schwieg und schloß die Tür auf.

»Danke, jetzt kommen wir allein zurecht«, sagte Van Veeteren.

»Ich glaube nicht, daß wir hier irgendwas finden werden.«
Münster sah sich um.

»Warum nicht?«

»Weil der Mörder genügend Zeit gehabt hat, herzukommen und alles wegzuräumen, was er wegräumen wollte... mehr als genug Zeit.«

Münster nickte.

»Du warst schon mal hier, oder?«

»Einmal«, nickte Münster. »Wonach sollen wir suchen?«

»Nach dem Melnikbericht natürlich«, sagte Van Veeteren. »Moerks Exemplar vom Melnikbericht. Ich wette hundert Gulden, daß du ihn nicht finden wirst.«

»Ja?« wunderte sich Münster. »Und warum nicht?«

»Hrrrm, das wirst du schon merken. Wo würde er wohl sein, was meint der Kommissar?«

Münster überlegte.

»Im Arbeitszimmer«, sagte er. »Sie hat sich so ihre eigenen Theorien von den Morden gemacht... hat mehrere Notizblöcke mit Aufzeichnungen.«

»Ist das hier?«

»Ja.«

»Halt«, sagte Van Veeteren. »Bevor wir mit der Suche anfangen... bemerkst du etwas Ungewöhnliches? Etwas, das darauf hindeutet, daß hier jemand herumgeschnüffelt hat?«

Münster betrachtete den ordentlichen Schreibtisch mit Stiftdose, Block, Telefon, Papieren. Die Bücherregale mit Bambusrollos, Reproduktionen von Kandinsky und Schaffner...

»Nein«, sagte er.

»Eine ordentliche Frau, kein Zweifel«, stellte der Hauptkommissar fest. »Er müßte auf dem Schreibtisch liegen, oder?«

»Das nehme ich an«, sagte Münster.

Nach zehnminütiger Suche hatte Van Veeteren genug und gab auf. Er verließ die Wohnung und sagte dem Hausmeister, er könne die Tür wieder abschließen. Der Alte murmelte etwas, traute sich aber offensichtlich nicht, weitere Meinungsäußerungen über den vermeintlichen Nutzen der Polizeibeamten für die Allgemeinheit von sich zu geben.

»Es gibt zwei Alternativen«, erklärte Van Veeteren, als sie auf die Rejders Allee gekommen waren, die zum Zentrum hinunterführte. »Entweder sie hatte ihn mit im Auto dabei, oder er war da und hat ihn nachts rausgeholt.«

»Entschuldige meine Begriffsstutzigkeit«, sagte Münster. »Aber warum glaubst du, daß er so wichtig ist?«

»Weil sie darin etwas notiert hat, natürlich«, schnaubte Van Veeteren. »Sie hat dir doch mitteilen lassen, daß ihr bezüglich des Melnikberichts irgend etwas aufgefallen ist. Was immer das auch gewesen sein mag – sie hat es mit Sicherheit markiert. Ein Fragezeichen, ein Kreuz, etwas unterstrichen... was auch immer. Was vermutlich genügen würde, uns auf seine Spur zu bringen, wenn wir es sehen. Klar?«

»Wenn der Hauptkommissar es so sagt, ja«, meinte Münster. Sie legten die folgenden zehn Meter schweigend zurück.

»Dann ist es also nicht Podworsky?« fragte Münster.

»Ich weiß nicht. Ich habe da so meine Zweifel, aber verdammt noch mal, natürlich kann er es sein... es ist dieses Wort ›bizarr‹, das mich irritiert. Man kann wohl alles mögliche über einen Einzelgänger denken, aber warum sollte er bizarr sein?«

Münster antwortete nicht.

»Wenn wir mehr Glück als Verstand haben, liegt er im Auto«, fuhr Van Veeteren fort. »Aber das wäre schon ein bißchen viel verlangt.«

»Bist du Spezialist im Autoknacken?« fragte Van Veeteren, als sie sich der Räucherei näherten.

»Geht so«, meinte Münster.

»Es wäre nur ganz gut, nicht zuviel Aufmerksamkeit zu erregen. Es laufen hier doch einige Leute herum, und es wäre ja schade, wenn die den Braten riechen würden, daß hier etwas nicht stimmt, wo wir doch die Geschichte bis Montag unterm Deckel halten wollen.«

Er zog einen Stahldraht aus der Tasche.

»Geht's damit?«

Münster begutachtete ihn.

»Denke schon.«

»Na, gut. Ich bleibe hier. Du gehst hin und machst auf. Eine halbe Minute, mehr nicht...«

Münster ging auf den Parkplatz. Er hockte sich hinter den roten Mazda, und nach zehn Sekunden war es soweit.

»Prima«, sagte der Hauptkommissar, als er zu ihm trat. »Dann spring rein, Mann!«

Sie brauchten nur ein paar Minuten, um festzustellen, daß Beate Moerks Auto ebenso wenige Spuren aufzuweisen hatte wie ihre Wohnung. Jedenfalls war jetzt klar, daß weder sie noch ihr mutmaßlicher Mörder so leichtsinnig gewesen war, irgendeinen wichtigen Bericht im Auto liegenzulassen.

Van Veeteren stieg seufzend wieder aus.

»Komm«, sagte er. »Wir gehen ihre Strecke noch einmal ab. Diesmal auch den Strand.«

Münster nickte.

»Und halte die Augen offen! Sie ist hier irgendwo gestern abend verschwunden, das steht fest. Und es gibt in diesem Fall nicht viel, das feststeht.«

»Stimmt«, sagte Münster, »da bin ich deiner Meinung.«

Van Veeteren suchte in seinen Taschen nach Zigaretten und fand zu seiner Freude Bausens Päckchen.

»Irgendwo«, sagte er und zeigte vage in die Richtung, »irgendwo da hat er gestern abend auf der Lauer gelegen. Hat dagehockt und gewartet, daß sie angelaufen kommt. Und dann...«

»Und dann?« fragte Münster.

Van Veeteren zündete sich eine Zigarette an und betrachtete das abgebrannte Streichholz, bevor er es über die Schulter wegschnipste.

»Ich weiß nicht«, sagte er. »Verdammt noch mal. Aber eine Sache ist jedenfalls klar. Er hat sein Opfer diesmal nicht mit der Axt erschlagen... jedenfalls nicht hier draußen. So viel Blut hätten wir gar nicht übersehen können...«

»Klingt richtig tröstlich«, sagte Münster.
»Natürlich tut es das«, sagte der Hauptkommissar. »Wollen wir?«

36

»Wie läuft's?« fragte Hiller.
Van Veeteren betrachtete das Telefon voller Abscheu.
»Gut«, sagte er.
»Gut?« wiederholte Hiller. »Du bist doch schon fast einen Monat da – es gibt Leute, die meinen, es wäre langsam an der Zeit, den Fall mal aufzuklären.«
»Diese Leute sind herzlich willkommen, uns dabei zu helfen«, erwiderte Van Veeteren.
»Du könntest ja zumindest eine Art Bericht schicken. Gewisse Leute wollen wissen, was ihr da unten eigentlich treibt...«
»Gewisse Leute können mich von mir aus am Arsch lecken.«
Hiller murmelte etwas Undefinierbares.
»Brauchst du Verstärkung?«
»Nein«, sagte Van Veeteren. »Aber Münster will sicher für ein paar Tage nach Hause fahren.«
»Warum denn?«
»Frau und Kinder. Schon mal was davon gehört?«
Hiller murmelte wieder etwas.
»Soll Reinhart mit ihm tauschen?«
»Warum nicht«, sagte Van Veeteren. »Ich werde mit Münster reden, aber wir warten damit bis Montag abend.«
»Montag? Warum bis Montag abend?«
»Lies die Zeitungen, dann wirst du es verstehen.«
»Was zum Teu...?«
»Oder sieh fern. Der Fall wird dann in einem neuen Licht erscheinen, wie man so sagt.«
Einige merkwürdige Geräusche waren im Hörer zu verneh-

men, aber Van Veeteren konnte nicht ausmachen, ob das an der schlechten Verbindung lag oder ob es der Polizeipräsident war, der nach Luft schnappte.

»Soll das heißen, die polizeiliche Berichterstattung soll über die Massenmedien laufen? Das ist ja wohl das Unglaublichste...«, konnte er noch formulieren, bevor Van Veeteren ihn unterbrach.

»Leider«, sagte er. »Ich muß jetzt los und einen widerlichen Banditen beschatten. Ich melde mich.«

Es knisterte wieder. Der Hauptkommissar legte den Hörer auf und zog den Stecker heraus.

Mit drei dunklen Bieren in einem Eimer mit kaltem Wasser auf dem Boden und einer Schale fetter Oliven in bequemer Reichweite kletterte er in die Badewanne und löschte das Licht.

Er schloß die Augen und legte den Kopf auf dem Badewannenrand zurecht. Streckte die Hand aus, fischte die geöffnete Flasche heraus und trank ein paar große Schlucke.

Ich steige hier nicht eher wieder raus, bevor ich den Fall gelöst habe, dachte er, sah aber schnell ein, daß es wohl besser war, seine Ansprüche etwas niedriger zu schrauben. Was würden wohl die anderen am Montag sagen, wenn sie neben einer verschwundenen Inspektorin auch noch einen ertrunkenen Kriminalhauptkommissar hätten, um den sie sich kümmern mußten?

Genug mit den selbst auferlegten Ansprüchen und dem Quatsch, beschloß er. Zurück zur Ausgangslage. Der Henker. Konzentration ist angesagt.

Es gab eine alte Regel, die immer wieder mal auftauchte und die er ganz bestimmt von Borkmann übernommen hatte, einem dieser wenigen Polizeibeamten, die er kannte, die ihm gleichzeitig Respekt und Bewunderung eingeflößt hatten. Vermutlich der einzige, wenn er es näher betrachtete... was sicher auch etwas mit dem Zeitaspekt zu tun hatte. Borkmann war in seinem letzten Dienstjahr gewesen, als Van Veeteren selbst gerade sein erstes als Polizeianwärter angetreten hatte. Wie dem auch sei, das Vertrauen in Borkmann besaß er immer noch, und er sah auch keinen Grund, es in Frage zu stellen. Selbst ein geläuterter alter Bulle braucht ab und zu einen festen Punkt, eine Rettungsboje in seinem Dasein... Borkmanns Regel war übrigens eigentlich gar keine richtige Regel, eher ein Hinweis, eine Richtmarke für verzwickte Fälle...

Bei allen Ermittlungen, so hatte Borkmann behauptet, gibt es einen Punkt, ab dem wir eigentlich keine weiteren Informationen mehr benötigen. Wenn wir an dem Punkt angelangt sind, wissen wir bereits genug, um den Fall mit Hilfe reiner Gedankenarbeit zu lösen. Ein gutes Ermittlungsteam weiß, wann es sich an diesem Punkt befindet oder wann man ihn bereits überschritten hat. In seinen Memoiren behauptete Borkmann sogar, daß es gerade diese Fähigkeit oder Unfähigkeit ist, die den guten Detektiv vom schlechten unterscheidet.

Der schlechte sucht unnötigerweise weiter.

Van Veeteren leerte die erste Flasche und nahm zwei Oliven. Wie war das noch mit der Information, die nach dem Punkt der Sättigung hereinströmte? Ja:

Im besten Fall spielte sie keine Rolle.

Im Normalfall richtete sie nicht besonders viel Schaden an.

Im schlimmsten Fall war sie von großem Nachteil. Sie überdeckte andere, lenkte die Aufmerksamkeit vom Wesentlichen ab und bereitete Probleme.

Van Veeteren kaute und lutschte die Kerne sauber. Natürlich stimmte das. Und natürlich war das hier einer der Fälle, die in die letzte Kategorie paßten. Wieviel einfacher war es doch, jemanden zu fassen, der sich mit einem Mord begnügte, statt einen Serienmörder einzukreisen, bei dem die Informationen... Hinweise, Spuren, Fäden und Verdächtigungen fast notwendigerweise das Einfache, Klare in der Masse ertrinken ließen.

Wieviel einfacher war es doch, einen Bauernvorteil zum Gewinn zu nutzen, wenn die Anzahl der Figuren kleiner war.

Die Frage war nur: Hatten sie den Punkt bereits überschritten?

Wußte er jetzt, in diesem heißen Bad, genug, um den Henker zu überführen? Hatte es überhaupt noch einen Sinn, mit diesem Suchen nach Fäden und Spuren fortzufahren?

Er tastete auf dem Boden des Eimers nach dem Öffner. Wußte die Frage bereits im voraus. Hatte sich zumindest entschieden.

Ja.

Ja. Der Mörder befand sich unter ihnen. Sorgfältig verborgen in dem Wirrwarr von Verhören, Protokollen und Diskussionen. Versteckt und untergetaucht in den noch verwinkelteren Windungen seines eigenen Gehirns. Den Henker gab es dort. Es ging nur noch darum, ihn hervorzuholen.

Zumindest den Öffner fand er. Immerhin.

Pro primo, dachte er.

Drei Männer sind in Kaalbringen ermordet worden. Heinz Eggers am 28. Juni. Ernst Simmel am 31. August. Maurice Rühme am 8. September. Die gleiche Waffe, die gleiche Vorgehensweise. Der gleiche Täter.

Ganz ohne Zweifel.

Pro secundo.

Trotz umfassender emsiger Arbeit war es nicht gelungen, auch nur die geringste Verbindungskette zwischen den drei Opfern herzustellen (abgesehen davon, daß sie alle erst in diesem Jahr nach Kaalbringen gezogen waren), bevor ihnen ein Bericht über den Aufenthalt des dritten Opfers in Aarlach in die Hände fiel. Danach entdeckten alle sofort, daß ein gewisser Eugen Podworsky bei zweien der Fälle im Hintergrund auftaucht (aber nur im Hintergrund, nota bene). Inspektorin Moerk liest den Bericht und stolpert über etwas »Bizarres«. Sie erklärt, sie wolle die Sache überprüfen, ausgehend von dem Bericht, und...

Pro tertio.

...wird von dem Mörder entlarvt, nein, ertappt oder beobachtet bei ihrem Kontrollvorhaben (worum immer es sich dabei handeln mag – möglicherweise hat er sie rein zufällig dabei gesehen). Der Mörder folgt ihr und schlägt zu (?), als Moerk sich weit genug im Wald befindet, dort, wo Hase und Fuchs sich gute Nacht sagen.

Ungefähr so, ja. Das war eigentlich alles. Gab es überhaupt Raum für alternative Szenarien? Doch, natürlich gab es den. Er wollte es nur nicht glauben, das war alles. So mußte es sich abgespielt haben. Er nahm noch einen Schluck und überlegte, ob er nicht gehen und sich eine Zigarette holen sollte.

Rauchen in der Badewanne? Welcher Verfall der Sitten?

Aber warum eigentlich nicht? Tropfend und zitternd tappte er ins Zimmer. Holte den Aschenbecher, das Feuerzeug und Bausens altes, zerknittertes HB-Päckchen und sank zurück in die Wärme. Zündete eine Zigarette an und machte ein paar tiefe Lungenzüge.

Pro... o Scheiße, wie hieß vier auf lateinisch? War ja auch gleich.

Viertens: Was war das, was Moerk entdeckt hatte? Was nur?

Was verdammt noch mal war es, was sie gefunden hatte und das sonst niemand, nicht einmal er selbst bemerkt hatte? Wenn es sich nicht nur um Podworsky handelte. Aber je länger er darüber nachdachte, desto sicherer wurde er, daß es das nicht sein konnte. Er hatte den Bericht noch ein weiteres Mal gründlich studiert und nicht den geringsten Hinweis gefunden... Bausen, Münster und Kropke auch nicht. Das war unbegreiflich. Bizarr.

Bizarr?

Und wohin war sie gefahren?

Überprüfen?

Was überprüfen?

Er schlug mit der Faust aufs Wasser und wunderte sich einen Moment lang über den geringen Widerstand. War sie so verflucht eigensinnig, daß sie sich allein in die Höhle des Mörders begab? Direkt in seine Arme, wie irgend so eine Filmdetektivinnenmieze?

Das konnte er nicht glauben. Das war einfach nicht vorstellbar. Wenn es eine Person in dieser Polizeitruppe gab, zu der er Vertrauen gefaßt hatte, dann war es Inspektorin Moerk, nun ja, zu Bausen natürlich auch, das mußte er zugeben. Aber daß Beate Moerk sich darangemacht haben sollte...

Nein, er weigerte sich, das zu glauben.

Was blieb also?

Daß der Mörder Glück gehabt hatte?

Gut möglich.

Daß sie ihm schon früher auf der Spur gewesen war und er das gemerkt hatte? Sie heimlich beobachtet hatte?

Auch das war möglich. Münster hatte von Privatdetektivambitionen geredet...

Er ließ die Zigarette in den Eimer fallen. Wer braucht schon einen Aschenbecher? dachte er.

Und wohin war sie gefahren?

Das war der Knackpunkt. Er nahm ein paar Oliven. Ungefähr zwischen fünf vor halb sieben und fünf, zehn nach sieben gestern abend war Beate Moerk mit ihrem roten Mazda vom See Wharf zum Parkplatz der Räucherei an der Esplanade gefahren. Irgendwo auf dem Weg hatte sie etwas Bizarres überprüft und dabei die Aufmerksamkeit des Mörders auf sich gelenkt.

Möge der rote Wagen auch die Aufmerksamkeit anderer auf sich gezogen haben, dachte Van Veeteren, das könnte was nützen. Aber dann müßte man das ganze Theater erst ankurbeln, erinnerte er sich.

Danach tauchte Laurids Reisin wieder in seinem Kopf auf – und Frau Reisin mit ihrem abgetragenen Mantel, und Frau Marnier, eine von Simmels Frauenbekanntschaften, die er an einem Nachmittag vor mehreren hundert Jahren befragt hatte, und ihm wurde klar, daß er einer weiteren Attacke von Überinformationen ausgesetzt war. Deshalb knipste er das Licht an und beschloß, den Melnikbericht noch einmal durchzugehen. Und sei es nur als eine Art Gegengift.

Danach wartete ein Gespräch mit Münster in der Bar auf ihn. Er mußte sich ja schließlich vergewissern, ob der Kommissar wirklich nach Hause zu Frau und Kindern wollte.

»Nicht nötig«, sagte Münster.

»Was ist nicht nötig? Und warum verflucht noch mal, sitzt der Herr Kommissar lächelnd da?«

Münster wendete den Kopf ab und hustete in die Hand.

»Entschuldige«, sagte er. »Aber Synn und die Kinder kommen morgen her. Sie hat vor einer halben Stunde angerufen.«

»Kommen hierher?« rief der Hauptkommissar und sah vollkommen verblüfft aus.

»Ja, sie hat von einer Freundin ein Ferienhaus bei Geelnackt gemietet... das ist nur zehn Kilometer von hier. Ich ziehe morgen nachmittag dorthin.«

Van Veeteren dachte eine Weile nach.

»Münster«, sagte er. »Ich glaube, du hast eine wirklich tolle Frau erwischt.«

»Ich weiß«, sagte Münster und sah peinlich berührt aus.

Sie prosteten sich zu, und der Hauptkommissar winkte den Nachschub heran.

»Aber nur ein Kleines«, erklärte er. »Wie oft hast du den Melnikbericht gelesen?«

»Zweimal«, sagte Münster.

»Irgendwas gefunden?«

Münster schüttelte den Kopf.

»Was hältst du von dieser Bombengeschichte?« fragte er.

Van Veeteren zögerte eine Weile.

»Schwer zu sagen«, sagte er. »Mir will nicht ganz einleuchten, was so einer wie Heinz Eggers mit den baskischen Separatisten zu tun haben sollte... ebensowenig wie die anderen. Wir müssen wohl abwarten, ob Bausen bis morgen irgendwas Neues herausgefunden hat. Was glaubst du?«

»Gar nichts«, sagte Münster. »Auf jeden Fall hoffe ich, daß ich um eine Reise an die Sonnenküste herumkomme, jetzt, wo ich meine Familie und alles hier habe.«

»Darauf hast du mein Wort«, sagte Van Veeteren. »Übrigens, wo ist denn Cruickshank? Ich dachte, das hier wäre der feste Anker in seinem Dasein.«

»Ist vor 'ner Viertelstunde hochgegangen, wollte ins Bett«, sagte Münster. »War wohl etwas sauer, daß der Hauptkommissar die Insidergespräche eingestellt hat, nehme ich an.«

»Ja, Scheiße«, sagte Van Veeteren. »Nun ja, wenn er sich bis Montag geduldet, wird er um so mehr zu berichten haben.«

O ja, dachte Münster.

37

Der Sonntag vor dem entscheidenden Montag bot einen klaren Morgen mit sanfter Brise aus Südwest. Van Veeteren und Münster beschlossen, ohne ein Wort darüber wechseln zu müssen, zu Fuß zur Polizeiwache zu gehen.

Es war ganz einfach so ein Tag dafür, und der Kommissar konnte deutlich das Zögern und den Widerstand in seinen eigenen und in den Schritten des Hauptkommissars spüren. In dem Moment, als sie aus der Weivers Gasse hinaustraten, begannen die Glocken der Bungeskirche zum ersten Gottesdienst zu läuten. Van Veeteren blieb stehen. Er schaute zu dem dunklen Portal hinauf und murmelte etwas Unverständliches. Münster betrachtete die Verzierungen. Die hanseatischen Schmuckgiebel. Die mythologische Bronzeskulptur mit dem leise rinnenden Wasser. Den schräg abfallenden Markt, der friedlich unter dem spröden Klang dalag ... vollkommen verlassen, abgesehen von ein paar Tauben, die herumspazierten und zwischen den Kopfsteinen nach Futter pickten. Sowie einem dunkelhäutigen Straßenfeger, der hinten beim Buchladen stand und Verdi pfiff.

Münster schob die Hände in die Taschen. Klemmte sich die

dünne Aktentasche unter den Arm, und während sie den unebenen Platz überquerten, beschlich ihn ein Gefühl der Absurdität dieses Daseins. Des unzweifelhaft in ihm enthaltenen Wahnsinns. Wie absurd erschienen doch ihr Auftrag und ihr Vorhaben in dieser schlummernden kleinen Küstenstadt an einem Sonntagmorgen wie diesem? »Wie bleich sieht doch der Mörder im Tageslicht aus?« Wer hatte das noch mal gesagt? Und wie unmöglich war es, sich ernsthaft vorzustellen, daß sie wieder einmal, Gott weiß, zum wievielten Mal, auf dem Weg waren, um sich um den ovalen Tisch in dem pestgelben Konferenzzimmer der Polizeiwache zu quetschen... sich hinzusetzen, die Hemdsärmel hochzukrempeln und von neuem damit anzufangen, die Frage zu erörtern, wer dieser Verrückte wohl sein mochte.

Der in dieser Idylle herumging und seinen Mitmenschen den Kopf abschlug.

Er, dessentwegen eine ganze Stadt in Angst und Schrecken lebte und dessen Tun und Lassen der allgemeine und fast einzige Gesprächsstoff in den letzten Wochen gewesen war.

Er schließlich, dessen Identität herauszubekommen die verdammte Pflicht und Schuldigkeit des Hauptkommissars und seiner Kollegen war, damit das alles hier endlich wieder seinen gewohnten Gang gehen konnte...

Und was, verdammt noch mal, würden die Leute morgen sagen?

Ja, absurd ist das richtige Wort, dachte Münster und blinzelte in die Sonne über dem Kupferdach der Polizeiwache. Oder vielleicht bizarr, um Beate Moerks Ausdruck zu benutzen.

War es tatsächlich möglich, daß sie in diesem Augenblick irgendwo in der Stadt oder ihrer Umgebung mit einem abgeschlagenen Kopf lag? Ein Stück langsam verrottender Körper, der nur darauf wartete, entdeckt zu werden? War es möglich, sich das vorzustellen? Sie, die er fast...

Er schluckte und trat nach einer leeren Zigarettenschachtel, die offenbar dem Straßenkehrer entgangen war.

Und heute nachmittag sollte er Synn und die Kinder wiedersehen.

Und wie kam es – das mußte er sich schließlich auch fragen –, daß sie sich zu dieser Reise ohne die geringste Vorwarnung entschlossen hatte? War es wirklich nur eine plötzliche Eingebung gewesen, wie sie es am Telefon genannt hatte – gerade zu diesem Zeitpunkt?

Um Viertel nach acht am Freitagabend.

Das mußte ja fast auf die Minute genau der Zeitpunkt gewesen sein, als ...

Während ihrer langen Zusammenarbeit im Polizeidienst war es zwei- oder dreimal vorgekommen, daß der Hauptkommissar mit ihm über die Muster im Dasein gesprochen hatte. Über verborgene Zusammenhänge, Choreographien und Erscheinungen ... Determinanten, was es auch immer war, aber das hier übertraf das meiste um Längen, oder?

Ihn überlief ein Schauder, und er hielt die Tür offen für das, was die Zukunft ihm bringen mochte.

»Wir haben ihn«, sagte Bausen.

»Wen?« fragte Van Veeteren gähnend.

»Podworsky natürlich«, sagte Kropke. »Er sitzt unten in der Zelle. Wir haben ihn vor einer halben Stunde unten im Hafen geschnappt.«

»Im Hafen?«

»Ja. Er war seit gestern morgen beim Fischen ... jedenfalls nach seiner Aussage. Er hat sich von Saulinen ein Boot gemietet, das macht er ab und zu.«

Van Veeteren sank auf einen Stuhl.

»Habt ihr ihn schon in der Mangel gehabt?« fragte er.

»Nein«, sagte Bausen. »Er hat keine Ahnung, worum es geht.«

»Gut«, sagte Van Veeteren. »Ich denke, wir sollten ihn noch eine Weile schmoren lassen.«

»Ganz meine Meinung«, sagte Bausen. »Ich will nicht, daß wir die Sache übereilen.«

Frau deWitt kam mit einem Kaffeetablett herein.

»Weil Sylvie doch sonntags geschlossen hat«, erklärte sie und enthüllte zwei duftende Obstkuchen.

»Brombeeren?« fragte Bausen.

Frau deWitt nickte und versuchte ein strahlendes Lächeln zu unterdrücken.

»Irmgaard, du bist ein Schatz«, sagte Bausen, und die anderen bezeugten murmelnd ihre Zustimmung.

»Was Neues seit gestern?« fragte Van Veeteren und wischte sich die Mundwinkel ab.

»Ich habe mit Melnik geredet«, sagte Bausen. »Er ist weiter an dieser Kneipenschlägerei dran, aber er glaubt, daß es da nicht besonders viel zu holen gibt. Es ist ja nie zur Anzeige gekommen. Er hat nur einen Zeugen gefunden, eine Frau, die dabei war, aber sie hat natürlich keine Ahnung, worum es eigentlich ging. Vielleicht war es nur die übliche Prügelei unter Besoffenen, ein Streit um irgendwas vollkommen Nebensächliches, der aus irgendeinem Grund zur Schlägerei ausgeartet ist. Wie auch immer, es wird wohl besser sein, wenn wir selbst versuchen, Podworsky in dieser Sache auszuquetschen.«

Van Veeteren nickte.

»Die Spaniengeschichte?« fragte Münster.

Bausen zuckte mit den Schultern und sah unschlüssig aus.

»Wie wir schon gestern gesagt haben... es scheint ein absoluter Zufall gewesen zu sein. Bleuwe war keiner von Rühmes engsten Freunden in Aarlach. Keiner von ihnen hatte irgendwelche bekannten Verbindungen nach Spanien, und die Bombenexplosion war tatsächlich eine Terroristensache. Die ETA hat sogar die Verantwortung übernommen, und das machen sie eigentlich nur dann, wenn sie wirklich dahinterstecken.«

»Und Grete Simmel verstand gar nicht, wovon Bang geredet hat«, warf Kropke ein.

»Was für sich genommen nicht viel zu bedeuten hat«, stellte Bausen fest.

»Also ein Zufall«, sagte Van Veeteren und betrachtete seinen leeren Teller.

Bausen zündete seine Pfeife an.

»Sonst noch was, was wir besprechen sollten, bevor wir uns Podworsky vornehmen?«

Kropke räusperte sich.

»Nun ja, nichts von Bedeutung«, sagte er. »Ich habe mir Moerks Laufstrecke auch angesehen. Bin sie heute morgen entlanggelaufen...«

»Ja, und?« fragte Bausen.

»Ich habe auch nichts gefunden«, sagte Kropke.

»Na, so was«, sagte Van Veeteren.

»Dann also zu Podworsky«, sagte Bausen. »Wie wollen wir vorgehen?«

Münster schaute sich am Tisch um: Kropke, Mooser und Bausen. Van Veeteren und er selbst. Assistent Bang hatte ganz offensichtlich verschlafen, oder aber der Polizeichef hatte ihm einen Ruhetag zugestanden – was keine aufsehenerregende Handlung wäre, wenn man es mal näher betrachtete.

Van Veeteren ergriff das Wort.

»Wenn ihr nichts dagegen habt«, sagte er, »dann würde ich gern zusammen mit Kommissar Münster die erste Runde bestreiten.«

Möglicherweise schaute Kropke etwas mürrisch, aber der Ermittlungsleiter nickte nur und ging, um das Tonbandgerät zu holen.

38

Eugen Podworsky sah eindeutig mürrisch aus. Als Kropke und Mooser ihn im Verhörzimmer ablieferten, glänzte sein zerfurchtes Gesicht rot vor Verärgerung, und um seine Meinung über den Lauf der Dinge klarzustellen, schlug er mit seinen enormen Fäusten auf den Tisch.

»Verdammt noch mal, seht zu, daß ich den Quatsch hier loswerde!« brüllte er.

Van Veeteren nickte. Kropke schloß die Handschellen auf und verließ das Zimmer gemeinsam mit Mooser.

»Bitte, setzen Sie sich«, sagte Van Veeteren. »Mein Name ist Hauptkommissar Van Veeteren.«

»Ich scheiß drauf, wie du heißt«, sagte Podworsky und setzte sich auf den Stuhl. »Was, zum Teufel, hat das hier zu bedeuten?«

»Ich werde Sie wegen der Morde an Heinz Eggers, Ernst Simmel und Maurice Rühme vernehmen.«

»Was soll der Scheiß?« schimpfte Podworsky. »Schon wieder?«

Van Veeteren gab Münster ein Zeichen, das Tonband einzuschalten. Münster drückte auf den Knopf, und der Hauptkommissar ging die Formalitäten durch. Podworsky antwortete meistens, indem er schnaubte oder fluchte, aber nachdem man ihm zu guter letzt eine Zigarette angezündet hatte, begann er, zumindest in Münsters Augen, sich etwas kooperativer zu verhalten.

»Okay«, sagte er. »Dann etwas Beeilung, damit wir die Sache aus der Welt kriegen. Ich habe eine halbe Tonne Fisch da draußen, die verrottet mir...«

»Wo waren Sie am Freitag abend?« fing Van Veeteren an.

»Am Freitag?« wiederholte Podworsky. »Warum, zum Teufel, wollen Sie wissen, was ich am Freitag gemacht habe? Der letzte ist doch schon vor einer ganzen Weile umgebracht worden...?«

»Wenn Sie meine Fragen beantworten, statt sich aufzuregen, geht es schneller«, entgegnete Van Veeteren. »Ich dachte, Sie hätten es eilig.«

Podworsky öffnete den Mund und schloß ihn gleich wieder.

»Jaha...«, sagte er schließlich und schien nachzudenken.

Van Veeteren verzog keine Miene.

»Am Abend habe ich nichts Besonderes gemacht«, erklärte Podworsky schließlich. »Ich war in der Stadt und habe nachmittags mit Saulinen das mit dem Boot abgesprochen – hab die Schlüssel gekriegt und so. Dann bin ich nach Hause gefahren. Nächste Frage, bitte!«

»Was haben Sie in der Nacht gemacht, als Simmel ermordet wurde?«

»Das habe ich doch dieser Frau da schon gesagt. Ich war zu Hause und habe geschlafen. Das pflege ich nachts immer zu tun.«

»Jemand, der das bestätigen kann?« fragte Münster.

»Meine Katzen«, sagte Podworsky.

»Und als Rühme starb?« fuhr der Hauptkommissar fort.

»Wann war das?«

»In der Nacht vom achten auf den neunten.«

»Was weiß ich. Das gleiche, nehme ich an.«

»Kannten Sie Heinz Eggers?«

»Nein.«

»Ein Alibi für den Fall Eggers?«

»Ich war in Chadew. Hört auf, mich über Sachen zu befragen, die ich schon erzählt habe!«

»All right«, sagte Van Veeteren. »Was haben Sie im März 1988 in Aarlach gemacht?«

»Wie?«

»Sie haben es gehört.«

»In Aarlach 1988?«

»Nun tu nicht so«, schnaubte Van Veeteren. »Schließlich hast du eine Woche im Krankenhaus gelegen.«

»Ach so, ja«, grunzte Podworsky. »Geht es um diese blöde Sache? Was, zum Teufel, hat die denn damit zu tun?«

»Wer stellt hier die Fragen, du oder wir?«

Podworsky stöhnte.

»Du bist mir vielleicht ein Scheißkerl.«

»Ich denke, wir machen eine Pause«, sagte Van Veeteren. Er schob seinen Stuhl zurück und stand auf. »Ich habe mal gehört, daß man in einigen Ländern verrotteten Fisch ißt, ich glaube, in Schweden, wenn ich mich nicht irre.«

»O Scheiße, wartet mal!« rief Podworsky. »Aarlach ... natürlich kann ich dir das sagen, wenn du es unbedingt hören willst. Setz dich!«

Van Veeteren setzte sich. Podworsky zündete sich eine neue Zigarette an und kratzte sich am Kopf.

»Nun?« fragte Van Veeteren.

»Ab wann ist illegaler Alkoholhandel verjährt?« fragte Podworsky.

»Kein Problem«, sagte Van Veeteren.

»Sicher?«

Van Veeteren nickte.

»Traue nie einem Bullen«, sagte Podworsky. »Schalte das verfluchte Band ab!«

Der Hauptkommissar nickte, und Münster stellte es ab.

Podworsky ließ ein heiseres Lachen hören.

»Also gut. Jetzt werdet ihr was zu hören kriegen. Ich war an eine Ladung Schnaps gekommen, die umgesetzt werden mußte...«

»Drangekommen?« fragte Van Veeteren.

»So sagt man, ja«, erklärte Podworsky.

»Wieviel?«

»Ziemlich viel.«

Van Veeteren nickte.

»Und dann hatte ich da einen Kumpel, einen Dänen, in Aarlach, der hatte einen Käufer... so einen bescheuerten Medizinerheini, der, wie sich herausstellte, keine Lust hatte, das zu bezahlen, was er sollte.«

»Wie hieß er?« warf Münster ein.

»Wie er hieß? Keine Ahnung. Weiß ich nicht mehr. Doch, irgendwas mit B..., Bloe-irgendwie...«

»Bleuwe?« schlug Van Veeteren vor.

»Ja, so hieß er wohl... so ein Akademikeridiot, der dachte, er könnte einen Deal machen, indem er seinen scheißvornehmen Kumpels Schnaps verkauft. Wir waren uns über alles einig geworden, es fehlte nur noch die Bezahlung...«

»Und?« fragte Van Veeteren.

»Das wollten wir in dieser Kneipe regeln, und dann sitzt dieser kleine Angeber doch mit seinem Freund da und glaubt, er kann mich anscheißen. Was krieg ich dafür, Herr Schutzmann?«

»Um wieviel handelte es sich?« fragte Münster.

»Um eine ganze Menge«, antwortete Podworsky. »Wir hatten schon reichlich was gekippt, und ich wurde natürlich sauer. Ich ärgere mich nur...«

»Worüber?« fragte Van Veeteren.

»Daß ich nicht auf den Dänen gewartet habe, bevor ich loslegte«, erklärte Podworsky und bekam plötzlich einen Hustenanfall. Er drehte sich zur Seite und krümmte sich zusammen, die Hände vor dem Mund, und so blieb er sicher eine halbe Minute sitzen.

Münster schaute den Hauptkommissar an. Er versuchte herauszubekommen, was dieser dachte, aber wie immer war das unmöglich. Ihm selbst erschien Podworskys Geschichte ziemlich glaubwürdig. Zumindest schien es nichts zu sein, was er sich gerade ausgedacht hatte.

Obwohl man natürlich nie ganz sicher sein konnte. Er hatte schon anderes erlebt. Und sich schon früher geirrt.

»Wie hieß sein Freund?« fragte Van Veeteren, als Podworsky aufhörte zu husten.

»Was?«

»Bleuwes Freund. Wie hieß er?«

»Keine Ahnung«, sagte Podworsky.

»Hat er sich nie vorgestellt?« fragte Münster.

»Schon möglich, aber verdammt noch mal, ihr könnt doch nicht erwarten, daß ich mich noch an den Namen von jemandem erinnere, dem ich vor zwölf Jahren eins auf die Fresse gegeben habe...«

»Vor zehn«, sagte Van Veeteren. »Wie hieß er?«

»Scheiße, was soll das?« fragte Podworsky. »Seid ihr total bescheuert, oder worum geht es bei der Frage?«

Van Veeteren wartete ein paar Sekunden, während Podworsky die beiden Beamten anstarrte. Sein Blick wanderte von einem zum anderen, als würde er darüber grübeln, wie es möglich war, daß er zwei Idioten statt zwei Polizisten in die Hände gefallen war.

Obwohl aus seiner Sicht vielleicht der Unterschied zwischen diesen beiden Gruppen nicht besonders groß war.

»Er hieß Maurice Rühme«, sagte Van Veeteren.

Podworsky sperrte den Mund auf.

»O Scheiße«, sagte er.

Er lehnte sich zurück und dachte nach.

»Ja«, sagte er schließlich. »Um eins gleich mal klarzustellen: Mir ist es damals gelungen, ihn in dieser bescheuerten Bar zusammenzuschlagen, und danach habe ich es nie wieder geschafft. Habt ihr noch weitere Fragen?«

»Im Augenblick nicht«, sagte Van Veeteren und stand wieder auf. »Aber du kannst eine Weile drüber nachdenken. Vielleicht werden wir später noch mal drauf zurückkommen.«

Er klopfte an die Tür, und Kropke und Mooser kamen mit den Handschellen herein.

»Verdammte Scheißer«, sagte Podworsky, und es klang, als würde er es ehrlich meinen.

39

Der Beschluß, Eugen Podworsky freizulassen und so schnell wie möglich die Massenmedien über das Verschwinden von Inspektorin Moerk zu informieren, wurde am Sonntag abend gegen neun Uhr mit einer Stimmenzahl von drei gegen eins gefaßt.

Bausen, Münster und Van Veeteren waren dafür, Kropke dagegen. Mooser enthielt sich der Stimme, vermutlich weil er von diesem plötzlichen und äußerst zufälligen demokratischen Vorgehen überrumpelt war.

»Ich werde heute abend noch mit Cruickshank reden«, sagte Van Veeteren. »Ich habe ihm einen kleinen Vorsprung versprochen. Pressekonferenz morgen nachmittag?«

Bausen nickte.

»Um drei Uhr«, beschloß er. »Und diesmal werden wir mit dem ganzen Bataillon rechnen müssen – Fernsehen, Radio und der ganze Zirkus. Es passiert nicht oft, daß ein Mörder einen Polizisten kassiert.«

»Viele sind der Meinung, es sollte andersrum sein«, sagte Van Veeteren. »Und es ist nicht schwer zu verstehen, warum.«

»Was sollen wir über Podworsky sagen?« wollte Kropke wissen.

»Keine Silbe«, sagte Bausen. »Überhaupt ist es am besten, wenn ihr die Klappe haltet.« Er schaute sich am Tisch um. »Der Hauptkommissar und ich reden mit der Presse, sonst niemand.«

»Typisch«, murmelte Kropke.

»Das ist ein Befehl«, sagte Bausen. »Jetzt geht nach Hause und legt euch schlafen. Morgen ist auch noch ein Tag, und wir werden sicher ins Fernsehen kommen. Da kann es nichts schaden, wenn wir wie anständige Leute aussehen. Ich lasse Podworsky frei.«

»Ich komme mit«, sagte Van Veeteren. »Es schadet sicher nichts, wenn wir zu zweit sind.«

Es war schon nach elf Uhr, als die Kinder endlich im Bett waren. Sie öffneten eine Flasche Weißwein, stellten Mostakis auf dem Tonbandgerät an, und nach einigen unbeholfenen Versuchen hatten sie es geschafft, im Kamin Feuer zu machen. Sie schoben die Matratze auf den Boden und zogen sich gegenseitig aus.

»Wir werden sie aufwecken«, sagte Münster.

»Nein, nein«, versicherte Synn. Strich ihm über den Rücken und kroch unter die Decken. »Ich habe ihnen ein Schlafmittel in den Kakao gegeben.«

»Ein Schlafmittel?« rief er aus und versuchte, empört zu klingen.

»Nur eine kleine Dosis. Und das wird bestimmt nicht zur Gewohnheit werden. Nun komm!«

»Gut«, sagte Münster und vereinte sich mit seiner Frau.

Der Montag begann mit andauerndem Nieselregen, der anscheinend für die Ewigkeit gedacht war. Van Veeteren stand gegen sieben Uhr auf und betrachtete ihn eine Weile, bevor er beschloß, wieder schlafen zu gehen. An diesem Ort scheint sich das Wetter häufiger zu ändern, als ich mein Hemd wechsle, dachte er.

Viertel nach neun saß er schließlich am Frühstückstisch unten im Speisesaal neben Cruickshank, der auffallend erfrischt und in strahlender Morgenlaune zu sein schien, obwohl er doch den größten Teil der Nacht aufgewesen sein und gearbeitet haben mußte.

»Ich habe heute morgen gegen drei Uhr angerufen«, erklärte er enthusiastisch. »Der Nachtdienst hätte fast den Druck gestoppt, aber wir nehmen es statt dessen in die Nachmittagsausgabe. Die reinste Jack-the-Ripper-Hysterie!«

Der Hauptkommissar nickte finster.

»Cheer up!« sagte Cruickshank. »Das lösen wir bald! Diesmal ist er zu weit gegangen. Hat sie wirklich rausgekriegt, wer es ist?«

»Vermutlich«, sagte Van Veeteren. »Zumindest muß er das geglaubt haben.«

Cruickshank nickte.

»Habt ihr die Pressemitteilung schon raus?« fragte er und schaute sich in dem leeren Speisesaal um. »Ich sehe gar keine Kollegen...«

Van Veeteren schaute auf die Uhr.

»In einer Viertelstunde, glaube ich. Ich muß nur noch frühstücken, bevor ich mich verstecke. Was für ein schrecklicher Regen.«

»Mm«, sagte Cruickshank und kaute auf einem Croissant. »Das wird der reinste Matsch da unten...«

»Wo?«

»Unten am Strand und im Wald natürlich. Mit all den Fotografen und Privatdetektiven.«

»Anzunehmen«, sagte Van Veeteren und seufzte wieder. »Nein, ich glaube, jetzt ist es an der Zeit, zum Polizeirevier zu fahren und mich da einzusperren.«

»Viel Glück«, sagte Cruickshank. »Wir sehen uns heute nachmittag. Ich bleibe erst mal noch hier sitzen und erwarte meine Zunftbrüder.«

»So, das war's«, sagte der Polizeichef und sank tief ins Ledersofa. »Ich muß schon sagen, da ziehe ich die Zeitungsfritzen aber vor.«

Van Veeteren nickte.

»Diese geölten Plappermaschinen vom Fernsehen verursachen bei mir den reinsten Juckreiz. Bist du solche Typen gewohnt?«

Er zog sich die Schuhe aus und wackelte vorsichtig mit den Zehen, als wäre er sich nicht so sicher, ob sie noch festsaßen.

»Habe keine große Lust, mich an die zu gewöhnen«, brummte Van Veeteren. »Nun ja, man kann ja verstehen, daß sie so langsam ihre eigenen Ansichten zu der ganzen Sache haben. Aber du bist ihnen nicht schlecht über den Mund gefahren, das hat mir gut gefallen.«

»Vielen Dank«, sagte Bausen. »Das Urteil wird in jedem Fall hart ausfallen. Hat Hiller von sich hören lassen?«

Van Veeteren setzte sich hinter den Schreibtisch des Polizeichefs.

»Ja«, sagte er. »Er will zehn Mann aus Selstadt und zehn aus Oostwerdingen schicken – plus eine Truppe von der Spurensicherung, die Moerks Laufstrecke untersuchen soll.«

Bausen schob die Hände in den Nacken und schaute aus dem Fenster.

»Prima Idee bei dem Wetter«, sagte er. »Will er, daß du ganz übernimmst? Ich habe ja sowieso nur noch fünf Tage. Wie's aussieht, höre ich Freitag auf. Das habe ich heute nacht beschlossen... so langsam fühle ich mich wie ein Fußballtrainer, dessen Mannschaft seit zwei Jahren nicht mehr gewonnen hat.«

»Wir haben die Leitungsfrage nicht diskutiert«, sagte Van Veeteren. »Außerdem habe ich versprochen, die Sache bis Freitag zum Abschluß zu bringen.«

Bausen betrachtete ihn ungläubig.

»Das ist ja ausgezeichnet«, sagte er und stopfte seine Pfeife. »Dann bleiben wir doch dabei. Hast du mit den Eltern gesprochen?«

»Mit Frau Moerk, ja«, nickte Van Veeteren.

»Und wie lief es?«

»Nicht besonders. Warum sollte es auch?«

»Du hast recht, es ist schon lange her, seit mal was gut gelaufen ist«, sagte Bausen.

»Ich hab's im Fernsehen gesehen«, sagte Synn. »Ihr habt keine besonders guten Rezensionen.«

»Kunststück«, sagte Münster. »Das riecht gut. Was ist das?«

»Kreolisches Hähnchen«, klärte ihn seine Ehefrau auf und gab ihm einen Kuß. »Glaubst du, daß sie tot ist?« flüsterte sie ihm ins Ohr, schließlich gab es Grenzen dafür, was Polizistenkinder zu ertragen hatten.

»Ich weiß nicht«, sagte er, und einen Augenblick lang spürte er erneut, wie die nackte Verzweiflung in ihm aufstieg.

»Papa war im Fernsehen«, unterbrach seine Tochter und biß ihm ins Bein. »Ich habe im Regen gebadet.«

»Du hast im Meer gebadet, du Blödkopf«, korrigierte sein Sohn.

»Haben wir noch was von dem Schlafmittel?« wollte der Kommissar wissen.

Van Veeteren lehnte sich in seinen Kissen zurück und griff zum Melnikbericht. Wog ihn eine Weile in der Hand und schloß die Augen.

Entsetzlich, dachte er. Über alle Maßen entsetzlich.

Oder eher peinlich. Irgendwo in diesem verfluchten Papier fand sich die Antwort, und er konnte sie nicht entdecken. Vierunddreißig Seiten, insgesamt fünfundsiebzig Namen... er hatte sie unterstrichen und zweimal gezählt – Frauen, Geliebte und mögliche Geliebte, gute Freunde, Studienkommilitonen, Kollegen, Nachbarn, Mitglieder im gleichen Golfclub, bis hin zu äußerst zufälligen Bekanntschaften, Randfiguren, die Maurice Rühmes Spur in irgendeiner Richtung einmal gekreuzt hatten. Und Ereignisse: Reisen, Prüfungen, Examen, Jobs, Feste, neue Adressen, Kongresse, Kokainentzug... alles war auf diesen dichtbeschriebenen Seiten notiert, ordentlich und minutiös in Kommissar Melniks trockener Prosa verfaßt. Es war ein Meisterwerk detektivischer Arbeit, ganz ohne Zweifel, und dennoch fand er nichts. Keinen noch so winzigen Hinweis!

Was war es also?

Was um Himmels willen hatte Beate Moerk nur gesehen?

Oder war es einfach so, daß sie eine Fähigkeit besaß, die die anderen nicht hatten? Konnte das der Fall sein? Daß er sich doch noch nicht an Borkmanns Punkt befand, wenn er es genau betrachtete?

Auf dem Nachttisch hatte er ihre Notizblöcke liegen. Drei Stück, die zu öffnen er immer noch nicht über sich gebracht hatte.

Es widerstrebte ihm. Wenn sie wirklich etwas Wesentliches enthielten, warum hatte der Mörder sie dann liegengelassen? Er hatte ausreichend Zeit gehabt, und er schien nicht der Typ zu sein, der irgend etwas dem Zufall überließ...

Und wenn sie, trotz allem, immer noch am Leben war – hieße es dann nicht, in ihr Privatleben einzudringen? In ihr Allerheiligstes vorzustoßen? Bevor er sie öffnete, konnte er ja nicht ahnen, welche Gedanken sie diesen Blocks anvertraut hatte –

jedenfalls waren sie keineswegs für ihn bestimmt gewesen, so viel war schon mal klar.

Und galt die gleiche Zurückhaltung nicht auch, wenn sie tot war?

Doch, natürlich. Vielleicht sogar in noch größerem Maße.

Er schloß die Augen und lauschte eine Weile dem Regen. Der mußte jetzt schon seit fast vierundzwanzig Stunden anhalten. Schwer und zäh strömte er von einem unveränderlichen Himmel. Bleigrau und undurchdringlich. Verändert sich in dieser Stadt eigentlich nie das Wetter? dachte er.

Aber eigentlich der richtige Rahmen. Etwas fiel nach unten, stetig, zielgerichtet. Das trostlose Stampfen auf dem gleichen Fleck. Die Wellen in einem toten Meer...

Die Uhren der Sancta Anna schlugen zwölfmal. Er seufzte. Öffnete die Augen und richtete sie zum vierten Mal auf den Bericht aus Aarlach.

40

»Ja, verdammt, was hätte ich denn machen sollen?« seufzte Wilmotsen und betrachtete das Papier.

»Nun ja«, stellte der Chef vom Dienst fest. »Wenn wir zwei Ausgaben gedruckt hätten, könnten wir natürlich auch doppelt so groß rauskommen.«

Die Nachricht über das Verschwinden von Polizeiinspektorin Beate Moerk und die Begleitumstände hatten zweifellos eine Menge verlangt von dem Schlagzeilentexter Wilmotsen von de Journaal. Die wichtigsten Informationen beziehungsweise die erschütternden Neuigkeiten ließen sich ganz einfach nicht in dem gegebenen Rahmen auf den Punkt bringen, und zum ersten Mal in der achtzigjährigen Geschichte der Zeitung war man gezwungen gewesen, drei verschiedene Schlagzeilen zu drucken.

Um der Informationspflicht auf jeden Fall Genüge zu tun.

Um nicht die Ernsthaftigkeit dieses haarsträubenden Dramas in Frage zu stellen, von dem jetzt der vierte (oder war es der fünfte?) Akt in ihrem friedlichen Kaalbringen aufgeführt wurde.

DAS NÄCHSTE OPFER?

stand in der ersten Schlagzeile über einem etwas undeutlichen Bild einer fröhlich lachenden Beate Moerk.

WER HAT DEN ROTEN MAZDA GESEHEN?

wurde in der zweiten gefragt, mit der gleichzeitig festgestellt wurde:

RATLOSE POLIZEI BITTET UM MITHILFE

In der Zeitung wurde mehr als die Hälfte der Seiten den letzten Entwicklungen im Henker-Fall gewidmet. Das Bildmaterial war reichlich; ein Luftfoto vom Räuchereiparkplatz (mit einem weißen Kreuz, das den Platz markierte, wo Beate Moerk ihr Auto stehen gelassen hatte – das sich seit Sonntag abend in sicherer Verwahrung im Keller der Polizeiwache befand, nachdem es acht Stunden lang von den Kriminaltechnikern aus Selstadt untersucht worden war), sowie über Strand und Waldgebiet; weitere Bilder von Moerk sowie von Bausen und Van Veeteren während der Pressekonferenz. Van Veeteren in zurückgelehnter Positur und mit geschlossenen Augen: in einem Zustand, der an tiefsten Frieden denken ließ – eine Mumie oder ein Yogi, der ganz in sich selbst versunken war, wie es schien. Fernab von all dem Elend und dem Wahnsinn dieser Welt... und vielleicht, vielleicht mußte man sich ja fragen, ob derartige Gestalten wirklich ihrer Aufgabe gewachsen waren, Verbrecher von dem Kaliber, von dem hier offensichtlich die Rede war, einzukreisen und unschädlich zu machen.

Ja, hatte es jemals schon so etwas gegeben? Eine Polizeiinspektorin gekidnappt, wahrscheinlich umgebracht! Während der laufenden Ermittlungen! Und war man eigentlich am Ball? Eine berechtigte Frage, zweifellos.

Das Textmaterial war übrigens ebenfalls von unterschiedlichstem Charakter: es gab alles, von der kühlen Feststellung des Chefredakteurs, daß für die Stadtregierung in der jetzigen Lage die einzige logische Konsequenz darin bestehe, die Konsequenzen aus dem Henkerskandal zu ziehen und Neuwahlen auszuschreiben... bis hin zu den verschiedensten, geschwätzigen Spekulationen über den Wahnsinnigen oder Geisteskranken (den eiskalten Psychopathen), respektive den Terroristen (den gekauften Handlanger einer obskuren Mördersekte) – sowie, natürlich, die äußerst populäre Theorie von dem ganz normalen, braven Mitbürger. Dem angesehenen Familienvater, dem Mann im gleichen Treppenaufgang mit der dunklen Vergangenheit.

Zu den glaubhaften Berichten, die vom ermittlungstechnischen Standpunkt aus gesehen auch die nützlichsten waren, gehörte natürlich Polizeichef Bausens erneuter eindringlicher Aufruf an die Allgemeinheit, sachdienliche Hinweise der Polizei mitzuteilen.

In erster Linie ging es dabei um die kritische Stunde zwischen 18.15 und 19.15 Uhr am Freitag abend – um Inspektorin Moerks Aktivitäten, nachdem sie See Wharf verlassen hatte und bevor sie zum Strand lief, wo sie Hauptkommissar Van Veeteren gesehen hatte. Diese sechzig Minuten hatten es in sich – wenn man nur wüßte, welche Wege Beate Moerk genommen hatte, mit oder ohne ihren roten Mazda, ja, »dann müßte es eigentlich mit dem Teufel zugehen, wenn wir sie nicht finden würden«, zitierte Hermann Schalke den Polizeichef wörtlich.

Bereits gegen 4 Uhr an diesem Nachmittag, nachdem die Hölle losgebrochen war, zogen sich Bausen und Inspektor Kropke in das Zimmer des letzteren zurück, um die Tips und Informationen, die bis dahin eingelaufen waren, durchzugehen und zusammenzustellen. Es waren nicht weniger als zweiundsechzig direkte Observationen plus um die zwanzig Zweiterhand-Beobachtungen unterschiedlicher Natur. Kommissar Münster war zusammen mit Polizeianwärter Mooser abkommandiert worden, den fortlaufenden Strom von Zeugen zu empfangen und vorläufig zu befragen, die vorher von Bang und Frau de-Witt unten im Empfang registriert und in Schach gehalten wurden.

Womit Hauptkommissar Van Veeteren sich beschäftigte, das wußte niemand so recht. Er hatte die Wache nach der Mittagspause verlassen, um »einige Untersuchungen anzustellen«, aber worin diese bestanden, hatte er niemandem mitgeteilt. Dagegen hatte er aber versprochen, auf jeden Fall zu der obligatorischen Besprechung um 17 Uhr zurück zu sein. Eine kürzere Pressekonferenz war bereits für 19.30 Uhr anberaumt worden, die Uhrzeit war auf Wunsch des lokalen Fernsehteams angesetzt worden, das um diese Zeit seine übliche Nachrichtensendung hatte. Alles andere als eine Direktübertragung würde von den Zuschauern als Enttäuschung und Bruch mit allen journalistischen Regeln angesehen, hatten sie mit einem gewissen Eifer erklärt, und auch wenn Bausen diesen jungen Mediengurus so einiges über Recht und Gesetz hatte beibringen wollen, schluckte er doch seine Einwände hinunter und kam ihnen entgegen.

»Verfluchte Jesuiten«, hatte er sich dennoch aufgeregt, nachdem er den Hörer aufgelegt hatte. »Inquisitoren mit Seidenschlipsen, vielen Dank!«

Aber so wie die Lage war, gab es natürlich nur die Möglichkeit, gute Miene zum bösen Spiel zu machen.

41

»Was zum Teufel ist das denn?« fragte Van Veeteren und beugte sich über den Tisch.

»Eine Karte«, erklärte Kropke. »Die Stecknadeln sind Punkte, an denen Inspektorin Moerk und ihr Mazda gesehen wurden... oder besser gesagt, überhaupt rote Mazdas.«

»Davon gibt es ein paar hier im Ort«, sagte Bausen. »Vermutlich waren mindestens zwei davon am Freitag abend auch unterwegs... abgesehen von ihrem eigenen, meine ich.«

»Die Nadeln mit den roten und gelben Köpfen stehen für Autobeobachtungen«, erklärte Kropke, der sich damit demonstrativ als Erfinder dieses Plans zu erkennen gab. »Die roten für den Zeitraum von 18.15 bis 18.45 Uhr, die gelben von 18.45 bis 19.15 Uhr.«

Van Veeteren beugte sich noch tiefer über die Karte.

»Die blauen und weißen sind Zeugen, die behaupten, sie hätten sie persönlich gesehen... die blauen in der ersten halben Stunde, die weißen in der zweiten. Das hier zum Beispiel ist der Hauptkommissar.«

Er zeigte auf eine Stecknadel unten am Strand.

»Vielen Dank«, sagte Van Veeteren. »Wie viele sind es?«

»Fünfundzwanzig rote und zwanzig gelbe«, sagte Kropke. »Das ist also das Auto... und dann zwölf blaue und fünf weiße.«

Münster drängte sich neben den Hauptkommissar und studierte das Stecknadelmuster. Keine dumme Idee, das mußte er zugeben... man mußte es nur noch richtig interpretieren. Das sah ziemlich zerstreut aus; offenbar waren in allen Teilen der Stadt Beobachtungen gemacht worden, aber an den meisten Stellen tauchten nur einzelne, isolierte Nadeln auf.

»Wir müssen also«, erklärte Kropke, »nicht soviel Rücksicht darauf nehmen, ob nun ein einzelner Zeuge verläßlich ist oder nicht. Die Anhäufung der Nadeln an einer bestimmten Stelle kann bereits einen ausreichenden Hinweis geben.«

Er machte eine Pause, um die anderen die Nadeln zählen und das Geniale an der Methode würdigen zu lassen.

»Ganz eindeutig«, murmelte Münster. »Die weißen auch...«

»Zweifellos«, sagte Van Veeteren. »Ganz zweifellos.«

»Genau«, nahm Kropke den Faden wieder auf und sah zufrieden aus. »Wie ihr seht, gibt es nur drei Anhäufungen – auf dem Fischmarkt vor dem See Wharf, auf dem Hauptmarkt und bei der Räucherei. Vierundzwanzig Nadeln beim See Wharf, elf hier hinten, acht bei der Räucherei... dreiundvierzig von zweiundsechzig. Der Rest ist ziemlich verstreut, wie ihr seht. Und nach dem Hauptkommissar scheint sie niemand mehr gesehen zu haben. Außer dem Mörder, natürlich. Es ist wohl anzunehmen, daß es am Strand ziemlich menschenleer war.«

»Stimmt«, bestätigte Van Veeteren.

»Hm«, sagte Bausen. »Ich glaube, es ist jedenfalls das beste, wenn wir nichts übereilen... ein Drittel der Beobachtungen müßte dann ja faktisch gesehen falsch sein, wenn ich es richtig verstanden habe?«

»Nun ja«, sagte Kropke, »ich denke, der Kommissar sieht wohl ein...«

»Und das mit dem See Wharf und der Räucherei stand ja auch in der Zeitung.«

»Das stimmt«, gab Kropke zu. »Aber das gleicht sich sozusagen aus. Der interessante Punkt ist natürlich der Hauptmarkt... hier gibt es elf Zeugen, die behaupten, Beate Moerk oder ihr Auto zwischen halb sieben und sieben gesehen zu haben. Zwei haben gesehen, wie sie aus ihrem Auto gestiegen ist... das sind die weißen Nadeln da.«

Er deutete darauf, und Bausen nickte ernst. Van Veeteren zerbrach einen Zahnstocher und piekste mit ihm auf den St.-Pieters-Friedhof.

»In welche Richtung ging sie?« fragte er.

Kropke wechselte einen Blick mit Bausen.

»Hierher«, sagte er.

Bausen nickte erneut.
»Ja«, sagte er. »Es gibt Anzeichen dafür, daß sie hierher gefahren ist. Ins Revier.«

»Jaha?« sagte Münster und hatte das Gefühl, als habe er die Pointe eines langen, verwickelten Witzes nicht mitbekommen. Van Veeteren sagte nichts. Er steckte seine Hände nur tief in die Taschen, während er sich langsam aufrichtete und einen leise zischenden Luftstrom zwischen den Zähnen ausstieß. Münster erinnerte sich an die Rückenprobleme des Hauptkommissars, die sich ab und zu meldeten.

Man setzte sich wieder an den Tisch. Kropke sah weiterhin zufrieden aus, aber gleichzeitig etwas verwirrt, als wäre er nicht so recht in der Lage, das Ergebnis seiner eigenen Anstrengungen einzuschätzen. Wieder konnte Münster diese schmetterlingsleichten Vibrationen in den Schläfen spüren, die darauf hinwiesen, daß hier etwas ausgebrütet wurde, daß man sich an einem bestimmten kritischen Punkt befand. Daß der Durchbruch nahe war. Er schaute sich in dem unordentlichen Zimmer um. Bang saß ihm schwitzend gegenüber. Van Veeteren schien vor sich hin zu dösen. Bausen studierte immer noch die Karte mit den Nadeln, wobei er die Wangen einsog und fast träumerisch dreinblickte.

Schließlich war es der Polizeianwärter Mooser, der die dumpfe Verwirrung im Zimmer deutete und in Worte faßte.

»Hierher?« rief er aus. »Was, zum Teufel, wollte sie denn hier?«

Es vergingen drei Sekunden. Dann stöhnten Kropke und Mooser fast gleichzeitig auf:

»Ihr Zimmer!«

»Verflucht noch mal!« entfuhr es dem Polizeichef, während er die noch nicht angezündete Zigarette zu Boden fallen ließ. »Hat das jemand von euch überprüft?«

Mooser und Kropke waren bereits auf dem Weg. Münster war aufgestanden, und Bausen sah aus, als wäre er gerade bei der ersten Prüfung in grundlegender Polizeiarbeit durchgefallen. Nur Van Veeteren saß unberührt da und wühlte in seiner Brusttasche.

»Natürlich«, murmelte er. »Da werdet ihr nichts finden. Aber seht gern selbst noch mal nach... sechs Augen sehen ja bekanntlich mehr als zwei, wie zumindest zu hoffen ist.«

IV

27. September – 1. Oktober

42

»Ich nehme an, du weißt, wo du bist?« fragte er, und es klang eine große Müdigkeit in seiner Stimme mit.

»Ich glaube schon«, antwortete sie, direkt in die Dunkelheit.

Er hustete.

»Und dir ist klar, daß du keine Möglichkeit hast, hier aus eigener Kraft rauszukommen?«

»Ja.«

»Du bist in meiner Gewalt. Sind wir uns darin einig?«

Sie antwortete nicht. Wunderte sich plötzlich darüber, wie eine so starke Entschlossenheit sich mit einer so großen Trauer in seinen Worten paaren konnte. Wunderte sich und begriff gleichzeitig, daß genau das der Grundakkord in dieser ganzen Geschichte war.

Trauer und Entschlossenheit.

»Sind wir uns darin einig?«

»Ja.«

Er machte eine Pause und schob sich den Stuhl zurecht. Vermutlich schlug er ein Bein über das andere, aber das konnte sie nur raten. Die Dunkelheit war erschreckend dicht.

»Ich ...«, begann sie.

»Nein«, sagte er tonlos. »Ich will nicht, daß du unnötig redest. Wenn ich will, daß du dich äußerst, dann sage ich es dir schon. Das hier ist keine Unterhaltung, sondern ich will dir eine Geschichte erzählen. Das einzige, was ich von dir verlange, ist, daß du zuhörst...«

»Eine Geschichte«, wiederholte er.

Er zündete sich eine Zigarette an, und für einen Moment wurde sein Gesicht von einer schwach glühenden Röte erleuchtet.

»Ich will dir eine Geschichte erzählen«, sagte er zum dritten Mal. »Nicht, weil ich Verständnis oder Vergebung von dir will, solche Dinge sind mir schon seit langem nicht mehr wichtig, sondern nur, weil ich mich noch einmal erinnern will, bevor alles vorbei ist.«

»Was willst du mit mir tun?« fragte sie.

»Unterbrich mich nicht«, sagte er. »Ich möchte dich bitten, mich nicht zu stören. Vielleicht habe ich mich ja noch nicht entschieden...«

In der dichten Stille und Dunkelheit konnte sie seinen Atem hören. Drei, vier Meter von ihr entfernt, mehr nicht. Sie schloß die Augen, aber es veränderte sich nichts.

Die Dunkelheit blieb. Die Gerüche – alte Erde, frischer Tabaksrauch. Und der Mörder.

43

Bausen fischte zwei Bier aus der Aktentasche und öffnete sie.

»Wir sollten die anderen Beobachtungen nicht vergessen«, sagte er. »Es gibt sieben, acht Zeugen, die todsicher sind, sie an einer anderen Stelle gesehen zu haben. Sie kann ja auch noch woandershin gegangen sein. Die, die sie hier gesehen haben, taten das zwischen halb und Viertel vor, nicht wahr?«

Van Veeteren antwortete nicht. Er zündete sich eine Zigarette an und stellte die Spielfiguren zurecht.

»Kropke war schon bei mehr als hundert Nadeln, als ich nach Hause gefahren bin«, fuhr der Polizeichef fort. »Die roten sind so langsam alle aufgebraucht – was ihn etwas beunruhigt. Na, was glaubst du eigentlich?«

Van Veeteren zuckte mit den Schultern.

»Sagen wir mal, daß sie auf jeden Fall hierher gefahren ist«, sagte er. »Und wenn nur erst mal der Einfachheit halber. Bitte schön, Herr Polizeichef. Sizilianisch, wie ich annehme?«

»Natürlich«, lachte Bausen und schob den e-Bauern vor.

»All right. Sie ist also hergefahren. Aber was hat sie verdammt noch mal hier gewollt?«

»Das weiß ich nicht«, sagte Van Veeteren. »Aber ich denke, ich werde es herauskriegen.«

»Aha«, sagte Bausen. »Und wie? Ihr Zimmer hat uns jedenfalls nicht besonders viele Hinweise gegeben.«

Van Veeteren zuckte mit den Schultern.

»Zugegeben«, sagte er. »Dein Zug. Wenn ich gewinne, übernehme ich die Führung, ist dir das bewußt?«

»Selbstverständlich«, sagte Bausen. »Bist du jetzt auch auf eine hausgemachte Verteidigung gegen die sizilianische Eröffnung gekommen? Das wäre nur einfach gut zu wissen.«

»Du wirst schon sehen«, sagte Van Veeteren und leistete sich etwas, das offensichtlich als Lächeln gedacht war, Bausen aber eher an Zahnschmerzen erinnerte...

Nun ja, das Leben ist schließlich keine Schachpartie, dachte er und schaute aus dem Fenster. Eine Schachpartie enthält so unendlich viele Möglichkeiten.

Er lag dunkel und menschenleer dort draußen, der Markt. Die Uhr zeigte ein paar Minuten nach elf, sie hatten eine Ein-Stunden-Partie verabredet, aber man konnte ja nie wissen... die Schachuhr stand zu Hause im Bücherregal, und wenn sie nun eine interessante Konstellation hatten, hatte keiner von beiden Lust, sich von der Uhr unter Druck setzen zu lassen. Ganz im Gegenteil: es gab Konstellationen, die überhaupt nicht mehr weiterentwickelt werden konnten, das hatten sie bereits früher diskutiert und waren sich in dieser Frage verblüffend einig gewesen – Partien, die nach einem 35e- oder 50e-Zug eingefroren und nie beendet worden waren. (Wie Linkowski gegen Queller 1907 in Paris. Nach 42a. Oder Mikojan gegen Andersson 1980... In Brest war das doch gewesen?

Jedenfalls nach 35e oder 37e.) Der Schönheitswert war so groß, daß jede Fortsetzung ihm wie ein Frevel vorgekommen wäre.

Genau wie es Augenblicke im Leben gab, an denen man sich wünschte, die Zeit würde für eine Weile stehenbleiben, dachte er. Obwohl natürlich nichts dafür sprach, daß das hier so eine Partie werden würde. Überhaupt nichts.

Drei Tage? In drei Tagen würde er dieses Zimmer verlassen und nie wieder einen Fuß hineinsetzen.

Das war ein sonderbares Gefühl, vorsichtig ausgedrückt, und er überlegte, wie sich diese Tage wohl gestalten würden. Wenn er Van Veeteren betrachtete, wie dieser auf der anderen Seite des Schreibtischs saß, eine Hand halb über dem Brett erhoben, gab es Stimmen in ihm, die ihm sagten, daß der Hauptkommissar tatsächlich sein Versprechen einlösen und den Henker bis Freitag stellen würde. Sich vorzustellen, wie das zugehen sollte, das fiel ihm schon schwerer. Aber es gab gewisse Zeichen bei seinem Kollegen, die gar nicht zu übersehen waren – eine zunehmende Entschlossenheit, eine Neigung zur Reizbarkeit, die vorher nicht dagewesen war, eine gewisse Geheimniskrämerei oder wie man es nennen wollte, die wohl darauf hindeuten mußte, daß er etwas auf der Spur war. Ihn zum Reden zu bringen, schien zwecklos. Kommissar Münster hatte auch angefangen, die Zeichen zu deuten, und erklärt, daß es nichts Ungewöhnliches war. Wohlvertraute Reaktionen eher, für den, der sie kannte, klare Hinweise darauf, daß etwas am Brodeln war und daß der Hauptkommissar mental gesehen im höchsten Gang fuhr. Daß es mit anderen Worten genauso war, wie Bausen geahnt hatte. Vielleicht waren sie kurz davor, daß das Eis brach, und er spürte, daß es ihn eigentlich gar nicht verwundern würde, wenn dieser mürrische Hauptkommissar im nächsten Moment alle Teile dieses schwer zu überschauenden Puzzles an der richtigen Stelle hätte.

Ja, ja, dachte Bausen. Aber nur noch drei Tage. Ob die wirklich ausreichten?

Wenn man es genau betrachtete, spielte der Zeitplan überhaupt keine Rolle, schließlich würde nur er am Freitag seinen Rückzug antreten... dennoch war es ihm in den letzten Wochen immer häufiger so vorgekommen, als würde es sich hier um eine Art Wettlauf mit der Zeit handeln. Der Mörder sollte bis zum ersten Oktober gefaßt sein. So war es gesagt worden, und der erste war am kommenden Freitag.

Am Freitag war er Pensionär. Exit Bausen. Ein freier Mann mit dem Recht, seine Zeit mit dem auszufüllen, was er wollte. Der sich einen Scheißdreck um alles, was Henker hieß, kümmern mußte und tun und lassen konnte, was er wollte...

Oder sollte an dieser berühmten Freiheit gar nicht soviel dran sein? Würde dieser Fall seine Schatten auch auf seine so sauer verdiente Zukunft werfen? Das war nicht auszuschließen. Er dachte an seinen Keller und dessen kostbaren Inhalt.

Drei Tage?

Er betrachtete Van Veeterens schwere Gestalt auf der anderen Seite des Tischs und stellte fest, daß er nicht die geringste Ahnung hatte, auf wen er wetten sollte, wenn ihm diese Frage gestellt werden würde.

»Dein Zug«, wiederholte Van Veeteren und setzte die Flasche an den Mund.

»Wie heißen Sie?« fragte Kropke und stellte das Tonbandgerät an.

Der hochgewachsene Mann seufzte.

»Das weißt du verdammt gut. Schließlich sind wir acht Jahre lang zusammen zur Schule gegangen.«

»Das hier ist eine Vernehmung«, erklärte Kropke. »Da müssen wir es etwas genauer mit den Formalitäten nehmen. Also?«

»Erwin Lange«, sagte der Hüne. »1951 geboren. Besitzer des Fotogeschäfts Litz in der Hoistraat. Ich muß in zwanzig Minuten öffnen, deshalb wäre ich dir dankbar, wenn das hier etwas schneller ginge. Verheiratet und vier Kinder – genügt das?«

»Ja«, sagte Kropke. »Kannst du deine Beobachtungen von Freitag abend noch einmal wiederholen?«

Erwin Lange räusperte sich.

»Ich habe Inspektorin Beate Moerk um zehn Minuten vor sieben hier rauskommen sehen.«

»Also um 18.50 Uhr. Du bist dir ganz sicher mit der Zeit?«

»Hundertprozentig.«

»Wieso?«

»Ich sollte mich mit meiner Tochter um Viertel vor auf dem Markt treffen. Ich habe auf die Uhr geguckt und gesehen, daß ich fünf Minuten zu spät dran war.«

»Und du bist dir ganz sicher, daß es Inspektorin Moerk war, die du gesehen hast?«

»Ja, natürlich.«

»Du hast sie von früher wiedererkannt?«

»Ja.«

»Wie weit warst du von ihr entfernt?«

»Zwei Meter.«

»Aha«, sagte Kropke. »Noch etwas, was dir aufgefallen ist?«

»Was denn zum Beispiel?«

»Nun ja, Kleidung oder so...«

»Jogginganzug... rot. Sportschuhe.«

»Hatte sie etwas in der Hand?«

»Nein.«

»Aha. Ja, vielen Dank«, sagte Kropke und stellte das Band ab.

»Ich hoffe, du planst nicht, in den nächsten Tagen die Stadt zu verlassen?«

»Warum fragst du?«

Kropke zuckte mit den Schultern.

»Vielleicht brauchen wir dich noch mal... man kann ja nie wissen.«

»Ach so«, sagte Erwin Lange und stand auf. »Das ist ja gerade der Fehler bei euch. Man kann nie wissen.«

»Zehn vor sieben?« murmelte Bausen. »Scheiße, das bedeutet, daß sie noch was anderes hätte erledigen können. Oder was meint ihr?«

Kropke nickte.

»Von hier bis zur Räucherei braucht man höchstens fünf Minuten«, sagte er. »Dazwischen fehlen mindestens fünfzehn Minuten.«

»Wie läuft es mit den Nadeln?« fragte Münster.

»Hundertzwölf Stück«, erklärte Kropke. »Aber es gibt keine weiteren Anhäufungen. Kein Muster, sozusagen... und niemanden sonst am Strand.«

»Sie kann natürlich auch eine Weile im Auto gesessen haben, bevor sie loslief«, sagte Bausen. »Unten am Meer. Oder da draußen. Das ist wohl das wahrscheinlichste.«

»Ich denke nicht«, sagte Van Veeteren. »Schließlich muß sie ja seine Aufmerksamkeit auf sich gezogen haben. Oder meint ihr, er wußte von ihren Joggingplänen schon vorher?«

Ein paar Sekunden lang blieb alles still. Mooser unterdrückte ein Gähnen. Wo bleibt der Kaffee? dachte Münster.

»Ja«, sagte Bausen. »Ich weiß nicht, aber das ist natürlich eine wichtige Frage.«

»Verdammt wichtig«, sagte Van Veeteren. »Um wieviel Uhr ist sie zum ersten Mal bei der Räucherei gesehen worden?«

»Ungefähr elf, zwölf Minuten nach«, sagte Kropke.

Van Veeteren nickte und betrachtete seinen Daumennagel.

»Uhum«, knurrte er. »Nun ja, jeder Zug muß natürlich im Zusammenhang gesehen werden... es gibt immer noch eine andere Insel.«

»Was?« fragte Kropke.

Er wird langsam senil, dachte Münster. Kein Zweifel.

44

»Was hast du gesagt?« fragte Münster.

»Wieso?« fragte Bang zurück.

»Kannst du noch mal wiederholen, was du über Inspektorin Moerk und den Gemüseladen gesagt hast.«

Bang schaute von den Listen auf, sein Blick flackerte unruhig.

»Ich verstehe nicht... ich habe doch nur gesagt, daß ich sie am Freitag da getroffen habe – bei Kuipers, dem Gemüsehändler draußen bei Immelsport.«

»Und wann?«

»Um Viertel nach fünf ungefähr... das war, bevor sie nach See Wharf gefahren ist, natürlich hätte ich was gesagt, wenn es später gewesen wäre.«

»Was hat sie da gemacht?«

»Bei Kuipers? Natürlich eingekauft. Die haben da sehr billiges Obst, Gemüse auch. Aber ich verstehe nicht, was das eigentlich soll.«

»Warte mal«, sagte Münster. »Sie ist hier kurz nach halb fünf weggefahren, vielleicht um zwanzig vor. Wie lange braucht man bis Immelsport?«

»Mit dem Auto?«

»Ja, mit dem Auto.«

»Das weiß ich nicht so genau. Zwanzig Minuten vielleicht.«

»Und du hast sie dort um Viertel nach gesehen. Dann kann sie ja wohl kaum vorher nach Hause gefahren sein, oder?«

»Nein«, stimmte Bang zu und versuchte erneut, die Stirn zu runzeln.

»Wie lange braucht man von Kuipers und wieder zurück zu ihr, auf den Vrejshügel, meine ich?«

Bang zuckte mit den Schultern.

»Tja«, sagte er dann, »eine Viertelstunde, nehme ich an. Das hängt vom Verkehr ab... aber ich begreife nicht, warum der Kommissar darauf so herumhackt.«

Münster betrachtete das rosarote Gesicht seines Kollegen mit einem fast mitleidigen Lächeln.

»Das werde ich dir erklären«, sagte er langsam und betonte jedes einzelne Wort. »Wenn Inspektorin Moerk um Viertel nach fünf draußen in Immelsport war, kann sie kaum vor... na, sagen wir, zwanzig vor sechs zu Hause gewesen sein. Sie befand sich im Hotel See Wharf im Jogginganzug um Viertel nach sechs. Kann der Polizeianwärter mir dann erzählen, wann sie Zeit gehabt haben soll, den Melnikbericht zu lesen?«

Bang grübelte eine Weile.

»Das ist einleuchtend«, sagte er dann, »... nein, sie hat ihn wohl nicht gelesen, oder?«

»Nein, das hat sie nicht«, bestätigte Münster.

Er klopfte an und trat ein.

Der Kommissar hatte den einzigen Sessel im Zimmer vor den Balkon gestellt. Dort saß er rauchend und schaute durch die offene Tür hinaus... über den Fischmarkt, auf die vereinzelten Haussilhouetten und auf den sich verdunkelnden Himmel über der Bucht. Der Sessel war schräg nach außen gedreht, das einzige, was Münster von Van Veeteren sehen konnte, waren die Beine, die rechte Schulter und der Arm. Aber das genügte, um zu begreifen.

Etwas war geschehen. Und das war keine Frage der Senilität. Eher im Gegenteil. Ich muß es lernen, demütig zu sein, beschloß Münster, auch in meinen Gedanken. Nicht nur in meinen Handlungen.

»Setz dich«, sagte Van Veeteren müde und winkte ihn mit der Hand zu sich heran.

Münster holte sich den Schreibtischstuhl. Ließ sich neben dem Hauptkommissar in einer Position nieder, in der er zumindest die Hoffnung haben konnte, etwas Augenkontakt zu bekommen, falls es notwendig sein sollte.

»Sag das noch mal!« forderte Van Veeteren ihn auf.

Münster räusperte sich.

»Bang hat Moerk am Freitag nachmittag um Viertel nach fünf draußen in Immelsport getroffen.«

»Ist er sich sicher?«

»Ja. Sie haben sich gegrüßt. Nicht einmal Bang kann sich so irren.«

Van Veeteren nickte.

»Ich weiß nicht genau, wo das liegt. Kommt das hin mit der Zeit?«

»Ich habe es überprüft«, sagte Münster. »Es gibt keine Möglichkeit, daß sie den Bericht hätte lesen können. Sie hat das Revier pünktlich um 16.35 Uhr verlassen, laut Frau deWitt. Die beiden waren die letzten. Sie ist ins Auto gestiegen, zu diesem Gemüseladen gefahren und hat eingekauft... ist dann nach Hause gefahren, hat sich umgezogen, hat wahrscheinlich versucht, mich anzurufen, mich aber nicht erreicht. Statt dessen hat sie die Nachricht aufgeschrieben und ist damit hergekommen... und dann, ja dann...«

Der Kommissar knurrte und setzte sich in seinem Sessel zurecht.

»Das genügt. Nun ja, und welche Schlußfolgerungen zieht der Kommissar daraus?«

Münster breitete die Arme aus.

»Daß sie etwas entdeckt haben muß, ohne ihn zu lesen natürlich... etwas ganz am Anfang. Vielleicht auf der ersten Seite – ich weiß es nicht.«

Er verstummte und betrachtete den Kommissar, der in den Abendhimmel blinzelte und langsam seinen Kopf von links nach rechts wog.

»Bang?« fragte er und holte tief Luft. »Was, zum Teufel, machen wir mit Bang?«

»Was?« fragte Münster, aber es war ganz offensichtlich, daß der Hauptkommissar nur mit sich selbst redete. Er murmelte noch eine Weile vor sich hin, wobei er den Zigarettenstummel waagerecht zwischen Daumen und Zeigefinger hielt und auf die daumenlange Asche starrte. Erst als ein Luftzug kam und sie wegwehte, zuckte er zusammen und schien sich wieder bewußt zu werden, daß er nicht allein im Zimmer war.

»Ja, so machen wir es«, sagte er und ließ die Kippe ins Wasserglas fallen, das auf dem Balkonfußboden stand. »Wenn es klappt, dann klappt es... Münster!«

»Ja?« fragte Münster.

»Du hast morgen frei und widmest dich Synn und den Kindern.«

»Was?« rief Münster. »Aber warum in...«

»Das ist ein Befehl«, sagte Van Veeteren. »Halte dich nur abends bereit. Ich glaube, ich brauche dich dann, um was mit dir zu besprechen.«

»Und was will der Hauptkommissar tun?«

»Einen kleinen Ausflug machen«, sagte Van Veeteren.

»Wohin?«

»Wir werden sehen.«

Jetzt ist es soweit, dachte Münster. Biß die Zähne zusammen und verbiß sich die Frage nach der Demütigung. Jetzt sitzt er wieder da und ist wieder so lächerlich rätselhaft, als wäre er irgend so ein verfluchter Film- oder Romandetektiv! Das ist doch einfach zu bescheuert. Ich begreife nicht, warum ich mir solche Scheißlaunen gefallen lassen soll...

»Ich habe meine Gründe«, unterbrach Van Veeteren ihn, als könnte er Münsters Gedanken lesen. »Gute Gründe, ich hoffe, du verstehst das. Du wirst es hinterher auf jeden Fall verstehen können.«

Münster kroch zu Kreuze.

»All right«, sagte er. »Weiß der Hauptkommissar, wer es ist?«

»Nein«, sagte Van Veeteren. »Ich habe nur so eine Idee, und die ist nicht einmal besonders originell... Wenn sie nicht stimmt, ist es am besten, wenn keiner davon gewußt hat.«

Münster stand auf.

»Na gut«, sagte er. »Also morgen ein freier Tag mit der Familie. Abends wieder zur Stelle – sonst noch was?«

»Ich denke nicht«, sagte Van Veeteren. »Doch, ja, du kannst mir Glück wünschen. Das kann ich vielleicht gebrauchen.«

»Waidmannsheil«, sagte Münster und überließ den Hauptkommissar seinem Schicksal.

Eine ganze Weile später saß dieser immer noch da und starrte über die Stadt. Er rauchte noch eine Zigarette und wünschte sich, er hätte etwas, womit er den schlechten Geschmack in seinem Mund wegspülen könnte.

Wenn der Fall hier beendet ist, möchte ich nie wieder an ihn erinnert werden. Nie wieder.

Dann setzte er sich an seinen Schreibtisch und telefonierte.

Er stellte zwei Fragen und bekam ungefähr die Antworten, die er erwartet hatte.

»Ich komme gegen zwölf«, erklärte er. »Nein, ich kann nicht sagen, worum es sich handelt. Es wäre zu blöd, wenn ich mich irre.«

Danach nahm er eine Dusche und ging ins Bett. Es war gerade erst elf Uhr, aber je früher er am kommenden Tag loskam, um so besser.

Morgen weiß ich es, dachte er.

Übermorgen schnappen wir ihn, und Samstag fahre ich nach Hause.

Dann war es genau ein Monat.

Aber bevor er einschlafen konnte, überwältigten ihn die Gedanken an Beate Moerk, und so kam es, daß er erst gegen Morgengrauen endlich richtig die Augen schloß.

45

»Das Böse«, begann er, und seine Stimme klang noch angestrengter, kaum hörbar in der dicken Luft, »...das ist ein Prinzip, das nicht zu umgehen ist, so viel ist sicher. Ein junger Mensch kann Probleme haben, das zu begreifen, aber für uns wird es um so deutlicher. Das Prinzip, dem wir entgegensehen können, auf das wir uns als das absolute verlassen können, das ist das Böse. Das, was einen letztendlich nie enttäuscht. Das Gute... das Gute ist nur eine Basis, ein Hintergrund für das Teuflische, um besser hervortreten zu können. Nichts anderes... nichts.«

Er hustete. Zündete sich eine neue Zigarette an, ein glühender Punkt, der in der Dunkelheit zitterte.

»Wenn man endlich zu dieser Einsicht gekommen ist, bedeutet das in gewisser Weise auch einen Trost. Es ist schwer zu ertragen, alle Hoffnungen fahren lassen zu müssen, alle diese Illusionen und Luftschlösser, die man anfangs aufgebaut hat. In unserem Fall hieß sie Brigitte, und als sie zehn Jahre alt war, versprach sie mir, mir nie weh zu tun... sie kam damals den Strand entlanggelaufen, es war ein Tag Ende Mai mit viel Wind. Draußen bei Gimsvejr. Sie warf sich mir in den Schoß und umarmte mich so fest, daß ich mich noch daran erinnere, wie mir hinterher der Nacken weh tat. Wir wollen uns unser ganzes Leben lang lieben und uns nie etwas Dummes antun... genau das hat sie gesagt. Etwas Dummes... uns nie etwas Dummes antun... zehn Jahre, weizenblonde Zöpfe. Wir hatten nur sie, und es gab Leute, die sagten, sie hätten noch nie ein Kind gesehen, das so eine Freude ausstrahlte. Keiner konnte lachen wie sie, es kam vor, daß sie sich selbst davon aus dem Schlaf aufweckte...«

Er hustete wieder.

»1981 machte sie ihr Abitur. Sie fuhr nach England und arbeitete dort ein Jahr lang. Im darauffolgenden Jahr begann sie an der Universität von Aarlach. Dort traf sie einen Jungen, der Maurice hieß... Maurice Rühme... tja, damit sind wir schon mittendrin. Ich glaube, sie kannte ihn schon vorher ein bißchen, er war von hier. Er studierte Medizin. Stammte aus einer guten Familie, besaß Anziehungskraft, und er zeigte ihr, wie man Kokain nahm... er war der erste, aber ich habe ihn mir für den Schluß aufgehoben.«

Die Zigarette glühte.

»Sie zogen zusammen. Sie haben nicht einmal ein Jahr lang zusammengewohnt, da hat er sie rausgeworfen. In der Zwischenzeit hatte er ihr noch ein paar andere Dinge beigebracht... LSD, Morphium, Sachen, die er selbst nie nahm, und er hat ihr auch beigebracht, wie eine junge Frau am einfachsten und effektivsten Geld verdienen kann. Vielleicht ernährte sie ihn, vielleicht war er ihr Zuhälter... ich weiß es nicht, wir haben nie darüber gesprochen. Vielleicht war es damals auch noch nicht soweit gekommen.

Sie blieb achtzehn Monate allein in Aarlach. Hatte keine Wohnung, sondern hauste bei verschiedenen Männern... tja, ein paarmal kam sie auch aus verschiedenen Gründen ins Krankenhaus und in Therapieheime. War auf Entzug, lief davon und irrte herum...«

Er schluckte, sie konnte hören, wie er seinen Atem zurückhielt.

»Für kurze Zeit wohnte sie auch bei uns zu Hause, fuhr dann aber wieder zurück. Eine Weile hielt sie sich über Wasser, aber bald begann alles wieder von vorn. Schließlich gelangte sie in irgendeine Art Sekte, sie hielt sich von Drogen fern, wurde aber von anderem hinuntergezogen. Es schien, als könne sie nicht anders oder als schirme sie sich gegen das normale Leben ab – vielleicht genügte es ihr auch einfach nicht mehr, das Alltägliche, ich weiß es nicht. Nach zwei Jahren war sie dann doch damit einverstanden, Aarlach zu verlassen und wieder bei uns zu wohnen, aber jetzt war es mit der Freude vorbei... Brigitte... Gitte. Sie war vierundzwanzig Jahre. Erst vierundzwanzig war sie, aber eigentlich war sie älter als meine Frau und ich. Sie wußte, doch, ich glaube, sie wußte selbst, daß sie ihr Leben bereits verwirkt hatte... sie konnte sich immer noch weizenblonde Zöpfe flechten, aber ihr Leben hatte sie schon hinter sich. Sie wußte es, aber wir nicht. Eigentlich weiß ich es nicht... vielleicht gab es noch ein Fünkchen Hoffnung, eine Möglichkeit, alles noch einmal hinzubiegen. Auf jeden Fall bildeten wir uns das ein, wir mußten es uns einbilden, diese verzweifelte Illusion vergeblicher Hoffnung. Ich glaube schon, daß wir einfach daran glauben mußten. Bevor wir lernen, worum es faktisch geht, ist es doch genau das, was wir tun. So läuft dieses verfluchte Leben doch ab. Wir klammern uns an etwas fest, das gerade zufällig zur Hand ist. Ganz egal, was...«

Er schwieg. Sie öffnete die Augen und sah, wie die Zigarettenglut sein Gesicht erhellte. Zog die Decken dichter um sich. Sie spürte die starke Hoffnungslosigkeit, die die ganze Zeit von ihm ausging. Die wie in Wellen kam und sich für einen Augenblick in der Dunkelheit zu verdichten schien, sie fest und undurchdringlich werden ließ, selbst für Worte und Gedanken.

Ich verstehe, versuchte sie dennoch zu sagen, aber die Worte kamen nie heraus. Sie blieben in ihr stecken. Erfroren und sinnlos.

»Ich habe Maurice Rühme im gleichen Herbst aufgesucht«, fuhr er nach dem Schweigen fort. »An einem Tag dieser wenigen Monate, die wir sie bei uns hatten, fuhr ich dorthin. Besuchte ihn in der gleichen verflucht gepflegten Wohnung, in der er mit ihr gewohnt hatte und in der er danach mit einer neuen Frau wohnte... einer jungen, schönen Frau, an der alle ihre Freude hatten und die nie erfuhr, warum ich gekommen war. Er hielt sie aus allem vollkommen heraus, und als ich mit ihm über Brigitte reden wollte, gingen wir und setzten uns in eine Bar. Dort, auf einem merkwürdig altmodischen Plüschsofa, breitete er die Arme aus und wunderte sich, was ich eigentlich von ihm wollte; er bezahlte den Wein und fragte, ob ich auf Geld aus wäre... Damals säte er wohl selbst den Samen, aber erst als er mit den anderen zurückkehrte, wurde mir bewußt, daß die Zeit reif war. Als ich ihn tötete, war der Genuß groß. Tiefer und intensiver irgendwie als bei Eggers und Simmel, und das wundert mich gar nicht. Er war der Anstifter. Es war das Bild eines lebenden Maurice Rühme, das mich während meiner schlaflosen Nächte am stärksten geplagt hat, bevor ich mich dazu entschloß... ein lebendiger, lachender Maurice Rühme, der da in der Sofaecke sitzt, die Arme ausbreitet und bedauert, daß Brigitte nicht aus härterem Holz geschnitzt war. Daß sie so hart fallen und so schwer aufschlagen mußte... das hatte er nicht erwartet, dieser reiche Junge mit dem dreifach doppelten Boden.«

Er schwieg wieder und veränderte seine Sitzposition.

»Ich muß dich jetzt verlassen«, sagte er. »Ich werde dir von den anderen ein andermal erzählen. Wenn nichts Unvorhergesehenes eintritt...«

Noch ein paar Minuten blieb er sitzen, dann hörte sie, wie er aufstand und die Tür öffnete. Sie hörte ihn die Tür in den quietschenden Angeln zuschieben, verriegeln und absperren, und erst als seine Schritte schon lange verklungen waren, löste sich das Band um ihre Zunge.

»Und ich?« flüsterte sie, und für einen Augenblick hatte sie das Gefühl, diese Worte würden wie ein Zeichen in der Dunkelheit stehen.

Kleine, schnell verlöschende Irrlichter in einer schwarzen, schwarzen Nacht.

Dann wickelte sie die Decken um sich und versuchte ihre Seele abzuschotten vor dem, was sie sah.

46

Als er vom hinteren Parkplatz des See Wharf fuhr, war es erst halb acht, und die Sonne zeigte sich gerade über der Steilküste im Osten. Sie versprach einen klaren Tag, und er mußte zugeben, daß er sich auf ein paar Stunden hinter dem Steuer freute.

Dazusitzen und durch eine Herbstlandschaft mit glühenden Farben und wie von der Kaltnadel gestochen scharfen Konturen zu fahren. Vielleicht konnte er ja so tun, als wäre er ein ganz normaler Mensch, der in irgendeiner ganz alltäglichen

Angelegenheit unterwegs war... auf dem Weg nach Bochhuisen, um einen Vortrag über die neue Führungsrolle zu halten. Den Schwefeldioxidausstoß irgendeiner obskuren chemischen Fabrik zu überprüfen. Einen Verwandten vom Flugplatz abzuholen. Oder was die Leute so zu tun pflegten.

Im März hatte er vor der Entscheidung gestanden, ob er seinen Wagen ganz wechseln sollte oder sich damit begnügen, nur eine bessere Musikanlage anzuschaffen. Schließlich hatte er sich für letzteres entschieden, und während er durch Kaalbringens Gassen kroch, pries er seinen weisen Entschluß. Die gesparten Tausender hatte er für ein paar ganz besonders feine Lautsprecher investieren können, die er sich nie hätte leisten können, wenn er ein neues Auto hätte bezahlen müssen.

Und jetzt übertraf der Wert der Musikanlage den Preis, den jemand eventuell für den Rest seines alten Opels hätte geben wollen, bei weitem – und genau so sollte es sein.

Das Auto war ein Transportmittel. Die Musik war ein Genußmittel. Da gab es keinen Zweifel, was Priorität hatte.

An diesem Morgen entschied er sich fürs Nordische. Kalt, klar und friedvoll. Sibelius und Grieg. Er schob die CD-Scheibe in den Spalt, und als ihn die ersten Töne der Tuonela umfingen, spürte er, wie sich auf seinen Unterarmen eine Gänsehaut bildete.

Es war schwindelerregend schön. Als befände er sich in der Grotte von Lämmingkäinen, während der ganze Berg von dieser seltsam suggestiven Musik widerhallte. Zum ersten Mal seit mehreren Wochen, ja, eigentlich seitdem er hergekommen war, gelang es ihm, den Henker beiseite zu schieben. Ihn zu vergessen. Er saß einfach da, eingehüllt in die Musik... in eine Kuppel glasklarer Laute, während die Dämmerung sich hob und über der weiten, flachen Landschaft verschwand.

Nach einem Zwischenstopp in einem gewöhnlichen, armseligen Straßencafé in der Höhe von Urdingen bekam die Musik schließlich doch andere Vorzeichen.

Ihm war klar, daß das Entfernte sich in etwas Nahes verwandelte. Alles, was zur Seite geschoben worden war, wurde zum Ausgangspunkt, zum immer aufdringlicher werdenden Ziel... steigend, fallend – wie immer. Die Zinne war überschritten. Die Ankunft rückte näher. Die Zeit war vergangen, und alles sollte sich bewahrheiten.

Oder vereitelt werden. Dieser verfluchte Fall!

Und obwohl er erneut versuchte, ihn aus dem Kopf zu bekommen, nicht daran zu denken, tauchte er die ganze Zeit in seinem Bewußtsein auf... nicht in Form von Gedanken, Überlegungen oder Schlußfolgerungen, sondern als Bilder.

Quer durch den Saal des Bergkönigs und durch Anitras Tanz lief ein Strom scharfer, unretuschierter Fotos. Sie traten in einem gleichmäßigen, entschlossenen, aber sehr langsamen Rhythmus hervor. Wie eine alte Bilderfolge aus einer Geschichtsstunde im Gymnasium, kam ihm in den Sinn. Wie damals gab es genügend Zeit, jedes einzelne Bild gründlich zu betrachten... obwohl der Inhalt natürlich ein wenig anders war.

Ernst Simmels stark verdrehter Kopf auf dem Marmortisch des Gerichtsmediziners, und die Kugelschreiberspitze, die in der offenen Kehle herumzeigte.

Advokat Klingforts zitternde Doppelkinne, als er vor Überraschung den Unterkiefer fallen ließ.

Der blutgetränkte Flurteppich in Maurice Rühmes Wohnung.

Und das Schlachterwerkzeug, dessen Ursprung sie nie richtig hatten bestimmen können.

Louise Meyer – Eggers' schwarzgeschminkte Hure, die er einen ganzen Nachmittag lang zu vernehmen versucht hatte, die aber viel zu high gewesen war, um überhaupt zu begreifen, was er sagte.

Jean-Claude Rühmes eiskalte Augen und Inspektor Moerks schönes Haar, als sie mit dem Melnikbericht in der Hand hereinkam.

Doktor Mandrijn und seine Frau, die diese verdrehte Gestalt oben beim Seldonheim schleppten.

Und Laurids Reisin. Ein imaginäres, aufdringliches Bild des Mannes, der sich nicht traute, nach draußen zu gehen.

Und der Henker.

Das Bild des Henkers selbst. Immer noch mit verschwommenen Konturen und nicht identifizierbar, aber wenn er auf der richtigen Spur war, dann war es nur noch eine Frage von Stunden, bis es in all seiner gewünschten Schärfe hervortreten würde.

Ein paar kleine Überprüfungen. Eine kurze Bestätigung seiner bösen Ahnungen, und die Sache müßte klarsein.

Vielleicht.

Er saß hinter seinem Schreibtisch und zwirbelte an seinem Schnurrbart. Schmächtig, in schwarzem Anzug und mit dichtem, nach hinten gekämmtem Haar erinnerte er eher an einen Bestattungsunternehmer als an irgend etwas anderes. Genauso hatte Van Veeteren ihn in Erinnerung, in den fünfzehn Jahren schien er um ein oder allerhöchstens zwei Monate gealtert zu sein. Daß er erst vor acht Tagen auf dem Operationstisch gelegen hatte, dafür gab es keine Anzeichen.

Mit einem leicht säuerlichen Lächeln begrüßte er Van Veeteren und zeigte mit der Hand auf den Besucherstuhl, der genau gegenüber von dem sorgfältig aufgeräumten Schreibtisch stand.

»Worum, verdammt noch mal, handelt es sich eigentlich?«

Van Veeteren erinnerte sich an das Gerücht, daß er kaum den Mund öffnen konnte, ohne dabei zu fluchen. Er hob die Handflächen zur Decke und versuchte bedauernd auszusehen.

»Bedaure«, sagte er. »Die Sache ist etwas delikat... Kann ich erst mal das angucken, weswegen ich gekommen bin?«

»Aber, zum Teufel, ja!« Er zog eine Schreibtischschublade auf und holte eine braune Mappe hervor.

»Bitte schön. Und viel Vergnügen!«

Van Veeteren nahm sie in Empfang und zögerte einen Moment. Er überlegte, ob er auf diesem Stuhl hier sitzen bleiben und lesen sollte, aber als er einen Blick über den Schreibtisch warf, begriff er, daß die Visite beendet war. Aus und vorbei! Er erinnerte sich wieder daran, daß sein Gastgeber noch nie ein Freund irgendwelcher Höflichkeitsfloskeln gewesen war... Konversation oder so. Van Veeteren stand auf, verabschiedete sich und verließ das Büro.

Der ganze Besuch hatte weniger als zwei Minuten gedauert.

Wer noch einmal behauptet, ich hätte meine Launen, der soll doch bitte schön erst einmal diesen munteren Vogel besuchen, dachte Van Veeteren, während er die Treppen nach unten lief.

Er ging über die Straße zu seinem Wagen. Holte seine Aktentasche vom Rücksitz und stopfte die Mappe hinein. Schaute sich um. Fünfzig Meter entfernt, an der Straßenecke, entdeckte er ein Caféschild.

Klingt gut, dachte er und machte sich auf den Weg.

Er wartete, bis die Kellnerin verschwunden war, bevor er die Mappe auf den Tisch legte. Blätterte ein paar Seiten vor und nickte. Ein paar Seiten wieder zurück und nickte wieder.

Er zündete sich eine Zigarette an und begann von Anfang an zu lesen.

Er brauchte nicht lange zu warten. Die Bestätigung bekam er bereits auf Seite fünf, vielleicht nicht genau das, was er erwartet hatte, aber es war auf jeden Fall eine Bestätigung. Er stopfte die Papiere wieder zurück und schloß die Mappe.

Verflucht noch mal, dachte er.

Aber das Motiv war damit natürlich noch lange nicht klar... was, zum Teufel, hatten die beiden anderen damit zu tun? Verdammte Scheiße...

Nun ja, das würde sich zweifellos zeigen.

Er schaute auf die Uhr. Ein paar Minuten nach eins.

Donnerstag, der 30. September. Der vorletzte Arbeitstag von Bausen. Und plötzlich war der Fall auf dem Weg zu seiner Lösung.

Und genau wie er es geahnt hatte, war es kaum das Ergebnis irgendwelcher emsiger Ermittlungsarbeiten. Genau wie er gedacht hatte, war ihm die Lösung mehr oder weniger in den Schoß gefallen. Das war ein etwas sonderbares Gefühl, zweifellos, fast ungerecht, obwohl es andererseits natürlich nicht das erste Mal war, daß es so zuging. Er hatte das schon früher erlebt und bereits vor langer Zeit einsehen müssen, daß es, wenn es einen Beruf gab, in dem Tugend keine Belohnung nach sich zog, der des Polizeibeamten war.

Justitia hat bestimmt eine Vorliebe für Bullen, die faul rumliegen und nachdenken, statt sich den Arsch abzurennen, hatte Reinhart bei irgendeiner Gelegenheit mal gesagt.

Aber das, was ihn in erster Linie bestürzte, war die Überlegung, wie schlecht der Fall im Rückblick aussehen würde. Sein eigener Einsatz war gewiß auch nichts, auf das er stolz sein konnte. Eher im Gegenteil.

Mit anderen Worten, es war doch nicht ganz wie sonst.

47

Etwas, das sie von innen auffraß? Oder langsam betäubte. Eine Bewegung, die dazu verdammt war, zu ersterben?

Ungefähr so. Ungefähr so fühlte es sich an. Sofern sie überhaupt noch etwas fühlte.

Die Zeit, die es noch gab, bestand in den abnehmenden Rhythmen und Bedürfnissen ihres Körpers. In dieser betäubenden Dunkelheit war der Tagesrhythmus vollkommen zerstört worden, sie schlief und wachte auf, blieb wach und schlief wieder ein. Es war nicht möglich, festzustellen, wie lange etwas dauerte, vielleicht war es draußen Tag, vielleicht war es Nacht... vielleicht hatte sie acht Stunden lang geschlafen oder aber nur zwanzig Minuten? Hunger und Durst tauchten nur als blasse Signale von etwas auf, das sie eigentlich nichts anging, aber sie aß trotzdem aus der Schale mit Brot und Obst, die er ab zu und wieder füllte. Trank aus der Wasserflasche.

Ihre Hände und Füße waren gefesselt, ihre Beweglichkeit stark eingeschränkt, nicht nur durch den Raum; sie lag unter den Decken zusammengekauert, fast in einer Art Fötusstellung, sie stand nur auf, wenn sie zum Eimer mußte, um sich ihrer Notdurft zu entledigen... hüpfend tastete sie sich vor. Die Gerüche, die von dort kamen, hatten sie anfangs gestört, aber bald roch sie sie gar nicht mehr. Der satte Erdgeruch war das einzige, was sie die ganze Zeit spürte, der sie sofort an ihre Lage erinnerte, wenn sie aufwachte, der ihr die ganze Zeit bewußt war.

Unterbrochen wurde er nur von dem angenehmen Tabaksgeruch, wenn er bei ihr saß und erzählte.

Verebbt war auch die unerträgliche Angst der ersten Zeit. Sie hatte sich zurückgezogen und war von etwas anderem ersetzt worden: von einem schwerfälligen Gefühl der Lethargie und des Überdrusses, vielleicht nicht direkter Hoffnungslosigkeit, aber einem immer stärkeren Gefühl, daß sie nur irgendein dahinvegetierendes, dahinsiechendes Wesen war, das sich nach und nach nur noch auf einen schlaffen, unempfänglichen Körper reduzierte... einen Körper, der auch den inneren Eindrücken, Gedanken und Erinnerungen gegenüber immer gleichgültiger wurde. Die äußere Finsternis fraß sich nach innen, wie es schien, drang langsam und beharrlich unter ihre Haut... und gleichzeitig begriff sie, daß genau das vielleicht ihre Überlebenschance war, ihre einzige Möglichkeit, nicht verrückt zu werden. Hier einfach unter den Decken zu liegen und die Körperwärme, so gut es ging, bei sich zu behalten. Träume und Phantasien kommen und gehen zu lassen, wie sie wollten, ohne sie näher in Augenschein zu nehmen – in wachem wie in schlafendem Zustand.

Und keine Hoffnung zu haben. Sich nichts vorzustellen und nicht darüber nachzudenken, wie die letztendliche Lösung aussehen würde. Einfach nur dazuliegen. Nur darauf zu warten, daß er kam und seine Geschichte weitererzählte.

Über Heinz Eggers und Ernst Simmel.

»Nein«, sagte er, und sie hörte, wie er das Zellophan von einer neuen Zigarettenpackung abriß. »Ich weiß nicht, ob damals schon alles verloren war, als sie aus Aarlach zurückkam. Oder ob es immer noch eine Chance gab. Natürlich spielt es jetzt im nachhinein keine Rolle mehr, es ist müßig, darüber zu spekulieren... schließlich ist es ja doch so gekommen, wie es kommen mußte.«

Er zündete sich seine Zigarette an, und das kurz aufflammende Feuer des Feuerzeugs blendete sie fast.

»Sie kam zurück, und wir wußten nicht, ob wir hoffen oder mißtrauisch sein sollten. Natürlich taten wir beides; man kann nicht in purer Verzweiflung leben – erst wenn man die endgültige Einsicht hat, aber dann spielt es eigentlich keine Rolle mehr. Nun ja, jedenfalls wollte sie nicht wieder bei uns wohnen. Wir besorgten ihr eine Wohnung in Dünningen. Bereits Anfang März zog sie dort ein; es waren nur ein Zimmer, Küche und Bad, aber trotzdem ziemlich groß. Hell und sauber, im fünften Stock und mit Blick aufs Meer vom Balkon aus. Sie war immer noch krankgeschrieben und nur bedingt arbeitsfähig. Körperlich entgiftet und ging zur Therapie, sollte es jedenfalls. Sie hatte nachmittags einen Job bei Henkers. Aber wie sich später herausstellte, kam sie dem nicht nach. Doch damals wußten wir nichts davon. Wir kümmerten uns nicht darum, wollten sie nicht überwachen. Sie mußte es selber wollen, wir könnten es ihr nicht abnehmen, hatte uns ein scheißwichtiger und neunmalkluger Sozialarbeiter erklärt. Also hielten wir uns im Hintergrund, im verborgenen, wozu es verdammt noch mal auch immer gut sein mochte. Ja, da wohnte sie also den ganzen Frühling über, und wir dachten, sie käme zurecht, aber ihre Einkünfte, das Geld, das sie für Dinge brauchte, von denen wir dachten, sie würde sie nicht mehr nehmen, ja, das kam von solchen Menschen wie Ernst Simmel. Ernst Simmel...«

Er verstummte und zog an seiner Zigarette. Sie folgte dem glühenden Punkt und hätte plötzlich selbst gern eine geraucht.

Vielleicht würde er ihr sogar eine geben, wenn sie fragte, aber sie traute sich nicht.

»Eines Abends Ende April fuhr ich aus irgendeinem Grund zu ihr hin. Ich war so gut wie nie dort gewesen, seit sie eingezogen war. Ich weiß nicht mehr, was der Grund war, es kann jedenfalls nichts besonders Wichtiges gewesen sein, und es entfiel mir auch sofort, als ich dort ankam...«

Neue Pause, die Zigarette glühte. Er hustete ein paarmal. Sie lehnte den Kopf gegen die Wand und wartete. Wartete und wußte.

»Ich klingelte. Doch die Klingel war offensichtlich kaputt, also versuchte ich, die Klinke herunterzudrücken... es war offen, und ich ging hinein. Ging in den Flur und schaute mich um. Die Schlafzimmertür war nur angelehnt... ich hörte Geräusche und mußte einfach hineinsehen. Ja, und so bekam ich zu sehen, wie sie sich ihr Geld verdiente...«

»Simmel?« flüsterte sie.

»Ja.«

Erneutes Schweigen. Er räusperte sich wieder und rauchte wieder. Drückte die Kippe auf dem Boden aus und zertrat die Glut mit dem Fuß.

»Als ich da in der Türöffnung stand, trafen sich unsere Blicke. Sie sah mich direkt über die Schulter dieses Ekels an – sie stand an die Wand gepreßt da. Ich glaube, wenn ich in diesem Moment eine Waffe gehabt hätte, eine Axt oder ein Messer oder was auch immer, dann hätte ich ihn schon damals getötet. Vielleicht war ich aber auch einfach viel zu betroffen... diese Augen, Brigittes Augen, als sie diesen Mann an sich heran ließ, das war der gleiche Blick, den sie schon einmal gehabt hatte. Ich erkannte ihn sofort wieder, damals war sie sieben, acht Jahre alt gewesen, und es mußte das erste Mal gewesen sein, daß sie hungernde, sterbende Kinder sah und begriff, worum es da ging... eine Fernsehreportage aus Afrika. Die gleichen Augen waren das, die mich da ansahen. Die gleiche Verzweiflung. Die gleiche Machtlosigkeit gegenüber dem

Bösen auf der Welt. Ich ging nach Hause, und ich glaube, ich habe einen ganzen Monat lang nicht geschlafen.«

Er schwieg und rauchte wieder.

»War das in dem Jahr, als Simmel nach Spanien gezogen ist?« fragte sie und bemerkte verwundert, wie groß ihre Neugier immer noch war. Daß sie seinem Bericht zuhörte und daß es sie berührte, als wäre es ihre eigene Wunde, daß ihre eigene, ganz persönliche Lage und Verzweiflung vielleicht doch nichts anderes war als ein Spiegel, als ein Symbol von irgend etwas unendlich viel Größerem.

Von dem totalen, ewigen Leiden in der Welt?

Dem Übergewicht des Bösen?

Oder ist das nur wieder dieser verfluchte Starrsinn, von dem alle reden, dachte sie. Der Starrsinn und diese doppelbödige Stärke... und mein ewiges Aufschieben dieser Sache mit dem Kind.

Konnte es sowohl das eine als auch das andere sein? Die gleiche Sache, wenn man es genau betrachtete?

Und wenn dem so war – was, zum Teufel, spielte es dann für eine Rolle? Ihre Gedanken verloren sich, und sie konnte den Faden nicht wiederfinden. Sie faltete die Hände, aber nach nur wenigen Sekunden konnte sie sie nicht mehr spüren. Sie schliefen ein und verschwanden, in der gleichen unerschütterlichen Art wie ihre eitlen Anstrengungen, einen Gedankengang weiterzuverfolgen.

»Ja«, sagte er schließlich. »Das war in dem Jahr. Er verschwand in dem Sommer – kam diesen Frühling zurück, wie die anderen. Das mußte doch ein Zeichen sein, wenn alle nur mit ein paar Wochen Zwischenraum hier in der Stadt auftauchten. Komm mir nicht und behaupte, das wäre nur ein Zufall. Das war ein Zeichen von Gitte. Von Gitte und Helena, das ist doch so verdammt klar, daß man es gar nicht übersehen kann... Wird das jemals jemand begreifen?«

Plötzlich lag eine schneidende Schärfe in seiner Stimme. Eine gekränkte Empörung. Als wäre gar nicht er selbst es, der hinter dem Ganzen steckte. Als wäre er gar nicht verantwortlich für die Morde. Als wäre er...

Nur ein Werkzeug.

Plötzlich fiel ihr etwas ein, was Wundermaas gesagt hatte; vielleicht nicht wortwörtlich, aber dem Sinn gemäß – etwas dahingehend, daß in den meisten Morden eine Notwendigkeit zu walten schien, ein Zwang, der stärker war als bei allen anderen Taten; wenn dem nicht so wäre, würden sie überhaupt nie begangen werden... wären sie gar nicht notwendig.

Wenn es eine Alternative gegeben hätte.

Die Notwendigkeit. Die Trauer, die Entschlossenheit und die Notwendigkeit... ja, sie begriff, daß es genau das war, worum es hier ging.

Die Trauer. Die Entschlossenheit. Die Notwendigkeit.

Sie wartete auf die Fortsetzung, doch die kam nicht. Nur seine schweren Atemzüge, die sich durch die Dunkelheit schnitten, und ihr wurde klar, daß er genau jetzt, genau in diesem Augenblick, wo die Zeit stillstand, über ihr Schicksal entschied.

»Was willst du mit mir machen?« flüsterte sie.

Vielleicht gerade noch rechtzeitig. Vielleicht, weil sie ihm nicht die Zeit geben wollte, zu Ende zu denken.

Er antwortete nicht. Stand auf und ging rückwärts aus der Tür.

Schob sie zu und verschloß sie. Schlug den Riegel vor. Sie war wieder allein. Sie lauschte seinen verklingenden Schritten und kauerte sich an der Wand zusammen. Zog die Decken über sich.

Noch einer, dachte sie. Er hat noch einen, über den er berichten kann. Und dann?

Und dann?

48

Wenn er die Fähigkeit besessen hätte, in die Zukunft zu blicken, und wenn auch nur für ein paar Stunden, dann wäre es natürlich möglich, daß er einfach das Mittagessen hätte ausfallen lassen.

Um statt dessen die Rückfahrt nach Kaalbringen so schnell wie möglich anzutreten. Aber wie die Dinge nun mal lagen – mit der Auflösung dieser zähen Geschichte in deutlicher Reichweite –, beschloß er statt dessen, sich ein Canaille aux Prunes in Arnos Keller zu gönnen, einem kleinen Fischrestaurant, an das er sich noch aus einer Urlaubswoche vor mehr als zwanzig Jahren erinnerte.

Außerdem brauchte er ein paar Stunden, um ungestört nachzudenken, schließlich war es nicht ganz unwichtig, wie er den letzten Akt dieses Dramas inszenierte... ganz und gar nicht unwichtig. Der Henker mußte so sauber wie möglich zur Strecke gebracht werden, außerdem mußte die Motivfrage untersucht und ordentlich geklärt werden. Und dann war da natürlich noch das Problem mit Inspektorin Moerk. Vermutlich gab es genügend Möglichkeiten, etwas falsch zu machen, und um Bausen zu zitieren: Es war verdammt lange her, seit in diesem Fall mal was geklappt hatte...

Wie auch immer – eine bessere Gesellschaft als eine gute Mahlzeit konnten seine Gedanken sich wohl kaum wünschen.

Nach einer Birne in Cognac und dem Kaffee hatte er seinen Entschluß gefaßt – eine Strategie, bei der die Erfolgschancen gut erschienen und die Risiken, Inspektorin Moerk zu schaden, so gering waren, wie man es sich nur wünschen konnte.

Das hieß, wenn sie immer noch am Leben war. Natürlich wollte er gern davon ausgehen, aber in diesem Fall hatte ihnen die Wahrscheinlichkeit schon öfters ein Schnippchen geschlagen.

Wahrscheinlichkeit? dachte er. Ich hätte es wissen sollen.

Es war inzwischen halb vier. Er bezahlte, verließ seinen Ecktisch und begab sich in die Telefonzelle im Restauranteingang.
Drei Gespräche. Zuerst Bausen daheim in seinem Nest, dann Münster... der Kommissar antwortete nicht in seinem Ferienhaus, er war sicher noch mit Synn und den Kindern am Strand. Dann Kropke auf der Polizeiwache, der Inspektor kostete ihn insgesamt eine Viertelstunde, er hatte offensichtlich Schwierigkeiten, dem Gedankengang zu folgen, aber als das Gespräch endlich beendet war, hatte Van Veeteren das Gefühl, daß jetzt alles klappen könnte.

Er machte sich kurz nach vier auf den Weg, und bereits in der Höhe von Ulming, nach wenigen Kilometern, bemerkte er, daß die rote Lampe blinkte. Bald leuchtete sie die ganze Zeit unheilverkündend, was ihn dazu brachte, fluchend mit beiden Fäusten auf das Armaturenbrett zu schlagen – doch das nützte nichts, der Motor begann auch noch zu stottern und an Fahrt zu verlieren, dieses Scheißauto, und als die nächste Tankstelle auftauchte, war ihm klar, daß er keine andere Wahl hatte. Er fluchte noch ein bißchen, blinkte nach rechts und bog von der Autobahn ab.

Eine neue Lichtmaschine, stellte der junge Tankwart nach einem kurzen Blick unter die Motorhaube fest... am gleichen Tag kaum noch zu machen. Er schob die Hände in seine Gesäßtaschen und schaute bedauernd drein. Van Veeteren fluchte.
Na gut, wenn der Kunde darauf bestand und bereit war zu zahlen. Ja, vier, fünf Stunden, vielleicht würde das ausreichen... schließlich mußte er erst in die Stadt und eine neue besorgen, aber wenn er es so eilig hatte, konnte er ja solange ein anderes Auto mieten. Ein paar waren frei.
»Und meine Musikanlage hier lassen?« schimpfte der Hauptkommissar und zeigte mit ausgestreckten Händen auf die triste Umgebung der Tankstelle. »Was denken Sie denn, wer ich bin?«
»Na, dann eben nicht«, sagte der Tankwart. »Dann schlage

ich vor, Sie warten so lange drüben im Café. Im Kiosk gibt es Zeitungen und Bücher.«

Verfluchte Scheiße! dachte Van Veeteren. Mistauto! Ich werde nicht vor ein, zwei Uhr nachts zurück sein.

»Es klingelt!« schrie Bart.

Münster und seine Familie hatten am Strand herumgetrödelt, bis die Sonne hinter dem Waldrand im Westen unterging. Sie konnten nach einem Tag voller Spielen, Faulenzen und Wiedersehensfreude nur mit Mühe wieder ins Haus zurückfinden. Vorsichtig legte Münster seine schlafende Vierjährige ins Bett, während Synn ans Telefon ging.

»Es ist der Hauptkommissar«, flüsterte sie mit der Hand über dem Hörer. »Er klingt wie ein Pulverfaß, da ist anscheinend was mit dem Auto...«

Münster nahm den Hörer.

»Was?« fragte er.

Dann sagte er die nächsten zehn Minuten so gut wie gar nichts mehr. Stand nur in der Fensternische, hörte zu und nickte, während seine Frau und sein Sohn immer kleinere Kreise um ihn zogen... ein Blick genügte, und Synn verstand, und ihr Wissen übertrug sich unmittelbar auf den Sechsjährigen, der das gleiche schon ein paarmal mitgemacht hatte.

Es war nicht mißzuverstehen. Nicht das Auto stand im Mittelpunkt des Gesprächs. Sie hörte es an der Stimme des Vorgesetzten am anderen Ende der Leitung; ein dumpfes, unverdrossen heranziehendes Unwetter. Sie sah es natürlich auch an ihrem Mann: an seiner Körperhaltung und seinen Kiefern im Profil. Angespannt, zusammengebissen. Ganz oben unterhalb der Ohren ein bißchen weiß...

Es war soweit.

Und langsam überfiel sie diese Unruhe. Über die sie nicht reden konnte, nicht einmal mit ihm, aber von der sie wußte, daß sie sie mit allen anderen Polizeiehefrauen auf der Welt teilte.

Die Möglichkeit, daß... daß etwas passieren könnte, was...

Entschlossen nahm sie ihren Sohn bei der Hand und ließ ihn nicht wieder los. Trotz allem dankbar, daß sie beschlossen hatte, hierherzufahren.

»Gegen zwei?« fragte Münster schließlich. »Ja,.ich verstehe. Wir treffen uns hier, ja ... ja, das kann ich einrichten.«

Dann legte er den Hörer auf und starrte eine Weile vor sich hin, direkt in die Luft.

»Das ist einfach zu schrecklich«, sagte er.

Er schüttelte den Kopf und wurde seiner Frau und seines Sohnes gewahr, die ihn mit der gleichen unausgesprochenen rhetorischen Frage im Blick anstarrten.

»Wir werden den Henker morgen früh fassen«, erklärte er. »Die anderen kommen heute nacht hierher, um die Taktik zu besprechen.«

»Hierher?« fragte Synn.

»Stark«, sagte der sechsjährige Junge. »Ich bin dabei.«

Um halb fünf war der Plan fertig. Das Ganze hatte etwas länger gedauert, als der Hauptkommissar sich gedacht hatte, die Motivfrage war hin und her gewendet worden, und wie nun alles so richtig zusammenhing, wußte immer noch keiner. Aber sie hatten es, soweit es nur ging, analysiert. Es war unmöglich, weiterzukommen, und auch wenn das eine oder andere Teilchen vom Puzzle noch fehlte, so waren sich doch alle klar darüber, wie es im großen und ganzen aussehen würde.

»Es hat keinen Sinn, noch länger zu warten«, sagte Van Veeteren. »Jeder weiß, worum es geht ... ich glaube, wir gehen kein großes Risiko ein – aber trotzdem ist es nicht schlecht, auf Nummer Sicher zu gehen. Mooser?«

Mooser klopfte auf seine ausgebeulte Hüfte.

»Münster?«

Münster nickte.

»Der Polizeichef?«

Erneutes Nicken, und Van Veeteren schlug seinen Notizblock zu. »All right. Dann fahren wir!«

49

Der Gedanke an den Tod kam wie ein höflicher Gast, doch als sie ihn erst einmal hereingelassen hatte, beschloß er zu bleiben. Plötzlich wohnte er bei ihr. Ungebeten und unerbittlich. Wie eine pressende Hand im Zwerchfell. Wie eine langsam wachsende Geschwulst. Eine graue Wolke, die anschwoll und sich in ihr ausbreitete und ein immer hoffnungsloseres Dunkel über ihre Gedanken legte.
Der Tod.
Plötzlich war das die einzige Realität, die sie besaß.
Das hier ist das Ende, sagte sie sich, und es war weder besonders traumatisch noch aufregend. Sie würde sterben... wahrscheinlich durch seine Hand oder ganz von selbst. Zusammengekauert hier auf dem Boden zwischen den Decken liegend, mit diesem schmerzenden Körper und dieser dahinschwindenden Seele, die wohl das empfindlichste war – sie war es sicher, die als erste aufgeben würde, das wußte sie jetzt. Nachdem sie dem Tod die Tür geöffnet hatte, wurde ihr Lebenslicht schwächer und schwächer, vielleicht war es nur noch eine Frage von hundert oder siebzig oder zwanzig Atemzügen, bis alles zusammenbrechen würde. Sie hatte jetzt angefangen zu rechnen, so etwas machte man im Gefängnis, das wußte sie... sie hatte von Gefangenen gelesen, die ihren Verstand nur behalten hatten, weil sie alles immer und ewig zählten, das Problem war nur, daß sie nichts zum Zählen hatte. Keine Ereignisse. Keine Geräusche. Keine Zeit.
Nur ihren eigenen Atem und ihren Puls.

Jetzt wartete sie auf ihn. Als wäre es ihr Geliebter, sehnte sie sich nach ihm... ihrem Gefangenenwärter, ihrem Büttel, ihrem Mörder? Wie auch immer. Jede Veränderung, jedes Ereignis, jede denkbare Unterbrechung – nur nicht diesen fortwährenden Umgang mit dem Tod.
Ihrem höflichen und rücksichtsvollen Gast.

Die Schale mit dem Essen war halbvoll, aber sie bekam nichts mehr hinunter. Ab und zu befeuchtete sie die Zunge und die Lippen mit Wasser, aber auch Durst konnte sie nicht mehr aufbringen. Sie schleppte sich zum Eimer, konnte aber nichts von sich geben... die Bedürfnisse hatten sie verlassen, eins nach dem anderen, so einfach war das.

Warum kam er nicht?

Auch wenn die Zeit nicht mehr existierte, so gab ihr doch irgend etwas das Gefühl, daß er sich verspätet hatte. Sie beschloß, viertausend Pulsschläge lang zu zählen, und wenn er dann immer noch nicht hier war, dann würde sie...

...würde sie noch mal viertausend Pulsschläge zählen.

War es möglich, tausend Pulsschläge von anderen tausend Pulsschlägen zu unterscheiden? Ging das? Und wenn es möglich war, wozu sollte es gut sein?

Und während sie zählte, verkrampfte sich ihre Hand.

Wuchs die Wolke.

Erfüllte sie der Tod.

»Ich habe mich verspätet«, sagte er, und nur mit knapper Not konnte sie seine Stimme verstehen.

»Ja«, flüsterte sie.

Er saß stumm da, und sie spürte, wie sie dazu überging, seine Atemzüge zu zählen. Rauh in der Dunkelheit wie immer, aber dennoch seine und nicht ihre... etwas, das nicht von ihr selbst ausging.

»Erzähl«, bat sie.

Da zündete er sich seine Zigarette an, und plötzlich spürte sie, wie das schwache Glühen wuchs und sich in sie drängte... plötzlich durchdrang das Licht ihren ganzen Körper, und einen Augenblick später hatte sie das Bewußtsein verloren.

Sie erwachte in einer knisternden weißen Welt, einem pulsierenden, vibrierenden Schein, der so stark und mächtig war, daß sein Donnern sie zerriß. Schwindelerregende Spiralen wuschen ihren Kopf aus, und sie stürzte sich in sie hinein, wurde

aufgesogen und in diesem infernalisch rotierenden Weiß gehalten, in dieser Flut aus wahnsinnig herabstürzendem Licht...
Dann begann es abzuebben. Die Flut wurde gedämpft und zog sich in einem langsam wogenden Rhythmus zurück, Brandungen und Wellen, und sie konnte den Geruch nach Erde wieder erkennen. Nach Erde und Rauch. Sah wieder nur noch Finsternis und einen roten, zitternden Punkt, und ihr war klar, daß etwas passiert war. Sie wußte nicht was, aber sie war irgendwo gewesen, und jetzt war sie zurück. Und die Wolke wuchs nicht mehr.
Etwas war geschehen.
»Erzähl«, sagte sie, und jetzt trug ihre Stimme die Worte wieder. »Erzähl von Heinz Eggers.«

»Heinz Eggers«, sagte er und zögerte wie immer anfangs. »Ja, ich will auch von Heinz Eggers erzählen. Ich bin nur so müde, schrecklich müde... aber natürlich muß ich bis zum Ende durchhalten.«
Es gelang ihr nicht, darüber nachzudenken, was seine Worte eigentlich bedeuteten.
Er räusperte sich und begann.
»Es war in Selstadt... sie ist dorthin gezogen. Oder wurde dorthin gebracht. Das Sozialamt kümmerte sich um sie und brachte sie nach Trieckberg. Kennst du Trieckberg?«
»Nein.«
»Das ist eines dieser Kollektive, die wirklich einige wieder hinkriegen, die sie nicht immer nur rein- und rausgehen lassen, bis sie schließlich an einer Überdosis oder einer schmutzigen Kanüle sterben. Den einen oder anderen noch hinkriegen. Also – wir hatten Kontakt, guten Kontakt, wir besuchten sie, es ging ihr gar nicht so schlecht. Es gab wieder einen kleinen Hoffnungsschimmer, aber nach ein paar Monaten erfuhren wir, daß sie abgehauen war... es dauerte, es dauerte schrecklich lange, bis wir einen Hinweis bekamen, daß sie in Selstadt sein könnte. Trieckberg liegt ein ganzes Stück weit

entfernt davon. Ich fuhr dorthin und suchte... nach ein paar Tagen hatte ich eine Adresse erfahren und fuhr dorthin. Das war vielleicht eine Bude – nun ja, ich habe schon einiges gesehen, aber ich habe wohl noch nie jemanden in schlimmerem Zustand gesehen als Brigitte und die andere Frau da in Heinz Eggers' Stall – so nannte er es selbst. Stall. Er dachte wohl, ich käme, um ein billiges Stündchen mit einer seiner Huren oder allen beiden abzureißen. Vielleicht hatte er ja auch noch mehr...«

Er schwieg.

»Was hast du gemacht?« fragte sie nach einer Weile.

»Ich habe ihn geschlagen. Habe ihm eins aufs Maul gegeben. Ich konnte nicht anders. Er verschwand. Ich telefonierte nach einem Krankenwagen und brachte die beiden ins Krankenhaus... sie starb drei Wochen später. Gitte starb im Krankenhaus von Selstadt. Entschuldige, aber ich bin zu müde, um in Details gehen zu können.«

»Wie?«

Er wartete erneut und sog die letzten tiefen Züge aus seiner Zigarette. Ließ sie auf den Boden fallen und trat die Glut mit dem Fuß aus.

»Hat sich die Halsschlagadern aufgeschnitten und ist aus dem siebten Stock gesprungen – sie wollte ganz sicher gehen. Das war am 30. September. 1993. Sie ist siebenundzwanzig Jahre alt geworden.«

Diesmal blieb er länger sitzen.

Er saß in dem üblichen Abstand, drei, vier Meter von ihr entfernt in der Finsternis und atmete schwer. Keiner von beiden sagte etwas, ihr war klar, daß es nichts mehr hinzuzufügen gab. Er war jetzt fertig.

Die Rache war vollzogen.

Die Geschichte war erzählt.

Es war vorbei.

Sie blieben im Dunkeln sitzen, und sie hatte das Gefühl,

als wären sie nur zwei Schauspieler, die noch auf der Bühne geblieben waren, obwohl der Vorhang schon längst gefallen war.

Was geschieht jetzt? überlegte sie. Was kommt danach?

Was tut Horatio nach Hamlets Tod?

Leben und die Geschichte noch einmal erzählen, wie von ihm erwartet wird?

Durch eigene Hand sterben, wie er es will?

Schließlich traute sie sich zu fragen:

»Was willst du jetzt machen?«

Sie konnte hören, wie er zusammenzuckte. Vielleicht war er auch einfach eingeschlafen. Eine unendliche Müdigkeit schien ihn zu umgeben, und sie spürte, daß sie ihm am liebsten einen Rat gegeben hätte.

Eine Art Trost. Aber den gab es natürlich nicht.

»Ich weiß nicht«, sagte er. »Ich habe getan, was ich tun mußte. Ich brauchte ein Zeichen. Mußte auf ein Zeichen warten...«

Er stand auf.

»Welcher Tag ist heute?« fragte sie plötzlich, ohne zu wissen, warum.

»Es ist nicht Tag«, antwortete er. »Es ist Nacht.«

Und dann verließ er sie wieder.

Ich lebe noch, dachte sie überrascht. Und die Nacht ist die Mutter des Tages...

50

Van Veeteren ging als erster.

Bahnte sich einen Weg durch das Dunkel, das sich langsam etwas lichtete. Ein schmaler Streifen eines grauen Tages hatte sich unter den Bäumen hindurchgeschoben, aber es war noch zu früh, um etwas anderes als grobe Konturen, Lichtwechsel und Schattenspiele zu unterscheiden. Immer noch dominierte der Laut über das Licht, das Ohr über das Auge. Ein Wirrwarr leisen Prasselns und schwacher Insektengeräusche zog sich vorsichtig vor ihren Schritten zurück. Eigenartiger Ort, dachte Münster.

»Immer mit der Ruhe«, hatte Van Veeteren sie ermahnt. »Es ist besser, wir kommen eine Viertelstunde später, ohne bemerkt worden zu sein.«

Endlich bogen sie um die Ecke und kamen auf die Steinplatten. Der Hauptkommissar schob die Tür auf. Sie quietschte leise, und Münster konnte seine Unruhe spüren, aber innerhalb einer halben Minute waren alle drinnen.

Aufteilung. Zwei die Treppe hinauf. Er selbst und Münster nach unten.

Im Stockfinsteren schaltete er seine Taschenlampe ein.

»Es ist nur eine Vermutung«, flüsterte er über die Schulter, »aber mich soll der Teufel holen, wenn ich nicht recht habe!«

Münster nickte und blieb ihm dicht auf den Fersen.

»Guck mal!« rief Van Veeteren aus und blieb stehen. Richtete den Lichtkegel auf ein altes Puppenhaus, vollgestopft mit Spielsachen: Puppen, Teddys und allem möglichen anderen. »Ich hätte es wissen müssen... aber das ist natürlich ziemlich viel verlangt.«

Sie gingen weiter nach unten, Münster einen halben Schritt hinter Van Veeteren. Der Geruch von Erde wurde immer stärker... von Erde und einer ihn durchziehenden Spur kalten Zigarettenrauchs. Der Gang wurde enger, und die Deckenhöhe niedriger, sie mußten sich etwas zusammenkrümmen, gingen leicht vorgebeugt und geduckt weiter – tasteten sich vor, trotz der Führung durch das flackernde Licht der Taschenlampe.

»Hier!« sagte der Hauptkommissar plötzlich. Er blieb stehen und leuchtete auf eine solide Holztür mit doppelter Verriegelung und einem kräftigen Hängeschloß. »Hier ist es!«

Er klopfte vorsichtig an.

Nichts zu hören.

Er versuchte es wieder, etwas stärker diesmal, und Münster konnte ein leises Geräusch von der anderen Seite vernehmen.

»Inspektor Moerk?« fragte Van Veeteren, die Wange an die feuchte Holztür gepreßt.

Jetzt war ein klares, deutliches »Ja« zu vernehmen, und in dem Moment spürte Münster, wie etwas in ihm zusammenbrach. Plötzlich schossen ihm die Tränen in die Augen, und es gab keine Möglichkeit, sie zurückzuhalten. Ich bin ein zweiundvierzigjähriger Bulle und stehe hier und heule, dachte er. O Scheiße!

Aber er schämte sich nicht. Er stand hinter dem Rücken des Hauptkommissars und weinte einfach im Schutz der Dunkelheit. Danke, dachte er, ohne eine Ahnung davon zu haben, an wen er seinen Dank richtete.

Van Veeteren holte ein Brecheisen hervor, und nach ein paar mißglückten Versuchen bewegte sich das Hängeschloß. Er öffnete die Riegel und schob die Tür auf.

»Nimm das Licht weg«, flüsterte Beate Moerk, und das einzige, was Münster von ihr sah, waren die Handschellen, das dicke, verfilzte Haar und die Hände, die sie sich vor die Augen hielt.

Bevor er ihr gehorchte, ließ der Hauptkommissar den Lichtkegel ein paar Sekunden lang über die Wände wandern.

Dann murmelte er etwas Unverständliches und machte die Lampe aus.

Münster tastete sich zu ihr vor. Es gelang ihm, sie auf die Füße zu stellen... sie lehnte sich schwer an ihn, und ihm war sofort klar, daß er sie tragen mußte. Vorsichtig hob er sie hoch und merkte, daß er immer noch weinte.

»Wie geht es dir?« brachte er trotzdem hervor, als sie ihren Kopf auf seine Schulter gelegt hatte, und seine Stimme klang erstaunlich sicher.

»Nicht besonders gut«, flüsterte sie. »Danke, daß ihr gekommen seid.«

»Keine Ursache«, sagte Van Veeteren. »Ich hätte es eigentlich früher wissen müssen, aber... ich fürchte, du mußt die Handschellen noch eine Weile ertragen. Ich habe kein Werkzeug dabei.«

»Das macht nichts«, sagte Beate Moerk. »Aber wenn ihr sie abgekriegt habt, will ich drei Stunden lang ein Badezimmer nur für mich.«

»Selbstverständlich«, sagte Van Veeteren. »Schließlich hat die Inspektorin reichlich Überstunden gemacht.«

Dann führte er die beiden hinaus.

Draußen auf der Terrasse warteten bereits Kropke und Mooser.

»Er ist nicht zu Hause«, sagte Kropke.

»Scheiße«, sagte Van Veeteren.

»Du kannst mich absetzen, wenn du willst«, sagte Beate Moerk. »Vielleicht kann ich ja selbst gehen...«

»Kommt gar nicht in Frage«, sagte Münster.

»Wo, zum Teufel, steckt er?« knurrte der Hauptkommissar. »Es ist halb sechs Uhr morgens... da sollte er doch in seinem Bett liegen?«

Beate Moerk hatte die Augen geöffnet, schattete sie aber mit der Hand gegen das schwache Dämmerungslicht ab.

»Er war vor einer Weile bei mir«, sagte sie.

»Vor einer Weile?« wiederholte Kropke.

»Ich habe etwas Probleme mit der Zeitberechnung«, erklärte sie. »Vor einer Stunde... vielleicht vor zwei.«

»Und er hat nicht gesagt, wo er hinwollte?« fragte Van Veeteren.

Beate Moerk überlegte.

»Nein«, sagte sie. »Aber er wollte ein Zeichen haben, sagte er.«

»Ein Zeichen?« wiederholte Mooser.

»Ja.«

Van Veeteren dachte eine Zeitlang nach. Er zündete sich eine Zigarette an und lief auf den Steinfliesen hin und her.

»Mmh, mmh«, sagte er schließlich und blieb stehen. »Ja, das ist natürlich möglich – warum nicht? Münster!«

»Ja.«
»Du befreist die Inspektorin von den Handschellen und fährst sie ins Krankenhaus.«
»Nach Hause«, sagte Beate Moerk.
Van Veeteren brummte.
»All right«, lenkte er ein. »Dann schicken wir einen Arzt dorthin.«
Sie nickte.
»Kropke und Mooser kommen mit mir!«

»Was meinst du, wo er ist?« fragte Kropke, als Münster und Moerk sie verlassen hatten.
»Bei seiner Familie«, antwortete Van Veeteren. »Da, wo er hingehört.«

51

»Ich komme schon zurecht«, sagte Beate Moerk.
»Wirklich?« fragte Münster.
»Natürlich. Eine Weile in der Badewanne, und ich bin wieder wie neugeboren.«
»Der Arzt kommt in einer halben Stunde. Ich bleibe lieber solange hier.«
»Nein, danke«, lächelte sie. »Geh du lieber zu deiner Familie.«
Er blieb stehen, die Hand auf der Türklinke.
»Dieser Bericht...«, sagte er. »Wieviel hast du eigentlich davon gelesen?«
Sie lachte auf.
»Na gut. Gar nichts. Ich habe die Numerierung vermißt. Als ich das Original abgeliefert habe, habe ich auf die letzte Seite geblättert und gesehen, daß ganz unten 35 drauf stand... ich glaube, ich habe das sogar gesagt.«
»Stimmt«, erinnerte sich Münster.

»Und auf der Kopie war die Numerierung weg... das war alles. Ich wußte kein bißchen über seine Tochter, als ich zum Revier gefahren bin. Ich arbeite hier ja erst seit vier Jahren, und sie war schon tot, als ich anfing. Ich wollte nur nachsehen, ob ich irgendwas im Kopierraum finden würde. Ja, da muß er mich gesehen haben, als ich hineinging oder rauskam... ganz einfach. Vielleicht war es nur ein Zufall. Ich weiß nicht, ob er meinte, ich wüßte was. Er hat jedenfalls nichts Dahingehendes gesagt. Noch was, was du wissen möchtest?«

Münster schüttelte den Kopf.

»Ja, noch eine ganze Menge«, sagte er. »Aber das kann warten.«

»Geh jetzt«, sagte sie. »Aber nimm mich vorher noch mal in den Arm, wenn du den Geruch ertragen kannst.«

»Ich habe dich schließlich den ganzen Morgen getragen«, sagte Münster und umarmte sie.

»Oh«, sagte Beate Moerk.

»Na, dann tschüs«, sagte Münster. »Und paß auf dich auf.«

»Du auf dich ebenfalls.«

Er sah ihn bereits von weitem.

In dem blassen Licht der Morgendämmerung stand er an dem gleichen Platz, an dem er an dem Abend ganz am Anfang der Ermittlungen gestanden hatte.

Damals, als er sich ihm nicht hatte nähern wollen. Seine Trauer nicht stören.

Jetzt hatte er genau wie damals die Hände tief in die Taschen gesteckt. Den Kopf gebeugt. Vollkommen still stand er da, die Füße breit auseinandergestellt, als hätte er schon lange gewartet und als wollte er sichergehen, daß er nicht aus dem Gleichgewicht kam.

In tiefster Konzentration. Versunken in etwas, das ein Gebet sein könnte, dachte der Kommissar, aber das vielleicht auch einfach nur Warten war. Das Warten darauf, etwas zu erfahren.

Oder reine Trauer. Der Rücken war so abweisend, daß Van

Veeteren sich nur mit großem Zögern näherte. Er gab Kropke und Mooser ein Zeichen, zurückzubleiben... damit er zumindest einen Augenblick lang allein mit ihm sein konnte.

»Guten Morgen«, sagte er, als nur noch ein paar Meter Abstand zwischen ihnen waren, und als Bausen seinen Schritt auf dem Kies schon lange gehört haben mußte. »Da bin ich.«

»Guten Morgen«, sagte Bausen, ohne sich zu bewegen.

Van Veeteren legte ihm seine Hand auf die Schulter. Blieb still stehen, während er die Inschrift auf dem Grabstein las.

Brigitte Bausen

18/6 1966 – 30/9 1993

Helena Bausen

3/2 1937 – 27/9 1996

»Gestern?« fragte Van Veeteren.

Bausen nickte.

»Vor fünf Jahren. Wie du siehst, hat ihre Mutter es zum Schluß nicht ganz geschafft... aber es trennen sie nur drei Tage.«

Sie standen eine Weile stumm da. Van Veeteren konnte Kropke im Hintergrund husten hören und hob abwehrend eine Hand, ohne sich umzudrehen.

»Ich hätte es früher wissen müssen«, sagte er. »Du hast mir diverse Zeichen gegeben.«

Bausen antwortete zunächst nicht. Er zuckte nur leicht mit den Schultern und schüttelte den Kopf.

»Zeichen, ja«, sagte er dann. »Ich kriege kein Zeichen... habe hier schon 'ne ganze Zeit gestanden und gewartet, und nicht erst heute...«

»Ich weiß«, sagte Van Veeteren. »Vielleicht... vielleicht ist ja das Fehlen selbst ein Zeichen.«

Bausen hob seinen Blick.

»Gottes Schweigen?« Er schüttelte sich und sah den Kommissar an. »Was die Moerk angeht, tut es mir leid... habt ihr sie rausgeholt?«

»Ja.«

»Ich brauchte jemanden, dem ich alles erzählen konnte. Das wußte ich natürlich noch nicht, als ich sie geschnappt habe, aber so war es. Ich wollte sie nie umbringen.«

»Natürlich nicht«, sagte Van Veeteren. »Wann ist dir klargeworden, daß ich es wußte?«

Bausen zögerte.

»Bei der letzten Schachpartie vielleicht. Aber ich war mir nicht sicher...«

»Ich auch nicht«, sagte Van Veeteren. »Hatte einige Probleme mit dem Motiv.«

»Aber jetzt hast du es verstanden?«

»Ich denke schon. Kropke hat gestern einiges nachgesehen...«

»Moerk weiß alles. Du kannst sie fragen. Ich schaffe es nicht, alles noch mal durchzugehen. Ich bin so schrecklich müde.«

Van Veeteren nickte.

»Das Telefongespräch gestern...«, sagte Bausen. »Ich lasse mich nicht so schnell anschmieren, das war eher aus Höflichkeit, wenn du entschuldigst?«

»Na klar«, sagte Van Veeteren. »Das war eine hausgemachte Eröffnung.«

»Endspiel eher«, sagte Bausen. »Jedenfalls hatte ich das Gefühl, ihr habt euch reichlich Zeit gelassen...«

»Hatte Probleme mit dem Auto«, sagte Van Veeteren. »Wollen wir?«

»Ja«, sagte Bausen, »das müssen wir wohl.«

V

2. Oktober

52

Der Strand war endlos.

Van Veeteren blieb stehen und blickte aufs Meer. Die Wellen waren kräftig, endlich einmal. Ein frischer Wind zog auf, und hinten am Horizont war der obere Rand einer dunklen Wolkenbank zu sehen. Sicher würden sie am Abend noch Regen bekommen.

»Ich denke, wir kehren um«, sagte er.

Münster nickte.

Sie waren seit mehr als einer Stunde unterwegs. Synn hatte gesagt, sie würde um drei Uhr Essen machen und die Kinder müßten noch gründlich geschrubbt werden, bevor sie sich an den Tisch setzen konnten.

»Bart!« rief er und winkte mit dem Arm. »Wir kehren um!«

»Okay!« schrie der Sechsjährige und machte einen letzten Ausfall gegen den eingegrabenen Feind im Sand.

»Ich bin müde«, stellte seine Tochter fest. »Trägst du mich!«

Er hob sie auf seine Schultern, und langsam zogen sie sich vom Strand zurück.

»Wie geht es ihm?« fragte Münster, als er merkte, daß Marieke eingeschlafen und Barts Vorsprung groß genug war.

»Gar nicht so schlecht, denke ich«, sagte Van Veeteren. »Die Zukunft interessiert ihn nicht besonders... die Hauptsache ist, daß er es gemacht hat.«

»Wollte er geschnappt werden?«

»Nein, aber es spielt wahrscheinlich auch keine so große

Rolle. Es war natürlich unhaltbar, als Moerk ihm auf die Spur gekommen war.«

Münster überlegte.

»Wie viele Zeilen stehen eigentlich über Brigitte Bausen im Melnikbericht?« fragte er.

»Genau eine Seite. Über das Jahr, in dem sie zusammenwohnten. Ihr Name wird zweimal erwähnt. Melnik hatte natürlich keine Ahnung, nicht einmal er kann schließlich wissen, wie alle Polizeichefs heißen... wenn er etwas mehr Zeit gehabt hätte – Bausen meine ich natürlich –, dann hätte er einen anderen Namen einsetzen können, statt die ganze Seite rauszunehmen. Dann hätte er es vielleicht geschafft. Aber wir haben ja sozusagen auf ihn gewartet... und verflucht noch mal, wir hätten eigentlich sehen müssen, daß da eine Lücke war.«

Münster nickte.

»Eigentlich fällt es mir ziemlich schwer, ihn zu verurteilen. Moralisch gesehen, meine ich...«

»Ja«, sagte Van Veeteren. »Man kann schon der Meinung sein, daß er im Recht war – vielleicht nicht gerade, drei Menschen den Kopf abzuschlagen, aber doch irgendwie zu reagieren, aus seiner großen Trauer heraus.«

Er grub in den Jackentaschen und zog die Zigaretten heraus. Er mußte stehenbleiben und die Hände um das Feuerzeug halten, damit die Flamme nicht erlosch.

»Eine große Trauer und eine große Entschlossenheit«, stellte er fest, »das sind wohl die Hauptzutaten in diesem Gericht. Das sind Moerks Worte, nicht meine, aber sie taugen sicher gut als Zusammenfassung. Trauer und Entschlossenheit... und Notwendigkeit. Es ist nicht unbedingt eine schöne Welt, in der wir leben, aber das ist uns ja schon vor langer Zeit klar geworden. Oder?«

Sie gingen eine Weile schweigend nebeneinander her. Münster erinnerte sich an etwas, das Beate Moerk von den Gesprächen mit Bausen im Keller erzählt hatte.

Wir bekommen vom Leben gewisse Dinge auferlegt, soll er

gesagt haben. Wenn wir den Auftrag nicht annehmen, versteinern wir, das ist gar keine Frage des Willens...

Versteinern? Stimmte das? Sah er im Grunde genommen genau so aus – dieser fruchtlose Kampf gegen das Böse? Bei dem das Ergebnis, wie gering und mißglückt es auch ausfallen konnte, trotzdem nie das wichtige war... bei dem nur die Handlung an sich, das Prinzip, etwas bedeutete?

Und als Belohnung wartete nur, daß man nicht versteinerte? Nur?

Ja, vielleicht war das genug.

Aber das Leben von drei Menschen...?

»Was sagt der Kommissar?« unterbrach der Hauptkommissar seine Gedanken. »Welche Strafe würdest du ihm geben, wenn du zu entscheiden hättest?«

»In der besten aller Welten?«

»In der besten aller Welten.«

»Ich weiß nicht«, sagte Münster. »Was meint denn der Hauptkommissar?«

Van Veeteren dachte eine Weile darüber nach.

»Schwierig«, sagte er. »Vielleicht ihn in den Keller sperren, wie er es mit Moerk gemacht hat. Aber unter etwas humaneren Bedingungen natürlich – eine Lampe, ein paar Bücher... und einen Korkenzieher.«

Sie verstummten erneut. Gingen Seite an Seite am Wasser entlang und ließen die Dinge sacken. Der Wind war stärker geworden. Wie in der Stadt, in der man sich manchmal fast gegen ihn stemmen muß, dachte Münster. Bart kam mit neuen Schätzen für seine Steinsammlung angelaufen. Er lieferte sie in Vaters Tasche ab und rannte wieder vor. Als das niedrige, geweißte Haus in Sichtweite kam, räusperte Van Veeteren sich.

»Nun ja«, sagte er, »wie dem auch sei, er ist einer der sympathischsten Mörder, den ich je getroffen habe. Es kommt ja nicht oft vor, daß man die Gelegenheit hat, so viel Zeit mit ihnen zu verbringen – bevor man sie hinter Schloß und Riegel bringt, meine ich.«

Münster schaute auf. In der Stimme des Hauptkommissars lag ein neuer, vollkommen überraschender Ton von Selbstironie. Etwas, das er nie zuvor gehört hatte und sich auch kaum hätte vorstellen können. Plötzlich fiel es ihm schwer, ein Lächeln zu unterdrücken.

»Und wie lief es beim Schach?« fragte er.

»Ich habe natürlich gewonnen«, sagte Van Veeteren. »Was denkst du denn? Es hat nur seine Zeit gedauert.«

Ein paar Stunden später suchte er das Meer ein letztes Mal auf. Zündete sich die letzte Zigarette an und stand allein da, während er sie zu Ende rauchte und die aufgewühlten Wassermassen betrachtete, die an Land rollten.

Es atmete. Himmel und Meer... der gleiche bedrohliche Akkord, die gleiche unerschütterliche Kraft, und als er die ersten Regentropfen auf seiner Hand spürte, drehte er dem Ganzen den Rücken zu und ging zum Auto.

Zeit, von hier wegzukommen, dachte er.

Der Vorhang ist gefallen. Das Trauerspiel ist vorbei.

Exit Ödipus. Exit Van Veeteren.

Er ließ den Wagen an. Richtete die Scheinwerfer auf die schnell einsetzende Dunkelheit und fuhr ins Landesinnere.

Und trotzdem. Trotzdem war es vielleicht doch nicht umsonst gewesen. Vielleicht würde Kaalbringen ja das Vergnügen haben, ihn irgendwann wieder einmal zu beherbergen?

Denn auch pensionierte Henker müssen doch irgendwann in Gnaden entlassen werden? Und auch die knappste Führung kann aufs Spiel gesetzt werden, oder etwa nicht?

Verdammt noch mal, was tut man nicht alles für ein anständiges Glas Wein?

Dachte Hauptkommissar Van Veeteren und suchte im Handschuhfach nach Penderecki.

Das falsche Urteil

Aus dem Schwedischen von
Gabriele Haefs

Wenn Sie mich fragen, wie lang das Leben ist,
dann sage ich Ihnen die Wahrheit:
Es ist gerade so lang wie die Entfernung
zwischen zwei Jahreszahlen auf einem Grabstein.

W. F. MAHLER

I

24. August 1993

1

Es war der erste und letzte Tag.

Die Stahltür fiel hinter seinem Rücken ins Schloss und das metallische Klicken hing noch einen Moment in der kühlen Morgenluft. Er machte vier Schritte, blieb stehen und stellte seine Tasche hin. Kniff die Augen zusammen und riss sie dann wieder auf.

Ein leichter Morgennebel hing über dem einsamen Parkplatz, die Sonne ging über der Stadt gerade auf, und das einzige Lebenszeichen stammte von den Vögeln über den Feldern, die den Ort umgaben. Der Duft eines frisch gemähten Kornfeldes stahl sich in seine Nasenlöcher. Das Licht blendete ihn und zitterte über dem Asphalt. Aus der Ferne, einige Kilometer weiter, konnte er das sture Summen der Autos auf der Schnellstraße hören, die die offene Landschaft durchschnitt. Die plötzliche Erkenntnis der wahren Dimensionen der Welt sorgte dafür, dass ihm für einen Moment schwindlig wurde. Er hatte seit zwölf Jahren diese Mauern nicht verlassen, seine Zelle hatte zweieinhalb mal drei Meter gemessen, und er wusste, dass dieser Ort vom Bahnhof weit entfernt lag. Ungeheuer weit, vielleicht eine unüberbrückbare Entfernung für einen solchen Tag.

Sie hatten ihm ein Taxi angeboten, das stand allen zu, aber er hatte abgelehnt. Wollte auf dem Rückweg in die Welt nicht mit Abkürzungen anfangen. Wollte an diesem Morgen bei jedem Schritt Bedeutung und Schmerz und Freiheit spüren. Wenn er sein Vorhaben überhaupt durchführen wollte, dann galt es sehr viel zu überwinden, das war ihm klar. Zu überwinden und zu meistern.

Er hob seine Tasche hoch und ging los. Die Tasche wog nicht viel. Sie enthielt ein wenig Unterwäsche. Ein paar Schuhe, ein Hemd, eine Hose und ein Nageletui. Vier oder fünf Bücher und einen Brief. Die Kleidung, die er jetzt trug, hatte er am Vortag in der Kleiderkammer anprobiert, danach hatte er ihren Empfang quittiert. Es war die typische Anstaltsgarderobe. Schwarze Kunstlederschuhe. Blaue Hose. Blassgraues Flanellhemd und eine dünne Windjacke. Für die Leute in der Stadt würde er so leicht zu identifizieren sein wie ein katholischer Priester oder ein Schornsteinfeger. Einer der Leute, die mit der braunen Reisetasche aus Pappe zum Bahnhof wanderten und wegfahren wollten. Die ihre Zeit in der Großen Grauen zwischen Stadtwald und Schnellstraße abgesessen hatten. Die ganz in der Nähe wohnten und doch endlos weit fort zu sein schienen. Einer von den anderen. Die leicht Erkennbaren.

Die Große Graue. So hieß das Haus im Volksmund; für ihn selber war es eher namenlos, war nur ein Stück Zeit, aber fast kein Raum. Und die Blicke der Menschen berührten ihn schon längst nicht mehr: schon längst war er gezwungen worden, ihre oberflächliche und sinnlose Gesellschaft zu verlassen. Das hatte er ohne Zögern getan, unter Zwang, weil ihm nichts anderes übrig geblieben war, und er hatte sich niemals zurückgesehnt. Niemals.

Und die Frage war da noch, ob er jemals dazugehört hatte.

Die Sonne stieg höher. Nach einigen hundert Metern musste er abermals eine Pause einlegen. Er streifte die Jacke ab und legte sie sich über die Schulter. Zwei Autos kamen an ihm vorbei. Wärter, vermutlich, oder andere Beamte. Anstaltsleute jedenfalls. Hier in dieser Gegend gab es sonst doch nichts. Nur die Große Graue.

Er setzte sich wieder in Bewegung. Wollte vor sich hinpfeifen, kam aber auf keine Melodie. Das Morgenlicht war einfach zu stark. Er überlegte sich, dass eine dunkle Sonnenbrille eine Hilfe sein könnte, vielleicht könnte er sich in der Stadt eine kaufen. Er legte sich die Hand an die Stirn, kniff die Augen zusammen und betrachtete die Silhouetten im scharfen Licht. In diesem Moment fingen irgendwelche Kirchenglocken zu läuten an.

Er schaute auf seine Armbanduhr. Acht. Den ersten Zug würde er nicht mehr erreichen. Das wollte er aber auch eigentlich gar nicht, lieber wollte er ein paar Stunden bei einem ordentlichen Frühstück und einer aktuellen Tageszeitung im Bahnhofscafé sitzen. Er hatte es nicht eilig. An diesem ersten Tag jedenfalls nicht. Natürlich wollte er seinen Plan durchführen, aber der Zeitpunkt hing von Umständen ab, über die er noch keinerlei Überblick hatte.

Am nächsten Tag, vielleicht. Oder am übernächsten. Wenn diese vielen Jahre ihm etwas, überhaupt irgendetwas beigebracht hatten, dann sicher dieses: Geduld zu haben.

Geduld.

Zielbewusst betrat er den Ort. Nahm die menschenleeren sonnenbeschienenen Straßen in Besitz. Die schattigen Gassen, die zum Marktplatz führten. Das abgenutzte Kopfsteinpflaster. Wanderte langsam am braunen, morastigen Fluss entlang, auf dem träge Enten in zeitloser Leichtigkeit umherschwammen. Das allein, einfach zu gehen, ohne an einer Mauer oder einem Gitter zu enden, war schon seltsam. Er blieb auf einer Brücke stehen und betrachtete eine Schwanenfamilie, die auf einem Inselchen im Schatten der am Ufer wachsenden Kastanienbäume Rast machte. Betrachtete auch diese gewaltigen Bäume, deren Zweige ebenso nach oben zu streben schienen wie nach unten. Zum Wasser wie zum Licht.

Die Welt, dachte er. Das Leben.

Ein pickliger Jüngling stempelte mit sichtlichem Widerwillen seine Fahrkarte. Einfache Fahrt, ja, das war doch klar. Er schaute den Knaben kurz an und ging dann weiter zum Kiosk. Kaufte zwei Tageszeitungen und eine Zeitschrift mit großen nackten Brüsten, was ihm aber gar nicht peinlich war. Dann eine Kanne Kaffee im Café, frische Brötchen mit Käse und Marmelade. Ein oder zwei Zigaretten. Der Zug ging in einer Stunde, und es war noch immer Morgen.

Der erste Morgen seiner zweiten Rückkehr und die ganze Welt war voller Zeit. Voller Unschuld und Zeit.

Stunden später näherte er sich seinem Ziel. Einige Dutzend Kilometer saß er nun schon allein im Abteil. Schaute aus dem zerkratzten und verdreckten Fenster, sah Felder, Wälder, Orte und Menschen an sich vorbeiziehen, und plötzlich wurde alles deutlich. Zeigte seinen eigenen, ganz besonderen Inhalt. Häuser, Straßen, der innere Zusammenhang der Landschaft. Der alte Wasserturm. Der Fußballplatz. Die Fabrikschlote und die Villengärten. Gahns Möbelfabriken. Der Marktplatz. Das Gymnasium. Die Straßenüberführung und die Häuser in der Einkaufsstraße. Und dann fuhr der Zug langsamer.

Der Bahnsteig war mit einem neuen Dach aus blaßgelbem Kunststoff versehen worden, das registrierte er gleich beim Aussteigen. Die Bahnhofsfassade war renoviert. Und es gab neue Schilder.

Ansonsten sah alles aus wie früher.

Er nahm ein Taxi. Verließ den Ort. Fünfzehn Minuten übellaunige Fahrt in Richtung See, der manchmal verschwand und manchmal zwischen Äckern und Laubbäumen glitzerte, dann war er da.

»Halten Sie bei der Kirche. Ich gehe den letzten Rest zu Fuß.«

Er bezahlte und stieg aus. Die Art, wie der Fahrer ihm

zum Abschied winkte, kam ihm bekannt vor. Er wartete, bis das Auto gedreht und hinter der Molkerei verschwunden war. Dann packte er seine Tasche und die Plastiktüte mit den Waren, die er für die nächsten Tage brauchte, und machte sich an die letzte Etappe.

Die Sonne stand jetzt hoch am Himmel. Bald strömte ihm der Schweiß über das Gesicht und die Schulterblätter. Es war weiter als in seiner Erinnerung, außerdem ging es steiler bergauf.

Aber er war schließlich seit zwölf Jahren nicht mehr hier gewesen.

Auch das Haus war zwölf Jahre älter, aber immerhin stand es noch. Sie hatte wie versprochen den Weg zur Vortreppe freigelegt, aber das war auch alles. Die Grenze zwischen Garten und Wald schien verwischt zu sein, kleine Birken waren schon weit vorgerückt, Gras und Schlingpflanzen und Gestrüpp wuchsen an den Wänden meterhoch. Das Dach des Schuppens war eingesunken, die Dachziegel sahen angegriffen aus, ein Fenster im Obergeschoss war zerbrochen, aber das interessierte ihn nicht weiter. Sofern er sich überhaupt etwas vorgestellt hatte, sah alles ungefähr so aus wie erwartet.

Der Schlüssel hing am abgemachten Ort unter der Regenrinne. Er schloss auf. Stemmte die Schulter gegen die Tür und drückte zu, damit sie sich öffnete. Sie hatte sich offenbar ein wenig verkeilt.

Es roch muffig, aber nicht übermäßig. Nichts war verfault, und Ratten gab es offenbar auch nicht. Auf dem Küchentisch lag ein Zettel.

Sie wünsche ihm alles Gute, stand dort. Mehr nicht.

Er stellte Tasche und Tüte aufs Sofa unter der Uhr und schaute sich um. Lief umher und öffnete die Fenster. Im Schlafzimmer blieb er vor dem Spiegel stehen und betrachtete sich.

Ihm fiel auf, dass er alt geworden war. Sein Gesicht war grau und eingefallen. Die Wangen dünner und verkniffener. Die Haut am Hals hing schlaff und faltig herab. Seine Schultern waren krumm und sahen auf irgendeine Weise bedrückt aus.

Siebenundfünfzig Jahre, dachte er. Vierundzwanzig hinter Gittern. Kein Wunder.

Er drehte sich um und suchte nach einer Waffe. Eine Waffe brauchte er ja auf jeden Fall, und je schneller er die Sache erledigte, desto besser. Falls ihn nicht wieder Zweifel überkommen sollten.

Gegen Abend saß er mit dem Brief in der Küche. Las ihn noch einmal, bei einer Tasse Kaffee, die auf dem geblümten Wachstuch stand.

Lang war der Brief nicht. Knappe anderthalb Seiten. Er schloss die Augen und versuchte ihr Bild vor sich zu sehen.

Ihre schwarzen, vom Tode gezeichneten Augen auf der anderen Seite des Gitters. Ihre verkrampften Hände.

Und ihre Mitteilung.

Nein, es konnte keinen Zweifel geben.

II

20. April – 5. Mai 1994

2

Es war einer von diesen Ausflügen.
Natürlich hätten vier Erwachsene dabei sein müssen. Oder zumindest drei. Das war auch so geplant gewesen, aber eine halbe Stunde vor Aufbruch hatte Henriette angerufen und wegen einer ihrer vagen Unpässlichkeiten abgesagt. Gleich darauf war ihnen aufgegangen, dass Hertl zur Unterstützung der Krankenschwester zurückbleiben musste. Die wurde nämlich an diesem Nachmittag erwartet und sollte die Zweijährigen impfen.
Also blieben noch Elisabeth und Moira. Dass Moira früher oder später von Migräne gequält werden würde, war ohnehin selbstverständlich. Weshalb sie eigentlich für die ganze Bande allein verantwortlich war. Aber egal, es war ja nicht das erste Mal.
Vierzehn Kinder. Im Alter zwischen drei und sechs. Eunice, 6, eröffnete das Fest damit, dass sie schon nach vierhundert Metern im Bus loskotzte. Paul, 3, pisste sich derweil die Stiefel voll. Ellen und Judith, 4 und 5, versuchten einander im Streit um ein grünes Halstuch mit rosa Kaninchen die Augen auszukratzen. Emile, 3½, schrie so laut nach seiner Mama, dass der ganze Bus dröhnte, und Christophe, 6, hatte Zahnschmerzen.
Immerhin erreichten sie lebend die Haltestelle auf der Lichtung im Wald. Rasch zählte sie ihre Lieben durch. Es stimmte. Vierzehn Stück, mit Moira fünfzehn. Sie holte tief

Atem. Drei Stunden mit Waldspaziergängen, Würstchengrillen, Schatzsuche und allerlei botanischen Untersuchungen lagen vor ihnen. Durch die Baumkronen konnte sie den dunkel werdenden Himmel ahnen und sie fragte sich, wie bald wohl der Regen über sie hereinbrechen würde. Das sollte knapp fünfunddreißig Minuten dauern, wie sich herausstellte, und inzwischen waren sie schon ziemlich tief in den Wald hineingegangen. Moira spürte den Druck auf der Stirn und lief fünfzig Meter vor den anderen her, um den Druck nicht schlimmer werden zu lassen. Erich und Wally pöbelten Eunice an, weshalb dieses dicke Kind nicht mehr bei den anderen sein wollte, sie lief allein und maulend zwischen den Bäumen, statt auf dem Weg zu bleiben, aber Elisabeth rief sie ab und zu und blieb auf diese Weise mit ihr in Kontakt. Einer der Jömpers-Zwillinge war gestolpert, mit dem Kopf gegen eine Wurzel geschlagen und musste deshalb getragen werden. Sein Bruder hüpfte hinter ihr her und zog mit verdreckten Fingern an ihrem Gürtel.

»Jetzt regnet's«, schrie Bartje, 4.

»Ich will nach Hause«, rief Heinrich, 5.

»Pissgören«, erklärten Erich und Wally. »Geht nach Hause und fickt eure Mutter.«

»Fickt«, piepste ein anonymer Dreijähriger.

»Haltet die Fresse, Wally und Erich«, fauchte Elisabeth. »Sonst schneid ich euch die Ohren ab!«

Moira stand vor der Wanderhütte, in der sie zu Mittag essen wollten.

»Was für ein Glück«, flüsterte sie, als die anderen sie eingeholt hatten. Sie musste flüstern, um ihre Migräne in Schach zu halten. »Jetzt los, damit wir ins Trockene kommen!«

Noch ehe Wally an der Tür angelangt war, wusste Elisabeth, dass diese abgeschlossen war, und dass der Schlüssel in Hertls Handtasche im Personalzimmer des Kindergartens steckte.

»Die Scheißtür ist zu!«, schrie Wally. »Lass den Schlüssel rüberwachsen!«
Moira blickte sie verständnislos an. Elisabeth seufzte. Kniff die Augen zusammen und zählte bis drei. Der Regen strömte auf sie hernieder und sie spürte, wie ihre Absätze langsam im triefnassen Gras versanken.
»Ich friere«, jammerte der eine Jümperszwilling auf ihrem Arm.
»Ich hab Hunger«, erklärte der andere.
»Habt ihr den Schlüssel vergessen, ihr Blödis?«, schrie Erich und schmiss einen Lehmklumpen an die Hüttenwand.
Elisabeth dachte noch drei weitere Sekunden nach. Dann packte sie ihren am Kopf verwundeten Patienten in Moiras Arme, lief auf die Rückseite des Hauses und schlug ein Fenster ein.

Einige Zeit später hatte der Regen aufgehört. Aller Proviant war verzehrt, sie hatte achtzehn Märchen vorgelesen, die sie schon achtzehnhundertmal vorgetragen hatte, einige Fünf- und Sechsjährige hatten die Umgebung erforscht und sich dermaßen versaut, dass sie bezweifelte, ob der Busfahrer sie wieder mitnehmen würde. Moira hatte eine Weile in einer Kammer im Obergeschoss geschlafen, fühlte sich ein wenig weniger elend, aber eben nur ein wenig. Gerard, ein drei Jahre alter Allergiker, hatte große roten Flecken im Gesicht und in der Armbeuge, da ein bisher nicht identifizierter Übeltäter ihm heimlich ein Nussbonbon zugespielt hatte. Zwei Kinder von drei und vier Jahren hatten sich in die Hosen gepisst.
Ansonsten hatte sie alles unter Kontrolle. Sie beschloss, alle auf die Treppe zu rufen und zum Aufbruch zu blasen.
Dreizehn. Es waren nur dreizehn. Und mit Moira vierzehn.
»Wer fehlt denn noch?«, fragte sie.

Wie sich dann herausstellte, fehlte Eunice.

Eine erste vorläufige Umfrage brachte die Information, dass Eunice vor zwanzig bis fünfunddreißig Minuten zuletzt gesehen worden war, die Sache mit der Zeitrechnung nahm kein Kind so genau, und die Ursache des Verschwindens war auch nicht ganz klar – möglicherweise hatten Wally oder Erich oder auch beide ihr mit einem Brett auf den Rücken geschlagen, vielleicht hatte Marissa sie auch als »Affennutte« bezeichnet. Oder sie hatte Bauchweh gehabt.

Vermutlich lag es an einer Kombination von allem.

Nachdem alle einige Minuten lang gerufen und geschrien hatten, beschloss Elisabeth, die Gegend durchzukämmen.

Moira musste sich im Haus um die Drei- und Vierjährigen kümmern, Elisabeth selber ging mit den etwas Älteren in den Wald.

Älter, dachte sie. Fünf und sechs Jahre. Sieben Kinder.

»Wir gehen im Abstand von zehn Metern los«, erklärte sie. »Wir rufen die ganze Zeit und lassen einander nicht aus den Augen. Ist das klar?«

»Yes boss«, schrie Wally und salutierte.

Und Wally fand die Vermisste dann auch.

»Sie sitzt in einem Scheißgraben und heult«, teilte er mit. »Da hinten. Sie sagt, sie hat einen Toten ohne Kopf gefunden.«

Und Elisabeth wusste sofort, dass das stimmte. Auf so einen Hammer hatte sie an diesem Tag natürlich nur noch gewartet.

In Wirklichkeit fehlte dem Toten nicht nur der Kopf. Sein Körper – oder das, was davon noch übrig war – war in einen schweren Teppich eingewickelt gewesen, und es fand sich einfach nicht die Zeit, um in Erfahrung zu bringen, warum Eunice diesen Teppich so genau untersucht hatte. Möglicherweise hatte ein Beinstumpf hervorgelugt. Auf jeden Fall hatte das kräftige und starke Mädchen den Teppich weit genug aus dem Graben ziehen können, um ihn auseinanderzuwickeln. Er war von der Feuchtigkeit hart angegriffen ... und vom Schimmel, Pilzen und allgemeiner Auflösung, dachte Elisabeth. An einigen Stellen fiel er schon auseinander, und der Leichnam, der sich in seinem Innersten verbarg, befand sich mehr oder weniger im selben betrüblichen Zustand.

Kein Kopf. Keine Hände, keine Füße.

»Zurück zur Hütte«, schrie Elisabeth und drückte die schluchzende Eunice an sich.

Dann überfiel sie plötzlich eine fürchterliche Übelkeit und sie wusste, dass ihr hier ein Anblick zuteil geworden war, der in allen dunklen Nächten ihres weiteren Lebens ihr treuer Begleiter sein würde.

3

»Bericht, danke«, sagte Hiller und faltete die Hände.

Reinhart schaute zur Decke hoch. Münster räusperte sich pflichtschuldigst und Van Veeteren gähnte.

»Na?«, drängte Hiller.

»Also«, sagte Münster und blätterte in seinem Notizblock.

»Das dauert nicht lange, das verspreche ich euch«, sagte der Polizeichef und schaute auf seine Armbanduhr aus Golddoublé. »In fünfundzwanzig Minuten habe ich eine Besprechung, es reicht also, wenn ich die Geschichte in groben Zügen bekomme.«

Münster räusperte sich noch einmal.

»Es geht also um eine männliche Leiche«, sagte er dann. »Gefunden gestern in einem Waldgebiet in der Nähe von Behren, an die dreißig Kilometer von hier entfernt, von einer Sechsjährigen ... sie machte zusammen mit ihrem Kindergarten einen Ausflug. Der Tote lag eingewickelt in einen Teppich in einem Graben, ungefähr dreißig Meter vom nächsten befahrenen Weg entfernt, und er lag schon lange dort.«

»Wie lange?«

»Gute Frage«, sagte Reinhart. »Ein Jahr vielleicht. Vielleicht etwas mehr, vielleicht etwas weniger.«

»Lässt sich das nicht feststellen?«, fragte Hiller.

»Noch nicht«, erklärte Van Veeteren. »Meusse ist aber schon voll im Einsatz. Mindestens ein halbes Jahr jedenfalls.«

»Aha«, sagte Hiller. »Und weiter?«

»Weiter«, sagte Münster, »hat sich die Identität bisher nicht feststellen lassen, da der Mörder Kopf, Hände und Füße abgehackt hat...«

»Wissen Sie überhaupt mit Sicherheit, dass es sich um einen Mord handelt?«, fragte der Polizeichef. Reinhart seufzte.

»Nein«, sagte er. »Es kann sich durchaus um einen ganz natürlichen Todesfall handeln. Um jemanden, der sich keine richtige Beerdigung leisten konnte. Das ist heutzutage ja nicht billig... der Kopf und die anderen Teile sind vermutlich in Übereinstimmung mit den letzten Wünschen des Verblichenen von der Witwe der Forschung überlassen worden.«

Van Veeteren räusperte sich.

»Es wird wahrscheinlich noch einige Zeit dauern, bis wir die Todesursache festgestellt haben«, sagte er und klemmte sich einen Zahnstocher zwischen die unteren Vorderzähne. »Offenbar sind keine tödlichen Wunden zu entdecken... aber meistens sterben die Leute ja, wenn man ihnen den Kopf abhackt.«

»Meusse ist nicht gerade begeistert von dieser Leiche«, schaltete Reinhart sich ein. »Und das kann man ja fast verstehen. Der Tote hat auf jeden Fall während des ganzen Winters in diesem verfaulenden Teppich im Graben gelegen. Ist gefroren und wieder aufgetaut, gefroren und wieder aufgetaut. Tiere haben auch ein wenig daran herumgenagt, aber offenbar hat er ihnen nicht besonders gut geschmeckt ... und leicht zu erreichen war er wohl auch nicht. Teilweise hat er unter Wasser gelegen ... was ihn ein wenig konserviert hat, sonst hätten wir nur noch das Skelett gefunden. Er sieht einfach grauenhaft aus, um das kurz zu sagen.«

Hiller dachte nach.

»Warum sind ... diese Körperteile abgehackt worden, was meinen wir?«

Wir?, dachte Münster. Was meinen wir? Wie geht's uns denn heute? Ist das hier ein Polizeipräsidium oder ein Krankenhaus? Oder vielleicht ein Tollhaus, wie Reinhart immer behauptet? Ab und zu war das schwer zu sagen.

»Schwer zu sagen«, wiederholte Van Veeteren seinen Gedanken. »Wir haben es ja ab und zu mit Mördern zu tun, die ihre Opfer zerlegen, aber in diesem Fall sollte sicher die Identifikation erschwert werden.«

»Und ihr habt keine Ahnung, wer der Mann sein könnte?«

Van Veeteren schüttelte den Kopf.

»Natürlich kämmen wir die Umgebung durch«, sagte Münster. »Das haben Sie ja selber angeordnet ... zwanzig Kollegen suchen schon seit gestern Nachmittag den Wald ab ... ja, natürlich nicht während der Nacht.«

»Eigentlich unnötig«, erklärte Reinhart und zog die Pfeife aus der Jackentasche.

»Du kannst rauchen, wenn wir fertig sind«, sagte der Polizeichef und schaute auf die Uhr. »Warum ist das unnötig?«

Reinhart steckte die Pfeife wieder ein und faltete die Hände hinter seinem Nacken.

»Weil sie nichts finden werden«, lautete seine Antwort. »Wenn ich jemanden umbringe und mir dann noch die Zeit nehme, um dem Toten Kopf, Hände und Füße abzuhacken, dann bin ich vermutlich nicht so verdammt blöd, dass ich die an derselben Stelle deponiere wie den Leichnam. Im

Grunde gibt es auf der ganzen Welt nur eine Stelle, wo wir garantiert nichts finden werden, und zwar die, an der wir suchen. Genial, das muss ich schon sagen.«

»Alles klar«, fiel Hiller ihm ins Wort. »Der Kommissar war doch gestern nicht da, und deshalb dachte ich ...«

»Na ja«, sagte Van Veeteren. »Es schadet ja nichts, den Fundort abzusuchen, aber ich glaube, wir hören heute Abend auf damit. Nicht viele Spuren überleben doch einen ganzen Winter, und wir können außerdem davon ausgehen, dass er nicht lebend dorthin gebracht worden ist.«

Der Polizeichef war nicht überzeugt.

»Wie werden wir die Ermittlungen anlegen?«, fragte er. »Ich habe nicht mehr viel Zeit ...«

Van Veeteren mochte nichts überstürzen.

»Tja«, sagte er. »Das müssen wir uns erst überlegen. Wie viel Mann willst du einsetzen?«

»Da sind ja noch die, die sich mit diesem verdammten Überfall befassen«, sagte Hiller und erhob sich. »Und dieser Erpresser ...«

»Und die Rassisten«, sagte Reinhart.

»Dieser Erpresser ...«, sagte Hiller.

»Die Scheißrassisten«, sagte Reinhart.

»O verdammt«, sagte Hiller. »Komm morgen früh als Erstes zu mir, VV, dann sehen wir, wie die Lage ist. Ist Heinemann eigentlich noch immer krankgeschrieben?«

»Kommt am Montag wieder«, sagte Münster.

Er verschwieg, dass er eigentlich nach Heinemanns Rückkehr einige Tage Urlaub hatte nehmen wollen. Er ahnte schon, dass solche Wünsche im Moment nicht gern gesehen wären.

»Na ja, dann müssen wir eben wie gehabt weitermachen«, entschied Hiller und fing an, die anderen aus der Tür zu scheuchen. »Je schneller wir diesen Fall klären, desto besser. Es sollte doch nicht unmöglich sein, zumindest festzustellen, wer dieser Kerl war. Oder was?«

»Nichts ist unmöglich«, sagte Reinhart.

»Na, was denkt sich denn der Polizeidirektor?«, fragte Van Veeteren und reichte die Fotos weiter.

Münster betrachtete die Bilder des verstümmelten und braun gefleckten Leichnams und des Tatorts, der sich durchaus als gute Wahl erwies, verwuchertes Unterholz, ein überwachsener Graben... es war kaum ein Wunder, dass der Tote erst jetzt entdeckt worden war. Im Gegenteil, dass diese arme Sechsjährige darüber gestolpert war, war ganz und gar auf das Konto des Zufalls zu buchen.

»Ich weiß nicht«, sagte er. »Kommt mir jedenfalls ziemlich vorsätzlich vor.«

Der Kommissar brummte:

»Vorsätzlich, ja. Davon können wir wohl ausgehen. Und was hältst du von dieser Verstümmelung?«

Münster dachte nach.

»Soll natürlich die Identifikation verhindern...«

»Erkennst du die Leute denn an den Füßen?«

Münster schüttelte den Kopf.

»Nur dann, wenn es besondere Kennzeichen gibt. Tätowierungen oder so... wie alt war er?«

»Zwischen fünfzig und sechzig, meint Meusse, aber wir müssen bis heute Abend warten. Wie gesagt, es ist keine schöne Leiche. Ich nehme an, sie wird dir und Rooth vermacht werden.«

Münster schaute auf.

»Wieso das? Was hat der Kommissar...«

Van Veeteren hob einen mahnenden Finger.

»Hat alle Hände voll zu tun mit diesem verdammten Bankräuber. Und Reinhart wird sicher bald seine Terroristen hochnehmen. Ja, und mich wollen sie ins Krankenhaus stecken und mir den Bauch aufschlitzen... in der ersten Maiwoche. Also ist es besser, du übernimmst den Fall von Anfang an.«

Münster spürte, dass er errötete.

»Ich stehe natürlich zur Verfügung, wenn du stecken bleibst«, sagte Van Veeteren.

»Erst muss ich irgendwas finden, worin ich stecken bleiben kann«, sagte er. »Hat Rooth sich schon die Vermissten angesehen?«

Der Kommissar drückte auf das Haustelefon, und fünf Minuten später erschien Kriminalinspektor Rooth mit einem Stapel Computerausdrucken. Er ließ sich auf den freien Stuhl sinken und kratzte sich am Bart. Der Bart war noch dünn und frisch und ließ ihn ein wenig aussehen wie einen Penner, fand Münster. Aber es schadete natürlich gar nichts, dass nicht alle Kollegen schon auf hundert Meter Entfernung als Bullen auszumachen waren.

»Zweiunddreißig Vermisstenanzeigen aus diesem Bezirk während der vergangenen zwei Jahren«, teilte er mit, »von Leuten, natürlich, die nicht wieder aufgetaucht sind. Sechzehn hier aus der Stadt. Ich habe die Liste durchgesehen ... wenn wir davon ausgehen, dass er zwischen sechs Monaten und einem Jahr dort gelegen hat, dann müsste er zwischen April und Dezember des vergangenen Jahres vermisst gemeldet worden sein. Aber das sehen wir uns noch genauer an, wenn Meusse fertig ist ...«

»Wie können so viele Menschen verschwinden?«, fragte Münster. »Kann das denn wirklich stimmen?«

Rooth zuckte mit den Schultern.

»Die meisten setzen sich ins Ausland ab. Jugendliche vor allem. Ich glaube nicht, dass in mehr als fünfzehn bis zwanzig Prozent dieser Fälle ein Verbrechen vorliegt ... ja, Stauff behauptet das immerhin, und der kennt sich damit doch aus. Kleinigkeiten zählt er wohl nicht mit. Schließlich verschwinden immer wieder Junkies. Nach Thailand und Indien und da so rum.«

Van Veeteren nickte.

»Wie viele Kandidaten bleiben dann noch?«

Rooth blätterte in seinen Listen. Münster sah, dass er einige Namen eingekringelt hatte, hinter anderen hatte er ein Fragezeichen gemalt, weitere Namen waren durchgestrichen, und offenbar fehlte es an heißen Tipps.

»Nicht viele«, sagte Rooth. »Wenn es wirklich um einen Mann von fünfzig bis sechzig Jahren geht ... ungefähr einsfünfundsiebzig groß, inklusive Kopf und Füße ... ja, dann bleiben uns eigentlich nur zwei oder vielleicht drei.«

Der Kommissar betrachtete seinen Zahnstocher.

»Einer reicht«, sagte er. »Wenn es der Richtige ist.«

»Er braucht ja auch nicht aus diesem Bezirk zu sein«, sagte Münster. »Schließlich weist nichts darauf hin, dass er in der Nähe von Behren umgebracht worden ist ... das kann doch überall passiert sein, nehme ich an.«

Rooth nickte.

»Wenn wir landesweit suchen, dann haben wir die Wahl zwischen sieben oder acht. Aber wir müssen wohl das Obduktionsergebnis abwarten, ehe wir uns auf die Suche nach potenziellen Witwen machen?«

»Zweifellos«, sagte Van Veeteren. »Je weniger ihn ansehen müssen, desto besser.«

»Und was machen wir so lange?«

Van Veeteren ließ sich in seinem Schreibtischsessel zurücksinken, dass er nur so knackte.

»Ich schlage vor, ihr geht irgendwohin und denkt euch was Schlaues aus. Ich sage Hiller, dass ihr euch um die Sache kümmert ... aber wie gesagt, ich stehe zur Verfügung.«

»Alsdann«, sagte Rooth, als sie in der Kantine beim Kaffee saßen. »Sagen wir, wir schaffen das in einer Woche?«

»Von mir aus gern«, erwiderte Münster. »Wann wollte Meusse fertig sein?«

Rooth schaute auf die Uhr.

»In einer Stunde, glaube ich. Besser, wir fahren beide hin, oder was meinst du?«

Münster nickte.

»Wie halten wir's mit der Detektivin Öffentlichkeit?«, fragte er. »In den Zeitungen hat ja einiges gestanden.«

Rooth schüttelte abwehrend den Kopf und spülte einen halben Bienenstich hinunter.

»Bisher noch nichts Gescheites eingelaufen. Krause notiert alle Hinweise. Heute Abend bringen die Nachrichten einen Aufruf ... im Fernsehen und im Radio, aber es müsste doch eigentlich einer von denen hier sein.«

Er tippte mit dem Löffel auf die Listen. Münster zog sie an sich und betrachtete Rooths Notizen. Drei Namen waren doppelt umkringelt, offenbar handelte es sich dabei um die heißesten Kandidaten.

Kandidaten dafür, ermordet, verstümmelt und notdürftig in einem überwucherten Garten in der Nähe von Behren begraben worden zu sein. Eilig las er weiter:

Claus Menhevern
Droutens Vej 4
Blochberg
geboren 1937
vermisst gemeldet 1. 6. 1993

Pierre Kohler
Armastenstraat 42
Maardam
geboren 1936
vermisst gemeldet am 27. 8. 1993

Piit Choulenz
Hagmerlaan 11
Maardam
geboren 1945
vermisst gemeldet am 16. 10. 1993

»Ja«, sagte er und schob die Listen zurück über den Tisch. »Es muss ja wohl einer von denen sein.«

»Sicher«, sagte Rooth. »Und dann knacken wir die Sache in einer Woche. Ich hab das gewissermaßen im Gespür ...«

4

Er verließ die Wache eine Stunde früher als sonst und fuhr direkt nach Hause. Der Brief lag da, wo er ihn hingelegt hatte, im Bücherregal in der Diele. Er öffnete ihn und las ihn noch einmal. Der Inhalt hatte sich nicht verändert.

Hiermit können wir Ihnen mitteilen, dass wir für die Operation Ihres Kolon-Adenocarcinoms am Dienstag, dem 5. Mai, einen OP-Termin anberaumt haben.

Wir bitten Sie, diesen Termin bis 25. April schriftlich oder telefonisch zu bestätigen und sich spätestens am Mittwoch, dem 4. Mai, um 21 Uhr auf der Station einzufinden.

Nach der Operation sind vermutlich zwei bis drei Wochen Krankenhausaufenthalt vonnöten; wir erwähnen das, damit Sie entsprechend ihr Berufs- und Familienleben planen können.

Mit freundlichen Grüßen
Marieke Fischer, Krankenhaussekr.

Gemeindehospital, Maardam

O verdammt, dachte er. Dann schaute er das Adressenfeld unten auf dem Bogen an, wählte die Nummer und wartete.

Eine junge Frauenstimme antwortete. Höchstens fünfundzwanzig Jahre, entschied er. Wie seine eigene Tochter.

»Dann komme ich also«, sagte er.

»Entschuldigung, mit wem spreche ich?«, fragte die junge Frau.

»Mit Kommissar Van Veeteren, natürlich. Ich habe Dickdarmkrebs und den will Dr. Moewenroedhe wegschneiden, und ..."

»Einen Moment.«

Er wartete. Sie meldete sich wieder zu Wort.

»Am 5. Mai, ja. Dann ist das notiert. Bitte kommen Sie am Vortag, ich reserviere für Sie ein Bett auf Station 46 B. Haben Sie irgendwelche Fragen?«

Tut es weh, dachte Van Veeteren. Werde ich überleben? Wie groß ist der Prozentsatz der Leute, die aus der Narkose nicht mehr aufwachen?

»Nein«, sagte er. »Ich sage Bescheid, wenn ich mir die Sache anders überlege.«

Er konnte aus ihrem Schweigen ihre Verwunderung heraushören.

»Warum sollten Sie sich die Sache anders überlegen?«

»Vielleicht, weil ich anderweitig zu tun habe. Man weiß doch nie.«

Sie zögerte.

»Machen Sie sich Sorgen wegen der Operation, Herr Van Veeteren?«

»Sorgen? Ich?«

Er versuchte zu lachen, hörte aber selber, dass er sich eher anhörte wie ein sterbender Hund. Er hatte eine gewisse Erfahrung mit sterbenden Hunden.

»Na dann«, sagte sie freundlich. »Ich kann Ihnen zu Ihrer Beruhigung mitteilen, dass Dr. Moewenroedhe zu unseren tüchtigsten Chirurgen gehört, und im Grunde ist Ihr Fall ja auch nicht sonderlich kompliziert.«

Nein, aber es ist mein Bauch, dachte Van Veeteren. Und mein Darm. Den habe ich schon lange und hänge ein wenig daran.

»Sie können jederzeit anrufen und weitere Fragen stellen«, sagte die Frau. »Wir sind doch da, um Ihnen zu helfen.«

»Danke, danke«, er seufzte. »Ja, ich lasse auf jeden Fall vorher noch von mir hören. Erst mal auf Wiederhören.«

»Auf Wiedersehen, Herr Van Veeteren.«

Er blieb noch einige Sekunden mit dem Brief in der Hand stehen. Dann zerriss er ihn in vier Stücke und warf ihn in den Papierkorb.

Eine knappe Stunde später hatte er auf dem Balkon seine zwei Bratwürste mit Kartoffelsalat verzehrt. Hatte dazu Dunkelbier getrunken und mit dem Gedanken gespielt, trotz allem zum Kiosk zu gehen und eine Schachtel Zigaretten zu kaufen. Er hatte keine Zahnstocher mehr, und es war ein schöner Abend.

Sterben muss ich ja doch, dachte er.

Er hörte die Turmuhr der Kejmerkirche sechs Uhr schlagen. Auf seinem Nachttisch lagen zwei halb gelesene Romane, aber ihm war klar, dass die auch noch einige Zeit so liegen bleiben würden. Er hatte einfach nicht genügend innere Ruhe. Im Gegenteil, die Unruhe wetzte schon ihre Krallen, und es war natürlich kein Geheimnis, woran das lag.

Kein Wunder also. Die Luft war mild. Ein versöhnlicher sanfter Wind stahl sich über das Balkongeländer, die Sonne hing rot über dem Brauereidach auf der anderen Seite des Kloisterlaan. In den Fliederbüschen hinter dem Fahrradständer zwitscherten kleine Vögel.

Hier sitze ich, dachte er. Der berühmte Kommissar Van Veeteren. Siebenundfünfzig Jahre alt, achtundachtzig Kilo schwer, Bulle mit Dickdarmkrebs. In zwei Wochen werde ich mich ganz und gar freiwillig auf den Operationstisch legen und einen ganz und gar ungetesteten Schlachterlehrling elf Zentimeter meines Körpers wegschneiden lassen. O verdammt.

Ein leichtes Unwohlsein machte sich in seinen unteren Bauchregionen bemerkbar, aber das passierte jetzt immer, wenn er gegessen hatte. Es waren jedoch keine Schmerzen. Sondern nur diese leichte Irritation. Und dafür sollte er natürlich dankbar sein: Bratwurst war nun wirklich nicht auf der Diätliste vertreten gewesen, die ihm bei den ersten Untersuchungen im Februar ausgehändigt worden war, aber na und? Er wollte schließlich vor dem Operationstag nicht noch den Verstand verlieren; wenn alles gut ginge, könnte danach vielleicht von neuen Gewohnheiten die Rede sein. Von Gesundheit und allem, was dazugehörte.

Hat alles seine Zeit.

Er räumte den Tisch ab. Ging in die Küche und stellte das Geschirr ins Spülbecken. Ging dann ins Wohnzimmer und suchte ziellos seine CDs und Kassetten durch.

Elf Zentimeter meines Körpers, dachte er und dann fielen ihm plötzlich die Fotos vom Vormittag ein.

Der kopflose Mann draußen in Behren.

Kopf-, hand- und fußlos.

Es könnte schlimmer sein, dachte er.

Zwischen fünfzig und sechzig, hatte Meusse behauptet.

Das passte. Vielleicht waren sie ja im selben Jahr geboren? Siebenundfünfzig. Warum nicht?

Es könnte sehr viel schlimmer sein.

Zehn Minuten später saß er im Auto, und aus den Lautsprechern dröhnte ein Monteverdichor. Es würde wohl erst in anderthalb Stunden dunkel werden. Er hatte Zeit genug.

Wollte sich einfach nur umschauen. Mehr nicht. Hatte ja doch nichts Besonderes vor.

Hat alles seine Zeit, wie gesagt.

5

»Wie sieht's denn mit der Liebe aus?«, fragte Münster, als er neben Rooth in dessen altem Citroën saß. Sie brauchten einfach auch ein Gesprächsthema, das nichts mit dem Dienst zu tun hatte.

»Gar nichts zu holen«, sagte Rooth. Manchmal wünschte

er sich fast, dass eine Spritze erfunden würde, mit der sich die Triebe ein für allemal abschaffen ließen.

»Ach was«, sagte Münster und bereute, dieses Thema angeschnitten zu haben.

»Das ist schon komisch mit den Frauen«, erklärte Rooth. »Jedenfalls mit denen, die man in meiner Lage kennen lernt. Letzte Woche hatte ich eine Dame eingeladen – eine rothaarige Donna aus Oosterbrügge, die hier in der Stadt eine Art Krankenpflegekurs machte. Wir waren im Kino und dann im Kraus, und als ich dann fragte, ob sie noch auf einen Schluck Portwein und einen Bissen Käse zu mir kommen wollte, ja, weißt du, was sie da geantwortet hat?«

»Keine Ahnung«, sagte Münster.

»Dass sie zu ihrem Freund nach Hause müsste. Der war mit hierher gekommen und wartete im Schwesternheim, behauptete sie.«

»Das gibt's doch nicht«, sagte Münster.

»Einfach übel«, sagte Rooth. »Nein, ich glaube, ich werde langsam zu alt, um Jagd auf Frauen zu machen. Vielleicht sollte man lieber Zeitungsanzeigen aufgeben. Kurmann von der Fahndung hat auf diese Weise offenbar das große Los gezogen ... aber dazu muss man einfach Riesenschwein haben.«

Er verstummte und konzentrierte sich auf das Überholen eines blauen Möbelwagens, um nicht mit der Straßenbahnlinie 12 zusammenzustoßen. Münster kniff die Augen zusammen und konnte, als er sie wieder zu öffnen wagte, feststellen, dass sie es geschafft hatten.

»Und was ist mit dir?«, fragte Rooth. »Noch immer keine Probleme mit der schönsten Polizistengattin auf der ganzen Welt?«

»Das pure Paradies«, sagte Münster und musste nach kurzem Nachdenken zugeben, dass das wirklich kaum übertrieben war. Synn war eben Synn. Das Einzige, was ihm ab und zu Sorgen machte, war die Frage, was eine solche Frau eigentlich an ihm finden konnte – an einem schlecht bezahlten Bullen, der zehn Jahre älter als sie war und so viel arbeiten musste, dass er kaum je Zeit für sie oder die Kinder hatte. Deshalb konnte er sich leicht einbilden, etwas bekommen zu haben, was er nicht verdient hatte. Und dafür irgendwann teuer bezahlen zu müssen.

Aber warum sich Sorgen machen? Er war glücklich verheiratet, hatte zwei Kinder, vielleicht sollte er einfach ausnahmsweise nur dankbar sein. Auf keinen Fall jedoch hatte er Lust, diese Fragen mit Kriminalinspektor Rooth zu diskutieren.

»Du solltest dir den Bart abnehmen«, sagte er stattdessen. »Ich als Frau würde nie auf so eine Matte anspringen.«

Rooth strich sich mit der Hand über die Wange und schaute nachdenklich in den Rückspiegel.

»Ja, Scheiße«, sagte er. »Sieht nicht schlecht aus, finde ich. Und ich bin nicht sicher, ob du verstehst, was in Frauen so vorgeht.«

»Na gut«, sagte Münster. »Mach, was du willst. Aber was machen wir nun mit Meusse?«

»Müssen ihn wohl zu einem Glas einladen, wie immer«, sagte Rooth und hielt vor der Gerichtsmedizinischen Klinik. »Oder was glaubst du?«

»Ja, das wäre sicher das Einfachste«, sagte Münster.

Meusse, der Gerichtsmediziner, hatte noch nicht letzte Hand an die Leichname dieses Tages gelegt, und statt ihn bei der Arbeit zu stören, wollten Münster und Rooth lieber in seinem Büro auf ihn warten.

Dort tauchte er mit fünfundzwanzig Minuten Verspätung auf, und Münster sah sofort, dass er einen schweren Tag hinter sich hatte. Sein dünner Vogelleib hatte größere Ähnlichkeit mit einem Skelett denn je, sein Gesicht war aschgrau, die Augen hinter den dicken Gläsern schienen tief in ihren Höhlen versunken zu sein – nachdem er sich an Bosheit und

Perversität dieser Welt satt und übersatt gesehen hatte, wie man annehmen konnte. Münster hatte es gereicht, den verstümmelten Leib fünf und die Fotos zehn Minuten lang anzusehen. Er tippte, dass der Gerichtsmediziner mindestens zehn bis zwölf Stunden in dem schwammigen Fleisch herumgewühlt hatte.

Meusse grüßte ihn stumm und hängte seinen weißen, fleckigen Kittel an einen Haken neben der Tür. Wusch sich die Hände im Waschbecken und streifte seine Jacke über, die auf dem Schreibtisch gelegen hatte. Fuhr sich zweimal mit der Hand über seinen absolut kahlen Kopf und seufzte.

»Also, meine Herren?«

»Vielleicht können wir uns über einem Glas im Fix besser unterhalten?«, schlug Rooth vor.

Das Fix lag der Gerichtsmedizin schräg gegenüber, wenn man durch die Hintertür ging, und natürlich gab es auch an diesem Tag keinen Grund, einen anderen Weg zu nehmen.

Meusse ging mit den Händen in den Taschen und hochgezogenen Schultern vorweg, und erst nach einem großen Genever und einem halben Glas Bier war er im Stande zu reden. Münster und Rooth hatten das schon häufig erlebt und wussten, dass es keinen Sinn hatte, ihn zur Eile zu mahnen – oder ihn zu unterbrechen, wenn er dann erst einmal in Gang gekommen war. Eventuelle Fragen wurden beantwortet, wenn sein Bericht beendet war, so einfach war das.

»Also, meine Herren«, sagte er. »Ich sehe, dass der Kommissar sich diesmal nicht blicken lässt. Das wundert mich nicht. Da habt ihr wirklich eine grausige Leiche erwischt. Wenn ein schlichter Pathologe einen Wunsch äußern darf, dann den, dass ihr sie in Zukunft ein wenig schneller ausgrabt. Wir finden Leichen, die seit ewigen Zeiten vor sich hin verwest sind, überhaupt nicht lustig... drei Monate, höchstens vier, da verläuft so ungefähr die Grenze. Tatsache ist, dass einer meiner Assistenten mich heute Nachmittag im Stich gelassen hat, hmm.«

»Wie alt war er denn eigentlich?«, warf Rooth dazwischen, während Meusse sich in sein Bierglas vertiefte.

»Wie gesagt«, wiederholte Meusse dann. »Es war eine ungewöhnlich geschmacklose Leiche.«

Geschmacklos, dachte Münster, und dann fiel ihm ein, dass Meusse ihm einmal erzählt hatte, wie sein Leben sich durch seinen undankbaren Beruf verdüstert und verändert hatte. Mit dreißig war er impotent geworden, mit fünfunddreißig von seiner Frau verlassen, mit vierzig zum Vegetarier konvertiert, mit fünfzig hatte er fast damit aufgehört, feste Nahrung zu sich zu nehmen ... sein eigener Körper und dessen Funktionen waren für ihn mit den Jahren immer widerlicher geworden. Etwas, für das er nur Ekel und Abneigung empfinden konnte, hatte er Münster und Van Veeteren eines Nachmittags anvertraut, als sie um einiges mehr getrunken hatten als sonst.

Vielleicht ist das ja alles kein Wunder, dachte Münster. Sondern einfach eine natürliche Entwicklung.

»Es ist schwer, den ungefähren Todeszeitpunkt festzulegen«, erzählte Meusse und steckte sich eine dünne Zigarre an. »Ich tippe auf acht Monate, aber ich kann mich in beiden Richtungen um zwei Monate irren. Mit dem Ergebnis des Labors können wir in einigen Wochen rechnen. Und was die Todesursache angeht, sieht es genauso übel aus, fürchte ich. Fest steht nur, dass er viel früher gestorben ist ... ehe er in den Graben gelegt wurde, meine ich. Mindestens zwölf Stunden. Vielleicht einen ganzen Tag. Es gibt fast kein Blut auf dem Teppich und im Körper war auch nicht mehr viel. Enthauptung und Verstümmelung sind früher passiert. Das Blut ist ausgelaufen, um es ganz einfach zu sagen.«

»Wie ist die Verstümmelung vor sich gegangen?«, fragte Münster.

»Unprofessionell«, sagte Meusse. »Vermutlich mit einer Axt. Die wohl nicht besonders scharf geschliffen war, also hat es sicher seine Zeit gedauert.«

Er leerte den letzten Rest Bier. Rooth erhob sich, um ein neues zu holen.

»Was sich über die Todesursache sagen lässt, ist, dass sie im Kopf steckt.«

»Im Kopf?«, fragte Rooth.

»Im Kopf, ja«, erwiderte Meusse und zeigte dabei auf seinen eigenen kahlen Schädel. »Ihm wurde vielleicht in den Kopf geschossen oder er wurde mit einer Axt erschlagen, oder was auch immer... Todesursache: Gewalteinwirkung am Kopf. Abgesehen von Verstümmelung und Verwesung ist der Rumpf unversehrt... ja, wenn ich von gewissen sekundären Deformierungen absehe, die hungrige Füchse und Krähen verursacht haben, die an zwei Stellen zulangen konnten. Aber viel haben sie nicht angerichtet. Der Teppich und das Wasser im Graben waren von einer gewissen konservierenden Wirkung... oder haben den Verwesungsprozess zumindest verlangsamt.«

Münster hatte sein Bierglas erhoben, stellte es aber auf den verschmutzten Tisch zurück.

»Was Alter und besondere Kennzeichen angeht«, fuhr Meusse unangefochten fort, »so können wir wohl davon ausgehen, dass er zwischen fünfundfünfzig und sechzig war. Und er war wohl zwischen einsdreiundsiebzig und einssechsundsiebzig groß und eher von schmächtigem Körperbau, mit leichtem Skelett. Gut proportioniert, würde ich behaupten. Keine Arm- oder Beinbrüche, keine Operationsnarben. Es kann natürlich andere äußerliche Narben gegeben haben, aber die sind entweder verwest oder kleben im Teppich. Eine Art Todessymbiose zwischen Leichnam und Teppich hat die Sache nämlich noch erschwert. Sie sind gewissermaßen miteinander verschmolzen oder sollte man sagen zerschmolzen?«

»O Scheiße«, sagte Rooth.

»Ganz recht«, erwiderte Meusse. »Habt ihr Fragen?«

»Gibt es denn keine besonderen Kennzeichen?«, fragte Münster.

Plötzlich lachte Meusse. Seine dünnen Lippen zogen sich nach oben und entblößten zwei Reihen von überraschend weißen und gesunden Zähnen.

»Eins«, sagte er und ihm war anzusehen, dass er diese Situation genoss. Weil er sich immerhin die düstere Befriedigung gönnen konnte, seine Gesprächspartner für einige armselige Sekunden auf die Folter zu spannen. Der Triumph der Berufsehre, dachte Münster.

»Wenn der Mörder alle Identifikationsmöglichkeiten vernichten wollte«, erklärte Meusse. »Dann hat er etwas übersehen.«

»Was denn?«, fragte Rooth.

»Einen Hoden«, sagte Meusse.

»Was?«, rief Münster.

»Er hatte nur einen Hoden«, erklärte Meusse.

»Ein eineiiger Toter?«, fragte Rooth und machte ein dummes Gesicht.

»Ach was«, sagte Münster. »Ja, damit kommen wir natürlich gleich viel weiter.«

Darin hatte keine absichtliche Ironie gelegen, aber er merkte sofort, dass er den kleinen Gerichtsmediziner verletzt hatte. Er versuchte ablenkend zu husten und hob sein Glas, aber das half natürlich nicht weiter.

»Was den Teppich angeht«, sagte Meusse kurz, »da müsst ihr morgen mit Van Impre reden. Ich glaube, ich muss euch jetzt verlassen. Morgen früh werdet ihr auf euren auf Glanz polierten Tischen selbstverständlich einen schriftlichen Bericht vorfinden.«

Er leerte sein Glas und erhob sich.

»Danke«, sagte Rooth.

»Bis dann, die Herren«, sagte Meusse. »Und wenn ihr in den nächsten Tagen keinen weiteren alten Torso anschleppt, ist euch unsere Dankbarkeit gewiss.«

In der Tür blieb er noch einmal stehen.

»Aber wenn ihr über die restlichen Teile von diesem hier stolpert, dann setzen wir ihn natürlich gern zusammen. Immer zu Diensten.«

Münster und Rooth blieben noch einige Minuten sitzen und leerten ihre Gläser.

»Warum hat er nur einen Hoden?«, fragte Rooth.

»Weiß nicht«, erwiderte Münster. »Aber einer ist im Grunde ja genug. Wahrscheinlich hatte er sich den anderen verletzt. Musste ihn wegnehmen lassen oder so.«

»Kann denn kein Tier ihn gefressen haben? Im Graben, meine ich.«

Münster zuckte mit den Schultern.

»Frag mich nicht. Aber wenn Meusse meint, dass er schon vorher gefehlt hat, dann hat er sicher Recht.«

Rooth nickte.

»Verdammt gute Spur«, sagte er.

»Ja«, sagte Münster. »Steht sicher in allen Melderegistern. Aufgepasst, der Mann hat nur eine Nuss. Glaubst du noch immer, dass wir das in einer Woche schaffen werden?«

»Nein«, sagte Rooth. »Aber vielleicht in einem Jahr. Gehen wir?«

Auf der Rückfahrt zur Wache sagten sie nicht viel. Sie konnten aber immerhin feststellen, dass der Dritte auf der Liste der möglichen Kandidaten, Piit Choulenz aus dem Hagmerlaan, wohl doch zu jung war, um in Frage zu kommen.

Denn der Liste zufolge war er noch keine fünfzig, und obwohl Meusse betont hatte, dass es sich nur um Annahmen handelte, wussten Rooth und Münster, dass er sich nur selten irrte. Nicht einmal bei einer puren Spekulation.

Doch sowohl Claus Menhevern als auch Pierre Kohler konnten es sein. Und da lag es doch auf der Hand, dass jeder sich einen vornahm. Sie brauchten das nicht einmal laut zu sagen.

»Welchen willst du?«, fragte Rooth.
Münster schaute sich die Namen an.
»Pierre Kohler«, sagte er. »Wär wohl besser, das noch heute Abend zu erledigen.«
Rooth schaute auf die Uhr.
»Aber klar«, sagte er. »Es ist erst sieben. Vor neun darf ein anständiger Bulle nicht nach Hause kommen.«

6

Als er ankam, wurden gerade die Busse beladen.
»Guten Abend, Kommissar«, sagte Inspektor le Houde. »Suchen Sie etwas Bestimmtes?«
Van Veeteren schüttelte den Kopf.
»Ich wollte mich nur mal kurz umsehen. Hört ihr mit der Suche auf?«
»Ja«, sagte le Houde. »Ist uns befohlen worden. Und ich glaube auch, dass es jetzt reicht. Auf große Ergebnisse können wir wohl nicht hoffen.«
»Habt ihr überhaupt irgendwas gefunden?«
Le Houde lachte auf. Zog ein Taschentuch hervor und wischte sich die Stirn.
»Und wie«, erklärte er und zeigte auf einige schwarze Plastiksäcke in einem Einsatzwagen, dessen Hintertüren offen standen. »Sechs von der Sorte. Wir haben absolut alles eingesackt, was in einem Wald nichts zu suchen hat ... auf einer Fläche von zwanzig Fußballplätzen, so ungefähr. Wird sicher lustig, das alles durchzusehen.«
»Hm«, sagte Van Veeteren.
»Und danach können wir dann der Stadtreinigung von Behren eine Rechnung schicken. Schließlich ist das deren Job.«
»Ja, gute Idee«, sagte Van Veeteren. »Nein, jetzt geh ich mal eine Runde rekognoszieren.«

»Viel Glück, Kommissar«, sagte le Houde und schloss die Autotüren. »Wir lassen von uns hören.«

Van Veeteren folgte dem Weg. Hier war der Kindergarten unterwegs gewesen, wenn er das richtig verstanden hatte. Ein toller Weg war das übrigens nicht, oft nur einen halben Meter breit, voller Wurzeln, spitzer Steine und anderer Unebenheiten ... nein, die Lokalpolizei hatte sicher Recht: Der Mörder war aus einer anderen Richtung gekommen. Aller Wahrscheinlichkeit nach hatte er seinen Wagen auf dem Reitweg auf der anderen Seite des kleinen Hügelkamms abgestellt, der sich quer durch die ganze Waldpartie hinzog – und danach hatte er seine Last fünfzig bis sechzig Meter in den Wald hineingetragen oder geschleppt ... durch überwuchertes und leicht ansteigendes Terrain. Es war nicht gerade ein gepflegter Wald, also war das keine leichte Aufgabe gewesen, das war klar. Wenn sich nicht mehrere daran beteiligt hatten, aber vermutlich handelte es sich doch um eine ziemlich große und starke Person. Wohl kaum um eine Frau, wohl kaum um einen Greis ... diesen Schluss durfte man doch immerhin wagen.

Er erreichte die Fundstelle. Die rotweißen Bänder rahmten noch immer den Grabenabschnitt ein, doch es standen keine Wachen mehr hier. Drei oder vier Meter davor blieb er stehen. Betrachtete eine halbe Minute lang das düstere Bild und wünschte sich abermals eine Zigarette.

Dann stieg er über den Graben und bahnte sich einen Weg in Richtung Reitweg. Dem Weg des Mörders, vermutlich. Er brauchte sieben oder acht Minuten dafür und zog sich allerlei Kratzer an den Händen und im Gesicht zu.

Wenn wir die Leiche sofort gefunden hätten, dachte er, dann hätten wir den Weg des Mörders Meter für Meter verfolgen können.

Aber jetzt war das natürlich unmöglich.

Unmöglich und vermutlich wohl auch nicht von wirklicher Bedeutung. Wenn sie diesen Fall je klären könnten, dann nicht mit Hilfe einiger abgeknickter Zweige. Derzeit jedoch, daran konnte es kaum einen Zweifel geben, befanden sich das Verbrechen und sein Täter endlos weit weg. In Zeit und Raum.

Vom Opfer ganz zu schweigen.

Er machte sich wieder auf den Weg zurück zum Parkplatz.

Wenn nun niemand den Toten vermisst, dachte er dann plötzlich. Wenn nun niemand sein Verschwinden bemerkt hat.

Einfach niemand.

Diesen Gedanken wurde er nicht wieder los. Und wenn ihn dieses fette Kind nicht entdeckt hätte, dachte er dann weiter, dann hätten noch Jahre vergehen können, ehe jemand ihn vermisst hätte. Oder gefunden. Eine Ewigkeit. Und während dieser Zeit hätten Verwesungsprozess und andere Ursachen ihn ganz einfach verschwinden lassen können. Warum nicht?

Abgesehen von den Knochenresten, natürlich. Und einem grinsenden Totenschädel.

Und dann hätte niemand je auch nur einen Finger zu rühren brauchen.

Das war keine angenehme Vorstellung. Er versuchte sie zu verdrängen, aber an ihrer Stelle tauchte vor seinem inneren Auge der klinisch angestrahlte Operationstisch auf, und der schlaffe, betäubte Körper darauf war sein eigener.

Und der grün gekleidete Fremde beugte sich mit seinen scharf geschliffenen Messern über seinen Bauch.

Er ging schneller. Die Dämmerung hatte schon eingesetzt, und als er zwanzig Minuten später vor dem Eisenbahnkiosk stand, um Zigaretten zu kaufen, trafen die ersten Regentropfen auf seine Hand auf.

7

Nach einigem Nachdenken beschloss Rooth anzurufen, statt einen Besuch zu machen. Bis Blochberg waren es immerhin fünfzehn Kilometer und es war fast halb acht Uhr abends.

Als er danach den Hörer aufgelegt hatte, war er immerhin dankbar dafür, dass seine Gesprächspartnerin nicht wusste, wie er aussah. Und wenn er Glück hatte, dann hatte sie seinen Namen auch nicht richtig verstanden, er hoffte zumindest, den so rasch hingenuschelt zu haben, dass das der Fall war.

Es war nämlich kein vom Glück begünstigtes Gespräch gewesen.

»Hallo?«
»Frau Menhevern?«
»Marie-Louise Menhevern, ja.«
Die Stimme klang scharf und abweisend.
»Hier spricht Inspektor Rooth von der Kriminalpolizei. Ich rufe wegen einer Vermisstenmeldung an. Sie haben mitgeteilt, dass Sie Ihren Mann vermissen, Claus Menhevern, seit Juni letzten Jahres, stimmt das?«
»Nein, ich habe nie behauptet, dass ich ihn vermisse. Sondern nur, dass er verschwunden ist.«
»Seit Juni 1993?«
»Ja, sicher.«
»Und er ist nicht wieder aufgetaucht?«
»Nein.«
»Sie haben auch nie wieder von ihm gehört?«
»Nein. Sonst hätte ich das natürlich mitgeteilt.«
»Und Sie haben keine Vorstellung davon, was ihm passiert sein kann?«
»Doch, ich nehme an, dass er mit irgendeiner Frau durchgebrannt ist. Das würde ihm ähnlich sehen.«
»Ach. Und wo könnte er sich wohl aufhalten?«

»Woher soll ich das wissen, Herr Wachtmeister. Und stimmt es überhaupt, dass Sie von der Polizei sind?«

»Sicher.«

»Und was wollen Sie von mir? Haben Sie ihn gefunden?«

»Das kommt darauf an«, sagte Rooth. »Wie viele Hoden hat er?«

»Was zum Teufel soll das denn?«

»Ja, ich meine natürlich, die meisten haben ja zwei ... er hatte sich nicht einen wegoperieren lassen oder so?«

»Warten Sie nur, ich kann feststellen, woher Sie anrufen.«

»Aber liebe Frau Menhevern, Sie haben das falsch verstanden ...«

»Sie sind die schlimmste Sorte, wissen Sie das? Wo Sie nicht mal wagen, mir in die Augen zu blicken. Telefonschweine! Wenn ich Sie hier vor mir hätte, dann würde ich ...«

Erschrocken legte Rooth auf. Saß dann eine halbe Minute bewegungslos da ... als könne die geringste Unvorsichtigkeit ihn verraten. Er starrte aus dem Fenster in den dunkler werdenden Abendhimmel über der Stadt.

Nein, dachte er. Ich komme bei Frauen einfach nicht an. So ist das eben.

Danach beschloss er, Claus Menhevern von der Liste der potenziellen Opfer zu streichen. Genau besehen gab es damit nur noch eins.

Münster hielt vor dem arg heruntergekommenen Haus in der Armastenstraat. Er blieb noch einen Moment im Wagen sitzen, dann überquerte er die Straße und ging ins Haus. Der unverkennbare Geruch von Katzenpisse hing im Treppenhaus, an den Wänden klafften große Löcher, wo der Verputz es nicht mehr ausgehalten hatte. Unten auf dem Klingelbrett hatte er keinen Pierre Kohler gefunden, aber das hatte ebenso unzuverlässig gewirkt wie das restliche Haus, deshalb wollte er sich alle Türen einzeln ansehen.

Im vierten Stock hatte er Glück.
Pierre Kohler
Margite Deling
Jürg Eschenmaas
Dolomite Kazaj
stand auf einem handgeschriebenen Zettel über dem Briefschlitz.

Er drückte die Klingel. Nichts passierte, vermutlich funktionierte die nicht mehr. Also klopfte er zweimal. Nach einer knappen Minute hörte er Schritte, dann wurde die Tür von einer Frau in den Fünfzigern geöffnet. Ihr übergewichtiger Leib steckte in einem lose hängenden lila Bademantel, und sie musterte Münster abschätzend von Kopf bis Fuß.

Offenbar beeindruckte dieser Anblick sie nicht weiter.

Münster ging es ebenso.

»Ich bin von der Polizei«, sagte er und zeigte für eine Zehntelsekunde seinen Dienstausweis vor. »Es geht um eine Vermisstenmeldung. Darf ich hereinkommen?«

»Nur mit Hausdurchsuchungsbefehl«, sagte die Frau.

»Danke«, sagte Münster. »Wir haben nicht weit von der Stadt entfernt in einem Wald einen Leichnam gefunden, bei dem es sich um den seit August letzten Jahres vermissten Pierre Kohler handeln kann.«

»Warum glauben Sie das?«, fragte die Frau und spielte mit dem Gürtel ihres Bademantels.

»Na ja, das wissen wir natürlich nicht«, sagte Münster. »Wir überprüfen nur alle Vermisstenmeldungen ... das Alter scheint zu stimmen, die Größe auch, es ist also eine reine Routinefrage. Es gibt ansonsten keinen Grund zu der Annahme, dass er es ist.«

Warum bin ich zu dieser Kuh bloß so verdammt höflich, dachte er. Ich hätte sie von Anfang an ordentlich in die Mangel nehmen müssen.

»Und?«, fragte sie und steckte sich eine Zigarette an.

»Es gibt da ein Detail«, sagte Münster.

»Ein Detail?«

»Ja, mit dem wir ihn wohl identifizieren können ... der Tote, den wir gefunden haben, hat keinen Kopf, verstehen Sie? Das macht es so schwer ihn zu identifizieren.«

»Ach.«

Ein Mann war hinter sie getreten. Er nickte Münster mürrisch zu und legte ihr eine Hand auf die Schulter.

»Was für ein Detail?«, wollte er wissen.

»Hrm«, sagte Münster. »Ja, also, unserem Opfer fehlt ein Hoden ... ist vermutlich vor langer Zeit entfernt worden. Wissen Sie vielleicht ...«

Der Mann fing an zu husten, und Münster verstummte. Nach dem Hustenanfall ging ihm auf, dass es wohl eher ein Lachanfall gewesen war. Der Mann lachte nämlich. Und die Frau auch.

»Also, Herr Oberpolizist«, sagte der Mann und schlug sich mit den Fingerknöcheln an die Stirn. »Das hier ist mein Kopf. Wenn Sie meine Eier zählen wollen, dann müssen Sie hereinkommen. Ich bin Pierre Kohler.«

Warum zum Teufel habe ich nicht einfach angerufen, fragte sich Münster.

Als er zu Hause das Gute-Nacht-Märchen vorgelesen hatte, rief Rooth an.

»Wie war's bei dir?«, fragte er.

»Er ist es nicht«, sagte Münster. »Er lebt bei bestem Wohlergehen. Sie hatten einfach vergessen, Bescheid zu sagen.«

»Eiwei«, sagte Rooth.

»Und deiner?«

»Ebenso, nehme ich an«, seufzte Rooth. »Ein Hoden scheint ihm jedenfalls nicht zu fehlen. Und seine Frau auch nicht. Ist wohl einfach abgehauen.«

»Ach«, sagte Münster. »Und was machen wir jetzt?«

»Ich hab mir eins überlegt«, sagte Rooth. »Was diese Verstümmelungen angeht, meine ich. Entweder haben Füße und Hände irgendwelche Kennzeichen aufgewiesen oder alles war noch einfacher.«

»Einfacher?«

»Fingerabdrücke«, sagte Rooth.

Münster dachte nach.

»Aber Fingerabdrücke kriegt man nicht weg, indem man Füße abhackt«, sagte er.

»Stimmt«, sagte Rooth. »Aber vielleicht hat er das nur gemacht, um uns zu verwirren. Und weißt du, was das bedeuten würde?«

Münster dachte noch zwei Sekunden nach.

»Sicher«, sagte er. »Wir haben die Fingerabdrücke. Er ist vorbestraft.«

»Tüchtiger Polizist«, lobte Rooth. »Ja, irgendwo in unserem Archiv haben wir seine Fingerabdrücke, darauf würde ich Gift nehmen. Weißt du übrigens, wie viele wir haben?«

»Dreihunderttausend, glaube ich«, sagte Münster.

»Ganz schön viel, ja. Na ja, wir können ihn da ja doch nicht finden, aber immerhin haben wir etwas. Wir sehen uns morgen.«

»Davon gehe ich aus«, sagte Münster und legte auf.

»Was macht ihr denn gerade?«, fragte Synn, als sie das Licht ausgeknipst hatten und er den linken Arm um sie legte.

»Tja«, sagte Münster. »Nichts Besonderes. Wir suchen nur einen alten Knastbruder, der letztes Jahr verschwunden ist. Er ist zwischen fünfundfünfzig und sechzig und hat nur einen Hoden.«

»Interessant«, sagte Synn. »Und wie wollt ihr ihn finden?«

»Das haben wir schon«, sagte Münster. »Er ist tot, wollte ich sagen.«

»Ach«, sagte Synn. »Alles klar. Nimm mich doch ein wenig fester in den Arm, ja?«

8

Ausnahmsweise siegte Münster in allen drei Sätzen, aber zweifellos war es das ausgeglichenste Spiel, das sie seit mehreren Jahren hingelegt hatten. 15-10, 15-13, 15-12 hätten die Zahlen gelautet, wenn jemand sich die Mühe gemacht hätte, sie zu verkünden, und der Kommissar hatte lange in Führung gelegen, sowohl im zweiten als auch im dritten Satz. Im letzten sogar mit 12-8.

»Wenn ich nicht diesen Scheißserve geliefert hätte, hättest du Prügel bezogen«, erklärte er, als sie zum Umkleideraum zurückstapften. »Das solltest du dir klar vor Augen halten.«

»Ungewöhnlich gutes Spiel«, kommentierte Münster. »Der Kommissar war offenbar in guter Form.«

»Guter Form«, schnaubte Van Veeteren. »Das sind nur die letzten Zuckungen. Morgen lege ich mich auf den Operationstisch, wenn ich dich daran erinnern darf.«

»Was du nicht sagst«, sagte Münster, als sei nicht die ganze Wache über den Stand der Dinge informiert. »Wann ist es denn soweit?«

»Ich gehe heute Abend hin. Der Eingriff findet morgen Vormittag statt. Ja ja, den Weg müssen wir alle gehen.«

»Ich habe einen Onkel, der einmal Darmkrebs hatte«, sagte Münster. »Er ist zweimal operiert worden. Und es geht ihm ausgezeichnet.«

»Wie alt ist er?«

»Siebzig, glaube ich«, sagte Münster.

Der Kommissar murmelte etwas vor sich hin und ließ sich auf die Bank sinken.

»Nach dem Duschen trinken wir bei Adenaar einen«, erklärte er. »Ich will hören, wie weit ihr seid.«

»Na gut«, sagte Münster. »Ich muss nur vorher schnell Synn anrufen.«

»Mach das«, sagte Van Veeteren. »Und bestell ihr einen schönen Gruß.«

Er glaubt sicher, dass er das nicht überlebt, dachte Münster und wusste plötzlich, dass der Kommissar ihm Leid tat. Und das passierte zweifellos zum ersten Mal und kam ziemlich überraschend. Er drehte sich zur Dusche und ließ das heiße Wasser das plötzlich entstandene Lächeln wegspülen.

Doch bei Adenaar hatte der Kommissar sein altes Ich wiedergefunden. Er beklagte sich wütend über das Wasser im Bier und ließ sich zweimal ein neues Glas bringen. Schickte Münster Zigaretten kaufen. Aschte in die Blumenvase.

»Ihr kommt nicht weiter, oder?«

Münster seufzte. Er trank einen tiefen Schluck und machte sich an einen Lagebericht.

Nein, er musste einfach zugeben, dass Van Veeteren absolut richtig lag mit seiner Vermutung. Der unidentifizierte Leichnam aus dem Wald war so unidentifiziert wie eh und je. Zwei Wochen waren vergangen und sie traten noch immer auf der Stelle.

Nicht, dass ihr gemeinsamer Arbeitseinsatz zu wünschen übrig ließe, es fehlte nur eben das Ergebnis. Wiederholt war die Öffentlichkeit zur Mitarbeit aufgefordert worden, in Zeitungen, Rundfunk und Fernsehen. Im ganzen Land war über den Fall berichtet worden, aber natürlich hatte das Interesse der Medien nach der ersten Woche nachgelassen. Alle Vermisstenmeldungen im ganzen Land (Männer zwischen vierzig und siebzig, für den Fall, dass Meusse sich gegen alle Erwartungen doch geirrt haben könnte) waren überprüft worden, und noch keiner war in Frage gekommen, und sei es nur wegen der Hodensache. Rooth hatte bei allerlei Krankenhäusern angerufen und in Erfahrung gebracht, dass im Land wohl zwischen neunhundert und tausend Männern im fraglichen Alter aus verschiedenen Gründen ein Hoden fehlte. Das war eine um einiges größere Anzahl, als er angenommen hatte, und es hatte sich als mehr oder weniger unmöglich erwiesen, sie mit Hilfe von Krankenberichten ausfindig zu machen, zumal auch die ärztliche Schweigepflicht zu bedenken war. Münster hatte sich an drei oder vier Gefängnisdirektoren gewandt und feststellen müssen, dass Kontrolle und Registrierung der Geschlechtsorgane der Insassen ein bedauerlich vernachlässigter Teil der Rechtspflege war.

»Ist doch sowieso ziemlich sinnlos, die Gefängnisse durchzuwühlen«, meinte Münster. »Das mit den Fingerabdrücken ist schließlich auch nur eine Annahme.«

Van Veeteren nickte.

»Und der Teppich?«, fragte er.

»Tja«, sagte Münster. »Über den wissen wir natürlich eine ganze Menge. Möchte der Kommissar das hören?«

»In groben Zügen, bitte.«

»Viehhaarteppich. Ziemlich schlechte Qualität, war irgendwann mal blau und grau. Hundertsechzig mal hundertneunzig Zentimeter. Zwischen dreißig und vierzig Jahre alt, nehmen wir an. Kein Firmenetikett oder so, war schon ziemlich verschlissen, ehe er zum ... Einwickeln benutzt wurde.«

»Hm«, sagte Van Veeteren.

»Es gibt Spuren von Hundehaaren und fünfzig anderen Dingen, die man in jedem Haushalt findet. Braune Paketschnur, übrigens. Damit ist er zugebunden worden, klar. Doppelt gewickelt, damit sie hält. Ganz normale Sorte. Davon werden an die zweihunderttausend Meter verkauft ... im ganzen Land, meine ich.«

Der Kommissar steckte sich eine Zigarette an.

»Noch mehr von Meusse?«

»So einiges«, sagte Münster. »Sie haben eine DNS-Analyse durchgeführt und den gesamten genetischen Code ermittelt, wenn ich das richtig verstanden habe. Das Problem ist nur, dass wir keine Vergleichsmöglichkeiten haben. Kein Register.«

»Gott sei Dank«, sagte Van Veeteren.

»Finde ich ja auch«, sagte Münster. »Aber im Grunde wissen wir alles, was es über diesen verdammten Kadaver zu wissen gibt.«

»Nur nicht, wem er gehört hat«, sagte Van Veeteren.

»Nur das nicht, nein«, seufzte Münster.

»Wissen die Medien das mit der Hodengeschichte? Ich habe nichts gesehen.«

»Nein«, sagte Münster. »Das wollten wir erst mal für uns behalten. Um sicher zu sein, wenn der Richtige auftaucht, aber ich glaube, es ist doch ein wenig durchgesickert.«

Van Veeteren dachte noch eine Weile nach.

»Muss verdammt einsam gewesen sein«, sagte er dann. »Unvorstellbar einsam.«

»Ich habe über Leute gelesen, die zwei oder drei Jahre tot in ihrer Wohnung gelegen haben, und niemand hat sie vermisst«, sagte Münster.

Van Veeteren nickte düster und bestellte noch zwei Bier.

»Ich weiß nicht, ob ich ...«, sagte Münster zaghaft.

»Ich geb einen aus«, erklärte der Kommissar und damit war der Fall erledigt. »Glaubst du, dass er überhaupt vermisst gemeldet worden ist? Irgendwo?«

Münster schaute aus dem Fenster und dachte nach.

»Nein«, sagte er. »Ich habe mir das lange überlegt und glaube es eigentlich nicht.«

»Kann natürlich auch ein Ausländer sein«, meinte Van Veeteren. »Die Grenzen sind doch heute so offen, dass jeder mit einer Leiche im Kofferraum angefahren kommen kann.«

Münster nickte.

»Und wie wollt ihr jetzt weiter vorgehen?«

Münster zögerte.

»Tja, die Sache auf Eis legen, nehme ich an. Rooth sitzt schon an einem anderen Fall. Ich vermute, dass Hiller mich von übermorgen an in eine andere Einsatzgruppe stecken will. Und unser Mann kann solange in der Kühlhalle liegen und auf den nächsten Zufall warten.«

Van Veeteren nickte beifällig.

»Gut, Polizeidirektor«, sagte er und hob das Glas. »Verdammt gut formuliert. In der Kühlhalle liegen und auf einen Zufall warten – es ist wohl nicht so ganz nach Plan ausgefallen, das mit dem Leben nach diesem. Aber auf jeden Fall Prost!«

»Und der Kommissar kann mir keinen guten Rat geben?«, fragte er, als sie das Lokal verließen.

Van Veeteren kratzte sich im Nacken.

»Nein«, sagte er. »Du sagst es ja selber. Man muss auch Geduld haben können. Die Hühner legen nicht schneller Eier, wenn wir sie dabei anglotzen.«

»Woher nimmt der Kommissar nur die vielen Vergleiche?«

»Keine Ahnung«, sagte Van Veeteren zufrieden. »Das ist so bei uns Poeten. Es fliegt uns einfach zu.«

9

Auf das erste Zeichen hatte sie nicht geachtet. Es hatte nur aus einigen Zeilen bestanden, die sie auf dem Weg vom Flughafen in einer Abendzeitung gesehen hatte. Und die hätten sich auf alle Welt beziehen können.

Später fand sie die Sache schon beunruhigender. Als sie ausgepackt und ihre beiden Tabletten genommen hatte, vertiefte sie sich in die Tageszeitungen, die Frau Pudecka wie immer ordentlich auf dem Küchentisch gestapelt hatte. Sie ließ sich in den Biedermeiersessel vor dem Kamin sinken und ging langsam eine nach der anderen durch, und dabei stiegen dann die bösen Ahnungen in ihr auf. Natürlich handelte es sich bis auf weiteres um pure Hirngespinste – um Grillen im Kopf, die vermutlich auf das Konto ihres nicht ganz reinen Gewissens gingen. Dieses vage Schuldbewusstsein, das eigentlich ganz unbegründet war und das sie dennoch nie verließ ... Sie hätte es sich anders gewünscht. Hätte es vorgezogen, wenn das schlechte Gewissen sich entschlossen hätte, einfach nicht mehr da zu sein. Nie mehr.

Aber das passierte natürlich nicht.

Sie ging in die Küche. Kochte sich noch eine Tasse Tee, trug einige Zeitungen ins Schlafzimmer und ging sie noch einmal systematisch durch. Ausgestreckt lag sie unter der Decke und las, während sie in Gedanken in der Zeit zurückging und versuchte sich an Daten und Ereignisse zu erinnern. Als die Dämmerung einsetzte, nickte sie für einige Minuten ein, wurde dann aber aus einem Traum geschleudert, in dem sie sein Gesicht plötzlich ganz deutlich vor sich gesehen hatte.

Sein ganz und gar stummes Gesicht mit den unergründlichen Augen.

Sie streckte die Hand aus und knipste die Lampe an.

Ob er es sein könnte?

Sie schaute auf die Uhr. Halb sieben. Es war auf jeden Fall zu spät, um sich an diesem Abend noch ins Auto zu setzen. Und der Flug hatte sie wie immer müde gemacht. Niemand konnte verlangen, dass sie sofort aktiv wurde, aber sie wusste auch, dass sie diese Sache nicht einfach unter den Teppich kehren und hoffen konnte, dass sie dort bleiben würde. Es gibt Dinge, die man nicht einfach ausfallen lassen kann. Es gibt Pflichten.

Sie duschte und verbrachte zwei Stunden vor dem Fernseher. Rief Liesen an und meldete sich zurück, erwähnte ihre Befürchtungen jedoch mit keinem Wort. Natürlich nicht. Liesen gehörte zu denen, die nichts wussten, es hatte nie einen Grund gegeben, sie in dieser Hinsicht ins Vertrauen zu ziehen.

Keinen ersichtlichen Grund.

In den Nachrichten wurde kein Wort über diese Angelegenheit gesagt. Was ja eigentlich kein Wunder war, es waren schon über zwei Wochen vergangen, und es gab wichtigere Dinge, die der Bevölkerung mitgeteilt werden mussten. Vermutlich war die Sache schon aus dem Bewusstsein der Öffentlichkeit verschwunden, und sie stellte sich vor, dass alles bald vergangen und vergessen sein würde, wenn sie sich jetzt nicht einschaltete.

Vergangen und vergessen? Das war schließlich nicht dasselbe.

Vergangen und vergessen.

Sie seufzte nervös. Wäre das nicht doch die beste Lösung? Warum in aller Welt sollte sie diese alte Geschichte wieder aufwühlen? Wie viel Böses würde dabei ans Tageslicht kommen? Würde er denn nie damit aufhören, sie zu verfolgen wie ein ... wie ein, wie hieß das denn bloß heutzutage? Poltergeist? Irgendetwas in dieser Richtung jedenfalls.

Aber da war dieses vage Gefühl. Dieses leichte, bohrende Schuldbewusstsein. Darum ging es hier. Würde sie sich jemals davon befreien können, wenn sie sich auch diesmal aus der Sache heraushielte? Eine gute Frage, zweifellos. Auch bei optimistischer Rechnung blieben ihr wohl kaum mehr als zehn oder zwölf Jahre, und dann würde auch sie das Ende erreicht haben.

Und vor ihrem Schöpfer stehen. Und dann wäre es vielleicht angesagt, keinen Dreck mehr am Stecken zu haben.

Ja, sicher. Sie seufzte, erhob sich und schaltete den Fernseher aus. Sie musste der Sache nachgehen.

Ansonsten sprach eigentlich nichts, rein gar nichts dafür, dass er es war. Nicht im Geringsten.

Bestimmt spielten ihr nur ihre Nerven einen Streich.

Am frühen Morgen brach sie auf. Sie war um halb sechs aufgewacht, auch das war eine dieser unvermeidlichen Alterserscheinungen. Sie war aufgestanden, hatte gefrühstückt und noch vor sieben Uhr ihren Wagen aus der Garage geholt.

Es war nicht viel Verkehr, als sie die Stadt hinter sich gelassen und das Hochland erreicht hatte, war sie fast allein auf der Straße. Es war ein schöner Morgen mit dünnem Dunst, der sich langsam auflöste, während die Sonne immer stärker wurde. Sie machte in der pittoresken Gaststätte zwischen Gerlach und Würpatz Pause und trank eine Tasse Kaffee. Versuchte sich zu sammeln und ihre bohrende Unruhe zu bezähmen, während sie in den Tageszeitungen blätterte. Dort stand keine Zeile. In keiner.

Sie fuhr ohne anzuhalten durch Linzhuisen und hatte kurz nach halb zehn das Haus erreicht. Stieg aus und bahnte sich einen Weg zur Tür. Mit einiger Mühe konnte sie sie öffnen, und danach brauchte sie nicht lange, um einzusehen, dass ihre Befürchtungen durchaus zutreffen könnten.

Sicher war sie natürlich noch immer nicht, aber wo sie nun schon einmal so weit gekommen war, blieb ihr nichts anderes übrig, als sich an die Polizei zu wenden.

Das tat sie dann auch umgehend: vom Postamt in Linzhuisen aus, genauer gesagt, der Anruf wurde um 10.03 Uhr in der Maardamer Wache vom Dienst habenden Polizeianwärter Pieter Willock registriert.

Zehn Minuten später öffnete Kriminalinspektor Rooth die Tür zum Arbeitszimmer des Kollegen Münster, ohne vorher anzuklopfen, und verkündete mit kaum verhohlener Aufregung:

»Ich glaube, wir haben ihn!«

10

Schlafen, dachte er. Nur schlafen.

Die Stunden vor seiner Aufnahme im Krankenhaus waren nicht zu der erwarteten Orgie der Einsamkeit geworden, und vielleicht lag es ebenso an den Telefonstimmen wie an dem, was ihm bevorstand, dass er bis in die frühen Morgenstunden keinen Schlaf finden konnte.

Nicht, dass sie offen versucht hatten, Abschied von ihm zu nehmen, so hatten sie sich zumindest nicht angehört. Aber wenn etwas Unvorhergesehenes eintreffen sollte, dann wäre es für sie sicher eine Befriedigung, dass sie am letzten Abend noch mit ihm gesprochen hatten.

Renate war die Erste. Schlich wie immer wie die Katze um den heißen Brei; erzählte vom Sommerhaus, das sie einst besessen hatten, von Büchern, die sie nicht gelesen, sondern irgendwo im Schaufenster gesehen hatte, von ihrem Bruder und ihrer Schwägerin (diesem hassenswerten Bruder, mit der Schwägerin hatte er sich aus unerfindlichen Gründen immer gut verstanden – damals, wohlgemerkt), und erst nach fünfzehn oder zwanzig Minuten brachte sie unaufgefordert das Thema Operation zur Sprache.

Ob er sich Sorgen mache?

Ach, das nicht? Na, das hatte sie natürlich auch nicht erwartet. Aber er würde sich doch auf jeden Fall melden, wenn alles vorüber wäre?

Er hatte ihr ein halbes Versprechen gegeben. Er war zu allem bereit, wenn sie nur nicht vorschlug, wieder zusammenzuziehen. Sie lebten jetzt seit fast drei Jahren getrennt, und wenn er in seinem Leben etwas nicht bereute, dann war das die Trennung von Renate.

Vielleicht könnte man gerade aus diesem Grund behaupten, ihre Ehe sei doch keine so große Torheit gewesen. Als Mittel zum Zweck gewissermaßen.

Depressive Menschen sollten sich voreinander hüten, hatte Reinhart einmal gesagt. Die Summe werde zumeist größer als die Teile. Um einiges größer.

Und dann war da noch Mahler. Kaum hatte er das erste Telefongespräch beendet, als er auch schon den alten Poeten an der Strippe hatte.

Er hatte das Bevorstehende offenbar erwähnt. Vermutlich bei der Schachpartie am vergangenen Samstag. Es war aber auf jeden Fall eine Überraschung. Mahler war kein Mensch, der ihm nahe stand – was immer das bedeuten mochte –, aber vielleicht lag ja doch mehr in ihrem ruhigen Beisammensein im verräucherten Gewölbe, als er sich hatte vorstellen mögen. Oder als er sich vorzustellen gewagt hatte. Er hatte sich die Sache natürlich nicht weiter überlegt, aber auf jeden Fall war der Anruf eine Überraschung gewesen.

»Du musst sicher zwei Runden aussetzen, stelle ich mir vor«, hatte er gesagt, dieser Mahler.

»Bin bald wieder da«, hatte Van Veeteren geantwortet. »Und nichts steigert die Fähigkeiten besser als zwei Wochen Enthaltsamkeit.«

Und Mahler hatte sein tiefes Lachen gelacht und ihm alles Gute gewünscht.

Und dann hatte natürlich auch noch Jess angerufen.

Hatte ihn aus der Ferne innig und töchterlich umarmt und versprochen, in einigen Tagen mit Weintrauben, Schokolade und Enkelkindern zu Besuch zu kommen.

»Nie im Leben«, protestierte er. Die Kinder tausend Kilometer weit hierher zu schleppen, um einen grauen Drecksgreis anzustarren! »Ich würde denen doch eine Höllenangst einjagen!«

»Unfug«, sagte Jess. »Danach gehe ich mit ihnen in eine Eisdiele, dann legt sich die Angst wieder. Ich weiß, dass du eine Heidenangst vor der Operation hast, aber das streitest du natürlich ab, wenn jemand es erwähnt.«

»Ich streite alles ab«, sagte Van Veeteren.

Wie Mahler musste auch Jess lachen, und dann hatte er Schulfranzösisch mit zwei Dreijährigen gesprochen, die ebenfalls energisch mit einem Besuch gedroht hatten. Wenn er sie richtig verstanden hatte. Und sie schienen ziemlich gut informiert zu sein, das musste er einfach zugeben.

»Man kriegt eine Spritze, dann schläft man ein«, sagte das eine Kind.

»Und die Toten werden in den Keller gesteckt«, sagte das andere.

Als auch das überstanden war, hatte er sich auf den Weg zum Krankenhaus machen müssen. Er hinterlegte wie üblich seinen Schlüssel zwei Treppen tiefer bei Frau Grambowska, und auch diese weißhaarige getreue Gehilfin erschien ihm an diesem Abend in einem seltsam versöhnlichen Licht. Sie umfasste mit beiden Händen seine Hand und streichelte sie zärtlich, eine Geste, wie sie in all den Jahren ihrer Bekanntschaft noch nicht vorgekommen war.

»Machen Sie es gut«, sagte sie. »Und seien Sie vorsichtig!«

Ich werde sie alle enttäuschen, wenn ich das überstehe, dachte er und stieg ins Taxi. Kein schlechter Rat, übrigens. Vorsichtig sein! Wenn er erst einmal betäubt und aufgeschlitzt dalag, durfte er auf keinen Fall etwas Übereiltes tun. Daran musste er denken!

Er überlegte sich, dass Erich im Grunde der Einzige war, der nichts von sich hatte hören lassen, aber vielleicht hatte er es früher am Nachmittag versucht. Das Spiel mit Münster und der Besuch bei Adenaar hatten ihre Zeit gedauert und er war höchstens zwei Stunden zu Hause gewesen. Und im Gefängnis durfte man sicher nicht zu jeder Zeit telefonieren, nahm er an.

In dem blassgelben Zimmer, in das die Schwester ihn führte, standen zwei Betten, aber das andere war leer, so dass er allein und ungestört mit seinen Gedanken daliegen konnte.

Und die waren zahlreich und wechselhaft. Und heftig genug, um den Schlaf auf Distanz zu halten. Mit Hilfe der Telefongespräche suchte er vorsichtig den Weg zurück durch die Zeit; es war keine aktive Suche, seine Gedanken zogen ihn mit sich und bald fing er an, sich an alle Schmerzpunkte und Freudenkörner im Leben zu erinnern, er versuchte zu verstehen, was ihn eigentlich zu dem Menschen gemacht hatte, der er war ... falls eine dermaßen infantil vereinfachte Fragestellung überhaupt zulässig war. Auf jeden Fall schien es höchste Zeit zum Nachdenken zu sein; so, als verfasse er seine eigene Grabinschrift, ging ihm auf – seinen eigenen Nekrolog, mit umgekehrten, wahrheitsgetreuen Vorzeichen. Oder Fragezeichen.

Aus der Erinnerung.

Ex memoriam.

Wer bin ich? Wer war ich?

Eine Antwort ließ sich natürlich nicht finden; abgesehen davon, dass es für alles viele Ursachen zu geben schien. Die ihn alle auf unklare Weise in dieselbe unbarmherzige Richtung gezogen hatten.

Sein Vater, diese zutiefst tragische Gestalt (aber Kinder sind ja blind für die Größe in der Tragik), der ihn so stark geprägt hatte. Der ihm mit so sicherer und fester Hand die Lehre eingeschärft hatte, dass wir uns vom Leben nicht die geringste Kleinigkeit erwarten dürfen. Nichts ist von Dauer, es gibt nur kurze Strecken, pure Willkür, reinen Zufall und Finsternis.

Ja, ungefähr so, wenn er ihn richtig verstanden hatte.

Seine Ehe; fünfundzwanzig Jahre mit Renate. Das hatte immerhin zu zwei Kindern geführt, und das war wirklich das Große daran. Das eine saß im Gefängnis und würde auf diesem Weg wohl weitergehen, aber Jess und die Enkelkinder waren auf jeden Fall ein unerwarteter grüner Zweig an diesem kranken alten Baum. Das ließ sich einfach nicht leugnen.

Die Toten werden in den Keller gesteckt!

Der Dienst; ja, wenn nichts anderes ihn hierher geführt hatte, so mussten doch an die fünfunddreißig Jahre Sisyphosarbeit im Dienste der Gesellschaft und der Schattenseiten des Lebens irgendwelche Wirkung gezeitigt haben.

Doch, es gab bestimmt Zusammenhänge.

Er schob die Hand unter den gestärkten Bettbezug und strich sich über den Bauch. Da ... da saß es irgendwo, gleich rechts vom Nabel, wenn er das richtig verstanden hatte. Und dort würde der Eingriff erfolgen.

Er drückte vorsichtig zu. Spürte, wie der Hunger sich einstellte, wie auf einen Knopfdruck hin, er hatte seit sechs Uhr abends nichts mehr essen dürfen, und nun fiel ihm ein, dass er bereits seit dem Mittag gefastet hatte. Vermutlich versuchten seine Darmzotten in zähem, vergeblichem Kampf den letzten Biertropfen von Adenaar ihren Saft zu entlocken ... er versuchte sich diesen bizarren Prozess vor sein inneres Auge zu rufen, aber die Bilder, die zögernd erschienen, waren unklar und weit über die Grenze des Begreiflichen hinaus abstrakt.

Irgendwann während seiner Beschäftigung mit diesem verworrenen Geflimmer musste er dann eingeschlafen sein; die unklare Filmvorführung aus seinen Darmregionen ging noch eine Weile weiter, doch nach und nach wurde dann alles deutlicher. Das Bild wurde wieder scharf, der Schauplatz war grell erleuchtet und unverkennbar: der Operationssaal mit seinen grün gekleideten geheimnisvollen Gestalten, die unter hypnotisch tiefer Konzentration schweigend umherglitten. Nur das dünne, scharfe Funkeln der spitzen Instrumente, die geschliffen oder in harte Metallschalen gelegt wurden, durchbrach dann und wann die verschwörerische Stille.

Und er lag da, nackt und preisgegeben auf dem kalten Marmortisch, und plötzlich wusste er, dass alles schon vorbei war, dass hier durchaus nicht die Rede von einer Operation war, dass stattdessen alles in dem vertrauten und kühlen Obduktionssaal der Gerichtsmedizin vor sich ging, wo er Meusse und dessen Kollegen so oft bei der Arbeit zugesehen hatte.

Und er näherte sich dem Tisch und den eifrig schlitzenden und schneidenden Gestalten und begriff, dass nicht er dort liegen konnte, sondern irgendein wildfremder Unglückswurm. Nein, vielleicht doch nicht so fremd ... dieser kopflose Körper hatte etwas Bekanntes. Ihm schienen auch Füße und Hände zu fehlen, und als er sich endlich an Meusse und diesem bleichen, fetten Assistenten, dessen Namen er sich nie merken konnte, vorbeigedrängt hatte, sah er, dass hier nicht an einem Tisch gearbeitet wurde, sondern an einem Stück Waldboden. Einem Graben; und dass es hier auch nicht um eine Operation oder Obduktion ging, sondern dass der Leichnam einfach in einen großen, verdreckten Teppich gewickelt worden war und nun im morastigen Graben versenkt werden sollte, wo er hingehörte. Wo alles hingehörte. Jetzt und in alle Ewigkeit.

Und dann war er es doch selber, der im Teppich steckte. Er konnte keinen Laut herausbringen, konnte kaum atmen, hörte aber das erregte Flüstern der anderen: »Hier wird er gut liegen! Niemand wird ihn jemals finden. Ein ganz und gar überflüssiger Mensch. Warum sollten wir uns um so einen Sorgen machen?«

Und er schrie sie an, sie sollten ... sich an ihre moralische Verantwortung erinnern. Ja, genau das schrie er, aber viel kam nicht dabei heraus, denn der Teppich war so dick und die anderen gingen schon weg und es war ungeheuer schwer, sich ohne Kopf Gehör zu verschaffen.

Die Frau packte ihn am Arm. Er öffnete die Augen und wollte noch einmal rufen, sie müsse sich auf ihre moralische Verantwortung besinnen, doch dann ging ihm auf, dass er wach war.

Die Frau sagte etwas und ihre Augen schienen von Mitleid erfüllt zu sein. Oder von etwas Ähnlichem.

Bin ich tot, fragte sich Van Veeteren. Die Frau hatte im Grunde doch sehr viel von einem Engel. Unmöglich war das also nicht.

Aber sie hielt einen Telefonhörer in der Hand. Das kam

ihm reichlich weltlich vor, und er sah ein, dass er vermutlich noch nicht einmal operiert worden war. Dass noch Morgen war, und dass er noch alles vor sich hatte.

»Telefon«, sagte sie noch einmal. »Ein Anruf für den Kommissar.«

Sie reichte ihm den Hörer und trat vom Bett zurück. Er räusperte sich und setzte sich halbwegs auf.

»Ja?«

»Kommissar?«

Es war Münster.

»Ja, am Apparat.«

»Entschuldige, dass ich dich im Krankenhaus störe, aber ich habe gehört, die Operation findet erst um elf statt...«

»Und wie spät ist es jetzt?« Er hielt an den leeren Wänden nach einer Uhr Ausschau, konnte aber keine finden.

»Zwanzig nach zehn.«

»Ach?«

»Ich wollte nur sagen, dass wir wissen, wer er war... das schien den Kommissar doch ein klein wenig zu interessieren.«

»Du meinst die Leiche im Teppich?«

Für einen Bruchteil einer Sekunde war er wieder in seinen Traum hineinversetzt.

»Ja. Wir sind also ziemlich sicher, dass wir es mit Leopold Verhaven zu tun haben.«

»Was?«

Für einen Moment war Kommissar Van Veeterens Bewusstsein einfach leer. Eine sorgfältig blank polierte Stahlplatte, die alles abstieß und von nichts durchdrungen werden konnte.

»Was zum Teufel hast du da gesagt?«

»Leopold Verhaven eben. Der ist es. Ich gehe davon aus, dass der Kommissar sich an ihn erinnert?«

Drei Sekunden vergingen. Die Stahlplatte weichte auf und ließ Informationen durch.

»Unternehmt noch nichts«, sagte Van Veeteren. »Ich komme.«

Er schwang die Beine über die Bettkante, doch in diesem Moment wurde die Tür aufgerissen und eine unerwartet große Gruppe von grün gekleideten Gestalten trat ins Zimmer.

Der Hörer baumelte an der Leitung.
»Hallo«, rief Münster. »Bist du noch da, Kommissar?«
Die farbige Schwester hob den Hörer auf.
»Der Kommissar ist soeben zur Operation gefahren worden«, erklärte sie freundlich und legte den Hörer auf die Gabel.

III

24. August 1993

11

Es gab zwei gute Aussichtspunkte und zwei mögliche Züge.

Der erste würde erst um 12.37 ankommen, aber er hatte schon um elf Uhr Posten bezogen. Die richtige Position war natürlich wichtig; er hatte sich einen Fenstertisch auf der Veranda ausgesucht. Das hatte er schon einige Tage zuvor entschieden, der Ausblick auf den Bahnhofsvorplatz war hervorragend, vor allem auf den Zwischenraum zwischen Taxirufsäule und Kiosk. Er hatte ihn genau im Blick, und alle Eintreffenden mussten früher oder später dort auftauchen.

Falls sie sich nicht für den verbotenen Weg über die Gleise entschieden, natürlich, aber warum sollte er das tun? Er wohnte in dieser Richtung, hatte also keinen Grund nach Norden zu gehen, und wenn er an diesem Tag überhaupt hier eintreffen würde, dann müsste er dort unten vorbeikommen. Früher oder später, wie gesagt. Vermutlich so gegen Viertel vor eins.

Oder anderthalb Stunden später.

Was er danach unternehmen würde, war natürlich noch die Frage, aber vermutlich würde er sich einfach die restlichen fünfzehn Kilometer von einem Taxi fahren lassen. Eigentlich war das auch egal. Wichtig war, dass er kam.

Danach würden alle Zweifel sich auflösen. Auf irgendeine Weise.

Er bestellte sein Mittagessen – eine kalte Platte mit Salat, Brot, Butter und Käse, doch während der zwei Stunden, die er dort saß, rührte er das Essen kaum an. Stattdessen rauchte er an die fünfzehn Zigaretten und blätterte ab und zu eine Seite in dem Buch um, das rechts neben seinem Teller lag – ohne mehr zu lesen als hier und dort eine Zeile, deren Inhalt er nicht erfasste. Als Tarnung war das Buch also ein Misserfolg. Wer immer einen genaueren Blick auf ihn warf, musste erkennen, dass hier etwas nicht stimmte. Das wusste er auch selber, aber weiter gefährlich war das nicht.

Denn wer in aller Welt sollte ihn genauer unter die Lupe nehmen wollen?

Niemand, hatte er festgestellt, und zweifellos war das ein absolut korrektes Urteil. Zur Mittagszeit zwischen elf und zwei suchten zwischen zweihundert und zweihundertfünfzig Gäste das Bahnhofsrestaurant auf. Die meisten waren natürlich Stammgäste, aber es gab auch so viel Laufkundschaft, dass sich wohl kaum irgendwer an den absolut unscheinbaren Mann in Cordhosen und graugrünem Pullover erinnern würde, der am Fenster gesessen und keiner Fliege etwas zu Leide getan hatte.

Vor allem, wenn man den Zeitfaktor bedachte. Er ertappte sich bei einem heimlichen Lachen, als ihm dieser Gedanke kam. Wenn alles nach Plan lief, würde viel Zeit vergehen. Monate. Hoffentlich sogar Jahre. Jede Menge Zeit. Im allerbesten Fall würde die Sache überhaupt nie ans Tageslicht gelangen.

Das wäre natürlich die optimale Lösung – dass alles geheim bleiben könnte –, aber er sah ja ein, dass es dumm wäre, sich darauf zu verlassen. Besser und klüger war es, auf alle Eventualitäten vorbereitet zu sein. Besser war es, hier in aller Ruhe zu sitzen und nicht aufzufallen. Ein Unbekannter unter den vielen anderen Unbekannten. Von niemandem bemerkt, von allen vergessen.

Gegen zwölf, als der Zustrom an Gästen den Höhepunkt erreichte, machte der eine oder andere Gast den Versuch, die andere Hälfte des Tisches oder den zweiten Stuhl an sich zu reißen, aber er wehrte ab. Erklärte freundlich, leider sei der Stuhl besetzt, weil er noch auf jemanden warte.

Später, während der kritischen Minuten gegen Viertel vor eins, war er angespannt, das ließ sich einfach nicht vermeiden. Als er die ersten Reisenden kommen sah, zog er seinen Stuhl näher ans Fenster und vergaß alle anderen Rücksichten. Er musste sich konzentrieren, die Identifizierung war vielleicht das schwächste Glied in der ganzen Kette. Es war viel Zeit vergangen und wer konnte wissen, wie sehr der andere sich während dieser Jahre verändert hatte? Und er durfte ihn unter keinen Umständen verpassen.

Er durfte ihn nicht unbemerkt vorübergehen lassen.

Als er ihn dann wirklich entdeckte, geschah das anderthalb Stunden später vom Café auf der anderen Straßenseite aus, und er sah ein, dass er sich unnötig Sorgen gemacht hatte.

Denn natürlich war er es. Er sah das schon auf dreißig Meter Entfernung – dieselbe energische sehnige kleine Gestalt; ein wenig gebückt vielleicht, aber nicht sehr. Die Haare farbloser und schütterer. Geheimratsecken. Ein wenig steifere Bewegungen.

Ein wenig grauer, ein wenig älter.

Aber zweifellos der Gesuchte.

Er verließ den Tisch und ging hinaus auf die Straße. Der andere stand jetzt vor der Taxirufsäule. Genau wie erwartet. Stand als dritter in der Schlange und suchte etwas in seinen Hosentaschen. Zigaretten oder Geld oder was auch immer.

Also brauchte er nur zu warten. Zu warten, sich ins Auto zu setzen und dem anderen zu folgen. Es gab auch keinen Grund zur Eile. Er wusste ja, wie es weitergehen würde.

Wusste, dass alles klappen würde.

Für einen kurzen Moment wurde ihm schwindlig, weil sein Puls sich so beschleunigt hatte, aber bald hatte er sich wieder im Griff.

Das Taxi fuhr los. Drehte auf dem Bahnhofsvorplatz, und als es vor dem Café an ihm vorbeifuhr, sah er aus weniger als zwei Metern Entfernung durch das Seitenfenster das bekannte Profil und wusste plötzlich, dass es kein Problem geben würde.

Wirklich nicht das geringste Problem.

IV

5. – 10. Mai 1994

12

»Was glaubst du?«, fragte Rooth.
Münster zuckte mit den Schultern.
»Weiß nicht. Aber bestimmt ist er das. Wir müssen nur auf die Leute von der Spurensicherung warten.«
»Nicht gerade gemütlich hier.«
»Nein, aber passt doch zu der ganzen Geschichte. Sollen wir einen Spaziergang in den Ort machen? Hier können wir ja doch nichts ausrichten. Und wir müssen uns bestimmt ein bisschen mit den Nachbarn unterhalten.«
Rooth nickte, und sie gingen schweigend den kurvenreichen Waldweg hinab. Nach zweihundert Metern öffnete sich die Landschaft, sie sahen Bauernhöfe und einen Steinwurf entfernt die Ortschaft Kaustin. Sie gingen zur Kirche und zur Hauptstraße.
»Wie viele Seelen hier wohl wohnen?«, fragte Rooth.
Münster schaute zum Friedhof hinüber, ging aber davon aus, dass sich die Frage auf die bezog, die noch nicht zur Ruhe gekommen waren.
»Einige hundert, schätze ich. Auf jeden Fall gibt es Läden und eine Schule.«
Er nickte zur Straße hinüber.
»Was meinst du?«, fragte Rooth. »Schauen wir uns mal genauer um?«
»Warum nicht«, meinte Münster. »Wenn der Kaufmann nichts weiß, dann weiß bestimmt auch sonst niemand was.«

Im Laden saßen zwei alte Damen, und Münster musste einsehen, dass sie durchaus nicht vorhatten, sich vertreiben zu lassen. Während Rooth sich in das Angebot an Schokoladenkuchen und Bonbontüten vertiefte, lotste Münster vorsichtig den mageren Kaufmann in einen Nebenraum. Vielleicht war es eine unnötige Vorsichtsmaßnahme; ihr Einzug in der Stadt, mit fünf oder sechs Wagen, die im Konvoi über den ansonsten nicht befahrenen Waldweg bretterten, konnte wohl kaum unbemerkt verlaufen sein. Aber natürlich gab es noch allerlei Gründe, die Sache möglichst geheim zu halten. Die Identität des Toten war schließlich noch nicht bewiesen.

»Mein Name ist Münster«, sagte er und zeigte seinen Dienstausweis.

»Hoorne. Janis Hoorne«, erklärte der Kaufmann mit nervösem Lachen.

Münster beschloss, sofort zur Sache zu kommen.

»Wissen Sie, wem das Haus oben im Wald gehört? Das am Weg liegt, der bei der Kirche abbiegt, meine ich.«

Der Kaufmann nickte stumm.

»Wem denn?«

»Verhaven.«

Ausgedörrter Mund, dachte Münster. Flackernder Blick. Warum ist er so nervös?

»Haben Sie diesen Laden schon lange?«

»Dreißig Jahre. Ich habe ihn von meinem Vater übernommen.«

»Sie kennen die Geschichte?«

Wieder nickte der Kaufmann. Münster ließ einige Sekunden verstreichen.

»Ist etwas passiert?«

»Das wissen wir noch nicht«, erklärte Münster. »Vielleicht. Ist Ihnen irgendetwas aufgefallen?«

»Nein ... nein, was sollte das auch sein?«

Die Nervosität umgab ihn wie eine Aura, aber natürlich

konnte das seinen guten Grund haben. Münster betrachtete ihn kurz, dann redete er weiter.

»Leopold Verhaven wurde im vergangenen August aus dem Gefängnis entlassen... am 23., um genau zu sein. Wir glauben, dass er kurz darauf in sein Haus zurückgekehrt ist. Wissen Sie etwas darüber?«

Der Kaufmann zögerte.

»Sie erfahren doch sicher so ungefähr alles, was hier in Kaustin passiert, oder?«

»Ja...«

»Also? Wissen Sie, ob er zurückgekommen ist... im Herbst oder zu irgendeinem anderen Zeitpunkt?«

»Angeblich...«

»Ja.«

»Angeblich ist er damals gesehen worden.«

Er zog ein Taschentuch aus der Hosentasche und wischte sich die Oberlippe.

»Wann denn?«

»Ja, irgendwann im vergangenen August.«

»Aber seither hat er sich nicht mehr blicken lassen?«

»Ich glaube nicht.«

»Also nur einmal? Stimmt das? Er ist nur ein oder zweimal gesehen worden?«

»Ich weiß es nicht. Ich glaube es aber.«

»Von wem?«

»Entschuldigung?«

»Wer hat ihn gesehen?«

»Maertens, wenn ich das richtig in Erinnerung habe... vielleicht auch Frau Wilkerson, ich weiß es nicht mehr genau.«

Münster machte sich Notizen.

»Und wo kann ich Maertens und Frau Wilkerson finden?«

»Maertens wohnt bei Niedermanns hinter der Schule, aber er arbeitet auf dem Friedhof. Da werden Sie ihn sicher finden, wenn Sie meinen...«

Ihm versagte die Stimme.

»Und Frau Wilkerson?«

Der Kaufmann hustete und stopfte sich einige Pastillen in den Mund.

»Hat ein Haus oben im Wald. Rechts ... den Weg zu Verhaven hoch, meine ich.«

Münster nickte und klappte seinen Block zu. Als sie in den Laden zurückgingen, wagte Kaufmann Hoorne eine Frage.

»Hat er es wieder getan?«

Es war eigentlich mehr geflüstert. Münster schüttelte den Kopf.

»Nein«, sagte er. »Wohl kaum.«

»Willst du ein Stück?«

Rooth hielt ihm ein halb gegessenes Stück Schokoladenkuchen hin.

»Nein, danke«, sagte Münster. »Hast du die Omas ins Kreuzverhör genommen?«

»Mm«, sagte Rooth mit vollem Mund. »Gerissene Typen. Wollten ohne ihren Anwalt ihr Gebiss nicht einen Millimeter öffnen. Wohin gehen wir jetzt?«

»Zur Kirche. Der Totengräber hat ihn gesehen.«

»Gut«, sagte Rooth.

Maertens hob gerade ein Grab aus, als Münster und Rooth sich näherten, und Münster fiel plötzlich ein, wie er zu seiner Schulzeit einmal einen überaus pubertären Horatio gegeben hatte. Er lachte kurz bei dieser Erinnerung. Vielleicht traf die Behauptung des enthusiastischen kleinen Theaterlehrers wirklich zu und Hamlet war ein Stück, das für jede denkbare Lebenslage etwas enthielt. Er wagte jedoch nicht, sich in diesen Gedankengang zu vertiefen und fragte deshalb nicht, für wen dieses Grab bestimmt sei.

»Dürfen wir ein paar Fragen stellen?«, sagte Rooth als Erstes. »Sie sind Herr Maertens, ja?«

Der kräftige Mann nahm seine Mütze ab und richtete sich langsam auf.

»Absolut derselbe«, sagte er. »Und für die Polizei immer zu Diensten.«

»Hrrm«, sagte Münster. »Es geht um Leopold Verhaven. Wir wüssten gern, ob Sie ihn in letzter Zeit gesehen haben.«

»In letzter Zeit? Was verstehen Sie unter letzter Zeit?«

»Das letzte Jahr oder so«, präzisierte Rooth.

»Ich habe ihn gesehen, als er im vorigen Sommer zurückgekommen ist, mal überlegen, ich glaube, das war im August. Aber seither ist er nicht mehr hier gewesen.«

»Erzählen Sie«, sagte Münster.

Herr Maertens setzte seine Kopfbedeckung wieder auf und stieg aus seinem noch ziemlich flachen Grab.

»Tja«, sagte er. »Es war wirklich nur einmal. Ich war hier mit Unkraut jäten beschäftigt. Er kam mit einem Taxi, stieg vor der Kirche aus, ja, und dann ging er in den Wald hinauf, nach Hause, mit anderen Worten.«

»Wann war das?«, fragte Rooth.

Maertens dachte nach.

»August, wie gesagt«, sagte er dann. »Ende des Monats, wenn ich mich nicht irre.«

»Wissen Sie, ob sonst noch jemand ihn gesehen hat?«

Er nickte.

»Frau Wilkerson. Und vielleicht auch ihr Mann. Die wohnen da oben.«

Er zeigte auf das grauweiße Haus am Waldrand.

»Danke«, sagte Rooth. »Ich hoffe, wir dürfen Sie auch später noch einmal fragen.«

»Was hat er denn jetzt getan?«, fragte Maertens.

»Nichts«, sagte Münster. »Kennen Sie ihn?«

Maertens kratzte sich im Nacken.

»Früher einmal, vielleicht. Aber dann ist sozusagen aller Kontakt abgebrochen.«

»Das habe ich mir fast schon gedacht«, sagte Rooth.

Das Ehepaar Wilkerson schien sie erwartet zu haben, was an sich vielleicht kein Wunder war. Der Weg führte nur an die zehn Meter entfernt an ihrem Küchentisch vorbei, an dem jetzt Herr Wilkerson mit Kaffeetasse und Plätzchenschüssel saß und so tat, als lese er Zeitung. Seine Frau brachte eifrig noch Tassen für Münster und Rooth, und die beiden nahmen Platz.

»Danke«, sagte Rooth. »Das wird uns gut tun.«

»Habe mich zurückgezogen«, teilte der Mann ein wenig unmotiviert mit. »Mein Sohn kümmert sich jetzt um den Hof. Der Rücken wollte nicht mehr.«

»So ein Rücken macht viel Ärger«, sagte Rooth.

»Sehr viel«, sagte der Mann.

»Also«, sagte Münster. »Wir würden Ihnen gern ein paar kleine Fragen stellen. Über Leopold Verhaven.«

»Bitte sehr«, sagte Frau Wilkerson und setzte sich neben ihren Mann. Die Einladung galt vermutlich der Plätzchenschüssel und der Frage.

»Er ist offenbar im August letzten Jahres zurückgekommen«, sagte Rooth und nahm sich ein Plätzchen.

»Ja«, sagte Frau Wilkerson. »Ich habe ihn kommen sehen. Da draußen.« Sie zeigte auf den Weg.

»Würden Sie erzählen, was Sie gesehen haben?«, bat Münster.

Sie nippte vorsichtig an ihrem Kaffee.

»Ja, ich habe ihn einfach nur den Hang hochgehen sehen. Zuerst habe ich ihn nicht erkannt, aber dann habe ich doch gesehen...«

»Sie sind sich sicher?«

»Wer hätte das denn sonst sein sollen?«

»Hier kommen wohl nicht viele vorbei?«, fragte Rooth und nahm sich noch ein Plätzchen.

»Kaum eine Menschenseele«, sagte der Mann. »Nur Czermaks von gegenüber, aber in den Wald geht fast nie jemand.«

»Gibt es hier keine weiteren Häuser?«, fragte Münster.
»Nein«, sagte der Mann. »Der Weg endet fünfzig Meter hinter dem Haus von Verhaven. Natürlich kommt es vor, dass die Jäger Hasen oder Fasane schießen, aber das passiert nicht oft.«
»Haben Sie ihn auch gesehen, Herr Wilkerson?«
Seine Frau nickte.
»Ich habe ihn natürlich gerufen. Doch, wir haben ihn alle beide gesehen ... das war am 24. August. Gegen drei oder etwas später. Er hatte eine Reisetasche und eine Plastiktüte, das war alles ... und er hatte sich kaum verändert. Damit hatte ich nicht gerechnet, das muss ich sagen.«
»Ach«, sagte Rooth. »Und dann?«
»Wie meinen Sie das?«
»Ja, er muss doch mehrere Male hier aufgetaucht sein.«
»Nein«, erklärte Wilkerson energisch. »Ist er nicht.«
Rooth nahm sich noch ein Plätzchen und kaute nachdenklich darauf herum.
»Sie meinen«, fasste Münster zusammen, »dass Sie Leopold Verhaven am 24. August des vergangenen Jahres hier draußen auf dem Weg gesehen haben ... am Tag seiner Entlassung aus dem Gefängnis ... und dass er seither nicht mehr aufgetaucht ist?«
»Ja.«
»Kommt Ihnen das nicht ein wenig seltsam vor?«
Frau Wilkerson verzog verärgert den Mund.
»An Leopold Verhaven kommt mir vieles seltsam vor«, erklärte sie. »Finden Sie nicht? Was ist denn eigentlich passiert?«
»Das wissen wir noch nicht«, antwortete Rooth. »Hatte irgendwer aus dem Ort näheren Kontakt zu ihm?«
»Nein«, erwiderte Wilkerson. »Niemand.«
»Das können Sie sich doch denken«, sagte seine Frau.
Ja, ich werde mir Mühe geben, dachte Münster. In dieser mit Zierrat voll gestopften kleinen Küche überkam ihn jetzt

ein gewisses Gefühl des Eingesperrtseins und er hielt es für angeraten, weitere Fragen für später aufzuheben.

Wenn sie mehr Fleisch an den Knochen hatten, gewissermaßen. Wenn zumindest feststand, dass es sich bei ihrem Toten wirklich um Leopold Verhaven handelte. Bei ihrer Leiche. Es wäre doch verdammt ärgerlich, wenn Verhaven plötzlich auftauchte und seinen Tod dementierte, sozusagen.

Aber eigentlich war Münster mit jeder Stunde überzeugter. Es konnte kaum ein anderer sein. Es gab Zeichen und es gab Zeichen, wie Van Veeteren immer sagte.

Rooth schien seine Gedanken gelesen zu haben. Und die Plätzchenschüssel war auf jeden Fall leer.

»Wir melden uns vielleicht wieder«, sagte er. »Danke für den Kaffee.«

»Nichts zu danken«, sagte Frau Wilkerson.

Ehe sie das Haus verließen, stellte Münster aufs Geratewohl noch eine Frage.

»Wir haben mit dem Kaufmann gesprochen«, sagte er. »Der kam uns ... unglücklich vor, gelinde gesagt. Können Sie sich vorstellen warum?«

»Natürlich«, sagte Frau Wilkerson kurz. »Beatrice war doch seine Kusine.«

»Beatrice«, sagte Rooth auf dem Rückweg. »Das war die Erste. 1962, ja?«

»Ja«, sagte Münster. »Beatrice 1962 und Marlene 1981. Fast zwanzig Jahre liegen dazwischen. Das ist wirklich eine seltsame Geschichte, bist du dir darüber im Klaren?«

»Sicher«, sagte Rooth. »Nur hatte ich das Gefühl, sie sei abgeschlossen. Jetzt muss ich sagen, dass ich mir da gar nicht mehr sicher bin.«

»Was will der Inspektor damit sagen?«

»Nichts«, sagte Rooth. »Jetzt wollen wir mal sehen, was die Wissenschaft erreicht hat. Da sind Kluisters und Berben.«

13

»Willkommen im Club«, sagte Rooth.

DeBries ließ sich auf den Stuhl sinken und steckte sich eine Zigarette an. Rooths Augen brannten sofort vom Rauch, aber er beschloss, gute Miene zum bösen Spiel zu machen.

»Wenn der Kollege mich freundlicherweise informieren würde«, sagte deBries. »Langsam und klar verständlich, wenn ich bitten darf. Ich habe die ganze Nacht wach in einem Auto gesessen und ein Haus bewacht.«

»Und ist was dabei herausgekommen?«, fragte Rooth.

»Aber sicher«, sagte deBries. »Das Haus steht noch. Wie lange züchtest du das eigentlich schon?«

»Was denn?«

»Das da in deinem Gesicht ... das erinnert mich an etwas, aber mir fällt nicht ein, an was. Doch, jetzt hab ich's. Pat Boone!«

»Wovon redest du da, zum Teufel?«

»Von meinem Meerschweinchen natürlich. Das ich als kleiner Knabe hatte. Es wurde krank und verlor sein Fell. Kurz vor seinem Tod sah es ungefähr so aus wie du.«

Rooth seufzte.

»Spitze«, sagte er. »Wie alt bist du?«

»Vierzig, aber ich komme mir vor wie achtzig. Wieso?«

Rooth kratzte sich nachdenklich unter den Achseln.

»Ich wüsste gern, ob du dich an den Beatricemord erinnerst, oder ob du schon damals zu klein und dumm warst!«

DeBries schüttelte den Kopf.

»Tut mir Leid«, sagte er. »Vielleicht sollten wir jetzt loslegen. Nein, an den Beatricemord kann ich mich nicht erinnern.«

»Ich weiß das noch verdammt gut«, sagte Rooth. »Ich war zehn oder elf ... 1962, meine ich. Las jeden Tag darüber in der Zeitung, in den Monaten, in denen so viel davon die

Rede war. Oder in dem Monat. Wir sprachen in der Schule darüber, im Unterricht und in den Pausen, ja, das ist eine der klarsten Erinnerungen aus meiner ganzen Kindheit.«

»Ich war erst acht«, sagte deBries. »Zwischen acht und zehn besteht ein großer Unterschied ... und ich habe auch nicht hier gewohnt. Aber nachher habe ich natürlich darüber gelesen.«

»Mm«, murmelte Rooth und blies eine Rauchwolke zurück. »Es war so eine seltsame Stimmung ... ich weiß noch, dass mein Vater zu Hause am Mittagstisch über diesen Leopold Verhaven gesprochen hat. Er sprach sonst nur selten über solche Dinge, deshalb wussten wir, dass es etwas ganz Besonderes sein musste. Alle haben sich für diesen Mord interessiert. Wirklich alle, glaub mir!«

»Das habe ich schon begriffen«, deBries nickte. »Kleine Hetzjagd, war das nicht so?«

»Klein war die wirklich nicht«, sagte Rooth.

DeBries ging zum Waschbecken und drückte seine Zigarette aus.

»Erzähl von Anfang an«, sagte er.

Rooth krempelte die Hemdsärmel auf.

»Auch die Sportgeschichte? Du weißt, dass er in den Fünfzigern ein hervorragender Läufer war?«

»Ja«, sagte deBries. »Aber nimm zuerst die Morde.«

Rooth blätterte einige Seiten in dem Schreibblock zurück, der vor ihm auf dem Schreibtisch lag.

»Alles klar«, sagte er. »Wir fangen mit dem 16. April 1962 an. An diesem Tag meldet Leopold Verhaven bei der Polizei seine Lebensgefährtin als vermisst. Beatrice Holden. Er hat sie bereits seit zehn Tagen nicht mehr gesehen, sie leben seit etwa anderthalb Jahren zusammen ... in diesem Haus in Kaustin. Unverheiratet, kann man vielleicht hinzufügen.«

»Weiter«, sagte deBries.

»Ungefähr eine Woche später wird sie zwei Kilometer vom Haus entfernt ermordet im Wald aufgefunden. Die Polizei bietet alle Kräfte auf und langsam richtet sich der Verdacht auf Verhaven selber. Es gibt allerlei Zeichen, die in diese Richtung weisen, und Ende April wird er festgenommen und unter Mordanklage gestellt. Und bald wird der Prozess eröffnet.«

»Sein Name wurde von Anfang an genannt, war das nicht so?«

»Sicher. Die Zeitungen brachten den Namen im Zusammenhang mit dem Verschwinden – er war trotz allem ziemlich bekannt – und danach sahen sie keinen Grund, damit aufzuhören. Wenn ich mich nicht irre, dann wurde damals zum ersten Mal in unserem Land der Name eines Verdächtigen veröffentlicht, vielleicht hat das auch dazu beigetragen, dass die Sache solche Ausmaße annahm. Ich glaube, die Zeitungen haben jedes Wort gedruckt, das während der Verhandlung vor Gericht gefallen ist ... und die Journalisten – aus dem ganzen Land, ja, die ganze Bande hat unten am Kongers Platz gewohnt und jeden Abend Hof gehalten ... auch sein Verteidiger war dabei. Quenterran hieß er, komischer Name. Es war der erste Massenmedienmord, könnte man sagen. Muss grauenhaft gewesen sein, aber das habe ich damals nicht begriffen. Ich war doch erst elf.«

»Mm«, sagte deBries. »Und dann wurde er verurteilt.«

»Ja. Obwohl er alles abstritt. Es war der 20. Juni, das weiß ich noch, weil in derselben Woche die Ferien anfingen, wir haben in der Schule die Radioreportage gehört.«

»Unglaublich«, sagte deBries. »Und was hat er gekriegt?«

»Zwölf«, sagte Rooth.

DeBries nickte.

»1974 entlassen«, sagte er. »Und wann ging es wieder los?«

»1981. Er war in sein Haus zurückgezogen und hatte die Hühnerzucht wieder aufgenommen.«

»Hühnerzucht?«

»Sieben. Oder Eierfarm, oder was du willst. Er schien

durchaus kein gebrochener Mann zu sein. Hatte schon vor der Beatricegeschichte mit dem Federvieh angefangen ... war so eine Art Pionier, glaube ich, mit künstlichem Licht im Hühnerstall, so dass die Viecher die Nacht für den Tag gehalten haben oder so. Hat den Tag um zwei Stunden verkürzt, und deshalb haben sie schneller gelegt oder so ähnlich ...«

»Erstaunlich«, sagte deBries. »Erfinderischer Knabe.«

»Sicher«, sagte Rooth. »Hat seine Eier in Linzhuisen und hier in Maardam verkauft. Vor allem in der Markthalle, glaube ich. Doch, er ist immer wieder auf die Beine gekommen.«

»Stark?«

»Ja«, sagte Rooth und dachte nach. »Das war es doch gerade ... er war gewissermaßen unmenschlich stark.«

Er verstummte und deBries nahm sich noch eine Zigarette.

»Der Marlenemord«, sagte er dann und blies einen dünnen Rauchstreifen über den Schreibtisch. Rooth hustete.

»Scheißschlot«, sagte er. »Na ja, im selben Wald wurde also wieder eine Frauenleiche gefunden. Fast an derselben Stelle sogar. Und nach zwei Monaten wurde er wieder festgenommen. Nach zwanzig Jahren also.«

»Und auch diesmal hat er nicht gestanden?«

»Gestanden? Nicht ums Verrecken. Hat nicht einen Millimeter nachgegeben. Sei zweimal mit der Kleinen im Bett gewesen, aber das sei nun wirklich alles, behauptete er. Auch diesmal gab es wieder einen schrecklichen Prozess, aber davon erzähle ich ein andermal. Er ist auf jeden Fall einzigartig ... war einzigartig, sollte ich vielleicht sagen.«

»In welcher Hinsicht?«

»Er ist der Einzige hier zu Lande, der zweimal ohne Geständnis wegen Mordes verurteilt worden ist. Absolut einzigartig, ganz einfach.«

DeBries dachte nach.

»Ist sein Geisteszustand untersucht worden?«, fragte er.
»Beide Male«, sagte Rooth. »Ganz gesund, hieß es. Da gab es keinen Zweifel.«
»Hat er sie auch vergewaltigt?«
Rooth zuckte mit den Schultern.
»Weiß ich nicht«, sagte er. »Spermaspuren gab es jedenfalls keine. Aber beide waren nackt, als sie gefunden wurden. Und beide waren erwürgt worden. Ungefähr mit derselben Methode.«
»Aha«, sagte deBries und verschränkte die Hände im Nacken. »Und jetzt liegt er selber da. Das riecht wirklich nicht gut, das kann ich dir sagen. Um über etwas anderes zu reden, wo steckt Münster?«
Rooth seufzte.
»Im Krankenhaus«, sagte er. »Du glaubst doch wohl nicht, der Kommissar könnte die Finger von so einem Leckerbissen lassen?«
»Leckerbissen?«, wiederholte deBries. »O Scheiße!«

14

Münster entfernte das Papier von den gelben Rosen und steckte es in seine Jackentasche. Die Krankenschwester lächelte vorsichtig und flüsterte, als sie die Tür öffnete: »Viel Glück.«

Kann ich auch brauchen, dachte Münster und ging hinein. Das Bett links war leer. Im rechten, vor dem Fenster, lag der Kommissar und Münster musste sofort an einen alten miesen Witz denken: Warum sind die Einwohner der Stadt Neubadenberg so unsäglich doof?

Weil die Hebammen dort alles umgekehrt machen.

Sie werfen nämlich die Babys weg und ziehen die Nachgeburt auf.

Van Veeteren eine Nachgeburt? Ganz so schlimm war es

vielleicht nicht, aber als Münster sich vorsichtig dem Bett näherte, sah er immerhin ein, dass er in der nächsten Zeit vom Badminton befreit sein würde.

»Hrrm«, sagte er vorsichtig und blieb am Fußende stehen.

Der Kommissar öffnete die Augen, eins nach dem anderen. Einige Sekunden verstrichen. Dann öffnete er auch den Mund.

»Ja Scheiße.«

»Wie geht es dem Kommissar?«, fragte Münster.

»Zieh mich hoch«, fauchte Van Veeteren.

Münster legte die Blumen auf die Bettdecke und konnte Van Veeteren halbwegs zum Sitzen bringen – mit Hilfe zweier Kissen und der geröchelten Instruktion des Kommissars.

Seine Gesichtsfarbe erinnerte Münster an Erdbeeren, die über Nacht in Alkohol gelegen haben, und nichts sprach gegen die Vorstellung, dass Van Veeteren sich auch so fühlte. Er wiederholte seine Begrüßung.

»Ja Scheiße.«

Münster griff nach den Rosen.

»Die sind von allen«, sagte er. »Die anderen lassen grüßen.«

Er suchte sich eine Vase und füllte sie über dem Waschbecken in der Ecke mit Wasser. Van Veeteren sah ihm dabei misstrauisch zu.

»Hu«, sagte er. »Gib mir auch was.«

Münster goss ihm aus einer Karaffe auf dem Nachttisch ein, und nachdem der Kommissar zwei Becher geleert hatte, wirkte er immerhin ansprechbar.

»Ich war offenbar eingeschlafen«, stellte er fest.

»Nach Operationen ist man immer müde«, sagte Münster. »Das ist ganz normal.«

»Was du nicht sagst«, sagte Van Veeteren.

»Reinhart lässt ganz besonders grüßen und ausrichten, dass der Teufel mit Beelzebub ausgetrieben werden soll.«

»Vielen Dank. Und?«

Er beißt schon wieder, dachte Münster und setzte sich auf den Besucherstuhl. Zog den Briefumschlag hervor und lehnte ihn an die Blumenvase.

»Ich lege die Kopien dahin. Das sind nur die aus den Zeitungen. Die Gerichtsprotokolle dauern etwas länger, aber die bringe ich morgen.«

»Gut«, sagte Van Veeteren. »Ich seh sie mir an, wenn du gegangen bist.«

»Sollte sich der Kommissar nicht ausruhen, jetzt, wo...«

»Halt die Fresse«, fiel Van Veeteren ihm ins Wort. »Red keinen Scheiß, Münster. Ich fühle mich mit jeder Sekunde besser. Und meinem Kopf hat wirklich nichts gefehlt. Also sag schon, was ihr unternommen habt.«

Münster seufzte und legte los. Beschrieb den Besuch in Kaustin und die Durchsuchung von Verhavens Haus.

»Das Technische ist natürlich noch nicht gelaufen, aber alles weist darauf hin, dass er es ist. Er war offenbar nur einen Tag zu Hause... im August letzten Jahres. Wir haben eine Zeitung gefunden, einige Lebensmittel mit Verfallsdatum und so. Er scheint am 24. da gewesen zu sein, am Tag seiner Entlassung. Einige Zeugen haben ihn auch gesehen ... unten im Ort, meine ich. Vielleicht ist er eine Nacht geblieben, einiges weist darauf hin. Hat sich auf jeden Fall ins Bett gelegt. Die Kleider, die er bei seiner Entlassung getragen hat, sind noch dort.«

»Hm«, sagte Van Veeteren. »Warte mal... nein, rede weiter!«

»Etwas direkt Aufsehenerregendes war nicht zu finden. Kein Hinweis darauf, dass er dort umgekommen sein könnte ... Keine Blutspuren, keine Waffe, keine Anzeichen von Gewalttätigkeiten. Aber das ist ja auch über acht Monate her.«

»Die Zeit heilt nicht alle Wunden«, sagte Van Veeteren und strich sich vorsichtig den Bauch.

»Nein«, sagte Münster. »Kann schon sein. Wir müssen

abwarten. Er kann natürlich an diesem Tag oder in dieser Nacht ermordet und dort verstümmelt worden sein ... oder sonst wo. Überall.«

»Hm«, sagte Van Veeteren noch einmal. Münster lehnte sich an die Wand und wartete.

»Zieh mich hoch«, befahl der Kommissar nach einer Weile und Münster wiederholte die Prozedur mit den Kissen. Van Veeteren schnitt Grimassen und fand einen etwas behaglicheren Winkel.

»Tut weh«, erklärte er und nickte zu seinem Bauch hinab.

»Was hatte der Kommissar denn erwartet?«, fragte Münster.

Van Veeteren murmelte einen Kommentar und trank noch einen Schluck Wasser.

»Heidelbluum«, sagte er dann.

»Was?«, fragte Münster.

»Das ist der Richter«, erklärte Van Veeteren. »Heidelbluum. Beide Male. Ist jetzt sicher über achtzig, aber du musst mit ihm reden.«

Münster notierte den Namen.

»Ich glaube, es geht ihm gut«, fügte Van Veeteren hinzu. »Schade, dass Mort tot ist.«

Kommissar Mort war Van Veeterens Vorgänger gewesen und Münster begriff, dass er zumindest mit dem zweiten Fall zu tun gehabt haben musste. Vermutlich sogar mit beiden. Van Veeteren hatte dabei keine Hauptrolle gespielt, das hatte Rooth bereits überprüft.

»Und dann ist da ja noch das Motiv.«

»Das Motiv?«, fragte Münster.

Der Kommissar nickte.

»Ich bin müde«, sagte er. »Wie siehst du das mit dem Motiv, erzähl.«

Münster dachte eine Weile nach. Lehnte den Kopf an die Wand und betrachtete das nichts sagende Karomuster der Lampen, die von der Decke hingen.

»Tja«, sagte er. »Es gibt einige Varianten, glaube ich.«
»Zum Beispiel?«, fragte Van Veeteren.
»Eine interne Geschichte wäre die Erste. Etwas, das mit dem Gefängnis zu tun hat. Irgendeine Art von Abrechnung.«

Van Veeteren nickte.

»Richtig«, sagte er. »Du musst feststellen, was er hinter Gittern so getrieben hat. Wo hat er überhaupt gesessen?«

»In Ulmenthal«, sagte Münster. »Rooth ist gerade auf dem Weg dorthin.«

»Gut«, sagte Van Veeteren. »Und dann? Motiv, meine ich.«

Münster räusperte sich. Dachte wieder nach.

»Ja, wenn es keine interne Geschichte ist, dann kann es mit dem alten Kram zusammenhängen.«

»Das kann es, ja«, sagte Van Veeteren und Münster hatte den Eindruck, dass die graubleiche Farbe für einen Moment aus seinem Gesicht wich.

»Wie?«, fragte der Kommissar dann. »Zum Teufel, Polizeidirektor, erzähl mir doch nicht, du hättest darüber noch nicht nachgedacht. Wir wissen das doch schon seit über vierundzwanzig Stunden.«

»Aber sicher sind wir erst seit einem halben Tag«, brachte Münster zu seiner Entschuldigung vor.

Van Veeteren schnaubte.

»Motiv!«, wiederholte er. »Mach schon!«

»Jemand fand die Gefängnisstrafe nicht ausreichend«, sagte Münster.

»Kann sein«, sagte Van Veeteren.

»Jemand, der ihn verabscheut hat. Ein Bekannter dieser Frauen, der auf Rache aus war ... es ist ja nicht leicht, sich in ein Gefängnis einzuschleichen und da jemanden umzubringen.«

»Gar nicht leicht«, sagte Van Veeteren. »Wenn man drinnen nicht jemanden anheuert, meine ich. Gibt doch welche, die sich vermutlich überreden lassen würden. Hast du noch andere Vorschläge?«

Münster zögerte kurz.

»Das ist kein Vorschlag«, sagte er dann.

»Raus damit«, sagte Van Veeteren.

»Nichts spricht dafür.«

»Ich will es aber trotzdem hören.«

Seine Gesichtsfarbe war wieder da. Münster räusperte sich.

»Also gut«, sagte er. »Es besteht auch noch die Möglichkeit, dass er unschuldig war.«

»Wer?«

»Verhaven natürlich.«

»Wirklich?«

»Zumindest bei einem Mord, und dieser hier könnte damit etwas zu tun haben ... auf irgendeine Weise.«

Van Veeteren schwieg.

»Aber das sind natürlich pure Spekulationen ...«

Die Tür wurde zwanzig Zentimeter weit geöffnet und eine müde Krankenschwester schaute herein.

»Darf ich daran erinnern, dass die Besuchszeit vorbei ist? Dr. Ratenau möchte sich den Patienten in zwei Minuten ansehen.«

Der Kommissar starrte sie wütend an und sie zog den Kopf ein und schloss die Tür.

»Spekulationen, ja. Findet der Polizeidirektor nicht, dass ich mir hier in der Wohnstatt der Verdammten ein paar Spekulationen gestatten kann?«

»Doch, sicher«, sagte Münster und erhob sich. »Natürlich.«

»Und wenn ...«, sagte Van Veeteren. »Wenn es denn so sein sollte, dass dieser arme Teufel vierundzwanzig Jahre im Gefängnis gesessen hat, für etwas, das er nicht getan hat, dann ...«

»Dann?«

»Dann ist das der schlimmste Justizskandal, der sich in diesem Land während der letzten hundert Jahre zugetragen hat, zum Teufel. Nein, der allerschlimmste Skandal aller Zeiten!«

»Aber nichts weist darauf hin«, sagte Münster und zog sich zur Tür zurück.

»Calpurnia«, sagte Van Veeteren.

»Was?«, fragte Münster.

»Cäsars Gattin«, erklärte der Kommissar. »Der Verdacht reicht aus. Und hier gibt es einen«, fügte er hinzu und tippte sich mit dem Zeigefinger an die Stirn.

»Das habe ich schon verstanden«, sagte Münster. »Dann auf Wiedersehen, Kommissar. Ich schaue morgen Nachmittag wieder rein.«

»Ich rufe heute Abend oder morgen früh an und sage, was ich brauche. Richte Hiller aus, dass ich von jetzt ab die Verantwortung für den Fall übernehme.«

»Wird gemacht«, sagte Münster und schlüpfte aus dem Zimmer.

Na ja, dachte er, als er auf den Fahrstuhl wartete. Durch und durch verändert kommt er mir jedenfalls nicht vor.

15

Hauptkriminalassistent Jung schaute auf die Uhr und seufzte. Er war um vier mit Madeleine Hoegstraa in deren Wohnung verabredet und beschloss, in ihrem Wohnviertel am Stadtrand von Groenstadt eine Dreiviertelstunde in einer Bar totzuschlagen, um nicht viel zu früh vor ihrer Haustür zu erscheinen. Die Autofahrt war viel schneller gegangen als erwartet, und natürlich wusste er, dass ihm einfach seine übliche Angst vor dem Zuspätkommen einen Streich gespielt hatte.

Er setzte sich mit einer großen Tasse Schokolade an einen Fenstertisch. Durch halb durchsichtige Gardinen konnte er die diffusen Umrisse der Leute sehen, die draußen über die Straße gingen, und für ein paar Sekunden stellte er sich vor, dass er in einem alten surrealistischen Film saß. Er schüttelte den Kopf. Film? Ja verdammt. Erschöpfung, darum ging es hier. Um schnöde, triste Bullenmüdigkeit.

Er rührte die Tasse um und kritzelte Fragen in seinen Notizblock. Als er ihn sich näher ansah, den Block nämlich, ging ihm auf, dass er ein französisches Vokabelheft erwischt hatte, und er wusste, dass er es eingesteckt haben musste, als er kürzlich Sophie abgehört hatte.

Sophie war dreizehn, fast vierzehn, und die Tochter von Maureen, mit der er seit einiger Zeit zusammen war.

Seit ziemlich langer Zeit, wenn man genau sein wollte, obwohl sie sich nicht so oft trafen. Und als er nun hier saß und darauf wartete, dass die Zeit verging, fragte er sich, ob die Sache wohl irgendwann ernster werden würde. Zwischen ihm und Maureen. Er versuchte sich klarzumachen, ob er in dieser Hinsicht überhaupt Ambitionen hatte.

Und vor allem – wie Maureen das sah.

Vielleicht wäre es besser, keine zu haben. Die Sache in aller Ruhe ihren Gang gehen zu lassen und sich mit den Rosinen, die dabei zu finden waren, zufrieden zu geben. Wie immer, mit anderen Worten. Genau wie immer.

Er seufzte noch einmal und nippte an dem dampfenden Getränk.

Aber er mochte Maureen und half Sophie abends gern mit Mathe oder Französisch oder was immer gerade anlag; bisher war das kaum mehr als drei- oder viermal passiert, aber dabei war ihm schon ziemlich deutlich aufgegangen, dass er zum ersten Mal in seinem Leben eine Art Vaterrolle spielte.

Und auch das gefiel ihm. Es hatte eine ... Dimension, mit der er bisher keine Erfahrungen hatte. Die ihm ein Gefühl von Ausgeglichenheit, Sicherheit und Ruhe gab, und daran hatte in seinem Leben bisher wahrlich kein Überfluss geherrscht. Unklar blieb, was dabei wirklich herauskommen würde, aber etwas auf jeden Fall.

Sure is, murmelte er und fragte sich zugleich, wo in aller Welt er einen dermaßen idiotischen Spruch aufgeschnappt haben mochte.

Aber als er dann an diese anspruchslosen Abende dachte, an diese schlichte und doch großartige Tatsache, dass er einfach da war und ein wenig Verantwortung für ein halbwüchsiges Kind übernahm, ja, da musste er erkennen, dass er doch hoffte, dass Maureen ihn eines Tages ganz offen fragen würde.

Dass sie ihn bitten würde zu bleiben. So weiterzumachen. Zusammenzuziehen und zu dritt eine Familie bilden.

An manchen anderen Tagen konnte dieselbe Vorstellung ihm natürlich auch eine Heidenangst einjagen, das wusste er, und er selber würde es niemals wagen, dieses Thema zur Sprache zu bringen. Aber der Gedanke war vorhanden. Wie eine Art heimliche Hoffnung – eine Herzensangelegenheit, so verletzlich oder brüchig, dass er sie einfach nicht zur genaueren Untersuchung in die Hände nehmen konnte. Niemals würde er sie wirklich ausgiebig betrachten.

Das Leben hatte seine Abzweigungen, wenn man sich das richtig überlegte, und nicht immer war auf diesen Wegen die Rückkehr gestattet.

Was zum Teufel meine ich eigentlich damit, fragte er sich.

Er schaute noch einmal auf die Uhr und steckte sich eine Zigarette an. Noch fünfzehn Minuten. Er freute sich nicht gerade auf das Gespräch mit Frau Hoegstraa, seines Wissens handelte es sich um eine alte Dame aus der Oberklasse ... um eine schroffe und verwöhnte Frau mit einem reichen Schatz an Rechten und keinerlei entsprechenden Pflichten. So hatte sie sich am Telefon auf jeden Fall angehört. Aber natürlich war die Vorstellung, dass sie mit Verhaven zu tun haben sollte, ja auch ein wenig verwirrend.

Verhaven hatte doch nicht aus der Oberklasse gestammt? Bestimmt würde sie ihn genau unter die Lupe nehmen. Seinen eingefleischten Junggesellengeruch nach Tabak und billigem Rasierwasser registrieren, die fleckige Hose und die Schuppen auf den Schultern. Sie würde ihn mustern und danach energisch diese unsichtbare und doch so deutliche Distanz beibehalten, die wohl im Grunde auch dazu führte, dass die Menschen aus ihrer Schicht die Polizei als eine Art Dienstbotin betrachteten. Als etwas, dem sie die Aufgaben übertragen hatten, sie selber und alle anderen in der Gesellschaft bestehenden Werte zu hüten – Geld, die Schönen Künste, das Recht, sich nach Belieben im eigenen Besitz zu suhlen, und noch viele andere.

Scheiße, dachte er. Das hört nie auf. Ich werde mein Leben lang mit meiner verdreckten Mütze in der Hand dastehen und meinen Diener machen.

Verzeihen Sie, dass ich mich aufdränge. Verzeihen Sie, dass ich Sie mit Fragen belästigen muss. Verzeihen Sie, dass mein Vater aus der Druckerei gefeuert wurde und sich danach zu Tode gesoffen hat.

Nicht doch, ich bedaure das zutiefst, gnädige Frau, bestimmt habe ich mich verlaufen... natürlich will ich auf dem Hundefriedhof begraben werden, wo ich hingehöre.

Er trank den Rest seiner Schokolade und erhob sich.

Ich grüble zu viel, dachte er. Das ist das ganze Problem.

Hoffentlich bietet sie mir keinen Kamillentee an, dachte er dann noch.

Frau Hoegstraa öffnete die Tür zunächst nur einen Spaltbreit und ließ sich seinen Dienstausweis zeigen, ehe sie die Sicherheitskette abnahm.

»Verzeihen Sie, ich bin ein wenig nervös«, erklärte sie und öffnete die Tür dann ganz.

»Man kann nie vorsichtig genug sein«, sagte Jung.

»Bitte, treten Sie ein.«

Sie führte ihn in ein mit Möbeln voll gestopftes Wohnzimmer. Wies auf einen der beiden großen Plüschsessel, die vor dem Kamin thronten. Dort stand auch ein ziemlich großer, gedeckter Glastisch – Tassen und Teller, Kuchen, Kekse, Butter, Käse und Marmelade.

»Ich selber trinke Kamillentee«, sagte sie. »Aus Rücksicht auf meinen Magen. Aber für einen Mann ist das ja wohl nicht das Richtige. Möchten Sie Kaffee oder ein Bier?«

Jung setzte sich langsam. Er sah ein, dass er diese mollige kleine Frau doch reichlich falsch beurteilt hatte. Dass seine Befürchtungen übertrieben waren. Wie üblich, vielleicht.

Sie besaß eine gewisse Menschlichkeit, zweifellos. Und Wärme.

»Ein Bier würde mir gut tun«, beschloss er.

Vielleicht gab es hier noch mehr, dachte er, als er sie in die Küche gehen sah. Etwas, mit dem er ziemlich vertraut war.

Ganz einfach ein schlechtes Gewissen?

»Erzählen Sie«, bat er. Der Block mit den Fragen konnte noch warten. Vielleicht würde er ihn gar nicht brauchen.

»Womit soll ich anfangen?«, fragte sie.

»Vielleicht mit dem Anfang«, schlug er vor.

»Ja, das wäre sicher das Beste.«

Sie holte tief Luft und setzte sich in ihrem Sessel zurecht.

»Wir hatten nie besonders engen Kontakt«, sagte sie. »Sie wissen sicher schon, dass wir alle Verbindungen aufgegeben hatten, nach diesen ... Mordgeschichten, aber Tatsache ist, dass unser Verhältnis auch vorher nicht eng war.«

Sie nippte an ihrem Tee. Jung bedeckte einen Keks mit einer Scheibe Käse und wartete.

»Wir waren drei Geschwister. Mein älterer Bruder ist vor zwei Jahren gestorben, ich selber werde im Herbst fünfundsiebzig. Leopold war ein Nachkömmling. Ich war bei seiner Geburt schon siebzehn ... und als er in die Schule kam, wohnten Jacques und ich schon längst nicht mehr zu Hause.«

Jung nickte.

»Danach starb meine Mutter. Er war erst acht... und lebte dann allein mit meinem Vater.«

»In Kaustin?«

»Ja, mein Vater war Schmied... aber damals war er natürlich im Krieg. Ein halbes Jahr vor Kriegsende wurde er entlassen und konnte sich um Leo kümmern. Ich habe auch geholfen, aber inzwischen war ich verheiratet und hatte Kinder. Und lebte in der Schweiz, deshalb konnte ich mich nicht so leicht freimachen... und mein Mann brauchte mich auch in seiner Firma.«

Ja, dachte Jung. Schuldbewusstsein ist vorhanden, immer.

»Aber Sie wohnten nicht in dem Haus, das Ihr Bruder später hatte... als Kinder, meine ich?«

»Nein, wir wohnten unten im Ort. Die Schmiede gibt es nicht mehr, aber das Wohnhaus steht noch.«

Jung nickte.

»Leopold hat dieses Haus gekauft, als er nach Kaustin zurückgezogen ist. Das war nach dieser Sportgeschichte.«

»Erzählen Sie«, sagte Jung. »Ich bin ganz Ohr.«

Sie seufzte.

»Leo hatte keine schöne Jugend«, sagte sie. »Ich glaube, er war ein sehr einsames Kind. Er hatte Probleme in der Schule, und so viel ich weiß auch mit anderen Kindern, aber ich glaube, darüber können andere Ihnen mehr erzählen. Nach dem siebten Schuljahr ist er von der Schule abgegangen. Hat einige Jahre bei meinem Vater in der Schmiede ausgeholfen und ist dann nach Obern gezogen. Ging einfach los, offenbar war zwischen ihm und meinem Vater etwas vorgefallen, aber Genaueres haben wir nie erfahren. Er war damals fünfzehn oder sechzehn. Ich glaube, das war 1952.«

»Aber in Obern ging dann alles gut?«

»Ja, das schon. Er hatte keine Angst vor der Arbeit und damals gab es Stellen genug. Und er trat in diesen Sportverein ein und fing an zu rennen.«

»Zu laufen«, korrigierte Jung, der sich durchaus für Sport interessierte. »Er war ein glänzender Läufer, ja, ich bin ja ein wenig zu jung, aber ich habe über ihn gelesen. Mittelstrecken und längere.«

Frau Hoegstraa nickte.

»Ja, das waren gute Jahre, damals, um die Mitte der Fünfziger. Alles schien gut zu gehen.«

»Er hat doch auch mehrere Rekorde aufgestellt, oder? Nationalrekorde, meine ich ... auf fünfzehnhundert und dreitausend Metern, wenn ich mich nicht irre.«

Sie zuckte mit den Schultern und machte ein Gesicht, als ob sie um Entschuldigung bitten wolle.

»Verzeihen Sie, Inspektor, aber mit Sport kenne ich mich kaum aus. Und alle Resultate sind später ja ohnehin annulliert worden.«

Jung nickte.

»Das war offenbar ein richtiger Skandal. Gesperrt auf Lebenszeit – das muss ein harter Schlag für ihn gewesen sein ... schrecklich hart. Hatten Sie während dieser Jahre Kontakt zu ihm?«

Frau Hoegstraa schlug die Augen nieder.

»Nein«, sagte sie. »Das hatte ich nicht. Und auch mein Bruder nicht.«

Jung wartete ab.

»Aber das war nicht nur unsere Schuld«, sagte sie dann. »Er wollte das selber so. Er war ein Einzelgänger, hielt sich lieber für sich ... so war er immer schon. Natürlich hätte ich mir das anders gewünscht, aber was können wir jetzt daran ändern? Und was hätten wir damals daran ändern können?«

Plötzlich lag in ihrer Stimme eine tiefe Müdigkeit.

»Ich weiß nicht«, sagte Jung. »Macht es Ihnen etwas aus, noch ein wenig mehr zu erzählen?«

Sie trank einen Schluck Tee und sagte dann:

»Er gab alles auf und zog zurück nach Kaustin. Kaufte dieses Haus – offenbar hatte er doch einiges Geld gespart, von der Arbeit und vom Laufen her ... er wurde doch verurteilt wegen Dopings und wegen ... wie heißt das noch? Verstoß gegen die Amateurbestimmungen?«

Wieder nickte Jung.

»Ich habe darüber gelesen«, sagte er. »Er brach bei einem Fünftausendmeterlauf zusammen, bei dem er eigentlich den europäischen Rekord brechen wollte. Ihm war ein hoher Betrag versprochen worden, wenn er das schaffte, heimlich natürlich ... aber dann wurden Amphetamin und noch andere Stoffe entdeckt, als er im Krankenhaus lag. Er wurde als Erster in ganz Europa wegen Dopings verurteilt, glaube ich. Aber egal, erzählen Sie weiter, Frau Hoegstraa.«

»Dann hat er also dieses Haus gekauft ... den Großen Schatten, wie es in meiner Kindheit genannt wurde, ich weiß nicht, warum. Es liegt natürlich ziemlich abgelegen. Es stand damals seit zwei Jahren leer und er konnte es wohl billig bekommen. Und dann verlegte er sich auf die Hühnerzucht. In der Branche hatte er schon in Obern gearbeitet und sah wohl Möglichkeiten ... er konnte ziemlich zupacken, wenn er wollte. Hatte Geschäftssinn.«

Sie verstummte. Jung trank einen Schluck Bier, dann fragte er:

»Und dann kam also Beatrice?«

Plötzlich sah seine Gastgeberin völlig unglücklich aus.

»Müssen wir darüber sprechen, Inspektor?«

Ich weiß nicht, dachte er. Und ich bin noch gar kein Inspektor. Und bring es vielleicht auch nie so weit.

»Nur zwei kurze Fragen?«, bat er.

Sie nickte und faltete auf ihrem Schoß die Hände. Er wollte schon nach dem Vokabelheft greifen, beschloss dann aber, darauf zu verzichten.

»Haben Sie sie überhaupt gekannt?«

»Nicht als Erwachsene. Ich habe sie in Kaustin gesehen,

als sie noch ein Kind war. Die beiden waren so ziemlich gleichaltrig ... und gingen in dieselbe Klasse.«

»Aber auch sie war nicht in Kaustin geblieben?«

»Nein. Kam einige Monate nach Leopold zurück. Ich glaube, sie hatte einige Zeit in Ulming gelebt ... und dort einen Mann verlassen.«

Jung dachte nach, wusste plötzlich nicht mehr, was er eigentlich wissen wollte. Welche Fragen er stellen konnte und wozu sie überhaupt gut sein sollten. Diese arme alte Schwester konnte mit der Sache doch wohl nichts zu tun haben? Warum also quälte er sie mit Erinnerungen, die sie ihr Leben lang hatte abschütteln wollen?

Aber man wusste natürlich nie.

»War sie schön?«, fragte er endlich, als das Schweigen ihm über den Kopf zu wachsen drohte.

Sie zögerte ein wenig.

»Ja«, sagte sie endlich. »Einem Mann muss sie als sehr schön erschienen sein.«

»Aber Sie haben sie doch nie gesehen.«

»Nein, nur auf Bildern. In den Zeitungen.«

Er wechselte das Thema. Ganz und gar.

»Warum haben Sie sich erst so spät bei der Polizei gemeldet, Frau Hoegstraa?«

Sie schluckte.

»Ich wusste ja nichts. Glauben Sie mir, Inspektor. Ich hatte keine Ahnung davon, dass ihm etwas zugestoßen war. Wir hatten doch keinen Kontakt miteinander, gar keinen, das müssen Sie verstehen.«

»Finden Sie es nicht seltsam, dass Ihr Bruder acht Monate tot im Wald liegen konnte, ohne dass irgendwer ihn vermisste?«

»Doch, das tut mir Leid ... das ist doch entsetzlich.«

»Sie haben ihn nie im Gefängnis besucht?«

»Einmal während der ersten Haftstrafe. Und da hat er ganz deutlich gesagt, dass sich das nicht wiederholen sollte.«

»Und das haben Sie respektiert?«
»Ja, das habe ich respektiert.«
»Und Ihr Bruder?«
»Der auch. Er hat nach dem zweiten Mord einen Versuch unternommen. Leo weigerte sich, ihn zu treffen.«
»Standen Sie in brieflichem Kontakt?«
Sie schüttelte den Kopf.
»Aber Sie haben sich um sein Haus gekümmert?«
»Nein, durchaus nicht. Ich hatte nur den Schlüssel. War während der letzten zwölf Jahre zweimal dort. Zum zweiten Mal eine Woche vor seiner Entlassung... da hatte er eine Karte geschrieben und mich gebeten, den Schlüssel zu hinterlegen.«
»Und das war alles?«, fragte Jung.
»Ja«, sagte sie und schaute ihn ein wenig beschämt an. »Das war alles, fürchte ich.«

Meine Güte, dachte Jung, als er eine Viertelstunde später die Straße überquerte. Ich muss heute Abend unbedingt meine Schwester anrufen. Mit uns darf es auf keinen Fall so weit kommen.

Und Maureen rief er besser auch an. Und sei es nur wegen des Vokabelheftes.

Nach einigen Kilometern Autofahrt fiel ihm ein, dass er sich nicht nach dem Hodenunglück erkundigt hatte, aber wie er die Sache auch drehte und wendete, er konnte sich nicht vorstellen, dass sie eine Rolle spielte. Und es wäre bestimmt leichter, das per Telefon zu klären.

Und nicht so schrecklich dicht vor ihr zu sitzen.

Ich bin wohl ein bisschen empfindlich, dachte er und schaltete das Autoradio ein.

16

Auf der Fahrt nach Ulmenthal ertappte Inspektor Rooth sich dabei, dass er sich über gewisse geographische Aspekte den Kopf zerbrach; im Nachhinein ging ihm auf, dass dieser Gedankengang ausgelöst worden sein musste, als er durch Linzhuisen fuhr und dabei die Ortsnamen Kaustin und Behren auf demselben Straßenschild entdeckte.

Kaustin 16, Behren 38.

Aber natürlich in unterschiedlichen Richtungen. Kaustin lag im Nordwesten. Behren fast geradewegs im Süden. Wenn seine rudimentären Geographiekenntnisse ihn nicht trogen, dann müssten die beiden Orte ... mindestens fünfzig Kilometer auseinander liegen.

Warum hatte der Mörder den Leichnam gerade dort abgelegt?

In Behren. Einer Kleinstadt von ... ja, wie viel wohl? Fünfundzwanzigtausend Einwohnern? Auf keinen Fall konnten es mehr als dreißigtausend sein.

Purer Zufall?

Sehr gut möglich. Wenn der Mörder den Leichnam einfach so weit von Kaustin wegschaffen wollte, dass niemand ihn mit Verhaven in Verbindung brachte ... ja, dann war das vielleicht weit genug. Andererseits hätte eine noch größere Entfernung diesem Zweck natürlich noch mehr entsprochen.

Denn sie konnten ja wohl davon ausgehen, dass Verhaven in seinem eigenen Haus ermordet worden war. Oder konnten sie das nicht? Bisher wussten sie gar nichts genau, und vielleicht konnte er das Haus ja doch unbemerkt von Frau Wilkersons Falkenauge verlassen haben? Oder von irgendeinem anderen Blick?

Natürlich konnte er das. In der Nacht, zum Beispiel. Oder durch den Wald. Eigentlich hatte nur der Weg hinunter in den Ort Augen ... und natürlich der Ort selber.

Also konnte er sich nach Behren begeben haben ... oder an einen anderen Ort ... und dort auf seinen Mörder gestoßen sein. Zweifellos.

Er bog auf die Schnellstraße ab. Nächste Frage?

Wie? Wie könnte Verhaven nach Behren gelangt sein (oder, wie gesagt, an irgendeinen anderen Ort)?

Er hatte kein Auto mehr gehabt. Also mit Bus oder Taxi, andere Möglichkeiten gab es wohl nicht ... und dann dürfte es doch nicht sehr schwer sein, das in Erfahrung zu bringen.

So nach und nach zumindest. Bisher hatten sie sich die Medien noch vom Leib halten können; was natürlich gut für das Arbeitsklima und die Ermittlungen war, aber früher oder später würden sie deren Hilfe brauchen. Und natürlich war es nur eine Frage der Zeit, bis die Buschtrommel in Kaustin auch über etwas größere Entfernungen zu hören sein würde. Bald würde die Nachricht im ganzen Land verbreitet werden, und dann würden sie die Dinge nehmen müssen, wie sie kamen. Wie üblich.

Journalisten sind wie Kuhscheiße, sagte Reinhart immer. Das Phänomen als solches macht mich nicht gerade glücklich, aber ich sehe ein, dass es eine gewisse Berechtigung hat.

Und wenn es denn einen Taxifahrer gibt, dachte Rooth, oder einen Busfahrer, der sich an einen gewissen Fahrgast erinnern kann, der an einem Augustabend ... oder vielleicht an einem frühen Morgen ... von Kaustin nach ... ja, warum nicht nach Behren gereist ist, ja, dann wären die Möglichkeiten ja schon ziemlich begrenzt.

Und wir könnten der Sache ein wenig näher rücken.

Er fuhr schneller und trommelte dabei auf dem Lenkrad herum. In ihrer derzeitigen Lage konnten sie so viele Fragen stellen, wie sie wollten. Und jede verdammte Frage ergab gleich drei neue. Oder noch mehr.

Wie bei diesem griechischen Mirakel, oder wie das noch geheißen hatte.

Nein, da dachte er besser an etwas anderes, beschloss er, und fuhr sich mit der Hand durch den Bart.
Na ja, nicht durch. Eher darüber hinweg.
Was hatte deBries noch erwähnt? Ein sterbendes Meerschweinchen?
Noch hundertachtzig Kilometer bis Ulmenthal. Er musste in einer der nächsten Raststätten etwas essen, in dieser Hinsicht waren jedenfalls keine Fragen mehr offen.

Gefängnisdirektor Bortschmaas Zimmer war hell und luftig und behaglich eingerichtet, mit eingerahmten Sportdiplomen und überkreuzten Tennisschlägern. Bortschmaa selber war ein kräftiger Mann in den Fünfzigern, wie Rooth schätzte, er trug ein hellblaues Sporthemd und hatte sonnenverbrannte Arme und einen jugendlichen strohblonden Schopf.
Die kleine Sitzgruppe vor dem Aussichtsfenster – mit Blick auf den obersten Teil der gezackten Mauerkrone und die Tiefebene dahinter – bestand aus dünnen Stahlmöbeln mit knallblauen und gelben Sitzen sowie einem Tisch aus rotem Kunststoff. In einem Sessel saß ein übergewichtiger Mann mit Geheimratsecken und Schweißflecken unter den Armen. Er sah nicht glücklich aus.
Rooth und der Direktor nahmen Platz.
»Joppens, unser Fürsorgebeamter«, stellte der Direktor vor.
»Rooth«, sagte Rooth und streckte die Hand aus.
»Der Inspektor möchte uns einige Fragen über Leopold Verhaven stellen«, erklärte Bortschmaa. »Und ich dachte, dann könnten wir Joppens auch gleich dazu bitten«, er nickte in dessen Richtung. »Bitte sehr, Inspektor.«
»Danke«, sagte Rooth. »Bitte, beschreiben Sie ihn doch kurz.«
»Ja«, sagte der Fürsorgebeamte. »Wenn man überhaupt einen Menschen kurz beschreiben kann, dann ihn. Ich kann

ihn in einer halben Minute ziemlich erschöpfend darstellen ... und schriftlich auf einer halben Seite.«

»Ach?«, fragte Rooth. »Was wollen Sie damit sagen?«

»Ich hatte elf Jahre lang mit ihm zu tun und weiß heute so viel über ihn wie bei unserer ersten Begegnung.«

»Ein Eigenbrötler«, fügte Direktor Bortschmaa hinzu.

»Hatte mit niemandem Kontakt«, erklärte Joppens. »Nicht mit den anderen Häftlingen, nicht mit Außenstehenden oder dem Personal und nicht einmal mit dem Gefängnisgeistlichen.«

»Seltsam«, sagte Rooth.

»Hätte eigentlich die ganze Zeit genauso gut in Einzelhaft sein können«, sagte Bortschmaa. »Einen großen Unterschied hätte das nicht gemacht. Verschlossener Typ. Verdammt eigen ... aber natürlich exemplarisch.«

»Hat sich nie daneben benommen?«, fragte Rooth.

»Nie«, sagte Joppens. »Hat auch nie gelacht.«

»Hat er sich an irgendwelchen Aktivitäten beteiligt?«

Der Fürsorgebeamte schüttelte den Kopf. »Ist einmal in der Woche Schwimmen gegangen. Zweimal in die Bücherei. Hat Zeitungen gelesen und Bücher ausgeliehen ... ich weiß nicht, ob Sie das als Aktivitäten bezeichnen würden.«

»Aber Sie müssen doch mit ihm gesprochen haben?«

»Nein«, sagte der Fürsorgebeamte.

»Hat er geantwortet, wenn er angesprochen wurde?«

»Ja, sicher. Guten Morgen und gute Nacht und danke.«

Rooth dachte nach. Wirklich toll, den ganzen Tag mit dem Auto unterwegs zu sein, um das zu erfahren, fand er. Aber da konnte er auch gleich noch eine Weile weitermachen. Wo er schon einmal hier war.

»Keine Vertrauten im ganzen Gefängnis?«

»Nein«, sagte Joppens.

»Niemanden«, betonte Bortschmaa.

»Briefe?«, fragte Rooth.

Der Fürsorgebeamte dachte nach.

»Zwei ... von Verwandten, glaube ich. Hat einige Wochen vor seiner Entlassung eine Karte verschickt.«

»In zwölf Jahren?«

»Ja. Die Karte ging an seine Schwester.«

»Und Besuch?«

»Zwei«, sagte Joppen. »Sein Bruder war ganz zu Anfang einmal da. Verhaven wollte ihn nicht sehen. Kam nicht einmal ins Besucherzimmer ... ich war damals noch nicht hier, ich weiß es aber von meinem Vorgänger. Der Bruder hat einen ganzen Tag lang gewartet ...«

»Der andere«, sagte Rooth.

»Verzeihung?«

»Der andere Besuch. Sie haben von zweien gesprochen.«

»Eine Frau«, sagte Joppen. »Im vergangenen Jahr. Nein, wohl eher ein Jahr zuvor.«

»Was war das für eine Frau?«, fragte Rooth.

»Das weiß ich nicht.«

»Aber die hat er empfangen?«

»Ja.«

Rooth betrachtete für eine Weile Diplome und Schläger.

»Das klingt ein wenig seltsam, finde ich«, sagte er dann. »Haben Sie viele solcher Fälle?«

»Keinen«, sagte der Inspektor. »Ich habe niemals etwas Vergleichbares erlebt.«

»Entsetzliche Selbstkontrolle«, sagte der Fürsorgebeamte. »Ich habe mit Kollegen über ihn gesprochen, und wir stimmen so ziemlich überein ... an der Oberfläche, meine ich. Was darunter steckt, ist ein Rätsel.«

Rooth nickte.

»Warum interessieren Sie sich so sehr für ihn?«, fragte der Direktor. »Oder muss das geheim bleiben?«

»Nein«, sagte Rooth. »Früher oder später kommt es ja doch heraus. Wir haben ihn ermordet aufgefunden.«

Das Schweigen, das jetzt das Zimmer erfüllte, kam Rooth fast vor wie ein Stromausfall.

»Also wirklich ...«, sagte der Fürsorgebeamte.

»Aber was zum ...«, meinte Direktor Bortschmaa.

»Sie brauchen das ja nicht sofort zu verbreiten«, sagte Rooth. »Wenn wir noch ein paar Tage Ruhe haben, ehe die Zeitungen uns auf den Leib rücken, sind wir wirklich dankbar.«

»Natürlich«, sagte Bortschmaa. »Wie ist er ums Leben gekommen?«

»Das wissen wir nicht«, sagte Rooth. »Uns fehlen bisher Kopf, Hände und Füße. Er ist verstümmelt worden.«

»Großer Gott«, sagte Bortschmaa und Rooth hatte den Eindruck, dass die Sonnenbräune ein wenig verblasste. »Doch nicht der Tote, von dem die Zeitungen berichtet haben?«

»Doch«, sagte Rooth.

»Und wie lange ist er schon tot?«, fragte Joppens, der Fürsorgebeamte.

»Schon ziemlich lange«, sagte Rooth. »Er ist erst nach acht Monaten gefunden worden.«

»Nach acht Monaten?«, rief Joppens und runzelte die Stirn. »Das muss ja unmittelbar nach seiner Entlassung gewesen sein.«

»Am selben Tag, glauben wir.«

»Er ist am selben Tag ermordet worden?«

»Vermutlich.«

»Hm«, sagte Bortschmaa.

»Hier drinnen besteht doch eine gewisse Sicherheit«, sagte Joppens.

Sie schwiegen eine Weile. Rooth merkte, dass er hungrig wurde und fragte sich, warum zum Henker die anderen ihm nichts anboten.

»Hatte er jemals Urlaub?«, fragte er.

»Das wollte er nicht«, antwortete Bortschmaa. »Und hier wird niemand gezwungen.«

Rooth nickte. Was konnte er sonst noch fragen?

»Und Sie haben also keinen Verdacht«, sagte er nachdenklich, »keine Vorstellung, wer ihn vielleicht ermordet haben kann?«

»Haben Sie eine?«, fragte der Fürsorgebeamte.

»Nein«, gab Rooth zu.

»Wir auch nicht«, sagte der Direktor. »Nicht die geringste Ahnung. Er hatte hier doch keinerlei Kontakt. Weder guten noch schlechten ... irgendwer muss draußen auf ihn gewartet haben.«

Rooth seufzte.

»Ja, vermutlich.«

Dann dachte er wieder eine Weile nach.

»Diese Frau«, sagte er dann. »Die ihn besucht hat, im vorletzten Jahr oder wann auch immer, wer war das?«

Bortschmaa sah den Fürsorgebeamten an.

»Das weiß ich nicht«, sagte er.

»Ich auch nicht«, sagte Joppens. »Aber wir können im Protokoll nachsehen, wenn Sie das wissen wollen.«

»Warum nicht?«, sagte Rooth.

Die beiden Frauen im Archiv mussten eine Weile suchen, aber endlich näherten sie sich dem fraglichen Datum.

Dem 5. Juni 1992. Einem Freitag.

Die Frau hieß Anna Schmidt.

»Adresse?«, fragte Rooth.

»Das steht hier nicht«, sagte die etwas ältere Frau. »Das ist nicht nötig.«

»Nur der Name?«

»Ja.«

Rooth seufzte.

»Wie sah sie aus?«

Die beiden zuckten mit den Schultern.

»Können Sie feststellen, wer damals Dienst hatte und wer sie gesehen haben kann?«

»Ja, sicher.«

Auch das brauchte seine Zeit, aber inzwischen konnte Rooth immerhin in die Kantine gehen und sich zwei Käsebrote einverleiben, ehe die richtige Person gefunden worden war.

»Sie sind Emmeline Weigers?«

»Ja.«

»Und Sie hatten am 5. Juni 1992 im Besucherzimmer Dienst?«

»Ja, sieht so aus.«

»An dem Tag hatte Leopold Verhaven Besuch. Das war doch sehr ungewöhnlich.«

»Ja.«

»Können Sie sich daran erinnern?«

»So ungefähr.«

»Aber das ist doch fast zwei Jahre her.«

»Ich weiß das noch, weil er es war. Wir haben darüber gesprochen. Er war doch ziemlich ... eigen, das wussten alle.«

»Bekam er sonst keinen Besuch?«

»Nein, nie.«

»Können Sie diese Frau beschreiben?«

»Nicht sehr gut, fürchte ich. Ich weiß es nicht mehr genau. Ziemlich alt, auf jeden Fall. Um die sechzig, vielleicht. Ein wenig kränklich. Brauchte einen Stock ...«

»Würden Sie sie erkennen?«

Sie dachte kurz nach.

»Nein, das glaube ich nicht. Nein.«

»Wie lange haben die beiden miteinander gesprochen?«

»Das weiß ich nicht so recht. Fünfzehn bis zwanzig Minuten vielleicht. Jedenfalls nicht die ganze Zeit.«

»Die ganze Zeit?«

»Erlaubt ist eine halbe Stunde.«

»Können Sie sich an etwas Besonderes erinnern, wenn Sie an diesen Besuch zurückdenken? An irgendein Detail?«

Sie dachte zehn Sekunden nach.

»Nein«, sagte sie dann. »An nichts.«

Rooth stand auf und bedankte sich.

Er brauchte eine weitere Stunde, um aus der Anstalt hinausgeschleust zu werden und im eigentlichen Ort Ulmenthal die Ruitens Allee 4 zu finden. Er hielt vor der weißen Villa an. Sprach ein Stoßgebet, stieg aus dem Auto und wanderte über die mit Platten belegte Auffahrt. Dann klingelte er an der Tür.

»Ja?«

»Herr Chervouz?«

»Ja.«

»Mein Name ist Rooth. Kriminalinspektor Rooth. Wir haben vorhin telefoniert.«

»Kommen Sie herein. Oder würden Sie sich lieber in den Garten setzen? Das Wetter ist ja gar nicht schlecht.«

»In den Garten, bitte«, sagte Rooth.

»Es ist so schön, wenn die Kastanien blühen«, sagte Herr Chervouz und goss Bier in zwei hohe Gläser.

»Ja«, sagte Rooth. »Sehr schön.«

Sie tranken.

»Was möchten Sie über Verhaven wissen?«

»Sie hatten damals Dienst, an der Pforte, wie Sie wohl sagen, am 5. Juni 1992. Und an diesem Tag kam Besuch für Verhaven. Das ist zwar zwei Jahre her, aber ich wüsste doch gern, ob Sie sich noch an diese Frau erinnern können?«

Chervouz trank noch einen Schluck.

»Ich habe mir das ja schon seit Ihrem Anruf überlegt. Sie kam mit dem Taxi, glaube ich. War schon ziemlich alt. Und gehbehindert, brauchte Stöcke, einen auf jeden Fall. Aber Himmel, vielleicht bilde ich mir das auch ein. Vielleicht habe ich sie ganz einfach verwechselt.«

»Warum können Sie sich überhaupt daran erinnern?«

»Weil sie zu ihm wollte, natürlich.«

»Aha«, sagte Rooth. »Hatten Sie sie schon einmal gesehen?«

»Nein ... nein, das glaube ich nicht.«

»Waren Sie noch da, als sie wieder gefahren ist?«
»Nein, das muss ein Kollege gewesen sein ... ich kann mich jedenfalls nicht daran erinnern.«
»Würden Sie sie wiedererkennen?«
»Nein, auf keinen Fall.«
Einige Sekunden verstrichen. Dann kam die Frage, und die unterdrückte Neugier war dabei nicht zu überhören.
»Was hat er angestellt?«
»Nichts«, sagte Rooth. »Er ist tot.«

Er verzehrte im Bahnhofsrestaurant eine mäßig aufregende Mahlzeit. Als er sich dann ins Auto setzte, war bereits die Dämmerung heraufgezogen.

Da hatte er heute wirklich viel ausgerichtet, dachte er. Wirklich beeindruckend.

Und als er sich dann überlegte, welche Steuersummen bisher in diese zweifelhaften Ermittlungen geflossen waren und auch noch weiter fließen würden, merkte er, dass er fast ein wenig empört darüber war. Vor allem, wenn man bedachte, was Leopold Verhaven die Staatskasse bereits gekostet hatte. Als er noch lebte, genauer gesagt.

Er hatte zwei Frauen ermordet. War in zwei fast identischen Prozessen durch die Mangel gedreht und verurteilt worden, und hatte fast ein Vierteljahrhundert im Gefängnis gesessen. Und jetzt hatte jemand den Schlussstrich unter ihn gezogen.

Warum sollte die Polizei das nicht auch tun?

Den Schlussstrich ziehen. Einen Punkt setzen und so tun, als sei niemand je über die verstümmelte Leiche im Teppich gestolpert. Wer hatte eigentlich etwas davon, dass sie so viel Energie in die Aufgabe setzten, einen Mörder zu finden, der aus unerfindlichen Gründen beschlossen hatte, dieses einsame Verbrecherleben zu beenden?

Wen zum Henker interessierte es, dass Leopold Verhaven tot war?

Gab es so einen Menschen?
Außer dem, der ihn umgebracht hatte, natürlich.
Rooth hatte da seine Zweifel.

Aber irgendwo tief in seinem Hinterkopf hallten jetzt einige verdrängte Worte wider, die aus den Vorschriften und Richtlinien für die Arbeit der Kriminalpolizei stammten, wenn er sich hier nicht irrte. Er konnte sich an den genauen Wortlaut nicht erinnern, aber ihr Inhalt ließ sich ja auch durch Van Veeterens Formulierung ausdrücken:

Wenn der Mörder sich in Timbuktu herumtreibt, dann fahren wir mit dem erstbesten Taxi hin. Wir sind doch kein Scheiß profitorientiertes Unternehmen!

»Wo liegt Timbuktu eigentlich?«, hatte jemand gefragt.

»Das weiß der Taxifahrer«, hatte Van Veeteren geantwortet.

Besser, wir halten uns an diese Regel, dachte Rooth. Die Konsequenzen wären sonst ziemlich schwer einzuschätzen.

17

Van Veeteren griff zu dem Stapel von Fotokopien und sah ihn durch.

Münster hatte nicht auf der faulen Haut gelegen, das musste er zugeben. Vierzig bis fünfzig Seiten mindestens, aus mehreren Zeitungen, zumeist jedoch aus dem Neuen Blatt und dem Telegraaf. Chronologisch geordnet, anfangs die Sportgeschichte, am Ende die Kommentare zum Urteil im Marlenemord. Genaue Datumsangaben.

Er fragte sich, ob sich wirklich der Polizeidirektor solche Mühe gegeben hatte, um seine Neugier zu befriedigen, oder ob irgendein emsiger Archivar im Zeitungs- und Zeitschriftenarchiv sich wie ein Hund abgeplagt hatte. Er neigte eigentlich zur letzteren Annahme, aber man konnte natürlich nie genau wissen.

Münster ist eben Münster, dachte Van Veeteren.
Er fing mit der Vorgeschichte an. Mit Verhavens glanzvoller, aber kurzer Karriere auf der Aschenbahn. Die konnte nicht länger als zwei Jahre gedauert haben, wenn man genauer nachrechnete. Zwei erfolgreiche Jahre, dann waren die Vorzeichen ausgewechselt worden.

»Neuer Rekord von Verhaven!«, hieß die Schlagzeile über einem vierspaltigen Artikel vom 20. August 1958, zu dem noch ein kleines, unscharfes Bild von einem jungen Mann gehörte, der in die Kamera schaute und das V-Zeichen machte.

Sah nicht übermäßig überwältigt aus, fand Van Veeteren. Oder überwältigend. Aber um den zusammengepressten Mund spielte doch ein deutlicher Zug von Ernst und Entschlossenheit und die dunklen Augen schauten voller Überzeugung neuen Triumphen und noch schnelleren Läufen entgegen.

Er betrachtete das zweiundzwanzigjährige Gesicht einige Zeit lang und fragte sich, ob er daraus wohl etwas lesen könne – ob es möglich sei, diesen starren Gesichtszügen einen Hinweis auf die Zukunft zu entnehmen... die Vorherbestimmung zu entdecken, den Keim des erwachsenen Gewalttäters und Doppelmörders.

Was natürlich unmöglich war.

Man wusste, wonach man suchte, und folglich fand man es auch... nein, in diesen Augen lag natürlich nichts anderes außer der üblichen, leicht überheblichen Selbstbeherrschung, entschied Van Veeteren. Die Kraft und Männlichkeit und Gott weiß was andeuten soll und die wir so ungefähr bei allen modernen Helden finden. Und vielleicht auch bei den antiken, wenn man sich das genauer überlegte. Van Veeteren hatte sich nie für Sport begeistern können, und sich einzubilden, zwischen einem griechischen Diskuswerfer und einem russischen Eishockeyverteidiger bestehe irgendein qualitativer Unterschied, war natürlich nur ein weiterer Beweis für unser ewiges Bedürfnis nach Selbstbetrug, Sport bleibt Sport.

Stellte er fest und las lieber weiter:

> Dass Leopold Verhaven schon zu unseren stärksten Karten auf der Aschenbahn gehört, ist seit einem ganzen Jahr für die sportinteressierte Öffentlichkeit zur Tatsache geworden. Aber dass dieser ungeheuer talentierte und erst zweiundzwanzig Jahre alte Läufer aus Obern schon in diesem Sommer neue Rekorde aufstellen würde, hatten wohl die wenigsten erwartet.
>
> Doch da hat er uns also getäuscht, und wie gerne lassen wir uns auf diese Weise täuschen! Auf seine glänzende Leistung im Verheim-Stadion mit dem neuen Landesrekord im Fünfzehnhundertmeterlauf folgte gestern, diesem wunderbaren Sportabend im Willemsroo, eine weitere Steigerung auf nicht weniger als 3.41,5, und anzumerken ist dabei noch, dass Verhaven die letzten sechshundert Meter ganz allein, in einsamer Majestät zurücklegen konnte.
>
> Niemand im restlichen und durchaus bekannten Startfeld konnte mit ihm Schritt halten, als er nach dem halben Lauf das Tempo anzog. Seine leichten, windschnellen und ausgreifenden Schritte, der scheinbar mühelose Fluss seines gesamten Laufes, sein Rhythmus und sein taktisch meisterhaftes Vorgehen ...

Van Veeteren überflog den Rest. Versuchte sich selber in diesem fünfunddreißig Jahre zurückliegenden August zu sehen ... aber ihm fiel nur ein, dass damals Semesterferien gewesen sein mussten. Danach hatte er dann das verdammte Studium hingeschmissen und sich an der Polizeischule beworben ..., aber im August hatte er vermutlich bei Kummermann gejobbt, in diesem verstaubten Lager, oder, bestenfalls, eine Ferienwoche bei den Onkeln an der Küste verbracht.

Egal. Er griff zur nächsten Kopie. Ein knappes Jahr später. Der 18. Mai. Ein Dreispalter im Telegraaf mit einem Bild von der Ziellinie nach einem weiteren Fünfzehnhundertmeterlauf. Das war offenbar seine Lieblingsstrecke – das blaue Band des Laufsports, hieß es nicht so? Den Oberkörper vorgebeugt, um so schnell wie möglich den Wollfaden zu durchbrechen, die halblangen Haare flatterten im Wind, der Mund stand offen, die Augen starrten ins Leere ...

»Verhaven auf dem Weg zum Europarekord?«, lautete diesmal die Überschrift. Van Veeteren las:

> 3.40,4! Das ist Verhavens neuer Rekord auf fünfzehnhundert Metern, aufgestellt gestern Abend bei einem glanzvollen Lauf bei dem internationalen Turnier am Künderplatz. Bereits kurz nach der Achthundertmetermarke verabschiedete sich unser neuer Mittelstreckenkönig von seiner Begleitung und erreichte nach zwei großartigen Solorunden eine Zeit, die bisher nur vom Franzosen Jazy und vom Ungarn Roszavölgyi unterboten worden ist. Verhaven hat das sechstbeste Ergebnis aller Zeiten erzielt und es kann kein Zweifel daran bestehen, dass der ungeheuer begabte Dreiundzwanzigjährige aus Obern eine unserer stärksten Trumpfkarten für die Olympischen Spiele des kommenden Jahres in Rom sein wird. Zumindest in der Leichtathletik, wo unser Land ansonsten hinter den Briten, Franzosen und Amerikanern weit zurückzuliegen scheint. Bei den gestrigen Veranstaltungen wurden nicht weniger als ...

Mai 59, dachte Van Veeteren und legte die Kopie beiseite. Noch drei Monate, bis die Blase dann geplatzt ist.

Er nahm sich den nächsten Artikel vor, und nun war es schon so weit. Der Skandal war zur Tatsache geworden und hatte abermals die Titelseiten erreicht:

»Verhaven – Betrüger!«, lautete die Schlagzeile über dem

Vierspalter, darunter befand sich ein undeutliches Bild, das bei genauerem Hinsehen einen Mann darstellen mochte, der auf einer Trage fortgetragen wurde. Unter ziemlich hektischen Umständen, wie es aussah.

Van Veeteren las den empörten Artikel über einen Fünftausendmeterlauf im August 1959, bei dem Verhaven ganz klar in Führung gelegen hatte und nur noch zwei Runden vom Ziel – und einem winkenden Europarekord – entfernt gewesen war, bis er dann plötzlich unmittelbar hinter der Südkurve im Richterstadion von Maardam zusammengebrochen war.

Er sah sich das Datum an, ja, der Artikel war zwei Tage nach dem Rennen erschienen. Als alles schon feststand.

Als die Sache mit dem Doping und dem Schwarzgeld bereits ans Tageslicht gelangt war. Als das Märchen ein Ende hatte.

Verhaven – Betrüger.

War das die Vorgeschichte von Verhaven, dem Mörder?, überlegte Van Veeteren.

Und von Verhaven, dem Doppelmörder?

Bestand eine Verbindung, ein Zusammenhang, bei dem sich eins aus dem anderen ergab? Nicht automatisch natürlich, sondern als eine Art Ursache und Wirkung? Lag der Mörder schon wie ein Keim, wie ein Embryo, im Betrüger versteckt? Und konnte man solche Fragen überhaupt stellen?

Wieder überkam ihn die Müdigkeit. Er ordnete die leicht zerknitterten Blätter und stopfte sie zurück in den Umschlag.

Was hatten diese Überlegungen denn überhaupt für einen Sinn, fragte er sich. Warum mühte sich sein Gehirn mit diesen Mutmaßungen ab? Ob er das nun wollte oder nicht. Konnte er sich denn wirklich nicht mit vernünftigen Dingen befassen?

Wollte er sich nur einreden, dass er auf dem richtigen Weg war?

Für einen Moment hörte er den Tauben zu, die irgendwo vor dem Fenster herumgurrten. Seine Gedanken wanderten davon und einige Minuten lang dachte er zerstreut über Friedenssymbole nach, über den Zerfall Europas und den doppelbödigen Nationalismus, dann wandte er sich wieder der Tagesordnung zu. Denn – und darum ging es: Wie sah es mit diesem Verdacht aus?

Mit dieser vagen Idee, die ihm keine Ruhe ließ.

Wie einfach und leichtfertig wäre es doch für den distanzierten Beobachter, zum selben neunmalklugen Schluss zu gelangen? Betrüger – Mörder. Diese vermeintlichen Brücken über eingebildete Abgründe zu bauen. Zusammenhänge zu suchen, wo es keine gab oder zu geben brauchte. Wer machte sich schon nähere Gedanken über Verhavens Vergehen? Hatte es wirklich, damals in den unschuldigen fünfziger Jahren, die Bedeutung gehabt, den diese Götter und Gurus des Sports ihm beigemessen hatten? Oder in den frühen sechziger Jahren? Das konnte er nicht glauben. Und der Kerl war doch wohl nicht schneller gerannt, weil er Geld angenommen hatte? Amphetamin und was auch immer hatten ihn sicher angespornt, aber ein vergleichbarer Fall würde in unseren Tagen doch nie im Leben eine lebenslange Sperre mit sich bringen.

Er wusste es nicht. Er kannte sich nicht aus, aber Rooth oder Heinemann würden das sicher klären können.

Und auf jeden Fall blieb die Frage: Wie viel hatte Verhaven, der Betrüger, in die Waagschale geworfen, als er den Schritt zu Verhaven, dem Mörder, vollzogen hatte?

In den Augen der anderen, wohlgemerkt. Der Presse. Der Allgemeinheit. Der Polizei, des Gerichtswesens, der Jury. Den Augen des Verurteilenden.

Den Augen Richter Heidelbluums?

Diese Frage musste er sich genauer vornehmen, das war klar.

Er faltete über der schmerzenden Operationsnaht die

Hände, schloss die Augen und wollte die Frage bis auf weiteres seinen Träumen überlassen.

18

Nach einem gewissen Maß an Lobbyarbeit war es deBries gelungen, Kriminalassistentin Ewa Moreno als Arbeitspartnerin zugeteilt zu bekommen. Zumindest für die nächsten Tage der Feldarbeit, und als sie an einem späten Nachmittag über die schöne und kurvenreiche Uferstraße nach Kaustin fuhren, hatte er nicht den Eindruck, dass dieses Arrangement ihr missfiel.

Und sie hätte es ja wirklich schlechter treffen können. So viel Selbstbewusstsein musste doch wohl erlaubt sein. DeBries hielt vor der Schule, und sie blieben eine Zeit lang sitzen und verglichen die mit der Hand gezeichnete Karte mit der Wirklichkeit. »Zuerst Gellnacht«, schlug Moreno vor und nickte in Fahrtrichtung. »Die wohnt da vorn.«

»Euer Wunsch sei mir Befehl«, sagte deBries und fuhr an.

Irmgard Gellnacht hatte in der Gartenlaube hinter dem großen Holzhaus gedeckt. Sie winkte sie zur gelben Hollywoodschaukel und nahm selber in einem der beiden alten Liegestühle Platz.

»Schöne Abende um diese Jahreszeit«, sagte sie. »Man muss versuchen, so viel wie möglich im Freien zu sein.«

»Der Frühsommer ist die schönste Zeit«, sagte Ewa Moreno. »Die vielen Blüten.«

»Haben Sie auch einen Garten?«, fragte Frau Gellnacht.

»Nein, leider nicht. Aber ich hoffe, das wird sich irgendwann ändern.«

DeBries räusperte sich diskret.

»Ja, entschuldigen Sie«, sagte Frau Gellnacht. »Sie wollten natürlich nicht darüber sprechen. Bitte, greifen Sie zu.«

»Danke«, sagte Ewa Moreno. »Ist das Ihr eigener Rhabarber in diesem Kuchen?«

»Mit anderen Worten, Sie waren gleichaltrig«, sagte deBries.
»Nicht ganz. Ich bin ein Jahr älter ... Jahrgang 35. Leopold war 36. Aber wir gingen doch in dieselbe Klasse, damals waren immer drei Schuljahre hier im selben Raum ... ich glaube, das ist noch immer so ... also kann ich mich an ihn erinnern. Fünf Jahre in derselben Klasse vergisst man nicht so leicht.«
»Was hatten Sie für einen Eindruck von ihm?«
»Einsam«, sagte Irmgard Gellnacht ohne zu zögern. »Einsam und verschlossen. Warum interessiert Sie das so sehr? Stimmt es, dass er tot ist?«

Morgen steht es bestimmt in allen Zeitungen, dachte deBries. »Wir möchten das lieber ungesagt lassen, Frau Gellnacht«, erklärte er und legte sich einen Finger an die Lippen. »Und wir wären Ihnen dankbar, wenn Sie unser Plauderstündchen für sich behalten könnten.«

Er fand, er habe sich geradeso vage bedrohlich angehört, wie es seine Absicht gewesen war.

»Aber er muss doch Freunde gehabt haben?«, fragte Moreno.

Sie dachte nach.

»Nein, eigentlich glaube ich das nicht. Doch, vielleicht in den ersten Jahren. Er war ein wenig mit Pieter Wolenz zusammen, wenn ich mich nicht irre, aber die sind dann ja weggezogen ... nach Linzhuisen. Ich glaube, danach hatte er keinen Freund mehr.«

»Wurde er schikaniert oder so?«, fragte Moreno. »Oder gemobbt, wie es heute heißt.«

Sie dachte wieder nach.

»Nein«, sagte sie. »Eigentlich nicht. Wir ... alle ... hatten eine Art Respekt vor ihm. Niemand wollte es mit ihm verderben ... er konnte sehr wütend werden, das weiß ich

noch. Verbarg hinter seinem schweigsamen und mürrischen Äußeren ein wildes Temperament.«
»Und wie äußerte sich das?«
»Verzeihung?«
»Dieses Temperament. Was hat er gemacht?«
»Ach, ich weiß nicht so recht«, sagte sie langsam. »Einige hatten wohl ein wenig Angst vor ihm ... es gab durchaus Prügeleien, und er war stark, richtig stark, obwohl er ja nicht besonders groß oder kräftig war.«
»Denken Sie jetzt an eine besondere Episode?«
»Nein ... oder doch. Ich weiß noch, dass er einmal einen Jungen aus dem Fenster geworfen hat, als er wütend wurde.«
»Aus dem Fenster?«
»Ja, aber das war nicht so gefährlich, wie es sich anhört. Es war aus dem Erdgeschoss, deshalb ist nichts passiert.«
»Ich verstehe.«
»Aber draußen stand ein Fahrradgestell, deshalb hat es wohl doch etwas wehgetan ...«
DeBries nickte.
»Wie hieß der Junge?«, fragte Moreno.
»Das weiß ich nicht mehr«, sagte Irmgard Gellnacht. »Ich glaube, es war einer der Brüder Leisse. Oder Kollerin, der ist heute Schlachter. Ja, ich glaube, der war es.«
DeBries wechselte das Thema.
»Beatrice Holden. Können Sie sich an sie erinnern?«
»Aber sicher«, sagte Frau Gellnacht und richtete sich im Liegestuhl auf.
»Und wie würden Sie sie beschreiben?«
»Gar nicht. Über die Toten nur Gutes, wie man sagt.«
»Aber wenn wir Sie nun ein wenig unter Druck setzen?«
Irmgard Gellnacht lachte kurz.
»Ja dann«, sagte sie. »Beatrice Holden war eine Schlampe. Ich glaube, damit ist sie recht gut charakterisiert.«
»War sie das schon zur Schulzeit?«, fragte Assistentin Moreno.

»Von Anfang an«, sagte Irmgard Gellnacht. »Bitte, halten Sie mich nicht für eine prüde Moraltante. Beatrice war ein schrecklich vulgärer Mensch. Von der billigsten Sorte. Ihr Aussehen sprach für sie, und sie konnte die Männer um den kleinen Finger wickeln ... oder damals die Jungs.«

»Sie waren in sie verliebt?«

»Allesamt. Und auch der Lehrer, glaube ich. Er war jung und unverheiratet, eigentlich war es ziemlich traurig.«

»Danach ist sie von hier weggezogen, oder?«

Frau Gellnacht nickte.

»Verschwand mit einem Kerl, als sie noch keine siebzehn war. Ist dann zwei oder dreimal umgezogen, glaube ich ... kam einige Jahre später mit einem Kind zurück.«

»Mit einem Kind?«

»Ja. Einem Mädchen. Die Mutter hat sich darum gekümmert. Beatrices Mutter, meine ich.«

»Wann war das? War das lange, bevor sie sich mit Verhaven zusammengetan hat?«

»Nein, nicht sehr lange, ich glaube, das war um 1960, also ungefähr zu der Zeit, als er zurückgekommen ist ... sie zog auf jeden Fall mit ihrer Kleinen zu ihrer Mutter, für ein halbes Jahr oder so ... der Vater fuhr zur See, hieß es, aber niemand hat ihn je gesehen. Weder früher noch später. Ja, und nach einigen Monaten zog sie dann zu Verhaven in den Großen Schatten.«

»Den Großen Schatten?«

»Ja, so wurde das Haus genannt. Der Große Schatten ... fragen Sie mich nicht, warum.«

DeBries nickte und notierte.

»Und die Tochter?«, fragte Moreno. »Hat sie sie mitgenommen?«

»Nicht doch«, wehrte Irmgard Gellnacht ab. »Durchaus nicht. Die hat sie bei der Großmutter gelassen ... und das war im Grunde vielleicht die beste Lösung. Aus ihr ist dann sogar noch etwas geworden.«

»Wie war ihre Beziehung?«, fragte deBries. »Die von Verhaven und Beatrice, meine ich.«

Frau Gellnacht antwortete nicht sofort.

»Ich weiß nicht«, sagte sie dann. »Später wurde ja schrecklich viel über die beiden geredet. Einige wollten von Anfang an gewusst haben, wie es enden würde ... oder dass es böse enden würde, aber ich weiß nicht. Es ist ja so leicht, alles zu durchschauen, wenn wir das Ergebnis in der Hand halten, nicht wahr?«

»Zweifellos«, sagte deBries.

»Sicher ist allerlei vorgefallen, ehe er sie umgebracht hat, sie haben wohl recht viel getrunken, aber er war ja auch fleißig. Arbeitete hart, verdiente gar nicht schlecht an seinen Hühnern ... aber sie hatten viel Streit. Das kann ich nicht leugnen.«

»Ja, das haben wir schon verstanden«, sagte Moreno.

Dann folgte eine kleine Pause, und Frau Gellnacht goss Kaffee nach. DeBries beugte sich vor und stellte die wichtige Frage:

»Wie war die Zeit vor Verhavens Verhaftung? Nachdem Beatrice gefunden worden war ... diese zehn Tage oder wie lang das nun war. Können Sie sich daran erinnern?«

»Mja«, Irmgard Gellnacht zögerte. »Ich weiß nicht, ob ich Sie richtig verstanden habe ...«

»Was dachten die Leute?«, erklärte Moreno. »Wer wurde verdächtigt, wenn im Ort darüber gesprochen wurde? Ehe man Bescheid wusste.«

Frau Gellnacht schwieg und machte sich an ihrer Kaffeetasse zu schaffen.

»Ja«, sagte sie dann. »Die Diskussionen gingen wohl in diese Richtung.«

»In welche Richtung?«, fragte deBries.

»Dass es Verhaven gewesen war, natürlich. Hier in Kaustin war bei seiner Verhaftung zumindest niemand sonderlich überrascht ... und auch nicht, als dann das Urteil fiel.«

DeBries notierte etwas in seinem Block.

»Und wie sieht es heute aus?«, fragte er. »Sind Sie sicher, dass er es war?«

»Absolut«, war die Antwort. »Kein Zweifel. Wer sollte es denn sonst gewesen sein?«

Eine Frage, die durchaus näheres Nachdenken verdient hätte, dachte er, als sie wieder im Auto saßen.

Weil es eigentlich kein anderer sein kann, muss es doch Verhaven getan haben!

Man konnte nur hoffen, dass sich Polizei und Anklagebehörden Frau Gellnachts Überlegungen nicht gar zu sehr zu Eigen gemacht hatten. Es wäre sicher eine gute Idee, sich davon ein Bild zu machen. Wie sah es eigentlich mit den technischen Beweisen aus? Hatten die ihn am Ende den Kopf gekostet, wenn er wirklich so hartnäckig alles geleugnet hatte?

DeBries hatte keine Ahnung.

»Was meinst du?«, fragte er.

»Sieht doch sonnenklar aus«, meine Ewa Moreno. »Vielleicht ein wenig zu sonnenklar. Nehmen wir uns jetzt Moltke vor?«

19

»Verhaven verhaftet! Sensationelle Entwicklung im Fall Beatrice!«

Der Artikel bedeckt die gesamte Vorderseite des Neuen Blatts vom 30. April 1962. Van Veeteren trank einen halben Becher Wasser und fing an zu lesen.

> Hat Leopold Verhaven seine Lebensgefährtin Beatrice Holden umgebracht?
>
> Auf jeden Fall glauben der Ermittlungsleiter im landesweit bekannten Kaustinmord, Kommissar Mort,

und Staatsanwalt Hagendeck guten Grund zu diesem Verdacht zu haben. So guten sogar, dass sie gestern einen Haftbefehl gegen den damaligen Läufer der Nationalmannschaft erwirkt haben. Hagendeck wollte sich während der Pressekonferenz nicht über die Gründe äußern, ging jedoch davon aus, dass nach der festgesetzten Untersuchungshaft von zwölf Tagen Anklage erhoben werden wird.

Ob neue Entdeckungen oder Beweise vorliegen, die Licht in diese düstere Angelegenheit bringen können, wollten während der gestrigen Pressekonferenz auf der Maardamer Wache weder Polizei noch Anklagebehörden weiter ausführen. Leopold Verhaven hat außerdem offenbar kein Geständnis abgelegt. Sein Anwalt, Pierre Quenterran, erklärte, sein Mandant habe mit dem Mord nichts zu tun, und hielt die Festnahme für eine Folge der vielen Artikel und Spekulationen über diesen Fall.

»Die Polizei ist verzweifelt«, erklärte Quenterran der versammelten Presse. »Die Öffentlichkeit und ihr fest gefügtes Gerechtigkeitsbewusstsein fordern ein Ergebnis, und statt seine Inkompetenz zuzugeben, hat der Ermittlungsleiter nun einen Sündenbock ernannt...«

Kommissar Mort bezeichnet Anwalt Quenterrans Aussage als »puren Unfug«.

Kann ich mir denken, dachte Van Veeteren und griff zur nächsten Fotokopie, die aus derselben Nummer des Neuen Blatts stammte, jedoch einige Seiten weiter hinten erschienen war. Hier wurde der Hintergrund kurz skizziert, die Ereignisse vom »traurigen Anbeginn« an wurden zusammengefasst, wie der Autor der Zeilen sich ausdrückte.

6. April:
Ein Samstag mit Sonne und warmem Wind. Am frü-

hen Morgen macht Leopold Verhaven sich wie immer auf den Weg nach Linzhuisen und Maardam und kehrt erst am späten Nachmittag nach Hause zurück. Beatrice Holden ist inzwischen verschwunden, wie Verhaven selber aussagt, doch er nimmt an, sie sei »einfach irgendwohin gefahren«. Nach diesem Zeitpunkt hat niemand die Verschwundene mehr gesehen. Einige Nachbarn haben sie am Samstagvormittag auf dem Heimweg beobachtet, einige Stunden nach Verhavens Aufbruch. Am Morgen hat sie ihre Mutter und ihre Tochter unten im Ort besucht. Nichts weist darauf hin, dass sie danach ihr Haus freiwillig und mit irgendeinem bestimmten Ziel verlassen hat.

Freiwillig und mit irgendeinem bestimmten Ziel, dachte Van Veeteren. Was für ein Stilist!

16. April
Verhaven meldet bei der Polizei, dass seine Lebensgefährtin seit einer guten Woche verschwunden ist. Warum er so lange mit dieser Meldung gewartet hat, will er nicht kommentieren. Er glaubt jedoch nicht, dass ihr »etwas Ernsthaftes widerfahren sein kann«.

22. April
Beatrice Holdens Leichnam wird nur anderthalb Kilometer von Verhavens Haus entfernt von einem älteren Ehepaar im Wald entdeckt. Die Tote ist nackt und wurde vermutlich an der Fundstelle erwürgt.

22. – 29. April
Ein großes Polizeiaufgebot untersucht den Todesfall. Genaue technische Analysen werden durchgeführt und an die hundert Personen, vor allem in der Gemeinde Kaustin, werden befragt.

30. April
Leopold Verhaven wird unter dem Verdacht auf Mord oder Totschlag an seiner dreiundzwanzig Jahre alten Lebensgefährtin verhaftet.

Damit war Schluss. Van Veeteren legte das Papier unten in den Stapel und schaute auf die Uhr. Halb zwölf. Wäre es nicht bald Zeit für das Mittagessen? Zum ersten Mal, seit er nach der Operation aufgewacht war, hatte er ein wenig Hunger. Das musste doch ein gutes Zeichen sein.

Und auf jeden Fall schien alles nach Plan zu verlaufen. Das hatte jedenfalls der junge Chirurg mit den Apfelbäckchen begeistert verkündet, als er morgens mit bleichen Würstchenfingern Van Veeterens Bauch abgetastet hatte. Nur sechs bis acht Tage Rekonvaleszenz, danach könnte der Kommissar vitaler denn je zu seiner normalen Routine zurückkehren.

Vital, dachte Van Veeteren. Wie will der denn wissen, ob ich überhaupt Lust dazu habe, vital zu sein?

Er drehte den Kopf und betrachtete die Blumenpracht. Drei Sträuße, nicht mehr und nicht weniger, drängten sich auf dem Nachttisch. Von den Kollegen. Von Renate. Von Jess und Erich. An diesem Nachmittag wollte Jess mit den Zwillingen kommen. Was konnte er sich sonst noch wünschen?

Jetzt hörte er draußen auf dem Gang den Servierwagen. Vermutlich würde es nur eine dünne Diätgeschichte geben, aber das war vielleicht gut so. Vielleicht war er noch nicht reif für die richtig blutigen Steaks.

Er gähnte und ließ seine Gedanken zu Verhaven zurückwandern. Versuchte sich diese kleine verschlafene Stadt zu Beginn der sechziger Jahre vorzustellen.

Was konnte alles mit im Spiel gewesen sein?
Die altbekannten Dinge? Vermutlich.
Dumpfheit. Verdacht. Neid. Böse Zungen.
Ja, so war das wohl, im großen Ganzen.

Und Verhaven war ein Außenseiter.

War ein Sonderling gewesen, und einen Sonderling hatten sie gebraucht. Den idealen Mörder? Ja, so mochte es aussehen.

Wie stand es mit der Beweisführung? Er versuchte sich an die Umstände zu erinnern, aber ihm fiel nur eine Reihe von Fragezeichen ein, weiter kam er nicht.

Hatten sie allen Halbwahrheiten widerstehen können, die sicher zur Sprache gekommen waren? Es hatte eine ziemliche Hetzjagd gegeben, das wusste er noch ... allerlei Behauptungen über Kompetenz von Polizei und Justizwesen. Oder genauer gesagt über deren Inkompetenz. Alle hatten unter Druck gestanden. Wenn sie keinen Mörder fanden, verurteilten sie sich selber.

Wie sah es mit den technischen Beweisen aus? Es war doch ein Indizienprozess gewesen, oder? Er musste sich die Gerichtsprotokolle vornehmen, die Münster gebracht hatte, das stand fest. Wenn er nur zuerst etwas in den Magen bekam. Sicher gab es mehrere schwache Punkte ... er hatte später einmal mit Mort über den Fall gesprochen und deutlich den Eindruck gewonnen, dass dieses Gesprächsthema seinem Vorgänger alles andere als lieb gewesen war.

Über die andere Geschichte, den Marlenemord, wusste er ein wenig mehr, aber hatten nicht auch dabei die Ermittlungen einiges zu wünschen übrig gelassen? Er hatte selber daran teilgenommen, aber doch nur am Rande. War nie bei einer Verhandlung gewesen. Die Verantwortung hatte auch diesmal bei Mort gelegen.

Leopold Verhaven? Natürlich war das ein Kapitel Gerichtsgeschichte, das eine etwas genauere Beschäftigung zu lohnen schien.

Oder war das alles nur Einbildung? Brauchte er einfach ein mehr oder weniger perverses Thema, um seine Gedanken zu beschäftigen, während er platt auf dem Rücken lag und darauf wartete, dass sein Darm brav wieder zusammenwuchs? Abgeschirmt und isoliert von der Außenwelt, wo niemand etwas anderes von ihm verlangte als Ruhe zu bewahren und sich nicht aufzuregen?

Wirklich eine feine Sache. Ein alter Justizskandal, genau wie in diesem Krimi von Josephine Tey, wie hatte der doch noch geheißen?

Warum war es so schwer, das Gehirn einfach auszuschalten?

Was hatte Pascal noch gesagt? So ungefähr, dass alles Ungemach auf der Welt unserem Unvermögen entspringt, allein in einem Zimmer zu sitzen.

O verdammt, was für ein Wirrwarr, dachte er. Her mit dem Servierwagen, damit ich meine Zähne in eine saftige Spinatsuppe schlagen kann!

20

»Es waren allerlei Geschichten über ihn in Umlauf«, sagte Bernard Moltke und steckte sich noch eine Zigarette an.

»Ach«, sagte deBries. »Was denn für Geschichten?«

»Alle möglichen. Schwer zu sagen, welche vor Beatrice schon da waren und welche nachher dazugekommen sind. Welche authentisch sind, gewissermaßen. Vor allem wurde natürlich geredet, während der Prozess lief... hier im Ort ist es nie so gesellig zugegangen wie während dieser Monate. Danach wurde alles dann irgendwie still. Als ob alles vorbei wäre... und das war es natürlich auch.«

»Können Sie uns ein Beispiel für eine solche Geschichte geben?«, fragte Moreno. »Am liebsten für eine authentische.«

Bernard Moltke dachte nach.

»Die mit der Katze«, sagte er. »Die habe ich auf jeden Fall schon sehr viel früher gehört. Angeblich hat er mit bloßen Fäusten eine Katze erwürgt.«

DeBries spürte, dass ihm ein eiskalter Schauer über den Rücken jagte, und er sah, wie Assistentin Moreno zusammenzuckte.

»Warum denn?«, fragte er.

»Keine Ahnung«, sagte Bernard Moltke. »Auf jeden Fall hat er ihr offenbar den Hals umgedreht... da muss er so etwa zwölf oder dreizehn gewesen sein.«

»Igitt«, sagte Moreno.

»Ja. Vielleicht hat ja irgendwer behauptet, er würde sich das nicht trauen. Irgendwie bilde ich mir das ein.«

»Und das soll ein Grund sein?«

»Fragen Sie mich nicht«, sagte Bernard Moltke. »Viele behaupten, für ihn wäre das Grund genug.«

»Und was können Sie uns über Beatrice Holden erzählen?«

Moltke zog energisch an seiner Zigarette und schien sich in Erinnerungen zu versenken.

»Verdammt tolle Frau«, sagte er. »Ein bisschen wild natürlich, aber Herrgott... ja ja. Hatte übrigens dieselbe Haarfarbe wie Frau Kommissarin.«

Er zwinkerte Moreno zu, aber die verzog dabei nicht eine Miene, wie deBries zu seiner großen Befriedigung feststellte.

»Warum war sie eigentlich mit Verhaven zusammen?«, fragte sie dann. »So anziehend kann er auf Frauen doch nicht gewirkt haben?«

»Sagen Sie das nicht«, widersprach Moltke und fuhr sich mit dem Finger über sein Doppelkinn. »Sagen Sie das nicht. Bei Frauen weiß man nie, oder was sagen Sie, Herr Polizeidirektor?«

»Nie«, sagte deBries.

»Und was war mit Marlene?«, fuhr Moreno unangefochten fort. »Derselbe Typ von Rassepferd, nehme ich an?«

Moltke prustete los, wurde danach aber gleich wieder ernst.

»Ja, verdammt, das war sie«, sagte er. »Nur ein bisschen

älter. Einfach schrecklich, dass er sie beide umgebracht hat.«

»Sie haben auch Marlene Nietsch gesehen?«, fragte deBries.

»Nur einmal. Sie waren wohl nicht oft zusammen gewesen, ehe es ... zu Ende war.«

»Ich verstehe«, sagte deBries. »Sie sind beim ersten Prozess als Zeuge aufgerufen worden?«

»Sicher.«

»Und worum ging es bei Ihrer Aussage?«

Moltke dachte eine Weile nach.

»Weiß der Teufel«, sagte er dann. »Ich war in den Tagen, in denen das alles passiert ist, ziemlich viel oben bei Verhaven gewesen, das war sicher der Grund. Hab ihm geholfen, diese Lampen im Hühnerstall anzubringen ... er experimentierte mit dem Tagesrhythmus und ein paar von den Elektrosachen schaffte er nicht allein.«

»Alles klar«, sagte deBries. »Waren Sie auch an dem Samstag da, an dem sie verschwunden ist ... wenn wir Verhaven glauben wollen, meine ich.«

Bernard Moltke nickte ernst.

»Ja, an dem Samstag habe ich einige Stunden gearbeitet. Hab so gegen eins aufgehört. War vermutlich der Letzte, der sie lebend gesehen hat – neben dem Mörder natürlich.«

»Dem Mörder?«, fragte Moreno. »Sie meinen Verhaven?«

»Ja«, sagte Moltke. »Davon gehe ich aus.«

»So restlos überzeugt hören Sie sich aber nicht an«, sagte deBries.

Wieder dachte Moltke eine Zeit lang nach.

»Doch«, sagte er. »Im Laufe der Jahre bin ich zu dieser Überzeugung gelangt. Nach dem Marlenemord und so ...«

»Aber beim ersten Prozess sind Sie als Zeuge der Verteidigung aufgetreten, war das nicht so?«

»Doch.«

»Und was haben Sie ausgesagt?«

»Tja«, sagte Bernard Moltke. Er schüttelte eine weitere Zigarette aus der Packung, die vor ihm auf dem Tisch lag, zündete sie aber nicht an. »Ich habe auch in der folgenden Woche bei ihm gearbeitet... von Montag bis Donnerstag, und das Gericht meinte wohl, ich müsste gespürt haben, wenn etwas nicht gestimmt hätte.«

»Aber das war nicht der Fall?«

»Nein. Er war so wie immer.«

»Wie immer?«, fragte Moreno. »Er muss doch auf ihr Verschwinden reagiert haben.«

»Nein, er sagte, sie sei verreist, er wisse aber nicht, wohin.«

»Kam Ihnen das nicht seltsam vor?«

Moltke zuckte mit den Schultern.

»Diese Frage ist mir damals jeden Tag zehnmal gestellt worden. Hab wohl vergessen, was ich wirklich geglaubt habe, aber vermutlich habe ich nicht weiter darüber nachgedacht. Sie waren ein wenig eigen, er und Beatrice, das wussten alle, und da war es doch keine Überraschung, wenn sie ein paar Tage verreiste.«

Sie schwiegen einige Sekunden lang. Bernard Moltke steckte seine Zigarette an, deBries drückte seine aus.

»An diesem Samstag, als Sie sie zum letzten Mal gesehen haben... wie war sie da?«, fragte Moreno.

»Auch sie war wie immer«, erwiderte Moltke wie aus der Pistole geschossen. »Ein bisschen mürrischer vielleicht... in der Woche davor hatten die beiden sich ja gestritten. Sie hatte noch immer ein wenig Blau unter dem einen Auge, sonst ist mir nichts weiter aufgefallen. Ich habe sie auch nur kurz gesehen. Sie hat kurz im Hühnerstall vorbeigeschaut und ein wenig geplaudert. Als sie aus dem Ort zurückkam, meine ich.«

»Um welche Uhrzeit war das?«

»Es war ungefähr zwölf.«

»Und Sie sind um eins nach Hause gegangen?«

»Ja. Um kurz nach eins.«

»Worüber haben Sie gesprochen?«

»Über Wind und Wetter. Nichts Ernstes. Sie bot mir einen Kaffee an, aber ich wollte doch nach Hause und deshalb habe ich abgelehnt.«

»Und das war alles?«

»Ja.«

»Und als Sie gegangen sind, war sie noch da?«

»Sicher. Machte gerade irgendwas in der Küche. Ich hab nur kurz reingeschaut und ihr ein schönes Wochenende gewünscht.«

DeBries nickte.

»Aber vor Gericht, wenn ich darauf zurückkommen darf, haben Sie gesagt, Sie hielten Verhaven nicht für den Schuldigen?«

Moltke machte einen Lungenzug und stieß den Rauch dann wieder aus, ehe er antwortete.

»Nein, sagte ich. Und das war wohl auch nicht der Fall.«

»Und auch jetzt glauben Sie das nicht?«, fragte deBries.

»Im Grunde nicht?«

»Ich weiß nicht. Das Leben in diesem Ort ist leichter, wenn man glaubt, dass er es war. Wenn Sie verstehen, was ich meine. Ist er wirklich tot, wie sie sagen?«

»Welche sie?«

»Die im Ort natürlich.«

»Ja«, deBries nickte. »Das stimmt. Er ist tot.«

»Ja ja«, Bernard Moltke seufzte. »Diesen Weg müssen wir ja alle gehen.«

»Was machen wir jetzt?«, fragte Moreno. »In die Stadt zurückfahren vielleicht?«

DeBries schaute auf die Uhr.

»Halb sieben«, stellte er fest. »Sollten wir nicht noch einen Blick auf das Haus werfen? Du warst doch noch nicht da.«

»Na gut«, sagte Moreno. »Aber ich habe um neun eine

Verabredung und würde mich vorher gern noch ein wenig pudern.«

»Für mich bist du auch ganz und gar ungepudert gut genug«, sagte deBries.

»Danke«, sagte Moreno. »Schön, dass du wenigstens keine großen Ansprüche stellst.«

»Man muss sich mit dem zufrieden geben, was man bekommt«, sagte deBries.

»Düster hier«, stellte sie fest, als sie durch den Wald zurückfuhren. »Aber natürlich hat es damals besser ausgesehen.«

»Sicher«, sagte deBries. »Hat ja zwölf oder dreizehn Jahre leer gestanden. Das hinterlässt seine Spuren ... schau mal! Schaffen wir noch ein Gespräch?«

»Ein kurzes«, sagte Moreno.

DeBries fuhr langsamer und blieb dann vor dem Mann stehen, der gebückt am Wegrand stand und einen Zaun anstrich.

»Guten Abend«, sagte er durch das heruntergekurbelte Fenster. »Dürfen wir Ihnen ein paar Fragen stellen?«

Der Mann richtete sich auf.

»Guten Abend«, sagte auch er. »Gern. Tut gut, den Rücken gerade machen zu können.«

DeBries und Moreno stiegen aus dem Wagen und stellten sich vor. Claus Czermak wohnte erst seit einem guten Jahr in diesem Haus, wie sich dann herausstellte, und er war auch noch zu jung, um eigene Erinnerungen an die Verhaven-Prozesse haben zu können. Aber zwei Minuten konnten sie ihm trotzdem opfern.

»Sind hergezogen, als unser Drittes kam«, sagte er und zeigte zur Erklärung auf den Garten und das Haus, wo zwei kleine Jungen mit einem Tretauto über die Rampe fuhren, die neben der Treppe zur Haustür angebracht war. »In der Stadt war es uns ein bisschen zu stickig ... die Landluft, wissen Sie ...«

Moreno nickte.

»Sie arbeiten nicht hier im Ort?«

Czermak schüttelte den Kopf.

»Nein«, sagte er. »Ich unterrichte an der Universität. Geschichte, Mittelalter und Byzanz.«

»Ja, wir interessieren uns also für Leopold Verhaven und sein Haus oben im Wald«, sagte deBries. »Sie sind ja gewissermaßen der nächste Nachbar. Sie und die Leute gegenüber...«

»Wilkersons, ja. Doch, wir haben ja begriffen, dass sich etwas zusammenbraute.«

»Genau«, sagte deBries. »Aber vielleicht wissen Sie etwas, was für uns von Interesse sein könnte?«

Czermak schüttelte den Kopf.

»Kann ich mir nicht vorstellen«, sagte er. »Wir waren in Urlaub, als er im August zurückgekommen ist... wir kennen ihn nur vom Hörensagen. Aber was ist denn eigentlich passiert?«

»Er ist tot«, sagte deBries. »Unter unklaren Umständen. Und bitte, rufen Sie nicht gleich die Zeitungen an.«

»Ach Herrje«, sagte Czermak. »Nein, ganz bestimmt nicht, das verspreche ich Ihnen.«

»Danke für die Begleitung«, sagte deBries, als er vor Assistentin Morenos Wohnung am Kejner Plein anhielt. »Schade, dass du keine Zeit für ein kleines Glas mehr hast. Es hilft immer weiter, eine Weile ruhig dazusitzen und Eindrücke zu sortieren.«

»Tut mir Leid«, sagte Moreno bedauernd. »Aber ich verspreche, das beim nächsten Mal ein wenig besser zu planen. Bist du nicht übrigens verheiratet?«

»Ein bisschen«, gab deBries zu.

»Hab ich's mir doch gedacht. Bis dann!«

Sie sprang aus dem Wagen. Knallte mit der Tür und winkte ihm dann zu. DeBries blieb noch eine Weile sitzen und schaute ihr hinterher. Morgen ist Samstag, dachte er. Freier Tag. So ein Dreck!

21

Schnaubend beendete Van Veeteren die Lektüre von C. P. Jacobys Zusammenfassung und Analyse des Beatricemordes, die am 22. Juni 1962 in der Sonntagsnummer der Allgemeinen erschienen war. Er drückte gereizt auf den weißen Knopf am Nachttisch und eine halbe Minute später erschien die Nachtschwester in der Türöffnung.

»Ich will ein Bier«, sagte Van Veeteren.

»Das hier ist kein Restaurant«, sagte die müde Frau und strich sich eine vorwitzige Haarsträhne aus dem Gesicht.

»Das ist mir auch schon aufgefallen«, sagte Van Veeteren. »Aber Tatsache ist, dass Dr. Boegenmutter oder wie zum Teufel der nun heißt mir das eine oder andere Bier als Diät verschrieben hat. Das soll den Genesungsprozess fördern. Also stellen Sie sich nicht quer, sondern holen Sie mir eine Flasche.«

»Es ist schon nach Mitternacht. Sollten Sie nicht lieber schlafen?«

»Schlafen?«, fragte Van Veeteren. »Ich bin mit einem Mordfall beschäftigt. Sie sollten verdammt dankbar sein. Es geht um einen Frauenmörder. Und gerade jetzt erschweren Sie die Ermittlungen... also?«

Sie seufzte und verschwand. Nach zwei Minuten war sie mit einer Flasche und einem Glas wieder zur Stelle.

»Na also«, sagte Van Veeteren. »Braves Mädchen.«

Sie gähnte.

»Und Sie glauben, dass Sie selber eingießen können?«

»Werde mein Bestes tun«, versprach Van Veeteren. »Ich klingle, wenn es nicht klappt.«

Die Wanderung des kalten Biers durch seine Kehle war ein wahres Labsal. Er hatte während der letzten vier oder fünf Zeitungsausschnitte daran gedacht und versucht, sich Geschmack und Erlebnis vorzustellen, und der tatsächliche Genuss entsprach zweifellos seinen wirklich hohen Erwartungen.

Zufrieden rülpste er. Dieser Göttertrank, dachte er. Also weiter. Was weiß ich?

Leider nicht viel. Aber doch einiges, wenn man sich mit Quantität zufrieden geben mochte. Die Zeitungen hatten den ersten Prozess gelinde gesagt ausführlich geschildert. Noch hatte er wohl nur einen Bruchteil gelesen, doch Münsters Auswahl kam ihm repräsentativ vor; eine wild wachsende Flora von Spekulationen und Vermutungen über Verhavens Charakter, dazu ziemlich genaue Referate der Gerichtsverhandlungen. Und je weiter man kam, um so deutlicher wurden die Prognosen zur Schuldfrage.

Verhaven. Es musste Verhaven gewesen sein.

Tatsachen lagen nur wenige vor. Wie er erwartet hatte, waren die technischen Beweise ziemlich rudimentär. Oder eigentlich nicht vorhanden. Es hätte sich um einen reinen Indizienprozess handeln müssen, aber auch das war nicht der Fall. Tatsache war, wenn man kleinlich sein wollte, dass hier vor allem von fehlenden Beweisen die Rede war.

Es gab keine konkreten Beweise.

Und nicht viele Indizien, die wirklich auf Verhaven hinwiesen.

Nichts.

Und doch war er verurteilt worden.

Nach einem sorgfältig geführten Prozess, zweifellos, dachte Van Veeteren und hielt sich die Flasche an den Mund. Wie gern wäre er dabei gewesen!

Aber was hatte Verhaven denn nun den Kopf gekostet? Natürlich hatten Zeitungen und die lärmende öffentliche Meinung einen gewissen Druck ausgeübt, aber der Justizapparat hätte sich doch als ein wenig widerstandsfähiger erweisen müssen.

Nein, die Antwort war eine andere, das war klar.

Der Charakter.

Die Person, der Mensch Leopold Verhaven. Seine Vergangenheit. Sein Verhalten vor Gericht. Der allgemeine Eindruck, den er im Bewusstsein von Jury und Gericht hinterlassen hatte. Darum ging es.

Der hatte ihn zu Fall gebracht.

Denn Verhaven war ein Sonderling. Nachdem er ihn mit Augen und Lupen dieser vier Journalisten untersucht hatte, konnte Van Veeteren kaum zu einem anderen Schluss gelangen.

Ein Mensch, der außen vor stand, ein Mensch, von dem man sich mit allergrößter Leichtigkeit distanzieren konnte.

Eine andere Art.

Ein Mörder? In Gedanken war dieser Schritt nicht weit, das hatte er nach vielen und langen Jahren gelernt, und wenn man diesen Schritt erst vollzogen hatte, dann war die Umkehr nicht mehr leicht.

Und die Rolle?

War das hier das Problem? Dieser eigentümliche Umstand, auf den sich fast die gesamte Presse eingeschossen hatte. Dass Verhaven sich in seiner Rolle als Verdächtiger durchaus nicht unwohl gefühlt zu haben schien. Im Gegenteil. Dass er es offenbar genossen hatte, im vollen Licht der Öffentlichkeit auf der Anklagebank zu sitzen. Nicht, dass er überheblich oder arrogant gewirkt hatte, aber dennoch: etwas an seinem Verhalten war seltsam ... ein einsamer und starker Schauspieler in der Rolle des tragischen Helden. So wurde er gesehen, und so wollte er gesehen werden.

So ungefähr, zumindest.

Ja, und hatte ihn nicht gerade dieser Umstand zu Fall gebracht?

Wenn ich ihn damals nur gesehen hätte, dann wäre die

Sache jetzt klar, dachte Van Veeteren und leerte die Flasche.

Von außen wirkte die Geschichte schlicht und unergründlich zugleich.

Verhaven war am fraglichen Samstag nach Hause gekommen, gegen fünf, das hatten er und noch andere ausgesagt. Beatrice war ausgeflogen, und dabei blieb es. Aber nur Verhaven zufolge. Niemand hatte die beiden später an diesem Wochenende noch gesehen. Der Elektriker Moltke hatte sich am Samstag gegen ein Uhr von ihr verabschiedet, und Verhaven war am Sonntagabend um kurz nach sechs unten im Ort beobachtet worden. Das war alles. Dazwischen war alles leer.

Reichlich Zeit. Für dies und jenes. Und das, obwohl der Gerichtsmediziner mit Bestimmtheit erklärt hatte, Beatrice sei ihrem Mörder irgendwann am Samstag oder Sonntag über den Weg gelaufen. Und erwürgt und vergewaltigt worden. Oder vermutlich eher umgekehrt? Vergewaltigt und erwürgt? Sie war nackt, es hatte ein Beischlaf stattgefunden, Spermaspuren waren jedoch nicht entdeckt worden.

Aber wenn, dachte Van Veeteren, wenn jetzt ein anderer den Mord begangen hatte, dann stand fest, dass der Mord irgendwann während dieser Nachmittagsstunden geschehen sein musste – am Samstag so ungefähr zwischen eins und fünf. Zwischen dem Zeitpunkt, zu dem Moltke nach Hause gegangen war und dem von Verhavens Heimkehr.

Oder auf jeden Fall war sie während dieser Zeit in den Wald gebracht worden.

Unbestreitbar?

Sicher, entschied er. Schaute verärgert die leere Flasche an und vertiefte sich in das Gerichtsprotokoll.

Zweiter Tag. Staatsanwalt Hagendeck verhört den Angeklagten Leopold Verhaven.

25. Mai. 10.30 morgens.

H: Sie erklären sich für unschuldig, was die Anklage des Mordes an Ihrer Lebensgefährtin Beatrice Holden angeht. Ist das richtig?

V: Ja.

H: Können Sie uns ein wenig über Ihre Beziehung erzählen?

V: Was möchten Sie denn wissen?

H: Wo Sie einander kennen gelernt haben, zum Beispiel.

V: Wir sind uns in Linzhuisen über den Weg gelaufen. Wir hatten früher dieselbe Schule besucht. Dann ist sie mit mir nach Hause gekommen.

H: Schon beim ersten Mal? Sie sind sofort eine Beziehung eingegangen?

V: Wir kannten uns doch schon. Sie brauchte einen Mann.

H: Wann ist sie zu Ihnen gezogen?

V: Eine Woche später.

H: Und das war im ...

V: November 1960.

H: Und seither hat sie bei Ihnen gewohnt?

V: Sicher.

H: Die ganze Zeit?

V: Ab und zu hat sie ihre Mutter und ihre Tochter besucht. Und wir haben einige Male in Ulming übernachtet. Aber sonst die ganze Zeit, ja.

H: Waren Sie verlobt?

V: Nein.

H: Sie hatten nicht vor zu heiraten?

V: Nein.

H: Warum nicht?

V: Wir waren nicht deshalb zusammen.

H: Und warum waren Sie dann zusammen?

/Verhavens Antwort gestrichen/

H: Ich verstehe. Haben Sie sich gestritten?

V: Bisweilen.

H: Sind Sie dann hart aneinander geraten?

V: Das konnte schon vorkommen.

H: Ist es auch vorgekommen, dass Sie Beatrice geschlagen haben?

V: Ja. Das gefiel ihr.

H: Es gefiel ihr, von Ihnen geschlagen zu werden?

V: Ja.

H: Woher wissen Sie das? Hat sie das gesagt?

V: Nein, aber ich weiß, dass es ihr gefallen hat.

H: Wie wollen Sie das wissen, wenn sie doch nichts gesagt hat?

V: Ich habe es gemerkt. Das sieht man ihnen an.

H: Von wem reden Sie jetzt?

V: Von Frauen.

H: Hat sie Sie auch geschlagen?

V: Sie hat es versucht, aber ich war stärker.

H: Haben Sie beide viel Schnaps getrunken?

V: Nein, nicht sehr viel.

H: Aber es kam vor?

V: Ja. Samstags haben wir ein bisschen gepichelt, weil ich sonntags nicht arbeiten musste.

H: Nicht arbeiten? Brauchten Sie sich dann nicht um die Hühner zu kümmern?

V: Das schon, aber ich brauchte nicht zum Eierverkaufen in die Stadt zu fahren.

H: Ich verstehe. Können Sie erzählen, was am Samstag, dem 30. März, passiert ist? In der Woche vor Beatrices Verschwinden?

V: Wir haben ein wenig getrunken. Und uns gestritten. Ich habe sie geschlagen.

H: Warum das?

V: Sie hat mich aufgereizt. Ich glaube, sie wollte Prügel haben.

H: Auf welche Weise hat sie Sie gereizt?

V: Sie hat die ganze Zeit auf mir herumgehackt.

H: Sie haben sie so übel zugerichtet, dass sie zu einem Nachbarn geflohen ist. Um drei Uhr nachts. Sie war nackt. Was haben Sie dazu zu sagen?

V: Sie war betrunken.

H: Aber das lässt nun wirklich nicht annehmen, dass sie Prügel haben wollte, oder?

/Keine Antwort von Verhaven/

H: Finden Sie nicht, dass Sie zu weit gegangen sind, wenn Sie Ihre Lebensgefährtin dermaßen misshandelt haben, dass sie bei den Nachbarn Schutz suchen musste?

V: Sie hätte das nicht nötig gehabt. Sie war betrunken und hysterisch. Und sie ist ja zu mir zurückgekommen.

H: Was passierte in den folgenden Wochen? Haben Sie sie wieder geschlagen?

V: Nein, nicht dass ich wüsste.

H: Nicht, dass Sie wüssten?

V: Nein.

H: Warum sollten Sie so etwas vergessen?

V: Das weiß ich nicht.

H: Was haben Sie gemacht, als Sie am Samstag, dem 6. April, nach Hause gekommen sind?

V: Gekocht. Gegessen.

H: Sonst nichts?

V: Die Hühner versorgt.

H: Wo war Beatrice, als Sie nach Hause gekommen sind?

V: Weiß ich nicht.

H: Wie meinen Sie das?

V: Dass ich es nicht weiß.

H: Hätte sie nicht zu Hause sein müssen?

V: Ja, vielleicht.

H: Hatten Sie irgendeine Auseinandersetzung gehabt?

V: Nein.

H: Und sie wollte irgendwohin fahren?

V: Nein.

H: Auch nicht zu ihrer Mutter und ihrer Tochter, zum Beispiel?

V: Nein.
H: Hat es Sie nicht überrascht, dass sie bei Ihrer Rückkehr nicht zu Hause war?
V: Nicht besonders.
H: Warum nicht?
V: Ich bin nie sehr überrascht.
H: Erzählen Sie vom restlichen Wochenende.
V: Da ist nichts Besonderes passiert.
H: Was haben Sie gemacht?
V: Bin zu Hause geblieben. Hab ferngesehen. Bin schlafen gegangen.
H: Und Sie haben sich noch immer nicht gefragt, wo Ihre Lebensgefährtin stecken könnte?
V: Nein.
H: Warum haben Sie nicht darüber nachgedacht?
V: Die kommen und gehen.
H: Wen meinen Sie jetzt?
V: Die Frauen. Die kommen und gehen.
H: Erzählen Sie, was Sie am Sonntag gemacht haben.
V: Ich war zu Hause. Ich habe nichts Besonderes gemacht. Habe die Hühner versorgt.
H: Und was glaubten Sie, wo Beatrice derweil war?
V: Weiß ich nicht.
H: Sie wussten nicht zufällig, wo sie war?
V: Nein.
H: Sie wussten nicht, dass sie einen Kilometer von Ihnen entfernt ermordet im Wald lag?
V: Nein.
H: Es war nicht so, dass Sie sie ermordet hatten und sich deshalb nicht fragten, wo sie sein könnte?
V: Nein, das war nicht so. Ich habe sie nicht umgebracht.
H: Aber an diesem Sonntag haben Sie sie nicht vermisst?
V: Nein.
H: Sie haben sich nicht erkundigt, ob sie vielleicht zu ihrer Mutter gefahren wäre?

V: Nein.
H: Haben Sie Telefon, Herr Verhaven?
V: Nein.
H: Sie haben sich also keinerlei Sorgen um Beatrice gemacht?
V: Nein.
H: Und wie war das während der folgenden Woche? Haben Sie sie auch da nicht vermisst?
V: Nein.
H: Sie haben sich nie gefragt, wo sie stecken könnte?
V: Nein.
H: Fanden Sie es angenehm, dass sie verschwunden war?
/Keine Antwort von Verhaven/
H: Ich wiederhole. Fanden Sie es angenehm, dass sie verschwunden war?
V: Anfangs vielleicht.
H: Hatte Ihre Lebensgefährtin zu diesem Zeitpunkt eine feste Stelle?
V: Damals gerade nicht.
H: Wo hat sie sonst gearbeitet?
V: Bei Kaunitz. Der großen Gärtnerei in Linzhuisen. Aber nur ab und zu.
H: Wann haben Sie Ihre Lebensgefährtin, Beatrice Holden, bei der Polizei vermisst gemeldet?
V: Am Dienstag, dem 16.
H: Wo?
V: In Maardam, natürlich.
H: Und warum haben Sie diese Meldung gerade an diesem Tag erstattet? Wenn Sie sich doch keine Sorgen machten?
V: War nur so eine Idee von mir. Weil ich an der Wache vorbeigefahren bin.
H: Sie glaubten also weiterhin nicht, ihr könne etwas passiert sein?
V: Nein, warum hätte ich das glauben sollen?
H: Wäre Ihnen das nicht ziemlich natürlich vorgekommen?

V: Nein. Sie kam immer zurecht.

H: Diesmal aber einwandfrei nicht.

V: Nein, diesmal nicht.

H: Wann haben Sie erfahren, dass sie tot aufgefunden worden war?

V: Die Polizei hat mir das mitgeteilt.

H: Und wie haben Sie darauf reagiert?

V: Ich war traurig.

H: Traurig? Der Beamte, Oberwachtmeister Weiss, behauptet, Sie hätten keinerlei Reaktion gezeigt. Sondern sich nur bedankt und ihn gebeten, Sie allein zu lassen.

V: Warum hätte ich mich bei ihm ausweinen sollen? Ich komme immer irgendwie zurecht.

H: Finden Sie nicht selber, dass Sie sich seit Beatrice Holdens Verschwinden ziemlich seltsam verhalten haben?

V: Nein, das finde ich nicht.

H: Verstehen Sie, dass andere das vielleicht finden?

V: Ich weiß nicht, was andere finden. Von mir aus sollen sie denken, was sie wollen.

H: Aha. Und Sie sind ganz sicher, dass Sie Ihre Lebensgefährtin nicht umgebracht haben?

V: Ich war das nicht.

H: Sind Sie oft in den Teil des Waldes gegangen, in dem sie gefunden worden ist?

V: Nein.

H: Waren Sie jemals dort?

V: Vielleicht.

H: Aber nicht an dem Wochenende, an dem sie verschwunden ist?

V: Nein.

H: Was glauben Sie, wie sie gestorben ist, Herr Verhaven?

V: Ich glaube gar nichts.

H: Etwas müssen Sie doch glauben.

V: Es war natürlich ein Kerl. Irgend so ein kranker Typ, der sonst kein Frauenzimmer abkriegt.

H: Halten Sie sich selber nicht für so einen Typen?
V: Ich kriege immer Frauenzimmer ab.
H: Danke. Herr Richter, für den Moment habe ich keine weiteren Fragen an den Angeklagten.

Van Veeteren schob den Papierstapel in den schmalen Zwischenraum unter der Nachttischplatte. Es war kurz vor eins.
Ich sollte besser schlafen, dachte er.
Verhaven, dachte er dann.
Wirklich ein Mist, dass er nicht dort gewesen war. Dass er nicht wenigstens im Zusammenhang mit der Marlenegeschichte, wo er bei den Ermittlungen eingesprungen war, zwei Stunden freigeschaufelt hatte ... Vielleicht hätte es gereicht, ihn einfach eine Zeit lang zu beobachten.
Nur einige Minuten auf der Anklagebank, dann hätte er Bescheid gewusst.
Gewusst, ob sein bohrender Verdacht etwas wert sei. Ob der irgendeine Berechtigung habe, oder ob Verhaven im Grunde wirklich nur der primitive Gewalttäter und Mörder war, zu dem man ihn abgestempelt hatte.
Schuldig oder unschuldig, also?
Es war unmöglich, das zu entscheiden. Heute wie damals.
Aber diese eine Tatsache ließ sich ja nicht von der Hand weisen:
Jemand hatte nach der Entlassung aus dem Gefängnis auf ihn gewartet.
Jemand hatte ihn ermordet und seinen Leichnam verstümmelt. Jemand hatte verhindern wollen, dass er jemals identifiziert werden könnte.
Denn das musste doch das Ziel des Mörders gewesen sein.
Und schließlich: jemand musste einen Grund gehabt haben.
Aber welchen?
Auch diese Frage war noch offen und unbeantwortet.

Er knipste die Lampe aus. Schloss die Augen und ehe er sich's versah, träumte er auch schon von Jess und den Zwillingen. Auf Französisch.

Seltsam, welche Sprünge sein Gehirn zu so später Stunde schaffte ...

Aber an und für sich – ihr nachmittäglicher Besuch auf der Station war nicht unbemerkt geblieben.

Eine eingeschlagene Fensterscheibe, eine eingerissene Nagelhaut, ein demolierter Tropf und einige andere kleine Zwischenfälle. Das Lächeln des Personals war ein wenig steifer geworden, als die Zeit verging, das hatte er registriert. Als der Geräuschpegel stieg und die Unglücksfälle sich häuften.

Wie zum Henker hält sie das aus, sagte er und gönnte sich im Schlaf ein leichtes Lächeln. Hat sicher einiges von der seelischen Kraft ihres Vaters geerbt.

Sans doute, oui.

22

»Gossecs Requiem?«, fragte der dunkellockige junge Mann und schob sich die Brille auf die Stirn. »Haben Sie Gossecs Requiem gesagt?«

»Ja«, sagte Münster. »Gibt es das nicht?«

»Doch, das schon.« Der junge Mann nickte eifrig und blätterte in einem Ordner. »Aber wir haben es nicht. Es gibt eine Aufnahme mit dem Chor des französischen Rundfunks, aus dem Jahre 59, glaube ich ... aber nichts auf CD. Sie sollten sich mal bei Laudener erkundigen.«

»Bei Laudener?«

»Unten auf dem Karlsplatz. Wenn die es nicht haben, können wir noch immer in den Antiquariaten suchen. Die Plattenfirma heißt Vertique.«

»Vielen Dank«, sagte Münster und verließ den Laden.

Draußen schaute er auf die Uhr und musste einsehen, dass

er es wohl kaum noch bis zum Karlsplatz schaffen würde. Er war für achtzehn Uhr mit Richter Heidelbluum verabredet und hatte das Gefühl, dass der alte Jurist ein etwaiges Zuspätkommen durchaus nicht schätzen würde.

Warum kann der Kommissar sich eigentlich nicht mit Bach oder Mozart begnügen, fragte er sich, als er ins Auto stieg. Warum muss er sich im Krankenhaus unbedingt diese alte Totenmesse anhören?

Er hielt in der Guyderstraat im Stadtteil Woosheim, ein ziemliches Stück von Heidelbluums Villa entfernt. Auch ein etwaiges Zufrühkommen würde wohl keinen guten Eindruck machen, und er beschloss, sich einen Spaziergang durch dieses exklusive Viertel zu gönnen, in das er kaum jemals einen Fuß gesetzt hatte.

Dazu bot sich einfach so selten ein Anlass. Was in Woosheim an Kriminalität vorkam, war von der verfeinerten wirtschaftlichen Sorte, mit der ein schnöder Kriminalbeamter nichts zu tun hatte.

Die Häuser lagen am Westrand des Stadtwaldes; viele der großzügig bemessenen Grundstücke grenzten direkt daran an, und ihre Besitzer konnten auf diese Weise Stadt und Natur in einer recht angenehmen Kombination genießen. Insgesamt standen hier an die sechzig bis siebzig Häuser, allesamt zu Beginn des 20. oder am Ende des 19. Jahrhunderts errichtet; heutzutage würde man auf einer solchen Fläche zweifellos drei- oder viermal so viele Eigenheime unterbringen. Münster konnte sich denken, dass der Reichtum und das Vermögen, die sich hinter den blühenden Hecken und mit Kupfer gekrönten Mauern verbargen, beträchtlich waren. Pensionierte Chefärzte und Professoren, alte Generäle und Obergerichtsräte, der eine oder andere ehemalige Minister und Industriemagnat von der alten Sorte. Vielleicht noch eine zugezogene Adelsfamilie, die sich auf ihrem Landsitz gelangweilt hatte. Fest stand außerdem, dass das Durchschnittsalter in diesem gut betuchten Viertel näher an hundert lag als an fünfzig. Und nicht einmal in dieser Gesellschaft konnte Richter Heidelbluum als junger Spund durchgehen.

Eine aussterbende Rasse, dachte Münster, als er langsam über die stille, schwer nach Jasmin duftende Straße ging, und als er plötzlich hinter einer Hecke Kinderlachen und Platschen hörte, konnte er sich schon denken, dass hier vermutlich Urenkelkinder am Werk waren, keine Enkelkinder.

Na ja, vieles hier wurde sicher vererbt, konnte man annehmen.

Er erreichte die Heidelbluumsche Residenz und drückte auf den Klingelknopf neben dem steinernen Portal. Nach einiger Zeit hörte er Schritte auf dem Kiesweg und ein Dienstmädchen in schwarzem Rock und Bluse, mit Schürze und weißem Häubchen tauchte auf.

»Ja?«

»Münster von der Kriminalpolizei. Ich bin mit dem Herrn Obergerichtsrat verabredet.«

»Bitte, kommen Sie mit«, sagte die Frau und öffnete das Tor.

Sie war üppig und hatte schöne rote Haare. Kann höchstens neunzehn oder zwanzig sein, tippte Münster.

Was für eigentümliche Welten es doch gab!

Richter Heidelbluum erwartete ihn in der Bibliothek, deren Fenstertüren zum frisch gemähten Rasen und den blühenden Obstbäumen hin geöffnet waren. Die Grenze und der Kontrast zwischen drinnen und draußen wirkten fast parodistisch scharf, fand Münster. Draußen herrschte Frühling, das Leben blühte, es duftete herrlich und die Vögel sangen; drinnen dagegen gab es nur dunkle Eiche, Leder, Damast und alte Bücher. Und der ziemlich stechende Geruch der schwarz-grünen Zigarillos, von denen Heidelbluum immer nur einen Zug rauchte, um sie dann in einen Aschenbecher aus stierblutfarbenem Porphyr zu legen, der vor ihm auf dem Schreibtisch stand.

Diese Zigarillos ähnelten den dünnen Zigarren, die der Kommissar ab und zu rauchte, fand Münster. Vom Aussehen und vom Geruch her.

Ihm wurde ein Ledersessel, ein klassisches englisches Stilmöbel, zugewiesen, der zu diesem Zweck vor den Schreibtisch geschoben worden zu sein schien, und als Münster darin versunken war, stellte er fest, dass der kahle und vogelähnliche Kopf des alten Richters einen guten halben Meter über seinem schwebte.

Was natürlich kein Zufall war.

»Ich möchte mich dafür bedanken, dass Sie mich empfangen und mich einige Fragen stellen lassen«, sagte er.

Heidelbluum nickte. Anfangs hatte er ziemlich abweisend gewirkt, doch dann hatten Hiller und Van Veeteren sich eingeschaltet und ihn zur Vernunft gebracht.

Der ist nicht ganz klar in der Birne, hatte der Kommissar gewarnt. Jedenfalls nicht immer, du musst also ein bisschen behutsam ans Werk gehen.

»Die Sache ist die«, sagte Münster nun, »dass Ihre Ansichten uns um einiges weiterhelfen können. Denn sicher kennt sich niemand mit dem Fall Leopold Verhaven besser aus als Sie.«

»Ganz recht«, sagte Heidelbluum und gab sich Feuer.

»Sie wissen, dass wir ihn ermordet aufgefunden haben?«

»Das hat der Polizeichef erwähnt.«

»Um ganz ehrlich zu sein, so tappen wir im Dunkeln, was das Motiv betrifft«, erzählte Münster. »Eine unserer Theorien baut darauf auf, dass es irgendeinen Zusammenhang mit den Fällen Beatrice und Marlene geben muss.«

»Inwiefern?«, fragte Heidelbluum mit plötzlich scharfer Stimme.

»Das wissen wir nicht«, sagte Münster.

Eine Pause folgte. Heidelbluum zog an seinem Zigarillo

und legte es beiseite. Münster trank einen Schluck Mineralwasser aus dem Glas, das ihm hingestellt worden war. Der Kommissar hatte ihm geraten, dem alten Richter viel Zeit zu lassen, ihn nicht anzutreiben, sondern ihn in Ruhe seine Gedanken und Überlegungen vorbringen zu lassen. Es hat doch keinen Zweck, einen Mann von 82 ins Kreuzverhör zu nehmen, hatte er erklärt.

»Es war mein letzter Prozess«, erklärte Heidelbluum und räusperte sich. »Der Marlenemord, meine ich. Hrrm. Mein allerletzter ...«

Sprach ein leises Bedauern aus seiner Stimme oder bildete Münster sich das nur ein?

»Das ist mir bewusst.«

»Hrrm«, sagte Heidelbluum noch einmal.

»Es wäre interessant, Ihre Meinung über ihn zu hören.«

Heidelbluum schob sich Zeige- und Mittelfinger unter den Hemdkragen, um sein dunkelblaues Halstuch ein wenig zu lockern.

»Ich bin alt«, erklärte er. »Lebe vielleicht noch einen Sommer. Oder bestenfalls zwei.«

Er verstummte für einen Moment und schien den Faden zu suchen. Münster schaute auf und betrachtete die Reihen aus dunklen, eingebundenen Büchern hinter dem Rücken des anderen. Wie viele davon er wohl wirklich gelesen hat, fragte er sich. Und an wie viele er sich erinnert ...

»Und mir ist das jetzt egal.«

»Was ist Ihnen egal?«

»Leopold Verhaven. Sie sind zu jung, um das zu verstehen. Er hat mir ziemlich zugesetzt ... diese beiden verdammten Geschichten. Ich wäre froh, wenn mir wenigstens der zweite Prozess erspart geblieben wäre, aber es wäre ja auch nicht richtig gewesen, den irgendeinem anderen Pechvogel zu überlassen ...«

»Wie meinen Sie das?«

»Ich dachte, ich könnte mir endlich wirklich sicher werden. Und auch einen Strich unter alle Zweifel beim ersten Tribunal ziehen.«

»Tribunal?«

»Nennen Sie es, wie Sie wollen. Es war auf jeden Fall eine verdammte Geschichte ... aber zitieren Sie mich nicht.«

»Ich bin kein Journalist«, sagte Münster.

»Nein, stimmt.« Heidelbluum griff zu seinem Zigarillo.

»Kann ich Sie so verstehen, dass Sie Verhaven für unschuldig halten?«

Heidelbluum schüttelte den Kopf.

»Nicht doch, zum Kuckuck. Ich habe niemals jemanden verurteilt, den ich nicht für schuldig gehalten hätte. Nie im Leben. Aber er war ... ein Rätsel. Ja, ein Rätsel. Sie können das einfach nicht verstehen, man muss ihn selber erlebt haben. Der ganze Mann war ein Rätsel, ich habe dieses Amt über dreißig Jahre lang ausgeübt, ich habe viel gesehen, aber niemanden wie Leopold Verhaven. Niemanden.«

Er gab sich Feuer und zog am Zigarillo.

»Können Sie das ein wenig ausführlicher erzählen?«

»Hmm ... na ja, nein, Sie verstehen das nicht. Das Seltsamste ist vielleicht, dass die psychologischen Gutachten auch nicht weiterhalfen. Es hätte doch einiges erklärt, wenn dabei Störungen oder mentale Schäden entdeckt worden wären, aber davon war nie die Rede.«

»Aber was war dann so seltsam an ihm?«, fragte Münster.

Heidelbluum dachte eine Weile nach.

»Ziemlich viel. Dass ihm das Urteil egal zu sein schien, zum Beispiel. Darüber habe ich sehr viel nachgedacht, und ich neige weiterhin zu der Ansicht, dass es Leopold Verhaven vollständig gleichgültig war, ob er verurteilt würde oder nicht. Vollständig gleichgültig.«

»Klingt seltsam«, sagte Münster.

»Sicher ist das seltsam. Das sage ich doch die ganze Zeit.«

»Ich habe den Eindruck gewonnen, dass er sich in der Rolle des Angeklagten wohl fühlte«, sagte Münster.

»Zweifellos«, erwiderte Heidelbluum. »Er fand es ganz wunderbar, wie die Spinne mitten im juristischen Netz zu sitzen ... und die unbestreitbare Hauptrolle zu spielen. Das hat er natürlich nicht so deutlich zum Ausdruck gebracht, aber ich habe es ihm angesehen. Er wollte im Mittelpunkt stehen und hatte nun die Möglichkeit ...«

»Und das gefiel ihm so gut, dass er dafür bereit war, zwölf Jahre ins Gefängnis zu gehen ... und das gleich zweimal?«, fragte Münster.

Heidelbluum seufzte.

»Hrrm«, sagte er. »Das ist ja gerade die Frage.«

Münster schwieg eine Weile und hörte dem Rasensprenger zu, der offenbar draußen im Garten am Werk war.

»Als er sein Urteil hörte, hat er sogar kurz gelächelt. Beide Male. Was sagen Sie dazu?«

»Wie sah die Sache mit Beweisführung und Urteilsbegründung und so aus?«, fragte Münster vorsichtig.

»Schwach«, sagte Heidelbluum. »Aber meiner Meinung nach ausreichend. Ich habe schon aus vageren Gründen Leute verurteilt.«

»Zu zwölf Jahren?«

Heidelbluum schwieg.

»War das bei beiden Prozessen so?«, fragte Münster.

Heidelbluum zuckte mit den Schultern.

»Im Grunde schon«, sagte er. »Beides Indizienprozesse. Starke Staatsanwälte, Hagendeck und Kiesling. Verteidiger, die ihre Pflicht taten, mehr aber auch nicht. Die Marlenegeschichte hatte natürlich mehr Fleisch auf den Knochen, wenn Sie das so sagen wollen. Jede Menge Zeugen, Begegnungen und Uhrzeiten ... sogar Rekonstruktionen. Ein richtiges Puzzlespiel. Beim ersten Mal hatten wir ja fast nichts.«

»Aber trotzdem wurde er verurteilt. Ist das nicht ein wenig seltsam?«, fragte Münster und überlegte zugleich, ob er damit nicht schon ein wenig zu weit ging.

Aber Heidelbluum schien diese behutsame Andeutung

nicht registriert zu haben. Er beugte sich über seinen Schreibtisch, schaute in den Garten hinaus und schien in irgendeine Überlegung vertieft zu sein. Eine halbe Minute verstrich.

»Zwei wollten ihn freisprechen«, sagte er plötzlich.

»Verzeihung?«

»Frau Paneva und dieser Fabrikant wollten ihn laufen lassen ... zwei von fünf Geschworenen waren gegen eine Verurteilung, aber wir haben sie überredet.«

»Ach?«, fragte Münster. »Und bei welchem Prozess war das?«

Heidelbluum ignorierte diese Frage.

»Man muss Verantwortung übernehmen«, sagte er und fuhr sich nervös über eine Schläfe und die Wange. »Manche begreifen das einfach nicht.«

»Aber niemand hat sich enthalten?«, fragte Münster.

»Ich habe bei meinen Urteilen niemals Vorbehalte akzeptiert«, sagte Heidelbluum. »Das Gericht muss sich einig sein. Vor allem bei Mordfällen.«

Münster nickte. Eine ziemlich verständliche Ansicht, dachte er. Was würde das denn für einen Eindruck machen, wenn jemand mit dem Abstimmungsergebnis 3:2 zu zehn oder zwölf Jahren verurteilt würde? Das würde die Achtung der Leute für Gesetz und Recht nun wirklich nicht steigern.

»Hat es jemals andere Verdächtige gegeben?«, fragte Münster.

»Nein«, sagte Heidelbluum. »Das hätte die Sache natürlich verändert.«

»Inwiefern?«, fragte Münster.

Aber Heidelbluum schien diese Frage nicht gehört zu haben.

Oder er ignoriert sie ganz einfach, weil er sie nicht hören will, dachte Münster. Er beschloss, den alten Richter noch etwas stärker unter Druck zu setzen. Vermutlich sollte er schmieden, ehe das Eisen gänzlich kalt geworden war. Noch viel länger konnte er dieses Fragespiel jedenfalls nicht fortführen.

»Aber wie dem auch sei«, sagte er. »Sie halten es also nicht für unmöglich, dass Verhaven doch unschuldig war?«

Wieder wurde es still. Dann seufzte Heidelbluum tief, und als er dann antwortete, klang es für Münster so, als habe er das schon vorformuliert... vielleicht schon vor langer Zeit, lange, ehe überhaupt von einem Besuch durch die Polizei die Rede gewesen war. Wie eine Erklärung, eine letzte, wohlüberlegte Stellungnahme im Fall Leopold Verhaven.

»Ich hielt ihn für einen Mörder«, sagte er. »Wenn es keine deutlichen Beweise gibt, muss man sich entscheiden. Das gehört zu diesem Amt. Ich halte Verhaven noch immer für schuldig. An beiden Morden. Es wäre jedoch nicht richtig zu behaupten, ich sei mir da sicher. Es ist so lange her, und ich stehe dem Tod so nahe, dass ich es wage, es so auszudrücken. Ich weiß nicht... ich weiß nicht, ob es wirklich Leopold Verhaven war, der Beatrice Holden und Marlene Nitsch umgebracht hat. Aber ich glaube, dass er es war.«

Er legte eine kurze Pause ein und nahm den Zigarillostumpf aus dem Porphyraschenbecher. Schaute auf und sah wieder aus der offenen Tür.

»Und ich hoffe, dass er es war. Denn wenn nicht, dann hat er ein Vierteljahrhundert lang unschuldig im Gefängnis gesessen... und ein Doppelmörder läuft frei herum.«

Aus den letzten Worten sprach eine tiefe Müdigkeit, doch Münster wagte noch eine letzte Frage:

»Sie gehen also davon aus, dass wir es auf jeden Fall mit demselben Täter zu tun haben?«

»Ja«, sagte Heidelbluum. »Da bin ich mir ziemlich sicher.«

»In dem Fall«, stellte Münster fest, »möchte ich ja eher behaupten, dass es sich um einen Dreifachmörder handelt, nicht nur um einen Doppelmörder.«

Doch Richter Heidelbluum schien das nicht mehr zu interessieren, und Münster sah ein, dass er ihn jetzt in Ruhe lassen musste.

Als die Kinder endlich im Bett lagen und sie in der Küche beim Abendtee saßen, zog er zwei Fotos von Verhaven hervor – eins stammte von einer Sportveranstaltung vor dem Dopingskandal, das andere war zwei Jahre später aufgenommen worden, an jenem Nachmittag im April 1962, als er von zwei Polizisten in Zivil festgenommen worden war.

Auf beiden Bildern fiel die Sonne schräg in Verhavens Gesicht, und auf beiden schaute er freimütig in die Kamera. Und um seinen Mund schien ein leises Lächeln zu spielen. Eine Art scherzhafter Ernst.

»Was hast du für einen Eindruck von diesem Mann?«, fragte Münster seine Frau. »Du liest doch sonst in allen Gesichtern.«

Synn legte die Bilder nebeneinander auf den Küchentisch und betrachtete sie eine Weile.

»Wer ist das?«, fragte sie. »Er kommt mir auf irgendeine Weise bekannt vor. Das ist ein Schauspieler, oder?«

»Ach, ich weiß nicht«, sagte Münster. »Doch, eigentlich hast du Recht. Vielleicht war er genau das – ein Schauspieler.«

V

24. August 1993

23

Es dauerte einige Zeit, im Kamin ein Feuer zu entfachen, aber nachdem er den Abzug gereinigt hatte, ging es dann doch. Qualmte zuerst noch ein wenig, aber dann war der Schornstein offen. Er drehte den Wasserhahn auf, aber nichts passierte; also musste er sich Wasser von der Quelle im Wald holen. Er setzte einen großen Kessel auf die Platte, daneben einen kleineren für Kaffee. Schaltete den Kühlschrank ein. Der Strom war wieder zugeschaltet, das hatte er vorher beantragt. Auch darum hatte sie sich gekümmert.

Als das Wasser heiß war, füllte er eine Wanne damit, trug sie zu dem wackeligen Tisch an der Giebelseite und wusch sich. Die Sonne war noch immer nicht hinter dem Wald versunken und wärmte ihn, als er in der Unterhose dastand; Spätsommerhummeln brummten im meterhohen Resedastrauch vor der Wand, es duftete nach reifen Äpfeln, die schon vom Baum fielen, und er spürte, dass es einen neuen Anfang gab.

Für das Leben. Für die Welt.

Wenn er alles tat, was getan werden musste, würde er wieder hier oben wohnen können. Er hatte seine Zweifel gehabt, aber dieser Nachmittag und Abend mit seinen ruhigen Bewegungen und dem stummen Willkommen hatten doch kaum ein Zufall sein können.

Es war ein Zeichen. Eins von diesen Zeichen.

Er goss sich den letzten Rest Wasser über den Kopf. Achtete nicht darauf, dass seine Unterhose nass wurde, er streifte sie ab und ging nackt zurück ins Haus.

Zog sich um. Die Kleidungsstücke in Kommode und Garderobe waren ziemlich unversehrt; rochen vielleicht ein wenig seltsam, ein bisschen nach Jute oder Rosshaar, aber egal, sie hatten schließlich zwölf Jahre unbenutzt hier gelegen.

So lange wie er selber. Dasselbe Warten, dieselbe Eingeschlossenheit.

Gegen sieben aß er zu Abend. Wurst und Eier, Brot, Zwiebeln und Bier. Aß draußen auf der Treppe, mit dem Teller auf den Knien und der Flasche auf dem Geländer, so wie früher. Spülte danach, machte noch einmal Feuer und versuchte den Fernseher in Gang zu bringen. Der rauschte und zeigte stumme Bilder irgendeines ausländischen Senders. Er schaltete wieder aus und versuchte es mit dem Radio. Das ging besser. Er setzte sich in den Korbsessel vor dem Feuer und hörte sich die Acht-Uhr-Nachrichten an, trank dazu Bier und rauchte eine Zigarette. Es war nicht ganz leicht zu begreifen, dass er vor so vielen Jahren zuletzt hier gesessen hatte, ihm kam es eher vor wie Wochen oder höchstens wie Monate, aber er wusste ja, dass das Leben auf diese Weise verlief. Ohne regelmäßige Strömung, ohne Kontinuität. Sondern mit jähen Wendungen... mit Neuanfängen und Störungen. Aber im Körper war die Zeit eben doch eingraviert; in der Müdigkeit und der wachsenden Trägheit der Bewegungen.

Und im Zorn der Seele. In dieser immer heißer brennenden Flamme. Er sah ein, dass er das Notwendige so rasch wie möglich hinter sich bringen musste. Am besten schon in den nächsten Tagen. Er wusste ja, was er wissen musste. Und hatte keinen Grund zum Warten.

Er blieb sitzen, bis vom Feuer nur noch ein dünnes Glutbett übrig war. Es war jetzt dunkel; es war Zeit zum Schlafengehen, aber vorher musste er doch noch einen Blick in den Hühnerstall werfen ... wollte einfach wissen, wie es dort aussah. Er hatte nicht vor, wieder mit der Hühnerzucht anzufangen, durchaus nicht, aber er würde sicher nicht schlafen können, wenn er vorher nicht wenigstens kurz hineingeschaut hatte.

Er nahm die Gaslampe und ging hinaus auf die Treppe. Fröstelte kurz, denn unbemerkt war die abendliche Kühle hereingebrochen. Für einen Moment spielte er mit dem Gedanken, sich einen Pullover zu holen, entschied sich dann aber dagegen. Der Hofplatz war nur dreißig Meter breit und bald würde er wieder im Warmen sein.

Er hatte erst den halben Weg hinter sich, als ihm aufging, dass er nicht allein in der Dunkelheit war.

VI

11. – 15. Mai 1994

24

»Was soll das denn?«, fragte deBries und zeigte auf das Tonbandgerät.

»Das ist der Kommissar«, seufzte Münster.

»Wie meinst du das?«

»Ja, er behauptet, dass er die Ermittlungen leitet, und er will kein Wort von diesem Gespräch verpassen. Ich habe versucht, ihm das auszureden, aber ihr kennt ihn ja...«

»Wie geht es ihm denn?«, fragte Moreno.

»Es geht auf jeden Fall aufwärts«, sagte Münster. »Aber er wird wohl noch mindestens drei oder vier Tage im Krankenhaus bleiben müssen. Finden die Ärzte, wohlgemeint. Die Schwestern auf der Station würden ihn sicher heute noch auf die Straße setzen, wenn sie zu entscheiden hätten.«

»Eiwei«, sagte Rooth und kratzte sich im Bart. »Da müssen wir wohl die Zunge im Zaum halten.«

»Kann schon sein«, sagte Münster und schaltete das Tonbandgerät ein. »Besprechung vom Mittwoch, dem 11. Mai. Anwesend: Münster, Rooth, deBries, Jung und Moreno...«

Jemand klopfte an die Tür und Reinhart schaute herein.

»Habt ihr Platz für noch einen?«

»... und Reinhart«, sagte Münster.

»Was machst du denn hier?«, fragte Rooth. »Sind die Rassisten erledigt?«

Reinhart schüttelte den Kopf. »Das nicht«, sagte er. »Ich interessiere mich nur ein wenig für Leopold Verhaven. Hab doch allerlei über ihn gelesen. Wenn ihr also nichts dagegen habt ...«

»Das nicht«, sagte deBries. »Setz dich neben den Kommissar.«

»Neben den Kommissar?«, fragte Reinhart.

»Das ist der, der da steht und sich dreht.«

»Alles klar«, sagte Reinhart und setzte sich. »Abwesend in unserer Mitte.«

»Wir fangen mit der Identifizierung an«, sagte Münster. »Ich glaube, das sollte Rooth übernehmen.«

Rooth räusperte sich.

»Ja«, sagte er. »Wir machen das Ganze an der Hodengeschichte fest. Verhaven hatte mit ungefähr zehn einen kleinen Unfall ... ist mit dem Rad gegen eine Mauer geknallt und hat sich dabei den Lenker zwischen die Beine gerammt.«

»Ai«, sagte deBries.

»Ein Hoden wurde verletzt und musste nach einiger Zeit entfernt werden. Meusse konnte also feststellen, dass unsere Leiche im Teppich nur einen Hoden hatte, und wenn wir alles zusammennehmen, dann können wir ziemlich sicher sein, dass er es sein muss. Verhaven, meine ich.«

»Eine Indizienidentifizierung«, sagte Reinhart.

»So kann man das nennen, ja«, sagte Rooth. »Wenn man das aussprechen kann. Seine Schwester konnte natürlich nicht bezeugen, ob er es ist oder nicht, das kann sicher niemand. Aber alles scheint zu stimmen. Alle bekannten Faktoren weisen darauf hin, dass er es ist – seine Entlassung aus dem Gefängnis, die Leute, die ihn in der Stadt gesehen haben, die Spuren im Haus, die Tatsache, dass er seither verschwunden ist – aber sicher, es besteht auch eine kleine Möglichkeit, dass es ein anderer ist. Die Frage ist nur wer, und wo dann Verhaven steckt.«

Sie schweigen für einen Moment.

»Wenn Verhaven nicht das Opfer ist«, sagte Jung, »dann ist er vermutlich der Täter.«

Münster nickte. »Das ist sicher richtig«, sagte er. »Aber wie groß ist die Chance, dass er einem anderen eineiigen Wicht über den Weg läuft und den dann totschlägt? Und warum? Nein, ich glaube, wir können diese Möglichkeit außer Acht lassen. Unser Toter ist Leopold Verhaven, das ist hiermit beschlossen. Und jemand hat ihn ermordet, am 24. August letzten Jahres... an dem Tag, an dem er nach zwölf Jahren im Gefängnis in sein Haus zurückgekehrt war. Oder kurz danach auf jeden Fall.«

»Irgendwelche Spuren von gewaltsamen Auseinandersetzungen im Haus?«, fragte Reinhart.

»Nein«, sagte Rooth. »Wirklich keine. Wir wissen auch nichts über den Hergang der Tat. Er kann dort ermordet und danach weggebracht worden sein. Die Kleider, die er bei seiner Entlassung getragen hat, sind noch da... er kann sich natürlich umgezogen haben, aber es sieht so aus, als sei er ins Bett gegangen.«

»Der Mörder kann mit unklarer Absicht irgendwann in der Nacht gekommen sein«, sagte Münster. »Das ist eine durchaus plausible Variante.«

»Aber die Nachbarn auf der anderen Waldseite haben niemanden gesehen«, warf Rooth ein. »Und sogar Frau Wilkerson muss doch irgendwann mal ihre Beobachtungen einstellen.«

»Oder sie und ihr Mann haben am Küchenfenster Schichtdienst eingeführt«, sagte Münster. »Das ist auch eine plausible Variante.«

»Das Motiv«, sagte Münster, als alle sich am Kaffeewagen bedient hatten. »Das ist natürlich die große Frage. Was die Indizien angeht, so wissen wir nicht einmal, welche Fragen wir stellen sollten... vielleicht würde es einen gewissen Unterschied machen, wenn wir noch ein paar Körperteile auftreiben könnten, aber so, wie die Lage jetzt ist, müssen wir uns einige Spekulationen erlauben können. Also, was glaubt ihr? Rooth?«

Rooth schluckte hastig ein halbes Stück Kaiserkuchen herunter.

»Ich glaube, wir sollten davon ausgehen, dass jemand auf seine Entlassung gewartet hat«, sagte er. »Jemand, der es noch dazu ziemlich eilig und einen sehr guten Grund hatte, ganz schnell zuzuschlagen.«

»Hm«, sagte Reinhart. »Was denn für einen Grund?«

»Keine Ahnung«, sagte Rooth. »Lass mich einfach ein wenig weiter überlegen. Zwei Dinge sprechen für meine Annahme. Zum einen, dass Verhaven so rasch ermordet worden ist ... vermutlich noch am Tag seiner Rückkehr. Zum anderen, dass jemand im vergangenen Winter im Gefängnis in Ulmenthal angerufen und gefragt hat, wann er entlassen werden würde. Im Juli kam dann noch ein Anruf ... die Trottel von der Anstaltsleitung haben diese Informationen erst gestern gefunden. Als ich bei ihnen war, haben sie die mit keinem Wort erwähnt.«

»War das bei beiden Anrufen dieselbe Person?«, fragte Reinhart.

»Da sind sie sich nicht sicher, und das können wir im Grunde ja auch nicht verlangen. Es war jedenfalls beide Male ein Mann. Hat sich als Journalist ausgegeben.«

Wieder schwiegen alle für einen Moment.

»Und welchen Grund sollte dieser Mann haben, um Verhaven aus dem Weg zu räumen?«, frage Moreno.

»Hrm«, sagte Rooth. »Keine Ahnung. Wir gehen natürlich davon aus, dass es irgendeinen Zusammenhang mit den Beatrice- und Marlenegeschichten gibt ... aber das muss natürlich nicht so sein.«

»Blödsinn«, sagte Reinhart.

»Was meinst du mit Blödsinn?«, fragte Rooth und kratzte sich leicht gereizt im Bart.

»Natürlich gibt es einen Zusammenhang«, sagte Reinhart. »Die Frage ist nur, welchen.«

Münster betrachtete die Versammlung am ovalen Tisch. Es wäre zweifellos eine Hilfe, wenn Reinhart sich wirklich in den Fall einschaltete, dachte er.

DeBries steckte sich eine Zigarette an.

»Können wir nicht ein wenig schneller vorgehen?«, fragte er. »Es gibt doch nur zwei Alternativen, so, wie ich das sehe. Ich dachte, so dächten wir alle.«

»Na gut«, sagte Rooth. »Entschuldige meine wissenschaftliche Vorgehensweise. Wer immer Leopold Verhaven ermordet hat, hat es vermutlich getan, weil er ihn verabscheute, hasste ... ihn noch härter bestrafen wollte. Jemand, dem vierundzwanzig Jahre nicht genug waren. Der einen endgültigen Schlussstrich ziehen wollte, gewissermaßen ... oder jemand, der etwas zu verbergen hatte.«

»Was denn?«, fragte Reinhart.

»Etwas, von dem Verhaven wusste«, sagte Rooth, »und das er wohl irgendwo anbringen wollte, sowie er wieder auf freiem Fuße war. Oder zumindest glaubte das der Mörder.«

»Was denn?«, fragte Reinhart noch einmal.

Rooth zuckte mit den Schultern. »Das wissen wir nicht«, sagte er. »Auf jeden Fall muss es für den Mörder ungeheuer wichtig sein, dass es nicht herauskommt.«

»Wenn wir davon ausgehen, dass es mit den beiden früheren Fällen zu tun hatte, dann gibt es eigentlich nur eine Alternative«, sagte Münster.

»Ihr meint ...«, fragte Reinhart.

»Ja«, sagte Rooth. »Wir meinen. Und wenn wir bis hierhin Recht haben, dann kann das sehr gut bedeuten, dass Verhaven die Morde, für die er verurteilt und bestraft worden ist, nicht begangen hatte ... und dass er auf irgendeine Weise die Identität des wirklichen Täters in Erfahrung gebracht hat. So ist das. Aber das ist natürlich ein arg dünner Faden.«

»Wie?«, fragte Münster nach einer halben Minute. »Wie hätte Verhaven das in Erfahrung bringen können?«

Es gab bei ihm und bei den anderen eine ziemlich starke Abneigung gegen diese Möglichkeit, das war deutlich. Und das war ja nur gut so. Obwohl niemand unter ihnen mit den Fällen zu tun gehabt hatte und Verantwortung trug, so waren Verhavens vierundzwanzig Knastjahre doch zu einem großen Teil den Bemühungen ihrer Vorgänger und ehemaligen Kollegen zu verdanken. Natürlich waren sie das.

Kollektive Schuld? Ein weitergegebenes Gefühl des Versagens? War das nicht in diesem Moment so deutlich im verräucherten Besprechungszimmer wahrzunehmen? Auf jeden Fall glaubte Münster diesen leichten Widerstand im abermaligen Schweigen seiner Kollegen zu spüren.

»Ja«, sagte Rooth endlich. »Wir haben ja diese Frau.«

»Diese Frau?«, fragte Reinhart.

»Eine Frau hat ihn besucht. Offenbar eine alte Frau, die am Stock ging... das war ungefähr ein Jahr vor seiner Entlassung. Sie wissen das noch, weil sie der einzige Besuch war, den er in der ganzen Zeit empfangen hat.«

»Zwölf Jahre«, sagte deBries.

»Wer war das?«, fragte Moreno.

»Das wissen wir nicht«, sagte Rooth. »Wir haben sie noch nicht ausfindig machen können. Jedenfalls hat sie angerufen und für einige Wochen darauf ihren Besuch angekündigt... also im Mai 1992. Ja, sie hat sich Anna Schmidt genannt, aber das war sicher nicht ihr richtiger Name. Wir haben mit einem Dutzend Anna Schmidts gesprochen, aber das bringt ehrlich gesagt überhaupt nichts.«

Münster nickte.

»So ist das«, sagte er. »Auf jeden Fall scheint Verhaven genau der Typ gewesen zu sein, der endlos lange auf seinem Wissen herumbrüten kann. Es ist kein Wunder, dass er Gefängnisleitung oder Polizei nichts mitgeteilt hat. Er scheint dort ja ohnehin mit kaum einem Menschen gesprochen zu haben.«

»Stimmt«, sagte Rooth. »Komischer Vogel, aber das haben wir ja schon festgestellt.«

»Bekannte und Verwandte?«, fragte Münster. »Der Opfer, meine ich.«

Assistent Jung schlug seinen Notizblock auf.

»Nichts, was uns wirklich weiterhilft, fürchte ich«, sagte er. »Stauff und ich haben die meisten aufgesucht. Was Beatrice Holden angeht, so ist im Grunde nur noch ihre Tochter übrig. Und natürlich der Kaufmann, aber sie war nur seine Kusine zweiten Grades oder so und sie hatten niemals engeren Kontakt. Die Tochter ist jetzt fünfunddreißig, hat Mann und vier eigene Kinder, die offenbar nichts von ihrer Großmutter wissen ... ich sehe eigentlich auch keinen Grund, diese Wissenslücke zu schließen.«

»Und die andere?«, fragte Münster. »Marlene Nietsch?«

»Die hat einen Bruder und einen Verflossenen, die beide wohl keine großen Sympathien für Verhaven hegen. Sind aber beide ziemlich zweifelhafte Typen. Carlo Nietsch hat zweimal gesessen, Hehlerei und einige Einbrüche. Maarten Kuntze, der Verflossene, ist halbtags Alkoholiker und halbtags Frührentner.«

Reinhart grunzte.

»Den kenne ich«, sagte er. »Hab vor zwei Jahren versucht, ihn in einer Drogensache zum Singen zu bringen. Hat aber nicht viel gebracht, das muss ich sagen.«

»Sie wohnen auf jeden Fall hier in der Stadt«, sagte Jung, »aber ich glaube nicht, dass sie etwas damit zu tun haben. Marlene Nietsch hatte ja allerlei Kontakte, aber nur mit Kuntze und noch einem hat sie jemals zusammengewohnt. Der andere heißt Pedlecki. Wohnt in Linzhuisen und scheint nicht sonderlich zu trauern. Nicht nach ihrer Ermordung und jetzt auch nicht.«

Er blätterte in seinem Notizblock.

»Das gilt auch für die meisten anderen, mit denen wir gesprochen haben«, fügte er hinzu. »Marlene Nitsch hatte offenbar ihre Schattenseiten.«

»Sonst keine Verwandtschaft?«, fragte Reinhart.

»Doch«, sagte Jung. »Eine Schwester in Odessa, ausgerechnet.«

Münster seufzte.

»Möchte jemand ein Bad im Schwarzen Meer nehmen?«, fragte er. »Machen wir eine Pause und vertreten uns ein wenig die Beine? Ich muss ohnehin das Band wechseln.«

»Aber nur eine kurze, wenn ich bitten darf«, sagte Reinhart. »Ich muss zu Hiller und um Aufschub flehen, ehe er nach Hause geht.«

»Fünf Minuten«, sagte Münster.

25

»Und diese Stadt?«, fragte Münster. »Was habt ihr davon für einen Eindruck?«

»Provinziell«, sagte deBries. »Assistentin Moreno und ich haben dort zwei volle Tage verbracht und halten sie beide für den Inbegriff eines Kaffs.«

»Ich bin in so einem Ort geboren«, sagte Moreno. »Bossenwühle bei Rheinau. Und ich muss sagen, ich kenne mich da aus. Jeder kennt jeden. Man weiß genau, was alle anderen so treiben. Keine Privatsphäre. Man ist, wer man ist, es ist wichtig, sich zusammenzureißen und bedeckt zu halten, keinen falschen Schritt zu machen gewissermaßen ... schwer, das genau zu beschreiben, aber ihr kennt so was doch?«

»Aber sicher«, sagte Münster. »Ich bin ebenfalls auf dem Land geboren. Das geht gut, solange wir noch Kinder sind, aber für Erwachsene muss das soziale Netzwerk sich doch bisweilen anfühlen wie ein Stacheldraht. Aber Kaustin hat also nichts, was es von anderen kleinen Orten unterscheidet?«

Moreno zweifelte.

»Na ja«, sagte sie und biss sich vorsichtig in die Unterlippe. »Ich weiß nicht. Verhavens Schatten lastet natürlich noch auf ihnen, und das ist ja auch kein großes Wunder. Offenbar hat eine Abordnung der Einwohner nach dem zweiten Mord eine Namensänderung beantragt.«

»Eine Namensänderung?«, fragte Rooth.

»Ja. Sie wollen den Namen Kaustin loswerden. Dachten wohl, dass alle den mit Verhaven und den Prozessen verbinden würden... hatten das Gefühl, in der Mörderstadt zu wohnen. Im Laden lag eine Unterschriftenliste aus, aber die Sache ist dann schließlich im Sande verlaufen.«

»Das ist ja auch alles nicht ganz unverständlich«, sagte Münster. »Wenn wir das aber ein wenig konkretisieren könnten. Was habt ihr herausgefunden?«

»Tja«, sagte deBries. »Wir haben mit ungefähr zwanzig Menschen gesprochen. Die meisten waren alt, wohnen ihr Leben lang dort und können sich an alles gut erinnern. Außerdem ziehen da wohl kaum Leute hin oder weg... und es geht insgesamt um nicht mehr als sechshundert Seelen. Dabei ist der Ort schön gelegen... See und Wald und offene Landschaft und überhaupt.«

»Viele wollten nur ungern über Verhaven reden«, fügte Moreno hinzu. »Schienen alles vergessen zu wollen, als sei das eine Schande für den ganzen Ort... was es ja im Grunde vielleicht auch ist.«

»Gibt es noch mehr?«, schaltete Reinhart sich ein.

»Wie meinst du das?«

Reinhart stocherte mit einem Streichholz in seinem Pfeifenkopf herum.

»Hattet ihr den Eindruck, dass sie... etwas zu verbergen haben, sozusagen? Verdammt, das brauche ich doch wohl nicht zu erklären, das ist eine Frage der Stimmung, einfach nur. Und eine Frau müsste das wahrnehmen.«

»Danke«, sagte deBries.

Jetzt fangt hier bloß keinen Streit an, dachte Münster. Ich hab keine Lust, dieses Band auch noch redigieren zu müssen.

»Vielleicht«, sagte Moreno nach kurzem Nachdenken. »Aber das ist nur ein ganz vages Gefühl. Vielleicht haben sie allesamt eine Leiche im Keller – bildlich gesprochen, natürlich... und haben einfach allesamt ein wenig Angst voreinander. Das gehört doch auch zum Kaffsyndrom, oder? Nein, ich weiß nicht.«

Münster seufzte.

»Ihr habt sie doch auf jeden Fall ein wenig unter Druck gesetzt?«

»Natürlich«, sagte deBries. »Der Schlachter ist zum Beispiel ein mieser Typ. Hat zwei Geliebte in der Stadt. Oder hatte sie. Vielleicht war er auch einige Male mit Beatrice Holden zusammen, ehe die sich auf Verhaven verlegt hat, aber das steht nicht fest. Sie war offenbar eine attraktive Frau. Und nicht unmöglich zu überreden.«

»Bei ihr und Verhaven ging's manchmal hoch her, wenn ich das richtig verstanden habe?«, fragte Reinhart.

»Kannst du wohl sagen«, erwiderte Moreno. »Offenbar ungefähr wie zwischen Hund und Katze. Sie sind bisweilen aneinander geraten... nur eine Woche vor dem Mord hat sie mitten in der Nacht bei einem Nachbarn angeklopft und um Schutz gebeten. Er hatte sie offenbar übel zugerichtet ... sie war nackt, nur in eine Decke gewickelt.«

»Und haben sie sie hereingelassen?«

»Sicher. Sie hat auf dem Sofa geschlafen. Sie war arg betrunken, hat aber behauptet, sie werde Verhaven am nächsten Tag anzeigen. Wegen Misshandlung und allem Möglichen.«

»Aber als sie am Morgen aufwachte«, fügte deBries hinzu,

»wickelte sie sich einfach in ihre Decke und ging zu ihm zurück.«

»Pfui Teufel«, sagte Reinhart. »Die krankhafte Blässe der späteren Einsicht.«

»Schwachheit, dein Name ist Weib«, sagte Moreno mit kurzem Lachen.

»Hrrm«, sagte Münster. »Sonst noch was?«

»Einiges über seine Kindheit und Schulzeit«, sagte Moreno. »Der Hausmeister aus der Schule lebt noch. Er ist fast neunzig, aber ungewöhnlich klar im Kopf und durchaus aussagebereit. Verhaven war offenbar von Anfang an schon ein ziemlicher Sonderling. Einsam. Verschlossen. Aber stark. Die anderen haben ihn respektiert ... und seine Launen sind bezeugt.«

Münster nickte.

»Bestimmt haben auch einige ihn für unschuldig gehalten«, sagte deBries. »Zumindest am Beatricemord. Aber heutzutage mag das natürlich niemand mehr offen zugeben.«

»Wieso nicht?«, fragte Jung.

»Selbes Boot«, murmelte Reinhart.

»So ungefähr«, sagte deBries. »Sich in den Laden in Kaustin stellen und behaupten, Verhaven sei unschuldig, wäre ungefähr dasselbe wie nach Teheran zu reisen und zu verkünden, der Ayatolla habe sich in die Hose geschissen.«

»Ayatollas tragen ja wohl keine Hosen«, sagte Jung. »Die haben doch diese schwarzen Kittel, wie heißen die doch noch gleich ...«

»Ja ja«, sagte Münster.

»Verhaven für unschuldig zu erklären, bedeutet ja auch, dass man etwas anderes tut«, erklärte Reinhart.

»Was denn?«, fragte Rooth.

»Man beschuldigt einen anderen aus dem Ort dieser Morde.«

Sie schwiegen einige Sekunden und Münster konnte genau ablesen, wie lange es dauerte, bis Reinharts Worte bei allen angekommen waren.

»Das steht doch nicht fest«, sagte Rooth.

»Nein«, sagte Reinhart. »Es steht natürlich nicht fest, dass es in dem winzigen Städtchen einen anderen Mörder gibt, aber natürlich taucht dieser Gedanke bei den Leuten auf. Dieser Verdacht. Je kleiner das Kaff, um so schneller riechen sie Lunte, vergiss das nicht.«

»Stimmt«, sagte Moreno.

»Also«, sagte Münster, als er das Tonbandgerät ausgeschaltet hatte und die anderen gegangen waren. »Was meinst du?«

»Nichts«, seufzte Rooth. »Oder eher alles Mögliche. Ich gäb wirklich was für ein paar gute Tipps. Worauf, zum Teufel, sollen wir uns denn konzentrieren?«

»Keine Ahnung«, sagte Münster. »Hiller wird uns sicher bald zurückpfeifen, das hab ich im Gefühl. Dann sind wahrscheinlich nur noch du und ich übrig ... ja, und natürlich der Ermittlungsleiter.« Er nickte zum Tonbandgerät hinüber.

»Wenn wir nicht auf eine brauchbare Spur stoßen«, sagte Rooth.

»Wenn die Zeitungen nicht schwere Geschütze auffahren, solltest du lieber sagen«, meinte Münster. »Morgen bringen sie ja wohl die Sache. Ist vielleicht nicht so schlimm. Wir brauchen doch alle Hilfe, die wir kriegen können.«

»Aber was glaubst du eigentlich selber?«, fragte Rooth, als sie sich in der Tiefgarage trennten. »Meinst du wirklich, dass in diesem Kaff ein Dreifachmörder frei herumläuft? Mir kommt das vor wie ein verdammt mieser Film.«

»Der wird nur dann besser, wenn wir wissen, wer das ist«, sagte Münster. »Nein, ich sollte ihn wohl lieber gleich abstellen.«

Rooth dachte nach.

»Vielleicht sitzen wir ja wirklich in einem Kino«, sagte er. »Vielleicht ist das Hinausgehen so schwer, wenn man mitten in der Reihe sitzt.«

»Zweifellos«, sagte Münster.

Sie schwiegen eine Weile.

»Trinken wir ein Bier?«, fragte Rooth.

Münster schaute auf die Uhr.

»Geht nicht«, sagte er. »Muss zu unserem Kranken. Nach acht lassen die keinen Besuch mehr ein.«

»Schade«, sagte Rooth und zuckte mit den Schultern. »Bestell ihm einen schönen Gruß. Ich glaube, wir könnten ihn wirklich brauchen.«

»Finde ich auch«, sagte Münster.

Warum lüge ich, fragte er sich, als er mit dem Auto in seinen Vorort fuhr. Warum konnte ich nicht einfach sagen, dass ich zu Synn und den Kindern nach Hause will? Warum musste ich den Kommissar hineinziehen?

Van Veeteren würde seine Bänder am nächsten Morgen nach dem Frühstück erhalten, so hatte sie das abgemacht. Aber wenn er Rooth nicht verletzen wollte, indem er die Einladung zum Bier ablehnte, warum war ein operierter alter Bulle ein besserer Grund als Frau und Kinder?

Eine gute Frage, zweifellos.

Er beschloss, lieber an etwas anderes zu denken.

26

Van Veeteren faltete die Allgemeine zusammen und ließ sie auf den Betonboden fallen. Dann legte er das Band ein, rückte die Kopfhörer gerade und ließ sich auf das Kissen zurücksinken.

Elgars Cellokonzert. Die Sonne im Gesicht und ein sanfter Wind. Gar nicht schlecht.

Es gehörte sicher nicht zur Routine, dass die Kranken es sich auf dem Balkon gemütlich machen durften, das war ihm durchaus klar. Aber andererseits war während der fünf Tage, in denen sie mit ihm nun schon zu tun hatten, so gut wie keine Regel ungebrochen geblieben. Überhaupt ließen die Krankenhausvorschriften einiges zu wünschen übrig, aber das Personal schien immerhin begriffen zu haben, mit wem sie es hier zu tun hatten. Immerhin.

»Aber höchstens eine halbe Stunde«, hatte Schwester Terhovian erklärt und aus irgendeinem Grund vier Finger vor sein Gesicht gehalten.

»Werden sehen«, hatte er geantwortet.

Inzwischen war eine Dreiviertelstunde vergangen. Sicher hatten sie eingesehen, dass es angenehmer war, ihn nicht im Haus zu haben.

Er rief sich das, was er zuletzt gelesen hatte, wieder in Erinnerung. Es gab dazu eigentlich nicht viel zu sagen. Dicker Artikel auf der ersten Seite, eine zweispaltige Zusammenfassung weiter hinten, aber erstaunlich wenige Spekulationen. Eigentlich überhaupt keine.

Das vierte Mal, also. So war das. Seit Verhaven mit zwanzig Jahren seine Karriere als Läufer begonnen hatte, hatte er aus vier verschiedenen Anlässen Schlagzeilen gemacht.

Gegen Ende der fünfziger Jahre als Mittelstreckenkönig. Als König und dann als Betrüger.

Anfang der sechziger Jahre als Mörder.

An die zwanzig Jahre später abermals als Mörder.

Und jetzt, um die Mitte der neunziger Jahre, eben als Opfer. Sein letzter öffentlicher Auftritt, konnte man annehmen.

Eine logische Entwicklung und ein erwarteter Schlusspunkt?, fragte Van Veeteren sich und drehte die Musik ein wenig lauter, um die Busse unten im Palitzerlaan nicht hören zu müssen.

Ein logisches Ende für ein vergeudetes Leben?

Schwer zu sagen.

Welches Muster zeigte Leopold Verhavens Leben? Gab es in diesem bizarren und schwer begreiflichen Menschenschicksal überhaupt irgendeine klare Linie?

Könnte man, überlegte Van Veeteren, zum Beispiel einen Film über sein Leben drehen und dabei etwas Wesentliches über seine Lebensbedingungen aussagen? Über unser aller Lebensbedingungen? Das war immerhin eine gute Frage.

Oder ging es hier nur um eine traurige Folge von unglückseligen Umständen? Um eine düstere und triste Geschichte eines vom Schicksal geschlagenen Ausnahmemenschen, dessen zerstückeltes Ende ebenso sinnlos war wie sein ganzes Leben?

Kein Leben, über das man einen Film drehen könnte?

Er biss einen Zahnstocher entzwei und versank wieder in Gedanken.

Müsste es nicht möglich sein, jedes Leben in einer der vielen Formen der Kunst wiederzugeben? Vielleicht passten zu den verschiedenen Menschen auch verschiedene Genres. Wie sah es mit seinem eigenen Leben aus? Was könnte dabei herauskommen? Eine Sinfonette, zum Beispiel? Oder eine Betonskulptur? Ein halbes Blatt Papier?

Wer weiß, dachte er.

Und jetzt lag er hier und stellte sich wieder diese vielen fruchtlosen Fragen. Prätentiöse und unbegreifliche Fragen, die nur durch seinen Kopf zu wirbeln schienen, um dem aggressiven Cello einen vergeblichen und idiotischen Kampf zu liefern.

Da wären ein Bier und eine Zigarette doch besser, dachte er und drückte auf den weißen Knopf. Verdammt viel besser.

Anstelle von Schwester Terhovian erschien Münster in der Türöffnung. Der Kommissar schaltete das Tonbandgerät aus und streifte die Kopfhörer ab.

»Alles in Ordnung?«, fragte Münster.

»Wie meinst du das? Natürlich ist nicht alles in Ordnung, verdammt noch mal. Hier liege ich auf meinem einsamen Lager und kann nicht anders. Seid ihr weitergekommen?«

»Das nicht gerade«, sagte Münster. »Scheint hier in der Sonne ja angenehm zu sein.«

»Heiß und klebrig«, sage Van Veeteren. »Ich könnte ein Bier vertragen. Also?«

»Was heißt also?«

»Hast du die Bänder mitgebracht, zum Beispiel?«

»Sicher ... alle beide. Gar nicht leicht, den Gossec zu finden, übrigens, aber Laudener hatte ihn.«

Er zog zwei Kassetten aus einer Plastiktüte und reichte sie dem Kommissar.

»Die rote ist von der Besprechung ...«

»Meinst du vielleicht, ich könnte den Unterschied zwischen einem Requiem und einer Menge quasselnder Bullen nicht heraushören?«

»Na, das will ich doch hoffen«, sagte Münster.

»Ich habe die Allgemeine gelesen«, sagte Van Veeteren unangefochten. »Was steht in der restlichen Journaille?«

»Dasselbe, so ungefähr«, sagte Münster.

»Keinerlei Spekulationen über das Motiv?«

»Nein, ich habe jedenfalls keine entdeckt.«

»Seltsam«, meinte Van Veeteren.

»Wieso das?«, fragte Münster.

»Na, die kommen sicher noch. Ich sehe jetzt auf jeden Fall alles klar vor mir. Habe gestern Abend die Marleneunterlagen gelesen. Ich möchte wetten, dass er in beiden Fällen unschuldig war. Hältst du dagegen, Polizeidirektor?«

»Nein, danke«, sagte Münster. »Wir neigen inzwischen auch zu dieser Annahme. Wissen nur nicht so recht, wie wir jetzt weitermachen sollen.«

»Natürlich wisst ihr das nicht«, brummte der Kommissar. »Ich habe euch ja noch keine Befehle erteilt. Fahr mich ins Zimmer zurück, dann bringen wir Schwung in die Sache. Es ist einfach unmöglich, dass die die Kranken auf den Balkon schleppen und endlos lange da rumliegen lassen. Der reine Backofen ...«

Münster riss die Tür sperrangelweit auf und schob das große Stahlrohrbett wieder ins Haus.

»Womit fangen wir an?«, fragte er, als der Kommissar an Ort und Stelle lag.

»Woher soll ich das wissen?«, fragte Van Veeteren. »Lass mich das Band hören und komm in zwei Stunden zurück, dann erfährst du alles.«

»Alright«, sagte Münster.

»Und derweil kannst du feststellen, ob sich diese Person ausfindig machen lässt.«

Er reichte Münster einen doppelt zusammengefalteten Bogen.

»Leonore Conchis«, las Münster. »Wer ist das?«

»Eine Frau, mit der Verhaven in den Siebzigern was hatte.«

»Lebt sie noch?«, fragte Münster spontan.

»Darüber sollst du dich ja gerade informieren«, erwiderte der Kommissar.

VII

24. August 1962

27

Wieder erwacht sie.

Spürt die Finsternis und seine schwere Nähe wie einen Druck auf der Brust. In einer unterdrückten Bewegung stützt sie sich auf den Ellbogen und versucht, die schwach phosphorisierenden Uhrzeiger zu deuten.

Halb vier. Oder fast halb vier, so weit sie sehen kann. Die Luft im Schlafzimmer ist stickig, trotz des Belüftungsventils. Sie setzt sich auf. Tastet eine Weile mit den Füßen über den unebenen Boden, dann findet sie ihre Pantoffeln.

Steht auf und verlässt vorsichtig das Zimmer. Nimmt den dünnen, verschlissenen Frotteemorgenrock von der Wand. Schließt die Tür wieder und legt ein Ohr an das kühle Holz. Noch hier kann sie seinen schweren und bisweilen röchelnden Atem hören.

Sie fröstelt und streift den Morgenrock über. Und geht langsam die Treppe hinunter.

Hinunter. Das ist das Schwerste. Die Schmerzen in den Hüften jagen glühende Pfeile aufwärts und abwärts. Das Rückgrat hoch bis in den Nacken, durch die Fußsohlen bis in die Zehen. Es ist seltsam, dass dieser Schmerz so lebendig sein kann.

Und wird mit jedem Schritt ein wenig stärker.

Mit jedem Tag. Immer deutlicher. Es wird immer schwerer, nicht die Füße nach innen zu kehren und den Rücken krumm zu machen.

Immer schwerer zu gehen.

Am Küchentisch sinkt sie auf einen Stuhl. Legt den Kopf in die Hände und spürt, wie die Schmerzwellen verebben. Lässt sie ganz verklingen, ehe sie ihre Gedanken auf das andere richtet.

Auf dieses andere.

Dreimal hat ihr Traum sie in dieser Nacht hochgeschleudert. Dreimal.

Dieselbe grauenhafte Vorstellung. Dasselbe unwiderstehliche Bild.

Als er heraufkam und seinen schweren Leib neben ihren wälzte, hat sie sich schlafend gestellt. Er hat sie nicht berührt. Hat nicht einmal eine Hand auf ihre Hüfte oder Schulter gelegt. Das hat sie immerhin erreicht. Er rührt sie nie mehr an, sie weiß, dass sie diesen Sieg auf jeden Fall errungen hat. Hierher ist sie aus eigener Kraft gelangt.

Geschützt. Ihr Körper ist geschützt. Jetzt und für immer.

Er wird das andere nie wieder durchmachen müssen.

Ihre schweigende Übereinkunft liegt zwischen ihnen wie ein dunkles Band, doch erst jetzt kommt ihr eine Ahnung von deren Preis. Von dem Gegengewicht, von diesem Unbegreiflichen, das in der anderen Waagschale liegt.

Alles kostet etwas, aber eine Wahl hat sie nicht gehabt. In ihrer Entscheidung und ihrem Vorgehen kann keine Schuld liegen – sich noch einmal diesem Mann hinzugeben, auch wenn er ihr Ehemann und der Vater ihres Kindes ist, nein, sie weiß nur zu gut, was das bedeuten würde. Und dann gibt es ja auch noch das Wort des Arztes, es ist nicht nur sie selber... Gesundheit und Verstand könnte es kosten, Vernunft und Gefühl und vielleicht die Bewegungsfähigkeit, die ihr noch geblieben ist. Zumindest, wenn es Frucht tragen sollte. Sie darf kein Kind mehr bekommen. Darf sich dieser Gefahr nicht wieder aussetzen. Die Narbe ihres Lebens sitzt in ihrem Becken, diesem gebrechlichen Mittelpunkt, der seit der entsetzlichen Entbindungsnacht wie ein Heiligtum geschützt und geschlossen gehalten werden muss.

Wie ein Heiligtum?

So denkt sie wirklich, aber kann irgendwer verstehen warum?

Gott oder ihre Mutter oder irgendeine andere Frau?

Nein, niemand. In dieser Hinsicht ist sie allein. Eine verbitterte Frau mit Mann und Kind. Und endlich hat auch er gelernt, den Stand der Dinge zu akzeptieren. Er wird nie mehr eingelassen werden, und jetzt haben seine Hände und sein ganzer Körper ihre vergeblichen Bitten und Versuche eingestellt. Endlich hat er resigniert.

Aber der Preis?

Vielleicht hat sie schon früh eingesehen, dass es einen Preis geben muss. Aber jetzt? Dass das der Preis ist?

Es ist eine schreckliche Vorstellung. Und es ist nicht einmal eine Vorstellung, es ist nur ein Traumfragment... ein Bild, das durch ihr Bewusstsein gejagt ist, so rasend schnell und dermaßen unbegreiflich deutlich, dass sie es einfach nicht verstehen konnte.

Wahrnehmen, ja. Begreifen, nein.

Gesehen, aber nicht ins Bewusstsein geholt.

Sie erhebt sich und geht zum Herd. Knipst die Lampe über dem Spülbecken an und lässt Wasser in den Kessel laufen.

Als das kocht, als sie dasteht und die Blasen anstarrt, die sich losreißen und an die Wasseroberfläche steigen, denkt sie an Andrea.

An Andrea, die auf der anderen Seite der Wand liegt und ihren sicheren Schlaf schläft. Zwei Jahre alt – zwei Jahre und zwei Monate, wenn man genau sein will, und das will sie in dieser Nacht – liegt sie da unter der gehäkelten Decke der Großmutter und nuckelt im Schlaf an zwei Fingern. Sie braucht nicht nachzusehen, um das zu wissen. Das Bild ihrer Tochter ist überall vorhanden, sie kann es sich jederzeit und ohne die geringste Anstrengung vor Augen rufen.

Andrea. Das einzige Kind, das sie jemals haben werden. Es ist ein Wunder, dass dieses Kind überhaupt lebt, und alle anderen Rücksichten müssen dafür aufgegeben werden.

Alle, fragte sie sich, und die Antwort weiß sie bereits. Ja, alle, sagt sie und nimmt den Kessel von der Platte.

Sie nippt am Tee und öffnet die Vorhänge einen Spaltbreit. Ihr Blick begegnet nur ihrem eigenen Gesicht und einem Ausschnitt aus dem Kücheninneren. Sie lässt den Baumwollvorhang wieder sinken.

Ich wage nicht, zu denken, formuliert sie stumm für sich selber. Nicht, deutlich zu denken. Muss es von mir weghalten. Wenn die Bilder in meinem Kopf auftauchen, muss ich lernen, meine Seele schlafen zu lassen.

Das muss ich.

Sie haben sie jetzt gefunden. Das hat die Frau im Laden gesagt, Frau Malinska, und in ihrer düsteren Stimme hatte ein kontrollierter und hysterischer Triumph gelegen.

Sie haben sie hinten beim Goldemaar im Wald gefunden.

Tot.

Erwürgt.

Nackt.

Und plötzlich in dieser einsamen Küche, in dieser einsamen Stunde, durchjagt sie eine so heftige Erschütterung, dass sie die Tasse umstößt. Der heiße Tee fließt als kleines Rinnsal über die karierte Wachstuchdecke und auf ihren rechten Oberschenkel, aber es dauert noch Sekunden, bis sie es über sich bringt, diese Flut zu stoppen.

Es war an diesem Samstag. Vor achtzehn Tagen, oder wie viele das nun sein mögen. Seit damals ist sie verschwunden, diese Schlampe, damals muss es passiert sein.

Am Nachmittag dieses Samstags. Auch das sieht sie ganz deutlich vor sich. Ich geh ein wenig Holz hacken, hatte er gesagt, und in seiner Stimme und seinem trotzigen Blick hatte etwas gelegen, das sie kannte und zweifellos verstanden hätte, wenn sie das nur gewollt hätte.

Aber warum hätte sie das tun sollen? Nur Andrea war wichtig, und auch jetzt geht es nur um Andrea. Warum soll sie unbedingt das begreifen, was sie nicht begreifen will?

Er kam spät zurück und sie wusste, dass etwas passiert war. Nicht was, nur dass.

Sah es seinen großen Händen an, die sich immer wieder umeinander schlangen und nicht wussten, wohin mit sich. Sah es im Blut, das schuldbewusst hinter seinen Schläfen pochte. In seinem Blick, der nach Hilfe und Schmerzlinderung rief.

In der Qual seines ganzen Körpers.

Sie hatte gesehen, aber nicht geahnt, was sie da sah.

Und jetzt sitzt sie hier, fährt sich mit der Hand über den Oberschenkel und spürt die Schmerzen zurückkehren. Sie weiß, dass sie es nicht erfahren wird.

Niemand wird es erfahren. Am allerwenigsten sie. Wieder taucht Andreas Bild vor ihr auf und legt sich wie ein lindernder kühler Balsam über das brennende und schwarze Wissen.

Engel des Trostes.

Kind des Vergessens.

Nichts ist passiert. Es gibt keine Ahnungen.

Nur dieses eine.

Sie steht wieder auf. Stapft zum Schrank hinüber und schüttelt vier Tabletten aus dem braunen Glas. Spült sie mit Wasser aus ihrer gekrümmten Hand hinunter.

Gegen die Schmerzen.

Gegen die Schlaflosigkeit.

Gegen Träume und Ahnungen und Wissen.

Warum, fragt sie sich, als sie sich langsam die Treppe hochschleppt.

Ich bin so jung. Mein Leben hat doch gerade erst angefangen und schon bin ich an Händen und Füßen gefesselt.

An diesen Mann.
An diese Tochter.
An diesen schmerzenden Leib.

Und für alle Zeit an diese Entscheidung?

VIII

16. – 22. Mai 1994

28

Aus einiger Entfernung schätzte Münster Leonore Conchis' Alter auf irgendwo zwischen dreißig und fünfunddreißig.

Als er näher kam und sie einander über dem rauchfarbenen Glastresen die Hände schüttelten, sah er, dass er noch mindestens zwei Jahrzehnte dazugeben musste, um der Wahrheit etwas näher zu kommen.

Vielleicht sorgte auch dieser illusorische Umstand dafür, dass sie sich in dem ziemlich schlecht beleuchteten Büro ausfragen ließ; versunken in einer Ecke eines so langen Sofas, dass sie laut werden mussten, um einander hören zu können.

Diese Jugend, dachte Münster. Schattenwesen.

Es hatte auch seine Zeit gebraucht, sie zu finden. Seit sie irgendwann Ende der siebziger Jahre einige Monate mit Leopold Verhaven zusammen gewesen war, war sie mehr als zehnmal umgezogen. Und außerdem hatte sie ihren Namen geändert.

Das aber nur einmal. Jetzt hieß sie di Gucchi und betrieb seit anderthalb Jahren zusammen mit ihrem uralten korsischen Gatten mitten in Groenstadt eine Boutique für schrille Damenbekleidung.

»Leopold Verhaven?«, fragte sie und schlug ein schwarzes Nylonbein über das andere. »Warum wollen Sie mich über Leopold Verhaven verhören?«

»Das ist kein Verhör«, sagte Münster wie um Entschuldigung bittend. »Ich würde nur gern ein paar Fragen stellen.«

Sie steckte sich eine Zigarette an und strich ihr blutrotes Lederkleid glatt.

»Also los«, sagte sie. »Was möchten Sie wissen?«

Keine Ahnung, dachte Münster. Aber der Kommissar hat mir aufgetragen, dich ausfindig zu machen.

»Erzählen Sie von Ihrer Beziehung zu ihm«, sagte er dann.

Sie ließ den Rauch durch ihre Nasenlöcher entweichen und machte ein gelangweiltes Gesicht. Offenbar hatte sie keine übertrieben positive Einstellung zur Polizei ganz allgemein, und Münster sah ein, dass der Versuch, ihr in dieser Hinsicht eine andere Meinung zu geben, wohl kaum von Erfolg gekrönt sein würde.

»Ich finde es auch nicht besonders toll, solche Dinge aufwühlen zu müssen«, erklärte er. »Können wir es also so schnell wie möglich hinter uns bringen, dann kann ich Sie in Ruhe lassen.«

Das war deutlich genug. Sie nickte und feuchtete sich mit einer übertriebenen und gut geübten Zungenbewegung die Lippen an.

»Na gut. Sie wollen wissen, ob er als Frauenmörder qualifiziert ist. Diese Frage habe ich schon häufiger gehört.«

Münster nickte.

»Das kann ich mir denken.«

»Ich weiß es nicht«, sagte sie. »Wir waren ja nur einige Monate zusammen. Ich habe ihn zufällig kennen gelernt, als gerade meine zweite Ehe in die Brüche gegangen war. Ich war einfach fertig und brauchte einen Mann, der sich um mich kümmern ... und mich wieder zum Leben erwecken konnte, gewissermaßen.«

»Und konnte er das?«

Sie zuckte mit den Schultern.

»Sind Sie verheiratet, Polizeidirektor?«

»Ja.«

»Ich brauche also kein Blatt vor den Mund zu nehmen?«
»Durchaus nicht«, versicherte Münster.
»Na gut.« Sie zog eine Grimasse, die vielleicht ein Lächeln sein sollte. »Er war ein ziemlich brutaler Liebhaber. Anfangs gefiel mir das ja auch, vermutlich war es gerade das, was ich brauchte, aber auf die Dauer war es doch ziemlich ermüdend. Dieses heftige Gevögel ist nur bei den ersten Malen nett, danach will man doch mehr Ruhe, es soll gefühlvoller und raffinierter zugehen ... na, Sie wissen schon. Natürlich kann ein richtig gewaltsamer Fick eine müde Beziehung wieder aufpeppen, aber so darf es bitte nicht immer zugehen.«

»Ganz recht«, sagte Münster und schluckte. »Aber er hat die ganze Zeit den Zuchtbullen gespielt?«

»Ja«, sagte sie. »Und das war mir zu anstrengend. Also habe ich ihn nach einigen Monaten wieder verlassen. Und er wohnte auch in einem miesen Loch ... mitten im Wald und überhaupt. Obwohl ich vielleicht auch das gerade gebraucht hatte ... Wald und Natur und überhaupt.«

Ich kann mir dich einfach nicht in einem Hühnerstall vorstellen, dachte Münster und merkte, wie sein einer Mundwinkel zuckte.

»Aber er hat keine direkten Neigungen zur Gewalttätigkeit gezeigt?«

»Nein«, sagte sie energisch. »Er war verschlossen und ziemlich unkultiviert, aber ich habe niemals Angst gehabt oder so.«

»Sie wussten, dass er wegen Mordes verurteilt worden war?«

Sie nickte.

»Das hat er mir nach unserer ersten Nacht erzählt. Und hat seine Unschuld beteuert.«

»Haben Sie ihm geglaubt?«

Sie zögerte. Aber nur eine Sekunde lang.

»Ja«, sagte sie. »Ich glaube nicht, dass Leopold Verhaven eine Frau auf diese Weise umbringen würde. Er war ziemlich eigen, aber ein Mörder war er nicht. Das habe ich auch beim zweiten Prozess ausgesagt, aber da hat mir natürlich niemand zugehört. Er war schon im Voraus verurteilt.«

Münster nickte.

»Und nach dem Ende Ihrer Beziehung hatten Sie keinen Kontakt mehr zu ihm?«

»Nein«, sagte sie. »Aber wer hat ihn nun eigentlich umgebracht? Das wollen Sie doch feststellen, oder?«

»Ja«, erwiderte Münster. »Genau das. Haben Sie irgendeine Vorstellung?«

Sie schüttelte den Kopf.

»Nicht die Geringste«, sagte sie und drückte ihre Zigarette aus. »Sind wir jetzt so weit, Polizeidirektor? Ich muss mich um meinen Laden kümmern.«

»Ja, das sind wir wohl«, sagte Münster und reichte ihr seine Karte. »Melden Sie sich, wenn Ihnen noch etwas Wichtiges einfällt.«

»Was sollte das denn sein?«, fragte sie.

Keine Ahnung, dachte Münster und erhob sich vom Sofa.

Als er auf den Platz hinaustrat, regnete es. Es war ein dünner, warmer Frühlingsregen, der ihm fast wie ein reinigendes Bad erschien. Und als recht angenehmer Kontrast zu Leonore di Gucchi. Er blieb eine Weile stehen und ließ die weichen Tropfen über sein Gesicht fallen, dann schloss er die Autotür auf und stieg ein.

Zwei Stunden Fahrt lagen vor ihm.

Es war kein sonderlich ertragreicher Nachmittag gewesen, das musste er zugeben. Aber so war es ja meistens. Bei fast jedem Fall. Fragen, Fragen und Fragen. Endlose Mengen von Gesprächen und Interviews und Verhören, allesamt auf den ersten Blick gleichermaßen vergeblich und nichts sagend, bis dann etwas Wichtiges auftauchte. Zumeist dann, wenn man am wenigsten damit gerechnet hatte. Diese kleine Verbindung, diese kurze unerwartete Antwort ... dieses plötzliche, schwach glühende Zeichen in der Dunkelheit, das nicht übersehen werden durfte. Man durfte nicht einfach an diesem Gestrüpp aus belanglosen Details und ermüdenden Kleinigkeiten vorüberjagen.

Er gähnte und fuhr los.

Aber das hier hätte doch wirklich nichts bringen können, dachte er. Abgesehen von einer weiteren kleinen Unterstützung für die Hypothese, dass Verhaven unschuldig gewesen war. Aber das hatten sie doch schon beschlossen. Oder hatten sie das nicht?

Er richtete seine Gedanken lieber auf die Zukunft.

Zwei Tage weiter, genauer gesagt. Denn dann würde Van Veeteren aus dem Krankenhaus entlassen werden, wenn die Ärzte Wort hielten, und obwohl er selber und Rooth von Anfang an den Ehrgeiz gehegt hatten, den Fall selber zu klären, hatten sie diese Hoffnungen inzwischen ja aufgeben müssen. Mehr oder weniger zumindest.

Also können wir auch abwarten und den Kommissar endlich zulangen lassen, dachte Münster. Ab Freitag also. Schwer zu sagen, was das für konkrete Folgen haben würde, aber er hatte ja bereits gewisse Zeichen für Van Veeterens Unruhe entdeckt. Gewisse Beobachtungen, die ihm bei seinem letzten Besuch einfach nicht hatten entgehen können.

Kleinigkeiten zwar, aber wirklich auffällige ... diese blödsinnige und aufreizende Rätselhaftigkeit zum Beispiel. Gereiztheit und Empfindlichkeit. Das Grummeln und Murren.

Natürlich waren das die üblichen Signale.

Schwach, wie gesagt, aber deutlich wahrnehmbar für alle, die eine Weile dabei waren.

Der Kommissar hatte die Brutphase erreicht, wie Reinhart einmal gesagt hatte, bei einer Gelegenheit, die nichts mit Verhaven, Hühnerställen und Ähnlichem zu tun gehabt hatte.

Man sollte vielleicht eine Heizlampe auf ihn richten. Münster schmunzelte hinter dem Lenkrad vor sich hin.

Um das Tempo zu steigern. Das hatte doch auch Verhaven gemacht?

Aber vielleicht fährt er auch langsam aus der Haut, weil er eingesperrt ist, dachte Münster dann. Das Krankenhauspersonal hätte auf jeden Fall Elogen verdient – weil sie das durchhalten. Denn sie hatten ihn nicht einfach vor die Tür gesetzt oder in die Wäschekammer gesperrt. Er durfte nicht vergessen, ein Blümchen mitzubringen, wenn er den Kommissar am Freitag abholte. Könnte ja nichts schaden, den guten Ruf der Truppe ein bisschen wiederherzustellen ...

Aber dann stellte er jegliche dienstliche Überlegung ein. Er dachte an Synn und den bevorstehenden Abend, an dem sie ausgehen wollten. Das war doch wirklich eine viel angenehmere Vorstellung.

Theater und ein gutes Essen im La Canaille. Die Großeltern zum Kinderhüten. Danach ihre kleine Wohnung mitten in der Stadt. Doch, im Leben fand man durchaus ab und zu ein Goldstück.

29

Staatsanwalt Kieslings Plädoyer im Mordfall Marlene Nietsch nahm achtzehn dicht beschriebene Seiten ein. Van Veeteren las sämtliche Kopien, seufzte tief und machte sich dann wieder an die Rekonstruktion des Tathergangs – den Versuch, Richter Heidelbluum, den Geschworenen und allen anderen möglicherweise Interessierten zu erklären, was sich an jenem schicksalhaften Vormittag im September 1981 zugetragen hatte.

... es war vor fast drei Monaten, am 11. September, einem Freitag.

Leopold Verhaven verlässt gegen 7.30 morgens sein Haus in Kaustin mit seinem Lieferwagen, einem grünen Trotta

Jahrgang 1960, und macht sich auf seine übliche Lieferfahrt zu seinen Kunden, insgesamt etwa zehn Geschäften in Linzhuisen und Maardam. Sein letzter Stopp an diesem Morgen ist wie üblich die Markthalle am Kreuger Plein hier in Maardam.

Wie wir gehört haben, ist Verhaven für alle, die dort arbeiten oder sonst etwas mit der Markthalle zu tun haben, eine vertraute Gestalt. Nach eigener und nach Aussage mehrerer Zeugen verlässt er an diesem Morgen die Halle um kurz nach halb zehn. Sein Wagen steht auf der Rückseite, im Kreugerlaan, wo er zuvor die Tageslieferung an Eierkartons ausgeladen hatte. Er geht jedoch nicht wie sonst direkt zu seinem Fahrzeug, sondern verlässt die Halle durch den Hauptausgang, der auf den Marktplatz führt. Am Zeitungskiosk vor Goldmann kauft er eine Zeitung und geht dann in Richtung Zwille weiter. Beim Springbrunnen begegnet ihm ein Geschäftspartner, Aaron Katz, mit dem er einige Worte wechselt. Danach geht er weiter über den Platz und trifft an der Ecke Kreuger Plein und Zwille auf Marlene Nietsch. Die beiden haben seit ungefähr anderthalb Monaten eine sexuelle Beziehung; sie übernachten gemeinsam sowohl in Verhavens Haus in Kaustin als auch in Frau Nietschs Wohnung in Maardam.

Sie unterhalten sich einige Minuten lang, das wissen wir von Verhaven selber, und auch einige Zeugen haben es gesehen, unter anderem Aaron Katz. Dann gehen sie langsam südwärts und biegen in den Kreugerlaan ab, wo ja Verhavens Auto steht. Die Zeugin Elena Klimenska sieht sie neben dem Lieferwagen stehen, dort sind sie irgendwann zwischen zehn und fünf vor zehn in ein Gespräch vertieft. Der Angeklagte streitet das ebenso ab wie die Behauptung, Marlene Nietsch sei danach zu ihm ins Auto gestiegen. Nicht weniger als drei Zeugen jedoch haben unabhängig voneinander Verhavens unverkennbaren Lieferwagen Maardam verlassen sehen. Zwei von ihnen haben unter Eid ausgesagt, dass neben Verhaven auf dem Beifahrersitz eine Frau saß, eine Frau, die sehr gut zur Beschreibung der ermordeten Frau Nietsch passte. Die dritte Zeugin, Frau Bossens aus Karnach, wollte ihre Aussage aus religiösen Gründen nicht beeiden, ist jedoch zu fünfundneunzig Prozent davon überzeugt, dass Verhaven nicht, wie er selber behauptet, allein im Auto gesessen hat.

Für die weiteren Ereignisse dieses tragischen Freitags gibt es keine Zeugen, aber wir können den Verlauf der Ereignisse doch ohne große Mühe rekonstruieren. Worüber Leopold Verhaven und Marlene Nietsch in Maardam und später auf der Autofahrt gesprochen haben, können wir natürlich nicht wissen, aber wir können doch mit ziemlicher Sicherheit davon ausgehen, dass es um Dinge von sexueller Natur ging. Vielleicht versucht der Angeklagte Frau Nietsch zu etwas zu überreden, zu dem sie durchaus nicht bereit ist, zu dem ihr die passende Stimmung fehlt. Aber wie gesagt, das sind pure Spekulationen, die für die eigentliche Schuldfrage keinerlei Bedeutung haben.

Wie üblich fährt Verhaven die Straße durch Bossingen und Löhr. Das ist zweifellos eine ganz normale Entscheidung, wenn man nach Kaustin will, doch statt dann weiter in Richtung Heimat zu fahren, entscheidet Verhaven sich just an diesem Tag für einen Abstecher nach Wurms, vermutlich biegt er auf der Kreuzung bei der Ortschaft Korrim nach rechts ab. Ungefähr auf halber Höhe zwischen Korrim und Wurms fährt er dann auf einen schmalen, unbefahrenen Weg ab, der in einen Wald führt und dort nach nur hundert Metern endet. Es handelt sich um den Wald, meine Damen und Herren, in dem 1962 der Leichnam von Beatrice Holden gefunden wurde, für deren Tod Leopold Verhaven schuldig gesprochen und zu zwölf Jahren Gefängnis verurteilt wurde.

Verhaven hält bei einem Holzstapel, und dort hat ein Zeuge, der auf der Hauptstraße mit dem Fahrrad unterwegs war, den Wagen einige Minuten nach halb elf gesehen. Verhaven erzwingt sich einen Beischlaf mit Marlene Nietsch und erwürgt sie während dieses Aktes oder unmittelbar danach. Er versteckt ihren Leichnam unter Zweigen und Reisig, wo er vier Tage später vom Waldbesitzer Herrn Nimmerlet dann entdeckt wird. Nach dieser Tat fährt Verhaven sofort nach Hause. Um kurz nach elf wird er in seinem Lieferwagen von einem Nachbarn gesehen. Der Angeklagte hat nicht erklären können, warum er an diesem Morgen für die Fahrt von der Markthalle in Maardam zu seinem Haus in Kaustin mehr als anderthalb Stunden länger gebraucht hat als sonst. Was Frau Nietsch angeht, so haben die Zeugen, die sie im grünen Lieferwagen entdeckt haben, sie als Letzte lebend gesehen, nachdem Elena Klimenska sie mit Verhaven hinter der Markthalle beobachtet hatte. Es kann deshalb keine Zweifel daran geben, dass sie Maardam zusammen mit ihrem Mörder verlassen hat. Der Angeklagte behauptet, sich schon an der Ecke Zwille/Kreugerlaan von ihr getrennt zu haben, und das zeigt nur, dass er tief in seiner verbrecherischen Seele (Sic!, schrieb Kommissar Van Veeteren an den Rand und unterstrich es gleich zweimal) *einsieht, dass darin seine einzige Chance auf Freispruch liegt. Marlene Nietsch war, wie wir gehört haben, an diesem Freitag für 10.15 mit ihrer Freundin Renate Koblenz im Café Rotes Moor am Kreuger Plein verabredet. Doch zu diesem Treffen ist sie nicht erschienen.*

Und zwar, weil sie zu dem Zeitpunkt, als ihre Freundin sie besorgt und erstaunt an dem verabredeten Tisch erwartete, bei ihrem Mörder im Auto saß und Maardam verließ. Und dieser Mörder, Euer Ehren und verehrte Mitglieder der Jury, kann unter keinen Umständen ein anderer gewesen sein als der Angeklagte, Leopold Verhaven.

Wenn wir diese unbestreitbaren Tatsachen für einen Moment bei Seite legen und unsere Aufmerksamkeit auf einige psychologische Fragen richten ...

Verdammt sauberes Puzzlespiel, dachte Van Veeteren und legte die Papiere weg. Beängstigend sauber vielleicht sogar? Was müsste eigentlich nötig gewesen sein, um Verhaven unschuldig zu erklären?

Er stopfte sich einen Zahnstocher zwischen die Vorderzähne seines Unterkiefers und verschränkte die Hände hinter seinem Nacken.

Erstens: Marlene Nietsch musste während dieser Minuten um zehn Uhr ihren wirklichen Mörder getroffen haben. Sie war nie zu Verhaven ins Auto gestiegen, aber natürlich bestand auch die winzige Möglichkeit, dass sie es doch getan hatte und dass er trotzdem unschuldig war ... dass er, wie Staatsanwalt Kiesling betont hatte, einsah, dass die Sache gelaufen wäre, prosaisch gesprochen, wenn er zugäbe, dass sie mit ihm gefahren war.

Aber danach hatte sich ja herausgestellt, dass die Sache ohnehin schon gelaufen gewesen war.

Zweitens: der Mörder musste Marlene Nietsch auf irgendeine Weise von dem geplanten Cafébesuch abgehalten haben.

Ob ein Bündel Geldscheine und ein ganz normaler ehrsamer Wunsch eines Freiers gereicht haben könnten, überlegte Van Veeteren. Auszuschließen war das jedenfalls nicht. Marlene Nietsch war niemals ein braves Engelchen gewesen.

Drittens: mindestens drei Zeugen mussten sich geirrt haben. Oder gelogen. Die Frau, die sie beim Auto gesehen hatten. Der Mann und die Frau, die Frau Nietsch auf dem Beifahrersitz entdeckt haben wollten. Und diese dritte, die keinen Eid ablegen wollte.

Drei oder vier einstimmige Zeugenaussagen? War das nicht schwerwiegend genug? Oder sogar entscheidend?

Nein, dachte Van Veeteren wütend und biss den Zahnstocher durch. Morgens hatte er sich durch über fünfzig Seiten Zeugenaussagen hindurchgequält, nur um feststellen zu müssen, dass es sich um eine selten betrübliche Lektüre handelte. Vor allem hatte der eine Zeuge, ein gewisser Herr Necker, fast schon einen parodistischen Eindruck hinterlassen. Und einen ziemlich faden Nachgeschmack, wenn man Wert auf funktionierende Gerichtsprozeduren legte. Allem Anschein nach war Herr Necker vier Wochen nach Verhavens Verhaftung aufgetaucht, hatte sich aus eigenem Antrieb bei der Polizei gemeldet und behauptet, sich plötzlich an gewisse Beobachtungen betreffend einer Blondine in Verhavens ihm bekannten Trotta erinnert zu haben. Nach und nach hatte er vor Gericht dann Daten, Ortsangaben und Menschen vergessen, und erst, nachdem Staatsanwalt Kiesling ihm jedes Wort in den Mund gelegt hatte, hatte man eine einigermaßen zusammenhängende Geschichte aus ihm herausholen können.

Und dieser Denbourke war wahrlich kein Verteidiger gewesen, wie man sich ihn wünscht, was allerdings nicht gerade eine Neuigkeit war.

Zu allem Überfluss gab es drei Zeugen – und hier hatte der Kommissar sich aus purer reiner Ohnmacht am Bett festhalten müssen –, die behaupteten, Verhavens Auto vor der Markthalle gesehen zu haben, denen dabei jedoch durchaus keine Frau darin aufgefallen war. Welche Rolle diese Aussagen bei der endgültigen Entscheidung gespielt hatten, war ein Rätsel.

Schrecklich, murmelte Van Veeteren und spuckte die Überreste des Zahnstochers auf die Bettdecke. Dass Mort da wirklich mitgemacht hatte? Und Heidelbluum?

Dass die anderen, die Schöffen, diese halbgebildeten Gerichtsdiener, mehr als nur ein Auge zudrücken konnten, wusste er aus bitterer Erfahrung, aber dass der Richter und der Kommissar das hatten durchgehen lassen, war eine düstere Überraschung. Eine schwer verdauliche, ganz einfach. Natürlich war das nicht mehr Morts Angelegenheit gewesen, als die Sache erst vor Gericht angelangt war, aber trotzdem?

Allerdings war er während dieser letzten Jahre wohl nicht mehr ganz er selber gewesen. Das musste die Erklärung sein, und vielleicht war deshalb ein gewisses Verständnis angesagt.

Und Heidelbluum war damals fast siebzig.

Hoffentlich schmeißen sie mich raus, ehe ich so viel von meinem Verstand verliere, dachte er. Aber vielleicht sterbe ich, ehe ich meinen Verstand verliere? Das wäre eine Gnade, um die man wohl durchaus beten könnte.

Aber was war nun mit diesem alten Fall? Am Ende hatte er doch auf der Anklagebank gesessen und sich wie der schuldigste Schuldige aller Zeiten aufgeführt, dieser verdammte Verhaven.

Abgesehen davon, dass er alles abgestritten hatte, natürlich.

Unbegreiflich, entschied Kommissar Van Veeteren. Und nichts verabscheue ich so sehr wie das, was ich nicht begreife.

Er schwang die Beine über die Bettkante und setzte sich auf. Nach einem kurzen Schwindelanfall stand er dann auf dem kalten Boden. Es verschaffte ihm einen gewissen Genuss, dass er sich wieder aus eigener Kraft bewegen konnte. Das ließ sich nicht leugnen.

Auch wenn Gebrechlichkeit und Schwindelanfälle ihm noch immer ziemliche Angst machen. Auch das ließ sich nicht leugnen.

Morgen kann ich auf jeden Fall nach Hause, dachte er, als er die Toilettentür schloss. Und dann würde es doch mit dem Teufel zugehen, wenn ich diese Kiste nicht klären könnte!

Doch als er sich dann auf den kalten Sitz sinken ließ, ging ihm auf, dass es vielleicht nicht ganz so einfach sein würde.

Denn natürlich hatte er schon hier im Krankenhaus alle bekannten Tatsachen überprüft: stapelweise Zeitungsberichte. Gerichtsprotokolle. Bandaufnahmen der Dienstbesprechungen und detaillierte Schilderungen von Münster.

Was konnte er also nach seiner Entlassung sonst noch tun? Eine weitere gute Frage.

30

»Gehen wir doch lieber ins Café«, hatte David Cuppermann geflüstert und ihn durch die Tür gelotst.

Jetzt, wo sie in einer abgelegenen Ecke des nach Bratenfett riechenden Lokals saßen, sah er um einiges ruhiger aus, wie Jung feststellen konnte. Er brauchte auch nicht lange im Unklaren über den Grund zu schweben.

»Wollte meine Frau nicht reinziehen«, erklärte Cuppermann. »Sie ist ein bisschen empfindlich und hat keine Ahnung von diesen Sachen.«

Jung nickte und hielt ihm seine Zigaretten hin.

»Nein, danke. Ich habe aufgehört. Auch das Verdienst meiner Frau«, fügte er hinzu und lächelte, als ob er um Entschuldigung bitten wolle.

Jung gab sich Feuer.

»Sie brauchen sich keine Sorgen zu machen«, sagte er. »Wir stellen nur ein paar Routinefragen. Sie haben vielleicht in der Zeitung gelesen, dass Leopold Verhaven ermordet worden ist?«

»Ja.«

Cuppermann nickte und betrachtete seine Kaffeetasse.

»Sie waren damals in Ulming also einige Zeit mit Beatrice Holden zusammen. Wann genau war das? Gegen Ende der fünfziger Jahre?«

Cuppermann seufzte. Ganz offenkundig, dachte Jung, wenn dieser ängstlich sittsame Mann sich über etwas grämt, dann über diese unglückselige Jugendliebschaft.

»1958«, sagte Cuppermann. »Wir haben uns im Dezember 57 kennen gelernt und sind zwei Monate danach zusammengezogen. Sie war damals schwanger ... ja, und dann haben wir bis zum Februar des folgenden Jahres zusammengewohnt. Es war nicht mein Kind.«

»Nicht?«, sagte Jung und versuchte so überrascht wie möglich zu klingen.

»Wir ... sie bekam im August 58 eine Tochter, Christine, aber die hatte also einen anderen Vater.«

»Wann haben Sie das erfahren?«

»Als Christine fünf Monate alt war. Da kam er zu Besuch, und als er gegangen war, hat sie alles erzählt.«

»O verdammt«, rutschte es Jung heraus. »Verzeihen Sie, aber besonders lustig kann das für Sie doch nicht gewesen sein?«

»Nein«, sagte Cuppermann. »Lustig war das nicht. Ich habe sie am selben Abend verlassen.«

»Am selben Abend?«, wiederholte Jung.

»Ich habe einfach eine Tasche mit dem Nötigsten gepackt. Und mich in den Zug gesetzt.«

Er verstummte. Jung dachte nach. Wohin er wohl gefahren ist, dachte er, hielt das aber nicht für so wichtig.

»Und Ihre Tochter?«, fragte er stattdessen. »Ich meine, Beatrices Tochter. Es muss Ihnen doch schwer gefallen sein, ein Kind zu verlassen, das Sie für Ihr eigenes gehalten hatten?«

Cuppermann gab keine Antwort. Er starrte den Tisch an und biss die Zähne zusammen.

»Hatten Sie denn nie einen Verdacht?«

Er schüttelte den Kopf.

»Nein«, sagte er. »Ich hätte natürlich einen haben sollen. Aber ich war jung und unerfahren ... so war das eben.«

»Haben Sie sie danach noch wiedergesehen?«

»Nein.«

»Und Christine auch nicht?«

»Ich habe sie in Kaustin besucht. Nach dem Mord. Aber nur einmal. Sie war damals vier und wohnte bei ihrer Großmutter ... bei Beatrices Mutter. Sie wollte wohl nichts von mir wissen, die Großmutter, meine ich, und deshalb habe ich es dabei belassen.«

»Ich verstehe«, sagte Jung. »Und der Vater ... der echte Vater, meine ich. Wissen Sie etwas über ihn?«

Cuppermann schüttelte den Kopf.

»Seemann, glaube ich. Hab ihn nie wiedergesehen.«

»Und Beatrice auch nicht, nachdem Sie sie verlassen hatten?«

»Woher soll ich das wissen?«

Nein, dachte Jung, als er sich von David Cuppermann verabschiedet hatte. Wenn es der Polizei in dreißig Jahren nicht gelungen war, Claus Fritze ausfindig zu machen, dann wäre es doch zu viel verlangt, wenn das seinem armen gehörnten Rivalen gelungen sein sollte.

Rooth drückte auf den Klingelknopf und die Tür wurde so rasch aufgestoßen, dass er zurückspringen musste, um nicht davon am Kopf getroffen zu werden. Arnold Jahrens hatte ihn zweifellos schon erwartet.

»Herr Jahrens?«

»Kommen Sie herein.«

Jahrens war groß und kräftig und wirkte mindestens zehn Jahre jünger als seine fünfundsechzig. Oder waren das sechzig? Auch egal, beschloss er und setzte sich auf den ihm zugewiesenen Stuhl am Küchentisch.

»Ja ja«, sagte Jahrens. »Es geht mal wieder um Verhaven, wenn ich das richtig verstanden habe. Und um Frau Holden.«

»Genau«, sagte Rooth. »Sie wissen, was passiert ist?«

»Hab ich in den Zeitungen gelesen«, sagte Jahrens und nickte zu einer Ecke hinüber, wo die Zeitungen offenbar aufgestapelt wurden. Das Neue Blatt und der Telegraaf, wie Rooth feststellen konnte.

»In der Tat«, sagte er. »Ja, wir tappen ein wenig im Dunkeln, wenn ich ehrlich sein soll ... also machen wir ein bisschen Inventur, könnte man sagen. Bei allen, die auf irgendeine Weise mit dem Fall zu tun hatten.«

»Ich verstehe«, sagte Jahrens und schenkte Kaffee ein. »Zucker?«

»Drei Löffel«, sagte Rooth.

»Drei?«

»Habe ich drei gesagt? Ich meinte anderthalb.«

Jahrens lachte.

»Ich habe Zucker genug«, sagte er. »Natürlich kriegen Sie drei Löffel, wenn Sie wollen.«

»Danke«, sagte Rooth. »Also, ich will Ihnen nicht lange zur Last fallen, deshalb sollten wir vielleicht gleich zur Sache kommen. Sie waren also Verhavens Nachbar... wann sind Sie dort übrigens fortgezogen?«

»85«, sagte Jahrens. »Wir hatten keine Kinder, die den Hof übernehmen konnten, und statt uns abzuplacken wollten wir unseren Lebensabend lieber in der Stadt verbringen. Das macht schon einen Unterschied, wissen Sie.«

»Ihre Frau...«, fragte Rooth.

»Ist vor zwei Jahren gestorben.«

»Das tut mir Leid. Aber zur Sache, wie gesagt. Ich möchte Sie bitten, mir zu erzählen, wie dieses Paar auf Sie gewirkt hat, Leopold Verhaven und Beatrice Holden. Sie müssen doch einiges beobachtet haben. Und in der Nacht vor dem Mord war sie doch auch bei Ihnen?«

»Ja, irgendwas merkt man wohl immer«, meinte Jahrens. »Und ja, sie ist zu uns gekommen. Warum wollen Sie das eigentlich wissen? Sie halten ihn doch wohl nicht für unschuldig? Im Telegraaf wurde so etwas ja angedeutet...«

»Wir wissen es nicht«, gab Rooth zu. »Auf jeden Fall hat jemand ihn ermordet. Dafür muss es einen Grund geben, und ehe wir den kennen, müssen wir von allen möglichen vorstellbaren Alternativen ausgehen.«

»Ja ja«, sagte Jahrens und fischte mit dem Löffel ein Plätzchen aus seiner Tasse. »Ja, sie waren immer ein wenig wie

Hund und Katze. Nicht viele von uns waren von dem Ende wirklich überrascht ... von uns im Ort, meine ich. Ich will ja nicht behaupten, wir hätten erwartet, dass er sie umbringen würde, aber besonders nett waren die beiden ja nie zueinander.«

»Das wissen wir inzwischen auch«, sagte Rooth. »Wie war das in der Nacht, als sie bei Ihnen angeklopft hat?«

»Das habe ich nun schon fünfzig Mal erzählt«, sagte Jahrens.

»Aber sicher nicht in letzter Zeit?«, fragte Rooth höflich. »Erzählen Sie es noch einmal, dann ist es fast ein Kartenspiel.«

Wieder lachte Jahrens.

»Na gut«, sagte er dann. »Viel gibt es da nicht zu erzählen. Ich wurde davon geweckt, dass jemand ans Fenster in der Haustür klopfte. Ich zog meine Hose an und ging nach unten, und da stand sie ... sie hätte sich auch aufs Sofa legen können, ohne uns zu wecken, wir haben die Tür nie abgeschlossen. Das war im ganzen Ort so, niemand hat je abgeschlossen. Das ist in der Stadt schon anders, das kann ich Ihnen sagen. Na ja, da stand sie also und klapperte mit den Zähnen und bat darum, bei uns übernachten zu können ... dieser verdammte Idiot Verhaven hatte sie geschlagen, wie sie erzählte, und am nächsten Morgen wollte sie die Polizei verständigen.«

»War sie betrunken?«

»Ziemlich, aber ich habe schon schlimmere Fälle gesehen. Ja, ich fragte natürlich, ob ich sonst etwas für sie tun könnte ... sie war ziemlich übel zugerichtet, hatte ein blaues Auge und so, aber davon wollte sie nichts hören. Sie wollte nur schlafen, sagte sie, und deshalb habe ich ihr das Sofa überlassen. Habe nur eine Decke und ein Kissen für sie geholt. Und ihr ein Glas Wasser hingestellt ... ja, und dann bin ich wieder ins Bett gegangen. Das war kurz nach drei.«

»Hm«, sagte Rooth. »Und das war alles?«

»Sicher«, sagte Jahrens. »Sie erwachte am nächsten Morgen gegen neun, aber als ich sie daran erinnerte, dass sie die Polizei anrufen wollte, wurde sie frech und sagte, ich sollte mich nicht in fremde Angelegenheiten einmischen. Und dann ging sie. Hat nicht mal danke gesagt.«

»Wohlerzogene Dame«, sagte Rooth.

»Sehr«, sagte Jahrens. »Möchten Sie noch Plätzchen? Die Dose ist leer, fällt mir gerade auf.«

»Nein, danke«, sagte Rooth und dachte kurz nach.

»Ich weiß nicht so recht, was ich sonst noch fragen könnte«, sagte er dann. »Fällt Ihnen vielleicht noch etwas ein, das uns weiterhilft?«

Jahrens ließ sich auf seinem Stuhl zurücksinken und starrte zur Decke hoch.

»Nein«, sagte er. »Wirklich nicht.«

»Sie glauben, dass Verhaven sie umgebracht hat?«

»Unbedingt«, sagte Jahrens. »Ich habe an vielem in diesem Leben meine Zweifel, aber nicht daran.«

»Nein, und im Grunde haben Sie vielleicht Recht«, sagte Rooth und erhob sich. »Haben Sie vielen Dank.«

Ohne Zweifel ist man nicht klug, dachte er, als er wieder auf der Straße stand.

Wer, zum Teufel, hatte das denn noch gesagt?

Nach einem weiteren Tag in Kaustin kamen deBries und Moreno so spät ins Kraus, dass sie in der Bar keinen ruhigen Winkel mehr finden konnten. DeBries versuchte in aller Eile den Inhalt seiner Brieftasche zu überschlagen – und verfluchte ein weiteres Mal seine hartnäckige Haltung in der Frage der Plastikkarten –, kam aber zu dem Ergebnis, dass sie im Grunde gar nicht so schlecht bestückt sei.

»Dann setzen wir uns eben ins Restaurant«, entschied er. »Ich darf dich doch wohl zu einem schlichten Stück Fleisch einladen?«

»Alles klar«, sagte Moreno und schaute sich noch einmal

um.»Hier drinnen könnten wir unsere Eindrücke nicht sinken lassen. Aber wenn du mich einlädst, dann lade ich dich ein – unter einer Bedingung.«

Schön, dachte deBries.

»Werden sehen«, sagte er und öffnete die Glastür zur substanzielleren Region.

»Also?«, fragte Moreno, als die Fleischstücke erledigt waren und sie noch eine Flasche und eine Käseplatte bestellt hatten. »Was sagt der Polizeirat zu diesem Tag?«

»Schönes Wetter jedenfalls«, sagte deBries. »Du hast auf jeden Fall Farbe bekommen.«

»Wenigstens etwas«, sagte Moreno und zog ihren Notizblock aus der Handtasche. »Gehen wir die Dinge der Reihe nach durch? Wir sollten auf jeden Fall versuchen, zu einer Art Einschätzung zu gelangen.«

Sie schaute die Namen an:

Uleczka Willmot
Katrina Berenskaya
Maria Hess

»Drei Omas«, sagte deBries. »Mit Stöcken. Tja, ich sehe vielleicht eine Chance von eins zu tausend, aber solange die Alibis nicht überprüft worden sind, können wir wohl keine abschreiben. Aber es ist weit bis Ulmenthal ... diese Besucherin muss den ganzen Tag gebraucht haben.«

»Wenn sie aus Kaustin kam, ja.«

»Ja, wenn.«

»Schwer zu sagen«, sagte deBries.

»Sehr schwer. Eins zu tausend? Ja, das ist sicher so ungefähr das richtige Verhältnis.«

Der Kellner brachte die Käseplatte und deBries schenkte die Gläser wieder voll.

»Aber das Motiv?«, fragte er nach einer Weile. »Kannst

du bei irgendeiner dieser drei Tanten auch nur den Schatten eines Motivs sehen? Und wenn die Sache überhaupt einen Sinn haben soll, dann muss die Besucherin doch die wahre Identität des Mörders gekannt haben. Und mir kommt keine besonders qualifiziert in dieser Hinsicht vor.«

»Ich kapiere auch nicht, warum sie es dann für sich behalten will«, sagte Moreno. »Wenn sie Verhaven wirklich den wahren Mörder genannt hat, dann gibt es doch keinen Grund, aus dem sie das jetzt nicht zugeben mag. Oder vielleicht doch?«

»Weiß der Teufel«, sagte deBries und rieb eine Weintraube an der Tischdecke sauber. »Nein, ich kann hier keinen Sinn entdecken, das wissen die Götter.«

Moreno seufzte.

»Ich auch nicht«, sagte sie. »Das ist alles so vage. Wir wissen nur, dass Verhaven am 5. Juni 1992 Besuch von einer Frau bekam, die sich Anna Schmidt nannte. Wir haben keine Ahnung, wer sie wirklich war oder worüber sie gesprochen haben. Wir setzen ganz schön viel voraus, wenn wir so vorgehen: Zuerst behaupten wir, dass es mit den Morden zu tun hat. Dann erklären wir den Besuch damit, dass sie Verhaven den wirklichen Mörder nennen wollte. Danach stecken wir sie nach Kaustin ... das ist nicht gerade eine starke Argumentationskette.«

»Außerdem«, meldete deBries sich zu Wort, »sind wir nicht einmal hundertprozentig sicher, dass es sich bei dem Toten wirklich um Verhaven handelt. Und wir wissen erst recht nicht, ob er wirklich unschuldig für diese Morde gesessen hat. Nein, wenn wir damit zum Staatsanwalt gehen, lacht der sich garantiert die Hucke voll.«

Moreno nickte.

»Aber das ist ja nicht unser Bier«, sagte deBries dann. »Wir befolgen nur Befehle: Macht euch auf den Weg und sucht alle Frauen mit Stock in diesem Loch. Oder alle Typen mit Zahnklammer in Aarlach. Alle linkshändigen Nutten in Hamburg. Fragt sie, was sie am Tag vor dem Heiligen Abend zwischen drei und vier Uhr gemacht haben, und vor allem – notiert jedes Wort, das sie sagen. Detektivarbeit macht wirklich Spaß, genau davon habe ich geträumt, als ich beschlossen habe, zur Kripo zu gehen.«

»Ich glaube, der Polizeidirektor ist heute Abend ein wenig desillusioniert«, sagte Moreno mit kurzem Lachen.

»Durchaus nicht«, sagte deBries. »Die Assistentin legt meine Beweggründe aufs Falscheste aus. Ich fahre gern nach Spitzbergen und befrage jeden verdammten Pinguin nach seinen Ansichten über den Treibhauseffekt ... wenn ich das in deiner Gesellschaft tun darf. Prost!«

»Prost!«, erwiderte Moreno. »Ich glaube, auf Spitzbergen gibt es gar keine Pinguine. Aber egal, morgen gibt es sicher neue Aufträge, oder nicht?«

DeBries nickte.

»Davon gehe ich aus«, sagte er. »Münster und der Kommissar wollen die Kiste wohl auf eigene Faust an Land bringen. Aber leicht wird das sicher nicht, fürchte ich.«

»Vermutlich nicht. Was glaubst du eigentlich? Werden die das überhaupt klären können?«

DeBries dachte eine Weile nach.

»Keine Ahnung«, sagte er dann. »Seltsamerweise habe ich das Gefühl, dass sie das so nach und nach schaffen werden. VV wird doch bei seiner Entlassung bestimmt in seiner brutalsten Bluthundstimmung sein. Er ist im Moment gar nicht pflegeleicht, sagt Münster.«

»Ist er das denn je?«

»Nein«, seufzte deBries. »Da hast du natürlich Recht. Wie gut, dass man wenigstens nicht mit ihm verheiratet ist.«

»Was willst du damit sagen?«

»Gar nichts«, sagte deBries.

Moreno schaute auf die Uhr.

»Apropos verheiratet, wir sollten vielleicht die Tafel aufheben.«

»Das sollten wir wohl«, sagte deBries. »Danke für den schönen Tag. Wir haben offenbar keinen Wein mehr... sonst würde ich gern auf dein Wohl trinken.«

»Das hast du schon zweimal gemacht«, sagte Moreno. »Das reicht. Endlose Mengen an Schmeicheleien mag ich auch nicht hören.«

»Das gilt auch für mich«, sagte deBries. »Jetzt gehen wir nach Hause.«

31

Auf den ersten Blick, in der ersten Zehntelsekunde, nachdem er die Tür geöffnet hatte, erkannte er nichts wieder. Der Gedanke, dass es ihm gelungen war, alles während seiner zwölftägigen Abwesenheit zu vermissen, jagte ihm durch den Kopf, aber dann sah er, dass er es hier noch immer mit denselben alten Zimmern zu tun hatte. Vielleicht hatte die grelle Nachmittagssonne, die schräg durch das schmutzige Fenster fiel, ihn verwirrt. Die gesamte Wand hinter dem Schreibtisch mit ihren Bücherregalen und Aktenschränken war in überreiches, blendendes Sonnenlicht getaucht. Der Staub wirbelte auf. Es war heiß wie in einem Backofen.

Er öffnete das Fenster. Ließ das Rollo herunter und konnte den Frühling zumindest halbwegs aussperren. Als er sich umsah, konnte er feststellen, dass die Veränderungen durchaus nicht so durchgreifend waren, wie es ihm auf den ersten Blick erschienen war.

Genau gerechnet handelte es sich um drei.

Zum Ersten hatte jemand seinen Schreibtisch aufgeräumt. Hatte alle Papiere aufgestapelt, statt sie in Schmetterlingsform auszulegen. Eigentlich war das keine dumme Idee, das sah er sofort. Seltsam, dass ihm das noch nie aufgefallen war.

Zweitens hatte jemand neben das Telefon eine Vase mit

gelben und lila Blumen gestellt. Man merkt doch, dass man eine überaus beliebte und geschätzte Person ist, dachte Van Veeteren. Hart aber gerecht unter der groben Schale.

Drittens und zuletzt hatte er einen neuen Schreibtischsessel bekommen. Einen blaugrauen; er glaubte, diesen Farbton von einem Umhang her zu kennen, den Renate sich einmal während eines katastrophalen Urlaubs in Frankreich gekauft hatte. Provenzalischblau, wenn er sich richtig erinnerte, aber das spielte natürlich keine Rolle. Der Sessel hatte immerhin weiche Armlehnen, einen geschwungenen Rücken und eine Nackenstütze und erinnerte vage an die Sitze in den Abteilen erster Klasse in der Bahn in irgendeinem Nachbarland, er wusste nicht mehr, in welchem.

Vorsichtig nahm er Platz. Der Sitz war so weich wie die Armlehnen. Die Rückenlehne war gefedert und unter dem Sitz gab es allerlei Rädchen und Hebel, mit deren Hilfe er alle möglichen Funktionen einstellen konnte – Sitztiefe, Beugung, Nackenwinkel, Federungskoeffizienten und noch vieles andere. Auf der Schreibunterlage vor ihm lag eine bunte Broschüre mit genauen Instruktionen in acht Sprachen.

Du meine Güte, dachte Van Veeteren und begann vorsichtig, nach Anleitung der Broschüre an den Hebeln herumzuschalten. Hier werde ich gut schlafen können, während ich auf meine Pensionierung warte.

Zwanzig Minuten später war er so weit und hatte sich gerade in die Überlegung vertieft, wie er sich auf einfachste und raschste Weise ein Bier besorgen könnte, als jemand vom Empfang anrief und Damenbesuch für ihn meldete.

»Schickt sie rauf«, befahl Van Veeteren. »Ich hole sie am Fahrstuhl ab.«

Es war ja immerhin Samstag und das Gebäude fast menschenleer. Er wollte lieber nicht den Fehler wiederholen, den Reinhart vor einigen Jahren begangen hatte, damals hatte sich ein möglicher Zinker mit schlechtem Orientierungssinn auf einem Sofa im Dienstraum des Polizeichefs schlafen gelegt. Hiller hatte ihn selbst am frühen Montagmorgen gefunden und nicht einmal Reinharts vorsichtiger Hinweis auf die Tatsache, dass es durchaus möglich sei mit Hilfe eines so genannten Schlüssels Türen abzuschließen, hatte ihren Vorgesetzten milder stimmen können.

»Sie heißen Elena Klimenska?«, fragte Van Veeteren, als die Frau im Besuchersessel Platz genommen hatte.

Es handelte sich auf jeden Fall um eine ziemlich elegante Frau. Irgendwo zwischen fünfzig und fünfundfünfzig, mit dunkel gefärbten Haaren und markanten Zügen, diskret unterstützt von dezentem Make-up und einem exquisiten Parfüm. Soweit er das beurteilen konnte, wenigstens.

»Ich bin Kommissar Van Veeteren«, eröffnete er das Gespräch. »Wie ich Ihnen schon erklärt habe, geht es um Ihre Aussage beim Prozess gegen Leopold Verhaven hier in Maardam im November 1981.«

»Das ist mir bewusst«, sagte seine Besucherin und faltete über ihrer schwarzen Lackhandtasche die Hände.

»Können Sie mir erzählen, worum es bei Ihrer Aussage damals ging?«

»Ich ... ich verstehe das nicht so richtig.«

Sie zögerte. Van Veeteren zog einen Zahnstocher aus der Brusttasche und musterte ihn genau, während er vorsichtig die Rückwärtsfederung des Sessels ausprobierte.

Nicht schlecht, dachte er. Das ist bestimmt der perfekte Verhörsessel.

Obwohl das Opfer natürlich auf einem dreibeinigen Schemel sitzen müsste. Oder auf einer Mehlkiste.

»Also?«, fragte er.

»Meine Aussage? Ach, ich war doch einfach vorbeigekommen und hatte sie gesehen ... hinter der Markthalle.«

»Wen denn?«

»Ihn und sie, natürlich. Verhaven und diese Frau, die er ermordet hat ... Marlene Nietsch.«

»Wo sind Sie vorbeigekommen?«
»Verzeihung?«
»Sie sagen, Sie seien vorbeigekommen. Ich möchte wissen, wo Sie sich befanden, als Sie sie gesehen haben.«
Sie räusperte sich.
»Ich ging über den Bürgersteig an der Zwille entlang. Ich habe sie ein Stück entfernt im Kreugerlaan gesehen...«
»Woher wussten Sie, dass es diese beiden waren?«
»Ich habe sie natürlich erkannt.«
»Vorher oder nachher?«
»Wie meinen Sie das?«
»Wussten Sie, dass es sich um Leopold Verhaven und Marlene Nietsch handelte, als Sie sie gesehen haben, oder ist Ihnen das erst später aufgegangen?«
»Später erst, natürlich.«
»Sie kannten die beiden also nicht?«
»Nein, gar nicht.«
»Wie weit waren Sie von den beiden entfernt?«
»Achtzehn Meter.«
»Achtzehn Meter?«
»Ja, achtzehn.«
»Woher wissen Sie das?«
»Die Polizei hat die Entfernung ausgemessen.«
»Wie waren die beiden gekleidet?«
»Er trug ein blaues Hemd und Jeans. Sie eine braune Jacke und ein schwarzes Kleid.«
»Keine besonders Aufsehen erregende Kleidung.«
»Nein. Warum hätte sie Aufsehen erregend sein sollen?«
»Weil es leichter ist, Leute wiederzuerkennen, wenn es auffällige Details gibt. Gab es solche Details?«
»Nein, ich glaube nicht.«
»Wie sind Sie mit der Justiz in Kontakt gekommen?«
»In den Zeitungen wurde zur Mitarbeit aufgerufen.«
»Ach. Und Sie haben sich gemeldet?«
»Das hielt ich für meine Pflicht.«

»Wie viel Zeit war inzwischen vergangen ... ungefähr, meine ich?«
»Ein Monat ... oder höchstens anderthalb.«
Van Veeteren brach den Zahnstocher ab.
»Sie glauben also, sich an zwei Menschen erinnern zu können, die neben einem Auto standen und miteinander redeten ... nach sechs Wochen?«
»Ja.«
»An Ihnen unbekannte Menschen?«
»Natürlich.«
»Hatten Sie einen besonderen Grund, sich diese beiden zu merken?«
»Na ja ... nein.«
»Wie spät war es?«
»Verzeihung?«
»Um welche Uhrzeit sind Sie durch die Zwille gegangen und haben die beiden gesehen?«
»So gegen sieben bis acht Minuten vor zehn.«
»Woher wissen Sie das?«
»Doch, das war die Uhrzeit. Was ist daran so seltsam?«
»Haben Sie damals auf die Uhr geschaut?«
»Nein.«
»Wohin waren Sie eigentlich unterwegs? Hatten Sie einen Termin oder so etwas?«
»Ich war einkaufen.«
»Ich verstehe.«
Er legte eine Pause ein und ließ sich im Sessel so weit zurücksinken, dass seine Füße vom Boden abhoben. Für einen Moment kam er sich fast schwerelos vor.

Gibt es denn keinen Hebel, der mich in die Atmosphäre zurückbringt, dachte er verwirrt, aber bald hatte er die Kontrolle über sein Fahrzeug zurückgewonnen.

»Frau Klimenska«, sagte er, als er wieder Kontakt zu Schreibtisch und Boden hatte. »Erklären Sie mir das doch ... so langsam und klar verständlich, wie Sie nur können.

Ich bin manchmal ein wenig begriffsstutzig. Ein Mensch ist auf Grund Ihrer Aussage wegen Mordes verurteilt worden. Er hat zwölf Jahre im Gefängnis gesessen. Zwölf Jahre! Wenn Sie sich nicht gemeldet hätten, dann hätte er sehr gut freigesprochen werden können. Sagen Sie mir jetzt, wie, zum Teufel, Sie so sicher sein können, dass Sie am Freitag, dem 11. September 1981 um siebeneinhalb Minuten vor zehn Leopold Verhaven und Marlene Nietsch ins Gespräch vertieft im Kreugerlaan gesehen haben. Wie?«

Elena Klimenska setzte sich gerade und erwiderte seinen Blick, ohne auch nur für einen Millimeter auszuweichen.

»Weil ich sie gesehen habe«, sagte sie. »Was den Zeitpunkt angeht, so ist es doch der einzig Mögliche. Er ist um zehn losgefahren, und um zwölf vor standen sie an der Ecke.«

»Sie haben Sie also nicht an der Ecke stehen sehen?«

»Natürlich nicht.«

»Bravo, Frau Klimenska. Sie wissen das ja alles ganz genau, das muss ich sagen. Aber es ist ja auch erst dreizehn Jahre her.«

»Wie meinen Sie das?«

»Haben Staatsanwalt oder Polizei Ihnen bei der Uhrzeit geholfen?«

»Beide natürlich. Weshalb ...«

»Danke«, fiel Van Veeteren ihr ins Wort. »Das reicht. Nur noch eine Frage. Gab es noch andere Zeugen, die Ihre Aussage bestätigen konnten?«

»Ich verstehe nicht.«

»Jemanden, den Sie gerade verlassen hatten, zum Beispiel ... oder dem sie um fünf vor zehn über den Weg gelaufen sind, vielleicht?«

»Nein. Wozu hätte das auch gut sein sollen?«

Van Veeteren gab keine Antwort. Er trommelte leise mit den Fingern auf der Tischkante herum und schaute durch einen Spalt im Rollo hinaus auf den Sonnenschein über der heißen Stadt. Elena Klimenska strich eine Falte in ihrer graubeigen Kleidung gerade, verzog aber keine Miene.

»Können Sie nachts gut schlafen, Frau Klimenska?«

Sie kniff den Mund zu einem dünnen Strich zusammen. Er konnte ihr ansehen, dass sie jetzt genug hatte. Dass sie wohl nicht bereit sein würde, sich weiteren Fragen oder Andeutungen zu stellen.

»Ich frage nur aus purer Neugier«, sagte er. »Es gehört ja doch zu meiner Arbeit, bisweilen auch den Psychologen zu spielen. Wenn ich zum Beispiel durch eine vollkommen unbegründete und zusammengeschusterte Aussage einen Menschen für zwölf Jahre hätte einsperren lassen, dann würde ich mich wirklich nicht ganz wohl in meiner Haut fühlen. Sie wissen doch, das Gewissen und überhaupt...«

Seine Besucherin erhob sich.

»Jetzt habe ich genug von Ihren...«

»Aber Sie hatten vielleicht einen besonderen Grund?«

»Was zum...«

»Ihn ins Gefängnis zu bringen, meine ich. Das würde alles erklären.«

»Leben Sie wohl, Kommissar. Sie können sich darauf verlassen, dass der Polizeichef von diesem Vorfall hören wird.«

Sie machte auf dem Absatz kehrt und schaffte drei Schritte in Richtung Tür. Van Veeteren sprang auf.

»Scheißkuh«, fauchte er.

Sie erstarrte.

»Was haben Sie gesagt?«

»Ich wollte Ihnen nur einen schönen Samstagnachmittag wünschen. Finden Sie selber den Weg oder soll ich Sie begleiten?«

Zwei Sekunden darauf war er wieder allein, aber er konnte ihre wütenden Absätze auf dem ganzen Weg zum Fahrstuhl hören.

Ja, ja, dachte er und zog am Schwerelosigkeitshebel. So sollten wir sie anfassen.

32

»Ich weiß«, sagte Synn. »Du brauchst dich nicht zu entschuldigen.«

»Im Krankenhaus hat er jedes Wort über diesen verdammten Fall gelesen«, sagte Münster. »Er musste sich das einfach selber anschauen, und Auto fahren darf er noch nicht wieder.«

»Ich weiß«, wiederholte Synn. Sie blätterte in der Zeitung und blies auf ihren Kaffee. Es war erst halb acht, aber die Jungen waren schon lange vor sieben erwacht und kümmerten sich nicht um Sommer und Sonntag... es war ein Morgen mit sanftem Wind und Kirschenblüten und lautem Vogelzwitschern, das durch die halb offenen Balkontüren hereindrang und sich mit Mariekes Kichern im Kinderzimmer und Barts ewigem Monolog über Drachen und Monster und Fußballspieler mischte.

Er erhob sich und trat hinter seine Frau. Streichelte ihren Nacken. Schob die Hand in ihren Morgenrock und umschloss vorsichtig ihre Brust, und plötzlich überkam ihn der Schmerz, die kalte Furcht und das Wissen, dass er diesen Moment verlieren würde. Diese Sekunde absoluten und vollkommenen Glücks – eine von den zehn oder zwölf, die ein ganzes Leben ausmachten und ihm vielleicht seinen Sinn gaben...

Das glaubte er zumindest. Wenn du zwölf gute Erinnerungen hast, hatte Onkel Arndt einmal erklärt, als Münster auf seinem Knie gesessen hatte, dann warst du ein glücklicher Mensch. Aber zwölf ist schon ganz schön hoch gegriffen, du solltest also bald mit Sammeln anfangen.

Vielleicht spürte sie seine Unruhe, denn sie legte ihre Hand auf seine und drückte sie fester gegen ihre Brust.

»Schön«, sagte sie. »Ich mag deine Hände. Wir schaffen doch auf jeden Fall einen Nachmittagsausflug? Zum Lauerndamm oder so? Eine Runde Liebe unter freiem Himmel wäre doch nett, es ist schon eine Weile her ... oder was sagst du, mein Geliebter?«

Er schluckte sein Entzücken hinunter.

»Jederzeit, meine Geliebte«, erwiderte er. »Ich bin bis eins zurück. Mach dich also bereit.«

»Bereit?« Sie lachte. »Ich bin jetzt schon bereit, wenn du willst.«

»Verdammt«, sagte Münster. »Wenn die Kinder und der Kommissar nicht wären, dann ...«

Sie ließ seine Hand los.

»Vielleicht sollten wir ihn zum Kinderhüten herbitten?«

»Hrm«, sagte Münster. »Ich bin nicht sicher, ob das wirklich eine gute Idee wäre.«

»Na gut«, sagte Synn und zog ihren Morgenrock fester zusammen. »Dann müssen wir bis heute Nachmittag durchhalten.«

Der Kommissar wartete schon vor dem Haus, als Münster vor Klagenburg 4 anhielt. Van Veeterens unterdrückte Erregung war nicht zu übersehen, und als er sich auf den Beifahrersitz sinken ließ, fischte er sofort zwei Zahnstocher hervor, die er dann energisch von einem Mundwinkel in den anderen wandern ließ. Münster wusste, dass das hier einer der häufigen Momente war, in dem jegliche Konversation wenn nicht verboten, so doch auf jeden Fall sinnlos war.

Er schaltete das Radio ein, und während sie durch die sonntäglich leeren Straßen fuhren, konnten sie sich die Acht-Uhr-Nachrichten anhören, die sich vor allem um die Lage auf dem Balkan und die neuen, altvertrauten Naziaufmärsche in Ostdeutschland drehten.

Und dann folgte der Wetterbericht, der einen strahlendschönen Tag mit klarem Himmel und Temperaturen bis zu 25 Grad verhieß.

Münster seufzte vorsichtig und dachte, wenn seine Frau neben ihm gesessen hätte, statt eines frisch operierten Kriminalkommissars von siebenundfünfzig Jahren, dann hätte er in diesem Moment vermutlich seine Hand auf ihren sonnenwarmen Oberschenkel gelegt.

Aber egal – früher oder später musste es doch sogar an diesem Tag ein Uhr werden.

Sie hielten vor der überwucherten Öffnung in der Fliederhecke. Münster drehte den Motor aus und öffnete den Sicherheitsgurt.

»Nein, sitzen bleiben«, protestierte Van Veeteren und schüttelte den Kopf. »Ich will nicht, dass du in meinem Nacken herumkeuchst. Hier sind eine Prise Einsamkeit und Nachdenken angesagt. Lass mich in Ruhe und erwarte mich in einer Stunde unten bei der Kirche.«

Er fing an, sich aus dem Auto herauszuquälen. Die Operationsnarbe schien ihn noch sehr zu behindern; er musste sich mit beiden Händen am Dach festhalten und sich mit den Armen hochziehen, statt die Bauchmuskeln einzusetzen. Münster lief um das Auto herum, doch der Kommissar wies alle Hilfsversuche energisch zurück.

»In einer Stunde«, wiederholte er und schaute auf die Uhr. »Ich gehe zu Fuß, der Weg fällt ja in die richtige Richtung ab.«

»Wäre es nicht besser, wenn ich ...«, begann Münster zaghaft, aber der Kommissar fiel ihm gereizt ins Wort.

»Hör mit dem Gehätschel auf, Polizeirat. Davon habe ich wirklich genug, wenn ich um halb elf noch nicht bei der Kirche bin, dann kannst du hier hochfahren und nachsehen.«

»Na gut«, sagte Münster. »Aber sei vorsichtig.«

»Hau ab«, sagte Van Veeteren. »Übrigens, ist die Tür offen?«

»Der Schlüssel hängt an einem Nagel unter der Regenrinne«, teilte Münster mit. »Rechts.«

»Danke«, sagte der Kommissar.

Münster stieg wieder ins Auto, schaffte es, auf dem

schmalen Weg zu wenden und fuhr durch den Wald zum Ort hinunter.

Das ist schon seltsam, dachte er. Wir haben sicher hundert Stunden an diesem Ort verbracht. Aber es würde mich nicht besonders wundern, wenn wir dabei etwas übersehen hätten.

Es würde mich überhaupt nicht wundern.

Van Veeteren blieb neben dem Weg stehen, bis Münsters weißer Audi zwischen den Bäumen verschwunden war. Dann kletterte er durch die Hecke und nahm den Großen Schatten in Besitz.

Hier herrschte der Verfall. Er schob sich einen Zahnstocher in den Mund und schaute sich um. Umrundete das Wohnhaus, musste aber auf halbem Wege kehrtmachen, da ihm dort die Brennnesseln bis zu den Achselhöhlen reichten. Scheiß drauf, dachte er. Es war trotzdem nicht schwer, sich ein Bild davon zu machen, wie sie früher einmal ausgesehen haben musste ... diese Siedlerstelle, die vermutlich um die Mitte des vergangenen Jahrhunderts urbar gemacht worden war ... unter Pflug und Egge genommen, unter menschliche Pflege und mühsames Streben. Und die Mutter Natur jetzt schon weitgehend wiedererobert hatte; Espe und Birke hatten sich zwischen den Obstbäumen breit gemacht; Mauern, Keller und Schuppen waren überwuchert und von Moos bewachsen, und der große Stall, der sicher die berüchtigte Hühnerzucht beherbergt hatte, würde wohl kaum noch viele Winter überstehen. Er konnte sehr deutlich die Grenze erkennen ... die Grenze für das, was nicht noch einmal aus dem Zugriff der Natur befreit werden konnte.

Auf jeden Fall nicht von einem einsamen armseligen Knastbruder.

Großer Schatten?

Ein reichlich prophetischer Name, wie man feststellen konnte, da man das Fazit in der Hand hielt. Er fand den

Schlüssel und konnte die Tür nach einiger Mühe dann auch öffnen. Musste gewaltig den Kopf einziehen, um nicht gegen den Türrahmen zu stoßen, und die Decke im Haus war auch so niedrig, dass er nur ganz haarscharf aufrecht darunter stehen konnte. Ihm fiel ein, dass er vor einigen Monaten in der Zeitung gelesen hatte, dass die durchschnittliche Größe der Menschen während des vergangenen Jahrhunderts um einiges gestiegen war. Seine eigenen 185 Zentimeter wären vermutlich als pure Abnormität erschienen, damals, als die ersten Siedler diese Rodung in Besitz genommen hatten.

Zwei Zimmer und eine Küche im Erdgeschoss. Eine schmale, knarrende Treppe, die von der einen Quadratmeter großen Diele zu einer Mansarde führte, die gefüllt war mit alten Zeitungen, Kisten, ausrangierten Möbeln und anderem Schrott. Der schwache Geruch von Ruß und sonnenwarmem Staub hing unter den Dachsparren. Er nieste zweimal. Ging wieder in die Küche hinunter. Betastete den großen eisernen Herd, als rechne er damit, dass der noch warm wäre. Betrachtete die schlechten Reproduktionen der fast ebenso schlechten Originallandschaften, die über dem Sofa hingen. Ging ins Wohnzimmer. Zwei zerbrochene Fensterscheiben. Ein Büfett. Ein Tisch mit vier ungleichen Stühlen. Ein Sofa und ein Fernseher im klassischen Format der fünfziger Jahre. Ein baufälliges Bücherregal mit anderthalb Metern Bücher, die meisten billige Krimis und Abenteuerromane. Rechts neben dem offenen Kamin hingen ein Spiegel und ein gerahmtes Schwarz-weiß-Foto eines Läufers, der über die Ziellinie rennt und das Gesicht verzerrt, fast schon leidend sieht er aus. Zuerst hielt er diesen Mann für Verhaven selber, doch als er sich das Bild genauer ansah, sah er den Namenszug und erkannte ihn dann auch: Emil Zatopek. Die tschechische Lokomotive. Den Selbstquäler. Den Bezwinger der Schmerzgrenze.

War das Verhavens Ideal gewesen?

Oder war es einfach ein Zeichen der Zeit? Zatopek war

der Läuferkönig der fünfziger Jahre gewesen, wenn Van Veeteren das nicht falsch in Erinnerung hatte. Oder einer von den Königen zumindest.

Er verließ das Wohnzimmer. Überschritt die Schwelle zum Schlafzimmer und blieb vor dem Doppelbett stehen, das trotz seiner ziemlich züchtigen Maße fast den ganzen Raum einnahm.

Wieso eigentlich Doppelbett? Aber natürlich hatte Verhaven ab und zu Frauen gehabt. Vermutlich waren sie nicht alle ermordet worden. Oder vielleicht doch?

»Hast du dich hier hingelegt?«, murmelte Van Veeteren und suchte nach einem neuen Zahnstocher. »Konntest du eine Nacht in Freiheit schlafen oder hat er dir nicht einmal das gegönnt?«

Er verließ das Schlafzimmer.

Was, zum Teufel, mache ich eigentlich hier, dachte er plötzlich. Was bilde ich mir eigentlich ein, was das helfen soll, dass ich hier herumschnüffele ... und selbst, wenn mir das endlich eine Vorstellung davon gibt, wer Verhaven wirklich war, dann bringt mich das doch wohl keinen Zentimeter näher an die Antwort heran?

An die Antwort auf die Frage, wer ihn ermordet hat, nämlich.

Müdigkeit überkam ihn und er setzte sich an den Küchentisch. Er schloss die Augen und betrachtete das gelbe Flimmern, das von rechts nach links an ihm vorbeizog. Immer von rechts nach links, er hätte gern gewusst, was die Ursache sein könnte. Er war vor diesen Schwächeanfällen gewarnt worden, aber er hatte sich nicht klargemacht, dass ihm dabei fast die Knie nachgeben könnten, weil sie so stark waren.

Er stützte den Kopf in die Hände. Man muss auf alle wichtigen Gedanken scheißen, wenn der Körper nicht so richtig will, sagte Reinhart oft. Dann macht man besser ganz und gar dicht, denn sonst kommt nur Dreck dabei heraus.

Ungewöhnlich scheußliche Wachstuchdecke, stellte er deshalb fest, als er die Augen wieder öffnete. Aber auch irgendwie vertraut. Hatte Tante K. nicht so eine, in den Sommern zu Beginn der Fünfziger?

Draußen in dem sonnenheißen Bootshaus, wo man die Wellen unter den Bodenbrettern schlagen hören konnte? Ziemlich weit vom Großen Schatten entfernt, im Raum wie in der Zeit, aber vermutlich hatte damals irgendwann Verhaven seinen Vater in Kaustin verlassen, um sich auf eigene Füße zu stellen.

Vor vierzig Jahren oder so ungefähr.

Und danach war es so gekommen, wie es eben gekommen war.

Das Leben, dachte Van Veeteren. Was für eine verdammt willkürliche Geschichte.

Oder war es das nicht? Wie sah es mit Mustern und Linien aus?

Und mit der Determinante?

Münster stützte sich auf den alten Grabstein und schaute auf die Uhr.

Zehn nach zehn. Eine innere Stimme forderte ihn immer wieder dazu auf, sich ins Auto zu setzen und sofort zum Großen Schatten hochzufahren. Der Kommissar war seit über einer Stunde dort oben allein, frisch operiert, schwach und in schlechter Form; und deshalb war es unverantwortlich, nicht ein wachsames Auge auf ihn zu halten.

Aber es gab auch noch andere Stimmen. Van Veeteren hatte zwar nur eine Stunde in einsamer Majestät gefordert, aber andererseits hatte er die Grenze auf halb elf festgesetzt. Münster konnte entweder zu früh oder zu spät kommen. Ein schwerer Entschluss zweifellos, aber wenn er sich nun nach der späteren Zeitangabe richtete, dann würde er immerhin nicht angepöbelt werden, weil er die heilige Gedankenarbeit des Kommissars störte. Sollte sich jedoch herausstellen, dass Van Veeteren wirklich dort oben irgendwo hilflos herumlag, dann wäre das natürlich schlimm ... aber lieber als rettender Engel auftauchen denn als unwillkommener und verfrühter Eindringling.

Dachte Polizeirat Münster und schloss die Augen. Aus der Kirche war das eintönige dumpfe Psalmodieren der sonntäglichen Predigt zu hören. Er hatte die ganze Herde – an die zwanzig fromme Seelen – nacheinander über den frisch geharkten Kiesweg zum Tor schlendern sehen, wo der Hirte sie persönlich mit Handschlag und salbungsvollem Lächeln empfangen hatte. Münster hatte diskret versucht, sich im Hintergrund zu halten, aber natürlich hatte der Geistliche ihn entdeckt und seinen gebieterischen und rufenden Blick in ihn gebohrt. Wer war er, dass er vor dem Tempeltor herumlungerte?

Aber er hatte standgehalten. Die übrigen Lämmer waren brav und langsam hineingezogen. Der Hirte als Letzter. Die Glocken läuteten zehnmal, ein Schwarm ihrer Behausung verwiesener Tauben verließ den Glockenturm, und der Gottesdienst nahm seinen Lauf.

Ungewöhnlich hohes Durchschnittsalter, hatte Münster festgestellt, nachdem die Tür geschlossen worden war. Er wusste auch, dass diese treuen Seelen ihre Beziehung zur Kirche innerhalb der nächsten zehn oder höchstens fünfzehn Jahre auf Dauer zementieren würden. Indem sie sich auf dem Friedhof zur letzten Ruhe betteten, natürlich.

Oder sich wohl eher betten lassen würden.

Und an einem solchen Tag hätte er sie fast ein wenig beneiden können. Jedenfalls nahm er an dieser gepflegten Beisetzungsstätte zumindest etwas von Ruhe Erfülltes und Verklärtes wahr, hier bei der uralten Steinkirche mit dem frisch gedeckten profanen roten Ziegeldach und der schwarzlackierten Turmspitze. Hier gab es offenbar keinen strengen, strafenden Gott. Keine Posaunen des Jüngsten Gerichts. Keine ewige und unwiderrufliche Verdammnis.

Nur Güte, Versöhnung und Vergebung der Sünden.
Gnade?
Doch dann tauchte Synn auf und unterbrach (oder vervollständigte?) seine frommen Gedanken. Das Bild ihres nackten Leibes, wie sie zusammengerollt und auf der Seite in einem sommerwarmen Bett lag... die Knie angezogen und die dunklen Haare wie einen Fächer über Kissen und Schultern gebreitet; dieses Bild erfüllte ihn mit einer anderen Art von Zärtlichkeit, mit demselben wehrlosen Glücksgefühl wie am Küchentisch vor einigen Stunden vielleicht. Mit derselben absoluten und bedingungslosen Liebe. Und schon bald erinnerte er sich natürlich an ihren Plan, sich in Gottes freier Natur zu lieben... wenn sie nur die Kinder weit genug wegschicken könnten, wäre das sicher nicht unmöglich. Sie hatten es doch auch früher schon geschafft, und bald war ihm auch wieder die ein oder andere Liebesstunde eingefallen... wie sie sich im vergangenen Sommer im Ruderboot draußen auf dem Weimaar geliebt hatten. Mitten auf dem See, mit nur dem Himmel und den Möwen als Zeugen... und ein anderes Mal, an einem frühen Morgen hoch oben auf einem griechischen Berg mit meilenweiter Aussicht auf ein tiefblaues Mittelmeer. Ganz zu schweigen vom Strand bei der Laguna Monda – sogar noch vor Barts Geburt, bei einem der allerersten Male sogar... sie hatten in der warmen dichten Dunkelheit gelegen, der Wind aus dem Hochland war wie eine Liebkosung über ihren Leib gestrichen, über ihre unbeschreiblich weiche Haut und ihr...

Ein plötzlicher Orgelstoß ließ ihn zusammenzucken. Vermutlich sollte damit irgendein schlummerndes Lamm der Herde geweckt werden. Er öffnete die Augen und schüttelte den Kopf. Ein Choral wurde angestimmt, angeführt von der durch ein Mikrofon verstärkten Stimme des Pastors strömte der Gesang durch die geöffneten Fenster und stieg ungestört durch das Laubwerk auf in die himmlischen Sphären ... um entgegengenommen und genossen zu werden, konnte man wohl annehmen, von dem jenseitigen Adressaten, für den es schließlich ganz klar und vorbehaltlos bestimmt war.

Halleluja, dachte Münster und gähnte.

Er richtete sich vor dem Grabstein auf und schaute auf die Uhr.

Drei Minuten vor halb elf. Es war höchste Zeit. Er machte sich auf den Weg. Überquerte das Gräberfeld und sprang über die Mauer, vor der sein Auto stand. Als er die Tür öffnete und einsteigen wollte, entdeckte er den Kommissar. Der bog gerade um die Friedhofsecke, eine Furcht erregende Erscheinung, die ihr Hemd bis zum Nabel aufgeknöpft und sich ein rot kariertes Taschentuch über den Schädel gebunden hatte. Unter den Armen waren Schweißringe zu sehen, die Gesichtsfarbe sah beunruhigend hitzig aus, aber mitten im ganzen Elend war auch ein Ausdruck der Befriedigung zu bemerken. Eine Art unterdrückte zufriedene Grimasse, die kaum misszuverstehen war. Auf jeden Fall nicht für jemanden, der schon so lange dabei war wie Münster.

»Ach was«, sagte der. »Ich wollte gerade losfahren. Wie war's?«

»Auf jeden Fall«, sagte der Kommissar und nahm das Taschentuch ab. »Verdammt heiß.«

»Das hat ja seine Zeit gedauert«, sagte Münster kühn. »War da oben in dem ganzen Schrott wirklich noch so viel zu sehen?«

Van Veeteren zuckte mit den Schultern.

»So dies und das«, sagte er. »Und auf dem Weg hierher habe ich auch mit den Nachbarn geredet. Bei Czermaks gab's sogar ein Bier. Ja, ja.«

Er strich sich über die Stirn. Münster wartete, aber es kam nicht mehr.

»Und ist etwas dabei herausgekommen?«, fragte er schließlich.

»Hm«, sagte Van Veeteren. »Glaub schon. Fahren wir?«
Wie immer, dachte Münster und setzte sich hinter das Lenkrad. Genau wie immer.

»Und was ist dabei herausgekommen?«, präzisierte er, als sie losgefahren waren und der Windzug durch das offene Seitenfenster die normale Gesichtsfarbe des Kommissars wiederherstellte.

»Ich habe eine Idee, wer es gewesen sein kann«, sagte Van Veeteren. »Eine Idee, merk dir das, Polizeidirektor, ich behaupte nicht, irgendetwas zu wissen.«

»Und wer?«, fragte Münster, aber er wusste natürlich, dass er keine Antwort erhalten würde.

Statt zu antworten ließ der Kommissar sich auf dem Sitz zurücksinken, schob den Ellbogen aus dem Fenster und pfiff eine Arie aus »Carmen«.

Münster drückte aufs Gaspedal und schaltete das Radio ein.

IX

11. August 1981

33

Zumindest könnte niemand behaupten, sie sei nicht früh genug gekommen.

Schon um halb neun drehte sie ihre Runden um die Markthalle; und dabei war er normalerweise vor Viertel nach nie fertig, manchmal wurde es auch halb zehn, aber besser war es natürlich, ein wenig Spielraum zu haben. Es stand einiges auf dem Spiel, und Renate wollte nicht mehr auf ihr Geld warten, das war klar.

Diese schnöden zweitausend Gulden. Vor einigen Jahren hätte sie ohne Probleme doppelt so viel aus dem Ärmel schütteln können ... sie hätte einfach die Hand in die Handtasche schieben, ein Bündel Geldscheine herausziehen und diese aufgetakelte Schlampe auffordern können, sich den Rest sonst wohin zu stecken.

An sich könnte es ihr ja egal sein, ob Renate ihr Geld kriegte oder angeschissen war; sie war nicht auf sie angewiesen. Aber sie war auf Raoul angewiesen, und Renate war nun einmal mit Raoul zusammen. Im Moment auf jeden Fall. Ohne ihn würde sie bald weder Wohnung noch Job haben, das war klar, und verdammt, natürlich würde sie auch auf eigene Faust zurechtkommen ... es wäre nicht ihr erster Neuanfang, aber es war gar nicht schlecht, ein so bequemes und geregeltes Leben zu führen wie derzeit sie. Zweifellos. Ein angenehmes Leben, jetzt, zu Anfang der heraufziehenden mittleren Jahre.

Der Versuch, dieses Geld an Land zu ziehen, wäre also der Mühe wert. Für wie ernst manche die Lage hielten, war ihr erst am vergangenen Abend aufgegangen, und deshalb eilte es nun so. Renate hatte sich am Telefon anders angehört als sonst; Entschuldigungen wären diesmal zwecklos, das hatte sie deutlich anklingen lassen.

Zweitausend Gulden. Um Viertel nach zehn im Roten Moor. Sonst wäre der Teufel los.

Ja, das war im Grunde die Lage.

Sie hatte drei oder vier Bekannte angerufen, aber das hatte natürlich nichts gebracht. Einen oder zwei Hunderter hätte sie zusammenbringen können, vielleicht sogar mehr, wenn sie nur noch eine Weile weitergemacht hätte, aber es war schon fast Mitternacht gewesen und es musste ja wohl trotz allem Grenzen geben.

Und es gab Leo Verhaven. Er war schon in dem Moment, als sie nach Renates Ultimatum den Hörer aufgelegt hatte, als Möglichkeit aufgetaucht, vielleicht sogar als die beste.

Leo.

Und dann war er nicht einmal ans Telefon gegangen.

Was natürlich irgendwie typisch war.

Sie überzeugte sich davon, dass das Auto an der üblichen Stelle stand. An der Ladestelle im Kreugerlaan. Dann drehte sie noch eine Runde um die Markthalle und über den Marktplatz, konnte ihn aber nirgendwo entdecken ... und sie wollte doch wie durch Zufall mit ihm zusammenstoßen. Durch ein glückliches Zusammentreffen ... wollte vielleicht ein wenig wie die Katze um den heißen Brei herumschleichen.

Oder wäre es besser, direkt zur Sache zu kommen? Schwer zu entscheiden. Verhaven war nicht gerade ein pflegeleichter Umgang.

Sie bezog unterhalb des Denkmals in der Zwille Posten, denn von dort aus hatte sie den Lieferwagen und den unteren Teil des Marktplatzes im Blick. Setzte sich auf eine Bank unter der Torres-Statue, nahm sich eine Zigarette und fing an zu warten. Die bleiche Herbstsonne stand jetzt über den Hausdächern und traf ihren Rücken und ihren Nacken mit warmen Strahlen, was ihr trotz allem ein gewisses Gefühl von Hoffnung und Wohlbefinden einflößte. Plötzlich wurde sie wieder zur Katze in der Sonne, und als sie die ersten verstohlenen Blicke des einen oder anderen vorüberkommenden Herren registrierte, machte sie sich automatisch ein wenig an ihrer Kleidung zu schaffen, nahm den Schal ab, knöpfte ihre Bluse ein wenig weiter auf, öffnete die Knie gerade um die Zentimeter, die jeder Mann, der diesen Namen verdient, bemerkt, ohne das selber zu wissen...

Das hier bin ich, dachte sie. Für das hier bin ich geschaffen, und ich mache das besser als irgendeine andere Frau auf der Welt.

Das war übertrieben, das wusste sie, aber im Moment brauchte sie alles Selbstvertrauen, das sie sich einreden konnte.

Sie schaute auf die Uhr.

Zwanzig vor zehn.

Ihr blieben weniger als zwei Stunden zu leben.

Um Viertel vor tauchte er auf.

Rasch erhob sie sich. Überquerte die Straße und begegnete ihm in dem Moment, als er um die Ecke bog.

»Leo«, sagte sie und fand, es klinge genauso überrascht, wie sie sich das wünschte.

Er blieb stehen. Nickte wie immer ein wenig schroff. Als habe sie ihn bei einer wichtigen Überlegung oder in einem interessanten Gedankengang unterbrochen. Er hob immerhin einen Millimeter die Mundwinkel hoch. Vielleicht gab es also Hoffnung.

Sie trat an ihn heran und legte ihm die Hand auf den Arm. Lächelte noch immer. Sie waren bisher... sie rechnete kurz nach und fragte sich, was sie jetzt sagen sollte ... sechsmal zusammen gewesen. Er war von der heißen Sorte, Vorspiel und Romantik und das alles interessierten ihn nicht weiter. Leicht zu starten, schwer zu fahren, wie ihre Freundin Nellie immer sagte.

»Wo willst du denn hin?«, fragte sie.

Verhaven zuckte mit den Schultern. Offenbar nirgendwohin. Auf jeden Fall hatte er nichts Wichtiges vor.

»Können wir uns nicht treffen?«

»Jetzt?«

»Ja. Ich bin gleich kurz mit einer Freundin verabredet, aber danach vielleicht?«

Wieder zuckte er mit den Schultern. Kein gutes Zeichen, das wusste sie, aber ihr blieb ja keine Wahl.

»Ich habe ein kleines Problem.«

»Wirklich?«, fragte Verhaven.

Sie zögerte. Sah ein wenig traurig aus, während sie mit der Hand über seinen Oberarm strich.

»Was denn für ein Problem?«

»Ein kleines Geldproblem.«

Er schwieg. Sein Blick ließ sie los und schaute über ihre Schulter ins Leere.

»Würdest du mir helfen?«

Ziemlich gute Frage, immerhin. Genau das richtige Verhältnis zwischen Bitte und Stolz.

»Wie viel?«

»Zweitausend Gulden.«

»Scher dich zum Teufel.«

Sie keuchte auf.

»Aber lieber Leo ...«

»Ich hab jetzt keine Zeit mehr.«

Sie fasste ihn jetzt auch mit der anderen Hand an. Sprach ihm direkt ins Gesicht.

»Verdammt«, sagte sie. »Es steht so viel auf dem Spiel, Leo. Du bekommst jeden ...«

»Lass mich los!«

Er befreite sich aus ihrem Griff. Sie trat einen Schritt zurück. Biss sich hart in die Oberlippe und konnte innerhalb weniger Sekunden Tränen in ihre Augen zwingen.

»Leo...«

»Mach's gut.«

Er schob sie beiseite und ging weiter. Sie fuhr herum.

»Leo!«

Er blieb nicht einmal stehen. Ging einfach weiter geradeaus und bog dann in den Kreugerlaan ab. Verdammt. Verdammte Pest!

Ihre Tränen waren jetzt fast echt. Sie trat einige Male mit dem Fuß auf und biss die Zähne zusammen. Verdammt!

Gleich neben ihr bremste ein Auto. Der Fahrer beugte sich hinüber und kurbelte das Seitenfenster hinunter.

»Kommst du mit?«

Ohne nachzudenken riss sie die Tür auf und sprang hinein.

Als sie sich mit Hilfe seines angebotenen Taschentuches die Tränen abgewischt hatte, sah sie, mit wem sie es zu tun hatte.

Und sie sah auf die Uhr.

Zehn vor zehn.

Vielleicht würde sich doch noch alles in Ordnung bringen lassen.

X

23. – 28. Mai 1994

34

»Wir stellen die Sache jetzt ein!«

Der Polizeichef zupfte ein trockenes Blatt von einem Benjaminfikus. Van Veeteren seufzte und betrachtete die Gestalt, die da in ihrem blauen Anzug vor dem verschwommenen grünen Hintergrund stand. O verdammt, dachte er.

Obwohl das ja wohl kaum als Überraschung kam.

»Wir haben wichtigere Aufgaben.«

Ein weiteres Blatt wurde einer zögernden Analyse unterzogen. Der Kommissar schaute in eine andere Richtung. Vertiefte sich in den Anblick eines halb zerkauten Zahnstochers und wartete auf weitere Mitteilungen, die jedoch nicht erfolgten. Hiller schob sich die Brille die Stirn hoch und machte sich weiterhin an den Blättern zu schaffen. Van Veeteren seufzte noch einmal; die botanischen Neigungen des Polizeichefs waren in den unteren Stockwerken der Maardamer Wache ein festes Gesprächsthema. Es gab dort mehrere Theorien. Manchen galt dieses Phänomen als eindeutiger Ersatz für ein verwelktes Liebesleben – angeblich hatte die elegante Frau Hiller nach dem fünften Kind Schluss gesagt –, eine andere Phalanx vertrat die These, das grüne Panorama diene als Tarnung und Aufhängung für geheime Mikrofone, die jedes in diesem nüchternen und ernsten Hauptquartier geäußerte Wort sofort speicherten. Inspektor Markovic von der Fahndung vertrat bisweilen die so genannte mangelnde Sauberkeitstrainings-Theorie, aber die meisten begnügten sich, wie Van Veeteren, mit der Feststellung, der Polizeichef hätte als Gärtner eine viel bessere Figur gemacht.

Als Obergärtner im Anzug?, fragte er sich und bohrte den Zahnstocher in den Spalt zwischen Sitz und Armlehne des Ledersessels. Warum nicht? Je mehr Zeit Hiller seinen Topfblumen widmete und je weniger er sich in die Arbeit einmischte, desto besser war das doch für alle.

Lasst den Affen im Dschungel in Ruhe, wie Reinhart so oft empfahl. Das ist doch das Angenehmste.

Aber diesmal wollte der Affe sich also einmischen. Van Veeteren strich sich behutsam über die Operationsnarbe.

»Verdammter Blödsinn«, sagte er.

Schließlich wurde einwandfrei irgendein Kommentar erwartet. Hiller fuhr herum.

»Wie bitte?«

»Muss ich wirklich deutlicher werden?«, fragte Van Veeteren und putzte sich die Nase.

Der Schnupfen war während dieser Tage gekommen und gegangen. Vielleicht war er auch allergisch gegen diese vielen seltsamen Pflanzen; vielleicht war aber auch nur der Kontakt mit der Wirklichkeit nach seinem Krankenhausaufenthalt zu viel für ihn.

Und das eine brauchte das andere natürlich nicht auszuschließen. Der Polizeichef setzte sich hinter seinen Schreibtisch.

»Wir haben eine Leiche«, sagte er. »Ohne Kopf, Arme und Beine.«

»Hände und Füße«, korrigierte Van Veeteren.

»Neun Monate alt inzwischen. Nach fünf Wochen Arbeit habt ihr feststellen können, dass es sich vielleicht um Leopold Verhaven handelt, zweimal als Frauenmörder vorbestraft. Um einen der berüchtigtsten Verbrecher hier zu Lande. Und sonst habt ihr nichts.«

Der Kommissar faltete sein Taschentuch zusammen.

»Die einzige überzeugende Theorie«, fuhr Hiller fort und

fing an, eine goldglänzende Büroklammer gerade zu biegen, »ist, dass es sich um eine Rachegeschichte handelt. Jemand aus seiner Gefängniszeit hat nach seiner Entlassung auf ihn gewartet und ihn aus irgendeinem Grund umgebracht... vielleicht nach einem Handgemenge, vielleicht aus purem Versehen. Auf jeden Fall wäre es unvertretbar von uns, noch mehr Geld zu investieren als ohnehin schon. Wir haben dringendere Fälle zu klären als solche Hintertreppengeschichten.«

»Verdammter Blödsinn«, sagte Van Veeteren noch einmal.

Hiller brach die Büroklammer durch.

»Könnte der Kommissar so verdammt nett sein und ein wenig deutlicher werden?«

»Gerne«, sagte Van Veeteren. »Du hast doch Anweisungen erhalten, oder?«

»Was für Anweisungen?«

»Bezüglich Verhaven.«

Der Polizeichef hob die Augenbrauen und versuchte ein verständnisloses Gesicht zu machen. Van Veeteren schnaubte.

»Du vergisst, mit wem du redest«, sagte er. »Ist dir Klemkes Rasiermesser bekannt?«

»Klemkes Rasiermesser?«

Jetzt war das Erstaunen echt.

»Ja. Einfache Verhaltensregeln für zivilisierte und intelligente Gespräche.«

Hiller schwieg. Van Veeteren ließ sich zurücksinken und schloss für zwei Sekunden die Augen, dann sprach er weiter. Dem kann ich auch gleich eine Salve verpassen, dachte er. Das ist ihm schon länger nicht mehr passiert.

Er räusperte sich und legte los.

»Zu Grunde liegt die Vorstellung von Gleichgewicht. Du darfst von deinem Gesprächspartner nicht mehr verlangen als du selber zu geben bereit bist. Personen mit Entscheidungsbefugnis, Machtmenschen und ganz allgemein Streber wollen ja immer gern ein wenig mit einer Art von demokratischer Politur glänzen ... weiß der Teufel, warum, eigentlich, aber in den Medien macht sich das natürlich gut. Es soll sich wie eine gemeinsame Überlegung anhören oder wie ein Gesprächsergebnis, während sie in Wirklichkeit einfach einen Befehl erteilen. Dahinter steckt irgendein vages Vergnügen, nehme ich an, sogar alte Nazigrößen haben den Text doch gern auf diese Weise ausgelegt ... mit mildem, väterlichem Tonfall, während sie den Leuten die Seidenschnur schickten, nimm das jetzt bitte nicht persönlich, nur ...«

»Jetzt reicht es«, fauchte der Polizeichef. »Erklär mir, wovon, zum Teufel, du da redest. Und das bitte im Klartext!«

Van Veeteren fischte sich noch einen Zahnstocher aus der Brusttasche.

»Wenn auch die Antwort im Klartext erfolgt.«

»Natürlich«, sagte Hiller.

»Na gut. Du brauchst eigentlich nur mit ja oder nein zu antworten. Meiner Ansicht nach ist die Lage so: Leopold Verhaven wurde ermordet. Für alle Beteiligten – und hierbei denke ich vor allem an Justizwesen, Polizei, die Allgemeinheit und deren tief verwurzelten Respekt vor unserem mehr oder weniger funktionierenden Rechtssystem und alles, was dazu gehört – wäre es natürlich verdammt tröstlich und angenehm, wenn wir feststellen könnten, dass es sich hier einfach um eine Auseinandersetzung unter Gaunern handelt. Und einen Strich ziehen. Die Sache vergessen und weitermachen. Auf diesen alten verstümmelten Knastbruder scheißen und lieber unsere Gesellschaftsordnung und andere Mythologien aufrechterhalten ...«

»Aber?«, fiel Hiller ihm ins Wort.

»Es gibt einen Haken«, sagte Van Veeteren.

»Und welchen?«

»Das hier ist keine Auseinandersetzung unter Gaunern.«

Hiller schwieg.

»Leopold Verhaven wurde ermordet, weil er die Morde,

für die er verurteilt worden war, nicht begangen hatte, und weil er den wahren Täter kannte.«

Zehn Sekunden vergingen. Die Glocken unten in der Oudekerk fingen an zu läuten. Hiller faltete die Hände auf seiner schweinslederen Schreibunterlage.

»Kannst du das beweisen?«, fragte er.

»Nein«, sagte Van Veeteren. »Schon gar nicht dann, wenn wir die Ermittlungen einstellen.«

Hiller rieb die Daumen aneinander und versuchte die Stirn zu runzeln.

»Du begreifst das ebenso gut wie ich«, sagte er nach einer Weile. »Unter bestimmten Umständen ... unter bestimmten Umständen also muss ganz einfach der Gemeinnutz Vorrang haben. Wenn es dir nun gegen alle Wahrscheinlichkeit gelingen würde, in dieser alten Geschichte einen neuen Mörder aufzuspüren, wer würde sich dann darüber freuen?«

»Ich«, sagte Van Veeteren.

»Du zählst nicht«, sagte Hiller. »Aber geh alle anderen Beteiligten durch und überleg, ob jemand etwas davon hätte. Also, wollen mal sehen. Die ermordeten Frauen? Nein. Verhaven? Nein. Polizei und Gerichtswesen? Nein. Allgemeinheit und Rechtsbewusstsein? Nein!«

»Der Mörder? Nein«, sagte Van Veeteren. »Vergiss den nicht. Der wird sich am allermeisten von allen freuen, wenn er ungeschoren davonkommt. Drei Morde, aber eingebuchtet wird er nicht ... nicht schlecht. Wirklich nicht schlecht!«

Hiller setzte seine Brille auf. Beugte sich über den Schreibtisch und ließ einige Sekunden verstreichen.

»Es gibt keinen anderen Mörder als Verhaven«, erklärte er schließlich energisch. »Der Fall ruht, weil es uns an Spuren und konkreten Beweisen fehlt. Er ruht!«

»Du befiehlst mir also, einen Dreifachmörder frei herumlaufen zu lassen?«

Der Polizeichef gab keine Antwort. Ließ sich wieder zurücksinken. Der Kommissar erhob sich aus seinem Sessel.

Steckte die Hände in die Taschen und wippte auf seinen Schuhsohlen hin und her. Wippte und wartete.

»Weißt du, dass es so ist?«, fragte endlich Hiller.

Van Veeteren schüttelte den Kopf.

»Ich ahne es«, sagte er. »Ich weiß es noch nicht.«

»Und du ahnst auch, wer es war?«

Van Veeteren nickte und zog sich langsam zur Tür zurück. Der Polizeichef rieb wieder die Daumen aneinander und starrte die Tischplatte an.

»Moment noch«, sagte er, als der Kommissar schon nach der Türklinke gegriffen hatte. »Wenn du ... ja, wenn du wirklich etwas finden solltest, was vor Gericht Bestand hat, sieht die Sache natürlich anders aus. Das Schlimmste wäre, etwas loszustoßen, was wir danach nicht zu Ende führen können. Ein Angeklagter, der freigesprochen wird ... du kannst dir doch wohl vorstellen, was dann los wäre, hoffe ich. Vierzehnhundert Journalisten, die zuerst Korruption und Justizirrtum im Fall Verhaven anprangern und dann von Inkompetenz und Machtmissbrauch und weiß der Teufel was noch alles reden ... wenn wir den richtigen Mörder laufen lassen müssen, weil wir keine brauchbaren Beweise haben. Das ist dir doch wohl klar. Du kannst dir doch wohl denken, was für eine Suppe wir dann auslöffeln müssten.«

Van Veeteren gab keine Antwort. Der Polizeichef schwieg noch eine Weile, biss die Zähne zusammen und spielte mit seiner Armbanduhr. Dann erhob er sich und kehrte dem Kommissar den Rücken zu.

»Du musst dich selber darum kümmern. Münster wird von heute ab Reinharts Gruppe zugeteilt ... ich will nichts wissen.«

»Passt mir sehr gut«, sagte Van Veeteren. »Übrigens bin ich krankgeschrieben.«

»Nicht dein Kopf würde hierbei rollen, ich hoffe, auch das ist dir klar. Ich kann im Moment keinen unnötigen Ärger brauchen, verdammt noch mal.«

»Verlass dich auf mich«, sagte Van Veeteren. »Du kannst dich deinen Topfblumen widmen. Man soll sein Bäumlein pflanzen...«

»Was?«, fragte der Polizeichef.

Perlen vor die Säue, dachte der Kommissar und verließ den Raum.

35

»Erzählen Sie von der Krankheit«, bat er.

Sie nahm das verschnupfte Mädchen auf den Schoß und blickte ihn misstrauisch an.

Kein Wunder. Seine Tarnung war nicht gerade ein Meisterwerk – ein siebenundfünfzigjähriger Dozent, der eine Untersuchung über bei der Geburt entstandene Hüftschäden durchführt! Was für ein Einfallsreichtum! Er hatte sich auch nicht die Mühe gemacht, sich vorher über einige Einzelheiten zu informieren; er wollte vortäuschen, dass es ihm vor allem um die statistischen Erhebungen ging. Sozialmedizin, hatte er erklärt. Er hatte sich einen Fragebogen gemacht, der natürlich keiner genaueren Untersuchung standhalten würde, der aber dennoch – wenn er ihn mehr oder weniger in dem aufgeschlagenen Ordner versteckte – einen gewissen Eindruck von Professionalität vermitteln müsste.

Das versuchte er sich zumindest einzureden. Und was die Frau dachte, war im Grunde auch egal. Wenn sie nur seine Fragen beantwortete, konnte sie jedes Misstrauen hegen, das ihr gerade passte.

»Was möchten Sie denn wissen?«, fragte sie.

»Wann hat es angefangen?«

»Bei meiner Geburt natürlich.«

Er machte ein Kreuz in seinen Fragebogen.

»Von welchem Jahr ab war sie bettlägerig?«

Sie dachte nach.

»1982, glaube ich. Ganz und gar, meine ich. Auch vorher hat sie meistens im Bett liegen müssen, aber ich kann mich nicht erinnern, dass sie nach Weihnachten 1981 noch einen Schritt machen oder auch nur aufstehen konnte. Ich bin im Juni 1982 von zu Hause ausgezogen ...«

»Hat sie jemals einen Stock benutzt?«

»Nie.«

»Hatten Sie nach Ihrem Umzug noch viel Kontakt zu ihr?«

»Nein. Was hat das mit Ihrer Untersuchung zu tun?«

Er hätte sich auf die Zunge beißen können.

»Wir möchten uns einfach auch ein Bild von den Beziehungsfragen machen können«, erklärte er. »Sie sagen, dass sie von 1982 bis zu ihrem Tod ganz und gar bettlägerig war?«

»Sicher.«

»Wo hat sie während der letzten Jahre gelebt?«

»In Wappingen. Zusammen mit einer Barmherzigen Schwester in einer kleinen Wohnung. Sie hatte sich von meinem Vater scheiden lassen, ich glaube, sie wollte ihm nicht mehr zur Last fallen oder so ... so ähnlich muss es gewesen sein.«

»Haben Sie sie besucht?«

»Ja.«

»Wie oft?«

Sie dachte nach. Die Kleine jammerte wieder los. Ließ sich auf den Boden rutschen und versteckte sich vor seinem Blick.

»Dreimal«, sagte sie. »Es ist ziemlich weit«, fügte sie zu ihrer Entschuldigung hinzu.

»Und ihr Zustand?«

»Wie meinen Sie das?«

»Wie ging es ihr?«

Sie zuckte mit den Schultern.

»Wie immer. Sie kam mir ein wenig fröhlicher vor.«

»Aber bettlägerig?«

»Ja, sicher.«

O verdammt, dachte Van Veeteren. Irgendetwas stimmt hier nicht.

Als er in das scharfe Sonnenlicht hinaustrat, überkam ihn ein kurzer, aber heftiger Schwindelanfall. Er musste sich am Eisengeländer festhalten, das sich an der ganzen Reihenhauskette entlangzog, und dabei kniff er die Augen zusammen und versuchte, sich wieder zu fassen.

Ich brauche ein Bier, dachte er. Ein Bier und eine Zigarette.

Zehn Minuten später hatte er einen Tisch unter einer Platane gefunden. Leerte das hohe Glas in zwei Zügen und bestellte noch eins. Nahm sich eine Zigarette und ließ sich zurücksinken.

O verdammt, dachte er noch einmal. Was zum Henker stimmt hier denn nicht?

Wie weit mochte es bis Wappingen sein?

Zweihundert Kilometer? Mindestens.

Aber wenn er früh schlafen ging, müsste er doch zweihundert Kilometer fahren können? Mit Pausen und noch mehr Pausen und überhaupt? Und wenn er dort übernachten müsste, wäre das doch auch nicht weiter schlimm. Im Moment fehlte es ihm wahrlich nicht an Zeit. Eher war das Gegenteil der Fall.

Er überprüfte noch einmal die Adresse in seinem Ordner.

Er wollte lieber anrufen und eine Verabredung treffen, für alle Fälle.

Und warum die Tarnung wechseln, wo sie doch so gut zu funktionieren schien?

Bier Nr. 2 wurde geliefert und er saugte den Schaum herunter.

Was für eine verdammte Geschichte, dachte er. Habe ich wohl jemals einen dünneren Faden verfolgt?

Gut, dass sonst niemand in die Sache verwickelt ist, immerhin.

36

»Was machen wir hier?«, fragte Jung.

»Einen Bissen essen, zum Beispiel«, sagte Münster. »Setz dich und versuch so auszusehen, als seist du hier zu Hause.«

Vorsichtig nahm Jung Platz und sah sich in dem eleganten Lokal um.

»Ist nicht so leicht«, stellte er fest. »Aber was ist eigentlich los? Ich nehme ja nicht an, dass wir im teuersten Lokal der Stadt sitzen, um unsere schönen blauen Augen vorzuzeigen.«

»Siehst du diesen Typen da beim Flügel, den in dem dunkelblauen Anzug?«, fragte Münster.

»Sicher«, erwiderte Jung. »Ich bin doch nicht blind.«

»Reinhart hält ihn für einen von den führenden Neonazis ... er heißt Edward Masseck.«

»So sieht er aber nicht aus.«

»Nein, und er ist auch nicht gerade bekannt, sagt Reinhart. Aber alles ist gut belegt. Steckt offenbar hinter allem möglichen Dreck. Brandstiftung in Flüchtlingsheimen. Krawallen, Friedhofsschändungen und allem Möglichen. Und heute wartet er auf einen Kontakt aus der Hochfinanz, auf ein richtig hohes Tier. Wir wissen nicht, auf wen genau, und wenn er kommt, sollen wir sie einfach so ungefähr eine Viertelstunde sitzen und tun lassen, was sie nun immer vorhaben. Danach rufst du vom Telefon in der Vorhalle aus an, während ich die beiden festnehme. Reinhart und einige andere warten in zwei Wagen gleich um die Ecke.«

»Aha«, sagte Jung. »Und warum macht Reinhart das nicht selber?«

»Masseck würde ihn erkennen«, sagte Münster. »Und jetzt wird gefressen. Was sagt der Assistent zu einer Hummermousse als Vorspeise?«

»Gab's eigentlich schon zum Frühstück«, sagte Jung. »Aber zur Not kann ich noch was runterpressen.«

»Diese Verhavengeschichte«, sagte Jung, während sie auf das Hauptgericht warteten. »Was wird eigentlich mit der?«
Münster zuckte mit den Schultern.
»Keine Ahnung«, sagte er. »Ich habe auch nichts mehr damit zu tun, offenbar sollen keine Ressourcen mehr dafür verbraucht werden. Vielleicht ist das ja auch verständlich.«
»Weshalb denn?«
»Die haben wohl Angst davor, in den alten Prozessen herumzustochern. Könnte doch einen verdammten Ärger geben, wenn sich erweist, dass Verhaven unschuldig war ... und sei es nur Ärger mit der Presse.«
Jung kratzte sich im Nacken.
»Und was sagt der Kommissar?«
Münster zögerte kurz.
»Keine Ahnung. Der ist doch noch immer krankgeschrieben. Aber natürlich sitzt er nicht zu Hause und dreht Däumchen.«
»Stimmt es, dass er jemanden auf dem Kieker hat? Gestern war in der Kantine kurz davon die Rede. Jemanden, der der Mörder sein kann, meine ich?«
Jungs Neugier war unverkennbar und Münster ging auf, dass ihm diese Fragen auf der Zunge lagen, solange sie überhaupt schon in diesem Restaurant saßen.
»Tja«, sagte er. »Ehrlich gesagt, ich habe keine Ahnung. Nach seiner Entlassung aus dem Krankenhaus war ich mit ihm draußen in Kaustin ... er hat sich da oben so ungefähr eine Stunde lang rumgetrieben, und danach sah er aus wie ... ja, du weißt schon.«
Jung nickte.
»Das ist doch verdammt noch mal unglaublich«, sagte er. »Wir kämmen diesen Ort mehrere Wochen lang durch, mit vier oder fünf Leuten, ohne etwas von Bedeutung zu finden. Und dann fährt er hin und hat schon nach einer Stunde eine Spur am Wickel. Was? Hältst du das wirklich für möglich?«
Münster dachte eine Weile nach.

»Was meinst du selber?«, fragte er.

»Keine Ahnung«, sagte Jung. »Du kennst ihn doch am besten.«

Ja, das ist wohl der Fall, dachte Münster. Aber manchmal hatte er eben das Gefühl, dass Van Veeteren um so unergründlicher wurde, je näher er ihm kam.

»Schwer zu sagen«, sagte er. »Auf jeden Fall hat er etwas, das steht fest. Aber als ich ihn zuletzt gesehen habe, murmelte er etwas von einem dünnen Faden ... und wie lange ein dicklicher Polizist in einem Spinngewebe sitzen kann und so. Kam mir nicht sonderlich enthusiastisch vor, aber wir wissen ja, wie er ist ...«

»Ja, das wissen wir«, Jung nickte. »Anders als alle anderen auf jeden Fall, das steht fest.«

In seiner Stimme schwang deutliche Bewunderung mit; das war unverkennbar, und plötzlich wünschte Münster, diese dem Kommissar auf irgendeine Weise vermitteln zu können. Und das war vielleicht ja auch nicht ganz unmöglich, dachte er dann; seit dieser Krebsgeschichte hatte er das Gefühl, dass ihre Zusammenarbeit und ihr Kommunikationsverhalten sich auf etwas offenere See hinausbewegten. Auf Ebenbürtigkeit und größeren gegenseitigen Respekt zu. Oder wie immer man das nun nennen wollte.

Trotz aller Unergründlichkeit allerdings. Und diese Bewegung hatte gerade erst eingesetzt.

»Ja«, sagte er. »Van Veeteren ist Van Veeteren.« Er schaute zum Flügel hinüber. »Warum kommt da niemand? Reinhart hatte auf ein Uhr getippt, und jetzt ist es schon zwanzig nach.«

»Keine Ahnung«, sagte Jung. »Aber hier kommt immerhin unsere Seezunge. Hmmmm!«

Eine Dreiviertelstunde später verließ Edward Masseck den Tisch, an dem er die ganze Zeit hindurch allein gesessen hatte. Jung hatte eben eine zusätzliche Portion kandierte

Walnüsse bestellt, aber sie beschlossen, doch gleich um die Rechnung zu bitten und den Kollegen draußen Bericht zu erstatten.

»Verdammt«, sagte Reinhart, als er hörte, dass die Beute entkommen war. »Wie konnte das denn passieren?«

»Bitte sehr«, sagte Münster und gab ihm die Rechnung.

Reinhart starrte das blassblaue Stück Papier an.

»Ja verflucht«, sagte er. »Stauff und ich sitzen hier seit zwei Stunden bei einer halben Tüte Erdnüsse.«

»Es hat ausgesprochen gut geschmeckt«, teilte Jung vom Rücksitz her mit. »Vielleicht wäre es eine gute Idee, morgen noch einen Versuch zu unternehmen.«

37

Dvořáks Neue-Welt-Musik hatte ihn während der letzten achtzig bis hundert Kilometer umschlossen, und auch diesmal war sie die richtige Entscheidung gewesen. Im Laufe der Jahre hatte er einen gewissen Sinn dafür entwickelt — für das Verhältnis Aufgabe, Witterungs-Jahreszeit und Musik eben. Es gab steigende und fallende Bewegungen, denen man folgen musste, statt sich ihnen zu widersetzen. Strömungen und Analogien, die miteinander agierten; die miteinander harmonierten und sich gegenseitig Klarheit schenkten ... oder wie immer man das nun formulieren wollte. Es war schwer, das in Worte zu fassen und zu erklären. Um so einfacher war es, das zu begreifen.

Und im Laufe der Jahre wurde es sogar immer einfacher. Doch während dieser Jahre war auch sein Misstrauen den Wörtern gegenüber gewachsen. Das konnte natürlich niemanden überraschen – wenn man an sein normales Arbeitsmilieu dachte, wo es eher die Ausnahme als die Regel war, dass jemand sich an die Wahrheit hielt.

Sprache ist Lüge, hatte jemand gesagt.

Die Neue Welt also. Und während die Wolken sich verzogen und die Nachmittagssonne den beständigen Regen der Nacht und des Morgens aufsaugte, näherte er sich seinem Ziel. Die Angst vor Schwindelanfällen und Verkehrsunsicherheit hatte sich nicht bestätigt. Allerdings hatte er auch immer wieder Pausen eingelegt, hatte bei Kaffee und Kuchen in tristen Rastbunkern aus Beton und schmutzigem Glas gesessen, kurze Spaziergänge unternommen, sich viele Male die Beine vertreten und sogar bestimmte Turnübungen gemacht, die das postoperative Programm, das man ihm bei seiner Entlassung in die Hände gedrückt hatte, energisch empfahl.

Außerdem hatte er sich Tabak und Alkohol versagt. Er wollte ja auch wieder nach Hause. Das hatte er zumindest vor.

Sein Zahnstochervorrat war viel früher zu Ende gewesen als Dvořák.

Er hielt auf einem kleinen, unregelmäßig geformten Platz namens Cazarro-Platz, und während er nach einem brauchbaren Lokal Ausschau hielt, fragte er sich, wer Cazarro gewesen sein mochte. Hörte sich schließlich eher wie ein Konquistador an als wie ein nordeuropäischer Staatsmann.

Zwischen einem Warenhaus und einem Bürohaus im Stil der fünfziger Jahre entdeckte er ein kleines italienisches Restaurant mit Pizza und Pasta. Er beschloss, sich damit zu begnügen. Mit Schwester Marianne war er für fünf Uhr verabredet und hatte deshalb nicht unbegrenzt Zeit.

Die Hauptsache war auch nicht das Essen. In allererster Linie ging es um ein Glas Rotwein und eine Zigarette.

Und darum, dass er sich auf das bevorstehende Gespräch konzentrieren musste. Natürlich hatte er schon viele schwierige Unterhaltungen führen müssen, aber diesmal kam doch noch etwas dazu, das war ihm schon klar gewesen, als er sich an diesem Morgen auf den Weg gemacht hatte. Etwas, das sich ihm entzog und das er wohl schon vor langer Zeit aus der Kontrolle verloren hatte.

Ein Spiel, in dem er weitaus mehr eine Spielfigur war als ein Mitspieler. Das war an sich kein neues Gefühl; nur eine Manifestation oder eine Variante der alten deterministischen Vorstellung, vermutlich; diese unergründliche Frage nach Muster und Ordnung im Dasein. Nach zunehmender oder abnehmender Entropie.

Nein, diese Überlegungen über die Willkürlichkeit des Lebens, mit denen er vor kurzem geflirtet hatte, konnten in ihm in diesem Moment keine größere Begeisterung erwecken.

Denn wenn es nun einen Schöpfer oder eine Macht gab – oder zumindest ein allsehendes Auge –, dann musste dieses große Wesen von seiner erhöhten Position aus schließlich die Linien, die Adern in Zeit und Raum entdecken. Diese aus der normalen Froschperspektive so unbegreiflichen Strukturen.

Und den inneren Zusammenhang und die Konsequenz aller Handlungen. Wie sollte es das sonst alles sehen können? Sie mussten doch für eine Gottheit die eigentlichen Kategorien ausmachen.

Die Muster.

Und wenn nun kein höheres Wesen existierte – wäre das denn überhaupt ein Unterschied?

Wie war das noch mit Anselm und dem Gottesbeweis? War es ihm nicht immer schon schwer gefallen, dessen Pointe zu erfassen?

Er durchwühlte seine Brusttasche nach einem Zahnstocher, dann fiel ihm aber ein, dass er keine mehr hatte, und er nahm sich eine Zigarette.

Könnte es nicht doch ein Muster geben, so, wie es immer schon die Spiralen des DNS-Moleküls und die Kristalle der Schneeflocken gegeben hatte, egal, ob nun ein Betrachter existierte oder nicht?

Was schert ein Molekül sich um eine Kamera?, dachte er. Gute Fragen. Fragen, die sich immer wieder einstellten. Er legte seine Zigarette weg. Stocherte lustlos in den Fettuccine herum und trank den dunkelroten Wein. Aus irgendeinem Grund hatte er zur Zeit kaum noch Appetit. Ob daran nun das verlorene Darmstück schuld war oder etwas anderes.

Die Gerechtigkeit war ein anderer Aspekt.

Einfacher und leichter zu handhaben, davon war er immer überzeugt gewesen, auch wenn er diese Überzeugung niemals auf eine entscheidende Probe hatte stellen müssen. Trotz seiner mehr als dreißig Jahre bei der Truppe.

Werkzeug der Gerechtigkeit also. So musste er sich doch selber sehen, wenn er das wirklich ernst nehmen wollte. Das klang natürlich ein wenig überspannt, sogar haarscharf pathetisch, aber er brüstete sich schließlich nicht damit. Es war nur ein privater Beweggrund, aber eben auch ein verdammt wichtiger.

Wenn es galt, die eigene Existenz und Berufsauffassung zu begründen, war manchmal tiefes Graben notwendig, das hatte er gelernt. Tiefer und tiefer und tiefer vielleicht – als würden die Grundmauern, das eigentliche Fundament, Jahr für Jahr erneut überschwemmt, von immer dickeren Schichten von Lehm und Schmutz aus der unteren Welt, in der er täglich zu tun hatte.

Ja, so ungefähr vielleicht.

Auf die eigentliche Kardinalfrage wusste er noch immer keine Antwort. Er hatte sie vor einigen Jahren im Zusammenhang mit dem Fall G formuliert, besonders kompliziert war sie nicht: Wäre ich bereit, die Sache in die eigene Hand zu nehmen, wenn Gesetze und Institutionen versagen?

Wenn er also vor einem Mörder oder einem anderen Gewaltverbrecher stünde und hundertprozentig – hundertprozentig! – sicher wüsste, dass dieser Mensch schuldig sei, wäre es dann moralisch richtiger, ihn aus Mangel an Beweisen laufen zu lassen oder selber für Gerechtigkeit zu sorgen?

Er zog an seiner Zigarette.

Es gab natürlich endlose Mengen von Sonderfällen, und die Konsequenzen waren unüberschaubar. Er war die Frage immer wieder theoretisch durchgegangen, und vielleicht sollte er einfach dankbar sein, solange sie sich in der Praxis nicht stellte.

Obwohl es durchaus fast so weit hätte kommen können. Vor allem vor sieben Jahren in Linden.

Und eigentlich sprach nichts dafür, dass es diesmal so weit kommen würde.

Oder vielleicht doch?

Er schaute auf die Uhr und sah ein, dass er dringend bezahlen und sich auf den Weg machen musste, wenn er die Nonne nicht warten lassen wollte.

Die Wohnung war weiß angestrichen und sparsam eingerichtet. Es gab nur ein Minimum an Möbeln, im Wohnzimmer, in das sie ihn führte, gab es nur eine niedrige Couch, zwei Sitzkissen und einen Tisch; in einer Ecke sah er ein Bücherregal und einen Betstuhl. An den Wänden hingen ein Kruzifix und zwei Kerzenhalter aus Messing. Dazu ein Bild eines Kirchenfensters, vermutlich aus der Kathedrale von Chartres. Das war alles.

Kein Fernseher, keine Sessel, kein Tand. Auf dem Boden ein großer Teppich in dunklen Farben.

Schön, dachte Van Veeteren und setzte sich auf die Couch. Nur das Wesentliche. Die Essenz.

Seine Gastgeberin schenkte Tee aus einer Tonkanne ein. Herbe, getöpferte Tassen ohne Henkel. Dünne Kekse. Kein Zucker, keine Milch. Sie fragte ihn nicht einmal, ob er Zucker oder Milch wollte, und er wollte auch gar nicht.

Sie war alt, sicher mindestens fünfzehn Jahre älter als er, doch Vitalität und klarer Verstand umstrahlten sie wie eine Aura. Er erkannte, dass er vor einem Menschen stand, der mehr als nur den üblichen Respekt einflößte und verlangte.

Die vertraute Achtung stellte sich ein, die ihn manchmal angesichts von überzeugten religiösen Menschen erfüllte – die Antworten mit Hilfe von Fragen gefunden hatten, die er höchstens annäherungsweise formulieren konnte, eine ... Hochachtung, die sich ebenso natürlich in ihr Gegenteil verwandeln konnte, in Verachtung und Ekel, wenn er es mit dem Gegenteil zu tun hatte; den gläubigen Herden, den gehorsam und laut blökenden Schafen. Den Mitläufern der Frömmelei.

Er erkannte ihre Qualitäten schon, als sie einander die Hand reichten; sie war eine dünne Frau mit ernsthaften, lebhaften braunen Augen, einer hohen Stirn und einer geraden Haltung. Sie ließ sich ihm gegenüber nieder, mit einer weichen Kniebewegung setzte sie sich auf ein Kissen. Als sie auf asiatische Weise ihre Beine angezogen hatte, hätte sie auch eine fünfundzwanzigjährige Buddhistin sein können, dachte er staunend. Aber sie war nun einmal eine dreimal so alte katholische Nonne.

»Bitte sehr«, sagte sie.

Er kostete den nach Rauch duftenden Tee. Griff nach dem Ordner, den er neben sich auf den Boden gelegt hatte.

»Ich glaube, ich muss Sie bitten, mir Ihr Vorhaben noch einmal zu erklären.«

Er nickte. Wusste plötzlich, dass Ordner und Fragebogen die pure Beleidigung wären. Klimkes Rasiermesser, das er erst kürzlich dem Polizeichef so bravourös ins Gesicht geworfen hatte, richtete sich nun auf ihn selber und auf niemanden sonst.

»Ich bitte um Verzeihung«, sagte er. »Ich heiße Van Veeteren, aber ich bin nicht der, für den ich mich ausgegeben habe. Ich bin Kriminalkommissar und arbeite auf der Wache in Maardam ... es geht um eine Geschichte, auf die ich nicht näher eingehen möchte. Reicht Ihnen meine Versicherung, dass ich in einer bösen Angelegenheit mit guten Absichten vorgehe?«

Sie lachte.

»Ja«, sagte sie. »Es geht um Anna, wenn ich Sie richtig verstanden habe?«

Der Kommissar nickte.

»Sie hat während ihrer letzten Lebensjahre bei Ihnen gewohnt? Von 1987 bis 1992, stimmt das?«

»Ja.«

»Sie haben sich um sie gekümmert und sie gepflegt?«

»Ja.«

»Warum?«

»Weil ich dazu berufen bin. So arbeiten wir in unserem Orden. Das ist eine Möglichkeit, um für Sinn zu sorgen. Und für Liebe zwischen den Menschen ... Anna hatte sich an uns gewandt, wir sind an die zwanzig Schwestern, und ich war gerade frei.«

Er dachte kurz nach.

»Ich nehme an, dass Sie ... ihr schließlich sehr nahe gestanden sind?«

»Wir haben einander viel bedeutet.«

»Und Sie haben einander Vertrauen geschenkt?«

»Natürlich.«

»Würden Sie von ihrer Krankheit erzählen?«

»Was möchten Sie wissen?«

»War sie die ganze Zeit bettlägerig, zum Beispiel?«

Er erkannte, dass sie schon wusste und sich überlegt hatte, wie dieses Gespräch weitergehen sollte, aber vielleicht spielte dieses Wissen keine Rolle.

»Es ging ihr später besser.«

»Besser?«

Plötzlich war sie ernster.

»Ja, Kommissar. Es ging ihr besser. Sie müssen verstehen, dass ihre Verletzung nicht nur in den Hüften saß. Es gibt auch eine Seele.«

»Davon habe ich gehört«, sagte Van Veeteren mit unbeabsichtigter Ironie. »Aber was wollen Sie damit andeuten?«

Schwester Marianne holte tief Atem und setzte sich gerade.

»Ob Sie nun gläubig sind oder nicht«, sagte sie, »so können Sie mir vielleicht darin zustimmen, dass viele physischen Phänomene auch eine psychische Seite haben. Eine seelische.«

Sie sprach sehr langsam, als habe sie das schon im Voraus formuliert und wolle sichergehen, dass ihm nichts davon entginge.

»Könnten Sie ein wenig deutlicher werden«, bat er.

»Lieber nicht. Es ist auch eine Frage des Vertrauens. Die nie ausgesprochen wurde, die aber dennoch ebenso bindend ist. Ich bin sicher, dass Sie das verstehen.«

»Ihrer Ansicht nach stehen Sie unter Schweigepflicht?«

»Gewissermaßen, ja.«

Er nickte.

»Aber als die Wunde in der Seele heilte, besserte sich dann auch ihr körperlicher Zustand?«

»Ja.«

»Wie sehr? Konnte sie sich fortbewegen ... mit einem Gehgerät oder mit Stöcken, zum Beispiel?«

»Ja.«

»Ging sie aus?«

»Ich habe sie jeden Tag im Rollstuhl umhergefahren.«

»Aber sie war nie allein unterwegs?«

»Meines Wissens nicht.«

Er schaute an ihr vorbei aus dem Fenster.

»Könnten Sie mir sagen, was Sie am 5. Juni 1992 gemacht haben?«, fragte er.

»Nein.«

»Wissen Sie, was Anna an diesem Tag vorhatte?«

Schwester Marianne gab keine Antwort. Sah ihn aus milden braunen Augen an und zeigte keine Spur von Unruhe oder Verlegenheit.

»Wie weit ist es von hier nach Ulmenthal?«

»Fünfundzwanzig Kilometer«, diese Antwort kam sofort. Er trank den restlichen Tee. Lehnte sich an die Wand und wartete, bis das Schweigen sich über den niedrigen Tisch gesenkt hatte. Seltsam, wie viel Information sich durch Schweigen vermitteln lässt, dachte er. Er hätte jetzt wichtige Fragen stellen können, das wäre die übliche Vorgehensweise gewesen, zweifellos... er hätte keine Antwort erhalten, doch er war daran gewöhnt, die Nuancen der fehlenden Worte zu deuten. Jetzt war alles anders; plötzlich zeigte diese fest stilisierte Situation einen himmelweiten Unterschied zu dem normalen Jargon. Für einen Moment überkam ihn wieder ein Schwindelgefühl. Vielleicht nicht das, das mit der Operation zusammenhing, aber dennoch ein Zeichen von Schwäche, von Erschöpfung, einer Ahnung, dass er kurz davor war, den festen Boden unter den Füßen zu verlieren... oder den Zugriff auf etwas, von dem er allein wusste. Und wo er die volle, unentrinnbare Verantwortung trug.

»Diese Wunden in der Seele«, sagte er endlich. »Haben Sie irgendeine Vorstellung, woher die stammten?«

»Das hat sie mir nie erzählt.«

»Das habe ich schon begriffen.«

Jetzt lächelte sie wieder ein wenig.

»Ich kann nicht darauf eingehen, Kommissar. Es gehört mir nicht mehr.«

Er zögerte einige Sekunden.

»Glauben Sie an eine himmlische Gerechtigkeit?«, fragte er dann.

»Auf jeden Fall.«

»Und an eine irdische?«

»Auch an die. Es tut mir Leid, dass ich Ihnen nicht mehr sagen kann, aber ich glaube, Sie wissen bereits, was Sie wissen müssen. Es kommt mir nicht zu, Vertrauen zu brechen und zu spekulieren. Wenn es ihr Wunsch gewesen wäre, mich über alles zu informieren, dann hätte sie es mir erzählt.

Aber das hat sie nicht getan. Wenn sie gewollt hätte, dass ich es weiterbringe, dann wüsste ich das. Aber so ist es nicht.«
»Meine Rolle ist die der Nemesis?«
»Vielleicht. Ihr Beruf ist wohl auch eine Berufung?«
Er seufzte.
»Dürfte ich eine persönliche Frage stellen, die nichts mit diesem Fall zu tun hat?«
»Natürlich. Bitte sehr.«
»Glauben Sie an einen Gott, der eingreift?«
Sie faltete die Hände auf ihren Knien.
»Ja«, sagte sie. »In allerhöchstem Grad.«
»Und auf welche Weise?«
»Auf mancherlei Weise. Durch Menschen.«
»Und Sie glauben, dass er sich sein Werkzeug genau aussucht?«
»Warum sollte er nicht?«
»Das war nur so ein Gedanke«, sagte Van Veeteren.

Ahnungen!, dachte er, als er auf der Rückfahrt in der ersten Raststätte saß. Ahnungen und Luft.

Er seufzte. Staatsanwalt Ferrati würde sich totlachen, wenn er ihm das hier anschleppte.

Ohne weiter darüber nachzudenken, kritzelte er eine Serie von Ringen an den Rand der Abendzeitung, die vor ihm auf dem Tisch lag. Betrachtete das vage Muster, das vor ihm heranwuchs, und versuchte zugleich, in Gedanken den Zusammenhang zu formulieren:

Falls Verhaven unschuldig war, dann *konnte* der wirkliche Mörder der sein, den Van Veeteren *in Verdacht hatte*. Und es wäre nicht *unmöglich*, dass diese kranke, vor anderthalb Jahren gestorbene Anna das *geahnt* hatte. Auf jeden Fall *hatte er das Gefühl*, dass Schwester Marianne *vermutete*, Anna habe Verhaven im Gefängnis besucht ... und in dem Fall war es natürlich *möglich*, dass sie ihn über ihre *Ahnung* informieren wollte.

Herrgott, dachte Van Veeteren. Was für eine Deduktion.

In schematischer Form, am Rand der zerknitterten Zeitung, sah seine Gedankenkette fast noch kläglicher aus. Eine Reihe von unbeholfen hingeschmierten Kreisen war durch gebrechliche spinnwebendünne Fäden miteinander verbunden. Pfui Spinne! Handfeste Beweise, hatte Hiller gefordert. Wenn er das hier sähe, würde er meinem Abschiedsgesuch stehenden Fußes nachkommen, dachte Van Veeteren.

Und dennoch, dennoch wusste er, dass es sich genauso verhielt. Dass es so passiert war. Der Mörder war eingekreist. Er kannte jetzt keinen Zweifel mehr. Der Fall war klar.

Plötzlich sah er Leopold Verhaven vor sich. Verhaven als jungen Mann – den erfolgreichen Läufer... rasch, stark und vital, auf dem Weg in die Rekordbücher... mitten in den naiven, optimistischen fünfziger Jahren. Dem Jahrzehnt des Kalten Krieges, aber auch in vielfacher Hinsicht dem der Unschuld. Oder stimmte das nicht?

Und später?

Was war dabei herausgekommen?

Was für ein vollständiger und dauerhafter Schicksalsumschwung!

War Verhavens Schicksal im Grunde nicht von geradezu symbolischer Bedeutung? Was war es für eine bizarre Reihe von über fast das halbe Jahrhundert verstreuten Ereignissen, die zu Verhavens Tod geführt hatten und die er sich hier vor sein inneres Auge zu rufen versuchte... und was für einen Sinn hatte es überhaupt, dass er sich hier mit vergessenen und vergangenen Todesfällen befasste? Mit diesem verbrauchten und gescheiterten Leben?

War das wirklich nur ein selbstverständlicher Teil seiner Arbeit?

Und während er hinaus in die Dämmerung blickte, die sich jetzt über den dunklen Waldrand und den tristen Autobahnabschnitt senkte, überlegte er sich, dass im Grunde alles schon längst zu Ende sei. Dass er nur der letzte, vergessene Soldat oder Darsteller in einem Schauspiel oder Krieg sei, aus dem alle anderen schon vor Jahren ausgeschieden waren und wo sich niemand mehr auch nur im Geringsten für seine Unternehmungen und Versuche interessierte. Weder die anderen Darsteller noch die Gegner oder das Publikum.

Stellt doch die Ermittlungen ein, dachte er.

Stellt doch Kommissar Van Veeteren ein. Bietet Remis an oder kippt das Brett um. Hört auf mit diesem sinnlosen Getue. Ein Mörder läuft frei herum, lasst ihn doch.

Er bezahlte und ging hinaus zu seinem Wagen. Suchte sich Monteverdi aus dem CD-Gestell, und als die ersten Töne sich aus den Lautsprechern befreiten, wusste er, dass er nicht aufgeben würde. Zumindest noch nicht.

Zum Teufel, murmelte er. Justitia oder Nemesis, was spielt das schon für eine Rolle!

38

»Polizei!«

Er hielt eine halbe Sekunde lang seinen Dienstausweis hoch und stand drei Sekunden später in der Diele.

»Ich möchte Ihnen einige Fragen im Zusammenhang mit den Morden an Leopold Verhaven, Marlene Nietsch und Beatrice Holden stellen. Geht das hier oder sollen wir auf die Wache fahren?«

Der Mann zögerte. Aber nur für einen Moment.

»Bitte sehr.«

Sie gingen ins Wohnzimmer. Münster zog den Block mit den Fragen hervor.

»Könnten Sie uns erzählen, was Sie am 24. August vergangenen Jahres gemacht haben?«

Der Mann zuckte mit den Schultern.

»Machen Sie Witze? Woher soll ich das heute noch wissen?«

»Es wäre besser für Sie, wenn Sie versuchen würden, sich zu erinnern. Sie waren nicht zufällig in Kaustin?«

»Ganz bestimmt nicht.«

»Hatten Sie irgendeinen Grund zu einer feindseligen Einstellung Leopold Verhaven gegenüber?«

»Zu einer feindseligen Einstellung? Natürlich nicht.«

»Er wusste nicht zufällig Dinge, die für Sie gefährlich werden könnten?«

»Was sollten das für Dinge sein?«

»Hielten Sie sich am 11. September 1981 in Maardam auf? An dem Tag, an dem Marlene Nietsch ermordet wurde?«

»Nein. Was soll das eigentlich?«

»Stimmt es nicht, dass Sie sich an diesem Morgen in der Umgebung der Markthalle aufgehalten haben? Zwischen Kreuger Plein und Zwille und überhaupt?«

»Nein.«

»So gegen halb zehn bis zehn?«

»Nein, habe ich doch gesagt.«

»Wie können Sie so sicher sagen, was Sie an einem Tag vor dreizehn Jahren getan oder nicht getan haben?«

Keine Antwort.

»Und Samstag, den 6. April 1962? Da hat doch alles angefangen, oder?«

»Was unterstellen Sie mir da? Darf ich Sie bitten, mich jetzt in Ruhe zu lassen?«

»Haben Sie an diesem Nachmittag nicht Beatrice Holden besucht? Während Verhaven geschäftlich unterwegs war?«

»Ich lasse mir diese Frechheiten nicht länger gefallen.«

»Wann hat das Liebesleben zwischen Ihnen und Ihrer Frau aufgehört?«

»Was, zum Teufel, hat das damit zu tun?«

»Sie mussten anderswo Befriedigung suchen, war das

nicht so? Seit ihre Frau bettlägerig war. Sicher gab es noch andere außer Beatrice Holden und Marlene Nietsch... warum haben Sie gerade diese beiden umgebracht?«

Der Mann erhob sich.

»Oder haben Sie noch andere ermordet?«

»Verschwinden Sie! Wenn Sie glauben, Sie könnten mir Angst einjagen, dann sagen Sie Ihren Vorgesetzten, die Hoffnung könnten sie sich sparen.«

Münster klappte seinen Block zu.

»Danke«, sagte er. »Dieses Gespräch hat sehr vieles klären können.«

»Doch, er kann es durchaus gewesen sein«, erklärte Münster und nahm dem Kommissar gegenüber Platz.

Van Veeteren hob den Vorhang hoch.

»Nimm dich in Acht, wenn er aktiv wird«, sagte er. »Wir haben ja keine Ahnung, was ihm alles zuzutrauen ist.«

»Den kriegen wir nicht so leicht«, sagte Münster. »Das ist wohl nicht direkt der Typ, der zusammenbricht.«

»Ja verdammt«, sagte Van Veeteren. »Aber das war immerhin erst die erste Verwarnung, gewissermaßen.«

Münster wusste, dass der Kommissar ihn gerade mit diesem Hintergedanken als Stoßtrupp eingesetzt hatte. Um seine Kraft für einen wichtigeren, vielleicht entscheidenden und damit tödlichen Stoß aufzusparen.

Natürlich eine gute Idee, aber damit gaben sie dem Mörder auch eine Gelegenheit, seine Gegenwehr zu planen. Das erwähnte er auch, doch Van Veeteren zuckte nur mit den Schultern.

»Kann schon sein«, sagte er. »Aber gerade diese Vorbereitungen können ihn auch zu Fall bringen... und auf jeden Fall befindet er sich in keiner beneidenswerten Lage. Er weiß, dass wir etwas wissen. Überleg dir das doch mal, Polizeidirektor. Er steht jetzt wirklich mit dem Rücken zur Wand. Und wir sind die Katzen, die vor dem Loch auf ihn warten.«

»Wir haben keinen Beweis«, sagte Münster. »Und wir kriegen auch keinen.«

»Das weiß er nicht.«

Münster dachte nach.

»Aber das wird ihm bald aufgehen. Wenn wir wissen, dass er drei Morde auf dem Gewissen hat, dann ist es doch höchst seltsam, dass wir ihn nicht verhaften.«

Van Veeteren drückte gereizt seine Zigarette aus und ließ den Vorhang los.

»Weiß ich«, murmelte er. »Die haben mir den Darm rausgerupft, Münster. Nicht das Gehirn.«

Sie schwiegen. Van Veeteren seufzte und schob sich einen Zahnstocher in den Mund. Münster bestellte ein Bier und zog seinen Notizblock hervor.

»Du hast nur die Fragen gestellt, die ich dir aufgetragen hatte?«, fragte der Kommissar nach einer Weile.

»Sicher«, sagte Münster. »Aber eins wüsste ich gern.«

»Was denn?«

»Woher wusste er, dass sie Verhaven im Gefängnis alles gesagt hatte?«

Van Veeteren schnaubte.

»Sie hat es ihm natürlich gesagt. Kurz vor ihrem Tod, nehme ich an. Schwester Marianne sagt, dass er den letzten Tag bei ihr im Krankenhaus verbracht hat.«

»Sie hat ihr Gewissen also nach beiden Seiten hin erleichtert?«

»So kann man das sagen, ja. Wir könnten ja finden, sie hätte ganz und gar schweigen sollen. Damit hätte sie wenigstens ein Leben gerettet. Aber die Leute sind ja ein wenig auf die Wahrheit fixiert.«

»Wie das?«, fragte Münster.

Van Veeteren trank den Rest seines Biers.

»Die Wahrheit kann eine schwere Last sein«, sagte er. »Auf die Dauer ist es fast unmöglich, sie allein zu tragen. Es wäre nur schön, wenn die Leute endlich kapierten, dass man diese Last nicht einfach nach Belieben abwerfen darf.«

Münster dachte eine Weile nach.

»So habe ich mir das noch nie überlegt«, sagte er und schaute aus dem Fenster. »Aber natürlich ist da etwas Wahres dran. Jedenfalls scheint er nicht in Panik geraten zu sein.«

»Nein«, seufzte Van Veeteren. »In diesem Fall müssen wir wohl zu ein wenig ausgefalleneren Methoden greifen. Aber fahr du nach Hause, ich bleibe noch hier und überlege mir die Sache.«

Münster zögerte.

»Der Kommissar lässt doch von sich hören, wenn ich etwas tun soll? Ich nehme an, dass die Ermittlungen weiterhin ruhen?«

»Und wie«, sagte Van Veeteren. »Auf jeden Fall vielen Dank.«

Münster verließ das Lokal, und als er die Straße überquerte, um zu seinem Auto zu gehen, tat der Kommissar ihm plötzlich wieder Leid. Und das zum zweiten Mal in so kurzer Zeit – einem Monat vielleicht nur – und da stimmte ja vielleicht doch, was er gehört hatte:

Je älter sie werden, desto menschlicher können sie uns vorkommen.

Aber war dabei nicht die Rede von Berggorillas gewesen?

39

Die Lokale der Gesellschaft lagen eine halbe Treppe unter Straßenniveau in einer engen Gasse, die am Cronin-Platz anfing und mit einer Feuerwand endete. Auf allen Stadtplänen und dem verrußten und nur noch halb lesbaren Schild über dem Antiquariat Wildt an der Ecke trug sie den Namen Zuygers Stieg. Im Volksmund hatte sie jedoch immer nur Messerstechergasse geheißen, nach einem ungewöhnlich brutalen Mord gegen Ende des 19. Jahrhunderts, als die Körperteile von zwei Prostituierten fast in der ganzen zwanzig Meter langen Gasse herumgelegen hatten. Entdeckt wurden sie von einem jungen Domherrn, der danach in die Irrenanstalt Majore in Willemsburg eingesperrt werden musste. Trotz ausgiebiger Ermittlungsarbeiten konnte niemals ein Täter gefunden werden.

Van Veeteren schaffte es bei seinen Besuchen in der Gesellschaft nur selten, sich nicht an diese Sache zu erinnern, und auch an diesem Abend gelang ihm das nicht.

Vielleicht war früher ja doch alles schlimmer, dachte er, als er in der Tür den Kopf einzog und unter das düstere Gewölbe trat.

Mahler saß wie immer ganz hinten, in der abgetrennten Ecke unter dem Dürerstich, und er hatte die Figuren schon aufgestellt. Van Veeteren nahm seufzend Platz.

»Ach je«, sagte Mahler und bohrte die Finger in seinen buschigen Bart. »War das so schrecklich?«

»Was denn?«, fragte Van Veeteren.

»Was denn? Das Gemetzel natürlich. Die grünen Männer mit dem blutigen Handwerk.«

»Ach, das«, sagte Van Veeteren. »Das war eine Bagatelle.«

Mahler machte für einen Moment ein verlegenes Gesicht.

»Aber was, zum Teufel, macht dir denn dann so zu schaffen? Auferstehung... Frühling lässt sein blaues Band und überhaupt, die ganze Natur schüttelt sich vor Wohlbehagen, weil das Fest des Lebens heraufzieht. Wieso, zum Teufel, kommst du dann her und seufzt?«

»Ich habe ein Problem«, sagte Van Veeteren und versetzte den ersten Bauern.

»Ich habe tausend«, sagte Mahler. »Prost auf jeden Fall und willkommen zurück aus dem Totenreich.«

Sie tranken und Mahler beugte sich über das Brett. Der Kommissar steckte sich eine Zigarette an und wartete. Bei allen Menschen, mit denen er seit den ersten Anfängen vor über vierzig Jahren jemals Schach gespielt hatte, war ihm kein einziger Gegner über den Weg gelaufen, der die Partien so durchführte wie Mahler. Nach der anfänglichen Konzentration, für die er zehn oder zwölf Minuten brauchen konnte – vor dem ersten Zug eben –, konnte er dann über dreißig Züge machen, ohne insgesamt auch nur eine Minute nachdenken zu müssen. Ehe es dann zum Ende kam, gönnte er sich eine weitere Tiefenanalyse von zehn Minuten oder einer Viertelstunde, dann beendete er die Partie im selben wütenden Tempo – egal, ob er auf Gewinn, Remis oder ehrbare Niederlage spielte.

Er selber hatte keine richtig plausible Erklärung für seine Methode, abgesehen davon, dass es eine Rhythmusfrage sei.

»Ab und zu kann es mir wichtiger vorkommen, überhaupt einen Zug zu machen, als welchen Zug«, hatte er behauptet. »Wenn du verstehst, was ich meine.«

Was bei Van Veeteren nicht der Fall gewesen war.

»So ist es auch mit den Dichtern«, hatte der alte Poet verraten. »Oft starre ich ewig lange in die Dunkelheit hinein, bis zu einer halben Stunde oder mehr – dann greife ich zur Feder und schreibe alles auf. Im Affenzahn, es darf keine Unterbrechung geben.«

»Und was läuft dabei in deinem Schädel ab?«, hatte Van Veeteren wissen wollen. »Während dieser Aufladungszeit, meine ich.«

Mahler hatte keine Ahnung, wie sich dann herausstellte.

»Ich trau mich auch nicht, das genauer zu untersuchen«, erklärte er. »Bestimmte Dinge vertragen das nicht. Dann sterben sie.«

Van Veeteren trank einen Schluck Bier, dachte über das alles nach und wartete auf Mahlers Zug.

Handeln ohne zu denken, dachte er.

Sah das so aus?

Vielleicht gab es doch irgendwo irgendeinen Berührungspunkt?

»Na?«, fragte Mahler, als sie sich nach weniger als einer Dreiviertelstunde auf Remis geeinigt hatten. »Was ist also los?«

»Ein Mörder«, sagte Van Veeteren.

»Bist du nicht bis Ende des Monats krankgeschrieben?«

»Das schon«, sagte Van Veeteren. »Aber ich kann die Finger nicht davon lassen. Und ich kann mir auch nicht die Augen zuhalten.«

»Was ist denn los mit diesem Mörder?«

»Dass er los ist, eben.«

»Weißt du, wer er ist?«

Van Veeteren nickte.

»Und ihr habt keine Beweise?«

»Nix.«

Mahler ließ sich zurücksinken und steckte sich eine Zigarette an. »Aber das kann doch nicht das erste Mal sein?«

»Sonst kann ich sie immer austricksen.«

Mahler prustete los.

»Austricksen! Ja, vielen Dank. Und warum sollte das diesmal nicht klappen?«

Wieder seufzte Van Veeteren.

»Weißt du, wer Leopold Verhaven war?«

Mahler wurde ernst.

»Verhaven? Ja, sicher, notorischer Frauenmörder ... ist der nicht selber auch ermordet worden oder so? Ich hab das vor nicht allzu langer Zeit in der Zeitung gelesen ...«

»Er war unschuldig«, sagte Van Veeteren.

»Verhaven unschuldig?«

»Ja.«

»Aber er hat doch ... ja, ich weiß nicht, wie lange er gesessen hat.«

»Vierundzwanzig Jahre«, sagte Van Veeteren.

»So verdammt lange hat er gesessen, und du behauptest, er sei unschuldig?«

Van Veeteren nickte.

»Unschuldig gewesen. Er ist tot, wie du gesagt hast. Und

der richtige Mörder ist nicht der Einzige, der einen Strich unter die Sache ziehen will, wenn du verstehst...«

Mahler schwieg eine Weile.

»Eiwei«, sagte er dann. Er zog an seiner Zigarette und ließ Asche über seinen Bart rieseln. »Ich glaube, ich verstehe. Die großen Elefanten?«

Der Kommissar zuckte mit den Schultern.

»Die sind vielleicht nicht das Schlimmste, aber wir können einfach keinen Prozess in die Wege leiten, ohne trockene Füße zu haben. Sehr trockene.«

»Aber könnt ihr denn keine Beweise heranziehen? Ist das sonst nicht so? Dass ihr wisst, wer er war, und euch dann alle Mühe gebt, um Beweise zu finden... danach, meine ich? Ich hatte das für die normale Vorgehensweise gehalten.«

»Sicher, das stimmt schon«, sagte Van Veeteren. »Aber in diesem Fall ist es so ungefähr hoffnungslos. Der erste Teil ist verjährt und kann nicht wieder aufgerollt werden. Beim zweiten wären ungeheure Beweismengen oder sein Geständnis vonnöten. Und davon sind wir noch meilenweit entfernt.«

»Und der Mord an Verhaven? Das war also derselbe Mörder?«

»Höchstderselbe. Nein, auch dort gibt es keine Indizienbeweise. Wir wissen nicht, wann er gestorben ist. Nicht wie. Nicht wo.«

Wieder zuckte er mit den Schultern.

»Tja, so ungefähr sieht die Lage aus.«

»Und trotzdem weißt du, wer der Mörder ist?«, fragte Mahler und hob zweifelnd seine buschigen Augenbrauen.

»Ganz genau«, sagte Van Veeteren.

Mahler drehte das Brett um und stellte die Figuren für eine neue Partie auf.

»Und woher weißt du, dass du ihn nicht zu einem Geständnis bringen kannst? Du kannst doch nicht leugnen, dass ihr im Notfall auch zu Daumenschrauben greift?«

Van Veeteren nahm sich noch eine Zigarette.

»Ich beschatte ihn seit zwei Tagen«, sagte er. »Nicht unsichtbar natürlich, sondern ganz offen. Damit es ihm auffallen musste. Das bringt alle anderen aus der Fassung, ihn aber nicht. Er scheint das eher komisch zu finden. Nickt mir ab und zu freundlich zu. Lacht sich eins ins Fäustchen. Er scheint verdammt genau zu wissen, dass wir nichts haben, was ihm gefährlich werden könnte. Ich habe ihn natürlich noch nicht zur Rede gestellt, aber es würde mich doch sehr überraschen, wenn er dabei seine Maske ablegen würde. Und wenn, dann braucht er sie vor Gericht nur wieder aufzusetzen, und dann stehen wir da wie Pik sieben...«

»Hm«, sagte Mahler. »Und was hast du nun vor? Das klingt ja gewaltig kompliziert, ich muss schon sagen.«

Van Veeteren schwieg, aber Mahler gab sich nicht geschlagen.

»Na?«

»Ich habe ihm ein Ultimatum gestellt«, sagte schließlich der Kommissar. »Willst du noch ein Bier?«

»Natürlich. Was für ein Ultimatum?«

Van Veeteren stand auf, ging zum Tresen und kehrte nach einer Weile mit zwei schäumenden Krügen zurück.

»Was für ein Ultimatum?«, fragte Mahler, nachdem sie angestoßen hatten.

»Ich habe ihm einfach eine Möglichkeit offen gelassen. Um wie ein Ehrenmann seinen Hut zu nehmen.«

»Du meinst...«

»Ja. Selbstmord zu begehen.«

Mahler sah plötzlich fast belustigt aus.

»Und wenn er nun kein Ehrenmann ist? Darauf scheint doch einiges hinzuweisen.«

»Dann lege ich meine Karten auf den Tisch. Er hat eine Tochter und zwei Enkelkinder. Wenn er weiter mit den Schultern zuckt, werde ich ihr erzählen, dass ihr Vater drei Morde auf dem Gewissen hat, und ich werde dafür sorgen, dass sie mir glaubt. Seine Frau hat gerade aus diesem Grund ihr Leben lang geschwiegen ... bilde ich mir wenigstens ein.«

Mahler überlegte.

»Ja, ja, wenn du meinst«, sagte er dann. »Glaubst du, das klappt?«

Van Veeteren schnitt eine Grimasse.

»Weiß der Teufel«, sagte er. »Morgen um zwölf sehen wir weiter. Jedenfalls werde ich ihn dann besuchen.«

»Du bist wie der Teufel«, sagte Mahler. »Du hast deine eigenen Methoden, das steht fest.«

Er trank einen Schluck Bier und vertiefte sich wieder ins Brett. Nach ungewöhnlich kurzer Zeit versetzte er dann den Königsbauern um zwei Schritte.

»Kein toller Beruf, den du da hast«, sagte er.

»Für mich passt er gut«, sagte Van Veeteren.

»Ja, vermutlich«, meinte Mahler.

Anderthalb Stunden später hatte Mahler nach ungefähr sechzig Zügen den Sieg davongetragen. Er beugte sich zur Seite und zog ein kleines flaches Paket aus seiner Aktentasche, die neben ihm auf dem Boden gestanden hatte.

»Das soll ein Trost für dich sein«, sagte er. »Hab es heute aus der Druckerei bekommen, also ist es immerhin frisch.«

Van Veeteren riss das Papier ab.

»*Rezitativ aus einem Winkel*«, las er.

»Man dankt«, sagte er. »Das ist wohl ungefähr das, was ich brauche.«

»Das weiß man nie so genau«, meinte Mahler und schaute auf die Uhr. »Ist übrigens Zeit zum Aufbruch. Du kannst mit Seite 36 anfangen. Ich glaube, da könntest du einen Tipp finden.«

Van Veeteren öffnete die dünne Gedichtsammlung, nachdem er geduscht hatte und ins Bett gegangen war. Der Radiowecker auf dem Nachttisch zeigte einige Minuten nach halb eins, und er beschloss, sich für den Moment auf die Empfehlung des Autors zu beschränken. Poesie war ohnehin nichts, das man in großen Mengen genoss, schon gar nicht Mahlers minimalistische Strophen, und er spürte außerdem, dass der Schlaf hinter seinen Augenlidern schon auf der Lauer lag.

Das Gedicht hieß »Januarnacht« und bestand aus nur sieben Zeilen.

Licht ungeboren
Linien ungeahnt
Gesetz ungeschrieben

in der Schwärze das Kind
im tanzenden Fleck Rhythmus
aus dem Chaos Regeln für den Umgang mit Herzenskummer
und ein kleiner kategorischer Imperativ

Er knipste die Lampe aus und die Zeilen blieben hängen, in der Dunkelheit des Zimmers, wie ihm schien, und in seinem eigenen verebbenden Bewusstsein.

Die innere und die äußere Dunkelheit, dachte er noch, dann überließ er sich der grenzenlosen Obhut des Schlafs.

Morgen um zwölf.

40

Als er vor der Tür stand, zeigte seine Armbanduhr erst 11.59 und er beschloss, noch die letzte Minute abzuwarten. Er hatte sich für zwölf Uhr angemeldet und vielleicht war es wichtig, in den Einzelheiten präzise zu sein. Keine scheinbar belanglosen Dinge zu vernachlässigen.

Er drückte auf den Klingelknopf.

Wartete einige Sekunden und horchte nach Geräuschen in der Wohnung, drückte noch einmal auf den Klingelknopf. Ein langes, wütendes Signal. Dann beugte er sich vor und legte das Ohr an das kühle Holz der Tür.

Nichts.

Keine Schritte. Keine Stimmen. Keine menschlichen Geräusche. Er richtete sich auf. Sammelte sich für einen Moment. Holte tief Atem und griff nach der Türklinke.

Offen.

Er stieg über die Türschwelle. Ließ die Tür einen Spaltbreit offen. Nicht zum ersten Mal betrat er eine Wohnung, in der er einen Leichnam finden könnte, aber diesmal spielte noch etwas anderes eine Rolle. Etwas, das ihm beunruhigend und vorhersagbar zugleich vorkam.

Die Luft in der dunklen, engen Diele war stickig. Vor ihm lag die Küche, in die der Sonnenschein hätte strömen können, wenn die Rollos nicht geschlossen gewesen wären. Rechts führte eine halb offene Tür in einen Raum, bei dem es sich wohl um ein Schlafzimmer handelte. Links lagen eine Toilette und hinter einer Doppeltür das Wohnzimmer.

Zwei Zimmer und eine Küche, das war alles. Keine große Wohnung, wie Münster berichtet hatte.

Er nahm sich zuerst das Schlafzimmer vor. Das Bett wäre der natürliche Ort; dafür würde er sich wohl auch selber entscheiden, sollte es jemals so weit kommen.

Vorsichtig öffnete er die Tür.

Leer. Das Bett ordentlich gemacht. Auch hier heruntergelassene Rollos. Als sei der Bewohner verreist.

Dann das Wohnzimmer. Ebenso ordentlich und öde. Eine scheußliche Sitzgruppe aus einem graubraunen strapazierfähigen Kunststoff. Großer Fernseher, Bücherregal mit Nippesfiguren. Bilder mit Meeresmotiven.

In der Küche dieselbe triste Muffigkeit. An den Wänden Kalender und grelle Landschaften. Mit einem Handtuch bedecktes Geschirr im Trockengestell. Fast leerer Kühlschrank. Kränkelnde Topfblume auf dem Tisch.

Dann noch das Badezimmer. Auch eine Alternative, die er für sich selber für möglich halten würde. Langsam im heißen Wasser zu verdämmern. Wie Seneca. Nicht wie Marat.

Er schaltete das Licht ein.

Er konnte fast das Lächeln des Mörders ahnen; wie ein ausdauerndes halbironisches Spiegelbild in den blanken dunkelblauen Wandfliesen. Als habe der andere gewusst, dass er diesen Raum bis zuletzt aufheben würde. Als habe er eine Zeit lang mit dem Gedanken gespielt, für diesen eifrigen Kriminalbullen eine Mitteilung zu schreiben und sie hier zu hinterlassen, als habe er davon jedoch abgesehen, weil ja doch schon ganz klar war, wer bei diesem sinnlosen Wettstreit den Kürzeren ziehen würde.

Van Veeteren seufzte und betrachtete einen Moment im Spiegel über dem Waschbecken sein Gesicht. Es war kein sonderlich aufmunternder Anblick – so eine Art Mittelding zwischen dem Glöckner von Notre Dame und einem traurigen Bluthund. Wie immer, mit anderen Worten, nur noch etwas schlimmer.

Er knipste das Licht aus und ging wieder in die Diele. Blieb für einen Moment stehen und stellte fest, dass der Postkorb auf der Innenseite der Tür leer war. Was doch bedeuten musste, dass der andere erst vor kurzer Zeit verschwunden war. Vermutlich hatte er diese öde und ordentliche Wohnung erst vor einigen Stunden verlassen.

Dass er nur kurz etwas erledigen wollte, war sicher ausgeschlossen. Alles in dieser Wohnung wies auf eine Reise hin. Die mindestens einige Tage dauern sollte.

Oder war er für immer verreist? Vielleicht war das sogar ein gutes Zeichen? Wieder leuchtete ein kleiner Hoffnungsfunken auf. Hatte denn überhaupt jemand behauptet, er müsse es in seiner eigenen Wohnung erledigen?

Niemand, soweit er das beurteilen konnte.

Er ging wieder ins Treppenhaus und schloss die Tür. Warum hatte er die offen gelassen?

Damit Van Veeteren seine Hausdurchsuchung vornehmen könnte? Und wozu hätte diese dann gut sein sollen?

Oder hatte er das Abschließen einfach vergessen?

»Herr Van Veeteren?«

Er zuckte zusammen. Hatte nicht gemerkt, dass die Tür zu einer der Nachbarwohnungen vorsichtig geöffnet wurde. Ein rotgelockter Frauenkopf schaute heraus.

»Sie sind doch Herr Van Veeteren, oder? Er hat gesagt, dass Sie um diese Zeit kommen wollten.«

Van Veeteren nickte.

»Ich soll Ihnen ausrichten, dass er Sie leider nicht treffen kann, er ist nämlich ans Meer gefahren.«

»Ans Meer?«

»Ja. Er hat eine Nachricht für Sie hinterlassen. Bitte sehr!«

Sie reichte ihm einen weißen Briefumschlag.

»Vielen Dank«, sagte Van Veeteren. »Hat er sonst noch etwas gesagt?«

Die Frau schüttelte den Kopf.

»Nein, was hätte er denn sagen sollen? Entschuldigen Sie mich bitte, ich habe einen Kuchen im Ofen.«

Sie schloss die Tür.

So, dachte Van Veeteren und starrte den Briefumschlag an.

Er öffnete ihn erst in einem Straßencafé, das in derselben Straße lag. Während er ihn noch in der Hand hielt und auf die Kellnerin wartete, dachte er daran, was Mahler am vergangenen Abend gesagt hatte.

Wenn man etwas unternimmt, so muss das im richtigen Moment geschehen. Was dass dann ist, ist nicht so wichtig. Ein wenig überspitzt, natürlich, aber vielleicht stimmte es wirklich, dass der Zeitaspekt bei allen Handlungen das ausschlaggebende Element war? Man konnte auf jeden Fall nicht davon absehen, das stand fest.

Sein Bier wurde gebracht. Er trank einen Schluck und öffnete den Umschlag. Zog ein zusammengefaltetes Blatt Papier hervor und las:

    Pension Florian
    Behrensee

Er trank noch einen Schluck.

Das Meer, dachte er. Ja, das wäre natürlich eine Möglichkeit.

XI

25. November 1981

41

Wieder Nacht.

Wieder wach. Am Vortag war das Urteil gefallen, und ihre letzte Hoffnung war erloschen, wie eine Kerze im Sturm.

Schuldig.

Verhaven wieder schuldig gesprochen worden. Sie macht sich am Glas zu schaffen. Trinkt einen Schluck schales Mineralwasser und schließt die Augen. Kehrt ihre Gedanken immer wieder um. Was leitet dieses unbegreifliche Schicksal? Was bringt sie dazu, Stand zu halten? Statt einfach loszulassen und sich widerstandslos fallen zu lassen?

Dieses wahnwitzige Schweigen zu brechen und in der Finsternis zu versinken? Was?

Andrea, natürlich.

Andrea. Beim vorigen Mal war sie zwei Jahre alt, jetzt ist sie heiratsfähig. Eine reife Frau. Die Frau, zu der ihre Mutter nie geworden ist; es gibt in allem eine klare Linie und eine erbarmungslose schwarze Logik, gegen die sie sich nicht wehren kann. Eine Vorsehung, denkt sie.

Aber gebe Gott, dass aus der Sache mit diesem Juhanis endlich etwas wird.

Gebe Gott, dass sie sich bald entscheiden und dass er sie von hier fortholt.

Das gebe Gott.

Wann?

Wann ist die erste glasklare Ahnung diesmal durch sie hindurchgejagt?

Am selben Tag? An diesem verregneten Nachmittag im September, als Herr Nimmerlet den Leichnam entdeckt hat?

Vielleicht. Vielleicht wusste sie es sofort. Und hat es verdrängt und die Tür verschlossen. Hat sofort zu ihrer verqueren Ausflucht gegriffen und sie mit Haut und Haaren verschlungen; er war doch an diesem Tag gar nicht in der Stadt gewesen. Er war mit der defekten Säge nach Ulming gefahren, sie hatte das im Kalender überprüft, es musste an dem Tag gewesen sein ... und unterwegs hatte er bei Morrisons vorbeigeschaut, nur waren die nicht zu Hause gewesen. Das alles hatte er ihr erzählt, und sein Verhalten oder sein Auftreten waren wie immer gewesen. Ganz normal.

Und die Säge war nicht mehr zu reparieren gewesen, aber natürlich hatte er sich erkundigt, und da Ulming und Maardam mehrere Dutzend Kilometer auseinander liegen, kann er es nicht gewesen sein. Nicht diesmal; diesmal war es Verhaven, es muss Verhaven gewesen sein.

Schuldig!

Und doch ahnt sie, dass es nicht stimmt.

Liegt in ihrem großen Bett im frisch renovierten Schlafzimmer und weiß es. Und ist von diesem schwarzen Wissen noch fester gebunden. An ihn und an das Schweigen, so kommt es ihr vor; noch bitterer, stärker und deutlicher als je zuvor in diesen überreizten, schlaflosen Nachtstunden.

Er und sie. Ehemann und Ehefrau.

Aber nie Mann und Frau. Nicht seit Andreas Geburt. Während dieser vielen Jahre sind sie nicht mehr beieinander gewesen. Sie hat ihren Schoß verschlossen und ihn ausgesperrt, so ist es passiert. So wurde dieser starke und gesunde Mann in einen verwandelt, der zu den Nutten geht. In einen verheirateten Mann, der jeden Monat mit dem Auto in die Stadt fährt, um seine gequälten Triebe mit gekaufter Liebe zum Schweigen zu bringen.

Dazu hat sie ihn gemacht.

Und zu einem Mörder.

Er und sie. Dieses unausweichliche Wissen. Aber die Wahl, hat sie denn jemals eine Wahl gehabt?

Nein, denkt sie und schluckt auch das. Eine Wahl habe ich nie gehabt.

Sie setzt sich auf. Wischt sich mit dem Handrücken den kalten Schweiß von der Stirn. Versucht ihre Schultern zu entspannen und tief und ruhig durchzuatmen, während sie aus dem Fenster schaut. Über die dunkle dunkle Silhouette des Tannenwaldes, der sich vor dem Osthimmel abzeichnet.

Gott, denkt sie. Kann das jemand verstehen?

Kannst du das?

Sie faltet die Hände, aber die Worte des Gebets sind weiterhin in ihr gefangen.

Ich nehme die Strafe auf mich, denkt sie. Bestrafe mich für mein Schweigen. Lass mich für immer im Bett liegen! Lass mich... ja, genau das. Lass mich mit diesen schleppenden Schritten durch dieses Haus aufhören, das mein Zuhause und mein Gefängnis ist. Lass mich hier bleiben.

Möge mein lädiertes Becken für alle Zeit zerbrechen.

Sie lässt sich wieder auf die Kissen zurückfallen und weiß plötzlich, dass es so kommen wird. Genau so.

Und möge es trotz allem eine Art Sinn geben. Am Ende kommen dann auch die Worte über ihre Lippen. Möge... möge meine unergründliche Finsternis zum Licht meiner Tochter werden, flüstert sie in die Nacht hinaus. Ich bitte nicht um Vergebung! Ich bitte nicht um Verzeihung! Ich bitte um nichts. Gott strafe mich!

Danach nickt sie wieder ein und fast wie eine Antwort jagen die Schmerzenspfeile durch ihren Leib.

XII

29. – 31. Mai 1994

42

Der Regen hatte ihn fast auf der ganzen Fahrt begleitet, doch als er die Küste erreichte, besserte sich das Wetter. Die untergehende Sonne durchbrach hinten am Horizont die Wolken und ließ Lichtbündel über das kabbelige Meer jagen. Die Luft roch salzig und frisch, als er aus dem Auto ausstieg, und er blieb einige Sekunden stehen und sog sie in tiefen Zügen ein. Über dem Wasser segelten Möwen und füllten die Bucht mit ihrem selbstsicheren, gedehnten Geschrei.

Das Meer, dachte er noch einmal.

Am Strand zwischen den beiden Anlegern – er war nicht lang, höchstens einen Kilometer – waren nach dem Regen nun Menschen aufgetaucht. Einige Hunde jagten einander, Jugendliche spielten Volleyball, ein Fischer ordnete seine Netze. Er konnte sich nicht sofort erinnern, wann er diesen verschlafenen Badeort mit seinem altmodischen Charme zuletzt besucht hatte; die Glanzzeit mit Kasino und Kurhotel war irgendwann in den zwanziger Jahren gewesen, wenn er sich nicht irrte – aber bestimmt war er schon zweimal hier gewesen... immer nur einige Tage lang, aber Behrensee war so klein, dass er sich sofort an den Weg zur Pension Florian erinnern konnte.

Im Grunde gab es kaum mehr als die Prachtstraße hinter der Strandpromenade, deshalb hätte er sich wohl ohnehin nicht verlaufen können. Aber er hatte das Bild ja noch in Erinnerung.

Eine alte Jugendstilfassade am Südende der Reihe von Hotels und Läden. Eingeklemmt zwischen einem ziemlich neuen Supermarkt und dem ein wenig verwahrlosten Sea Horse, in dem er selber bei einem seiner kurzen Aufenthalte gewohnt hatte.

Wenn seine Erinnerung ihn nicht trog, natürlich nur.

Das tat sie nicht. Ein schmales, aber fünf Stock hohes weißes und rosa Gebäude. Kupferdach, das noch ein wenig in den letzten Sonnenstrahlen glühte und Balkons in tiefem Weinrot. Hier und dort ein wenig ramponiert, aber sicher keins der billigeren Etablissements in dieser angekratzten Idylle.

Er ging durch die milchweißen Glastüren. Stellte vorsichtig seine Aktentasche auf den Boden und drückte auf den Klingelknopf neben der Rezeption. Nach einer halben Minute erschien eine Frau mittleren Alters, die ein Geschirrtuch in der Hand hielt. Offenbar war sie gerade mit dem Abwasch beschäftigt. Sie schaute ihn über ihren goldenen Brillenrand hinweg an und legte ihr Geschirrtuch weg.

»Ja?«

»Ich suche Arnold Jahrens. Wenn ich das richtig verstanden habe, dann wohnt er hier.«

»Mal sehen.«

Sie blätterte im Gästebuch.

»Ja, stimmt. Zimmer 53. Ganz oben. Sie können den Fahrstuhl nehmen.«

Sie stellte sich auf Zehenspitzen und zeigte über seine Schulter.

»Ist er jetzt da?«

Sie warf einen Blick auf das Schlüsselbrett.

»Ich glaube schon. Seinen Schlüssel hat er jedenfalls nicht abgegeben.«

»Ganz oben, haben Sie gesagt?«

»Ja.«

»Danke«, sagte Van Veeteren. »Ich muss nur schnell noch etwas erledigen und komme dann nachher wieder.«

»Wie Sie wünschen«, sagte die Frau und griff zu ihrem Geschirrtuch.

Er klopfte zweimal, aber darauf erfolgte keine Reaktion. Er drückte auf die Klinke und die Tür öffnete sich.

Ein ganz normales Zimmer, stellte er fest. Aber mit einem gewissen ererbten Charme, zweifellos. Breites Bett mit Kopf- und Fußende aus Eisenrohren. Dunkle Täfelung weiter oben an den Wänden. Ein kleiner Schreibtisch. Zwei noch kleinere Sessel. Ein Kleiderschrank.

Links, gleich neben der Tür, lagen Toilette und Badezimmer. Da er sofort sehen konnte, dass das Zimmer leer war, stieß er die Toilettentür auf. Knipste das Licht an.

Auch hier war alles leer. Es gab übrigens keine Badewanne, sondern nur eine moderne Duschkabine, was nicht gerade ideal war, falls man sich das Leben nehmen wollte.

Er ging zurück ins Zimmer. Stellte die Aktentasche auf den Schreibtisch und fischte aus dem Lager in seiner Brusttasche einen Zahnstocher. Schaute sich um.

»Kommissar Van Veeteren, nehme ich an?«

Die Stimme kam vom Balkon und enthielt genau diesen unterdrückten Ton von Gelassenheit und Selbstsicherheit, vor dem er sich vielleicht am meisten von allem gefürchtet hatte.

»Herr Jahrens«, sagte er und ging auf den Balkon. »Darf ich mich setzen?«

Der kräftige Mann nickte und zeigte auf den freien Korbsessel auf der anderen Seite des Tisches.

»Ich muss schon sagen, für einen Polizisten scheinen Sie verflixt viel Fantasie zu haben. Ich begreife wirklich nicht, wie jemand sich eine solche Geschichte aus den Fingern saugen kann.«

Van Veeteren öffnete seine Aktentasche.

»Whisky oder Kognak?«, fragte er.
»Wenn Sie glauben, dass es Ihnen helfen könnte, mich betrunken zu machen, dann muss ich Sie enttäuschen.«
»Durchaus nicht«, sagte Van Veeteren. »Ich konnte nur kein Bier auftreiben.«
»Na gut.«
Er holte zwei Gläser aus dem Zimmer und Van Veeteren schenkte ein.
»Sie brauchen sich nicht zu verstellen«, sagte er. »Ich weiß, dass Sie drei Leben auf dem Gewissen haben, und ich werde dafür sorgen, dass Sie nicht ungeschoren davonkommen. Prost.«
»Prost«, sagte Jahrens. »Und wie wollen Sie das bewerkstelligen? Ich nehme an, dass Sie irgendwo ein kleines Mikrofon versteckt haben, das irgendwo mit einem Tonbandgerät verbunden ist, und dass Sie hoffen, ich werde mich im Suff versprechen. Ist das nicht ein bisschen billig? Werden Verhaftungen heutzutage so in die Wege geleitet?«
»Durchaus nicht«, sagte Van Veeteren. »Vor Gericht würde das keinen Bestand haben, aber das wissen Sie sicher. Nein, ich möchte Ihnen nur erzählen, wie ich die Sache sehe. Wenn Sie vor Tonbandgeräten und anderen Dingen Angst haben, können Sie ja einfach nur nicken oder den Kopf schütteln ... ich glaube, auch Sie empfinden ein gewisses Bedürfnis, diese Sache durchzusprechen.«
»Unsinn«, sagte Jahrens und kostete seinen Whisky. »Natürlich haben Sie mich neugierig gemacht. Nicht jeden Tag kann man sich die lockeren Schrauben der Polizei aus nächster Nähe ansehen.«
Er lachte und schüttelte eine Zigarette aus der Packung, die auf dem Tisch lag.
»Möchten Sie?«
»Danke.«
Van Veeteren ließ sich Zigarette und Feuer geben, dann sagte er: »Erzählen Sie von Leopold Verhaven.«

Arnold Jahrens lachte wieder und zog an seiner Zigarette. Schaute auf und blickte aufs Meer hinaus. Einige Sekunden verstrichen.

»Morgen gibt es gutes Wetter, glauben Sie nicht, Kommissar? Wollen Sie auch einige Tage hier verbringen?«

»Wie du willst«, sagte Van Veeteren und beugte sich über dem Tisch vor. »Ich kann die Geschichte erzählen, und du unterbrichst mich, wenn etwas unklar erscheint... du hast drei Menschen ermordet, Beatrice Holden, Marlene Nietsch und Leopold Verhaven. Verhaven hat deinetwegen vierundzwanzig Jahre im Gefängnis verbracht. Du bist ein Schwein, lass dich von meinem freundlichen Benehmen nicht täuschen.«

In Jahrens' Wange zuckte ein Muskel zweimal, eine Antwort gab der Mann nicht.

»Das Einzige, was ich nicht richtig verstehe«, sagte Van Veeteren, »ist die Sache mit dem Motiv. Aber in groben Zügen bin ich mir auch da ziemlich sicher... sag Bescheid, wenn ich mich irre, wie gesagt. Am 6. April 1962, einem Samstag, gehst du zu Verhavens Haus im Wald, weil du weißt, dass Beatrice Holden dort allein ist. Vermutlich hast du darauf gewartet, dass der Elektriker seine Arbeit beendet; und als du ihn auf seinem Rückweg in die Stadt gesehen hast, machst du dich auf den Weg. Du bist geil. Vor weniger als einer Woche hat Beatrice auf deinem Sofa gelegen, nackt unter einer Decke, und das ist mehr, als du ertragen kannst. Vermutlich hast du auch einen Blick unter die Decke geworfen, hast Beatrice vielleicht ein wenig begrapscht, während sie ihren Rausch ausschlief, und während deine kranke Frau nichts ahnend im ersten Stock im Bett lag. Vielleicht hast du auch die Hände zwischen ihre Beine geschoben... zwischen Beatrice Holdens Beine, da willst du schließlich hin. Zu einer warmen und geilen und attraktiven Frau, ganz anders als deine Gattin, die ganz kalt da oben liegt und dich niemals zu sich lässt...«

Arnold Jahrens trank einen Schluck, verzog aber keine Miene.

»Du kommst zum Großen Schatten und da ist sie. Ganz allein. Verhaven ist in Maardam und wird erst in einigen Stunden zurückkehren. Du kannst also einfach zugreifen. Einfach zu ihr gehen, ein paar nette Worte sagen, ihr die Hose herunterziehen und loslegen. Warum wollte sie nicht, Jahrens? Sag mir das! Warum durftest du nicht zwischen Beatrice Holdens Beine, wo sie doch sonst immer so willig war? Hatte sie dir das nicht in der Nacht, als du dich um sie gekümmert hast, sogar halbwegs versprochen? Oder hattest du das einfach missverstanden?«

Jahrens hustete.

»Was für eine Fantasie«, sagte er und leerte sein Glas. »Wer hier pervers ist, das sind Sie, Kommissar, nicht ich.«

»Das war eine Schande, nicht wahr? Hast du das nicht so empfunden?«

»Was denn?«

»Dass du nicht mit Beatrice Holden schlafen durftest. Dass dieses Schwein Leopold Verhaven zum Zug kam, du aber nicht ... dieser lächerliche Drecksjunge, den du seit eurer Schulzeit verachtet hast. Leopold Verhaven! Noch dazu ein Betrüger! Der Eierhändler aus dem Großen Schatten! Ein elender Wicht, über den du dir immer erhaben vorgekommen bist ... und der jetzt mit dieser tollen Frau zusammenlebt, während du, du einen großen Hof erheiratet hast, einen der Reichsten von ganz Kaustin, aber um welchen Preis! Der Preis ist deine eingetrocknete Gattin, die dich niemals zu sich lässt, und jetzt stehst du da, an diesem Samstag, und auch Beatrice Holden lässt dich nicht zu sich ... vielleicht lacht sie dich ja sogar aus und droht, Verhaven zu erzählen, was du für ein hilfloser Bock bist.«

Er legte eine kurze Pause ein. Jahrens drückte seine Zigarette aus und schaute wieder aufs Meer.

»Bitte, sag mir doch, ob irgendein Detail meiner Rekonstruktion nicht stimmt«, sagte Van Veeteren und ließ sich im Sessel zurücksinken.

»Bisher also alles korrekt? Ja, das hatte ich mir schon gedacht«, stellte Van Veeteren zufrieden fest. »Vielleicht möchtest du jetzt weitererzählen? Wie du sie vergewaltigt und erwürgt hast ... oder war das andersherum?«

»Ich werde Ihre Vorgesetzten über dieses Gespräch informieren«, sagte Jahrens nach einigen Sekunden. »Und zwar schon morgen früh.«

»Sehr schön«, sagte Van Veeteren. »Noch einen Schluck Whisky?«

Wortlos griff Jahrens zur Flasche und schenkte sich nach. Van Veeteren hob sein Glas, aber sein Gastgeber würdigte ihn keines Blickes. Sie tranken schweigend.

»Nummer zwei«, sagte Van Veeteren dann. »Marlene Nietsch.«

Jahrens hob die Hand.

»Nein, danke«, sagte er. »Es reicht jetzt. Bitte, scheren Sie sich mit Ihren verdammten Einbildungen zum Teufel. Ich habe Wichtigeres zu tun als ...«

»Kommt nicht in Frage«, fiel Van Veeteren ihm ins Wort. »Ich bleibe hier.«

Jahrens schnaubte und sah zum ersten Mal ein wenig ratlos aus. Wird aber auch Zeit, dachte Van Veeteren.

»Na gut. Entweder versprechen Sie mir, in spätestens einer halben Stunde von hier verschwunden zu sein oder ich hole die Polizei.«

»Ich bin die Polizei«, teilte Van Veeteren freundlich mit. »Wäre es nicht besser, Sie holen einen Anwalt? Einen guten Anwalt ... Sie haben zwar trotzdem keine Chance, aber es ist immer ein besseres Gefühl, alles Menschenmögliche versucht zu haben, glauben Sie mir.«

Jahrens steckte sich eine neue Zigarette an, schien aber das Telefon nicht anrühren zu wollen. Van Veeteren stand auf und schaute aufs Meer hinaus. Die Sonne war schon vor einiger Zeit hinter dem Horizont versunken und blaue Dämmerung senkte sich über den Strand. Einige Minuten lang stützte er sich mit den Händen auf das niedrige Geländer und wartete auf irgendeine Bemerkung von Jahrens, die jedoch nicht erfolgte.

Der saß einfach in seinem Korbsessel. Nippte an seinem Whisky und rauchte, und Van Veeterens Anwesenheit schien ihm nun wieder egal zu sein.

Vielleicht hatte er sich ja niemals irgendwelche Sorgen gemacht. Nicht einmal für einen Moment.

Also machen wir weiter, dachte Van Veeteren und setzte sich dem anderen gegenüber.

Er goss die letzten Tropfen aus der Flasche und hielt sie über den Tisch.

»Hält ja nicht lange«, sagte er und Jahrens lachte.

Es war jetzt wirklich dunkel. Die kleine Lampe an der Balkonecke konnte ihr Licht nicht sehr weit leuchten lassen. Während der vergangenen halben Stunde war Arnold Jahrens zu einer mehr oder weniger bewegungslosen Kontur geworden. Zu einer dunklen Silhouette, deren Gesicht im Schatten lag, weshalb Van Veeteren nicht mehr sehen konnte, welche Wirkung seine Worte und Anstrengungen hatten. Wenn sie denn eine hatten.

»Und Sie wollen also nicht erzählen, wo Sie seinen Kopf vergraben haben? Ist das nicht ein bisschen gemein, was meinen Sie? In Dantes Inferno würden Sie nicht sehr weit oben landen, das ist Ihnen doch bewusst?«

Er war wieder zu der formelleren Anredeform zurückgekehrt; er wusste nicht so recht, warum, vielleicht hing es nur mit dem Alkohol und der Dunkelheit zusammen.

Jahrens gab keine Antwort.

»Wie wird Ihre Tochter reagieren, was glauben Sie?«

»Worauf? Auf Ihre lächerlichen Unterstellungen?«

»Lächerlich? Glauben Sie wirklich, dass sie lachen wird?«

Jahrens lachte noch einmal, als wolle er wissen, ob in dieser Lage ein Lachen überhaupt angebracht sei.

»Ihre Frau fand das jedenfalls nicht gerade witzig.«

Jahrens entfuhr ein Schnauben. Aus dem ein ziemlicher Betrunkenheitsgrad herauszuhören war, fand Van Veeteren, und er beschloss sofort, auf dieses Urteil und diesen Umstand zu bauen. Jetzt, dachte er. Jetzt geht es aufs Ganze. Außerdem war er inzwischen auch selber alles andere als klar im Kopf; sie hatten zweifellos einiges gepichelt, und endlos viel Zeit blieb ihnen nicht mehr.

»Möchten Sie das vielleicht herausfinden?«, fragte er.

»Was denn?«

»Wie Ihre Tochter auf das alles reagiert.«

»Was, zum Teufel, soll das denn heißen?«

Van Veeteren zog die kleine Nadel aus seinem Revers und hielt sie zwischen Daumen und Zeigefinger.

»Wissen Sie, was das hier ist?«

Jahrens schüttelte den Kopf.

»Ein Sender. Wie Sie anfangs angenommen haben...«

»Spielt doch keine Rolle, zum Henker«, fiel Jahrens ihm ins Wort. »Sie wissen sehr gut, dass ich Ihnen nicht im geringsten Punkt zugestimmt habe.«

»Das glauben Sie«, sagte Van Veeteren. »Vielleicht werden Sie das anders sehen, wenn Sie das Band gehört haben. Das ist oft so.«

»Blödsinn«, sagte Jahrens und griff nach einer weiteren Zigarette. »Was hat das mit meiner Tochter zu tun? Wollen Sie ihr die Aufnahme vorspielen?«

»Ist nicht nötig«, sagte Van Veeteren und brachte die Nadel vorsichtig wieder an.

»Ist nicht nötig? Und was soll das heißen?«

Jahrens ließ die Zigarette los und glotzte. Van Veeteren erhob sich.

»Diese Zimmer«, sagte er und streckte in beide Richtungen die Hände aus. »Nr. 52 und Nr. 54, meine ich...«

Jahrens packte die Armlehne und versuchte aufzustehen.
»Was zum Teufel ...«
»In 52 sitzen drei Polizisten mit einem Tonbandgerät. Sie haben jedes Wort unserer kleinen Plauderei mitbekommen. Und nicht eine Nuance verpasst, das kann ich Ihnen sagen. Im anderen Zimmer ...«
Er zeigte hinüber.
»Im anderen sitzen Ihre Tochter Andrea und deren Mann.«
»Was zum Teufel ...«
Van Veeteren ging zum Geländer und zeigte noch einmal.
»Wenn Sie herkommen, können Sie sie sogar sehen, wenn Sie sich ein wenig vorbeugen ...«
Arnold Jahrens stand sofort neben ihm, und danach dauerte es nicht mehr lange, bis alles vorüber war. Und doch wusste Van Veeteren, dass dieser kurze Moment ihn in allen düsteren Nächten seines Lebens verfolgen würde.
Und vielleicht auch noch länger.

Als er zu seinem Wagen zurückging, merkte er, dass er um einiges betrunkener war, als er gedacht hatte, und dass er in diesem Zustand natürlich nicht fahren konnte. Er riss sich Bart und Perücke herunter, stopfte beides in eine Plastiktüte und verstaute diese bis auf weiteres unter dem Vordersitz. Dann legte er sich auf dem Rücksitz unter die Decke und wünschte sich eine gute und traumlose Nacht.
Fünf Minuten später schlief er wie ein Stein, und als Krankenwagen und Polizei anrückten, nahm er weder die Sirenen noch die lauten Stimmen wahr.
Und niemand achtete auf den leicht ramponierten Opel, der ein wenig nachlässig zwei Straßen weiter im Norden der Pension Florian geparkt worden war. Und warum hätte auch irgendwer darauf achten sollen?

43

»Hast du das gesehen?«, fragte Jung und reichte ihm die Zeitung. »Hast du den nicht interviewt?«

Rooth schaute auf das Foto.

»Sicher. Was ist ihm denn passiert?«

»Ist aus dem fünften Stock gefallen. Oder vielleicht gesprungen. Unfall oder Selbstmord, das ist hier die Frage. Wie war er denn so?«

Rooth zuckte mit den Schultern.

»Wie die meisten. Eigentlich ganz sympathisch, fand ich. Immerhin hat er mir Kaffee angeboten.«

Reinhart nahm in der Kantine gegenüber von Münster Platz.

»Guten Morgen«, sagte er. »Wie geht's?«

»Was ist denn jetzt los?«, fragte Münster.

Reinhart säuberte über dem Aschenbecher seine Pfeife und fing an, sie zu stopfen.

»Darf man eine einfache Frage stellen?«

Münster legte das Neue Blatt beiseite.

»Du kannst es ja immerhin versuchen.«

»Hrrm«, sagte Reinhart und beugte sich über den Tisch. »Du warst nicht zufällig vorgestern Abend in Behrensee?«

»Durchaus nicht«, sagte Münster.

»Der Kommissar vielleicht?«

»Kann ich mir nicht vorstellen. Der ist doch noch immer krankgeschrieben.«

»Sicher, das schon«, sagte Reinhart. »War auch nur so eine Idee von mir.«

»Was du nicht sagst«, sagte Münster.

Er vertiefte sich wieder in seine Zeitung, und Reinhart steckte sich die Pfeife an.

Hiller klopfte und kam herein. DeBries und Rooth blickten vom Protokollschreiben auf.

»Draußen in Behrensee hat es offenbar einen Unglücksfall gegeben«, sagte der Polizeichef und fuhr sich über das Kinn. »Meint ihr, wir sollten uns das näher ansehen?«

»Sicher nicht«, sagte deBries. »War doch ein reiner Unfall. Darum können die Kollegen da draußen sich selber kümmern.«

»Na gut, ich wollte nur mal eure Meinung hören. Jetzt könnt ihr weiterarbeiten.«

Ebenfalls, dachte deBries und wechselte mit Rooth einen Blick.

»Du weißt, dass es zwei Anrufe gegeben hat?«, fragte Rooth, nachdem der Polizeichef die Tür geschlossen hatte.

»Nein«, sagte deBries. »Was denn für Anrufe?«

»Anonyme. Aus Kaustin. Und von zwei verschiedenen Personen ... einem Mann und einer Frau, sagt Krause.«

DeBries schaute auf und biss in einen Kugelschreiber.

»Und was sagen die?«

»So ungefähr dasselbe. Dass dieser Jahrens etwas mit den Morden zu tun hatte. Den Verhavenmorden, meine ich. Sie hatten immer schon das Gefühl, wollten aber nichts sagen. Ja, das behaupten sie auf jeden Fall.«

DeBries dachte nach.

»Ja verdammt«, sagte er dann. »Und auf diese Weise hat er nun doch seine Strafe erhalten, meinst du?«

»Kann schon sein«, sagte Rooth. »Aber wahrseheinlich haben wir es mit Verrückten zu tun, die sich wichtig machen wollen. Und wie auch immer, uns kann das nun wirklich egal sein.«

DeBries schwieg einige Sekunden. Dann zuckte er mit den Schultern.

»Richtig, der Fall ist ja eingestellt worden, wenn ich das richtig verstanden habe. Komische Geschichte ... finde ich zumindest. Aber wir haben ja auch sonst alle Hände voll zu tun.«

»Mehr als nur die Hände«, sagte Rooth.

»Darf man Platz nehmen?«, fragte Mahler und setzte sich auf den freien Stuhl. »Warum sitzt du eigentlich hier?«

»Ich sitze, wo ich will«, erklärte Van Veeteren. »Ich bin krankgeschrieben, und das Wetter ist gar nicht schlecht. Ich schau gern zu, wie sich andere Leute in ihren Laufrädern abstrampeln... und außerdem habe ich ein Buch, in dem ich blättern kann.«

Mahler nickte verständnisvoll.

»Ist vielleicht nicht das Richtige für Sonnenschein.«

Er schaute über den Platz hinaus und winkte einer Kellnerin.

»Zwei Dunkle«, sagte er.

»Man dankt«, sagte Van Veeteren.

Sie warteten auf das Bier, tranken einander zu und ließen sich zurücksinken.

»Na, wie ist das gelaufen?«, fragte Mahler.

»Was denn?«

»Red keinen Unsinn«, sagte Mahler. »Ich hab dir schließlich ein Bier und eine Gedichtsammlung ausgegeben, zum Teufel.«

Van Veeteren trank noch einen Schluck.

»Schon wahr«, sagte er. »Und jetzt ist es jedenfalls vorbei.«

»Er konnte also dem Druck nicht standhalten?«

Der Kommissar dachte kurz nach.

»Ganz recht«, sagte er dann. »Poetischer lässt sich das einfach nicht ausdrücken.«

XIII

19. Juni 1994

44

Auf dem Friedhof von Kaustin standen Linden und Ulmen und vereinzelt auch Rosskastanien, deren ausufernde Wurzelsysteme dem Friedhofsgärtner Maertens, wenn er mit dem Spaten darauf stieß, immer wieder ein lautes Fluchen entlockten. An diesem Sommersonntag jedoch hatte er – wie die anderen, die das frisch geöffnete Familiengrab umstanden – allen Grund, anders zu denken. Den dichten Kronen, die während der schlichten Beisetzungszeremonie Schatten und zumindestens eine gewisse Kühlung schenkten, Dankbarkeit entgegenzubringen.

Wenn sie unter der brennenden Sonne gestanden hätten, hätte es durchaus zu einer Ohnmacht kommen können.

Sie waren nur zu siebt. Und drei waren beruflich anwesend, Maertens selber, Kantor Wolff und Pastor Kretsche. Die anderen waren Frau Hoegstraa, diese alte Schwester, der sicher auch nicht mehr viele Jahre blieben, und zwei Polizisten aus Maardam, die vor einigen Wochen hier herumgeschnüffelt hatten, wobei aber natürlich nichts herausgekommen war. So war es nun einmal. Leopold Verhaven war unter der Erde. Zumindest ein großer Teil von ihm; natürlich waren die fehlenden Körperteile nie gefunden worden. Sollten sie jemals auftauchen, könnten sie sie ja immer noch ins Grab stopfen ... manchmal konnte man sich fragen, was die Polizei eigentlich den ganzen Tag machte. Und wofür sie bezahlt wurde.

Aber auch das war nun einmal so. Er hatte keine Lust, sie zu fragen. Wartete eigentlich nur darauf, dass Kretsche zum Ende kam, damit er die Schotten dicht machen und sich zu Hause im Fernsehen das Fußballländerspiel ansehen konnte.

Der Pastor sprach über Unergründlichkeit. Über die alles überwindende Liebe und Gnade des Herrn. Und über Vergebung.

Ja, was, zum Teufel, sollte er auch sonst sagen? Maertens seufzte und lehnte sich diskret an einen Ulmenstamm. Schloss die Augen und spürte einen leichten Wind, der jetzt über den Friedhof strich, er war kaum zu bemerken und schenkte auch keine Kühlung. Vor seinem inneren Auge sah er ein großes, beschlagenes Bierglas in seiner Hand vor dem Fernseher.

Eija, wären wir da, dachte er und fragte sich, woher zum Henker ihm dieser Spruch gekommen war. War vielleicht aus der Bibel; in seinem Beruf war es unvermeidbar, dass er in dieser Hinsicht so einiges aufschnappte.

Er öffnete die Augen und betrachtete die Gruppe. Frau Hoegstraa trug einen Trauerflor, sah verbissen aus und vergoss nicht eine Träne. Kretsche redete und redete, wie immer. Wolff schien auch fast zu schlafen. Der ältere Polizist schwitzte ziemlich heftig und fuhr sich ab und zu mit einem bunten Taschentuch durchs Gesicht. Der jüngere schien über irgendetwas nachzudenken, was immer das nun sein mochte.

Wenn die nun auch dafür bezahlt wurden, dass sie hier herumstanden! Ihn würde das nicht überraschen.

»... am Jüngsten Tag. Amen«, sagte der Pastor, dann war es vorbei.

Ruhe in Frieden, Leopold Verhaven, dachte Maertens und hielt Ausschau nach einem Spaten.

»Ich habe mir ein paar Gedanken gemacht«, sagte Münster, als sie ihre Autos erreicht hatten.

»Lass hören«, sagte Van Veeteren.

»Tja«, sagte Münster. »Erstens wüsste ich gern, wie der Kommissar festgestellt hat, dass er es war. Jahrens, meine ich.«

»Hrrm«, sagte Van Veeteren. »Die Rollstuhlrampe bei Czermaks, natürlich. Und diese Frau mit dem Stock, im Gefängnis. Ich habe das vielleicht nicht sofort miteinander in Verbindung gebracht, aber einen Zusammenhang musste es doch geben. Etwas, das ein Glöckchen zum Bimmeln gebracht hat.«

»Aber Frau Jahrens war doch schwerstbehindert. Konnte auch mit Stöcken nicht gehen.«

Van Veeteren fächelte sich mit einer Zeitung Luft zu.

»Nicht alles ist so, wie es aussieht, Polizeirat. Ich dachte, da wären wir uns einig?«

»Und was mag das wohl bedeuten?«, fragte Münster.

»Dieses und jenes«, erwiderte der Kommissar und schaute zum Friedhof hinüber. »Dass die Wurzel oder die Quelle des Bösen nicht immer da liegt, wo wir sie zu finden erwarten, zum Beispiel. Leopold Verhavens Schicksal – ich hoffe wirklich, dass er irgendwann in der Zukunft rehabilitiert werden kann – hatte doch fast nichts mit ihm selber zu tun. Er wurde zur unfreiwilligen Hauptperson in einem Drama, eines stummen, verbitterten und besinnungslosen Dramas zwischen dem Ehepaar Jahrens. Absolut unschuldig wird er zum Sündenbock auserkoren und muss fast ein Vierteljahrhundert im Gefängnis verbringen ... kein Wunder, dass er danach ein wenig eigen war! Als Frau Jahrens sich endlich zur Beichte entscheidet, führt das nur zu Verhavens Tod. Das ist einfach zu übel, Münster, aber vielleicht gibt es in allem doch eine Art seltsamer Logik. Ich habe fast das Gefühl, schallendes Gelächter aus der Unterwelt zu hören, wenn du verstehst, was ich meine ...«

Er schaute in den hellen Sommerhimmel mit den Federwölkchen hoch.

»Sogar an einem solchen Tag«, sagte er.
Sie schwiegen eine Weile.
»Und Marlene Nietsch?«, fragte Münster.
»Ein Zufall, glaube ich«, sagte Van Veeteren. »Er hatte sie wohl in der Stadt gesehen und wusste, wie sie aussah, und an dem Tag fuhr er an ihr vorbei, als Verhaven sie gerade verlassen hatte. Vermutlich ließ er sie einfach in seinen Wagen einsteigen und dann nahmen die Dinge ihren Lauf. Sie wollte nicht und er wurde gewalttätig. Ich nehme jedenfalls an, dass es so war, obwohl es natürlich noch viele andere vorstellbare Varianten gibt.«

»Und die Reste? Von Verhaven, meine ich.«
Der Kommissar zuckte mit den Schultern.
»Keine Ahnung, sind irgendwo vergraben, fast hoffe ich, dass es auch so bleibt. Stell dir vor, sie werden in hundert Jahren gefunden und führen zu neuen Ermittlungen. Ab und zu habe ich das Gefühl, dass das hier eine unendliche Geschichte werden wird.«

Münster nickte und öffnete die Wagentür.
»Aber jetzt reicht es auf jeden Fall«, sagte er. »Ich muss nach Hause und packen. Wir fahren morgen.«
»Italien?«, fragte Van Veeteren.
»Ja. Zwei Wochen in Kalabrien und eine in der Toscana. Wann macht der Kommissar Urlaub?«
»Im August«, sagte Van Veeteren. »Ich bin ja kaum wieder in Gang gekommen, aber das ist ja auch vielleicht nicht nötig. Der Juli in Maardam ist meistens ein schöner Monat. Ruhig und friedlich ... alle Idioten sind schließlich verreist. Nimm das aber nicht persönlich.«

»Wie würd ich denn«, sagte Münster. »Mach's gut.«
»Mach's gut«, sagte Van Veeteren. »Pass gut auf deine schöne Frau auf ... und natürlich auch auf die Kinder. Und im September ist wieder Badminton angesagt.«
»Aber sicher«, sagte Münster.

Noch einmal fuhr er den Weg zum Großen Schatten hoch. Verließ jedoch nicht sein Auto. Betrachtete nur das überwucherte Haus, rauchte eine Zigarette und trommelte mit den Fingern auf dem Lenkrad herum.

Was für eine schreckliche Geschichte, dachte er.

Und jetzt waren alle Beteiligten tot. Wie in einer Shakespeare-Tragödie. Beatrice Holden und Marlene Nietsch. Arnold und Anna Jahrens. Und Verhaven selber, natürlich.

Aber die Gerechtigkeit war immerhin wiederhergestellt. So weit wie möglich zumindest. Die Nemesis hatte ihre Pflicht getan. So musste man das wohl sehen.

Und wer war noch übrig?

Verhavens alte Schwester, die bei der ganzen Sache keine Rolle gespielt hatte.

Andrea Jahrens oder Välgre, wie sie derzeit hieß. Die Tochter mit den zwei Kindern.

Die einzigen Überlebenden, könnte man wohl sagen; Frau Hoegstraa würde sicher auch bald unter die Erde kommen.

Überlebende und gänzlich Unwissende. Es gab natürlich auch keinen Grund, ihnen irgendetwas zu erzählen.

Auf die Idee würde er nie kommen.

Nie.

Und als er nun zum letzten Mal langsam durch den Ort fuhr, der in verräterisch schönem Sommerschlummer versunken war, dachte er daran, was er zu Münster gesagt hatte.

Nicht alles ist so, wie es aussieht.

Kaustin – das Mörderdorf.

Danach überlegte er sich, dass er dem Kollegen nicht die ganze Wahrheit gesagt hatte. Der wahre Grund, aus dem er an jenem Tag zu Czermaks gegangen war, war natürlich nicht, dass ihm die Rollstuhlrampe aufgefallen wäre – das war gewissermaßen eine Gratiszugabe gewesen. Nein, die Ursache war um einiges prosaischer, und jetzt verspürte er genau dasselbe Symptom.

Er hatte Durst gehabt.

Aber, dachte er mit plötzlich auflodernder und schnell erlöschender Munterkeit, und mit dem klaren Risiko, sich gar zu oft zu wiederholen: Schließlich ist nicht alles so, wie es aussieht.

Dann beschleunigte er sein Tempo und dachte an die Grenze, die er nun endlich überschritten hatte.

btb

Håkan Nesser bei btb

Die Kommissar-Van-Veeteren-Serie

Das grobmaschige Netz · Roman (72380)

Das vierte Opfer · Roman (72719)

Das falsche Urteil · Roman (72598)

Die Frau mit dem Muttermal · Roman (72280)

Der Kommissar und das Schweigen · Roman (72599)

Münsters Fall · Roman (72557)

Der unglückliche Mörder · Roman (72628)

Der Tote vom Strand · (73217)

Die Schwalbe, die Katze, die Rose und der Tod
Roman (73325)

Sein letzter Fall · Roman (75080)

Die anderen Kriminalromane

Barins Dreieck · Roman (73171)

Kim Novak badete nie im See von Genezareth
Roman (72481)

Und Piccadilly Circus liegt nicht in Kumla
Roman (75094)

Die Schatten und der Regen · Roman (75146)

Aus Freude am Lesen

LEIF GW PERSSON

Packende Kriminalromane aus Schweden.

Roman. 704 Seiten. Gebunden
ISBN 3-442-75140-3

Ein amerikanischer Journalist ist aus dem Fenster gesprungen. Kriminaldirektor Johansson zweifelt aber an der Selbstmordtheorie ...

Roman. 480 Seiten. Gebunden
ISBN 3-442-75132-2

Ein Mitarbeiter des Statistischen Zentralbüros wurde ermordet. War es Mord aus Eifersucht? Ein politischer Mord? Die Antwort liegt in der Vergangenheit.

www.btb-verlag.de

Roman. 384 Seiten. Broschur
ISBN 3-442-73338-3

Ein alter Mann, der gerne einen über den Durst trinkt, wird schwer verletzt in der Ausnüchterungszelle gefunden. Kriminaldirektor Johansson ermittelt und macht eine unglaubliche Entdeckung ...

Roman. 384 Seiten. Broschur
ISBN 3-442-73376-6

Eine junge Frau wird in ihrem Apartment tot aufgefunden. Ein unerschrockener Nachbar hält einen Verdächtigen gefangen. Doch ist er auch tatsächlich der Mörder?

HELENE TURSTEN

»Ein würdiges weibliches Gegenstück zu den Kurt-Wallander-Romanen von Henning Mankell.«
LEXIKON DER KRIMINALLITERATUR

73233 / € 9,00 [D]

Ein neuer Fall für Irene Huss: Drei Leichen geben der Polizei Rätsel auf – ein Pfarrer und seine Frau wurden im Schlaf erschossen, der gemeinsame Sohn liegt tot im Sommerhaus.
»...ein hervorragend gemachter Krimi, der Spannung mit Anspruch bietet.« DER BUND

© Hans Eklund

73147 / € 10,00 [D]

Eines Morgens im Mai wird am Fjordufer von Göteborg eine grausam verstümmelte männliche Leiche gefunden. Wer ist der Tote? »Die Tätowierung ist eine dicht erzählte, klug komponierte, spannende Geschichte. Ein Klasse-Krimi.«
FRANKFURTER RUNDSCHAU

72624 / € 9,00 [D]

»Beim Lesen kommt einem unweigerlich P.D. James in den Sinn.«
VADSTENA TIDNING

www.btb-verlag.de